親という名の暴力

小石川真実
Koishikawa Masami

境界性人格障害を生きた
女性医師の記録

高文研

プロローグ

私は、1982年に東京大学の医学部を卒業して、今年で医者になって丁度30年になる。東大には現役で入り、一度も留年せずに卒業した。そこまでは一応、輝かしい人生のように見えた。

しかし、実は大学に入る1年程前から、うつ症状を主体とする心の病が現れ始めていた。そして大学を卒業して3年目の26歳の時に、初めて精神科に入院し、それから36歳までの10年間に計8回、精神科への入院を繰り返した。38歳で大きく回復する契機《きっかけ》を摑《つか》むまでは、正に地獄の底を這いずる生活で、社会から完全に落伍する寸前まで行ったと言っていい。

私をそのように病ませたものは、ひとえに親との関係だった。

両親は共に、私が幼い頃から、私の人間性についても能力についても、嘲《あざけ》りと罵《ののし》り、これでもかこれでもかと否定する言葉ばかりを投げ続けた。例えば母は、「あんたはどうしてこんなこともできないの！　こんなことしかできないの！　ああじれったい、忌ま忌ましい、本当に嫌になるわねえ！」と。そして父は、「お前は人間の屑だ。」「切っても赤い血なんか出やしないだろう。」「その腐った根性、叩き直してやる！」という風に。――――その為、私は健全な自尊心はおろか、〝自分はこの世に生きていてもいい人間〟であるという、最小限の自信さえ持つことができなくなってしまった。その結果、私にとって社会の中で他人と居ることは、終始極度の不安と緊張の連続になった。

更にそれに加えて母は、私の表に現われる言行のみならず、私のものの感じ方や考え方や価値観、意志や欲求など、頭や心の中まで全部、微に入り細に亘《わた》って自分の思い通りに、支配しにかかってきた。私の在り方がちょっとでも気に入らないと、母は、障害のある弟を連れて死ぬという脅迫まで含めて、繰り返しヒステリックに嘆きと怒りを爆発させたから、私は母の気に入るように、自分で自分の魂を歪《ゆが》め続けるしかなかった。結果、気が付くと17歳の頃には、私は自分が本当は何をどう感じ、どう考え、一体何がやりたい人間なのか、全くわからなくなってしまっていた。私の生まれたままのやわらかで瑞々《みずみず》しい魂は、母の分厚い鋳型の中で完全に窒息し、死に絶えてしまったと感じて、すっかり絶望した。そしてその時から、私の心の病は始まった。

それで私は、これからその病の歴史、つまりは自分の魂の歴史について書こうと思う。それが私にできる、最も意義のある仕事だろうと考えるからだ。

そもそも両親と私の関係がそこまで歪んだのは、両親自身が共に、それぞれの親から深刻に心を傷つけられた人達だったからである。恐らくは私よりももっと深い傷を負って、それに起因した心の歪みを、私に皺寄せしてしまったのである。既に言い古された「虐待の連鎖」だったと言っていい。それで私は、その虐待の連鎖がどういうメカニズムで起きるのか、自分自身の体験を通して解明してみたい。それは、一個人の体験であっても、そのメカニズムは広く一般に当てはまるに違いないと、確信するからである。

私はすべての人達に、避けられる不幸はできる限り避けて欲しいと考えている。人間はどの人も、たった一度きりのかけがえのない命と人生を生きている。だからそれを精一杯、大切に活かさなければ勿体ない。

悔いが残る。選《よ》りにも選って、親の言葉の暴力や精神的虐待で、子供の人生が台無しになるようなことがあってはならない。そしてそれは、親が自分自身の内面にしっかり目覚めさえすれば、少なくとも8割方は避けられることだと感じる。だから是非、そうして欲しいのである。それが、親子関係が因《もと》で人生の半分を駄目にした私からの、命賭けの提案であり、お願いである。最初この本には、「育てられた立場からの育児書」という副題を付ける積もりで居た。

「親子は裸でいい。」というのが、最近までの母の口癖だったが、私は、そんなことはとんでもないと考えている。子供にとって親ほど重い存在はない。特に子供自身が極めて無力な、人生の基礎が形造られる幼い時期にはそうで、子供の心は親のひと言ひと言に激しく揺れ動く。だから悪いことは悪いと勿論諌《いさ》めなければならないが、親は我が子に対しては、他の誰に対してよりも理性を十分働かせ、徒《いたずら》に心を傷つけることのけしてないよう、常に細心の注意を払って関わり、話をして欲しい。絶対に我が子を、自分のうっ憤晴らしの為のサンドバッグにするようなことがあってはならない。

その主張を余すところなく伝える為に、私は相当勇気を奮って身の恥を曝《さら》し、この文章を書いた。だから、子供を傷つけることなく幸せに育てたいと願って下さる親御さんには（そう願わない人には親になって欲しくないというのが、私の本音である。）、是非最後まで読んでいただきたい。私の病気は9割は良くなったが、54歳になった今も完治はして居らず、未だに非常勤でしか医者の仕事ができずに居る為、尚更そう願うものである。

尚、この本の中の漢字遣いについては、私が小中高校当時に教わった使い方に従うことと、太平洋戦争頃までの潤沢・豊富な漢字遣いを出来る限り踏襲することという、筆者の強い願いを容れていただいた。

＊――もくじ

装丁・商業デザインセンター＝増田　絵里

第1章

誕生から小学校入学まで

✺経管栄養——乳児期から始まっていた主体性の抑圧

私は、1957（昭和32）年11月20日、福岡県久留米市に生まれた。時は〝神武景気〟の最初の年、久留米は両親の出生地で、母は里帰りお産をした。

私は、予定日より一カ月早く生まれたが、体重3360gと、十分な大きさで生まれた。しかし、大変な難産で、重度の仮死状態で生まれた。産科の先生がばしばしひっぱたき、冷水を2、3回ざばざば浴びせかけて、やっと産声を上げたという。これには結婚当時の母が、身長151cm、体重40kgという華奢な身体だったことに加えて、前置胎盤、早期破水で、臍帯が私の首に二重三重に巻きつき、羊水が胎便でドロドロに濁った状態で生まれたことが、原因になっていたと思われる。

もしかするとこのことが、後の私の精神疾患の一因となったかもしれない。それは周産期、難産で児の脳が低酸素状態に陥ると、脳の中の海馬《かいば》という部分の細胞が脆弱化するという記事と、うつ病患者、特に10代で発症したうつ病患者の脳には、海馬の萎縮が見られるという記事とが、いずれも『メディカル・トリビューン』という医学新聞に載せられていたことから考えてである。

そしてそれに続く乳児期も、平坦ではなかったと云う。

まず生後２カ月の時に、肺炎に罹患《りかん》した。この時、私は非常にぐったりしていたそうだが、発熱しなかった為に、最初にかかった医者からは「只の風邪」と深刻に受け止めて貰えず、納得のいかなかった母が別の医者に連れて行って、そこで「無熱性肺炎」と診断されて、九死に一生を得たそうである。

しかしその後すぐ、生後３カ月の時に、今度は全くミルクを飲まなくなったそうである。その状態は、生後10カ月頃まで続き、その間私は経管栄養（後述）で育てられた。そしてこのことも、先の「難産・仮死分娩」に続いて、後の私の精神疾患の一因になった可能性が高いと考えている。そう推察するのは、なぜ飲まなくなったかを考えてのことである。

まず、母自身、私がミルクを飲まなくなったのは、自分の性格の所為《せい》だったに違いないと、後に述懐している。母は私が生まれる前から育児書を丹念に読み、そこに書かれていた「生後何カ月の子どもは、何時間置きに何mlずつ」という授乳量の目安を１mlも違《たが》わずに、私がミルクを飲まないとちゃんと育たないのではないかと、半狂乱に近い程不安になり、ぴったり書かれている量のミルクを飲むよう、私に強制したそうだ。確かに私が知っている若い頃の母は、家事のやり方を思い出しても著しい完全主義で、たった一つの模範解答しか許容できない、生粋《きっすい》の優等生だった。だから、その自分の強い緊張感が私に伝わって、私を硬《こわ》ばらせてしまったか、自分の強い強制に私が反発してか、いずれか或いは両方の理由で、私はミルクを飲まなくなったのではないかというのが、母自身の推察である。

私も、長じてからの自分の性格を考えてみて、その推察が当たっていたに違いないと感じる。それは、他人の感情を敏感に感じ取る共感性が強いと同時に、自分の意志を他人に力で抑圧されたり捻じ曲げられたりすることに耐えられない、自我の強い性格である。

私の拒絶ぶりは徹底していて、ゴムの乳首が近づいただけで顔を背けたし、無理矢理乳首を口の中に入れると、舌で押し出したそうだ。

私がミルクを飲まなくなると間もなく、母は私を小児科の医者に診せたが、診察しても何も異常が見当たらないので、医者は「なあに、その内お腹が空けば、自然に飲むようになりますよ。」と軽く流したそうである。ところが私は脱水で熱を出しても、ミルクを飲むようにならなかった。

それで、何としても私の命を助けたかった母は、他の医者にやり方を習って　鼻の孔から胃まで細い管(マーゲン・ゾンデ)を通し、そこからミルクを注入するやり方(経管栄養)をとった。その技術の習得も、器具の入手も、非常に大変だったようだ。

まず、鼻の孔から真っ直ぐ奥にゾンデを挿し入れると、のどの奥の壁(後咽頭壁)にぶつかるが、ここで「ウェーッ」という嘔吐反射が起こって子供が苦しむ為、素人のお母さんにその手技を教えようとしても、大抵は怯《ひる》んでしまう。母は、普段はそういう場面で一番怯み易い性格の人だった。

現在のマーゲン・ゾンデは合成樹脂製で腰が強いので、先が後咽頭壁に当たった後、更に強く押すと、丁度いい具合に曲がって、食道に向かってスムーズに下りていってくれるが、'58年当時はまだ、ネラトンと呼ばれる赤茶色のゴム製の管しかなくて、これはフニャフニャ腰が弱くて、却々《なかなか》思い通りの方向に曲がってくれず、母の話に拠れば、最初はしばしば管の先が口の中に出てきてしまったそうだ。しかし母は心を鬼にして、断固たる覚悟で、その二つの困難をクリアした。

当時はゾンデも、ミルクを押し込む為の大きなガラスの注射器も、病院から簡単に譲ってもらうわけにはいかず、母だけでなく父も一緒に、それらの道具を御茶ノ水の近くの医療器具店まで買いに行ったそうだ。

そこまでして私を育ててくれた母、そして父に対して、私は感謝している。その後、主に両親との関係が原因で、多くの辛酸を舐めたとは云え、自分が全く生まれてこなかったよりは、ここまで生きて来られて良かったと思えるからである。

ゾンデでミルクを注入すると、私の熱はすぐに下がったそうだ。従って、熱は他の病気によるものではなく、間違いなく脱水によるものだった。

また私は、その後、半年になっても8カ月になっても、目が覚めている時には決して口からミルクを飲まなかった。よく眠っている時に限って、口からチュッチュッと美味しそうにミルクを飲んだそうである。従って、私はミルクの味が嫌いでミルクを拒否した訳ではなく、授乳量についての、母のあまりに厳格すぎる強制が嫌で、ミルクを拒否したと考えて、間違いなさそうだ。

この事実を客観的に見ると、私は本当に恐るべき赤ん坊だったと感じる。自分の意志を抑圧しにかかってくる、親の勝手な強制に対して、命賭けで抵抗したのだから。

しかしその命賭けの抵抗も、ゾンデ栄養の前に、あっけなく敗北してしまった。母はマーゲン・ゾンデの技術を習得することによって、毎日、毎回、自分が望む量ピッタリのミルクを、いとも簡単に私の身体に注ぎ込めるようになってしまったからである。

そしてここから先は、やや穿《うが》った解釈になるのだが、母が私の命をゾンデで救ったことこそが、私の後の精神疾患の、大きな原因になったと感じるのである。何故かと云えば、物心着いたばかりの幼児期、既に母は私にとって、絶対に正しくて善の、神のような存在だったからである。言い換えれば、逆らっても絶対に無駄な人、けして逆らってはならない人になっていた。その呪縛《じゅばく》によって、私はその後延々と、母による精神の専制支配に身を任せることになった。その〝逆らっても無駄〟という呪縛の基礎を作ったものが、ゾンデ栄養だったと、私は考えている。

そして2歳、3歳という幼児期前半についても、自分が直接記憶していることは殆どなく、あるのは両親から伝え聞いた情報だけだが、そこだけは前後の時期とは違い、明るい情報が多い。例えば父は陸上自衛官で、ソ連関係の部署に居た為、休みの日、家でもロシア語の勉強をしていたが、父が勉強に疲れて『カチューシャ』をロシア語で歌うと、私はそれに合わせて脚をピンコピンコ撥ね上げて踊る、陽気な子だったと云う。

しかしこの時期についても、後から考えるとおかしなことがあったと、母は言う。3歳と云えば、子供に最初の自我が芽生える「反抗期」に当たるが、私は、自分の要求を通そうとして駄々を捏《こ》ねるということが全くなく、実に聞き分けがよかったそうだ。「多分、私が言わせなかったのだろう。」と、最近になって母が言った。この話は「物心着いた時には既に、母はけして逆らってはならない神のような存在だった。」という私の記憶と、よく整合する。

自分自身の記憶が残っている幼稚園時代（4―5歳）以降は、一気に記憶が暗い色を帯び始める。

私の人生最初の記憶は、自分はいったいどうしたらいいのかと、心底追いつめられる出来事だった。幼稚園の授業参観の時、四角い画用紙を様々な形と大きさに区域分けして色を塗る、デザイン画の課題を与えられたのだが、その時私の描いた絵が、先生が示した手本と似たパターンになってしまった。

すると母が、他の人たちが大勢居る前で、「まあ、あんたはどうして他人の真似しかできないの？　情けない子ね。」と、大声で私に言ったのである。――確かに課題の趣旨がよく理解できず、先生の絵を真似て描いた記憶がある。この時私が主に辛かったのは、大勢の前で貶《けな》された恥ずかしさではなく、母から、能力をはじめとする自分という人間の中身を嘆かれたことだった。

同じ頃もう一つ、絵に関係した辛い記憶がある。その時は自分の好きなように描いていいという状況で、私は、お花畑の中に可愛い女の子が一人立っていて、横には三角屋根の家、そして青い空にお日様という、如何にも幼稚園の女の子にあり勝ちな絵を描いた。するとまた母に「なんて平凡でありきたりな絵しか描けないの！　詰まらない子ね！」と言われてしまった。

それでこの二つの出来事を通じて、絵一つ描くにも、一体どう描いたらママに嘆かれずに済むのだろうと、5歳の私はほとほと追い詰められてしまったのである。

既に書いた通り、物心着いた時には、母は私にとって、絶対に正しくて善の、神のような存在だったから、私にとっては母の評価がすべてだった。だから母から「情けない」「詰まらない」と嘆かれることは、「お前には生きている価値がない」という〝死刑宣告〟に等しかった。これは全く大袈裟ではなく、母から少しでも嘆かれると、私の存在そのものが危機に瀕するという状態は、私の精神疾患が大きく改善する、40歳近くまで続いた。

これについて母は、つい最近まで「親が何を言おうと、自分がしっかり確立されていれば平気じゃないの。私は3歳くらいの幼児期から、おばあちゃん（母の母）から何を言われても平気だった。」と言い続けてきたが、これは前半は間違っているし、後半は嘘である。

まず前半については、確かに、自分の在り方がと言うよりも、〝自分はこの世に存在していい人間である〟という、自分の存在価値についての最も基本的な自信が確立していれば、他人から何を言われても、あまり動じないで済むだろう。しかしその最も基本的な自信は、物心着く以前に親、特に母親から〝私はあなたが居てくれるだけで幸せ、あなたが居てくれることがとにかく嬉しい〟という無条件の愛、受け容れの気持を十分に伝えられてこそ、初めて確立できるものだが、私にはその体験が欠如していた。たとえその自信を一旦確立できても、実の親から「情けない」と、自分の存在そのものを嘆かれて、全く動じないというのは絶対に無理である。親というのは、他のすべての人間が敵に回っても、我が身を盾にしてでも自分を護ってくれる筈の存在だからである。またすべての幼い子供にとって、最もかけがえのない存在だからである。そして、後半の、「おばあちゃんから何を言われても」という母の嘘については、後で詳述したい。

本当にどういう絵を描けば、母の気に入ったのだろうか――辛辣《しんらつ》で申し訳ないが、母は狭い優等生の型に嵌《は》まった人で、母の育児をひと口で譬《たと》えるなら「盆栽の枝を切り詰めるような育児」だった。従って母が私に望んだものは、「天才らしい型に嵌まった絵」とでもいうべきものではなかったかと思う。しかし「天才」の条件は、「既成の型に嵌まらない」ということだから、「天才らしい型に嵌まった」というのは、非常に矛盾に満ちた表現である。何でも私は4歳の時の知能テストで一度、ＩＱ200という値が出たことがあるそうで、もしかするとそういうことが、母にそういう欲張った、無理難題を要求させる原因になっていたのかもしれない。

「女の子と家」の紋切り型の絵について、最近になって私が『平凡な絵しか描けない、詰まらない子』と言われて辛かった。」と話すと、「あら、その絵なら今も物置きにあると思うわよ。」と、〝それがどうかしたの？〟と言いた気な調子で答えた。――要するにここで母が言いたかったのは、「口ではあの絵を貶したけど、心の中では大事に思って何十年も取っておいたんだから、昔、絵を貶した罪は帳消しになる筈」ということだった。こういうのが長年私を悩ませてきた、母の独り善がりで勝手な理屈だった。

一体母には〝尊い感情は口にしないのが奥床しく、口にしないことによって尊くなる〟という、自己陶酔的な考えがあって、それを母はよく「私の美学」と言った。つまり母に言わせるなら、〝傷つけることを言って悪かった〟或いは〝子供が描いた絵は大事だから取っておく〟というのは尊い感情だから、私にはっきり「あんなことを言って御免なさい。あの絵、大事に取っておくわね。」と謝るより、黙って後悔の気持を持ち続ける方が、ずっと苦しくて立派な償い方だと言いたかったのである。私は、そもそも母が後悔していたとも思っていなかったが、たとえ後悔していたとしても、母には〝ママから「詰まらない」と言われる私なんか、居ない方がいい〟という苦しみから、私を救おうという発想が一片もなかった、そのことが何よりも救いがなかったと感じる。

幼稚園の頃の私は、全体に〝鈍くさいいじめられっ子〟だった。物事をじっくり落ち着いて論理的に考える能力は高かったが、子供集団の中でリーダーシップが取れるような、小才の利いた子ではなかった。しかも運動神経はからっきしなく、少し太めだった。それでなまじ知能を要求される場面で先生から褒められることが多かったことで、小才の利いた子達からやっかまれて、蔭で虐められることが多かった。

それで幼稚園の行事でも、却々目立つ役はやらせて貰えなかった。例えば「おゆうぎ会」でも、私だって白雪姫の役か、タンバリンを持って赤いヒラヒラのスカートを履いて踊る役がやりたかったけれども、実際に私に回ってきたのは、『アリとキリギリス』の中の、全身黒ずくめのアリの役だった。これは小才が利いていなくて、幼稚園の先生のウケが悪かったからではないかと思う。だから私は益々、周囲の注目を集められる子が羨ましくなった。

このように、幼稚園でまわりの子供から虐められたことや、いつも隅に追い遣《や》られがちだったことでも、私は益々自信を失ったが、実際にはそれ以前から、私は著しく自信の欠如した子供だった。その原因については、前にも書いた通り、〝あなたが居てくれることが理屈抜きで嬉しい〟という気持ちを込めて、母から笑いかけられることが殆どなかったからだと考えている。勿論、物心着く以前のことは記憶にないけれども、それ以後、母が私に見せた表情はと云うと、〝何でこんなこともできないの！　どうしてこんなことしかできないの！　情けないったらありゃしない！〟と言う気持ちでいっぱいの、眉間に縦皺を寄せ、目を吊り上げた表情が、圧倒的に印象に強い。だからそのことから、私は物心着く以前から、母にそういう表情を向けられることが非常に多かったのではないかと推測している。それ故、自分はこの世に生きていていい人間だという、最も基本的な自信が獲得できなかったのだと。

そしてそのことが原因で、家の外のあらゆる人間関係に於いても、私は物心着いたばかりの頃から著しく自信が欠如しており、いつも他人の評価、他人からどう思われるかが異常に気になって怯えていた。産んだ親からさえ愛されない人間が、他人から愛されるとは、とても思えなかったからだ。

それで相手が誰であるにせよ、はっきり自分を「嫌い」と言われなくても、ちょっと不快な表情を見せられただけで、その度、とても生きていられない気持に墜き落とされ、パニックに陥った。そしてそういう状態が、40歳近くまで続いた。

しかし、ここで公平を期すために、小学校に入る前後の、母の良かった点についても、述べておきたい。それは何よりも、躾が厳しかったことである。まず、早寝、早起き、歯磨き、洗面などの基本的生活習慣を厳しく教え込まれた。例えば幼稚園の間は、夜は８時には必ず寝かされた。また挨拶や言葉遣い、礼儀作法も厳しく仕込まれた。

もう一つ強く記憶に残っているのは、服薬についてのことである。私は小学校低学年までは可成《かなり》病弱で、しょっちゅう熱を出し、薬を飲む機会が非常に多かった。しかし小児科でシロップ剤を処方されたのはせいぜい４歳までで、５歳以降はすべて散剤か錠剤を処方された。当時あった解熱剤の中では、「グレラン」という薬が非常によく効いたが、これが直径１cm程ある大きな錠剤だった。しかしこれを私は、５歳の時から飲まされた。そして飲めるようになるのに、さほど難儀したという記憶はない。また錠剤が飲めるようになると、次はすぐに散剤をオブラート（散剤を包《つつ》む為の、澱粉を紙状に薄く延ばしたもの）に包《くる》んで飲むことを教えられた。はっきり憶えてはいないが、「とにかくえいっと呑み込んでしまえばいい。」「食べ物を呑み込むのと同じように呑み込めばいい。」とでも教えられたのではないかと思う。

これは多分、母がかかりつけの小児科の先生に、薬はすべて粉か錠剤で出してくれるように頼んだからだろう。成長すればいずれ、薬は粉か錠剤で飲むしかなくなるのだから、それらが早く飲めるようになった方が楽と考えて、〝薬は粉か錠剤しかない〟という状況を人為的につくったのだと思う。

既に述べた通り、私は物心着いた時点から〝母親絶対〟だったから、母が有無《うむ》をも言わさず「やれ」という事柄について、「嫌」という返事はあり得なかった。そして殊《こと》、この服薬の問題については、母のこの「有無をも言わさぬ」やり方が正しかったと、今でも感謝している。医者になって以後、小学校高学年のお子さんを外来に連れて来られて、「ウチの子はまだ錠剤や粉薬が飲めない。飲ませたことがない。」というお母さん達に沢山出会って、その優しさは残酷さにつながる、と度々感じさせられたからだ。

何故そう感じたか——今も昔も、大人になるまでにできるようにならなければならない事柄は、あまり変わらないだろう。昔は、子供が幼い内から、親が少しずつレベルを上げながら、それらのことを教え込んでいったから、多くの子供がそれ程困難なく習得できたけれども、今では小学校の終わり頃まで野放しにされる子供が増えて、それらの子供の多くは、中学頃から大人の社会生活に必要なことを、いきなりあれもこれもと教え込もうとしても、反発したり消化不良を起こしたりして却々習得できない為に、身体は大人になっても、能力や人格の面で大人の中身を備えられない人間が、今は昔より大幅に増えていると感じるからである。

また母は、社会規範についても、具体的な事例から教え込んでくれた。例えば私が外で壊れたおもちゃを拾って持ち帰っても、母は「そうやって、黙って他人《ひと》の物を盗るのは泥棒よ。今すぐ元の所に置いて来ないと、おまわりさんが捕まえに来るよ。」と、真剣に怖い顔をして叱った。それで私はすぐに、おもちゃを元の場所に置きに行き、以後は他人の物に無断で触ることも、却々できないようになった。

後で詳しく書くように、母の場合、この有無をも言わさぬ〝母親絶対〟が、完全に個人の自由に属するべき、ものの考え方や感じ方や価値観にまで及んでしまった為、私は精神の健全な成長を阻害されることになった。しかし今挙げたような、誰にとっても習得するのが望ましいこと、正しいことがひと通りに決まっていることについては、「有無をも言わさぬ」で良かったと思っている。

同じ頃、父も躾が厳しかった。母が教えてくれたのが、具体的、個別的な事柄が多かったのに対し、父が教えてくれたことは、もっと抽象的な道徳観念、つまり〝人として持つべき基本的な心の姿勢〟に属することが多かった。

父が私に教えた最も大きな二つのことは、「自分がやられて嫌なことは絶対他人にやるな。」ということと「自分なりの目標を立てて、達成するまで頑張り抜け。」ということだった。私は、親が子供にどうしても教え込まなければならないものの考え方は、この二つに尽きると考えている。

何故ならまず、一つ目のことの奥にあるものは、他人の痛みがわかる共感性で、それさえしっかり身に着けば、自分の勝手な気分や欲望から他人を傷つけることはしなくなると思うからだ。級友を自殺に追い詰めるまで虐めるとか、遊ぶ金欲しさに他人を死ぬまで殴る蹴るといったことはできなくなるだろう。

そして二つ目のことが身に着けば、目標を達成した時に、自分の価値が実感できるし、また目標に向かって努力している間にも、進歩や成長の喜びが実感できる。そして自分の価値が実感できれば、自分を愛し、大切にしようと思えるようになる筈だからだ。そうすれば、金の為の援助交際だの、刹那の快楽を得る為の違法薬物の使用だので自分を粗末にしようなどと思わなくなるだろう。

更に、共感性と目標に向かって努力することの二つが身に着けば、自分のやりたいことで自分にできることの中から、しかも何かしら他人の幸せに繋がることを、人生の目標に据えて生きられるようになり、他人の喜ぶ顔からも自分の価値が実感できて、幸福感と充実感を持って生きられるようになると思う。だからこれらの、人として生きる上で最も大事な二つのことをしっかり教え込んでくれた父にも、深く感謝している。

そもそも躾というのは今述べたように、子供が将来社会の中で他人に迷惑を掛けず、自分の夢や目標を実現し、他人や社会の幸せに貢献して、幸福感と充実感を持って生きられるようにする為に、必要な道徳や社会規範を身に着けさせる行為である。本物の躾とは、間違いなく親の深い愛情に根ざした行為である。だから、その本物の躾を、私にしっかり施してくれたことについては、私は両親に深く感謝している。

これから先、両親の非を厳しく責める内容を沢山書かなければならないので、その前に、両親のとても良かったところを纏《まと》めて書かせていただいた。誰であれ、善か悪か一つの面だけで語り尽くせる人など、殆ど居ないと思う。

第２章 小学校低学年時代

✷「あんたは末恐ろしい子」――大人に阿《おもね》る嘘がつけないことを責められる

私が小学校に入学したのは、１９６４（昭和39）年で、東京オリンピック開催の年、東海道新幹線と名神高速道路が開通した年である。終戦から僅か19年、両親は戦後の復興について、「あっという間だった。」としばしば述懐した。私は正に〝明日は必ず今日より良くなる〟という明るい息吹きの中で育った、〝高度経済成長の申し子〟だった。「小さい内からの変なエリート意識を植え付けるのは良くない。」という父の教育方針から、私が入学したのは、埼玉県内の公立小学校だったが、私は両親から精一杯の祝福を受けて、大喜びで入学した。

しかし早速だが、小学校1年の頃の、私の精神の生育に大きなダメージを与えたエピソードに、話を移したい。

私の小学校1、2年生の時の担任は、当時30代後半の女の先生だった。

そして一つ目のエピソードは、入学して間もなくの5月か6月の頃の、大嫌いな体育の授業中のことだった。中でもその時の課題は苦手中の苦手の〝逆上がり〟で、生まれ着き運動神経が欠如していて、腕も腹筋も筋力が著しく弱かった私は、自慢じゃないが生まれてこの方、逆上がりなど一度もできた試しがない。従って、私にとって鉄棒の授業は、ただ早く終わって欲しいだけの拷問でしかなかった。

それなのに何を思ったのかその時、担任の先生が「真実《まさみ》ちゃん、この間、放課後二人で練習した時にはできたじゃない。頑張って。」と言ったのである。それでどうにも耐えられなくなった私は、「私、逆上がりなんか一度もできたことない！　先生の嘘つき！」と、他の生徒達みんなの居る前で、大声で叫んでしまった。

それで教師としての面目を丸潰しにされた先生はカンカンになって、「真実ちゃんは末恐ろしいお子さんですね。」と、母の所に怒鳴り込んで来たのである。「末恐ろしい」というのは「他人の思い遣りが汲み取れない」という意味だったそうだ。つまり先生としては、たとえ嘘でも「一度できたことがあるじゃない」と励ませば、弾みで本当にできるかもしれないと、期待して言ったのだそうである。

そして「末恐ろしい子」という、私に対して最悪の評価を突き付けられた母も、「あんたって子は、折角先生が思い遣りで言ってくれたのに、選りにもよって先生を嘘つき呼ばわりするなんて、何て子なの！」と、ためらうことなく私を叱りつけた。

しかし、私の逆上がりの出来なさ加減は、とても〝あと一歩〟という程度ではなく、全くお話にならないものだったから、先生の〝励まし〟は一層の拷問でしかなかった。しかも私は当時6歳半で、未だにそうだが、嘘や誤魔化しが極端に嫌いな性格である。先生の嘘を思い遣りと受け取れという先生や母の要求の方が絶対に無理だったと、今でも私は感じる。私に言わせれば、先生や母の気に入るクサイ芝居ができた子供の方が、よっぽど末恐ろしかっただろうと感じる。

だが、この問題がここまでで終わっていればまだ良かった。先生や母から言われたことを、一旦は忘れたからである。しかし現実は、それでは終わらなかった。思春期以降も同年代の子供に較べて要領の悪さが際立った私に対して、母が繰り返し「あんたはそういう風に、小さい頃から融通の利かない、困った子だったから。」とこの時のことを蒸し返して責めたからである。それで６歳の頃の出来事そのものより、思春期以降に他人の嘘を許容できない性格を、母から繰り返し責められたことの方が、より深刻なダメージを私の魂に与えた。

母は、鉄棒の事件以前には勿論、「嘘は絶対にいけない。」と教えてきた。それで私は嘘のつけないことこそ自分の長所と信じてきたのに、事件以後、逆にそれを私の欠点だと言い、それまでと正反対に、損得を考えて適当に嘘をつくのが賢いことと教えるようになった母が信じられなくなり、内心憎むようになった。母は私にとって、この世で一番重い存在だったから、その母を通して大人全般、社会全体が信じられなくなっていった。その結果、生きることに困難を感じるようになり、魂が疲弊していった。

そして次の、精神にダメージを与えられた出来事も、〝大人の嘘〟が原因だった。

１年の２学期が始まってすぐ、「夏休みの宿題の作品展をやるので、自分で一番良くできたと思うものに金の短冊を貼るように。」と、担任の先生がクラス全員に言った。

その時私は工作の作品を、二つ作って持って行っていた。一つ目は、お菓子の空き箱にいろんな色の色紙を花の形に切って貼って作った「お花の馬車」。これはアイデアも作る工程も、すべて自分一人でやった。そして二つ目は「絵本」。これは母のアイデアで、工程の内、肝心なところはすべて母が作り、私はところどころ、母に言われるままに手を添えただけだった。従って中に書いたストーリーも、全く憶えていない。きっと「花馬車」が、母の眼から見てあまりにも拙《つたな》く、それ一つで私の能力を評価されることが耐え難かったから、後から「絵本」を作らせたに違いない。

だが私にとっては当然、自分で作った「花馬車」の方が、断然思い入れが強かったから、正直に「花馬車」に金の短冊を貼った。ところがその直後、先生が「真実ちゃん、絵本に金の短冊を貼らなくていいの?」と、耳元で囁くように言ったのである。

その瞬間、私の中に二つの衝撃が走った。一つは〝あっ、そうだ。そうしないとお母様に叱られる!〟というもの。そしてもう一つは〝まさか先生がそんなことを言うなんて〟というものだった。3、4カ月前の〝鉄棒事件〟を踏まえて考えれば、別に驚くには当たらなかったが。

――毎日小学生を相手にしている先生の眼で見れば、子供が自分で作った作品か、親が作った作品かは、ひと目でわかった筈だ。それで当時6歳9カ月だった私は、〝先生には絵本がお母様の作ったもので、お母様のお勧めだとわかっていて、しかも先生はお母様と仲良しだから、馬車なんかに短冊を貼ったら、私がお母様に叱られて可哀想と、心配してくれたんだ〟とすぐに察した。

しかし私はその〝思い遣り〟に感謝するよりも、恨みの方が強く残った。何故なら私は〝圧力〟に屈して、その時短冊を「花馬車」から「絵本」に貼り換えてしまったからである。その直後、私は〝これでお母様に叱られなくて済む〟と、ほっとした。しかしすぐ次の瞬間、口惜しく、悲しく、とても恥ずかしい気持になった。

そしてこの話にはまだ続きがある。実際に作品展が開かれて、沢山のお母さん達が見に来た日の夜、私は一度寝てからトイレに起きた時に、食堂で父と母が次のような会話をしているのを耳にしてしまった。

父：それで金の短冊は何に貼ってあったんだ？

母：ちゃんと絵本に貼ってあったわよ。

それで私は、金の短冊はそんなに大変な問題だったのかと改めて思い知らされて、まずは〝やっぱり貼り換えておいてよかった〟と思った。しかしその後またすぐ、貼り換えた直後と同じように、胸の悪い思いの方が強くなった。しかも、貼り換えた直後には、〝みすぼらしい〟と思われて、短冊を剥がされた「花馬車」と同じように、自分自身も悲しく思えたが、作品展の夜には〝嘘をつけ〟という大人の圧力に屈した自分への嫌悪感の方が圧倒的になった。

しかし、今ではこの事件で一番可哀想だったのは、母だったと感じる。それは、私が作った「花馬車」には〝お母様、大好き〟というメッセージがいっぱい込められていたからである。実は母は父と結婚する前、僅か1年余りだったが幼稚園の先生をしていた。それで私が幼児の頃にも沢山童謡を教えてくれて、その一つが〝夢のお馬車〟というタイトルの歌で、「花馬車」はそれをイメージして作ったものだった。それなのに、私のメッセージを全く受け取れず、ただ「花馬車」をみすぼらしくて恥ずかしいとしか思えなかった母は、限りなく寂しい人だったと感じる。

私はこの事件によっても、精神《こころ》に幾つもの深い傷を負った。一つ目は〝お母様と先生がぐるになって私を潰しにかかってくる〟という激しい人間不信。そして次は、本物の自分の作品を否定されたことで、ありのままの自分では、母を代表とする大人や社会の評価に堪えないという、完全な自信喪失だった。

物心着く前から、母親から無条件で受け容れられたという体験が乏しく、物心着いた時点で〝自分はこの世に生きていてもいい人間〟という、最低限の自信が獲得できていなかった私は、遅くとも小学校1年のこの頃には、他人は誰もありのままの自分を受け容れないと確信するようになった。それで他人の中に居る時にはいつも、みんなが自分を嫌がっているのではないかと著しく不安で、いつもコチコチに緊張し、他人と一緒に居ることが猛烈に疲れ、苦痛と感じるようになっていった。

17歳で私の精神の病が顕在化して以後、自分自身の病因を推測して母にこのことを話しても、いつも「そんなのはあんたが勝手に組み立てた理屈」と一蹴《いっしゅう》されたが、断じて違う。これは事実である。それを思うにつけても、子どもが生まれてすぐから、お母さんが〝私はあなたが居てくれることが理屈抜きで嬉しい〟という気持をいっぱい込めて、子供に繰り返し笑いかけることが、子育ての第一歩として何より大事であると、ここでもう一度強調したい。

次に、私の精神の健康な生育を阻害した要因として書きたいことは、両親が全くと言っていいほど、私を褒めたことがなかったことである。

その前にまず、小学校2年生の時の、私の手ひどい失敗について書いておきたい。私は主要教科の学業成績は良く、4年生までは家で宿題以外の勉強はしなくても、学校のテストはほとんど100点が取れた。ところが2年生の初めの頃に、一度だけ算数で65点という点数を取ったことがあり、自分でも非常にショックを受けた。

原因は〝慢心〟だった。それまで何の苦労もなく100点を取り続けてきた私は、図に乗って舐めてかかり、猛スピードで問題を解いて、全部解き終わると全然見直しをしないで一番に答案用紙を提出して、後は好きなことをやっていた。結果、ケアレス・ミスの続出で65点になってしまったのである。

　このことは当然、先生から母に報されて、母から大目玉を喰らった。「ちょっとばかりできるからと云ってつけ上がると、必ず痛い目を見る。勝って兜の緒を締めないと、自分全体の成長が止まってしまう。」ということを、これ以上ない程厳しく言い聞かされて、私は本当にその通りだと身に沁みた。それでその後の私は、ペーパーテストでいつも最大限注意を払い、最後の1秒まで繰り返し見直すようになったのは勿論、日常生活のあらゆる場面で慢心を戒しめ、どんな課題にも細心の注意を払って取り組むようになった。だからこの時の叱責については、母に心から感謝している。未だに強迫神経症的傾向に悩まされている位、一度の失敗で徹底して懲りた。

　ところがこの出来事の前のみならず、後にも、私は両親から全くと言っていい程、褒められたことがなかった。例えば、100点を繰り返し取ってもである。他人はみんな目を見張って褒めてくれても、両親だけはけして褒めてくれなかった。「その位で満足するな。まだまだ駄目だ。次はこれをやれ。」と言われるのが関の山だった。

　その原因の一つは、両親が、「一度の失敗で十分懲りる」という私の性格を、全く理解していなかったからだったが、もっと本質的で大きな原因は、両親の人間一般に対する、非常に捻《ひ》ねくれたものの見方だった。

　即ち、母に言わせると「褒めること＝褒め殺し」ということになるからだった。「褒め殺し」というのは、もともと役者の演技に関して言われた言葉らしいが、相手をベタ褒めに褒めちぎることによって、相手に慢心を起こさせ、堕落させるという意味の言葉である。確かにそういう面もあるだろう。

しかし母の見方が病的に偏っていたのは、人が他人を褒めるという行為の目的も効果も、今言ったことに限られると考えていた点だった。即ち母に言わせると、「子供を褒めると言うことは、子供をいい気にさせて、駄目にすることだから、子供を本当に愛している親は、そんなことはけしてしない。」ということになるのだった。――これは、ずっと後になって、私が自分の病気の原因に思い当たってから、「何故あなたは、私がどんなに頑張って成果を上げても、決して私を褒めようとしなかったのか？」と訊いて、母から得た答である。これを聞いて、私は、何と捻ねくれて意地の悪い、人やものの見方なんだろうと呆れて、すっかり打ちのめされてしまった。

この、ただ褒めて貰えないということだけでも、私にとっては残酷だったが、それに加え、両親が現実の私を全く見ようとせず、私の性格を全く理解してくれていなかったことも、私にとって同じ位残酷だった。先に書いた通り、私は算数のテストの失敗以降、誰に言われなくても常に自分から、自分の慢心を戒めるようになっていた。つまり〝褒めても大丈夫〟な子供になっていた。更には褒められれば褒められる程もっと頑張ろうと、向上への意欲を駆り立てられる子供だった。しかし、両親は私のその性格を全然理解してくれていなかった。

そして正にそのことが理由で、私は両親から自分に対する愛を、感じ取ることができなかった。それは、現実の相手をよく見て、相手の本当の姿をできる限り深く知りたいという意志を持つことが、愛情の基本であるからだ。

とにかく今述べた二つの理由から、両親は私を絶対に褒めなかった。父からは、「褒めること＝褒め殺し」という言葉までは聞いたことがなかったが、「誰かが非常に立派な面を持っていたり、立派な行為をしたりしても、相手に面と向かって褒めたりはしないだろう?」と聞いたことはあり、褒めない点に於いては母と同じだった。そして、〝まず思い込みありき〟で勝手に決めつけて、現実の私を少しも見ようとしない点は、母よりも父の方がひどかった。

それでも、私は生来生真面目で、辛抱強く、努力することが好きな性格だったから、両親から却々褒めて貰えないことが何とかして褒めて貰おうという一層の努力につながって、途中までは私の能力向上に寄与したと感じる。

しかし〝この人達に褒めて貰うことは、どうやら死ぬまで努力しても無理らしい〟ということが見えてきた時点で、私は力尽きてしまった。それ以後は、自分にどれ程鞭打っても意欲を湧かせ続けること、努力し続けることができなくなってしまった。それどころか、動こうとしてもどうしても動けず、人並の日常生活を送ることさえ難しくなった。その徴候が最初に現れたのが、うつ症状を主体とした境界性人格障害を発病した17歳の時であり、より顕著に現れたのが、うつ病という診断で初めて精神科の診療対象になった、26歳の時だった。うつ病の本質は、「精神面での生命のエネルギーの涸渇《こかつ》」であるから、この現象は理に適っていた。これについて私は、宮沢賢治の『オッペルと象』を思い出す。

そして先述の、両親が人間全般に対して非常に捻ねくれた見方をするようになった原因についてだが、両親も子供の頃、それぞれの母親から辛い仕打ちを受けたり、また母親の性格や生き方が原因で、周囲の他人からも疎外されたりと、不幸な育ち方をしたことが、一番大きな原因だろうと考えている。そういう話を、私は小学校の頃から、母に繰り返し聞かされた。

まず母についてだが、軽いところでは、母は3人姉妹の一番下に生まれて、2人の姉は絹の高級な服を買って貰っていたのに、母は人絹の安物しか買って貰えなかったという話や、2人の姉はそれぞれ雛人形を買って貰っていたのに、母だけは買って貰えなかったという話を聞いている。どうしてそういう差別をされたのか、母自身には原因がわかっているのかどうか、それらについては聞いていない。

また子供の頃、祖母（母の母）から容姿について、「あんたはみっともなかね。」とか「地獄から夜通し歩いてきたごたる顔ばしちょる。」だのと、遠慮会釈なく貶されたりからかわれたりしたという話もよく聞いた。また母は文学が好きで、小学校高学年の頃から森鷗外、夏目漱石、志賀直哉と云った、本格的な文学作品をどんどん読み漁《あさ》ったのだそうだが、そういう長所についても「本なんか読んだって何にもならない。」と、祖母からは何の評価もされなかったという。

しかし、そんな話はまだまだ軽い。母の実の父親という人は、母が生まれる40日程前に病死したそうで、それで母が生まれた時、祖母のまわりの人達は「この子さえ生まれなければサツキさん（祖母）も楽だったのに。」と口々に言ったという。本当に親切な人が居たもので、母は子供の頃にその話を、周囲の他人から聞かされたそうだ。それで母の中に、〝自分は誰からも祝福されなかった人間〟〝生まれて来ない方がよかった人間〟という、自分についての否定的認識が形成されたという。――この話も、私は小学生の頃から繰り返し聞かされた。

そして母が物心着かない内に、祖母が再婚し、その新しい父親と祖母の間に、3歳年下の弟（私にとっては叔父に当たる人）が生まれた。すると祖母はその弟の世話に掛かり切りになり、また幼な心に義父への遠慮があった為、母は3歳の時から祖母に寄り着けなくなった。その母は専ら、タケコさんという朝鮮人の若い女中さんにおんぶされて育った。ところが「嬢ちゃん、いい子、泣くんじゃない。」と、母を優しくあやしてくれたタケコさんも、間もなく親から女郎屋に売られて居なくなった。

５歳になった母は、２歳の弟の爪を切ってやったが、その時に深爪を起こさせたことがあった。「もしかするとあれはわざとだったのかもしれない。」と、最後に母は言った。それを母から聞いたのは、私が思春期の頃だった。その弟は３歳の時に疫痢で死に、それからすぐ、母の二番目の父親も、母が国民学校（小学校）に入る直前に病死した。そしてその年に太平洋戦争が始まった。

その戦争の最中《さなか》、祖母は３人目の夫になる人と知り合った。この人が私の知っている義理の祖父である。祖母は、久留米の街が激しい空襲を受けるようになってからも、母達を家に置いて祖父に会いに出かけた。だからそんな夜に空襲警報が鳴ると、母は下の姉である伯母と、２人で逃げなければならなかったという。「もし自分の居ない間に私達が焼け死んでも、おばあちゃんは平気だったのかと思うと、とても情けなかった。」と、母は最近になっても私に話した。要するに祖母は、母であるよりもまず女、子供より男が大事という性質の人だった。

そしてその性質故の母の不幸はその後も続いた。祖母と祖父が正式に結婚したのは戦後で、戦争中はまだ内縁関係にあった。それでまず、小学校高学年の頃、担任の先生が「Ｎさん（母の旧姓）は、お勉強はよく出来るけれど、お母さんがああいうだらしない人だから、いい成績はあげられないわ。」と、他の生徒達みんなの前で言い、通知表の評価を歪められたそうだ。そして、先生が率先して虐める子供であれば、自分達が虐めても叱られる心配がないということで、クラスメート達も母を虐めるようになったという。特に、裏表があって先生のウケがいい、〝級長さんタイプ〟の子供が先頭に立って虐めたそうだ。（と、そこまでは私が子供の頃に聞いたが、私が40を過ぎてから、「それで自分も、自分より弱い立場の子供を虐めるようになった。」という追加の話が、母の口から出てくるようになった。）

そして戦争が終わり、母が中学3年の時に、祖母は祖父の子供を流産して、流産の後の処置を母がさせられたそうである。その時のことを「とても恥ずかしかった。」と、母は私に語った。級友達に対しても恥ずかしかったそうだ。丁度、思春期の一番感じ易い年頃に当たっていたから、余計だったのだろう。それで母には〝性〟を卑しいもの、汚ないものとして忌み嫌う傾向が顕著にあって、そういう色を強く帯びた話を小学生の頃から繰り返し聞かされた私は、母より何十倍も、性に対する生理的嫌悪感が強くなり、成人した後も却々、男女の肉体関係というものを受け容れられるようにならなかった。

一方父はと云うと、父は自分の口から親との関係で辛かったことを、私に直接話すことは殆どなかった。それで父に関する話は、すべて母から又聞きした話である。

それによるとまず、父も祖母（父の母）から、例えば「お前は本当は朝鮮人の子だ。」だの「お前は橋の下から拾ってきた子だ。」などと、酷いからかいを沢山受けたそうである。また祖母は、いつも自分の落度は完全に棚に上げて、他人のやることが少しでも気に入らないと、言いたい放題文句を捲《まく》し立てたから、誰とでもすぐ喧嘩になったそうだ。

その「文句を言いたい放題」が、学校の先生に対しても同じだった為に、父は国民学校の先生から大いに憎まれて、旧制中学を受験する際の内申書をボロボロに書かれてしまい、県立のいい中学には入れず、ランクの低い私立の中学に行かざるを得なくなったという。母は父方の祖母と非常に仲が悪かった為、私は父方の祖母と殆ど会うことがなく、母は、私が子供の頃から祖母の話をする時「あのバアサン」と呼ぶような具合だった。それでも私も何回かは父方の祖母に直接会う機会があって、その時の印象から推して、母の話はそれ程事実から隔たったものではなかっただろうと感じる。

しかし父の場合もまだまだその位は序の口で、父方の祖母もやはり〝雌〟の部分が強く、異性関係が発展的だった人で、その所為で父も、非常に心が傷つくことがあったという。即ち父が20《はたち》になり、既に東京の大学に進んでいた頃、久し振りに久留米の実家に帰った時に、夫ではない男性との母親の情事の現場を目撃させられてしまったというのである。

父の実父は終戦の年、父が15歳の時に病死して、その後祖母は再婚していなかった。従って、祖母の行為は〝不貞〟には当たらなかった。それでもまだ20という純粋で感じ易い時期に、母親の、自分の父親以外の男とのそういう場面を見せられたことは、父にはどうしようもなくショックだったに違いない。その上父は、4人きょうだいの一番上の長男で、真面目な性格が、きょうだいの中で一番祖父に似ていたそうだ。従って、父は祖父から可愛がられたに違いなく、きっと祖父のことが好きだっただろう。だとすれば祖母の行為は「不貞」とは云えなくても、父の眼には〝裏切り〟に映り、父はこの時祖母を激しく憎んだに違いない。

何故、母がこのことを知っていたかと云うと、父がそのことを書いた自分の日記を、母に見せたからだそうである。父と母が結婚する直前のことだったのか、母が高校生の頃、父が母の英語の家庭教師をしていたという、その頃のことだったのか知る由もない。だがいずれにせよ、父も母も、それぞれの母親の、母親より女の部分が強い性格に悩まされていたから、その一番の弱味、苦しみをわかり合えたことが、両親を結婚へと進ませる、強い力になったに違いないと考えている。

そして、そのように両親共、実の親から心を傷つけられる苦しみは、嫌という程経験済みだった筈なのに、それでも両親は、我が子である私を苦しめる行為に出た。父の具体的なそういう行為については、これから書く積もりでいるが、要するに、既によく知られている〝虐待の連鎖〟に当たる現象が私の場合にも起きて、それが私を病ませる主たる原因になったのである。父の場合、特に「自分がやられて嫌なことは絶対他人にやるな。」という自身の言葉に、全く似つかわしくない行動をしたことになる。

では何故、両親は私に虐待を連鎖させたのか？――それは自分達が、親に対する憎しみ、恨みを抑圧したからだと考えている。

今述べたように、両親共、私から見て、それだけのことをされれば恨んで当然と思えることを、十分それぞれの母親からされている。しかし母の場合、これまでに紹介した思い出話を語った口調は、間違いなく祖母を強く恨んでいるという口調だったにも拘わらず、では全体として祖母をどう思っているかという話になると、これも私が小学生の頃から、まるで手の平を返したように「産んで、育ててくれた親のことを悪く言うのは勿論、悪く思うだけでも人として絶対に許されない。」「おばあちゃんは私達三人を、女手一つで苦労して育ててくれたんだから、悪く言ったら罰が当たる。」と、いつもまるで修身の教科書のような建前ばかりを繰り返した。

また父の場合も、そんな修身の教科書みたいなことこそ言わなかったが、「今思い出すと、ああ、いいお袋だったんだなあと思える。」「昔お袋が作ってくれた黄色いカレーが、すごく美味しかったなあ。」などと、祖母については賞賛に満ちた話しか、私にはしなかった。そこに私は非常に〝無理〟を感じた。当時は〝忠孝〟の儒教道徳が、今よりもずっと社会全体に支配的な時代だった。だから両親は、母親を庇《かば》う為というより、自分で自分を悪い人間と思わないで済むように、〝自分は母親を恨んでなどいない〟と、自分の正直な感情を抑圧したのだと確信する。

しかし恨み、憎しみなどのマイナスの感情は、意識下に封じ込めてしまうと、一見消えたように見えるものの、実際には消えて居らず、意識下で燻《くすぶ》り発酵し、精神の内圧は次第に高まっていく。そしていつも苛々《いらいら》と、訳のわからない不快感に悩まされるようになる。そして激しく、その捌《は》け口を求めるようになるが、実際に捌け口にされるのは、最も身近に居て、最も立場が弱く、たとえ捌け口にされても世の中から最も目立ちにくい、我が子になる場合が一番多い。親が子供に辛い仕打ちをしても、「躾の為に叱っている」という言い訳が通り易いし、特に日本では、〝他人は他所の家庭のことに口を出すべきではない〟という社会通念が強くて、家庭が治外法権の場になり易いからである。

そして私の場合も、両親は、自分の母親に対する恨みを抑圧した捌け口を私に求めて、結果、私が両親から数々の精神的に辛い仕打ちを受けることになったと言って、間違いない。30代も半ばの頃になって、そうしたからくりに気付いてから、私は母に対して「私がお母様に何をしたっていうの？　お母様をひどい目に遭わせたのはおばあちゃんじゃない。だったらきちんとおばあちゃんを恨んでよ。それをしないでおいて、『産んでくれた親を恨むなんて、人として許されない。』なんて、無理して自分に嘘をついていい子ぶるから、本来おばあちゃんに向けるべき不満を私に向けて、私をさんざん虐めたんじゃない。もうそういうことはやめてちょうだい！」と、母に繰り返し激しく抗議した。

それでも母は却々、そうやっていい子ぶる姿勢を捨てなかったから、その間中、私は母から胸を抉《えぐ》られるような言葉を投げ続けられた。虐待と云えば、これまでに書いたような、自分達が子供の頃の辛い体験を、私が小学生の頃から繰り返し語り聞かせたことも、虐待の一つだったと感じる。それだって母は、一人胸に秘めているのが辛くて、誰かに聞いて貰って楽になりたかったから、〝聞き手〟という名の捌け口を、私に求めたに違いない。

それではもう一度、小学校2年の時のことに話を戻す。100点を何回取っても褒められなかったということは前に書いたが、反対に100点を取れなかった時だけこっぴどく叱られたというのが、次の話である。

ある時私は、テストが終わった直後に、1問だけ答を間違えたことに気付いた。当時はテストは100点が当たり前で、95点でも母からネチネチしつこく嘆かれた。それが辛くて追い詰められた私は、放課後、教室に誰も居なくなるのを待って、まだ未採点のまま先生の机の上に載っていた答案用紙の中から自分の答案を捜し出し、間違えた答を消しゴムで消して書き直した。

ところが、その不正は、すぐに先生にバレてしまった。先生は正式に採点こそしていなかったものの、どの子がどういう答を書いたか、粗方《あらかた》チェックしていたのかもしれない。それで先生は私を呼んで、「どうして後で書き直したりしたの？」と訊いた。それで私は罪の意識にも戦《おのの》いたが、こんなことをしたことが母に知れて、母からこっぴどく叱られる恐怖の方に、その何倍も戦いた。それで私は「だって100点を取らないと、お母様に叱られるんだもん！」と真っ正直に答えてしまった。この時私は、正直に事情を説明すれば、先生が答案の書き直しのことを、母に黙っていてくれるのではないかと期待した気がする。

ところがそうはいかなかった。先生は家まで来て、母に一部始終を説明し、「一回や二回、100点が取れなくても、そんなに叱らないであげて下さい。」と母に言ってくれた。

しかしそれが余計悪い結果を招いた。先生が話を終えて帰った後、母は私を呼び「あんたって子はどうしてそういう余計なことを言うの！　まるで私が鬼のような教育ママみたいに思われるじゃない！　恥ずかしいったらありゃしない！」とそれはこっぴどく怒鳴りつけた。口答えなどしたら、母の剣幕が何倍も激化するのがわかっていたから、私は何も言わなかったが、心の中で〝だって本当のことじゃない。本当に鬼のような教育ママじゃない。〟とつぶやいた。

今改めて振り返ってみると、母は私に「子供は他人と話をする時、親の世間体に十分配慮して話をするように。たとえ事実であっても、他人に知られたら親が都合が悪いような親の姿は、決して口にしないこと。」と、私が小学校２年の時に、既に要求していたことになる。そんな無茶な話はない、というのは私だけの感じ方だろうか。私は今でも、件《くだん》の事実を母親の名誉の為に隠してやらなければならない義務など、自分には全然なかったと考えている。それは、私が95点を取っただけで、母が耐え難く嘆かわしいという顔を私に見せたのは、教育的見地からなどでは全くなく、単に自分の子供が100点を取ってこないと満足できないという、母の我儘からでしかなかったと感じるからである。今、私に言わせて貰えるなら、「子供に『喋舌《しゃべ》るな。』という前に、子供が他人に喋舌ったら恥ずかしいようなことを、まず親がやらなければいい。」と母に言いたい。

これまでに書いた、小学校１、２年生の時にあった三つの件を通して、私は世の中の親御さん達に、子供があまりに幼い内から、大人の狡い知恵を熱心に教え込まないで欲しいとお願いしたい気持である。私は特にそういうことが応え易い子供だったと思うが、他の多くの子供たちの場合も、幼い内から大人の狡い処世術ばかりをあまり次々に叩き込まれたら精神的に疲弊し、器の大きい人間には育ちにくいと思うからだ。

私は、親には「自分が世の中で得するように、狡賢く立ち回れ」と教えるよりも、「嘘をつくな」「不正はやるな」と教えて欲しいと願う。その方が、子供が後々まで親を尊敬できて、精神的により深い意味で幸せだと思うからだ。母も、私が小学校に入るまでは、私に徹底して「嘘はつくな」と教えてくれた。それが小学校に入った頃から急に、今度は自分やまわりの人間の都合を考えて、上手に嘘をつけと教えるようになったから、私は非常に混乱したし、またとても気持の悪い不信感が胸の中に澱《おり》のように溜まっていった。

先述のように生い立ちが不幸だった母は、何とか他人や世の中から賞賛されたい一心で、上辺《うわべ》を綺麗に飾る知恵で凝り固まり、一生懸命〝いい子〟〝いい人〟を演じてきたのだろう。しかしそれによる緊張と疲れの皺寄せも、私に来ることが多かった。母が上辺を飾る人間になったのは、結局は迫害に負けたからだと思う。母には迫害に負けて欲しくなかった。それで、その後様々な試練を潜り抜けて、今私は、実際の自分を向上させる努力はできる限りしたいが、自分を実際以上に見せようというくたびれる努力は、全くしたくないと考えている。

またこの時期に、他に母から心を毒された思い出として、当時よく一緒に遊んでいた、あるクラスメートの女の子について、「あの子とは遊ばないように。あの子のお父さんは会社を辞めてブラブラしているし、代わりにお母さんがバーのホステスをして働いているから。」と言われたことや、別のクラスメートの女の子が、自分の家で穫れたほおずきを学校に持ってきたのを貰って帰った時に、「その子のお父さんは今度、町会議員の選挙に出るのよ。だからそういうのを『買収』っていうのよ。」と言われたことなどがある。

一つ目のことについては、言われた当時は〝何となく嫌〟という感じだけだった。だが、もっと長じてからこの時のことを思い出して、母は幼い頃、自分自身、自分には何の罪もない親の生き方を理由に周囲から蔑視され虐められて、その辛さを誰よりも一番よくわかっていた筈なのに、にも拘わらず、それと同じ理不尽な虐めを私のクラスメートに加えようとしたことが見えてきて、その身勝手さに激しく腹が立った。母にしてみれば、〝朱に交われば赤くなる〟の認識から〝我が子可愛さ〟で言ったのかもしれないが、その〝我が子可愛さ〟は極めてエゴイスティックであり、人を職業で差別するという社会常識を、私は親からだけは教えられたくなかったと、その後もずっと思い続けた。

この一つの事例だけからも、人間はよほど意識して努力しないと、〝自分がやられて嫌だったことは他人にやらない〟とは却々考えられないものらしいと感じる。

二つ目の「ほおずき」の件についても、私は母の邪推だったと感じる。母は、その不幸な生い立ちから、幼少時より他人や社会に対する不信感を醸成させて育った。それによって邪推が生まれ、我が子にもその不信感を、進んで教え込もうとしたのだと推測する。これも母の意識の上では、〝我が子可愛さ〟から出た言動のようだった。私が長じてうつ病になって以降、母が何度も「私はあなたが転ばないように、いつも先回りして、あなたが歩く道に落ちている石を、全部退《ど》けてあげたのに。」と言ったことから、推測できた。恐らく母は、親に対する恨みだけでなく、他人や社会に対する恨みも、私に向かって吐き出してしまったのだろう。吐き出す相手に子供の私が選ばれた理由は、恨みの相手が親の場合と同じだっただろう。

しかしその母の〝愛情〟も、私には徒《あだ》になった。物心着く以前の母子関係の失敗から、もともと〝自分は社会に生きていていい人間〟という、最低限の自信さえ獲得できていなかったところへ持ってきて、母から「他人や社会はあなたを騙し、傷つけにかかってくる怖いもの」と教え込まれてしまった私は、危険から身を護る知恵はちっとも身に着かず、ただ他人の中に置かれた間中、条件反射的に不安、緊張で硬ばる癖ばかりが身に着いて、結果、大人になる以前に精神がくたくたに疲弊してしまい、それがうつ病の一因になったからである。

幼少時に基本的な自信をしっかり身に着けられた子供であれば、学童期頃に、親から「他人や社会は怖い」と強く教えられても、余計な不安や緊張を持つことなく、有益な自己防衛の知恵だけを身に着けられるものかもしれない。それでも尚、私はどんな子供にも、あまり幼い内から、親に他人や社会に対する不信感を教え込んで欲しくないと考える。つまり親は、子供の行く手の道に落ちている石を一つ一つ退けてやるよりも、命に関わるような怪我につながらない石は、敢えてそのままにしておいて、子供が実際に躓《つまず》いて転んで、自分で起き上がるやり方を憶えたり、次は子供自身が行く手をよく見て、自分で石を避《よ》けて歩くやり方を憶えたりするのを、後ろからじっと見守ってやる方が、ずっと子供の為になり、その方がずっと深い本物の愛情であると、私は考える。実はその方がずっとしんどい。

また、親に対してであれ、他人や社会に対してであれ、自分を傷つけた当の相手をしっかり正しく憎むことによって、自分のマイナスの感情をきちんと処理し終えていない人は、処理し終えるまで親にならないで欲しいと強く願う。

第３章

弟の誕生から小学校卒業まで

✺障害児の弟を連れて死ぬという脅し。
――「切っても赤い血が出ない」という窮極の存在否定

話は少し前後するが、私が小学校1年の終わり近くの、1965（昭和40）年2月28日に、私の唯一のきょうだいである弟が生まれた。この弟の誕生と存在は、私の人生と人格形成に、多大な影響を及ぼした。その最大の原因は、弟がダウン症候群という、生まれ着きの障害を持って生まれてきたことだった。その影響の中には、私にとって辛いものも沢山あったが、その辛さは、弟の罪では全くなかった。すべて、両親が弟の障害をどう受け止めたかの問題だった。そして専《もっぱ》らいい意味に於いて、〝今の自分が居るのは弟の御蔭〟と思えるので、私は弟が居てくれたことにひたすら感謝している。

私は弟が生まれるまで7年余り、ずっと一人っ子だったから、まわりの友達の多くがきょうだいを持っていることが、羨ましくて堪らなかった。それで母にしつこく、きょうだいが欲しいと言っていた。当時の私は、どうしたら子供ができるのかの理屈は全くわからなくて、私の後、母のお腹に子供ができないのは、運が悪いからだと思っていた。だから小学校に入って間もなく、母のお腹に私の弟か妹になる子供ができたと聞かされた時には、それこそ飛び上がらんばかりに喜んだ。

そして母のお腹が大きくなってくると、私はその母のお腹に顔を当てて、「早く生まれておいで。」と、弟に向かって話しかけた。この「早く生まれておいで」という言葉は、私がその少し前に観た、劇団四季の子供向けミュージカル『青い鳥』に出てくるセリフだったが、そう話しかけられた子供は、生まれてすぐ死ぬ運命にあった。これは本当に不吉な偶然だったと思う。しかし私は弟が背負わされた運命など全く知らず、2歳位になれば少しは話ができるようになるだろうと、ひたすらその日を待ち侘びていた。

そしていよいよ'65年2月28日、その日は日曜だった。弟は朝8時過ぎに生まれた。家に電話などなかった時代、産院から家に戻った父からその報せを聞いた私は、すぐに産院に飛んで行った。よく晴れた寒い日で、普段は走ることが大の苦手だった私が、羽根が生えたように軽やかに走れた。

弟は、母と同じ部屋の、母とは反対側の隅に置かれた、小さいベッドに寝かされていた。初めて見た弟の顔は、紫色で皺くちゃで、可愛い赤ちゃんのイメージからは懸け離れていたから、少しショックだったが、私は、見ている内にだんだん可愛く見えてくるに違いないと、おかしなことを考えた。それがその日の夕方には、その通りになった。

私は、生まれたばかりの弟の顔をひと頻《しき》り見詰めてひと満足すると、一旦産院を離れて団地中を駆け回り、母と弟にお祝いの品を買い集めた。例えば花や、マンナという赤ちゃん用のビスケットなど。この時も走っても走っても息が切れなくて、自分でも本当に不思議だった。それらを買って、母の病室に戻ると、父も母も私のことを「何て優しい子だろう。」と心の底から褒めてくれた。そんな経験は後にも先にもなかった為、弟が生まれた日は、私にとって一層、人生で一番幸せな日になった。

それから日が暮れるまで、私は再びずっと弟の顔を見詰め続けていた。すると、窓から差し込む夕日の赤い色調が手伝ってか、朝は紫色だった弟の顔が、夕方にはだんだんと、健康的な赤い色になってきて、皺も心なしか延びてきて、顔立ちも可愛らしく見えてきた。「赤いから『赤ちゃん』と云うのよ。」と母に説明されて、へえ、そうなのかと思ったのを憶えている。

しかし、その幸せは、長くは続かなかった。遅くとも翌3月1日の朝には、弟に異変が現われた。私の時に続いて、弟にもミルクで授乳を開始したのだが、弟は飲み終わるとすぐに、噴水のように勢いよくミルクを吐くことを繰り返した。何度飲ませてみても同じだった。

それで、そのままでは脱水と栄養失調ですぐに死んでしまうということで、弟は急遽、産院の院長の出身の大学病院に転院させられた。生まれて1週間で、弟が母と一緒に家に帰ってくるのを楽しみにしていた私だったが、とにかく弟の命さえ助かってくれればと懸命に祈った。

その弟に着いた診断は、「先天性十二指腸閉鎖」だった。これは、口から肛門まで繋《つな》がった消化管が、途中の十二指腸で塞がっているもので、ダウン症に多い内臓奇形の一つだった。しかし'65年当時は、ダウン症の子供が生まれてすぐにダウン症と診断されることは少なく、弟の場合もそうだった。それで救命の為にためらうことなく、根治手術を勧められた。生命の〝選別〟が行われなかったことは、本当に幸いだったと感じる。

だが当時は、生まれたばかりの赤ん坊にメスを入れる〝新生児外科〟は、まだ草分け的な時期だった為に、両親は病院側から「手術で助かる確率は3割と思って欲しい。」と言われたそうである。しかも、当時新生児外科の権威だった教授に執刀して貰う為には、何百万円もの謝礼金が必要だった。これは、父の年収が百万円台だった両親にとっては、とんでもない大金だった。しかし両親は、万難を排して金を掻き集め、その教授に手術をお願いした。結果、幸運にも弟は、助かる3割の方に入ることができた。両親には、この時医者が神様に見えたという。私も、待ちに待ってやっと生まれた弟が助かってくれて、これ以上の喜びはなかった。

弟は、「太平洋」の「洋」を取って、「洋《よう》」と名付けられた。〝太平洋のように広い心を持って欲しい〟と、両親が願いを込めて名付けたそうだが、私は、これほど弟に相応《ふさわ》しい名前はなかったと、今でも感じる。

その後、弟は保育器に入れられて回復を待ち、体重が生下時の3kgになるのを待って、'65年4月、生後1カ月余りで、退院して家に帰って来た。それ以後の私は、明けても暮れても弟に夢中で、小さいお母さんよろしく、甲斐甲斐しく世話を焼いた。小学生の私が弟を抱いた白黒の写真が、今でも沢山手元に残っている。ミルクもよく飲ませたし、学校から帰った後、友達と遊ぶ時も、弟を乳母車に乗せて一緒に連れて行くことが多かった。自分にとって世界一可愛い弟を、友達に見せびらかし、自慢したかったのである。

ところがその弟も、私と同じように、生後4カ月からピタリとミルクを飲まなくなり、それが生後1年まで続いた。当然のこと乍ら、母は弟も、マーゲン・ゾンデを使ってミルクを注入して育てた。母は、弟がミルクを飲まなくなった原因について、後日、私の場合とは違って、ダウン症だった為に生きようとする本能が薄弱だったからではないかという見方を話したが、私はそうではなく、弟も私と同じように、母の強制に対する反発から授乳を拒否するようになった可能性が高いと推測している。

'82年に小児科医になって以後、ダウン症の赤ちゃんでもミルクをとても勢いよく飲む子も沢山見たし、弟は乳児期から実に陽気で、いつも生きていることが嬉しくて堪らない様子をしていて、生後3日目に手術をしなければ死ぬ運命だった子供には、とても見えなかったからだ。そしてやはり小児科医になって以後、これこそ生命力が弱くて哺乳不良という感じの赤ちゃんは、端《はな》からぴったり授乳を拒否するのではなく、飲み方が休み休みで弱々しく、少量で飲みやめてしまうのに対して、弟は私と同じように、端からきっぱり授乳を拒絶したからだ。そして長じてからの弟の性格を見ても、他人の感情を非常に敏感に感じ取り、且《か》つ、あまりにも自分の意志を無視した強引な強制を嫌うというところが、私に酷似しているからである。

私は、弟にゾンデでミルクを注入するようになると、それも手伝ったし、またゾンデの端を頬っぺたに貼り付けたままの状態で、乳母車に乗せて、散歩に連れ回しもした。それらのことに何の抵抗も感じなかった。

しかし母は全く違っていた。ゾンデの端を頬っぺたに貼り付けた弟を近所の人達に見られたら、〝あその子はおかしい〟と思われないかと、病的に神経過敏になっていた。そのことは当時も、私にとって若干精神的に負担だったが、それ以上に、私が思春期に達して以降、母が私と弟をマーゲン・ゾンデで育てたことについて、「私は1人もまともな子供が産めなかった。」と、度々悲劇のヒロインのように言い、私を自分の思い通りに動かす為に利用するようになったことで、私は決定的にゾンデの話に拒否反応を感じるようになった。

しかし、そうやってマーゲン・ゾンデで潤沢に栄養を送り込まれた甲斐もあってだろう、生後1年頃まで弟の身長も体重も、大体健常児の平均位のレベルで増え続けたし、また首のすわり（3〜4カ月）、寝返り（5〜6カ月）、お座り（6〜7カ月）くらいまでは、運動面の発達も、大体健常児の平均並に進んだ。弟への思い入れが非常に強かった、小学校2年当時の私は、そういう赤ちゃんの発育、発達についての知識を克明に憶え込んでいた。だから弟については、何も心配していなかった。

だがそれと同じ情報から、母は、弟が普通でないことを強く疑ったそうである。それは、同じようにゾンデで育てられた私が、身長・体重も平均よりずっと大きく、運動の発達もずっと速かったからだそうだ。

そして他にも、弟が普通じゃないのではないか、特にダウン症なのではないかと疑わせる現象があったという。

その一つは弟が生後6カ月の時に、父が弟の寝ている部屋でラジオをつけ、ベートーヴェンの交響曲第6番『田園』が流れたところが、弟がキャッキャと大喜びして、腕や脚をリズムでもとるようにバタつかせたということだった。音楽に対する反応があまりにも顕著すぎることから、両親はダウン症を疑ったという。そして顔立も次第にダウン症らしく見えてきた。

また弟が健常児並みの速さで発達したのはお座りまでで、弟は10カ月になっても11カ月になってもつかまり立ちができなかった。不審に思った私は、ベビーベッドの柵を脇に挟むような形で、弟に強制的につかまり立ちをさせてみたが、1秒位ですぐに崩折れてしまった。それでも私は無理矢理、「先刻、洋《よう》ちゃん、つかまり立ちができたよ。」と母に報告した。すると母は一応、「そう、洋ちゃん、立てたの。」と言ったが、全く信じていない感じの、気のない調子だった。

その11カ月の時、弟は麻疹《はしか》に罹《かか》った。予防接種のない時代だったから、どの子でも麻疹に罹るのは当たり前だったのだが、弟の場合、他の子供と非常に変わっていたのは、40度近い熱があっても、いつもと同じように上機嫌でニコニコしていたことだった。

実は弟が生まれた時、弟は私と違ってちゃんと産声を上げたが、弟を取り上げた産科の先生が、「ちょっと頭が小さいけれど、まあ大丈夫だろう。」とおっしゃったそうである。しかし母は、先生のその言葉が頭の片隅にずっとひっかかっていた。そこへ持ってきて、前述の三つの現象が見られたことで、母の中では弟がダウン症ではないかという疑念が、急速に確信に近づいていった。それまでは母が「この子の顔、ダウン症らしくありませんか？」と幾ら言っても、「心配ありませんよ。お父さんそっくりじゃありませんか。」と笑い飛ばしていた、かかりつけの小児科の先生も、弟が麻疹の熱でも笑顔を絶やさない様子を見て、さすがに「これはちょっとおかしいかもしれませんね。」と言い始めた。

このように、'65、'66年当時は、今と違い、産科医にも小児科医にもダウン症に関する知識が十分普及しておらず、生後1年以内にダウン症の子供をひと目見て、〝この子ダウン症では？〟と思い着く医者は、あまり多くなかった。

それにも拘わらず、医学には素人だった母が、弟が生後半年の頃からダウン症ではないかと強く疑ったのは、偶然にもそれ以前に、ダウン症の子供と密に関わる機会があったからだった。

実は母は、結婚する前に1年余り、幼稚園の教諭をしていた。母はもともと弁護士志望だったのだが、九州大学の法学部に落ちてしまった為、すべり止めの短大に入り、幼稚園教諭の資格を取った。そして'55年の春から、カトリックの修道院が経営する幼稚園に勤め始めたのだが、ちょうどその時、一人の若いお母さんが、「この子を幼稚園に入れてくれないか。」と、ダウン症の男の子を連れてきた。当時は今以上に、障害児を健常児と一緒に教育しようという考えが、世の中にない時代だったから、修道女《シスター》達も、他の先輩の先生達も、その子の受け容れにこぞって反対した。

それを新米の母が、「どうしても自分にやらせて欲しい。」と頼んで、その子を自分のクラスに入れたのだそうである。そしてその子が幼稚園に居る間は、母のクラスの他の健常な子供達が母を助けて、その子の着換えやトイレなどの身辺処理を手伝ったり、やり方を教えてあげたりしてうまくいき、その子は無事、幼稚園を卒業することができた。しかし小学校に入学すると、その子は勉強についていけず、その上お父さんが、健常なその子の弟ばかり可愛がるのを苦にして、お母さんがその子を連れて、無理心中してしまった。その訃報を、結婚後久留米に里帰りした時に聞かされた母は、本当に身も世もなく悲しかったそうだ。そして弟がダウン症であることが分かった時には、「洋はあの子の生まれ変わり。神様が私なら大丈夫と思って、洋を私の所に遣わしたのだと思った。」と、母は後日、私に話した。

ここでダウン症について、簡単にまとめて説明しておきたい。人間の身体は何兆という単位の、沢山の数の細胞から成っている。その細胞1つ1つの中に、核が1つずつあり、どの核の中にも23対46本の、染色体という構造物が入っている。その内22対が常染色体で、残りの1対が男女の性別を決める性染色体だが、これらの染色体の中に、1人1人の人間の遺伝情報がすべて蓄えられている。

ところがその内、本来1対、つまり2本あるべき21番目の常染色体を3本持っているのが、ダウン症候群の子供達、人達である。そしてダウン症の子供達は、様々な共通の性質を持っている。独特の顔貌と身体つき、筋肉の緊張が弱いこと、中等度の知的障害（かなり個人差あり）、音楽好き、非常に陽気で人なつこい性格、他人の動作を好んで真似する模倣癖、数十％という高い確率で、心臓や消化管に奇形を持って生まれてくることなどである。

母が、弟がダウン症ではないかと疑い始めてから、父も休みの日に国会図書館に行って、ダウン症に関する文献を沢山調べたそうだが、残酷にも1歳に近づくにつれ、弟にはダウン症児の特徴が、残らず出揃っていった。

染色体検査の結果、正式にダウン症という診断が着いたのは、弟が1歳になったばかりの時で、世田谷の国立小児病院でだった。その時検査結果を告げた医師は、両親の目の前で、弟のカルテをビリビリッと激しい勢いで引き裂いたという。それを見て母は、「この病院で診療するに値しない子供」と断じられた気がして、非常に打ちのめされたという。その母が後になって、「もしかすると私達に酷い事実を知らせるのが辛くて、その辛さを紛らす為に、あの先生はあんなことをしたのかもしれない。」と、その医師を少し弁護するようなことを言ったけれども、どんな理由があろうと、その医師の行為は人道的にも法律的にも許されなかったと感じる。

そんな訳で、弟がダウン症であることが判明したのは、'66年3月、私が小学校2年の終わりの頃だったが、私がその事実を知らされたのは、小学校3年の後半になってからだった。それまでの間、両親は、私まで心が暗くならないようにと、家族４人で遊園地に行ったり、父が私を長瀞《ながとろ》（埼玉県秩父地方）へ川遊びに連れて行ってくれたりと、随分努力してくれたようだ。努力してそうしたと母に聞かされたのは、私が10代になってからだった。

何故、私が小学校3年の後半の時期に、母が私に弟がダウン症であることを告知しようと思ったのか、はっきりとは聞いていない。しかしその少し前の時期に、母がとても弟のことを心配して、親身に世話を焼く様子を見て、自分が弟に嫉妬して、「もう洋ちゃんの為には何もやってあげない！」と言った記憶があるから、そのことが母に決意させたのかもしれない。

母はまず、弟の障害の性質について、「〝虚弱体質〟で、とても身体が弱い。」ということと、「だから7歳までに死んでしまう子が多く、長く生きても20まで生きられることはない。」ということを説明した。これはその当時の、ダウン症の子供の予後に関する、標準的な認識だった。

私は当然、暫く立ち直れない程のショックを受けた。とにかく折角待って生まれてくれた弟に早死にされるのが、死ぬ程辛かったのである。他に母から「知恵が遅れる。」とか「却々言葉が出るようにならない。」といったことも聞かされたが、そんなことはどうでもよかった。確かにきょうだいが出来たら、話ができるようになることをとても楽しみにしていたけれども、それが駄目でも、とにかく生きていてさえくれればいいと強く思った。それで8歳だった私は、自分の命を半分弟に分けてやれないものかと考えて、毎晩頭から蒲団をすっぽりかぶって、声を殺して泣いた。そしてこの思いが、自分は将来医者になるのだという思いに繋がった。

母はこの時、弟の障害であるダウン症候群が、どのように生じるかについても説明してくれた。

人間の卵細胞のもとになる卵母細胞と、精子のもとになる精母細胞とは、他の体細胞と同じように、常染色体22対と、性染色体1対の、合計46本の染色体を持っている。それらの細胞から卵細胞と精子を生じる際に、常染色体も性染色体も1本ずつに分かれて、正しくは卵細胞も精子も、23本の染色体を持つようになる。ところが卵母細胞から卵細胞ができる際に、時たま染色体の配分の失敗が起こる。つまり他のすべての染色体は、2つの卵細胞にそれぞれ1本ずつ配られるのだが、21番目の染色体に限って、一方の卵細胞にのみ2本配られて、もう一方の卵細胞には全く配られないということが起きてしまう。そうしてできた21番目の染色体を2本持ち、合計24本の染色体を持つ卵細胞が、正常の23本の染色体を持つ精子と受精した場合、21番目の染色体を3本、合計で47本の染色体を持つ受精卵ができて、その受精卵は流産せずに子宮の中で最後まで育つ可能性が可成高く、ダウン症児として出生するのである。私はこの時、ダウン症児の親を対象に作られた小冊子を母から見せられて読み、大体理解した。

そしてその時、同時に母は、「人間の身体にある無数の細胞から、余分な21番目の染色体を1本ずつ取り除くことは不可能だけれども、余分な1本の染色体の動きを止める薬が創れたらいいのに。」と言った。

この母の言葉と、その1年余り前に両親から聞かされた「医者が神様に見えた。」という言葉から、当時8歳から9歳になりかけていた私は、〝私は将来絶対、医者にならなければならない〟と、強固に思い込んでしまった。もう少し詳しく言うと、〝自分のような星の下に生まれたからには、医者になって、弟と同じ病気の子供達を助ける薬を創るか、それが無理ならせめてその子達を少しでも長く生かし、少しでも高く能力を伸ばさせ、より豊かな人生を送らせることができる為に働かなければ、人として許されない〟という思いが、不動のものになってしまったのである。

そしてこの強い思い込みは、当初私を楽にしてくれた。明確な目標ができたことで、毎晩弟に先立たれることを思って泣くことから、解放されたからである。しかし皮肉にもそれが思春期以降、私を激しく悩ませ、病ませることになってしまった。それは、8、9歳という時期に懐《いだ》いた志は、後になってみると、どこまでが純粋で自発的な己の意志で、どこからが他人に暗示・呪縛されて懐かされた意志なのか、判然としなかったからである。

この頃、後になって私の心に深い傷を残す出来事が他にも起こった。それは、両親が弟の障害を知って、反応して起こした行動だった。

まず父についてだが、消極的な方法でではあるが、父は弟を殺そうとしたことがあったという。弟がダウン症とわかった直後の、まだ寒い時期だったというから、'66年の3月頃のことだと思う。父は、暖房のない寒い部屋で、弟を素っ裸にして放置したのだそうだ。「凍えて死ぬことを期待したのだろう。」と母は言ったが、もしかすると風邪を拗《こじ》らせて肺炎で死ぬことを期待したのかもしれない。いずれにしろどうしようもなく残酷な期待である。その時は、幸い母がすぐに気付いて、大慌てで服を着せ、温めたから、大事には至らなかったそうで、本当によかった。

とは云え、父がそういうことをできたという事実は、絶対に消えない。私はその事実を10代になってから母に聞かされたが、聞かされた時には、本当に胸が凍り着いた。そんなことができたという父という人間が、とても信じられなくなった。そしてそれが本当のことなのか、父本人に確かめる勇気がとても持てなかったから、私はずっと父に対して、心の奥底に不信感を凍り着かせてきた。それ一つだけで、父についての他のいい記憶はすべて帳消しになってしまい、非常に苦しかった。父がそんなことをしたのは、そんな障害を抱えていたのでは、弟が絶対に幸せになれる筈がないと悲観したからだろう、と想像してみても、私は父に同情できなかった。知能というたった一つの能力が劣っているだけで、その人間が絶対に不幸だなどと考えるのは、極めて世俗的で浅い価値観だと感じたからだった。

母がこのことを私に聞かせたのは、多分、自分1人の胸に抱えているのが辛かったからだと思うが、私はその母の弱さを、今でも半分恨んでいる。生きる上で、何でも真実を知ることが大事だと云っても、この事実はあまりにも知って辛すぎたからである。

また当時、母が起こした行動も、私の心に深い傷を残した。それは結果的に、母が弟の障害を、私を自分の思い通りにコントロールする為に利用したことだった。意図的にではなかったかもしれないが。

まず母も、弟がダウン症とわかった直後に、弟と無理心中しようとしたことがあった。その時の情景は、私もぼんやりと憶えている。母は弟をおぶって、私を連れて、買い物に出かけた。その道の途中に踏切があって、私はそこで母に不穏な気配を感じて、「早く帰ろう。」と母の手を引っ張った。その時母は線路に飛び込もうと考えていて、私のひと言で事無きを得たそうである。人は誰でも自分が大きな苦悩を抱えた時には、その苦悩だけしか見えなくなる視野狭窄《さく》に陥る。私も大いにそうであるから、それだけなら母を責められないと感じた。父のように、弟だけを殺そうとした訳ではなかったのが救いだった。

しかし母はその少し後に、私が何か、母の気に入らない行動か考えをした時に、「あんたまでそんな風なら、洋ちゃん連れて死んじゃうからね！」と、私を脅したことがあった。具体的に何をした時だったかは憶えていないが、そう言われた私は、母の言葉を100％真に受けて、心臓が止まりそうになった。自分にとって最もかけがえのない母と弟が死んでしまったら、とてもその先、生きていく気になどなれない。況《ま》して、私が母を絶望させて、その結果、母が弟を連れて死んだら、私が二人を殺したことになる。そんな人殺しの罪を背負って、その先とても生きていくことなどできないと、母から脅迫された小学生の私は、すっかり怯《おび》えてしまった。

それでそれ以後の私は、表に現われる自分の行動を、すべて母の気に入るようにするだけでなく、自分の頭の中の感じ方や考え方まで、すべて母が気に入るもの、母と同じものを持つように、自分で自分に強制するようになった。母がちょっと表情を曇らせるだけで〝洋を連れて死なれたら大変〟と、すぐに行動も考えも母の望み通りに変える、というところから始まって、私は間もなく、何かに触れて、感じや思いが自分の底から湧き上がってくる度に、それらが意識下から意識の表に現われる瞬間に、すべて母と同じ、母の望み通りになるよう、悉《ことごと》く歪《ゆが》めるようになった。この無意識の層に於ける作業は、非常に緊張とエネルギーを要した。そうして私は、自分が本当は何をどう感じているのかわからない、母親のダミーになっていった。自分で自分の魂を、すべて母の鋳型に嵌《は》めたと言っていい。そうしないと、とても不安で耐えられなかった。

今思えば、私が母の思い通りにならなかったことで、母が弟を連れて死んだからと云って、私が二人を殺したことになる訳ではなかった。私の行動や性質が母の気に入らなくても、私が悪いとは限らない。客観的に見て、私が悪い訳ではないのに、母が私に絶望して、しかもその感情を表明するのであれば、寧ろ母の方が幼稚で身勝手である。更にその結果、無理心中を選択したとしても、母はれっきとした大人だったから、その責任は飽くまでも母にあった。

しかし小学生の頃の私は、そこまで理詰めで考えられなかったし、また私がどれ程逆らったところで、母は絶対に死ぬような人でないということも、見抜くことができなかった。それで私は自ら進んで、母親のダミーになる道を選んでしまった。もし表面だけ母の気に入るようにするだけで、安心・満足できていたら、後で深刻に病まずに済んだと思うが、幼児期に既に母を絶対に正しくて善と神格化していたことと、生れ着き極端に嘘のつけない性格だったことが災いして、それができなかった。母は、同じ私が小学生の頃、「世の中のどんな偉い人が言うことでも、本当にそうかどうか、一つ一つ疑ってかかるように。」と私に教えていたが、殊、自分の言うことだけは例外で、私に絶対服従することを要求した。これも実に矛盾に満ちていたのだが、私はその矛盾にも当時は気付くことができなかった。

更に私は自分の意志や欲求まで、母が私に〝こういう意志や欲求を持ってくれたらいい〟と望む期待を先取りして、心底自発的にそういう意志や欲求を持つよう、自らに強制してしまった。そしてこれらのことが後に私が精神の病を発病する大きな根本の原因になった。人間は本来、自分の魂に従って生きるべき存在である。従って殴る蹴るだけでなく、親が子供に子供自身の魂を持つことを許さなかったり、それに従って生きることを許さなかったりするのは、れっきとした虐待である。子供は親の一部でも分身でも所有物でもない。親とはまったく別の魂を持ち、全く対等の人格の重さを持った存在だからだ。そのことを認識していない親御さんが、私の母だけでなく、世の中に数あまたいらっしゃるようなので、是非この機会にしっかり認識していただきたい。

そうやって、母の覚えに一々真剣にびくつくようになった私ならではのエピソードを紹介したい。

バカバカしいと思われるだろうが、私は小学校の後半以降、母と一緒にＴＶドラマを見るのが、著しく気が重くなった。それは母が、ドラマの中の登場人物の行動が自分の気に入らないと、必ず「バカ！　何やってんのよ！」と本気で激しく罵ったからだ。

概《おおむ》ね母の感じ方は、世間一般の常識的なものの感じ方に一致していたから、大体私も共感できた。しかし、罵られているのが登場人物であっても、まるで自分が罵られたみたいに、私は反射的にびくついた。それは、私が物心着いて以降も、母から私に投げられる評価のほとんどは、「あんたって子はどうしてそうなのよ！　何でこんなこともできないの？　そんなことしかできないの？　ああじれったい、忌ま忌ましい、情けないったらありゃしない！」というものだったからである。たまには他のことを言われたこともあったのかもしれないが、私の脳裡にはそれしか残っていない。だから幼児期、学童期と進むにつれても、どんどん自信欠如が進んでいっていた。

だからたまに母と違い、自分はドラマの登場人物に一部共感できるところがあったりすると、今度は私がパニックに陥った。母と同じ感じ方ができない自分が、悪い人間、駄目な人間に感じられたからだ。それでどうやったら母と同じ感じ方ができるようになるかと、懸命に藻掻《もが》いた。もし私が、母と違う感じ方をしていることが母に知れたら、「あんたって子はどうしてそうなの！」と、また母に嘆かれるのは必至だった。既に十分すぎる位、自分の存在価値についての自信が欠如していた私は、その上更に一度でも母から嘆かれたら、今度こそ立ち直れなくなりそうで、本当に怖かったのである。

このことから私が強く思うのは、親は幼い子供が傍らに居る時、極く僅かの例外を除いて、自分のものの感じ方を、あまり抑制なく剥《む》き出しにしない方がいいということである。何故なら、私ほど母親が絶対で、他人の感情に敏感な子供は、確かに特殊だったと思うが、子供が幼い内は、どの子供にとっても、親は他の誰とも較べものにならない、絶大で重い存在だからである。それ故、親が自分の感じ方を感情任せに激しく表現したら、親に強制の意図がなくても、子供は否応なく親の感じ方に縛られてしまい、自由にのびのび自分なりの感じ方をすることができなくなってしまうと感じるからである。

それと同じ理由から、親が例外的に剥き出しに激しく感情を表現していいのは、ドラマの登場人物がどこからどう見ても絶対に悪の場合で、子供に感じ方の自由など、認めなくていい場合だと感じる。例えばその登場人物が、自分の勝手なうっ憤晴らしの為に他人に暴力をふるったり、他人の誇りを傷つけたりした時には、「絶対に許せない！　くたばれ！」とでも激しく罵っていいと思う。そうすれば、どういう行為が人として絶対に許せないものであるかを、子供の心にしっかり刻印することができるだろう。

それではここで一つ、私が小学校高学年の時期に、ものの感じ方、考え方を、母の鋳型に嵌められた具体的事例を挙げてみたい。それは、「人工甘味料や人工着色料など、有害な添加物を加えた食品は、極力避ける。」ということだった。

'60年代後半は、ちょうど食品添加物の問題が、大きく社会問題化していた時期だった。そして先述の考え自体は、決して間違ったものではなかった。しかし当時の私は、「自分達の利益を増やす為なら、たとえ有害でも安い材料を使って商品を造り、売っても構わないなどと考える企業は、著しく道徳性を欠いていて許せない。」というところまで、母から吹き込まれた考えを、自信たっぷり、得意満面で、学校で先生やクラスメート達の前で滔々《とうとう》と弁じ立ててしまった。それで今思い出すと、恥ずかしさに身が縮むのである。

その上、私は更に、それらの知識や考えを私に吹き込む際に母が誇らしく言い添えた、「これからは家庭の主婦と雖《いえど》も、政治や社会の問題にしっかり関心の眼を開いていないと、子供を立派に育てることができない。」という言葉も素直に信じて、クラスメート達相手に「ウチの母はあなた達のお母さんよりずっと意識が高いの。そういう親を持てて、私は本当に幸せ。」と、臆面もなく優越感を振りかざしてしまった。何と小賢しくて鼻持ちならない子供だったことかと、冷や汗が出る。

そんな私を、当時の担任の先生は、「社会批判をすればいいというものじゃない。」と、やんわり窘《たしな》めた。

そして母にも「真実さんはお母さんの眼で物事を見ていますね。」と、不安を伝えてくれたようだ。そう母から聞かされた。しかし、それでも母は私への働きかけ方を変えなかったし、私も、その後も母の受け売りをするのをやめなかった。小学校4、5年の子供が大人の知識や考えを受け売りすれば、〝凄い〟という仲間達の注目を、楽に集めることができた。多少気が咎めても、優越感が得られるのが心地よくて、そういう行為がやめられなかったのである。

そして、その食品添加物の問題が主な理由で、私は安いお菓子を買うことを許されなかった。例えばアイスでも、安いものは10円で買えたが、そういうものには有害な人工甘味料や着色料が沢山使われているからという理由で、母から買うことを許されず、同じアイスでも「乳脂肪何%以上」という、「アイスクリーム」の基準を満たす、50円以上のカップ入りの商品しか買わせて貰えなかった。

当時はスーパーで、インスタントラーメン1個が20円以下で買えた時代である。従って50円のアイスクリームはかなり高価な品物だった。公立小学校のクラスメートの多数派が、おやつに買える品物ではなかった。それで私は他の友達と一緒にお菓子を買って食べることができず、とても寂しい思いをした。本当は彼らと同じお菓子を買って、一緒に食べたかった。しかし私は、友人達に〝寂しい〟などという素振りを見せるのが口惜しかったから、これについても「安いアイスには身体に悪い人工甘味料や着色料がいっぱい入っているから食べちゃいけないって、お母様から言われているの。」と、まるで彼らと同じものを食べないことが優越の証明であるかのような、高慢な言動を取ってしまった。

そうした事情から、私は6年生の時に一度、同じ学年の生徒十数人に取り囲まれて、「何だよー、すかしちゃってぇ！」と囃《はや》し立てられたことがあった。しかし今と違って、子供達の間でいじめが陰湿に組織化する時代ではなかったから、そういう事件は1回きりで終わった。そして子供は学校にいる間、学業成績がいいことが、最も幅が効く時代だったから、'70年の2月、通っていた小学校から1人だけ、国立大学の附属中学の受験に合格すると、それで私は周囲をすっかり黙らせてしまった。今では本当に申し訳なかったと思う。

だが、母に〝私は他のお母さん達とは違う。だから子供も他の子供達とは違う。〟とひけらかす行動を取らせたのは、表向きとは裏腹に、間違いなく母の、生育歴に起因する劣等感だったと思うし、私に母の受け売りをさせ、〝あんた達とは違うのよ〟と級友達に高慢な態度を取らせたのも、私の、自分の存在価値についての自信のなさだったと確信する。だから、母に対しては一々その評価にびくつく位卑屈だった癖に、その自信喪失の原因をつくった母の入れ知恵を、まわりの級友達をひれ伏させ、失った自信を回復する為に最大限利用した自分が、何と卑劣だったことかと恥ずかしい。

他にもこの頃、自分から進んで母の鋳型に嵌まり、級友達に対して鼻持ちならない言行を取ったことを幾つも思い出せる。

例えば、ある女子の級友が親しみを込めて私の腕に抱き着いてきた時に、「やめてよ、気持悪い！　人間の肌はベトベトして気持悪いんだから！」と言ってしまったことや、親しい友人から、彼女の家ではあまり牛乳や肉を沢山摂らないと聞くと、「あなたの家は、意識も生活レベルも低い。」とバカにしたことなどだ。

一つ目の言動については、実は、その直前に私自身が母の腕に抱き着いて、私が言ったのと同じことを母から言われていた。そしてとても傷ついていた。私は自分が級友から抱き着かれた時、本当は少しも気持が悪いなどとは思わなかった。逆に温かくて気持がいいと感じた。しかし、母の感じ方の方が高級に違いない、そういう感じ方をする人間の方が、きっと高級なのだろうと、くだらないことを考えて、自分で思ってもいない、母の受け売りをしてしまったのである。当然級友は、何て失礼なと腹を立てた。本当にひどいことを言ってしまったと、今でも深く後悔している。

それでは次に、もっと深刻に後の私の精神の病につながった、母の鋳型について話したい。

それはまず、「これからの時代は男も女もない（男女の平等、同権）。」という考えだった。これは両親共に、私が小学校に入る前後から、私に繰り返し言い聞かせていたことで、「これからの時代は、女も男と同じように社会に出て仕事をするべきで、お前も結婚や出産に囚われず、将来は男と互角に仕事をしろ。」という意味だった。

母がこれを言った背景には、自分がそういう生き方を志しながら挫折したということがあったに違いない。親と子供は飽くまで別の人格だから、親が〃自分の果たせなかった夢を、代わりに子供に果たして欲しい〃と子供に要求することは、根本的に間違っていると私は考える。しかし「男も女もない」という先の考え自体は、少しも間違っていなかったと思う。

だが父の場合には、弟がダウン症とわかってから、より盛んに言うようになった気がする。それは従来、世間一般では男の子に懸けることが多かった〃立身出世〃の期待を私に懸けるようになった為と思われ、成人してからは、それがかなり重圧になった。

しかしこの〃鋳型〃が後に私を病ませた主な原因は、両親、特に母の考えに、偏った、別のニュアンスが含まれていた為だった。それは〃結婚や出産は、女性が仕事で業績を上げる上で致命的な妨げになるから、そんなくだらないことは望むな〃というニュアンスだった。これは母だけでなく父も言い、私はこの鋳型も実に素直に受け容れた。そして結婚は、これという能力を持たない女が生活する為の安易な逃げ道だから、もし自分が将来そんなことを考えるようになったら、それは敗北、堕落でしかないと断じて、小学校高学年の段階で、自らに禁じてしまった。そしてこの考えについても、それから17歳頃まで、学校で級友や先生相手に、鼻息荒く弁じ立てた。今思うとそうやって自分を煽《あお》りまくることで、後戻りできないようにした気がする。

その上母は更に、結婚以前に、そのもとになる恋愛感情や、異性に関心を持つことからして、卑しく穢《けが》らわしいことという感覚を持つように、私に強く求めてきた。その要求は、小学校の前半から既に始まって、私はこの〝鋳型〟も至って従順に自分自身に嵌めた。

母は、私の中に僅かでも異性への関心を見て取ると、私が瞬時に恐怖と罪悪感で凍《い》て着いてしまう程の、激しい嫌悪と非難の眼を投げるというやり方で、私にその鋳型を提示してきた。

私が異性に対して、初めて淡い憧れの感情を抱いたのは意外に早く、小学校３年の時だった。相手は同じクラスの男の子で、勉強も運動もよく出来、性格も外見もいいという、バランスのとれた優等生だった。

ある日、私が苦手な体育の中でも最も苦手な飛び箱で、奇跡的に台上前転が出来た時、その男の子が「やった、小石川さん偉い！」とすかさず褒めてくれて、私は天にも昇るような気持になった。その子が私を褒めたのは、別に私に好意があったからではなく、その子は誰であれ、誰かが普段苦手としていることを努力して出来たら、抵抗なくそういう褒め言葉をかけられる性格だったのである。それで私はその子に好意を持ってから暫くの間、学校に行ってその子に会うのが楽しみな反面、緊張して苦しいという状態が続いた。そして一度か二度だけ、学校から帰ってから、その子の家の近くまで行って、その子が出てこないかと待ち伏せしたこともあった。そんなある日、私は家で母に、何かその男の子に関する話をした。すると母の顔が忽ち激しい嫌悪で曇った。多分、私の言葉の調子に、その子に対する好意が感じ取れたからだろう。それで私は、それ一度でもう二度とその子の話はしないというところまで、すっかり懲りてしまった。その後、幸いにも、その男の子に対する好意は自然に薄れていった。

そして私は小学生の間にもう一度、6年生の時に、同じクラスの男の子に好意を懐いたが、この時には既に〝男の子に興味を持つことは穢らわしい堕落〟という鋳型をすっかり自分に嵌め終わっていた為に、私は母から非難される迄もなく、ほんの短期間で自分で自分の恋心を撃退してしまった。そして撃退してしまうと、私はとてもほっとした。それは再び落ち着いて、中学受験の為の勉強に打ち込めるようになったからである。これは私自身の利益にも非常に合致した。何故なら私にとっては、学業成績の優越を死守することが、正真正銘、死活問題だったからだ。

当時の私は他に何の取り柄もなかったが、学業成績だけは抜群だった。学校での主要4教科のペーパーテストの平均点は、いずれも98点から99点の間だった。そして5年生の途中から、毎週日曜日に時期を違えて二つの進学教室の模擬テストに通ったが、そこでも百人ないし千人単位の受験生の中でトップの成績が取れることが多く、悪くても必ず順位はひと桁台で、いつも成績優秀者の表に名前が載った。

だから物心着く以前から、自分は生きていてもいい人間であるという、自分の存在価値についての最低限の自信さえ獲得できなかった私にとっては、それだけが支えであり、生き甲斐だった。周囲の他人はみんな目を見張って賞賛してくれたし、他のことは何でも貶し放題貶した母も、勉強についてだけは、「よくやった。」と積極的に褒めないまでも、唯一「それでよし。」と消極的に承認してくれた。だから勉強だけが私にとって唯一自分で自分に存在価値を認めることができる、頼みの綱だったのである。それで私は、他のあらゆる面での強い劣等感を代償する為に、死にもの狂いで勉強にしがみ着いた。それ故成績を下げる原因になるようなことは、私自身にとって憎むべき大敵だったのである。

そういう事情も手伝って、私は結婚、恋愛、異性への関心を激しく敵視する価値観の鋳型を、小学生の間に自ら進んで自分の精神に完全に嵌めてしまった。

母が私にそういう鋳型を嵌めずに居られなかったのは、当然、〝母である前に女〞という生き方をした祖母によって、幼い頃に受けた心の傷が原因だったに違いない。母が祖母に苦しめられた話そのものを聞かされたのは、私が思春期になってからだったが、私が小学生の頃、男の子の話をした時に、母がピクリと眉を顰《ひそ》めた表情からだけでも、母の生々しい傷の痛みが十分すぎる位伝わってきた。だから単にこれ以上母親から否定的評価を受けるのが怖いという理由からだけでなく、母のこの鋳型を、無抵抗で受け容れたのだと思う。しかしその御陰で、私は成人して以後も女としての自分を受け容れることができず、男性と自然な恋愛関係を持つことができない障害を、多分一生に亘って持ち続けることになってしまった。

このように、小学校高学年の頃の私は、自分で自分をガチガチに母の鋳型に嵌めていった。それにも拘わらず、後になって母から「あんたは小学校５年生の頃から急に悪くなった。」と言われた。私の精神の病が拗《こじ》れに拗れた、30を過ぎてからのことだった。当時は〝どこまで自分で自分のやったことが自覚できない人なんだ〞と腸《はらわた》が煮えくり返ったが、今では、もし本当に母の眼にそう映っていたのだとしたら、その理由が一部わかるような気がする。

その頃、自分の本音を悉《ことごと》く抑圧し、意識下に封じ込め、自分ではない〝母親もどき〟を生き始めた私は、最初はそれが辛く悲しく〝嘘ばっかり〟という嫌悪や罪悪感を感じずに居られず、憂うつそうにしていたのではないか。やがてその嫌悪や罪悪感まで意識下に埋めてしまった後も、胸の悪さから完全に解放されることができなくて、慢性的に不機嫌にしていたのではないかと思う。それで、その憂うつで不機嫌な態度や表情が、母には〝不従順〟と映って気に障り、「急に悪くなった」と表現されることになったのだと想像している。

話が前後するが、次に、私がこの時期に両親から劣等感を深められた体験を紹介しておきたい。

まず、当時の私は容姿について、級友達から「デブ」「月面ババア」としょっちゅうからかわれていた。小学校6年生に上がった時の私の身長、体重は154㎝、54㎏だったから、それ程ひどい肥満ではなかったと思うが、同じ身長、体重でも一番体型的にしまりのない年代だったたし、たとえ軽度であっても肥満した体型が珍しい時代だったたから、デブ、デブとからかわれた。また「月面」と言われたのは、当時私の顔面がにきびだらけだった為である。私は6年生の初め頃、初潮を迎えた。だからその時期、性ホルモンのバランスが乱れたことも手伝って、顔がにきびだらけになってしまったのだろう。そして私が小6だった'69年の7月にアポロ11号が月着陸に成功し、人類が初めて月面に降り立った。そのクレーターだらけの月面に、私のにきびだらけの顔が似ていたということで、男子生徒達が月面、月面と囃し立てたのである。

勿論《もちろん》それらのことで、私は著しく心が傷ついた。しかし当時、遠慮会釈なく私の容姿を貶《けな》すことに於いては、両親も全く同じだったのである。そして当然、他人である級友から貶されるより、生みの両親から貶される方が、格段に深く心が傷ついた。

まず母からは、足首が太いことを貶された。曰《いわ》く「あんたのその足首が太いのは、お父様の血統ね。お父様とあのバアサン（父方の祖母）そっくり。足首が太い人は運動神経が鈍いのよね。」と。そして父からは、太っていることについては「塩を摂らんから身が締まらんのだ。」と、そしてにきびについては「豚の脂が回っとるんだ。」と言われた。

まず父の「塩を摂らんから身が締まらん」については、肉や魚に塩を振りかけると、水分が抜けて体積が減ることから言ったものだったが、それを生きた人間に当て嵌めるのは、あまりにも非科学的だった。

私が塩気の強い食べ物が嫌いだったのは、生まれ着きの味の好みの所為もあったが、他に私が小２の時、母が急性腎炎になって、一時生死の境を彷徨った影響もあった。入院した母は、無塩食を食べさせられた。それを見て、〝塩は身体に悪い〟と、私の中に強く刻印づけられてしまった。だから「塩を摂らないのが良くない」という父の主張は、医学的に正しくないだけでなく、私にとっては非常に殺生《せっしょう》だったのである。

「豚の脂が回っとる」については言うまでもなく、当時、安価な蛋白源として、母が私によく豚肉を食べさせていたことから言われたのだが、まるで自分の存在そのものを汚いもののように言われたように感じて、非常に残酷だった。〝無神経の罪〟だったと感じる。

しかし母の、私の足首が太いことを貶す言葉に至っては、〝いじめ〟以外の意図は何も考えられなかった。母からそう言われてどんなに努力したところで、体重は減らせても、足首は、それこそ骨が邪魔して細くならなかったし、生まれ着きの運動神経の鈍さも、本質的に改善するのは不可能だった。どれほど努力しても改善できないことを責められるのは、これまた本当に残酷だった。

それに父方の祖母との血の繋がりについても、それはどう足掻《あが》いても切れるものではなく、またその血の繋がりをつくったのは、他ならぬ母だったから、私の欠点の原因として〝血統〟という言葉を持ち出すのは、実に残忍、卑劣かつ陰湿だったと感じる。

当時母は気付いていなかったのかもしれないが、私はいつも、これ以上母親から悪く思われたら、とても生きてはいられないという、非常に危うい心境で生きていた。そこへ持ってきて父方の祖母という人は、この世で一番卑しくて汚い存在として母が窮極の価値の否定をした人だった。だから私をその人に似ている、その人の血統と言うことは、本当に私を全面否定しているとしか受け取れず、私にとってこれ以上の残酷な言い様はなかったのである。それなのに、母が〝血統〟を持ち出したのはこの時だけではなく、それ以後も、父と私の両方の性質や考え方が気に入らない時には、「あんた達は小石川さんちの人じゃないから。」という言い方を数限りなくして、小石川さんちのやり方なんでしょ。私は小石川さんちの人だから。そういうのが思い切り皮肉に、意地悪く、蔑意と優越感（？）を、思う存分表現した。

しかも母の卑劣さはそれに留まらなかった。母はまるで『イソップ童話』に出てくる、蝙蝠《こうもり》のような人だった。父とうまくいっている時には父に同調して私の悪口を言い、私とうまくいっている時には私に同調して父の悪口を言った。それが当時から現在までずっと続いている。勿論、一人の人についてもその時々で見え方が変わることがあるのは、私も否定しない。しかし母の場合、ちょっと耳に心地よいことを言われた、ちょっと気に障ることを言われたという自分の都合次第でコロコロ見方も言い方も変えたから、〝無節操〟の感が否めなかった。しかも私は、母がそういう人だということを最近まで見抜けず、母の言うことを一々真面目に聞いていたから、しょっちゅう裏切られた思いがして、打ちのめされ、くたびれた。

尚、成人して、私の病が顕在化して以降、私が「何故、長所や努力の成果を褒めることは一切せず、気に入らないところだけをこれでもかと貶したのか？」と母に尋ねると、母は「私だっておばあちゃんから『ああよしよし、いい子いい子。』って、猫かわいがりされて育った訳じゃないから。」と繰り返し答えた。

私はこの答に対して、母に二つ抗議したい。一つ目は、私の方は「悪い点を責められるのは仕方ないが、良い点は良いと認めて欲しかった。」と、極めて常識的な要求をしたのに、何故それを、私が「良くても悪くても、何でもいい、いいと褒めて甘やかせ。」と非常識な要求をしたかのように、勝手に話を掏《す》り替えるのかということ。そして二つ目は、あなたは「みっともない」だの「地獄を夜通し歩いて来た顔」だのと生みの母親から貶されて、傷つかなかったのか？　なのに何故「足首が太いのはお父様の血統。あのバアサンとそっくり。」と、同じように私を傷つけることを言ったのか？　ということである。

二つ目の抗議に対して、母は繰り返し、「私はおばあちゃんから何を言われようと平ちゃらだった。何を言われたって、３歳頃から〝ふん、何言ってるんだ！〟と、全然意に介さなかった。だから子供がそんなことを苦にするとは思わなかった。」と答えた。

だがそれは、断じて嘘である。母は祖母から心ない貶され方をして、深く傷ついていた。しかし、何故か傷ついた自分の当たり前の弱さを正直に認めず、〝私は平気だ〟と強がった。そして更に〝私は母親を恨んだりしない〟といい子ぶった。その結果、〝子供はどれ程親から貶されても、傷ついたりはしないもの〟という偽りの大義名分に基づいて、抑圧した祖母への恨みを、私に向かって不当に吐き出す行為を、正当化したのである。従ってこの事例からも、自分の心を直視し、正しく認識することのできない、内省心の乏しい人間が、親から虐待された後、親になると、〃うっ憤晴らし〃の原理で我が子に虐待を連鎖させることになるのだ、と私は主張したい。それ故、自分に不正直で内省心の乏しい人間が、私は嫌いで憎い。

父もやはり、私の病が顕在化した後に、「お父さんも親からボロ糞に言われるのが当たり前で育った。」と、母と同じことを言った。また「お前はお父さんと性格が似ている。」というのが、私が子供の頃からの父の口癖だったから、私も貶され放題貶されても平気だと思ったのかもしれない。「しかし『似ている』というのが勝手な思い込みで、その上に立って私に関わられたことで、私は非常に傷ついた。」と、やはり長じてから抗議した処、父はもの凄い剣幕と恐ろしい形相で私を撃退した。父も母も論理より感情優先、いつも力で私を捻じ伏せ、無理矢理自分の主張を押し通す人達だった。

両親がこの頃私を貶したのは外見だけに留まらず、内面の問題にも及んだ。

まず母は、「あんたは協調性がなくて、お友達から嫌われる子。」と、繰り返し私の性格を評した。しかし少なくとも小学生の頃には、この評は多少は当たっていたとしても、全面的には当たっていなかった。何故なら当時の私には、下校時いつも一緒に帰る、決まった友達も居たし、放課後や休みの日に互いの家を訪ねて一緒に遊ぶ、決まった友達も何人か居たからだ。また家で宿題以外の勉強を殆どしなかった4年生頃までは、男女合わせて10人位のグループで、近所の公園で暗くなるまで遊んだこともあった。とても楽しかったので、よく憶えている。

今、冷静に振り返ってみて感じるのは、母が自分から進んで私の性格を悪く決めつけたがっていたということだ。そして私は「協調性がない」「お友達から嫌われる」と母から繰り返し言われる内に、だんだん自分でも自分はそういう駄目な人間と思い込み、益々自信を失い、萎縮していった。そして益々、級友達の中に入って行けなくなった。既に十分、自分の生きる価値に自信を失っているところへ、更に自分が他人から受け容れられないことを確かめるような行動をとることが、怖くて堪らなくなったからである。その現象は、中学に入ってから本格的になった。

だから世の親御さん達には、お子さんの性格を悪く決めつける〝レッテル貼り〟は、絶対にしないでいただきたい。そのようなレッテル貼りは、子供をよりよい方向に向かわせる〝躾〟には、まずならない。親が駄目だというのだから駄目に違いないと、子供は無力感で萎縮する可能性の方が、圧倒的に高いと確信するからである。

更に、この時期の私が協調性に欠けていたのには、先述のように、母が〝ウチは他の家とは違うのよ〟と、私が級友達を見下すことを促す言動をとることで、寄与・助長した部分が大いにあったという恨みも持っている。

そしてもう一つ、この時期の母の言動で酷かったものとして次に紹介したいのは、家事の手伝いに対する評である。

私は、中学受験の直前こそ家の手伝いをしなかったと思うが、それまでは食器の後片づけをよく手伝っていた。しかしそれについて、母から「有難う、助かったわ。」と言われた記憶は殆どない。逆に「やるんだったら流し台に水ハネ一つ、レンジに油ハネ一つ残らないように、ピカピカに磨き上げなきゃ意味ないのよ。こんなやり方ならやらない方がましだわ。」と、やって貶されることがほとんどだった。この評は、小学校高学年の子供にとっては非常に酷いものだった。

確かに当時の母は、家事については完璧を期していたと思うが、母はオール・オア・ナシングの、極端から極端に走る人で、私が中学に入って以後は、家事を殆どやらなくなり、台所には汚れた食器が年中積み上げ放題になっていた。私も「こんな次元の低い仕事はしなくていいから、頭の柔らかい内に理数系の勉強をしろ。」と、母に厳命されて、手を出さなくなった。その状況に較べれば、流し台に一つ二つ水ハネが残っていても、食器だけでも洗った方が、間違いなくましだったと思う。

そして今度はこの時期に、父から人格を否定された体験に移りたい。

小学校４年から5年にかけての頃、私は、弟が折角おやつを持って来てくれたのに、虫の居所が悪くてそれをはたき落とすということと、父が私の部屋の前を通りかかった時、弟かと思ったら父だったので、「なあんだ、お父様か。」と無神経なことを言うという、二つの誤ちを犯した。これら二つの事件のいずれかの時に、私は「その腐った根性を叩き直してやる。」と父に言われて、父に後ろ髪を引っ摑まれ、床に何度も何度も、顔面を思いっ切り叩きつけられた。またこれもいずれかの時に、「お前は人間の屑だ。」「お前は切ったたって赤い血なんか出ないだろう。」という、これ以上はない酷い言葉を、父に浴びせられた。

確かに私のこれらの言行は、人として間違ったものだった。しかしいずれも小学生の子供の気紛れの域を出ないものだったと感じる。従っていずれも「お前の言行は、他人の好意を挫《くじ》いたり、悪意や落度のない他人の心を傷つけたりするもので、人として許されない。」と、特定の行為についてのみ窘《たしな》められれば、十分用が足りたと感じる。しかし父が吐いた三つの言葉は、私の人間性そのものを完全に否定するものだった。

だから心底心がズタズタになって、未だにその痛みが忘れられない。それらの言動は床に顔面を叩きつける行為と共に、間違いなく虐待に当たった。

だが、父も、自らの意志に反して、虐待を連鎖させてしまったのだろうと想像している。父が私の顔面を床に叩きつけた時、母は「女の子なんだから顔は傷つけないで！」と半狂乱になって叫んだが、それに対して父は「顔なんかどうなったって構うか！　問題は根性だ！」と怒鳴り返し、益々焚きつけられたように手の力を強めた。母も力ずくでまでは止めてくれなかったから、父が私を解放してくれた時には、私は上の前歯が2本グラグラになっていた。それでその後父に、歯医者に連れて行かれた。歯医者でどんなやりとりをしたかは全く憶えていないが、行く途中で父から「お父さんが嫌いか？」と訊かれたことだけは、よく憶えている。とても辛そうな声だった。私はそれに対して、イエスともノーともはっきり返事ができなかった。

この時の父の様子を思い出すと、父は一度カーッと頭に血が上ると、自分で自分が止められなくなってしまったのではないかという気がする。それでここまで書いてきて、父が私の顔を床に叩きつけたのは、私が「なあんだ、お父様か。」と言ってしまった時だった気がしてきた。父自身、その不幸な生い立ちから、自尊心の危うい人だった。それで子供の私の些細なひと言で、もともと危うかった自尊心が深刻に揺らいでしまい、我を失い激しい暴力に走ったのだろうと想像している。

斯くしてこれまで書いてきたような事情により、小学校を卒業するまでの間に、私の中には、自分の外見にも内面にも全く自信が持てない、唯一自分に存在価値を感じられるのは学業成績のみという、非常に危うく惨めな魂の状態が完成された。徹底して自信を挫かれ、いつも母親をはじめとする、周囲のあらゆる人達からの悪い評価に怯えて、ハリネズミのように緊張しているという生存状況は、母から伝え聞いた、母の子供時代の生存状況にそっくりである。自分自身、さんざん痛めつけられて育ちながら、自分の子供もそれと同じ育て方しかできない〝虐待の連鎖〟は、本当に惨めだと感じる。そしてそれを防ぐ唯一の手立ては、如何に辛くても親が自分で自分の精神《こころ》の歪みを正確に直視し、認める、強い〝内省心〟のみだと感じる。

それでは次に、弟との関係についての続きを書きたい。

弟が初めて一人で立ち、一、二歩歩けるようになったのは、'66年の11月、1歳8カ月の時だった。その様子を記録する写真は、'82年の6月、私が大学を卒業して一人暮らしを始める時、両親の家から持ち出して、今も私の手元にある。すっくと立った弟の顔は、やはり限りなく生きる喜びに輝いていた。

その直後、私達家族は埼玉県内の公団住宅から、千葉市内の一戸建ての家に引越した。弟の為に、より望ましい生育環境をと考えたことが、一つの大きな理由だったと、後に母から聞いた。当時私は、小学校3年生。

その後も、私は学校から帰ると、毎日、長い時間弟と遊んだ。抱いたり、おぶったり、自分が畳の上に寝て、弟のお腹を両足の上に載せ、両手で弟の両脇の下を持って、〝飛行機ぶんぶん〟をやってやったりした。また木製のおもちゃの汽車に動物の人形を乗せて、汽車ごっこもやった。〝飛行機〟をやってやると、弟はいつもキャッキャ笑って喜んだ。そうした場面の写真も、白黒で何枚も残っている。勿論、撮ったのは父で、そうした場面の私や弟に、いとおしさを感じてくれたからに違いない。

しかし小学校4年の終わり頃になると、心に痛みを覚える思い出も出てきた。それが小学校4年の終わりのことだったとわかるのは、弟が３歳になる直前のことだったと、はっきり記憶しているからである。私はその時、他所の人から弟の年を訊かれて、嘘をついてしまったのだ。

それは弟を乳母車に乗せて散歩に出かけた時のことだった。弟は既に歩けるようになっていたけれども、速い速度で長距離を歩かせるのは困難だったから、乳母車に乗せて出かけた。家から100ｍ程の所にある児童公園の入り口で、当時30代位の知らないおばさんに会った。そのおばさんは、いきなり「大きな赤ちゃんね。」と弟のことを言ってきて、感じが悪かった。そして「幾つなの？」と私に訊いた。それで私は「２歳です。」と答えた。するとおばさんは尚も意地悪く「２歳になったばかり？」と訊いてきた。それで私は「はい、そうです。」と、嘘を答えてしまった。更におばさんは、「何月生まれなの？」と訊いてきた。それは'68年の1月のことだったと思う。その時私が12月か1月と答えれば嘘がバレなかったのだが、咄嗟に頭が回らず、「2月です。」と正直に答えてしまった。それで弟は2歳でも、３歳になる直前であることが、見事にバレてしまった。するとおばさんは「ふうん。」と怪訝そうな声を出し、まじまじと私の顔を覗き込んだ。私はおばさんの眼をまともに見ることができなかった。

今思えばこのおばさんは、弟に障害があると、最初から疑っていたに違いない。だから意地悪く探りを入れてきたこの人にも、恨めしい気持が残っている。しかし今でも一番悔いが残っているのは、嘘をついた自分である。嘘をついたのは間違いなく、弟の発達が遅いのが恥ずかしかったからだ。私は、恥ずかしいと思った自分を悔んだ。発達が遅いのは、弟の罪ではない。それなのに、私は弟の障害を恥じてしまった。それで私は弟に申し訳ないことをしてしまったという罪の意識を、初めて持った。

その罪の意識と弟を可哀想に思う気持ちを、歪んだ形で償った記憶もある。それはそれからあまり日が経たない頃に、同じ児童公園に、弟と二人で遊びに行った時のことだった。その時は、砂場で弟を遊ばせた。その砂場には、子供が乗って遊ぶのにちょうどいい、コンクリート製の、ウサギやカメなどの動物の置き物があった。それで私は、先にそれらの置き物に乗って遊んでいた3、4歳の幼児達を威嚇して追い払い、弟の為に遊具を独占して、そこで弟を遊ばせたのである。「どう、口惜しい?」と、幼児達を相手にうそぶいたことも憶えている。そんな幼稚なやり方で、弟に本当に償える積もりだったのかと、とても恥ずかしい。追い払われた幼児達がこの時のことを憶えているかどうかはわからないが、私の胸には、今も悔恨の傷が残っている。

一方、当時、小学校の同じクラスに、軽度から中等度の知的障害を持った女の子が居た。私が通っていた小学校(千葉市の公立小)には、特殊学級がなかったからだろう。4年生か5年生のある時、私は他の2、3人の級友達と一緒に、その子の家に遊びに行った。そういうことは、それ一度きりだったと記憶する。その時私は他の級友達と一緒に、その子のことを馬鹿、馬鹿と嘲《あざけ》ってしまった。私は自分が知的障害の弟を持っていて、殊《こと》弟については、障害故に虐めたり、バカにしたり、恥じたりしてはならないと、母から強く叩き込まれてわかっていたが、それが、他の知的障害を持った人達に対しても守らなければならないことだということが、改めて教えられなければわからなかったのである。これも幼稚だったと恥ずかしい。

そしてその時家に居たその子のお母さんは、そんなことを言ってはいけないと、私達を窘めた。しかし私達は、誰から言い出したかは忘れてしまったが、「馬鹿を馬鹿と言って、何が悪い。」と、口惜し紛れにお母さんを突っ撥ねた。それで私は家に帰ってからも、母に大威張りで「馬鹿を馬鹿と言って、何が悪いのよ。」

と豪語してしまった。そして母から烈火の如く怒られた。「洋ちゃんが同じように馬鹿にされたら、あんた平気なの？」という言われ方でだったと思う。そう言われてようやく、私は自分がとんでもないことを言ったことに気付いた。

　それから母に命じられて、すぐその子の家に謝りに行った。お母さんは快く、私を許してくれた。「弟さんを大事にしなさい。」と言ってくれた気もする。お母さんは、脚が不自由な方だった。その障害も一つの原因になって、難産、そして酸欠で、その子は知的障害を背負うことになったのかもしれない。だとしたら、お母さんは余計、障害故にその子がまわりの子供達から虐められるのが、自分自身も責められて辛かったに違いない。本当に申し訳ないことをしてしまったと今でも後悔している。

　だが、もしこの事件がここまでで終わっていたら、痛い思い出ではあっても、「その人に罪も責任もなく、その人がどんなに努力してもどうにもならない弱点故に、その人を責めるのは恥ずべきこと」という、人としてとても大事なことを教えて貰えた、大事なエピソードとしてのみ記憶に残すことができたと思う。しかし折角の記憶に、ケチがついてしまった。それはこの事件の直後に、母がその子を含め、学業成績のあまり良くない子供たちと遊ぶことを、「あなたのプラスにならないから」と言って、私に禁止したからである。そのことで、当時も何となく嫌な気持になったが、何がどう嫌なのか、はっきりとはわからなかった。母が口先では人道的なことを言いながら、その根は非常に浅く、本音はとても俗っぽい価値観と、手前勝手な欲求の持ち主だったことが、その言動から伝わってきたからだと、今ではよくわかる。

同じく小学校高学年の頃、私は夏休みや冬休みには、NHK教育テレビの、例えば『理科教室小学校6年生』といった教育番組を、好んで見ていたが、当時、同じ教育テレビで『たのしいきょうしつ』という、特殊学級の小学生向けの番組も放送していた。それでこれは弟にいいだろうと思い、弟に一緒に見せた。多分私は生まれ着き、辛い現実もあるがままに受け容れて、だったらどうするのがいいかと、素直に前向きに考える性格だったのだと思う。母は全くそうではなかったのだが、不思議にもその部分は、私は母の鋳型に嵌められなかった。それで3歳か4歳の弟に、『たのしいきょうしつ』を見せたのだが、それを母に見つかって、「洋ちゃんにこんなものは必要ない！」と、もの凄い剣幕と形相で怒鳴られた。私はびっくりして、母の剣幕に縮こまった。何故怒られなければならないのか、わからなかったからである。

しかし遅くともそれから数日の間には、母は弟が知的障害児であるという事実を受け容れたくなかったから激怒したのだと悟った。その時私は、内心母に幻滅、失望したような気がする。何とかかんとか綺麗事を言ったって、結局母も、知的能力が劣っていれば人として価値が劣っていると判断する、世俗的価値観に縛られ切っていることがわかったからである。

小学校1年の頃のエピソードからもわかっていただけるように、私はあらゆる種類の嘘、一貫性の欠如、本音と建て前のズレが許せない、徹底して融通の利かない性格だった。それでこのエピソードから、非常に強い母に対する不信感が形成された。しかしその認識は、〝母親は絶対に正しくて善〟という私の精神の最も基本の認識とは著しく矛盾した。その矛盾を抱えながら生きていくことはとても辛かったから、私はすぐ、その母に対する不信感を意識下に封じ込めてしまった。

弟にまつわる母の言行から、母に幻滅した事例は他にもある。それは要するに、母が弟と同年代の近所の健常な子供達とそのお母さん達を、絶対に弟をバカにして虐めるに違いないと、頭から決めつけ、敵視して、弟を小学校に入るまで、一人では家の外に一切出さず、他の子供達と遊ばせなかったことだ。

私が小学校５、６年生で、弟が３、４歳の頃、近所の弟と同年代の女の子２人が家の前に来て、弟と一緒に居た母に向かって、「ねえ、その子馬鹿なの？　おしなの？　どうして口が利けないの？」と訊いたことがあったそうだ。私はその場に居た訳ではなく、後から母に話を聞いただけなので、母がその子達に何と答えたかはわからない。が、私にその話をした時、母は「何よ、自分達の方が踏み潰したような顔してる癖に！」と、ありったけの憎しみを込めてその子達のことを罵った。「親が家でああいうことを教えているのよ。」とも言った。

確かに障害児の母親にとっては、その子達の言動は無神経で、傷つけられるものだったと思う。しかし当時その子達が４歳と２歳だったことを考えると、真剣にその子達を憎んだ母の方が、大人げなかったと感じる。

ダウン症の子供達は全般に、知能の発達の遅れ以上に、言葉の発達が遅れる。こちらの言うことを理解して、指示に従うことはできても、自分から言葉を発することが特に不得手で、確か弟は小学校に入る時点で「せんぷうき」の語尾を真似して「ぷうき」と言うのがやっとだったと記憶している。

そして問題の女の子達は、ダウン症の子供も、知的障害を持った子供も、その時初めて見たのだと思う。だから素朴な疑問を真っ正直に口にしてしまった、というのが一番真実に近かったのではないかと思う。だから、本当なら母は、その時冷静になって「この子は生まれ着きの病気で、却々《なかなか》言葉が喋《しゃべ》れるようにならないの。でもそれは、この子が悪い訳じゃないの。生まれ着きでどうしようもないの。本当はこの子だって、あなた達みたいに言葉が喋舌れる子に生まれて来たかったと思うの。だから喋舌れなくてもバカにしないであげて。バカにされると、この子もおばさんも辛いから。そしてできたらこの子と一緒に遊んであげて。この子、自分では喋舌れないけど、他の人の言っていることは大体わかるから。」と、幼児にわかるように教え諭《さと》すべきだったと感じる。

実はこの問題に関係して、とても可笑《おか》しいことがあった。私が高校生になり、弟が小学生になった頃に、やはり近所の小学生の男の子が、弟を連れている母に向かって、「ねえ、その子、外国で育ったの?」と訊いたのだそうである。その頃、弟は多少は喋舌れるようになっていたが、弟の言葉は一般の人達にはとても聞き取りにくかった。だからその男の子も、先の女の子と同じように、素朴に感じた疑問をそのまま口にしたに違いない。本質は変わらない。しかしこの時には、母は前の時とは打って変わって全く腹を立てず、逆に気をよくしたのである。それは「外国で育った」というその子の言葉が、母の虚栄心をくすぐったからである。

またもう一つ、これに関して思い出せるのは、弟が実際に問題の女の子達と一緒に遊んだことがあったことである。弟の幼児期、母は先述のように、近所の子供達も大人達も、弟に対して蔑意と敵意を持っていると確信していた。だからその自分自身の認識に基づいて、「一人で外に出したら、虐められてデコボコにされて、性格がいじけてしまう。」と主張して、弟を一人ではけして家の外には出さなかった。だから勢い、外に遊びに行く時には私と一緒、ということになったのである。そしていつもドアチェーンを掛けて、弟が一人で外に出て行けないようにしていた。私も、そして仕事で忙しかった父も、母の主張を信じて、その方針に従った。

ところが弟はとても好奇心旺盛で、外の世界を探険したがった。だから母がうっかりドアチェーンを掛け忘れた時などに、弟はすばしこく母の目を盗んで外へ出て行き、よく近所の家に上がり込んで遊んだ。同じ年頃の子供のいる家に上がり込むことが多かったが、実際に虐められてデコボコにされたことは一度もなかった。

弟が小学校に上がる直前で、私が中学1年の終わりの頃、確か私が盲腸を手術して退院したばかりの時だったと思うのだが、私と弟が二人で家で留守番していた時に、またしても弟が隙を狙って、外へ出て行ってしまった。血相を変えた私は、寝巻から着換えて、さんざん外を捜し回ったが、どうしても見つからない。それでとうとう交番に行って事情を話し、お巡りさんが「こういう服を着た、5歳位の男の子を見かけたら、報《しら》せて下さい。」とマイクで流しながら、パトカーで団地の中を回ってくれた。そうしたら何と、例の2人の女の子のお母さんがやって来て、「あの、弟さん、ウチで遊んでますけど。」と私に教えてくれたのである。きっとパトカーのマイクの声を聞いて、びっくりして報せてくれたのだろう。私が弟を見失って1時間か2時間か、相当長い時間が経っていた。弟が行ってすぐに、お母さんが私に知らせてこなかったのは、弟が行ったことがさほど迷惑でなかったのか、或いはまたすぐに知らせることで「迷惑した」と受け取られることを避けたかったからではないかと思う。そして2人の女の子達とたっぷり遊んで帰って来た弟は、虐められた様子など微塵もなく、至ってニコニコ、楽しそうにしていた。

従って、母が言ったような蔑意や敵意が、周囲に全く存在しなかったかどうかはわからないが、問題は母のやり方一つだったのではないかと、後から感じた。もし母が心を開いて、「ウチの子供には知的障害がありますが、おたくのお子さん達と遊ばせてやっていただけませんか？　よろしくお願いします。」とあちらのお母さんに頭を下げていたら、うまくいっていたのではないかと。

しかし、そんなことは母には思いも寄らないことだった。その子達のお父さんは〝ブルーカラー（工員）〟だと言って、端《はな》から付き合う相手ではないと考えていたからである。

だが私も小、中学生の頃は、他のあらゆる問題についてと同じように、母の見方、考え方が絶対に本当で正しいと、信じ切っていた。〝本当にそうだったんだろうか〟と疑念を持ち始めたのは、大人になってからだった。

やがてその女の子達の下に、男の子が生まれた。私が大学生の頃、その男の子が小学校高学年になって、「将来は都市計画の仕事をしたい。」と夢を書いた作文が、団地のコミュニティー紙に載った。それを読んだ母が「馬鹿な子は自分の身の程を知らないわね。」と腐した。何か変だな、と思い始めたのはその頃からだった。そして私が30代の頃には、今度はその家の上の女の子がウエイトレスをしていると、また母がバカにした言い方をした。だがその姉妹は大人になってからもとても仲が良く、しょっちゅうその家からは明るい笑い声が響いていた。

だから今では思う。母は、自分が私に「知的障害があるような子と遊んでも、プラスにならない。」と言って止める人だったから、他所の親御さん達も、みんなそう考えるに違いないと思ったのではないか。母自身が猜疑心と蔑意、敵意に凝り固まっていたから、他の人の中にも蔑意や敵意ばかりを見たのではないか。本当は自分の中にある感情を、相手の中に見る現象を、精神医学では「投射」と云い、これはよく見られる現象だそうである。

従って、返す返すも残念なのは、私が自分の精神に母の鋳型を嵌めることなく、小、中学生の時に、母が主張することに対して、〝本当にそうなんだろうか？〟と、感じたり考えたりする力を持っていたら、その後、大きな病を抱え込まずに済み、もっと豊かな人生が送れただろうということだ。

そして今言及した、母の中に激しく渦巻いていた敵意も、もし母が、原型の敵意を、幼い頃母に著しい精神的苦痛を与えた、祖母やまわりの他人達に正しく向け、恨むだけ恨んで解消していれば、母の中に湧くことなく済んだだろうと、遺憾でならない。

このように、私の小学生時代は、両親からは専らネガティブな評価ばかりを受け、成人してからは、両親に感謝することより、恨みつらみを言いたいことが、圧倒的に多くなった。しかし、当時の私は恐らく、世間の眼から見れば相当に親孝行で、両親への誕生日、父の日・母の日、クリスマスのプレゼントは欠かしたことがなかった。そしてその習慣は現在まで、途切れなく続いている。これには、プレゼントをあげないと罪の意識を感じてしまうから、という強迫行動的な一面もある。大人になってからは、母に、他所のお嬢さんとプレゼントの額を較べて言われるのが、とても嫌だったが、それでもやめることができない。

第4章

中学生時代

✹数学者は研究者のカビ?!——学業への没頭で精神疾患の顕在化が遅れる

先述のように、私は受験して、大阪で万博が開かれた'70年に千葉大学教育学部附属中学校に入った。ここでの3年間は、私のその後の人生の方向を大きく決定づけた、大事な3年間だった。

私はこの学校でも、学力的な優位を保ち続けることに成功し、3年後、学年トップの成績で卒業した。女子が学年トップを取るのは、10年ぶりだと言われた。それで、入学した頃には、将来は千葉大の医学部が目標と考えていたが、卒業の頃には、3年後には絶対に東大の医学部に入ろうと考えるようになった。

そんな訳で、この時期、私の精神状態も社会生活も大きく破綻することはなかった。級友達との関係には多少の障害があったものの、自分で見ても、まわりから見ても、全体としては非常にうまくいった時期だった。

この時期、私の知的な面での精神世界は、爆発的に広がり、深まり、高まった。

その契機《きっかけ》をつくったのは、意外にも初恋だった。相手はまた、同じクラスの男子生徒だったが、小学生時代とは違う本格的な恋で、想いは3年間に留まらず、中学入学直後から7年位続いた。ずっと私の片想いに終わったが。その彼、A君が、理数系に非常に秀でた力を持ち、文学など他の分野にも、中学生離れした高い知識を持った人だった御蔭で、私は彼と対等に話ができるようになりたい一心で、ガムシャラに勉強し、知的能力を飛躍的に伸ばすことができたのである。その成果が、その後の私の人生に十分活かされたとは言えないが、この時期の知的な世界の高まりは、それそのものが貴重で、素晴らしい体験だったと、今でも感じている。

私がこの中学で、学業面で成功したと云っても、最初から順風満帆だった訳ではない。逆に最初は大きなカルチャーショックがあって、絶望のどん底に墜き落とされた。そのカルチャーショックの原因について説明したい。

この学校の、他の学校にない存在目的の一つは、教育学部の学生の教育実習の場ということだったが、その他に、これから先の中学での教育の内容や方法をどうしていくのが望ましいか、この学校に勤める先生方が実験、研究を行なうという目的もあった。それで特に主要5教科は、2年生までは各先生方が独自に用意した教材を使った授業を行ない、通常の検定教科書を使った授業は、3年生の1年間に集中的に行なわれた。これは、中学3年間で学ぶべきと定められた内容をすべて習得し、高校受験に備える上では、生徒にとって負担の多いやり方だった。それで、その負担に十分耐え得る力のある生徒を予《あらかじ》め集めるというのが、生徒を入学試験で選抜する、大義名分になっていた。

私は社会生活の面だけでなく、学業の面でも、必ずしも柔軟な適応力に恵まれてはいなかった。それで、各先生方の奇抜な教育内容や手法に、初めはとても面喰らってしまったのである。

特に数学は取っ付きにくく、最初は却々わからなくて、毎日家に帰って泣いていた。最初に教えられた内容は「集合」で、確かその後の指導要領の改定で、高校1年で正規に教える内容に採用された。とは云え、一度わかってしまえば特別難しいものではなく、中学生にも十分理解できる内容だったと思う。ところがその「一度わかる」までが、私にはとても大変だった。見た目の見慣れなさに、もの凄くハードルを高くされたと言っていい。それで、最初の中間テストの前の数学の小テストで、私は78点しか取ることができなかった。その点数は、平均点よりやや上くらいの点数で、私は本当にがっくり来た。大袈裟ではなく、前途に希望が持てない気持になった。

ところがそのテストで、クラスで唯一人、100点を取った生徒が居た。それがA君だった。それで私はA君を、忽《たちま》ち強い尊敬と憧れの眼で見るようになったのである。A君が凄かったのはそれだけではなかった。入学した直後の頃、確か出席番号の関係で、A君は私の斜め後ろという近い席にいた御蔭で、休み時間などにA君の話を聞く機会が多かったのだが、その時の話題が、相対性理論に量子力学、トーマス・マンにドストエフスキーと、私がそれまでに聞いたこともないものばかりだった。嫌味に聞こえると思うが、小学校までの私は、知的な面では完全に〝お山の大将〟で、私の知らないことを、まわりのクラスメートが知っているなどということは、あり得ないことだった。だから、自分の知らないことを知っているクラスメートの出現ということも、附属中での大きなカルチャーショックだったのである。

それで私は猛然と奮起した。それから〝A君に追い付け、追い越せ〟の生活が始まった。私がA君を好きになったのは、多分理屈抜きでだったと思う。しかしA君が知的に、特に理数系で秀でた人だったことが、私に恋心を持ち続けることを許してくれたという面は、大いにあった。それは母に嵌められた精神の鋳型の、絶大な威力が理由だった。

母が私に真っ先に求めたのは〝男に負けない〟ということだった。従って具体的には、世の中で昔から女性が男性より劣っていると言われている理科と数学で、男子より高い成績を上げることが、母に一番強く求められたことだった。まず中学に入ると、私は母に、台所から締め出された。当時母は、料理や裁縫など、所謂女性の領分とされている仕事は、後から幾らでも憶えられるから、今の頭の柔軟な時期には、理科や数学など論理的思考能力を要求される科目に力を傾注しろと、はっきり口に出して求めてきた。

そして〝私のような星の下《もと》に生まれてきたら、医者にならなければ人でなし〟という鋳型も、中学に入った頃にはまだ、完璧に健在で、その意味でも理科と数学を制することが求められた。理科と数学を制する者が、最難関の医学部を制すというのが、実情だったからである。当時の私は、母が嵌めようとしにかかってきた鋳型を、半ば自発的に喜んで自分自身に嵌めていたから、理科と数学で抜群の成績を上げることが、自分自身にとって最優先課題であり、大きな喜びだった。そしてその目標を実現する為に、Ａ君への恋心は妨げにならず、寧《むし》ろ大いにプラスに働いてくれたから、私はＡ君に対して恋愛感情を持ち続けることを、自分自身に許すことができたのである。

私はまず手はじめに、数学を制そうと考えた。多分その一番の理由は、理科より数学の方が、〝わからない〟という最初のショックが、より大きかったからだと思う。しかしもう一つ、Ａ君が数学よりも理科に、より賭けている感じに見えたから、その向こうを張るまい、向こうの最優先の領分は侵さないようにしよう、と考えた気もする。

そして、その〝プロジェクト〟に本格的に取りかかったのは、1年の夏休みだった。

その前に言っておくが、私の1学期の成績は、結果的にそれほど悪いものではなかった。千葉大付属中では、中間テスト、期末テストの度に、学年で何番かという順位を、主要5教科と全9教科とで出していた。私の記憶では、1年の中間テストは、250人中5教科が23位、9教科が24位、期末テストは5教科が3位、9教科が6位だった。中間テストの前の数学の小テストで、平均点より少し上しか取れなかった私は、その後の中間テストで23位、24位という成績を返された時、最初はてっきりクラス50人の中での順位かと思ってしまった。しかしそうではなく、1学年250人中の順位だとわかって、これはそんなに絶望しなくてもいいかもしれないと、意欲を取り戻した。その結果が期末の、3位と6位だったのだが、そうなると、これで満足して堪るか、という勢いがかかった。

それで私は1年の夏休みに入る前後に、中学3年と高校1年の数学の参考書を買ってきてくれるよう、母に頼んだ。何故母に頼んだのか、どうして中3と高1の参考書だったのかは、残念ながら憶えていない。しかし母が買ってきてくれた参考書は、とても使い易くて助かった。中3は受験研究社の『実力教室』で、高1は『チャート式　基礎からの数学Ⅰ』だった。母は、千葉駅ビルの中に当時あったキディーランドという書店で、店員さんにどれがわかり易いかと訊いて買って来たと言っていたが、それが大当りだった。これらの本は、その後の私の運命を切り拓いてくれたものとして、生涯忘れることができない。

夏休みに入ると、私は圧倒的に数学に力を入れて、ガリガリ勉強した。これは完全に自発的に、一人でやり、途中1、2時間、疲れて昼寝したり、買い物を兼ねて散歩に出たりする以外は、毎日朝から晩まで、一日中やっていたように思う。これが自分に鞭打ってというよりは、やり始めたら面白くて面白くて止まらなくなったという印象が、強く残っている。

結果、１年の夏休みの内に、中３の『実力教室』は練習問題まで全部解き終わり、高１の『チャート式基礎からの数学Ⅰ』も、半分位は習得できた。運のいいことに、当時の指導要領による中３と高１の、数学の主な内容は、因数分解、二次方程式、二次関数と、私の好みに合ったものが多かった。そして数学Ⅰは、中３の数学をそのまま発展させた内容が、半分以上を占めていたから、続けて勉強し易かった。

何故、できなくて泣かされた「集合」に固執することなく、２年飛び越えて、中３の数学から独学しようと思ったかは憶えていないが、結果的にこの思い着きは大成功した。中１の２学期以降、私は千葉大附属中で、まず数学に於いて、向かうところ敵なしになることができた。つまり、〝A君に追いつけ、追い越せ〟が、まず数学で実現した。これも後からわかったことだが、より進んだ中３、高１の数学が理解できると、それ以前の中１、中２の数学は、指導要領から離れた内容を教えられても、自然にすらすら理解できるようになった。それで、これにより学業の面で絶対的に揺るぎない自信を獲得した私は、１年の２学期以降、定期試験で学年でひと桁に入れなかったのは、確か１回だけで、それ以外は必ず学年で３位以内に入り、最終的に学年トップで卒業することができた。

数学については、中１の２学期以降も高校の課程の独学を進め、中２で数学ⅡB、中３で数学Ⅲまで大体マスターした。………と書いてきて、ここで一つ、自分が高校の数学に飛びついた理由を思い出した。まず中学入学後すぐに、私たちは一律に担任の先生から、岩波新書の『自由と規律』（池田潔著）という本を読むよう、勧められた。この『自由と規律』を、私はあまり真面目に読んだ記憶がないのだけれども、それを契機に、私は岩波新書の他の本や、講談社現代新書、ブルーバックスの本も、どんどん読み漁《あさ》るようになった。

その初めの頃に出会った本の中に、矢野健太郎氏や遠山啓氏の書かれた数学の本があって、その中に紹介されていた〝微分・積分〟というテーマに、強い憧れと興味を覚えた。曲線状の任意の1点の接線の傾きを算出する方法としての〝微分〟と、曲線とX軸の間に挟まれた部分の面積を算出する方法としての〝積分〟にである。それらの考えを案出したニュートンとライプニッツに強い敬意を懐き、「数学は人知の栄光である。」というライプニッツの言葉に、心から心酔した。そしてこの内容が出てくるのは、高校2年の数学（数学ⅡA又はⅡB）であることを、何かで知った。それで、何とか〝微分・積分〟を早く理解できるようになりたいという欲求を猛然と懐いた私は、それに至る最短の方法として、中3の数学の2次方程式、2次関数から始めるのが最も効率的と思い着いたような気がする。

そんな訳で中2の1学期頃に、憧れの〝微分・積分〟に辿り着いて、参考書の問題がほぼ全部解けるようになった時の、私の充実感と喜びは、もしかすると人生で最高だったかもしれない。因みに『チャート式数学ⅡB』は、同じクラスの女子の1人から、千葉大の工学部に入ったという、彼女の6歳年上のお姉さんのものを譲って貰った。彼女とは、クラスの中でも仲が良かったから、自分が高校の数学を独学しているということを、彼女に話した。それで彼女が、大学受験が終わったお姉さんの参考書を、譲ってくれたのである。彼女自身は歴史には強い興味を持っていたが、数学には特別興味を持っていなかった。彼女とは在学中、互いの家に一度ずつ、遊びに行ったこともあった。

それで、情緒面、人格面ではまだまだ未熟だった私は、憧れの高度な数学の知識を習得すると、休み時間に彼女を相手に、習得した知識を黒板に書いて説明したりした。こうした私の行為は、すべてのクラスメート達から見て、自慢たらしく見えたことだろう。しかし、まわりの誰にも理解できない、憧れの高度な知識を習得できた私は、そのことをまわりに知らしめずには居られなかったのである。

こうして数学で自信を着けた私は、他の分野にも独学の幅を広げていった。そこでもう一つ、私が飛び着いたのは、NHKの『通信高校講座』だった。私が中学生だった'70年代初めの頃は、NHK教育テレビ（3チャンネル）は、ウィークデーの午後9時から11時までは毎日、30分区切りで『通信高校講座』を放送していた。それで中1の2学期以降は、ほぼ毎日、夜9時から11時まで、『通信高校講座』の全放送を、見るようになったと記憶する。数学Ⅰの他に数学ⅡA、物理Ⅰ、化学Ⅰ、生物Ⅰ、地学Ⅰ、世界史、日本史、政治・経済、倫理・社会、現代国語、古典など、すべてである。この習慣は、高校受験の少し前まで続いていた気がする。

つまり私は数学Ⅰをやった後、数学ⅡAに取りかかったのだが、例の『チャート式　数学ⅡB』を譲ってくれたクラスメートから、数学ⅡAは、大学進学を目指さない人達のための課程だと聞かされて、間もなく数学ⅡBに移った。しかしそれまでに『通信高校講座』の数学ⅡAのテキストを買い、「年賦償還」という、ⅡBには含まれない実用的な内容が習得できて面白かったことが、強く印象に残っている。

また、私が数学以外の科目も、高校の課程を独学していることを知って、思いがけない男子のクラスメートが、やはりお姉さんの古文の参考書を譲ってくれたことがあった。その男子は、けして勉強熱心な部類の人ではなかった。そのことから、附属中のクラスメート達が、全体に圧倒的に心の寛《ひろ》い人達だったことが伝わってきて、今では本当に感謝している。

そして、私が高校の課程の数学を習得するようになって、憧れのA君は、私に一目置いてくれるようになった。それはとても嬉しいことだったが、私はそれだけでは満足できなかった。

A君は、中学に入った時既に、アマチュア無線電話級の免許を持っていて、更に電気関係全体の知識や技術に明るく、無線の交信の体験や、真空管付きのラジオを作った体験などを自慢していた。片や私はと云えば、理科全般はけして不得手ではなかったが、電気の分野だけは、小学生の頃からとても不得意で、そこを集中的に教えて貰う為に、中学受験の直前には、千葉大の工学部の学生さんに家庭教師をして貰った程だった。しかしそれでも、配線図の理屈が理解できないなどの不得手は、中学に入っても全く本質的に改善されていなかった。そこへ持って来て、まず数学の出来で私の心を奪ったA君が、電気関係も抜群に得意であることを知った私は、その分野でもできるだけA君に追い付きたいという欲求を、強く持った。

それで私は中2の夏から秋にかけて、アマチュア無線電話級の免許を取る為の講習会に、毎週日曜日、銀座線の外苑前まで通った。この講習会の修了試験に合格すれば、国家試験免除でアマチュア無線の免許が取れることになっていた。そして私はその修了試験に、無事合格した。しかし私の実情は、講習会で教える内容を十分理解したというのとも、電気関係に明るくなれたというのとも、全く程遠い状態だった。合格できたのは、昔から私がペーパーテストで勘がよく働き、本当は十分理解できていないにも拘わらず、勘の御蔭で高い確率で正答を弾き出せたからだった。

私が講習会に通っていることは、A君にも話していたが、A君は特に応援も非難もしなかった。だが免許を取得する途中で大きな障碍が現われた。それは、講習会の1日が、学校の運動会に当たっていたことだった。講習会は皆勤で出席しないと、修了試験を受験する資格が与えられなかったのである。

それで私は、苦労を無駄にしない為に、結局、運動会を休んで講習会に行くことに決めた。その願いには、母も全面的に協力してくれた。これについては、後からゴチャゴチャ言われたものの、今でも母に感謝しなければいけないと思っている。運動会に参加することは、勿論生徒として義務だった。それで運動会を休む為に、学校に「風邪を引いて熱を出した。」と嘘の届けを出すことも、運動会の当日、講習会の行き帰りに、他の生徒や学校関係者に会わないようにする為に、千葉から外苑前まで車で送り迎えすることも、母がやってくれたからである。この日、行きについては憶えていないが、帰りは大雨だった。当時母は、車の免許を取ってから1年半程で、都内までの慣れない道を雨の中、往復するのは、とても怖くて緊張して大変だったに違いない。

それなのに、運動会をズル休みした件は、私の不注意から、担任の先生の知るところとなってしまった。私がその件をクラスメートの一人にうっかり喋舌ってしまったからである。その、女子のクラスメートはピアノが非常に上手く、高校から音楽専門の学校に行って、今ではピアノのプロになっているが、性格的には中学の時から、まるで中年のようにこすっからい人だった。彼女は、要領の悪い私をいいようにからかうなど、日頃はけして善良な人ではなかったにも拘わらず、私から運動会を休む件を聞きつけると、俄然、取って付けたように正義感を振りかざして、「それは生徒として正しくない。もし本当に休んだら、理由を先生に話す。」と言い出した。どんなにやめて欲しいと懇願しても、彼女は聞き入れてくれなかった。

私は、そこまで来て免許を取るのを諦めるのはどうしても嫌だったから、バラされても仕方がないという覚悟で、当日、無線の講習会に参加した。結果、やはり事実が彼女から担任の先生に密告された。その事実が、クラスで公にされることはなかったが、母は先生から呼び出されて、謝罪させられたそうである。だが不思議なことに、その直後に母からこっぴどく叱られたという記憶はない。その代わり、大分後になってから、「あの時はあんたがA君にのぼせた御蔭で、私はいいように利用された。」と、とても嫌味な調子で言われた憶えがする。

尚、この事件でもう一つ、今振り返って私が驚くのは、私が、クラスメートから告げ口をすると脅されていたことを、事前に母に話さなかったことである。話せば、当然その時点で、母からこっぴどく叱られた。しかし小学生までの私は、どんなに母に叱られるのが怖くても、悪いことをしてしまったと思ったら、それを母に秘密にしておくことができなかった。親に秘密を作れないことは、子供の心の病的な徴候であると、精神医学関係の書で読んだことがある。従ってこの時期の私は、全体としては将来精神の病を発病する方向に向かって、知らず知らず進んでいたのだが、親に秘密を作れるようになった点だけは、精神が成長し、健全になっていたと感じる。

だが、そこまで犠牲を払って免許を取ったにも拘わらず、私は結局、無線局を開局しなかった。それは、アマチュア無線そのものにさほど強い関心があった訳ではなかったからで、実に勿体ない話だった。開局すればA君と交信できて、それを通じてもっと親しくなれたかもしれない。開局しなかったもう一つの理由は、私は免許こそ取ったものの、実際の無線機の扱いなど、実技的なことに全く自信がなかったからで、更には、私の知的好奇心が、その頃益々加速度的に広がっていて、無線の交信よりも、他の分野の勉強の方がやりたくなったからである。そのように、当時の私はA君に憧れきってはいても、すべてA君と同じことをやろうというのではなく、それなりに主体性を持っていた。

しかし、他にやりたくなった勉強を通じても、私はA君と共通の話題を持とうと試みた。それは具体的には、物理と化学の高校の課程の内容だった。私が物理学に関して、A君から直接聞いたのは、相対性理論と量子力学という学問の分野、そしてそれらを案出したアインシュタイン、マックス・プランク、ニールス・ボーアといった人々の名前だった。そして、それらの分野の知識や考えをきちんと理解できるようになる為に、私は物理や化学についても、岩波新書やブルーバックスの読みかじりでは済ませず、数学と同じように、高校の参考書を買って来て、一から順番にマスターしていくというやり方を取った。これは、中２の初め頃から始めていた気がする。

中学時代のA君が、謂わば〝閃きの人〟だったのに対して、私はそれ以前から現在まで一貫して、こつこつ積み上げるタイプだった。そういう勉強の仕方でないと、本当にわかった気がしなくて、不安だったのである。それで中２の頃には数学だけでなく、物理や化学についても、学校に高校の参考書を持って行くことが多くなった。数学が、チャート式（数研出版）が使い易かったので、物理と化学もチャート式を買った気がする。今度は母に買いに行って貰うのではなく、自分でキディーランドに買いに行った。

そしてある程度読み進んだ頃、私は休み時間に化学の参考書を拡げて、A君に何か話を持ちかけた。何の話題だったか、具体的には憶えていない。しかしA君から「知らない！」と、頭から撥ねつけられてしまった。それは、びっくりする程激しい反応だった。私は非常にがっくり来た。それは、丁度私がアマチュア無線の講習会に通っていた頃のことではなかったかと思う。

それで「何故拒絶されたんだろう？」と、例の、私が運動会をズル休みした件を担任に密告した女子のクラスメートに、事の顚末を話した。すると「それはわかる気がする」と、すぐに彼女は言った。要するに、自分が一番得意で、賭けている領分を侵されたのが、口惜しかったのだろうということだった。A君は、女は男より一歩下がっているべきという感覚の人だったから、余計そうだったのかもしれない。しかし私が落ち込んだのは一瞬のことで、その後もそれまでと変わりなく、高校の物理と化学の勉強を続けた。〝嫌われるならやめる〟などと、女らしく考えたりしなかったのは、母の鋳型ではなく、私自身の主体的な意志だったと思う。

そしてA君も、それで終わる程狭量な人ではなかった。中3のある日、放課後の教室に二人だけ残って、A君は私に、得意な量子力学の話を聞かせてくれた。話の内容を全部憶えてはいないが、ただひたすら向こうの話を聞いているのではなく、私の方からも質問を投げた。A君の影響によってだけでなく、自然の変化によっても、私は中学に入る前後から、抽象的な思索をすることを好むようになっていた。

例えば中1の夏休み、昼間、勉強に疲れて寝転がって、庭の木の葉が風に揺れているのを見ながら、〝時間〟というのはわかるようでわからないものだな、という考えが自然に浮かんできた。あの木の葉を写真に撮ることを考える。カシャッとシャッターを押した瞬間の、木の葉の状態が写真に映る。この〝瞬間〟という言葉が曲者《くせもの》である。もし時間というものを、無限に長い円柱に譬えると、〝瞬間〟というのは、その円柱をある1カ所で切った〝断面〟を意味するのだろうか？……いや、それはおかしい。木の葉が写真に映る為には、フィルムが感光する為の一定の時間が必要である。非常にゼロに近いけれども、完全にゼロではない時間が。……ということは、写真に映った〝瞬間〟の木の葉は、円柱の〝断面〟を捉えたものではない。紙のように薄い厚さの円柱が表す、極く極く短い時間に於ける木の葉の状態が捉えられているのである。

つまり、写真の木の葉は静止して見えるけれども、極く極く短い時間の木の葉の動きが、そこに封じ込められているのだ。そもそも〝瞬間〟という言葉自体読んで字の如く、〝瞬く間〟で、〝間〟は円柱の極く薄い厚さを意味するのだ。そもそも人間には、時間の完全な断面というものは認識し得ない。何か物体の存在を目で捉えるにも、極く短くても一定の長さ（=厚み）の時間、その物体が網膜に映る必要があるからだ。ということは、時間の完全な断面というものは、少なくとも人間にとっては存在し得ず、空想の産物ではないのか……といった一連のことを、私は風に揺れる木の葉を見ながら、考え巡らしたことがあった。

それでそうした自分の考えや疑問を、別にどちらから誘うともなく、放課後教室に2人きりで残ることになった機会に、私はA君にぶつけてみた。するとA君は、「そうなんだ。光もそうだけど、時間も、それ以上はどうしても分けることができない粒子、つまり量子でできていると言われているんだ。」と、とても活きいき、弾んだ声で答えてくれた。――この時私はA君と、2時間位は話したと思う。たった一度きりだったが、人生で本当に楽しかった時間の一つとして、生涯忘れることができない。A君はきっと忘れていると思うが。……そういう訳で、A君への恋は最後まで叶わなかったが、A君が得意な理数系の分野の話題で対等に渡り合いたいという私の希望は、努力の末に叶った。それだけでも、私にとっては人生の貴重な宝だった。

皮肉にも、中学3年間を総合しての卒業成績では、私の方がA君に勝ってしまい、私が学年でトップ、A君は5位だった。そしてA君は、第1志望の教駒（東京教育大附属駒場高校、現在の筑波大附属駒場高等学校）と私立武蔵の受験に失敗して、県立千葉高に進学し、私は東京学芸大附属高校の試験に合格して、そこに進学した。A君が居てくれた御蔭で、私の学力が飛躍的に伸びたことは間違いない。

A君にはどうだったのだろう？……卒業する間際に、私はA君から「千葉高には、小石川さんみたいに数学の出来る女子は居ないだろうな。」と言われた。それはややくたびれた、皮肉っぽい言い方だったけれども、私はA君から〝勲章〟を貰った気がした。その時、心の中で、私は「3年後に絶対に、東大で会おうね。」とA君に言った。そしてその願いは叶った。その後A君は、東大で自分が一番好きだった電子工学を修めて、押しも押されぬ一流企業に就職して、今に至っている。間違いなく私より、社会的に成功したと言っていい。もしそれが、高校受験で私に敗けた口惜しさをバネにしてくれた結果だったら、本当に嬉しく思う。当時から今に至るまでずっと、私は、恋はお互いに高め合うものであるべきと考えているからである。

そして、その〝恋はお互いに高め合うべきもの〟という考えは、最初は〝男に興味を持つのは堕落〟という母の鋳型に打ち克って、自分自身に恋を許容する為に、産み出したものだった。即ち〝堕落するんじゃなく、それを通じて自分を高められるのなら、異性に関心を持ってもいいだろう〟という論法だった。恋心を持ち続ける為に、そんな論法を産み出した自分は健気だったと思うし、またそんな論法を産み出してまでも、恋心を持ち続けようとした自分は、僅かながらも母の鋳型に嵌められきれない主体性を維持していたことがわかり、ほっとさせられる。

中学時代の私の知的好奇心の発展は、更に留まることを知らなかった。そもそもの始まりで、最も力点を置いていた数学の独学は、中3の頃には順調に数学Ⅲ（高3の課程）まで進んだ。そしてただ単に、受け身で参考書から知識を仕入れるだけでは気が済まず、何か自分で新しい発見をしたいと狙うようになった。

その結果、発見したのが、〝変曲点〟だった。これは私の一番の憧れだった〝微分〟の応用で、曲線とその任意の点に於ける接線を画いている内に思い着いた。ある関数を1回微分して得られる関数が「第1次導関数」で、この関数は、もとの関数の曲線状の各点に於ける接線の傾きを表す。そして「第1次導関数」をもう1回微分して得られる関数が「第２次導関数」で、この関数はもとの関数の、曲線の凹凸を表している。即ち、第２次導関数がマイナスの時には曲線は凸、第２次導関数がプラスの時には曲線は凹になる。従って、第２次導関数がマイナスからプラスに移行する境目の０（ゼロ）の時に、もとの関数の曲線は凸から凹に移行する、というのが私が発見した内容だった。

〝発見〟と云っても、勿論そんなことは世の中では周知の事実だった。ある関数の曲線が凸から凹に移行する点は、既に〝変曲点〟と名付けられて『チャート式　基礎からの数学Ⅲ』に載っていた。しかし「ある曲線が凸から凹に移行する点は、その曲線の第２次導関数が0になる点である」ということを、私は誰からも教えられることなく、本で読む以前に、自分で見つけたから、これはやはり私にとっては〝発見〟だった。

私はその事実を、$y=ax^3+bx^2+cx+d$　という、一般の３次関数について証明した。そしてその証明をレポートにまとめ、最初に私が泣かされた「集合」に始まって、中学3年間、私達に数学を教えて下さった先生にお渡しして、読んでいただいた。〝群論〟などを学んで、大学に入って以降、更に数学の力を伸ばして欲しいという、その先生の期待には、残念ながら応えることができなかったが、「変曲点は、第２次導関数が0になる点」であることが証明できた日も、人生で最も喜びに満ちた一日だった。それは中学３年の1学期の、とある日だった。

更に、中学時代、私の知的好奇心が発展した領域としては、他に哲学や精神医学、そして音楽などがあった。

哲学については『通信高校講座』の倫理・社会で、J・P・サルトルの〝実存主義〟を紹介されて、〝これこそが最高の真実〟と、電撃的に打たれた。中でも私が最も共感したのは「人間はまず先に実存し、その後で定義される。人間は未来に向かって自らを投企して、自らつくるところのものになる。」という、人間の〝主体性〟を絶対視した考え方だった。

母親から〝こうあれ〟と要求される鋳型を、自らに進んで嵌めていた私とは、およそ正反対の考え方だったが、自分の実際の生き様とこの考えとが正反対であるということを、当時の私は気づくことができなかった。しかし正反対のライフスタイルを余儀なくされていたからこそ、尚更この考えに強く打たれたに違いない。

私達は1年生の初めから、毎日『朝日新聞』の「天声人語」を読んで、感じたこと、考えたことを大学ノート1ページにまとめて書くようにという課題をクラス担任の先生から与えられていたが、3年の初め頃になると、今度は、その中のある一日の文章を発展させて、自分の考えをまとめるようにという課題を与えられた。

その時、私は〝三無主義（無気力、無関心、無感動）〟をテーマにしたある日の「天声人語」の感想から、青春期（思春期）の特徴は、自分の心の動きをつぶさに観察し、評価・批判する、もう一人の自分が誕生することであり、そういう時代である青春期は、人生で最も素晴らしい時代であるという考えと、その青春期にある人間の眼から見て、「人間は、自らこうありたいと思うものに向かって自らを投企し、自らを形造っていく存在である」という実存主義の考え方は、完全に共感できて、本当に素晴らしいという、持論を展開した。原稿用紙30枚余りに及ぶその文章は、今読むとゴテゴテと無駄な表現が多いものの、中学入学前後に出現した内省心と主体性を、人間を人間たらしめる最も大事なものとして賛美している点は、今でも強く共感できる。

そして精神医学についてであるが、中学時代には、私はやはり岩波新書で『心で見る世界』『幻想の現代』などの島崎敏樹氏の著書を読み、非常に感動した。氏は島崎藤村の甥に当たる精神病理学者で、私が中学生の頃には、東京医科歯科大学の精神科の教授だった。精神活動の基礎になる、脳の生化学現象が相当程度解明された現在に於いては、氏の文章は、文学的、哲学的に偏った見方という批判を受けるかもしれない。しかし、精神分裂病（統合失調症）の患者の眼に、周囲の世界がどう見えるかについて書かれた氏の文章に、私は非常に心をときめかされた。

何故かと云えば私自身、中学入学以後、知的好奇心を激しく触発され、沢山の分野について知識やものの見方、考え方をどんどん仕入れていく内に、周囲の世界がどんどん広がり、深く、細かく見えるようになり、世界が豊かに変貌していく様《さま》に、強い感動を覚えた、という体験があったからである。それで、もっと一般的に、人間の精神の在り方（感受性）がどう変化したら、周囲の世界の見え方がどう変わるのかについての法則を解明したいという欲求が芽生えた。そして更に、精神分裂病の人をはじめとして、感受性に著しい歪みを持った人の眼に見える世界を、芝居（演劇）という形で表現したいという欲求も芽生えてきた。

このように、中学時代はほとんどの時間、知の世界を大きく豊かに発展させることに、心の眼が向いていた。その御蔭で全体として精神の健康が保たれて、社会生活もほぼ順調に進んだ。

しかしこの時代にも、精神面、社会生活面に病んだ要素が全くなかった訳ではなかった。それらの事実について、これから説明していきたい。

それらはやはり、母との関係に属する問題が、圧倒的に多い。まず、先程まで話してきた知の世界の発展に関連しても、それは起きた。先述のように、多方面に亘って貪欲に知識の習得を進めた私は、小学生の頃とは変わって、将来の希望について、医者以外の職業も考えるようになった。数学者になりたい、物理学者になりたい、医者は医者でも精神病理学をやってみたい、脚本・演出・演技、すべて自分でやるという形で芝居をやってみたい等。

だが、これが母には気に入らなかった。母としては実際問題、私が医者以外の仕事に就くこと、それ以前に医者以外の仕事に憧れることからして許せなかったようだ。それで、例えば私が「将来、数学者になりたい。」と言うと、母は「研究室のカビになって、一生終わる積もり?」と言ったし、また私が「芝居がやりたい。」と言うと、今度は「水商売のアルバイトをして、通行人で終わるのがオチよ。それでも後悔しない?」と言った。何と酷くて意地の悪い言い方だったことか。私の夢は忽ち潰《つい》えた。母としてはどんな手を使ってでも、私の中の医者以外の職業への憧れを、即座に潰《つぶ》さないと気が済まなかったのだろう。

この事実から見て、この頃にはもう、私の〝自分のような星の下に生まれて医者にならなかったら、人でなし〟という鋳型は、盤石のものではなかったということだろう。だからこそ、他の職業への憧れが心に芽生え得た訳だが、それも母のひと言であっけなく萎《しお》れてしまった。その理由は、母の心ない貶し言葉でその職業に夢が持てなくなったからというだけではなく、それらの言葉から、母が如何にそれらの職業に私が着くことを嫌っているかが、思い切り伝わってきたからだった。この頃も、私は母から嘆かれること、失望されることが怖くて堪らなかった。それは、幼少時からの経緯により、「お前には生きている値打ちがない」と、死刑宣告されたような気持になったからであり、且つ「あんたまでそんな風なら、洋ちゃん連れて死んじゃうから！」という母の言葉が、私の中で生き続けていたからだった。

それで、この時私の中で起こったことは、単に特定の夢が潰れたということに留まらなかった。僅かに息づいていた本当の自分が死に瀕したことを意味した。自然にものを感じ、意欲する、本当の自分がである。しかし私はこの時にはそのことを自覚しなかった。自覚せず、再び知の世界の追求に没頭した御蔭で、精神面での破綻が表面化するのが、約3年、先送りされた。

次にこの時期、母と対立したのは、社会に於ける女性の在り方の問題に関してだった。

母は中学時代も、政治・社会的なものの考え方を、私に積極的に教え込んでくれた。例えば「結婚式場の入口にある、何々家と何々家の結婚式という書き方は、間違いだわ。結婚は、家と家の間でするものではなく、個人と個人がするものだから、正しくは何々さんと何々さんの結婚式と書くべきだわ。」という話も、この時期に母に聞いたような気がする。私は、この考えは今でも正しいと考えている。従って、当時は勿論、とても新しく、意識の高い、優れた考えと、忽ち虜にされて、クラスメート達や先生に、自信たっぷりに受け売りした。

またそこからの発展で、中1のある日、学校の帰りにバスの中で、2人の中年の女性が「女の子は短大ぐらいが丁度いいわ。4年制の大学を出たらとうが立っちゃって、嫁にやり辛くなるわ。」と話していたことについて、「女の子だからというだけで、将来は結婚して専業主婦になるのが当然と、母親が古い世の中の常識に支配されて、勝手に一つの進路を決めてしまい、娘に押し着けるというやり方は、実に横暴で、意識が低く、許し難い。」と、作文に書いたこともあった。そして、丁度その頃クラスに来ていた、女性の教生（教育実習生）の先生から、「中学生とは思えない、鋭い洞察力」などという評を貰って、得意の絶頂になった。

このように、母の鋳型による精神の支配は、全体としては益々深刻に進んでいっていた。そこでは母との対立は生まれず、対立が生まれなかったことにより、私の精神の病が発病する準備が、水面下で着々と進行していった。

しかし中学の頃の私には、まだ母と対立できるところもあった。その対立は、私が中学に入った頃から、母が極端に家事をやらなくなったことを巡って起こった。特に母は、食事を作らなくなった。それで食卓には毎回のように、レトルト食品や店で買って来た惣菜ばかりが並ぶようになった。これによって、家の中の空気はとても冷えびえとしたものになった。少なくとも私には、そう感じられた。レトルト食品や店の惣菜が美味しいか、まずいかということだけが問題なのではなく、家で主婦が、毎回家族の為に生《なま》の材料から食事を作れば、作っている間から、美味しいにおいが家中に立ちこめる。また主婦が、〝身体に良くて美味しいものを〟と、家族の健康と幸せを願う気持が、言葉にせずとも否応なく伝わってくる。それらがなくなったことで、家の空気が冷えびえとしたのだと、私は感じた。

それで私は中1のある日、意を決して母に言った。「政治や社会についての難しい考え方を子供に教えるよりも、毎回温かくて美味しい食事を、家族の為に作ることの方が、主婦としてずっと、大事な務めなんじゃないの？」と。すると母は「何よ、偉そうに！　私のことをメシ炊きババアだって言いたいの！」と、声にも表情にもありったけの憎しみを込めて、私を睨み付け、怒鳴りつけた。「だけど結婚して、家庭の主婦になるというのは、お母様が自分で選んだ道なんじゃないの？　だったらその務めを精一杯果たしたら？」と、私は諦めきれずに尚も言ったが、母は益々激しく頭に血を上らせるばかりだった。

それで結局、私のその主張は、それ1回きりで終わりになった。当時の私は、自分は母に言われた通り、知の世界を追求している方が楽しかったから、母に逆らってまで自分が台所に立ち入ることなど、思いも寄らなかった。従って、家の中の冷たい空気は、そのまま続いていった。

それにしても何故、家族の為に毎回美味しい食事を作ることが、母には何の疑問もなく、次元の低い仕事に映ってしまったのだろう？「メシ炊きババア」という言葉が、世間一般に通用する言葉なのかどうか、私は知らないが、そこに込められた蔑《さげす》みには凄まじいものがある。「私は、九大の法学部を出て、弁護士になる積もりだった。高校時代は演劇部で活動して、地方公演に来た『民芸』の宇野重吉や滝沢修に、将来東京に出て来て、一緒にやらないかと誘われた。結婚して暫くしてから久留米に帰ったら、高校の先生から『まさか君が只の主婦になるなんてねえ。』と、とてもがっかりされた。」という話を、この前にも後にも、私は数えきれない位、母から聞かされた。それは多分、その通りなのだろう。

しかし、弁護士にもプロの演劇人にもならず、只の主婦になった母が、唯一、現実の母だった。だったら何故、折角自分が選んだ道に全力投球せず、〝こんな筈じゃなかった。こんな人生、詰まらない。〟と不平不満を託《かこ》ち続けたのか？　それが、母の人生の最大の不幸の原因になったと感じる。中学生の時には、そこまでは見抜けなかったが。そして見抜けなかったことが一つの原因になって、私自身20頃から15年余り、これじゃない、これじゃないと言い暮らして、貴重な人生の時間を無駄にしてしまったが。

この女性の社会的役割の問題については、結局私は母の考えに呑まれてしまった為に、それが学校での問題行動につながった。それは、具体的には「家庭科」という教科に関して起きた。「男子は技術科、女子は家庭科と、国や学校が最初から分けて教えると決めているのは、男は外に出て仕事を、女は家で炊事、洗濯、掃除と育児をやっていればいいと、国が決めつけていることに他ならず、男女平等を謳《うた》った憲法に、国が率先して違反しているじゃないか。」と、私は学校で声高に批判した。幸い学校側は、私のこの主張を真剣に問題視しないでくれ、御蔭でそのことにより、私の学校生活が障害されることはなくて済んだ。私は今でも、その考え自体は正しかったと思っているし、世の中もそれ以後、例えば中学の技術・家庭科が男女共学になるなど、私が願った方向に進んだと聞いている。

しかしもう少し小さなところで、私はその考えを振りかざすことにより、恥ずかしい行動をとった。それはまず、ブラウスにしろワンピースにしろ、家庭科の洋裁の課題を、「こんなことはくだらない。」と言って、母に全部押し着けてやらせたことであり、また同じ理由から、調理実習は立って見ているだけで、何もやらなかったことだった。

尤も、調理に手を出さなかったのは、自信がなかったからという理由もあった。自信がなかった理由は、小学校時代のところで書いたように、例えば食器洗いをやっても、「洗し台に水ハネ一つ残らないように、最後までピカピカに磨き上げるんじゃなかったら、はじめからやらない方がまし。」と貶されるという具合に、殊《こと》、学業以外のことでは、母から「あんたって人はどうしてそうなのよ！　どうしてこんなこともできないの！　こんなことしかできないの！　ああじれったい、忌ま忌ましい、情けないったらありゃしない！」とすべてに貶されまくったからである。それで自分は、殊勉強以外は、すべてやること為すこと、世の中の人の眼から見たら、すべて見るに堪えないことしかできないという思い込みが、滲《し》み着いてしまったからである。

それで、自分が手を出したら、きっと取り返しの着かない失敗をしてしまうに違いないと怖くて、中学からは一切、調理には手を出せなくなった。その癖、クラスメートが「きっとボンカレーより美味しいよ。」と、私に実習に参加するよう誘っても、「そんなことないわよ。ボンカレーの方が美味しいわよ。」と、憎まれ口を利く有様だった。当時の家庭科では、小麦粉を炒めてカレールーを作るところからやる、本格的なカレーライスの作り方を教えていたのである。そして洋裁をやらなかった件でも、別のクラスメートが「数学や理科だけじゃなくて、家庭科だって大事な勉強だと思うけど。」と意見を言ってくれたが、それも「あなたは数学や理科ができないから、逃げでそういうことを言ってるんでしょ。」と、ひどい撥ねつけ方をしてしまった。

〝家事なんて〟という差別意識から、調理や洋裁を端から撥ねつけてしまったことは、本当に幼稚だったと後悔している。

だが中学時代、調理の仲間に入っていけなかったのは、家庭科の実習の時だけではなく、林間学校の飯盒炊さんの時も同じだった。「簡単よ。やればいいだけじゃない。」と幾らクラスメートに言われても、「できないわ。失敗したら怖いから。」と、どうしても手が出せなかった。自分が手を出すことによって、食べられないものが出来てしまったら、みんなに迷惑が掛かると、本気で怖かったのである。

そんな風に、集団での活動に入っていくのに障碍が大きかった為に、林間学校のような学校行事は、私にとって苦痛に満ちていた。調理以外のことで、クラスメートの輪の中に入っていけなかった原因には、自信のなさの他に、やはり母の鋳型の影響があった。

それは例えば、流行歌に対する姿勢だった。林間学校など、学校行事の時には、バスの中でも、山を歩く時にも、みんなで一緒に歌を歌うことが多いのは、今も昔も同じだろう。そして、そういう時に好んで歌われる歌は、附属中でも流行りの歌謡曲やフォークソングが多かった。代表的だったのは、〝さらば恋人〟〝昨日・今日・明日〟〝また逢う日まで〟〝翼をください〟などだった。〝風〟は2年か3年の時にクラスの歌に決められたし、私が恋していたA君は、吉田拓郎の大ファンだった。……それでも私は、それらの歌を一緒に歌うことができなかった。そんな世俗の流行に染まったら、自分が堕落してしまうと怖かったからである。

小学校の頃も、TVでグループサウンズの歌を聴くのは、母に隠れてでなければ無理だったし、「こまっちゃうナー、デイトに誘われて」などと口ずさむと、「やめなさい、そんな歌を歌うのは!」と、怖い声で叱られたから、その自己規制も、母の鋳型がもとになっていたことは間違いない。そしてこれについては、そこから、私自身がもっと進んで自分に枠を嵌めた。

先に、私の知的好奇心が発展した領域の一つとして、音楽も挙げたが、中学時代の私は、表向き、音楽はクラシック一辺倒で、特にバロックが好きだった。バロックが好きになったのは、小6の時に音楽の授業でバッハが好きになったことからだったが、中学に入ってからは、毎朝NHK・FMの『バロック音楽の楽しみ』を、欠かさず聴くようになった。そしてそれが高じて、中3の文化祭の時には、そこで仕入れた知識などを集大成して『バロック展』なる催しを企画した。例の、中2の時、運動会をズル休みした件を担任に密告したクラスメートに、ピアノを実演して貰ってである。私が勉強に関係のない学校行事に力を注ぎ込んだのは、これが最初で最後だったけれども、この『バロック展』は意外にも好評で、普段明らかに私に反感を示していたクラスメート達も、「よくやったよ。」と褒めてくれた。

従って、クラシックが好き、バロックが好きという志向自体は、少しも悪くなかったと思うのだが、今正直に告白すると、中学の頃の私は、音楽の好みに関して、完全に嘘をついていた。確かにバロックやクラシックが好きだったけれども、他のクラスメート達が楽しそうに歌っていた歌謡曲やフォークソングも、本当は大好きだったのである。だから〝さらば恋人〟や〝昨日・今日・明日〟は、今でも歌詞を全部憶えている。にも拘わらず、自分が崩れるのが怖くて、それらの歌を好きだと言えず、みんなと一緒に歌えなかったことが、精神の病みが表に現われた、はしりの一つだったと感じる。

そんな風に、調理でも歌でもみんなの仲間に入れなかった私は、林間学校へ行っても寂しくて辛くて堪らず、４日間位の行程を終えて学校に帰り着き、迎えに来ていた母の姿を見ると、わっと泣き出してしまった。それ以前に、３日目位から、早く家に帰りたい気持でいっぱいになった。泣きじゃくる私を見て、母は「みんな『わー、楽しかった。』って言って帰って来ているのに、何であんただけ泣いているのよ！」と、また私を罵った。口には出せなかったけれども、〝それはあなたに言える筋合いのことじゃないだろう〟と、その時はっきり思った気がする。

しかしそれでも私は、家に逃げ込んでしまった。当時の家は私にとって、精神《こころ》に窮屈な鋳型を嵌めにかかってくる場所だったが、不承不承でも間違いなく、私を受け容れてくれた。「あんたは協調性がなくて、お友達に嫌われる子」などの母の言葉の影響で、家の外の世界が自分を受け容れてくれるとはとても思えなかった。だから窮屈な鋳型に甘んじてでも、〝家〟という、唯一自分を受け容れてくれる場所を確保して、

〝自分は生きていてもいい人間〟という保証を得て、安心したかったのである。

このように、本当は母から与えられた誤った自己認識や、傲慢な鋳型こそが、私を家の外の社会から遠ざけていたのに、そのことに十分気付かず、外で疎外感に苦しむと、私は安易に母の懐《ふところ》に逃げ込むという過ちを繰り返してしまった為に、病はどんどん顕在化に向かって進行していった。しかし飽くまでも中学時代は、学力面での圧倒的な優位で周囲を黙らせることができた御蔭で、社会生活が破綻するという形で病が顕在化することは免れた。

そして次に思い出す、中学時代の暗い思い出は、〝男に興味を持つなんて穢《けが》らわしい〟という認識を、中学時代にも母から強化された体験である。当然あって然るべき体験だったが、何年生の時だったかは、はっきり憶えていない。シチュエーションは授業参観が終わった後、校門を出たばかりの所だった。私は母と一緒に家に帰るところだった。その時、同じクラスの男子生徒B君が、私を呼び止めた。

B君は、私ととても仲が良かった。しかし恋愛感情は微塵もなかった。だからこそ、B君とは思いっ切り、抵抗なく付き合えた。学校の休み時間にも、圧倒的に長い時間、話をしたし、学校の帰りも毎日のように一緒に帰り、附属中のJRの最寄駅は西千葉だったのだが、度々隣の千葉まで遠回りして歩きながら、お喋りを楽しんだ。B君は本当に話が面白い人だった。特に、彼独自の穿った解釈によるクラスメートの人物評が面白かった。B君は小学校時代、A君と同じ進学教室に通っていて、A君のことをよく知っていたので、A君と上手く話をするのはどうしたらいいかというアドバイスも、度々受けた。そのことからもわかるように、B君は間違いなく親友だったが、恋の要素は全くなく、だから帰りに一緒に帰る時にも、いつも2人きりではなく、他の男子生徒が１人２人一緒のことが多かった。と云っても、中学時代の私はけしてモテた訳ではないので、その点は呉々も誤解しないでいただきたい。

と、Ｂ君についての説明が長くなってしまったが、そのＢ君が何かの用事で私を呼び止めた時、私は持っていたカバンを道の上に置いて、Ｂ君に頼まれた用事を行なった。そして用が済むと、「じゃあね。」と言って、Ｂ君は立ち去った。ところがその後で、母が「何よ、男の子から呼び止められただけでドギマギしちゃって、みっともない！」と、私を激しく罵ってきた。母は、私が道の上にカバンを置いたことでそう思ったようだが、私は一切身に憶えがなかったので、心外だった。もし母に、私が慌てたように見えたとしたら、それはただ単に、母が何でも私の行動にケチを付けてやろうとしにかかってくるのが常だった為に、今度は一体何を言われるだろうかとビクついたからという以外に、理由は考えられなかった。

しかし、身に憶えがないにも拘わらず、〝いやらしい〟と決めつけられたことで、私の心の傷は格段に深まった。このことで、とにかくどういう形であれ男性と関わりを持つことは、獣《けだもの》的で穢らわしいことなのだという認識が、何百倍にも増強されてしまった。母にしてみたら、祖母から受けた心の傷が投影しただけのことだったのだろうが、私にとってはこれが、その後の人生を深刻に制限される、とんでもないとばっちりになった。

次にいよいよ、中学時代、一番辛かった出来事の話に移りたい。それは〝弁当検査〟に関することである。

千葉大附中には給食がなかった。昼食は、原則として家から弁当を持参することになっていた。しかし学校には購買が設置されていて、そこでパン（菓子パンや調理パン）が買えるようになっていた。多分、事情があって家でどうしても弁当が作れなかった時だけ、臨時に買って食べられるようにという意図で、設置されていたのだと思う。

しかし私の場合、先述のように、私が中学に入った頃から母が家で食事を殆ど作らなくなり、弁当についても例外ではなかった為、中学3年間、昼食はほとんど毎日、購買でパンを買って食べ続けた。それでもまだ1年生の内は、時々作ってくれることもあったが、2年に入ると、作って貰えることは皆無になった。これは、私が2年になる時、弟が小学校（千葉県立千葉養護学校の小学部）に入学したことに関係していた。クラスメート達は、家から弁当を持って来る人達がほとんどだったので、肩身は狭かったが、それでも2年生まではひどく辛いことはなく済んでいた。

ところが私が属していたクラスは、2年から3年になる時に、担任の先生が代わった。千葉大附中は、原則3年間クラス替えがなく、担任も3年間代わらないきまりになっていたのだが、私達のクラスは、2年生まで担任だった英語の先生が、それまで私達に対して行なっていた、会話オンリーの新しい指導法の研究成果が認められて、関西の短大に栄転されることになった為、例外的に担任が代わったのである。

新しく担任になって下さった理科第1分野のM先生は、破天荒で、直情的で、嘘がなく、人情家の先生だった。そのM先生が、「今の時期は身体の成長に、栄養が特に大事だから、昼食は購買でパンを買うことなく、必ず家から弁当を持ってくるように。」というきまりを、クラス独自につくったものだから、結果、私は窮地に追い込まれることになった。それは、M先生が、時折昼食時に突然教室に現われて、抜き打ちで、家からちゃんと弁当を持ってきているかどうか、検査したからだった。

しかし抜き打ちと云っても、何となくその日の朝ぐらいに、「今日は弁当検査がある。」という情報が伝わることが多かった。それで、そういう時には情報を得てすぐの午前中の休み時間に、学校内にあった公衆電話から家に電話して、「今日、弁当検査があるから。」と言って、母に大急ぎで弁当を作って、届けて貰った。この行為自体、級友達の手前、恥ずかしかったけれど、背に腹は代えられなかった。

そういう時、弁当を持って来た母は、昼休み前に学校の傍まで来て、決まった場所に駐車して待っていた。それで私は昼休みになるとすぐ、靴を履きかえて、母の車まで弁当を受け取りに行った。

しかしその弁当も、常識とは懸け離れたものだった。筒型の保温ジャーに、いい時には残りご飯と鶏肉を炒めたチキンライスが、他の時には冷凍食品のミックスベジタブルを炒めただけのものが、それ単独で容器いっぱい入っているだけだった。それを級友達の前で食べるのも、非常に恥ずかしかった。たとえ常識と懸け離れた形のものであっても、心がこもったものであれば恥ずかしくなかった。しかし母の弁当は「作りゃいいんでしょ、作りゃ。」という手抜きの極致で、栄養価もへったくらもまるきり考えていないものだったから、恥ずかしかった。それでも間に合って、弁当を届けて貰えた時にはまだよかった。M先生は、弁当の中身にまでは文句を付けないでくれたからである。

最悪だったのは、弁当検査の日に弁当を届けて貰えなかった時だった。それは、朝、事前に情報が伝わらなくて、本当の意味で抜き打ちだった時か、慌てて学校から家に電話しても、母が家に居なかった時だったと思う。弁当を持っていなかった私は、M先生からクラスみんなの前で曝しものにされた。M先生は私を一人立たせて、「小石川、どうして弁当を持って来なかったんだ?」と、厳しい調子で訊いた。それに対して私は、「母が作ってくれないからです。」と正直に答えた。するとM先生は更に「だったら自分で作ってくれればいいじゃないか。」と言った。それに私は「母が『台所仕事なんて余計なことに手を出すな』と言うので、できません。」とまでは説明せず、黙って突っ立っていた気がする。2、3分か、長くてせいぜい5分位のことだったと思うが、本当に顔から火が出そうな位、人生で最も惨めで、恥ずかしい時間だった。この体験は生涯忘れることができず、例えば現在の私は、自分で生の材料から調理したもの以外、全く食べないというように、その後の私の人生に多大な影響を与えた。

勿論その事件については、母に報告したけれども、その後も母が弁当を作らないことも、家での食事を作らないことも、全く改まらず、逆にひどくなっていった。そもそも何故母は、私の学校が〝昼食は弁当〟が原則だったにも拘わらず、弁当を作らなかったのか？　それは、母が本質的に非常に面倒臭がりであり、特に料理が嫌いだったことが最大の理由だったと、今ではわかる。

しかし私が中3の頃から現在に至るまで、母の側からは他の理由で説明されている。

即ち、私が中2の時に、弟が養護学校の小学部に入学したが、そこは歩いて行ける所にはなかったから、母が車で送り迎えをした。その上弟は、小学校に入った直後、何故か同じクラスのダウン症の女の子の顔を、繰り返し引っ掻いた。また授業中、度々教室の外へ出て行ってしまった。何故弟がそういう行動をとったのか、原因は完全には不明だが、一つには小学校に入るまで、幼稚園にも保育所にも行くことがなく、集団生活にも、他の子供との接触にも、全く慣れていなかったことが原因だったと思う。

母が弟を幼稚園や保育所に行かせなかった理由については、他の子供に虐められて性格がいじけるのを避けたかったということの他に、「自分が幼稚園で先生をしていた時、ダウン症の子供を受け持ってみて、それが如何に大変かがよくわかったから、他の先生に同じ苦労を期待するのは無理だと思ったからだ。」と説明された。当時はその説明を信じたが、今では違うと考えている。母は、他の健常な子供達のお母さん達から、自分がプライドを傷つけられることが我慢ならなかったに違いない。その苦労が自分だからこそできたという言い様《よう》も、とても傲慢に感じる。

当時弟のクラスは、生徒数は10人足らずだったと思うが、弟以外にも手のかかる子供が多く、先生だけの力で弟が他の子供の顔を引っ掻いたり、教室の外に出て行ったりするのを、完全に制止するのは無理だった。それで母が、毎日弟を朝送って行ってから授業が全部終わるまで、べったり教室に張り付いて、弟が他の子の顔を引っ掻かないように、教室の外に出て行かないように、ずっと見張るようになった。それで、私の弁当を作る余裕などとてもなくなったというのが、母の側の説明だった。私が朝、家を出る時間の方が、弟と母が家を出る時間よりも早かったから、多分それは時間的に余裕がないというより、精神的に余裕がないという意味だったのだろう。

しかし、それだけでは説明が着かないという証拠の事実が、幾つも思い出せる。一つ目は、母が弁当を作らなかったのは、弟が小学校に上がる前の中1の時からで、例えば中1の運動会の時には、母は近所の寿司屋で寿司を握って貰ってきて、昼食は母と二人だけで食べた。値段的には高価だったかもしれないが、母が作ってくれたものではないということが歴然とわかって、級友達に見られるのが恥ずかしかった。二つ目は、3年に入ってからの弁当検査の時、私が午前中に家に電話を掛けると、母が家に居ることが多かったということである。私が中3の時、弟は小2、その頃にも母が弟の学校に付きっ切りで居たなら、私が家に電話をしても通じなかった筈だが、実際には通じたことの方が多かった。

つまりその頃は、母が弟に毎日付きっ切りだった訳ではないということになる。私の記憶でも、弟は入学して1年経つと、格段に落ち着いて、他の子の顔を引っ掻くようなことはずっと少なくなり、じっと椅子に座っていられるようになった。それで弟は、それから1年後の小3の5月に、私の高校進学に伴って、千葉養護学校を離れることになったのだが、それまで1年間の、養護学校の先生の熱心な御指導の御蔭で、ひらがなとカタカナの50音が、全部書けるようになった。従って私が中3になっても、弁当検査がない限り、母が1日も弁当を作らなかったのは、弟に付きっ切りで居なければならなかったからではないことがわかる。

また、ミックスベジタブルを炒めたものだけでは、弁当の内容として恥ずかしいということを、当時母が解さなかったということも、私には信じられない。それは、それから2年余り前の、私が中学に入る前の春休み、母が自動車教習所に通っていた時に、私が弁当を作って、教習所まで届けた経験からわかることである。

私は中学に入るまでは、結構台所仕事をしていた。小学校5、6年の家庭科で、ホウレンソウのバター炒めや目玉焼き、ハム、タマゴ、野菜のサンドイッチの作り方を習うと、その後すぐに家でも作って、家族に食べさせていた。だから母が教習所に通っている時にも、学校で習った3種類のサンドイッチを作って、自転車で届けた。しかしそのサンドイッチについて、その日の夕方、稚拙で恥ずかしかったと言われてしまった。母が教習所で知り合って付き合うようになった、母と同い年の主婦の女性が非常に料理上手で、その人が持って来た弁当に較べて、私のサンドイッチは見劣りがしたからだというのが理由だった。

そう言われた時には本当に悲しかったが、そう言われた経験があったからこそ、中3の時、私のサンドイッチより遥かに手抜きの、ミックスベジタブルを炒めただけの弁当を、それでは他人に見られて恥ずかしいということがわからなかったから、母が持って来たというのは、常識から考えて説明が着かないというのが、よくわかるのである。

もう一度、みんなの前で曝しものになった件に戻ると、当時は、ただ惨め、恥ずかしいとしか感じなかったが、成人してからこのことを振り返った時には、私は本当にひたすら頑張って勉強して、中学では「女子が首席で卒業するのは10年ぶり」という、輝かしい成績を上げて卒業したのに、それでも親に弁当一つ、作ってやろうと思わせられない子供だったのかという点に、改めて無上の惨めさを感じた。勿論、親の愛という報酬を得る為に、勉強した訳ではなかったが。

そんな母が、やはり私が中学の頃に、「国が免許を与えた女性でなければ、母親になれないようにした方がいい。」などと、大威張りで言っていたことを思い出すと、とても許せない思いになる。そういうことを母が言ったのは、これまで説明してきたような実情にも拘わらず、母自身は自分のことを、当然真っ先に免許を与えられて然るべき、優秀な女性と考えていたからである。

その母が、例えばこういう女性が母親になったら、不幸な子供を沢山産むから、絶対に免許を与えるべきでない、と当時言っていたのは、弟と同じクラスに居たある子供のお母さんだった。その、弟と同じ学年の女の子は、両親の知能レベルが比較的低いという以外に、特に原因の見当たらない知的障害児で、その子のすぐ上のお兄さんも、養護学校の同じクラスに居た。そのお兄さんの上に、子供が１人か２人居て、その子供達は普通の小中学校に行けたけれども、弟と同じ学年の女の子の下に、更に２人居た子供達にも、明らかに知的障害がありそうな感じだった。そしてそのお母さんは、当時次の子供を妊娠していた。つまり既に居る５人か６人の子供の内、少なくとも４人は知的障害児であり、その子達のお父さんは肉体労働者で、怪我や病気で仕事に出られなくなると、その間だけ生活保護を受けて暮らしているという状況だった。従って、確かにその家族にはそれなりに問題があったかもしれない。

しかし成人してからの私は、母が、自分が私や弟を、どういう育て方をしたかを棚に上げて、このお母さんのことを「知能が低いから母親になる資格がない。」と、何のためらいもなく断じたことが許せなかった。特に30を過ぎてからは、このお母さんより先に、私の母の方が、絶対に母親になる資格を与えられるべきでなかったと、強く確信した。

そう確信したのは、当時母が、他にもこのお母さんを蔑む言動をとったことを、鮮烈に憶えていたからである。このお母さんは当時、弟か母が具合が悪くて、弟が学校に行かなかった時に、家《うち》まで御見舞いに来て下さったことがあった。弟よりも下の幼児の子供の手を引いて、更にその下の赤ちゃんをおぶってだった。それはこのお母さんの、精一杯の純粋な好意だったと思う。しかし母には、そんなみすぼらしい姿で来られたことが、とても恥ずかしくて迷惑だったらしい。その直後、養護学校の先生に電話して、「身重の身体で、おぶって、引いて来て下さって…本当に大変ですから、もう本当に結構ですとお伝えください。」と話す母の声に、如実に蔑みと憐れみがこもっていた。そして母は、このお母さんのことだけでなく、弟のクラスの他の子供達や親御さん達についても、蔑みのこもった言動をとることが多かった。

——というところまでで、中学時代、私が母との関わりを通じてどうして傷つき、水面下でどのように精神の病みが進んでいっていたかについての話を終わりにしたい。

第５章
高校時代
✺「私は全然私じゃない」――境界性人格障害の発病

高校時代は、私の精神の病が初めて表に現われた時期という意味で、とても重要な時期である。

'73年4月、私は東京学芸大学附属高校に進学した。当時この学校は、東大合格者数を急激に伸ばしていた。確か、私が入学した'73年には全国3位で、1学年約380人中、110人位が東大に合格した。この学校は、男女数が完全に半々の共学で、女子の東大合格者数は全国一だった。但し、合格する学部は比較的入るのが楽な、文科Ⅲ類と理科Ⅱに偏っていたが。

実は、私は高校受験の直前の時期まで、東京教育大学附属高校（現在の筑波大附属高校）を第1志望にしていた。しかし学大附高に合格すると、先述のこの学校の特長に惹かれて、東教大附高の受験はやめて、この学校に進学することに決めた。それだけ当時の私が、東大理Ⅲに進学することで頭がいっぱいだったことを意味する。

学大附高は世田谷区下馬という所にあり、千葉市の家からは、通学に片道2時間半かかった。従って、毎朝6時には家を出なければならなかった。これは体力的にも負担が大きかったたし、家で十分な勉強時間をとる上でも不利だった。それで入学から1カ月後の'73年5月、両親は私の為に、千葉県市川市内にマンションを買って、引越してくれた。千葉市の家を残したままマンションを購入したので、金策がかなり大変だったようである。このマンションからでも、学校まで片道1時間半かかったが、当時の我が家の経済力では、それが精一杯だったのだと思う。こうして引越してくれたことについては、今でも両親にとても感謝している。

しかし、精神の病を発病して以降、母から繰り返し「あんたは何でも自分の思い通りにしてきたじゃないの。」と言われたのには、とても閉口した。これまで述べてきたように、私は母から徹底して精神を支配されたことが最も大きな原因で、精神を病んだのであるが、母の側ではそのように認識していたらしい。少なく共、外の社会に対してはそういう現実認識で通そうとして、その根拠として母は、「私達（両親）は千葉高でいいと思っていたのに、あんたが勝手に学芸大附属になんか行きたがって、引越しまでさせられて。」と繰り返し挙げてきた。

確かに自分自身の存在価値を確認する為に可能な限りランクの高い高校に入りたいというのは、私自身の強い欲求だった。だがそれと同時に、両親の期待に応え、彼らの見栄を満足させるという側面も大いにあった。だからそれを棚に上げて、「何でも自分の思い通りにしてきた」などと、母から自分に都合のいい発言をされる度に、私は腸《はらわた》が煮えくり返り、正気を失いそうになった。

そして肝心の高校生活についてであるが、私は最初からハイペースで飛ばした。2年の半ばくらいまでは、勉強ひとすじだったと言っていい。睡眠時間は１日３、４時間に削った。家に帰るとすぐ勉強に取りかかり、夕食、入浴、息抜きに１時間程ＴＶをみる時間以外はすべて勉強。午後９時から午前０時か１時頃まで一旦寝て、夜中に起きて朝まで勉強し、朝食を食べて、そのまま学校に行った。家での勉強時間は、毎日７、８時間だった。

勉強はそれだけではなく、行き帰りの電車の中でも、学校の休み時間も、可能な限り勉強した。通学には営団地下鉄（現在の東京メトロ）東西線と日比谷線を使っていたが、行きは丁度ラッシュ時に当たり、特に日比谷線の混雑がひどかった。正に殺人的で、胴体と足が同じ位置に立てることは殆どなかった。しかしそんな電車の中で、私は、例えば古文の参考書を天井にかざして、文法を暗記したりした。できることを少しでもやって、１秒も無駄にしたくなかったからである。そして帰りは、まだラッシュ前で、座席に座ることができたから、そこで数学や英語の練習問題を解いた。また休み時間もクラスメートと喋ったりせず、数学の練習問題を解くことなどに充てた。私は今でも自分一人の目標の追求の方が面白く、用がないのに他人と話をするのは好きではない。しかしこの頃は〝クラスメートとのお喋りなど無駄〟〝付き合いは勉強の邪魔〟と本気で考えていたから、我ながら著しく偏っていたと感じる。

私がそこまで学業成績の維持に固執したのは、当然、なけなしの自尊心を維持したい一心でだったが、そこまで付き合いを邪魔だと考えたのは、私自身の先天的、後天的性格を自覚してのことだった。それまでの両親との経緯から、自分に全く自信のなかった私は、他人と付き合うのは非常に緊張させられて多大なエネルギーを消耗した。また私はもともと感情の起伏がとても激しい性格だったので、他人と付き合うと感情が激しく動揺して、冷静に論理的にものを考える妨げになったのである。それで、学校で偏屈な嫌われ者になるのは辛いことだったが、当時の私は、成績の為にその寂しさに耐えるのが自分の使命なのだと、悲愴感を持って考えていた。

ところがそんな私にとって、入学直後、一つだけ計算が狂ったことがあった。最初、クラスで自己紹介した時に、「私は、男女差別を根本から撤廃したいと考えている。昔から、女子は学年が進むに従って、数学や物理、化学などの出来が悪くなると云われるけれども、そういうジンクスも覆したい。」というようなことを喋舌って、これがクラスの多くの人達にウケてしまったらしく、学級委員に選ばれてしまったのである。余計な用事は避けたかったのに、母から植え込まれた考えがその妨げになったのはとても皮肉だった。しかし私は学級委員の仕事には全く不熱心だったから、選ばれたのはI期だけで済んだ。

そんな死にもの狂いの努力の結果、私の1年の1学期の成績は、クラス48人中3位だったが、2学期には1位になった。そして1年生9月の、最初のI学年共通の最初の実力テスト（国・数・英）で、私は学年トップを取ることができた。この実力テストは年2回、9月と2月にあり、1年生2月の、2回目の実力テストでも、私は学年トップだった。こうして2年の前半くらいまでは、私の勉強の努力は十分に功を奏した。

しかしそのことにまつわって、母に関する嫌な思い出がある。それは1年9月の最初の実力テストの結果が出た直後、中学の時の担任の先生の所に、母と2人で挨拶に行った時のことだった。私が学年で1位を取れたことを報告すると、先生は「小石川、よくやったな。」と言って下さった。ところがその後すぐに、母が「でも1位になるのが、ちょっと早過ぎましたわね。最初はもう少し下で、後から追い上げていって1位になる方が、結果的に良かったと思います。最初いきなりトップに出てしまうと、その後、抜かれないようにするのが苦しいですものね。」と、気取れるだけ気取った笑みとしたり顔で論評してくれたのである。それで〃いい成績を取る為に、死にもの狂いで勉強しているのは私であって、あなたはただ横で見物しているだけなのに、偉そうにわかった風な論評なんかするな！〃と、私は心底腹が立った。そして父も母も相変わらず、私に「よくやった。」と直接褒めてくれることは、一切なかった。

それで、私の病気がはっきり現われたのは、高校２年の後半になってからだったが、１年の初め頃から、精神の歪みは少しずつ現われていた。

それが最初に現われたのは、友達付き合いに於いてだった。要するに、意地悪くなってしまったのである。私は、勉強の邪魔になるからという理由で、人付き合いは極力避けたと書いたけれども、例外的に１人だけ、１年の時に友達付き合いした人が居た。それはＯさんという同じクラスの女性で、あまり目立たない人だった。成績は中位だったが、素直で優しく忍耐強く、性格的には私よりずっと大人で、円満な人だった。Ｏさんと友達になったのは、彼女の方から話しかけてきてくれたからに違いないが、何を契機に、どんな風に話しかけられたかは、残念乍ら憶えていない。もしかするとそれも、男女差別についての発言が契機だったかもしれない。

Ｏさんは高校に入学して間もなく、癌でお父さんを亡くした。その頃、私は既にＯさんと話をするようになっていたが、「父がもうすぐ亡くなりそう」などということは全く聞いていなかったし、そんな素振りも全く覗かせなかったから、「Ｏさんのお父さんが癌で亡くなった。」と担任の先生からホームルームで聞かされた時には、本当にびっくりした。当時私は学級委員だったので、担任の先生と、男子の学級委員と３人で、告別式に伺った。その時もOさんは静かな表情で、泣いてはいなかった。その理由については、飽くまで私の想像だが、Oさんとお父さんとの関係が冷えていたからではなく、逆にOさんがお父さんを深く敬愛していて、そのお父さんに恥を掻かせたくなかったから、懸命に気丈に振舞っていたのだろうと考えている。だったら余計、お父さんがもうすぐ亡くなるとわかりながらの受験勉強は、本当に克己心が要っただろうと、改めてOさんに頭が下がる。

それから暫く経って、私は休みの日に、Oさんに呼ばれて家に遊びに行った。そこで私は、OさんとOさんのお母さんと、3人で食事をした。食事の内容は、トーストにバターを塗って食べるという、普段の日の朝食のような質素なものだった。これは、私の母が、誰かお客さんが来るというと、あれもこれもと全力で御馳走を出しまくるのに慣らされていた私にとっては、やや異和感を感じさせられるものだった。

食事の間、私はOさんのお母さんとお話しした。その時お母さんは、夫が亡くなったので自分が働きに出始めたのだが、これまで殆ど働いた経験がないので、右も左もわからなくて困るという話をされていた。お会いしてお話ししてみて、私はお母さんから、正直で気取りのない方、優しくて素直な方という印象を受けた。だからそれから先の家族の生活を考えたら、御馳走を出したくても出すゆとりがなかったのかもしれない。また普段通りのやり方でお客を迎えるというやり方も、一つの心の籠《こも》ったお客の迎え方に違いないと、今では思える。

しかしこの頃の私は、非常に未熟で心も物差しも狭かった。だから次にOさんを私の家に呼んだ時に、とても意地の悪い行動に出てしまった。具体的には母に、できるだけ沢山御馳走を並べてくれるように、頼んだのである。それは、自分の家の経済的優位を誇示する為だった。本当にこの頃の私は浅ましかったと思う。

母は一応、私の願いを聞いてくれた。と云っても、母が腕に撚《よ》りをかけて手料理を沢山作るなどということは、けしてなかった。私が高校に入ってからも、中学の頃と同じように、弁当は全く作って貰えず、パンを買って食べるし、夕食も、近所の肉屋で買って来た惣菜を並べるのがほとんどという、食生活が続いていた。それでＯさんが来た時にも、母は肉団子、鶏の唐揚げ、焼き鳥など、買って来た惣菜ばかり、ずらりと食卓に並べたのである。いつもより品数や、値段の高いものの割合が多かったが、基本的には普段と同じだった。その意味ではＯさんの家のもてなし方と同じだったかもしれない。だが、母が自分の手で作った料理が何一つなかったのは、本当に恥ずかしかった。

しかし恥ずかしいことは、それでは終わらなかった。母は「よくいらっしゃいました。」とＯさんに出迎えの挨拶をするとすぐ、父と弟と３人で、外に出かけてしまった。そして夕方になって、Ｏさんが私の家を辞去するまで、３人共帰って来なかった。これは私が事前に頼んだことではなかったから、何でそんなことをするのだろうと、私はとても狼狽した。後で母に理由を訊いてみると、「家にお父さんが居るのを見たら辛くなるだろうと思ったから、一緒に出かけた。」ということだったが、私は、Ｏさんが〝随分冷たい扱われ方だな〟と感じたのではないかと、とても申し訳ない気持ちになった。

家族がみんな出かけた後、Ｏさんは食卓に並んだ料理を見て、「こんなに沢山作らせせちゃって、というより、買わせちゃって御免なさい。」と言った。Ｏさんは、料理が全部、買って来たものであることを見抜いていた。だから〝随分冷たい扱われ方だな〟とは思ったかもしれないが、私の家庭環境を羨ましく感じるということは、全くなかったと思う。その意味では良心の呵責《かしゃく》が薄らいで、助かった。

私は他にも、Oさんにもっとひどいことをしてしまった。学校で、休み時間に、Oさんの頬に平手打ちを喰らわせてしまったのである。理由は実に些細なことだった。私がOさんの誕生日にプレゼントした本をOさんがすぐに読んでくれず、他の本を読んでいたからだった。冷静に考えれば、そんなことが他人に暴力を振るっていい理由にならないことは、すぐにわかる。

しかし当時の私は心身共に追い詰められて、とても我儘になっていた。追い詰められた直接の原因は、毎日3時間睡眠で、起きている時間のほとんどを、学校での成績を保つ為の勉強に充てていたことだった。その所為で、私の神経はいつもピリピリ殺気立ち、我儘を抑え込む力が失われて、著しく幼稚になっていたと感じる。自分にも意志があるように、他人にもその人の意志があるという当たり前のことが、認識できなくなっていた。

当時から20年余り経った'90年代後半には、子供達の間の「いじめ」がどんどん陰湿になり、組織化していったが、私の高校時代、まわりにいじめを見ることなど全くなかった。そして'90年代後半、「いじめの動機はストレス解消」などと、毎日のように新聞に報じられるのを見て、何と身勝手で卑しい心根と腹を立てたが、その恥ずべき行為を、時代に先駆けて自分自身がやっていたのだから、偉そうなことなど何も言えない。

中学時代もハードに勉強していたという点では同じだったが、高校に入ってからは、勉強の性質が変わってしまった。中学時代はあれを知りたい、これがわかるようになりたいと、自分の自然な欲求に従って、追い求める形の勉強が主で、それをやっていれば受験の為の勉強は、自然に付いてきてくれた。だから本当に楽しかった。ところが高校に入ると、いつも〝東大理Ⅲ〟ばかりが頭にこびり着いていて、その目標達成の為、学校や予備校の模試で上位の成績を取ることだけに、ひたすら腐心した。

幼少時からの母との関係が原因で、〝自分はこの世に生きていてもいい人間〟という最低限の自信さえ獲得し損なった私は、日本一の学力を証明することによってその自信を獲得しようと、ひと度浮かんだ〝東大理Ⅲ〟という目標に、すっかり呪縛されてしまった。そしてその時点から、〝自分は本当に医者になりたいのか〟などという疑問を持つことを、自分自身に許さなくなった。そんな疑問は猪突猛進の妨げになったからである。それによって、追う勉強が追われる勉強に変わり、無味乾燥になってしまった。またそれに伴って、私の精神も全体に荒んでいった。それでも当時は学校でも〝東大病患者〟〝医学部病患者〟ばかりがまわりに溢れていたから、〝東大理Ⅲという目標は、本当に正しいのか〟などという疑問は、益々湧きにくくなった。

最近でも、私が長年うつ病（と言った方が世の中の人にはわかり易いので、やや不正確だがそう言っている。）という持病を抱えていると話すと、「お勉強のし過ぎじゃない？」と冷やかしてくれる人が非常に多くて、その度に非常に腹が立つ。私の精神の病の本質的な原因は、飽くまでも両親に主体性を奪われ、自尊心を打ち砕かれたことにある。勿論、自分に鞭打てるだけ鞭打って、ひたすら無味乾燥な勉強に向かわせて、精神のエネルギーを急速に涸渇させたことが、うつ症状の発症に拍車をかけた可能性まで100％否定する積もりはない。しかし、勉強をすればする程、他人の痛みのわからない、意地の悪い人間になるなどという、如何にもマスコミが好みそうな軽薄な説に賛成する気は、全くない。とは云え、もし私がもともと弱くて意地の悪い人間であり、自分にあまり鞭打ち過ぎると、悪い地金が出てしまうのなら、自分にあまり鞭打ち過ぎず、他人に思い遣りが持てる理性という嘘を働かせるようにした方がいいと、今では思うようになった。

私が平手打ちを喰らわせたOさんは、私がその理由を話すと、「何だ、それなら『私があげた本を先に読んで。』って、言ってくれればいいのに。」と実にあっさり許してくれた。それでほっとした反面、益々自分が恥ずかしくなった。そしてこの行動について、その直後に担任の先生から叱責されることはなかった。これもほっとした反面、不気味に感じた。クラスの誰一人、私の行動を告げ口しない程、みんな他人に無関心なのかと。

しかしそれは違っていた。それから暫く経って、生徒一人一人が母子で担任の先生と面談する機会があって、その時に少しだけ、先生がそのことに触れた話をしたことでわかった。しかしそれは実に、腫れ物に触るような、遠慮勝ちな言い方だった。「勉強が大変で、気が立った末のことに違いないから、褒められたことではないけれども、十分同情できる。まあこれからは、そういうことのないように。」というような。だからその時は助かったと感じたが、今では、悪いことを悪いと、きちんと咎められなかったことが、とても怖かったと感じる。〝東大合格者数全国第3位〟の当時の学大附高には、学力さえ優れていれば、他の欠点はすべて大目に見られるという空気が、確かに存在した。

次は、高校時代に起きた、数少ない、いい変化について書きたい。それは、中学時代には自分を堕落させるものとして、表向き忌み嫌っていた流行歌の世界に、堂々と関心を向けるようになったことである。私が高校の頃は、野口五郎、西城秀樹、桜田淳子、山口百恵といった、自分と同年代のアイドルが全盛の時代で、彼らの出る歌番組を、1日1時間位ではあったけれども、毎日楽しみにして見るようになった。

その一番の理由は、自分を極限まで鞭打って、ただ順位を維持する為だけの無味乾燥な勉強をし続けるには、何か一つ息抜きがなければ耐えられなかったからだ。たとえ4時間の睡眠時間が3時間になっても、生活の中に勉強とはガラッと違った要素が少しでもないと、自分がはち切れそうになってしまった。そしてそういう世界に関心を持つことを自分に禁じなくなっただけでなく、周囲に対してもそのことを隠さなくなった。これは、高校入学と同時にまったく初対面の人達ばかりの集団に飛び込むことができた為に、節操を気にすることなく宗旨がえできたからだった。

しかし、そうやって自分に正直になれたのは、その程度のことで自分全体が堕落することはないという自信が着いたからであり、その意味で進歩だったと感じている。また他人に対して好きなものを「好き」と正直に言えるようになったのも、見栄や母親のウケを気にして自分を縛らずに済む位、自分が強くなったからであり、その意味でもとても大きな進歩だったと感じる。つまり枝葉の部分に於いては、母親の鋳型から自分を解放しようという試みが、高校に入ったばかりの頃から始まっていたと云える。

しかし次はまた、病的な変化に話が戻る。それは高校1年の夏から2年の秋にかけての1年余りで、体重を63kgから50kgまで減らす、過激なダイエットをしたことである。その一つの動機は、自分もアイドルタレントになりたいと憧れたことだった。実際、高校時代の私の中には、東大理Ⅲに受かりたいという欲求と、アイドルタレントになりたいという欲求が、同居していたのである。この二つの欲求は、一見とても矛盾して見えたが、私の中では少しも矛盾するものではなかった。それはどちらの欲求も、私が徹底した自信欠如を解消する為に、周囲の羨望と注目を集めたいという欲求から発していたからである。そんなことで自信欠如が解消できるなどという幻想を懐いたことからして、まずもって病的だった。

しかしもっとこのダイエットが病的だったのは、私がその目標を達成する為に、極度の食事制限、厳しい運動、下剤の濫用、熱い風呂に長時間漬かり、全身の筋肉にありったけの力を入れて汗を流すなど、思い着く限りのあらゆる手段を講じて、自分を虐め抜いたことだった。食事制限については、朝と夕は母親に管理されていたから、行なったのは主に昼だったが、当時は栄養についての正しい知識がなかった為、小さい菓子パン1個と果肉入りヨーグルト1つなどという、とんでもなく危険なことをしてしまった。当時の私は甘い物が大好きだったから、食べる量をうんと制限する分、ほんの少しだけ食べる物は、大好きな甘い物を食べるという方向に流れたのである。

また運動については、2年に入って2、3カ月の間だったが、毎朝始業の1時間前位に登校して、1時間目が始まる前に、2、3㎞走った。これには1年の時、唯一の友人だったOさんが付き合ってくれた。1年から2年に上がる時、クラス替えがあって、Oさんとは別のクラスになったのだが、それでもOさんは私に付き合って走ってくれた。本当に私には勿体ない心の寛い人だったと、今では深く感謝している。

しかし毎日3時間しか寝ない上に、毎朝始業前に2、3㎞走るというのは、我ながらマゾヒスティックな自分の虐め方だったと感じる。そのように、自分に鞭打てるだけ鞭打つ方向に走ったのは、そうやって苦しい苦しいと感じている間だけ、自分が生きているという実感が得られたからである。逆に言えばこの頃になると、そうでもしないことには自分が確かに生きているという実感さえ、得られなくなっていた。そしてその実感が欲しい一心で、これでもかこれでもかと自分に鞭打った。以上が私のダイエットが病的だった、2点目である。

そして次に、私の精神に病的な歪みが現われたのは、哲学的抽象的思考の面に於いてだった。高校に入ってからは、成績を維持する為の勉強に追われるようになったとは云え、中学に続いて高校時代も、私は抽象的思考を好んだ。そして高校の前半の時期に専ら考えたのは、個々の人間や人生には、本当に「価値」や「意味」があるのだろうか、ということだった。そんな、世の中の大半の人達が〝自明〟と認識して、わざわざ考えもしないようなことを考えずに居られなかったのも、それだけ自分の存在が不安だったからで、病的と云えば病的だった。今思えばこれも〝境界性人格障害〟の一つの徴候だったと感じる。では具体的にどのように考えて、当時の私が自分で自分を納得させたかを、ここに書いておきたい。

まず私は、そもそも「価値」とか「意味」という概念自体、人間の存在以前にはなかったものだということに気付いた。加うるに恐らく人間は、自分で自分を見詰める能力も、自然から初めて持たされた。それ故「価値」や「意味」というニュアンスで物事をとらえる感受性を、自然から初めて持たされた人間は、まず自分自身の存在や人生について、価値や意味を求めずに居られなくなってしまったのだろうと考えた。

しかしそもそも「価値」や「意味」という概念自体、人間の感受性から生まれ出たものである以上、人間がどう感じるかということ以外に、何も根拠は存在しない。結局の処、人間は自分達が心地よく感じるものに高い価値を賦与し、自分達が不快に感じるものには低い価値しか認めないということに過ぎないのではないか。そこまで考えてくると、価値や意味などというものは全く無意味に思えてきて、自分の存在が益々頼りなく、虚しいものに思えてきた。広大な宇宙空間に一人放り出されたような、激しい不安に囚われた。それで私は益々強迫的に、思索し続けずに居られなくなった。

次に私が考えたのは、人間は一体どういうものに、最も深い意味での心地よさを感じるのだろうということとだった。それに対する私の答は、人間も自然界の生き物の一つであり、自然から生きようとする本能を持たされた存在であるから、突き詰めたところ自分達の存在や種属の存続・繁栄に寄与するものに心地よさを感じ、高い価値を賦与するというものだった。だから個々の人間や人生については、多くの人達の役に立ち、幸せにする人や人生に高い価値や意味を認めると言っていいと感じた。

しかしそういう価値判断が正しい為にはまず、「人間という存在には価値がある」という前提が認められなければならない。だがそれについては「人間は自分達が人間であるが故に、自然から持たされた生存本能によって、自分達人間に価値を認めずに居られない」ということ以外に何の根拠もない、という結論に行き着いた。ここで再び私は、何といい加減で頼りないことかと、虚しくなってしまった。

しかし何とかして自分の心を救って、ポジティブに生きられる方向に持っていきたかった私は、自分や自分の人生に価値や意味を見出す為に、人間には無条件で価値がある（＝人間の尊厳）と信じ、かつ自分の人としての感性を信じようと考えた。つまり時々刻々、自分の心の一番奥底に向かって、何が正しいことか、何が価値あることかと問いかけ、返ってきた答に従って、時々刻々外界に向かって働きかけ、心地よい手応えのある行動を積み重ねていくしかない、それによって価値ある人生を創造していくしかないという考えに、行き着いた。

こうして人間の価値や人生の意味についての疑念や苦悩については、その結論で諦めるしかない、という考えに至ったのだが、そこでもう一つ、私を激しく悩ませたのは、人の性欲や性行動を、どう受け止めるべきかという問題だった。

先程書いたように、人の精神の志向性は、自然から与えられた本能によって強く規制されるという現実を、私も認めていた。しかしその一方で、あらゆるものの価値や意味は、個々の人間の最も深い感性によってしか決められないという理由から、私は、人の精神は世界で何よりも尊いものと考えていた。従って、そういう人の精神は他の何ものにも支配されて欲しくない、たとえ自然から与えられた本能によっても、という極めて矛盾した欲求を、当時の私は懐いていた。

その見地から行くと、人が性行動をとるということは、その人が尊い個人の精神の完全な独立を保つことができずに、性欲という自然から無理矢理持たされた卑しい動物的本能に、尊い個人の精神を隷属させる、どうしようもなく惨めな行為に思えてならなかった。だから私にとっては、人間の性欲は最も憎むべき存在に映った。従って高校生当時の私は、他人はいざ知らず、せめて自分だけは尊い自分の精神を、卑しい動物的本能なんかに支配させて堪るものかと、大真面目に考えた。つまり当時の私は、自分は絶対に一生、性交渉など持たないと、固く決意していた。たとえ自分は恋愛しても、相手と絶対に性交渉を持たない。男女の恋愛の中でも、そういう肉欲を排除した、完全に精神的な愛だけが、本物の愛であると考えていたのである。

私が、人の性交がどういうものであるかを具体的に知ったのは、中学の頃だったが、それ以前から、異性に関心を持つことは穢らわしいという感覚を、私は母から強烈に植え付けられていた。一方私が、人間の主体性を何より重んじる実存主義の考えを知り、それに深く傾倒したのも、やはり中学の頃だった。従って、人間は自ら自分はこういう存在になりたいという目標に向かって自らを投企して、自分で自分を形造っていく存在であるという、実存主義の最も基本的な見方を阻む夾《きょう》雑物として、性欲を激しく忌み嫌うようになったのは、中学の頃であって然るべきだと感じるのだが、実際に、〝性〟を哲学的なニュアンスで激しく忌み嫌うようになったのは、高校時代だったという鮮明な記憶がある。だとすれば、個々の人間の価値や生きる意味を決めるものも、人間の主体的な判断以外に何もないと気付いた時点で、その主体性に素直に従わない〝性欲〟という存在に対して、激しい憎しみが生まれたものと考えて、間違いないと感じる。

それ故、現在の多くの若者達のように、性があまりにも自明で軽すぎるのも、私は病的だと感じるが、私の高校時代のように、性があまりに重荷で、生理的にも哲学的にも激しい嫌悪の対象になってしまったことも、間違いなく病的だったと感じている。

次に、発病の準備段階として私に起こった変化は、学校での友人関係が広がったことだった。それまで全く付き合わなかったタイプの人達と、友達付き合いするようになったことである。1年から2年に上がる時にクラス替えがあり、1年の時に同じクラスだった人で、2年でも同じクラスになった人は、女子1人だけだった。つまり試験の成績のこと以外、1年の頃の私がどんなだったかを知る人は、まわりに殆ど居なくなった。高校に入学した時に続いて、再びイメージ・チェンジするチャンスが訪れたのである。

それでも2年になってから暫くの間は、私はまわりのクラスメートと全く付き合わない状態を保った。依然心を乱されて、勉強に悪い影響が出るのが不安だったからである。しかしやがて転機が訪れた。私が固い心の鎧を解く契機になったのは、Cさんという、毛色の変わったクラスメートとの出会いだった。

Cさんは、それまでの私とは勿論、それまで私が付き合って来た人達とも、全く違った雰囲気を持った人だった。まずとにかく、外見をとても可愛らしくキメている人だった。当時の私が心密かにアイドル・タレントになりたいと憧れていたことは既に書いたが、中でも浅田美代子の可愛らしさに強く惹かれていた。Cさんはその浅田美代子そっくりに髪型をキメていたのである。セミロングで、頭の上の方の髪を一部、左右に分けて括《くく》り、その髪にはふんわりと縦ロールを施し、残りの垂らした髪はゆるく内巻きにしていた。私はCさんの、そのアイドル的な雰囲気に、当初から密かに強く惹き着けられていた。しかし、自分の方から彼女に話しかける勇気は持てずに居た。

　ところがそんなある日、Cさんの方から私に話しかけて来た。私は、憧れのCさんに話しかけられて、内心とてもドキドキしたのだが、成績が学年トップというプライドがあったから、そんな気持ちを気取《け》られないようにと、身も心も反射的に硬直した。Cさんは、「どうしてノートに書かないの？」と、私のノートの取り方について単刀直入に尋ねてきたのである。当時私は、授業中は先生の話を、ほとんど口述筆記の形でレポート用紙に記録して、それを家に帰ってから、自分が憶え込み易い形に整理・編集し直して、ノートにきれいに書いていた。

　緊張した私はCさんに、「私にとって、ノートというのはとても畏れ多いものなの。だから授業中に直接書くなんてことはできないの。授業中はレポート用紙に、先生の話をできる限り漏らさないようにメモしておいて、家に帰って気持を落ち着けてから、きちんと整理してノートに書くようにしているの。」と、とてもぎこちなく答えた。一番ぎこちなかったのは、ノートを「畏れ多い」と形容した言い方だったと思うが、多少奇異ではあってもその言い方が、当時の私のノートに対する実感に最も近かったと感じる。それ位精魂込めて、私は授業ノートを作成していた。案の定、Cさんは私の答を聞いて「ふーん。」と怪訝《けげん》そうな顔をして、更に私の顔を遠慮なく覗き込んできた。外見やムードの面でCさんに劣等感を感じていた私は、ツンと澄ましてそれ以上答えなかった。

しかしそれを契機に、私はCさんとよく話をするようになった。その後Cさんは、数学や物理、化学の問題の解き方を教えて欲しいと、よく頼んでくるようになった。それで私は「お安い御用」とばかり、休み時間に図書室でCさんに個人講義するようになった。それまでの私だったら、自分の勉強の時間を奪われることを迷惑に感じたと思うのだが、その時の私はCさんの頼みを全然迷惑に感じなかった。これはもともと私が、他人の役に立つことも、他人にものを教えることも好きだったからだと思う。それに、他人にわかるように説明する為には、まず自分の中ですっきり筋が通るように考えを整理しなければならず、それをやれば自分自身の理解も深まって、プラスになった。

元々私は、他人の話を聞いた時、瞬時にすべてを理解するような天才肌の人間でなく、何か一つ理解しようとする度、〝これはこういう風に考えるとよくわかる〟と、一々苦労して筋道立てないと、理解できないのろまな性質だった。いつもそうやって、自分で自分にわかり易く説明する練習をしていたから、恐らく私の説明は、Cさんにもわかり易かったと思う。私は今でも患者さん達から、「先生の説明はとてもわかり易い。」と褒められることが多い。そして勿論、心密かに憧れていたCさんの役に立てることが、私にはとても嬉しかった。

一般に、外見と学業成績の間に一定の相関関係がある訳ではないが、Cさんは、成績はあまり良くなかった。髪型を浅田美代子に似せていたと云っても、芸能界に特別強い関心があった訳ではない。だがその分、男女交際にはとても熱心だった。高校時代の彼女は、〝恋に恋している〟感じの人だった。つまり〝絶対にこの人でなければ駄目〟という恋本来の意味で特定の男子生徒を好きになるのではなく、一定の基準を満たせば相手は誰でもよく、学校帰りにいつも特定の男子生徒と連れ立って歩ける状態、〝私、恋人が居ます〟という状態にいつも自分があることが、一番大事という風に見えた。

だから私は、外見を完璧に可愛らしくキメて、いつも付き合う相手の居るCさんを、自分にないものを持った人として、憧れも、またある意味尊敬もしていたが、一方で〝堕落した人〟として憐れんでもいた。しかし今、そういう自分に罪悪感を感じてはいない。Cさんにしたって当時、学業成績のいい私に対して一定の敬意は持っていたかもしれないが、その一方で妬んでもいたし、ダサくてモテない私を軽蔑していたに違いないと感じるからである。10代後半のこの時期になると、友人に対する感情も、格段に複雑さを増してきた。

しかしCさんと付き合うようになっても、２年の11月（'74年）の修学旅行の頃までは、私は殆どCさんの色には染まらなかった。自分が持つ時間とエネルギーのほとんどを、成績を維持する為の勉強に注ぎ込むライフスタイルを、全く変えることはなかった。

しかし修学旅行の頃以降急激に、Cさんの色に染まっていった。髪型も、男女交際への欲求もである。それは、私の精神の変調が顕在化する直前の時期に当たっていた。従って今思うと、二つの現象の間には密接な関係があった。因果関係というよりは、予兆のようなものだったと感じる。

まず、私が髪にゆるくパーマをかけ、毎晩カーラーやピンカールでウェーブを付けて、朝、浅田美代子風に髪を括るようになったのは、２年の３学期（'75年初め）頃だったと思う。ピンカールは自分で考え着いたように思うが、カーラーの巻き方は、２年の11月（'74年）の修学旅行中に、Cさんのを見て憶えた。この髪型については、当時は何とも思わず堂々とやっていたが、今思い出すととても恥ずかしい。それは浅田美代子の、というよりCさんの露骨な模倣で、自尊心がまるで感じられなかったからである。しかしそれについては、Cさんから何も言われなかった。

しかし何も言われなかったのはCさんからだけでなく、母からも何も言われなかった。これは今思うと、とても意外である。それまでの母の感覚から云えば、〝お洒落への関心=勉強の邪魔〟で、言語道断だった筈だからだ。今では、母が私の髪いじりに文句を付けなかったのは、一種のギブ・アンド・テイク的な考えからだったと想像している。私は、髪いじりを始めてからも暫くの間は、寝る時間3、4時間と僅かな息抜きの時間以外のすべての時間を勉強に充てるという生活パターンを変えなかったし、成績も目立って下がることはなかった。一方、10代後半のその時期は、世の中の常識から言っても自己主張の強くなる時期で、親が「あれは駄目、これも駄目」と下手に高圧的なことを言うと、無用の反発を招いて、却って悪い結果になると母が考えたのではないかと想像している。つまりこれまで通り勉強し続けるなら、髪いじり位大目に見ようと考えたのだろう。

次にもう一つ、Cさんの色に染まった男女交際への欲求についてだが、これも〝恋に恋する〟という、まるっきりCさんの模倣になってしまった。つまり、相手の人間性や能力と云った、内面的な要素は殆ど問わず、ただ特定の一人の男子生徒といつも連れ立って歩けるということに、それが〝女の子のステータス〟であるかの如く、強く憧れてしまったのである。本当に浅薄だったと、今では恥ずかしい。今思うと〝恋は自分を堕落させるものであってはならない。本当の恋は、相手に対する憧れを自分を向上させる原動力に変えるものでなくてはならない。それを通じて、相手も高められてくれるならもっといい。〟と気負い込んでいた、中学時代の恋の方が、母や、母の価値観を取り込んだ自分自身の非難を回避する狙いも一部あったにせよ、ずっと自分らしかったと好ましく感じる。

そして男女交際への欲求を具体的にどのように行動に表したかについてだが、それは2年の11月の、奈良・京都への修学旅行の時のことになる。Cさんと親しくなってからの私は、それを契機に、他のクラスメート達とも一気に話をするようになった。その一番の理由は、クラスメートと話をしたからと云って、それが勉強の妨げになることはないという、自信が着いたからだったと思う。それで修学旅行の時には寺社の見学などそっちのけで、クラスメート達とはしゃぎまくった。そしてその一環で、修学旅行中のある夜に、あるクラスメートに自分の恋の相談をしたのである。

当時の学大附高は、東大合格者数全国第3位という側面もあったが、同時に男女交際が非常にオープンに行なわれている学校でもあった。それで、修学旅行では自分達で計画を立ててグループで行動する自由時間を利用して、デートを楽しむ慣習になっていた。つまり宿を出る時には男子5人、女子5人のグループで出かけて、先生の目が届かない所に来てから、男女2人で行動したいペアは、仲間から分かれて別行動をとったのである。勿論生徒全員がそんな行動をとった訳ではなかったが、修学旅行の直前になって、そういう慣習があることを知った私は、実に単純に、自分もそんな行動がとってみたくて堪らなくなった。それで、今思うと多分に間に合わせ的だったが、クラスの中にK君という憧れの男子生徒ができて、何とか旅行中にそのK君と2人だけで行動できないものかと、ある夜、蒲団をぎっしり敷き詰めた部屋の隅で、Uさんというクラスメートに相談したのだった。

Uさんには当時、クラスの中に相思相愛の恋人が居て、その彼と、学内でも学外でも堂々と交際していた。そんなUさんは、それまで勉強ひと筋で来た私とでは、あまりに雰囲気が違い過ぎたから、Uさんと話をするのはほとんどその時が初めてだった。そのUさんに、私は、A君と付き合って貰うにはどんな風に働きかけたらいいか、この旅行中に2人だけで行動して欲しいと、こちらからリクエストしていいかと、真剣そのもので相談した。その私に、Uさんは「あまりあなたの希望を押し着けないで、A君の気持ちに沿うようにした方がいい。」と、落ち着いてアドバイスしてくれた。これには、女性としてうまくいく振舞い方をすっかり体得した人だったと、今でも感心させられる。

Uさんは、自分と彼との関係については「このまま続いて、将来結婚してもいいと思っている。」と言った。先述の通り、高校当時の私は「性」に対して激しい嫌悪感を懐いていたから、同級生の口から「結婚」という言葉が飛び出したことは、心臓が止まりそうな位、衝撃だった。

もう一つ、この時のUさんの話で驚いたのは、Uさんが家でお母さんと、〝女性の先輩と後輩〟という感じで、とても仲良く付き合っているという話だった。私はそれを聞いた当時は、非常に欺瞞に満ちた親子関係としか感じなかった。大学受験を控えた時期に、男子生徒との交際などという、最も学業の妨げになりそうな行動を娘がとっていて、その娘に母親が優しい顔をするなどとは、とても信じられなかったからである。

しかし今ではそうは思わない。'70年代半ばという時期でも、高校生の娘が恋人を持つことを、精神の健康な発達の一つの現われとして、積極的に肯定する親が絶対に居なかったとは限らないし、たとえ積極的に肯定しないまでも、恋人を持つ持たないは、既に娘が自分の自由な意志で決めるべき領域のことと、Uさんのお母さんが考えていたかもしれないからだ。またUさんが彼の存在をお母さんに打ち明けずに、母娘が互いに相手の心の深くデリケートな領域に立ち入ることなく、専ら実用的な領域でのみ、気持よく協力し合っていたのかもしれない。後のケースだったとしても、それはそれで、母娘が互いに相手の心と礼儀を大切にし合ったいい関係だったと、今では感じる。私がそのことに思い至ったのは、ずっと後の、40代になってからのことだったが、ずっと後になってであっても、そういう親子関係の大事な真実に気付かせてくれたという点で、修学旅行の夜にUさんと話したことは、私の大事な心の糧になった。

そしてこれまで述べてきたように、私が高2の後半になって、Cさんや Uさんという、それまで付き合ったことのないタイプのクラスメートと付き合ったり話をしたりして、一部彼女達の感化を受けたことは、それまで母親の価値観や考え方という精神の鋳型だけに完全に支配されきっていた私が、それとは対極をなすような他の人の価値観や考え方を、必ずしも悪いものではないと認めて、採り入れたという意味に於いて、私の精神の発達史上、革命的な出来事だったと感じる。勿論その段階ではまだ、私の精神の一部が母親の支配から、CさんやUさんの支配に入れ替わっただけで、確固たる本当の自分を獲得できた訳ではなかった。しかし、その獲得に向けての長く苦しい闘いが、この時から始まった。その意味で、この友人関係の変化は〝夜明け前の始まり〟であったと捉えている。

それではいよいよ、私の精神の病の発病の、直接の契機になった出来事に移りたい。

それは高2の2学期の終わりか、3学期の初めの頃の出来事、つまり修学旅行の少し後で、私がCさんの髪型を模倣し始めた時期と重なるのだが、外目には実に些細な出来事だった。Mさんという、別の女子のクラスメートが、私のそれまでの大きな〝自己認識の歪み〟に気付かせてくれる、何気ないひと言を言ってくれたことだった。

Cさんと話をするようになったのを契機に、他の沢山の級友達とも話をするようになったことは前にも書いたが、Mさんもその一人だった。Mさんは私とは対照的に、高校当時から他の誰にも左右されない、しっかりした自分を持った人だった。その最も端的な証拠は、当時クラスの女子の多くが医学部や薬学部、教育学部など、一生続けられる仕事の資格を取れる学部をためらうことなく志望したのに対して、Mさんは「私が行くのは文学部しかない。文学が好きだから。」ときっぱり言い切っていたことだった。当時、「私はこれが好きだからこれをやる。」と、自信を持って決められる人はなかなか居なかった。だから私にはMさんが眩しく見えた。そしてMさんはその言葉通り、東大の文Ⅲに現役で入り、文学部のロシア語学科に進み、その方面の研究者になった。

そのMさんがある日私に、「ねえ、真実。真実は自分が他人から嫌われると思い込んで、いつもびくびくしてるみたいだけど、そんなことないよ。普通だよ。だからびくびくする必要なんか、全然ないよ。」と、ポロッと言ってくれたのである。確か教室で、休み時間のことだったと思う。

そしてMさんのたったそれだけの言葉が、私が現在の、うつ病を中核とする精神の病を発病する契機になったのである。

Mさんが言ってくれたこと自体は、私にとって喜ばしいものの筈だった。何故ならMさんが言った「自分が他人から嫌われると思い込んで」という、否定的な自己認識こそが、それまでの私の自己認識の中核になっていたのだが、Mさんは「それは違う」と言い切ってくれたからである。

そういう自己認識が強固に形造られた原因は、それまでずっと、基本的に絶対に正しいと思い込んできた母親から「あんたはお友達から嫌われる子。協調性のない子。」「あんたはどうしてこんなこともできないの！　そんなことしかできないの！　ああじれったい、忌ま忌ましい、もう嫌んなっちゃうわね！」と、事ある毎に罵られてきたことだった。それで他人の眼にびくびくするのが、長年習い性となってきたから、Mさんから「そうじゃない」とひと言言われただけで、直ちに〝私は嫌われ者ではない〟と自信を回復できた訳ではなかった。しかし、自分はこれまで母親から言われて来た程、最低最悪ではないかもしれないとは思うことができた。だから、Mさんがその言葉で気付かせてくれたのが、私の、その自己認識の歪みだけだったら、世間の眼から見て幸せな結果に終わったと思う。

しかし私はその時、もっとずっと大きな間違いに気付かされてしまったのである。それは、私がそれまで〝自分はこれこれこういう人間である〟と、自分について認識してきた像が、全然本当の自分ではなかったということだった。

小学校時代の所で詳しく書いたように、それまでの私は何事も母親が望む通りにものを感じ、母親が望む通りにものを考え、母親が望む通りに価値判断し、母親が望む通りに意志や願望を持ってきた。即ち母親が何かを「素晴らしい。」と言えば、自分もそれを心底〝素晴らしい〟と思い、反対に母親が何かを「くだらない！」と吐き捨てるように言えば、自分もそれを心底唾棄すべき存在として憎み、母親が私に〝医者になって欲しい〟と願えば、自分も心底〝医者になりたい〟と、願うようにしてきたのである。そして最初の内は、母の言葉や表情から母の望むところを読み取って、それに合わせるようにしていたが、その内に、わざわざ合わせるまでもなく、母と同じ感じ方や考え方、母が私に期待する願望が、自分の奥底から自然に湧いてくるようにならないと、気が済まず、安心できないようになってしまった。

そんなことをするようになったのは、物心着く以前に、母から〃私はあなたが居てくれて嬉しい〃と、無条件で自分の存在を肯定するメッセージを受け取り損なった私が、その後、自分にとって理屈抜きで絶対の畏敬の対象だった母親からほんの少しでも嘆かれると、完全な自信喪失と罪悪感で、自分が〃居ない方がいい人間〃に思えるようになってしまった為である。

更に母から「あんたまでそんな風なら、洋ちゃん連れて死んじゃうから。」と脅されたことで、母親を嘆かせることに強い恐怖と罪悪感を覚えるようになったからだった。それに、弟が、私が「きょうだいが欲しい。」と両親に強くせがんだ末に生まれた、只のきょうだいよりずっと重い存在だったことも、その恐怖と罪悪感に拍車を掛けた。私には、私の眼からはひたすら陽気で、無邪気で、他人を傷つける意志など全く持たない弟が、障害など全く関係なしに、可愛くてならなかった。そして最後まで幸せに生かしてやりたいと、願わずに居られなかった。

それで私はいつしか自分の精神の働きに、著しく不自然な作為を加えるようになった。即ち、何かに出会って自分の心が感じたり、考えたり、価値判断したりする時、それらの内容が意識に上ってくる以前に、母親の望み通りになるよう無理矢理矯正するようになった。つまり私は長年、本当は自分の感じ方や考えでないことを、自分の感じ方や考えであるかの如く、自分を欺き続けてきたのだが、それらの操作をすべて意識下で行なってきた為に、自分で自分を欺いているということにも、ずっと気付かずに済んできた。しかしMさんのひと言を契機に、これまで、〃こういうのが自分〃と思い込んできたものすべてが、母親が気に入るように作ってきた偽物だったということに、一気に気付かされてしまったのである。

これは本当に、言葉では表しきれない程のショックだった。自分に自分を嵌めてきた、母親の〝鋳型〟を外したら、自分には何も残らない気がしたからである。活きいきと、自然に、何も計算することなく、いろいろなことを感じたり考えたりする自分、生まれたままのやわらかくて瑞々しい自分は、長い間、母親の分厚い鋳型の中に閉じ込められて、すっかり窒息し、死に絶えてしまったように感じられた。そしてその絶望に加えて、長い間、実際の自分とは全く違う人間を、自分であるかの如く、自分に思い込ませてきた嘘に、激しい嫌悪を感じた。

それを機に、今日までに及ぶ、私の長い長い抑うつが始まった。しかし、だからと云ってＭさんを恨んでいるなどということは全くない。病気になったことが、本当の自分を探す、長い旅の出発点になったからである。こんなことで病気になった私は、自分の内なる過程に覚醒し過ぎた人間、自分で自分を見詰める眼が肥え太り過ぎた、生まれ着き実際に生きることよりも考えることを優先する人間だったのだろう。

次に、このショックから、私がどのようにして精神の病を発病したか、その過程について説明したい。

絶望に墜き落とされた直後から、私は猛然と、本当の自分を探し始めた。即ち、もし生まれたままの自分が不自然に歪められることなく真っ直ぐに育ってきていたら、何をどう感じ、どう考え、何がやりたい人間だったのかを何とかして突き止めようとし始めた。そんなものはもう死に絶えてしまったのかもしれないと思っても、とても諦められなかった。

その手始めに、まず〝これは好き〟〝これは嫌い〟というところから始めた。即ち日常生活で出会う様々な事象について、〝母親は私に、こういうものが好きであるようにと望んでいる〟という鋳型を取り除いたら、自分は何が好きで何が嫌いなのかという検証から始めた。そういう検証を数多く積み重ねることによって、自分という人間の輪郭を摑もうと考えた。そしてこの試みは、割にスムーズに運んだ。

しかし〝自分はもともと何がやりたい人間だったのか〟は、問いかけても問いかけても答えがわからないままだった。それを摑む為にはまず、自ら進んで嵌めた母親の鋳型という偽物《にせ》を徹底的に破壊する必要があったが、実際に私がその行動に出たのは、大学に入った年（'76年）の夏休みからだった。何故すぐ破壊的行動に出なかったのか、明確には憶えていないが、大学受験という伸《の》るか反《そ》るかの時期に、破滅するのを避けようとする自衛本能が、無意識の内に働いたのかもしれない。それで、この時期に、鋳型をぶち壊しに出た数少ない行動が、Cさんの髪型を真似て、髪をカールしたことや、Uさんに男女交際の相談をしたことだったかもしれないと感じている。

そして高校2年の終わりから大学1年の夏休み前まで、激しい破壊的衝動を自分の中に抑圧した私は、それを機にうつ症状が発症した。いつも苛立ち、煩悶し、うつうつと気が重いことに加え、どう頑張っても自分の中から意欲を湧かせることができなくなってしまった。

実際に一番困ったのは、勉強ができなくなってしまったことだった。これについて「自分が何をやりたいのかわからなくなったから勉強する意欲が失せた」と言えば非常にわかり易いと思うが、それは事実ではない。

確かに当時の私は、自分が本当に医者になりたいのかどうか、わからなくなってしまったし、それを越えて、反動から他のどんな仕事に就くことがあっても、医者にだけは絶対になりたくないという気持ちさえ芽生え始めた。しかし、それでも私は依然として、〝日本一の学力〟を証明する為に、東大理Ⅲに現役で合格したいという欲求は、強く持ち続けていた。それは、自分がこの世に生きていてもいい人間であるという、自分の存在価値についての最小限の自信さえ獲得しそこなった私が、何とかしてそれを獲得したい一心からだった。従ってショックを受けて以降も、私はトップの成績を維持する為に、本当はずっと勉強に打ち込みたかったのである。

ところがその意志に反して、やらなければやらなければと思って机に向かっても、勉強に精神を集中させることができなくなってしまった。幾ら参考書を読んでも、そこに書かれている知識が頭に入ってこない。数学の問題を解こうとしても、細かい高度な思考を働かせることができない。何故自分はこうなってしまったのかと、苦しくて苦しくて堪らなかった。今思うとこの、〝やらなければやらなければと思うのにできない〟〝考えよう考えようとしても考えが前に進まず、考え続けることができない〟というのが、間違いなくうつ病の症状の始まりだった。そして今でも、私は沢山あるうつ病の症状の中で、この「精神運動制止」や「思考制止」の症状に、最も頻繁に悩まされている。

これらの症状が原因で、１年の時には２回共学年でトップ、２年の１回目には学年で３位だった実力テストの成績が、発病して以降の２年の２回目には、６位まで下がってしまった。そして、成績が下がると自尊心を支えることができなくなり、益々うつ病の症状が悪化するという悪循環に陥って、３年の１回目には27位まで落ち、３年の２回目はかなり持ち直したものの、それでも11位と、ひと桁に入ることさえできなかった。そして３年の１年間の総合順位は380人中14位、当時の学大附高では、少なくとも学年でひと桁に入らなければ、理Ⅲに現役で合格することは絶対に無理だった。それだけでなく、駿台や代々木ゼミナール、河合塾などの予備校の模試の成績も、2年の夏頃まではトップの成績が取れていたが、3年になると約1万人中3桁、4桁ということも出てきてしまい、3年の後半になると誰から言われなくても、理Ⅲに現役合格は絶対に無理と、自分で認めざるを得なくなってしまったのである。

今書いてきたように、私の学業成績低下の主たる原因は、うつ病を主体とする精神疾患の発病にあったと考えて間違いない。（私の精神疾患は、うつ病を合併した境界性人格障害であったことが、30歳頃になって漸く判明した。）しかし、他にも原因があった可能性が否定できないと感じている。それは大変口惜しいことだが、そこまでが私の能力の限界だったのかもしれないということである。

先述のように高2の前半まで、私は1日3、4時間しか寝ないで、起きている時間のほとんどを勉強に注ぎ込むというギリギリいっぱいの努力を続けることで、トップの成績を保ってきた。一方、同学年の生徒達の多くは、その時期までそんなに全力投球で勉強していた訳ではなく、クラブ活動なども適当にやり、結構高校生活をエンジョイしていた。彼らの中にはもともと私より知的能力の優れた人達が居て、彼らが2年の後半からクラブを引退して勉強に本腰を入れ始めたら、私には太刀打ちできなくなったという部分もあったかもしれない。実際、学大附高には、東大に楽々現役で入る学力を持つ一方で、ジャズピアノを弾かせたら玄人はだしというような、嫉妬が湧く程多才な人間が沢山居た。

しかし、実証することは不可能なので、これは飽くまで私の推測だが、うつが始まることなく、それまで通り勉強に集中できていたら、高校いっぱいはトップの成績を保ち、理Ⅲに入るところまでは可能だったという気がする。そして大学に入って、格段に抽象性の高い数学や物理に出会った段階で、限界が来ただろうと感じる。

うつ症状を発症して、成績が下降した私は、社会生活にも支障を来たすようになった。要するに不登校の傾向に陥った。3年になると、週4日位しか学校に行けないようになった。親には学校を休む表向きの理由を、「家で一人でやった方が勉強が捗《はかど》るから。」と言っていたが、その実少しも捗らなかった。学校に行けなくなった本当の理由は、うつで意欲が涸渇して、朝家を出るエネルギーを絞り出せなくなったことだった。

この「準・不登校」の影響は、思った以上に深刻で、あわや卒業できなくなるかもしれないという事態に陥った。それは、週平均2日、学校を休むのに、知らず知らず死ぬ程嫌いな体育の授業のある日に休むことが多くなって、体育の出席時間数を、どうしても全授業時間数の3分の2に達させることが不可能になってしまったからだった。そのことがはっきりした3年の後半のある日、私は担任の先生に職員室に呼ばれ、「このままでは体育の単位が取れず、卒業ができない。」と宣告された。たとえ大学の入試に受かっても、高校を卒業できなければ大学に進学することはできず、一大事だった。

だがこれについては結局、学校側が解決策を提示してくれた。それは、冬のマラソン大会に参加して完走すれば、出席時間数の不足を帳消しにして、体育の単位をくれるというものだった。この冬のマラソン大会は、毎年恒例で行なわれていたもので、確か多摩湖1周7㎞で、1年生、2年生は全員参加が義務づけられていた。ところが不思議なことに、私は高校時代、一度も多摩湖の周りを走った記憶がない。ということは、1年、2年の時には病気に託《かこつ》けてサボったということだろう。3年生は参加を義務づけられていなかったが、参加して完走すれば、体育の単位をくれると言われた。しかし3年の時にも結局、多摩湖の周りは走らず、かわりに1周約400ｍの校舎の周りを17周することで、それに代えて貰った。何故そうなったのかは、残念乍ら憶えていない。

しかしこの件に関して、とても大事なことを一つ憶えている。それは、1年生の時のクラスメートで、唯一人の友達だったOさんが、私に付き合って、校舎の周りを17周走ってくれたことだった。高校に入って間もなく、お父さんを癌で亡くしたOさん、私が誕生日にあげた本をすぐに読んでくれなかったという詰まらない理由で、平手打ちを喰らわせてしまったOさんである。3年の後半の、受験で大変な時期に、自分には7㎞走らなければならない義務などなかったのに、あんなに我儘で高慢だった私に、付き合って一緒に走ってくれたOさんには、一生頭が上がらない。


ではここで話を大きく変えて、私が高校時代の母について強く記憶に残っていることで、まだ書いていなかったことを書いておきたい。

まずその一つは、母一流の屁理屈についてである。

確か高校2年のある日、学校から帰ったら母が家に居らず、玄関の前で何時間も立って待たされたことがあった。母が私に予告せず、鍵を持たせてくれもせずに、デパートに買い物に出かけた為だった。不安と憤りを感じつつ、当時まだ勉強に情熱を燃やしていた私は、マンションの外廊下で数学の問題を解きながら、母の帰りを待った。見るに見兼ねた隣の部屋の奥さんが、「うちでお待ちになりませんか?」と二度三度、誘って下さったが、私は固辞した。そんな他人の好意に甘えなどしたら、後で体面屋の母からどれ程激しく攻撃されるか、とても思いやられたからである。

それから3時間か4時間して、ようやく母が帰って来た。母は「御免なさい。」でも何でもなく、済まなそうな顔一つしなかった。私は、「そちらの一方的な落度で私は多大な迷惑を蒙ったのに、何故謝らないのか？」と母に詰め寄った。ところが母は、「悪かったと思った時には、すぐに謝るより、謝らずに悪かったという気持ちを持ち続ける方が、ずっと苦しいのよ。」という母一流の独り善がりな詭弁を弄した。

何言ってるんだ、ただ親としての体面を保ちたいだけじゃないかと耐えられなくなった私は、その夜父が帰宅後に、母が謝らないことに対する不満を訴えたが、何と父までもが、母に謝れと要求する私の方が悪いかのように、私を憎々しげに睨み付け、怒鳴りつけてきた。それで私はとことん救いのない思いになった。それについて父は、後から「あの頃はお母さんが『私は真実の為にこんなに一生懸命やっているのに、真実はこんなにひどいことを、私に言ったりしたりする。』と言うのを真に受けていたからだ。」と説明したが、それというのも当時の父が完全に仕事中毒に陥って、家の中の状況は一切自分の眼で見ていなかった為だった。

そして次は、私が高3で弟が小学校5年の頃に、母と私が弟の授業参観に行った時のことである。当時弟は、市川市立行徳小学校の特殊学級に居たのだが、授業参観の時に、弟は担任の先生から「三角、四角は四角と、同じ種類の図形をグループにまとめるように」という課題を与えられた。しかし弟は、課題の意味が十分理解できずに、与えられた三角や四角や丸の図形を使って、当時自分が好きだった「ゲッターロボ」を作ろうと、一生懸命になった。担任の先生は、「そう、ゲッターロボ作ってるの。」と理解を示してくれたけれども、母は「どうしてそんな簡単な問題が理解できないの！」と歯ぎしりして口惜しがった。それを聞いて私は、〝どれだけ頑張ったところで、洋ちゃんが名門の中学に入れる訳じゃないのに〟ととても白々とした気持になった。

この授業参観の時のことでもう一つ、とても強く記憶に残っていることがある。それは母が弟に、弁当を作って持たせず、カップヌードルを一つ持たせて、その場でお湯を注いで、昼食にさせたことだった。これについては弟より1学年上の児童のお母さんが、「あら、随分沢山入ってるんですね。お兄ちゃんの夜食にいいわ。」と感心して下さったものの、私は母のあまりの手抜きが恥ずかしくて堪まらなかった。

話のついでに、高校時代の私の弟に対する思いについて書いておきたい。高校時代の私は、3年以降、うつから来る苛立ちで、弟に辛く当たってしまったところもあったものの、全体としては優しい姉で在り続けたと思う。高2の時、学校の文化祭に連れて来て、あっちこっちの催物の会場を見せて回ってやったし、高3の春の体育祭にも弟を連れて来て、当時体重が35 kgだった弟をクラスメート達の前でおぶってやった。それが私が弟をおぶってやった最後のことだった。最後になったのは、それが私の筋力の限界だったからだが、ダウン症の弟をおぶった私の姿は、級友達の記憶に強く残ったらしい。卒業から20年後に出た同窓会で、級友の何人かが「弟さん、元気?」と訊いてくれて、とても嬉しく感じた。

私が弟を愛した一番の理由は、弟が純心で素直だったことだが、それ以外に、弟が障害故に他人から蒙る、蔑視や迫害に対する反発もあった。例えばこんなことがあった。

弟は生来、幼い子供が好きで、弟が小3、私が高1だった頃、一緒に行徳《ぎょうとく》駅前の道を歩いていた時に、弟が3歳位の男の子を見かけて、如何にもああ可愛いという様子で、その子の頭を撫でた。するとその子を連れていたお父さんが、徐《おもむ》ろにポケットからハンカチを取り出して、これ見よがしにその子の頭の、弟が触った所を拭くという行動に出たのである。私は心が凍り着いて、その場に立ち竦《すく》んでしまった。

またそれとほぼ同じ時期に、弟を連れて電車に乗った時、弟に隣の座席に座られた年輩の女性が、さっと席を立って離れた座席に移って行くということもあった。この時も、私は胸が潰れそうになった。しかしまだ未成年ということもあって、どちらの場面でも、怖くてその場で抗議できなかった私は、いつかこの人達を見返してやりたいと念じた。

だから私は弟の為にも、何としても理Ⅲに合格したかった。しかし高3の夏休み、予備校のゼミを取りまくって、自分を勉強に縛り着けるべく試みても、私はどうしても成績を回復することができなかった。それで仕方なく、願書を出す間際になって、私は志望を理科Ⅲ類から理科Ⅱ類に落とした。理科Ⅲ類は定員90人全員が医学部医学科に進学できるコースであるのに対して、理科Ⅱ類は定員510人が、主に農学部、薬学部、理学部、医学部保健学科などに進学するコースだった。しかし理Ⅱからも、志望者の内、入学後1年半の成績が上位10人の学生が、医学部医学科に進学できることになっていた。私は、行くのであれば他の大学の医学部ではなく、どうしても日本一難しい東大の医学部に入りたかった。しかし、うつの為にどうしても気力を湧かせることができなくなっていた私は、浪人したら益々気落ちしてしまって、再度受験しても理Ⅲに合格できるという自信が全く持てなかった。だから一旦理Ⅱに入ってから、学内での進学振り分けに勝って医学科に進む、敗者復活戦に賭けることにしたのである。

これについて、未だにとても不思議なことが一つある。それは高3になってからの成績の下降について、母から厳しく責められた記憶が一切ないことである。何故責めなかったのか、これまで母に訊いた記憶もない。もしかすると母は、そこまでが自分の娘の能力の限界だったと考えたのかもしれない。母はこの時点では、私のうつの発症には全く気付いていなかったと、後から聞いている。

理由が何だったとしても、当時母から責められなかったことは、私にとって非常に救いだった。その御蔭で高校に居る間、精神の荒廃がそれ以上進まずに、とにかく理Ⅱに合格できて、そこから医学科に進学する道が拓けたからである。その点は母に感謝したい。

'76年3月、私は入試を迎えた。結局、大学も東大1校しか受けなかった。志望を変更したことで、一緒に受験する顔ぶれがガラリと変わってしまったことには、とても落胆を覚えた。しかし、あれ程弁当を作るのが嫌いだった母が、東大の2次試験の時にはしっかり弁当を作り、白い御飯の上に、紅ショウガで「ガンバレ」と書いてくれた。紅ショウガは好きじゃなかったけれども、私はそれを見た時、素直に涙が出た。一緒に理Ⅱを受けた学大附高の同級生達も、「わっ、素敵!」と褒めてくれて、とても嬉しかった。

その昼休みの時間、民青同盟の学生達が、ロッキード事件を諷刺する内容の、〝およげ、たいやき君〟の替え歌を歌っていたことも、強く印象に残っている。理科Ⅱ類の合格は、私にとって〝これからが大変〟と溜め息の出る、半分に満たない合格だったけれども、とにかく現役で東大に受かったということが、可成《かなり》慰めになった。

第６章

東大教養学部時代

✺「もう人形扱いはやめて！」──初めての明確な母への抗議

１９７６（昭和51）年４月、私は東京大学教養学部理科Ⅱ類に入学した。それから２年間の教養学部時代は、高校３年の頃より更に、精神面での問題が顕在化した、疾風怒濤の時代だった。

入学式は日本武道館で行なわれ、母と一緒に出席したが、私の心はどんよりした倦怠感に包まれていたことが、とても強く印象に残っている。そして総長の林健太郎氏は、私の大好きな数学者だったが、その講話の内容は、全く憶えていない。

私が入ったのは、SⅡⅢ６組というクラスだった。「S」はサイエンス、つまり「理科」の意味で、理科Ⅱ類とⅢ類の混合クラスだった。理Ⅱの学生が約50人、理Ⅲが10人弱で、１クラスが編成されていた。私は入学するまで、教養学部に於いて、理Ⅱと理Ⅲが合同でクラス編成されるとは、全く知らなかった。多分、その大きな理由は、教養学部時代に学んでおくべき内容が、ほぼ共通だったからだろう。

入学式のすぐ後に、教養学部での生活についてのオリエンテーションがあった。主なオリエンテーションは、大学当局ではなく、1年上のSⅡⅢ6組の有志の学生が、東大の検見川《けみがわ》寮（千葉県千葉市）でやってくれた。私は自分に自信がなかったから、対人関係の緊張が強くて、他人と同じ部屋に寝泊まりするのは大の苦手だったが、進振《しんふ》りに勝つ為の耳寄りな情報が聞けるという話だったので、背に腹は代えられず参加した。「進振り」とは「進学振り分け」の略で、教養学部の主に、文Ⅲ、理Ⅰ、理Ⅱの学生を、3学期間、1年半の間（東大教養学部では半年間を1学期としていた。）に履習した全科目の点数を各科目の単位数で重みづけした過重平均点の上位者から、志望する学部・学科に振り分ける制度のことである。

各学科に最低で平均何点から進学できるかを、その学科の「底」と云ったが、理Ⅱから医学科に進学する場合の底は、例年83点台で、理Ⅱから進学できる学科の最難関だった。オリエンテーション合宿に参加すれば、その平均点を上げる為の具体的なノウハウを教えてくれるというので参加したのだが、実際1年上の医学科進学志望の男子学生が、一つ一つ細かくコツを指南してくれた。その親切な先輩は、それから半年後に本当に医学科への進学を決めて、私はとても励まされたが、その先輩が指南してくれた内容は、結果的に私にとってはあまり役に立たなかった。しかし、このオリエンテーション合宿は、すべてが初めての貴重な体験だった。

初めてと云えば、合宿の夜のコンパでお酒が出たのも初めての経験だった。しかし私は、この時アルコールは1滴も口にしなかった。それはこの頃はまだ、〝未成年は酒を飲んではならない〟という、母親から植え付けられた規範意識にガチガチに縛られていたからであり、また私自身、自発的に〝人間が生きられる時間は限られているのだから、できるだけ長い時間、精神活動ができるだけ良好に営める状態で生きなければ勿体ない〟と、心底生真面目に考えていたからである。また18、9の頃の私は、自分を思春期の穢れない状態にいつまでも保ちたいという強い願望を持ち、大人になることに強い嫌悪感を感じていた。そういう感覚が100％良かったと考えているわけではないが、正直な気持、今とても郷愁を感じる。

入学直後のことで強く記憶に残っているのは、身体検査・健康診断のことである。それは、その後のとても辛い出来事や、母から新たに心を傷つけられる原因になったからである。

他の大学はどうだったか知らないが、東大の入学時の健康診断には、一般的な身長・体重測定や、胸の聴診やレントゲンの他に、精神疾患を見分ける為の問診というのが含まれていた。真偽の程はわからないが、東大には入学後に精神疾患を発病する学生が多いから、そういう学生を早期発見する目的で、そうした問診を設けているという噂話を聞いたことがある。

その中の質問の1つに「自分が自分でないような気がする」というものがあった。私はその質問に「はい」と答えてしまった為に、教養学部がある駒場キャンパス内の保健センターの精神科の医師から、呼び出しを受けることになった。

恐らくこの質問は、統合失調症を拾い上げる為のものだったと思う。何故なら統合失調症に於いては自我が弱体化して、自分と他者との境界が不鮮明になるという現象が起きるからである。

しかし、私が「自分が自分でないような気がする」という質問に「はい」と答えたのは、統合失調症の場合のそれとは全く違うニュアンスでだった。これまで何度も書いてきた通り、私は小学生の頃から、ものの感じ方も考え方も価値観も欲求も、すべて母親の期待通りになるように、自分の奥底から意識の上に浮かび上がってくるまでの間に、歪めてしまうようになった。高2の終わりに、クラスメートのさり気ないひと言でそのことに気付かされた私は、それまでこれが自分の感じ方、考え方だと思っていたものが、すべて母の鋳型を無理矢理嵌めたもので、本来の自分の感じ方や考え方ではなかったことに気付いて、愕然となった。私が「自分が自分でないような気がする」に「はい」と答えたのは、そういうニュアンスでだった。

しかし家に帰り、精神科の医師から呼び出しを受けたことを話すと、当の母から「あんたがそんなおかしな質問に『はい』なんて答えるからだ。何てバカなんだ。」とこっぴどく責められた。だがその頃の私はまだ、「その質問に私が『はい』と答えたのは、そもそもあなたが原因だ。」と反撃する勇気はとても持てなかった。

そして拒否する訳にはいかないので、とにかく大学の指示に従って、駒場の保健センターに出向き、精神科の担当医に会った。その先生は当時50代くらいの取っ付きにくい風貌の人だったが、私は割とすぐに打ち解けることができた。それは一つには、私が中学生の頃から、精神科の領域に強い関心を持っていたからだろうと感じる。

その先生は、当然のこと乍ら「自分が自分でないような気がすることがあるというのは、どういう意味か？」ということを、まず尋ねた。それで私は、それは前述のような意味であることを説明した。するとその先生は、すぐに私を無罪放免にしてくれた。それは私の説明が常識的な現実認識に基づいていて、現実認識の歪みが著しい統合失調症の幻覚や妄想とは程遠いものだったからに違いない。しかし、統合失調症ではなくても、「自分の感じ方や考え方が、本当に自分のものであるかどうか確信が持てない」という症状は、「自己同一性障害」と呼ぶべきもので、深刻なものだった。それ故、その後、私の精神疾患は重篤化していったし、またその保健センターの先生も、それから約1年半後に、私の両親に対して「このままだと大変なことになりますよ。」と言ったそうである。

しかし、この'76年の４月か５月の時点では、あっさり「それなら心配ない。」と言って貰えたので、私はほっとしてその先生に、自分はこれから進学振り分けで医学部医学科に進学することを目指しており、もし進学できたら精神科の医者になりたいと考えていると話した。「自分が何をやりたいのかわからない」という件《くだん》の症状故に、自分の希望がそれ一つに定まっていた訳ではなかったが、それも確かに私の強い希望の一つだった。するとその先生はとても喜んでくれて、必ずその希望を叶えるようにと激励してくれた。そして気が向いたらいつでも話に来るようにと言ってくれた。その言葉に他意はなかったと、今でも確信する。それで私も何の抵抗もなく、進振りの結果がわかるまでの間、その後２、３回、自発的にその先生の所に学科試験の成績のことや、将来のヴィジョンなどを話しに行った。

ところがその先生との関係が、進振りの結果が決まった直後に、心に深い傷を残す事件に繋がってしまった。それについては後述したい。

だがこの問題にまつわっても、益々母は無遠慮に、私の心にズカズカ踏み込んでくるようになった。即ち当時の私は、イギリスの著名な精神医学者Ｒ・Ｄ・レインの『引き裂かれた自己』や『好き？　好き？　大好き？』（共にみすず書房）と云った著書に強い興味を惹かれて読んだのだが、これに対しても母は「あんたが精神科なんかに興味を持つから碌なことにならない！　精神科の医者になりたがる人間は、もともと自分が患者になる素質を持った人間で、そういう問題に関心を持つ内に、益々おかしくなっていくのよ！」という暴言を吐いた。その挙句、私の本棚にあった精神医学関係の書籍を、隠したり捨てたりまでした。

実はこうした干渉は、私が小学校６年の時に、松本清張氏の書に傾倒した時にも、母によって行なわれた。これらの書は、世の中の誰の眼から見ても有害なものであるなどとは、全く言えない。単に母の好みに合わなかっただけである。私が11歳であっても18歳であっても、親子であろうとなかろうと、相手の精神の自由をそこまで侵害することは、あまりに横暴で許されるべきことではない。それなのに私は18になっても、母親の存在が絶対という状態からおいそれと脱け出せず、正当な抗議をすることができなかった。今思えば、母を甘やかしすぎたのだと感じる。世間一般の子供というものは、親にそんなに従順なものではないと、それまでにわからせておくべきだったと。

そして駒場での1学期、つまり最初の半年は、うつうつ、悶々とした状態で過ぎた。その一番の原因は、学業が思うように捗らなかったことだった。最も高い壁を感じたのは、私が高校2年まで最も得意だった、数学、物理、化学だった。特に難解だったのは、数学の中の「幾何」(内容は線型代数)で、1学期は最大限頑張って「C」を取るのがやっとだった。各科目の成績は、細かい点数は知らされず、A、B、C、Dの大まかな評価しか知らされなかった。Cまでは合格で、追試を受けなくて済んだし、理IIの学生の6、7割は、1学期の幾何はDを付けられたと聞いたから、私はまだましな方だった。

しかしそのことで、あまり慰められはしなかった。何故ならその幾何の試験で、同じクラスの理IIIの学生の多くは、別にシャカリキにならなくてもAを取ったと聞かされたからである。数学の中の「解析」と、物理も、私には死に物狂いで頑張って「B」を取るのがやっとだったが、これらについても理IIIの学生の多くは「A」を取ったと聞いた。これらの事実によって、私は深刻な精神的危機に直面させられた。学校で教えられることが殆ど理解できないという経験も初めてなら、私が理解できない事柄を、他に理解できる人間が居るという状況も、生まれて初めてだったからだ。

駒場で、私は自身の知力の限界に直面させられた。大学に入ってから、私が数学や物理や化学が殆ど理解できなかったのは、うつ病を発病して、意欲や思考力が一時的に低下していた為ではなく、私の知力が本質的に限界に来ていたからだった。私がこれらの学科を本当の意味で理解できたのは、高校の段階までだった。私は、これらの学科が自分に理解できなくなったのは、高校から大学にかけて、抽象性が極度に高まった為だと感じた。高校から大学にかけての難易度の上昇が、これらの学科に於いては不連続だと感じた。しかしそれはきっと、高校レベルまでが私の知力で理解できる限界だったからだろう。

入学して間もなくからよく話をするようになった、Q君という理Ⅲのクラスメートに、「あの幾何の内容が理解できるなんて、一体どんな頭をしているの？　自分と同じ人間とはとても思えないわ。」と正直に言ってしまった。するとQ君は、「だって理解できちゃうんだもの。仕方ないじゃない。」と答えた。気障《きざ》だな、無神経だなと、その時は腹が立ったけれども、彼はまだ知力の限界が来ていなかったら、高校から大学にかけてのレベルアップが、連続したものに感じられたのだろう。私だって、もし高校の頃に、その段階で数学が理解できなくなったクラスメートに、「一体どんな頭をしているの？」と言われたら、Q君と同じように無神経な答え方をしていたかもしれない。中学から高校にかけての数学（物理、化学も）のレベルアップは、私にも連続したものに感じられたからである。

このように、理Ⅲの学生と同じクラスで学ぶことは、私にとって、かなりの精神的ストレスだった。そもそも彼らはよっぽどサボって落第点を取らない限りは、医学部医学科に無条件で進学できたから、いつも余裕綽々《しゃくしゃく》の様子で、自分の興味ある学科だけ集中的に勉強するという自由選択ができた。そこからして、同じ教室に居ても境遇がまるで違うのだということを、嫌という程思い知らされた。

この知力の限界の認識は、私の場合、恐らく他の人より数段、深刻な精神的危機になったと感じる。その理由は何度も言うように、それまで私は自分の存在価値についての自信欠如を、己の知力の優越の認識で代償してきたからである。ところがその、自分の価値を信じる為の唯一の拠り処があっけなく崩れ去ってしまったことで、私は再び自分が生きる値打ちのない人間であるという思いと、仮借なく直面させられることになった。

しかし、進振りの結果が出るまでの間は、理Ⅲ生に対する自分の知力の劣位を、100％意識的に認識することを避けた。一瞬それを意識的に認識したものの、すぐにそれを意識下に沈めた。実際には自分が彼らより劣っていても、劣っているということが、できるだけ表に現われないようにしよう、そして自分でも劣っていない積もりになろうと考えた。具体的には、本当は教えられた内容が理解できていなくても、恰《あたか》も理解しているような答案を書いて、とにかく沢山点を取って、自分が理Ⅲ生に劣らぬ頭脳を持っている積もりになろうと考えたのである。そんなことが本当に可能なのだろうかと思われる方も多いと思うが、それが結構可能だったのである。実際、そのやり方で、有機電子論と量子力学を内容にした化学は、Aを取ることができた。

これは、精神医学用語でカッコよく言えば〝防衛〟、わかり易く言えば〝誤魔化し〟だった。理Ⅲ生に対する知力の劣位を意識の上で認め続けていたのでは、すっかり絶望にとらわれて何もできなくなり、社会から落伍してしまいそうで怖かったからである。だから他人に対しても自分自身に対しても、劣位を意識の上ではけして認めないという誤魔化しを行なったが、自分の奥底では、私は確かにこの時自分に絶望した。だから、〝これまでこれが自分だと思っていたものが、全部母親の鋳型だった〟ということの他に、そのことがもう一つ、慢性的に憂うつで不機嫌な精神状態の原因として加わった。

そして、腹を括って先に述べたような点取り勉強に邁進できるようになったのは、駒場の2学期からで、1学期の試験が終わる'76年9月までは、医学科の「底」の83点どころか、数学や物理では1点も取れないのではないかと、途方に呉れる状態だったから、精神の荒みは特にひどかった。99％、「もうやめた！」と投げ出したいのに、残りの1％で辛うじて投げ出さずに踏み留まって勉強し続けるという、一触即発の状態だった。

それで実際、1学期の試験前の夏休みに、一度小さな爆発を起こした。

それは母と弟と3人で、名古屋の父の単身赴任先のアパートに泊まりに行った時のことだった。その時私は、具体的に何を言われたかは憶えていないが、恐らく母から「私の言う通りにしていれば、すべてに賢くて間違いがない」式のことを言われて、とうとう堪忍袋の緒が切れた。「いい加減にして頂戴！　あなたはいつも『操り人形、踊れや踊れ』って、そうやってきたわよね。だけど私はあなたのお人形じゃないのよ！　もう人形扱いはやめてよ！　しかもあなたはそれだけじゃ足らずに、人形の手も足も捥《も》いだじゃない！」と、母に向かって激しく喚き立てた。更に「操り人形、踊れや踊れ。」という言葉を、何度も自嘲的に、歌うような調子で繰り返し、とうとう近くにあった皿を母の頭めがけて思い切り投げつけた。

この行為に対しては、直後に容赦ない報復を受けた。父に畳の上に転がされて、お腹を足で蹴られたのだ。軟らかい場所を思い切り蹴られたから、痛いというより苦しかった。久し振りの激しい暴力だった上に、足蹴にするという行為には、相手の人格を否定する、残忍なニュアンスがある。しかも父はその時、ランニングにステテコという下着姿だったから、私はこれ以上ない程卑しめられ、惨めな気持になった。小4の時、顔面を床に打ちつけられた時と並んで、心に深い傷が残った。

この仕打ちについても、ずっと後になって、父から「あの頃は、お母さんが『私は真実の為を一生懸命考えて、あんなにもこんなにもしてやっているのに、真実は私にひどいことをする。』と言うのを、鵜呑みにしていたからだ。」と理由を説明した。だが、この説明は、半分は本当だったが、半分は嘘だったと感じる。というのは、仕事人間だった父が、母と私の関係を自分の眼で見ていなかったというのは本当だったが、その他に、父には間違いなく、私のことを子供の頃から〝碌でもない奴〟と、思い込みで決めつけていた面があったからである。

その一つの原因は、私は生まれ着き、意図せずに父の罪悪感を刺激する性格を持っていた為だと感じるが、それについては後で詳しく説明したい。そして小4の時に、父が私に「人間の屑」「腐った根性」「切っても赤い血が出ない」と云った、心を切り裂く言葉を次々に浴びせかけたことも、その決めつけの一環だったが、母が私を非難する一方的な言動だけを聞いて、父が私に「お母さんはこう言っているけれども、お前の言い分はどうなんだ？」と訊いてこなかったのも、同じ決めつけが原因だったと感じる。

これより少し後の20代に入った頃から、私は父に、母の精神支配が如何に辛かったかを、繰り返し自分から訴えるようになった。しかしその度に父から「お前はお母さんの話をしなくなったら一人前だ。」と一蹴されてきたから、その見方で間違いなかっただろう。要するに父は、この私が18の頃から、私が自分の思い通りに生きられないのを母の所為にする、都合のよい言い訳をしていると、強く決めつけるようになったと思われる。
それからもう一つ、この、私が母の頭めがけて皿を投げつけた事件について、非常に不快な記憶がある。それは20代の後半以降、私が精神科の医者にかかるようになってから、どの医師にも、母がこの時のことを「いきなり空飛ぶ円盤が飛んで来まして」と、上品ぶった誤魔化し笑いを浮かべながら、滑稽めかす言い方をしたことである。

思い出せる限りに於いて、私が母の徹底した精神支配について、母本人にはっきり抗議の意志を示したのも、母に暴力をふるったのも、これが初めてのことだった。それは私の中でこの問題が、はっきり表に出して抗議しなければ、にっちもさっちも耐えられないところまで深刻化したが故の行動だった。だからこそ私には、母がこの事件についてふざけた表現をするのが、とても許せなかった。母にしてみればこの事件が、親としての誇りを打ち砕かれる恥辱的な出来事だったからこそ、他人に真面目に話すのが恥ずかしかったのだろう。しかし自分の体面を保つ為に笑い話にされたことで、私は母が一層許せなくなった。

私は父からお腹を蹴られた直後、とても耐えられなくなって家出した。勿論これも生まれて初めてのことだった。家出と云っても名古屋から大阪まで鈍行列車を乗り継いで行って、大阪で環状線に乗るなどして暫く時間を潰し、大阪からまた鈍行を乗り継いで、名古屋を素通りして、一人市川のマンションに帰ってしまっただけのことだったから、世間の眼から見れば全然大したことはなかった。御蔭で危険は少なかったけれども、家出が長続きしなかったことで、私は益々自分で自分が情けなくなった。何故なら、自分が親の束縛や精神支配を激しく憎みながら、その庇護下から一歩でも出たら、ただの一日も自分一人で生きる力がないことを思い知らされたからだった。生活費の稼ぎ方もわからないなら、炊事や洗濯も覚束《おぼつか》なかった。

このように、私が18になっても社会生活面で赤子のように無能だった原因は、極端な自信欠如にあり、その原因は、責任転嫁に聞こえるかもしれないが、物心着いた頃から母にやること為すこと、「駄目駄目、全然なってない！　もういいからこっちに貸してごらんなさい。」と貶されまくられ、母に代行されてきたことにあった。私が家出の前、「人形の手も足も捥《も》いだ」という言葉で母に抗議しようとしたのは、正にこの点だった。それ以降〝私は何をやっても駄目〟という思い込みから自分自身を解き放っていって、現在の私は料理にしろ縫い物にしろ、少なく共人並にはこなしている。

そして何だかんだ言っても、とにかく親の庇護下で大学を卒業することなしには、長期的に安定して生活費を稼ぎ続けることが、自分には無理であることも、既にこの時点で、心の奥底では気付いていた。そういう物理的問題のみならず、精神的にも、親の家から一日でも離れたら、頼りなく不安で、寂しくて、とても耐えられないということに、私はこの家出で気付かされた。それらのことでも、私は自分に強い敗北感を感じた。

余談だが、私はこの家出を中心とする大学1年の夏休みの体験について、大学ノート何十ページ分かの文章に書き残した。上手下手はともかく、私は小学校高学年の頃から、文章を書くのが好きで、別に誰に言われなくても、何か感じたり考えたりする度に、すぐに文章に書き留める癖があった。その理由は二つ、書くことによって気持ちを楽にしたかったことと、存在不安を解消したかったことだった。

一つ目については、私は自分の心の中にあることが出来る限り正確に現れるように文章に表現することで、自分の心に整理が着いた気になって、ずっと楽になれたからである。たとえ現実が何一つ変わらず、自分の悩みや疑問に何も解決が着かなくてもで、それは〝カタルシス（浄化）〟の効用だったと感じる。二つ目は、白い紙の上に1字1字書き記して、そこに文章を生じさせることは、自分が無から有を生じさせる行為、外界に自分が居たればこその変化を生じさせる行為で、それによって自分という人間が確かにここに存在しているということを、最もひしひしと実感できたからである。

私は既に18の時点で、今述べた、自分が書くことにこだわる二つの理由を、はっきり自覚していた。そして書くことに限らず、料理や縫い物など、自分の手で無から有を生じさせる〝創造〟という行為に、思春期以降現在まで、強くこだわり続けてきた。そのことが、私にとって、他の誰でもない自分が確かにここに存在するということが、如何に不安であり続けたかを、よく表していると感じる。

幸い、駒場での生活も2学期に入ると精神的に安定し、その状態がそれから約1年間、3学期の試験が終わって、進振りの結果が出るまでの間、続いた。母親の鋳型を外したら、自分が本当は何をやりたいのかわからない等の悩みは依然として続いていたが、それは進振りに通ってからゆっくり考えようと、一旦棚上げして、それまでは脇目を振らず、1点でも多く点を取り、進振りに通る為だけに全力投球しようと、完全に心が決まったからである。

1学期の成績は、先述の通り、数学の幾何がC、解析がB、理科の物理がBと、けして満足のいくものではなかった。おまけにオリエンテーションで高得点が得易いと教えられた、人文科学の心理学まで、先生の気に入らない内容のレポートを書いてしまった所為《せい》で、Cを付けられてしまった。だがそれ以外の科目、つまり自然科学の化学、生物、人文科学の哲学、社会科学の社会思想史、経済学、英語、ドイツ語などは、すべてAが取れた。それにBやCしかとれなかった科目についても、本当はわかっていなくても、わかっているかのように答案を書くコツだの、高得点を付けて貰えるように、先生に阿《おもね》ったレポートを書く要領など、遅まき乍ら摑むことができた。それにより、2学期、3学期に医学科の底を超えるところまで、点数は十分挽回可能という感触が得られたことで、私はすっかり腰が座った。

御蔭で駒場の2学期、3学期は、また起きている時間のほとんどを点を取る為の勉強に充てて、毎日睡眠は3、4時間という、高校1、2年の時と同じ生活状況が再現された。しかしこの間は迷いがなくなって、一つの目標に向かってまっしぐらに突き進めたから、1学期よりは勿論、6年間の大学生活の中で、精神的には最も楽な時代だった。

因みに駒場での成績評価は確か、Aが80～100点、Bが65～79点、Cは50～64点、Dが0～49点で、Dのみが不合格で追試になっていた。1学期の終わりには、各科目の4段階評価のみが通知されたが、2学期の終わりには、進振りの志望決定の参考にするようにと、全科目の平均得点が通知された。2学期は1学期に較べて相当ペースを上げたのだが、それでも2学期の終わりの段階で、私の平均点は79・いくつと、80点を僅かに切るレベルで、例年の医学科の底の83点までには、かなりの距離があった。

しかし一旦勢いがついた私は、この調子で3学期、更にペースを上げれば、絶対に医学科の底を突破できると、自分でも不思議な程強気で確信して、まっしぐらに突き進んだ。その結果、3学期末には84・7点と、平均点を一気に5点も撥ね上げて、私は見事、医学科への進学を決めることができた。'77年の10月初めのことだった。

しかも3学期の試験の前は、私は身体面での健康状態が非常に悪かった。試験直前に、私は風邪を引いて、

37度台の熱を出してしまった。それで早く治したかった私は、母の車で送られて、千葉市内の、子供の頃からのかかりつけの開業医の先生にかかった。ところが、その先生が〝早く治るように〟という好意から出して下さった、ABPCという抗菌薬が、運悪く私の身体に合わず、Ⅲ型（アルチュス型）のアレルギー反応を起こしてしまい、熱が39度まで上がり、他に全身に風疹様の発疹と、頸部リンパ節の顕著な腫脹が現われた。それからすぐにABPCを中止したが、39度前後の熱は、その後も4、5日続いた。

当然、身体は死ぬ程だるかったけれども、1分1秒でも惜しかった私は、物理にしろ化学にしろ数学にしろ、ベッドに横たわりながら、整理したノートを天井にかざして、教わった内容を全力で頭の中に叩き込んだ。進振りの勝利はその結果だったから、我ながらこの時ばかりは本当によくやったと感じる。今でこそ医療の世界では、単なる風邪はウィルス感染で、細菌を殺す抗菌薬は効かないから、抗菌薬の処方は御法度というのが常識になっているが、'77年当時はまだ、そのような常識は存在しなかった。従って3学期の試験前のトラブルは、かかりつけの先生の所為ではなかった。

これまで述べてきたことでもわかっていただけるように、駒場の2学期、3学期の間は、17歳になった頃から始まった、様々な精神症状が中断してくれていた。やろうやろうと思っても、どうしても勉強（行動）できない、考えが前に進まない。いつも訳もなく憂うつで不機嫌といった症状である。従ってこの頃はまだ、症状から完全に解放される時間が全くない、20代後半から現在までに較べれば、まだまだ精神疾患の症状が軽かったと云える。

第7章

東大医学部医学科時代

✻「何をしたいのかわからない」——スチューデント・アパシーの苦しみ

私の精神症状が中断してくれていたのは、進振りの結果が決まるまでの間だけだった。進振りの結果が決まると、残りの駒場での半年、即ち第4学期は、進学する学部学科毎に、クラスが編し直された。私は医学部医学科に進学するクラスにめでたく入ることができた。ところがその4学期が始まって間もなく、私はちょっとした暴力事件を起こしてしまった。その事件の相手は、3学期までSⅡⅢ6組で同じクラスだった理Ⅲの学生Q君だった。

話が前後するが、私は駒場に行って間もなくの頃から、このQ君に恋をした。しかし何故、この人を好きになったのか、未だに自分でも不可解である。それはQ君というのは、私が「あの幾何の内容が理解できるなんて、一体どんな頭してるの？」と言った時、「だって理解できちゃうんだもの、仕方ないじゃない。」と気障な答をした、あのQ君だったからである。

確かに、自分に全く歯が立たない数学や物理の内容がすらすら理解できる点に、目を見張ったのはわかる。しかし他のいろいろな面、特に私にとって重要な点で、私とは考え方や価値観が全く合わない人だった。例えばQ君は、「女は男のアシスタントでいるのが適任。だから女が東大に入る必要なんかない。」などと、堂々と言って憚らない人だったし、私が小学校高学年から好きだった松本清張氏についても、「推理作家の癖に歴史学者の真似事なんかして、作家は作家らしくしていればいい。」と、実に偏狭なことを言う人だった。彼は全体に、非常に尊大だった。だから理屈から考えたら、Q君のような人は、嫌いで然るべきだった。

それでもこの人に好意を持った原因は、彼が童顔で、幼い外見をしていたこと以外に考えられない。好き嫌いは理屈ではないと云うものの、私自身、人の値打ちを決める上で全く大事だと思っていなかった要因に、大きく左右されてしまったことが不思議でならない。

しかし今ではもう一つ、自分がQ君に惹かれた理由に、思い当たることがある。それは私自身が劣等感でいじけきっていた為に、弱点や欠点の多い人にこそ惹かれてしまったのだろうということである。Q君には、ものの見方や価値観が古くて狭い型に嵌まっているという、性格的な欠点の他に、幼い頃から持病があって、激しい運動ができないという弱点もあった。また他に、性格的に円満で、バランスがとれて、周囲を広く思い遣ることのできる、自分とは対照的な人のことを、特に露骨に冷笑するという欠点もあった。それは多分Q君が、自分の人格的な未熟さに、心の底では劣等感を持っていたからだろう。

そして、はっきり認めるのはとても辛いことだけれども、劣等感が非常に強かった私が、弱点や欠点の多いQ君に惹かれたのは、多分それらの点では自分がQ君に対して優越感が持てたからに違いない。〝労《いたわ》ってあげなきゃ〟〝治してあげなきゃ〟というような僭越な思いを持った記憶があるから、私のQ君に対する感情は、「愛」には違いなかったとしても、悪い意味での「母性本能」に近い、病的な愛だったと感じる。

そんなQ君を、確か3学期の頃だったと思うが、私は一度、自宅（市川市のマンション）に招いたことがあった。その時には、小麦粉を炒めてデミグラスソースを作るところから、自分でビーフシチューを手作りした。当時の私はQ君に対して鼻っ柱の強い態度を取っていて、そういう私をQ君は嫌っていたから、「家に来ない？」と誘って、「わかった。行くよ。」とあっさり一度で言われた時には、嬉しい反面、とても驚いた。

そしてその日は、父も母も弟も、Q君が訪ねて来ていた間、ずっと家に居た。そして父も母もQ君から侮られまいとして、とても肩肘張っている様子がよくわかった。まず母は、Q君が来て暫く経って、そろそろ食事をという時に、「真実ちゃん、そろそろお料理に火を入れた方がいいんじゃないの？」と、言葉も声の調子も思いきり上流婦人ぶった、気取った言い方をしたし、父は父で、その食事の用意ができるのを待つ間、居間でQ君と2人で話している時に、突然「大学教授なんて云ったって、我々一般の人間と、頭の程度は少しも変わらない。」と強い語気で話し、それが台所まで聞こえてきた。私もギクリとしたが、母の方がもっと慌てて「何であんなことを言うのかしら。」と、強い非難の調子を込めて言った。

実はQ君のお父さんは国立大学の教授だった。そのことは事前に、両親に話していた筈である。しかし、その日Q君の方から、自分の父親は国立大学で教授をしているなどと言う話を切り出したとは考えられなかった。Q君は、そこまで非常識ではなかった。従って、「Q君のお父さんは大学で教授をしていらっしゃるそうだけれども」と父の方から切り出して、次にすぐ「大学教授なんて云ったって」と、攻撃的なことを言ったに違いない。私は、父がQ君の気を悪くさせるようなことを言ったのを恨んだだけでなく、その言葉には父の僻《ひが》み、劣等感が見え見えだったから、そのことが、父の非常識さと共に、私にはとても恥ずかしかった。当時父は、知名度の高くない、東芝の小会社の名古屋支店長だった。だからと云って、別にQ君のお父さんに対して劣等感を持つ必要など少しもなかったし、そんな余計なことさえ言わなければ劣等感を気《け》取られることもなかったのにと、今でも口惜しい。

私はその日、お土産にQ君に、自分の手作りの品物をあげた。それは、ピンクと薄紫色のトルコ桔梗の造花を、アケビの蔓で作った細長いカゴに活けたものだった。しかしその花が、それから数カ月後に大きな悲しみの種になることになってしまった。尚このように、大学入学後の私は、厳しい勉強の合間を縫って、高校時代までは全く手を出さなかった料理や手芸などの活動に、少しずつ手を出すようになっていた。これは勿論、母から与えられた精神の鋳型を壊して、本来の自分を見つけていく試みの一環だったが、幸い私のそうした試みについては母が妨げないでくれたので、揉め事が起こらずに済んで、助かった。

Q君への恋の極く簡単な経緯については、以上の通りだが、3学期も終わりに近づくと、Q君との関係はもう駄目だなと、ひしひし感じるようになって、急速に焦りが募ってきた。それで追い詰められて耐えられなくなった私は、3学期の試験が終わると間もなく、「YESかNOか、はっきりさせて欲しい。」と、電話でQ君に迫ってしまった。「はっきりさせて欲しい。」と言ったのは、当然乍ら「恋愛関係で付き合ってくれるか否か」ということだった。家からは掛けにくかったから、駅前の電話ボックスまで掛けに行った記憶がある。その時Q君は、「その返事は手紙に書くから。」と答えた。私が何度求めても、Q君はその場で返事をしてくれなかった。その場で答えられないということは、悪い返事に違いないと思った記憶がある。

それから2、3日後に、Q君から薄い手紙が届いた。胸の苦しさを堪えながら、封を切り、広げてみると、文面は実に簡単なものだった。「僕は、あなたの気持にお応えすることができません。戴いた花を、大事にします。」と、たったそれだけだった。「戴いた花」とは当然、私が作ってお土産にあげた、トルコ桔梗の造花のことだった。あの花が悲しみの種になったというのは、そのことだった。

自分から「はっきりさせて欲しい。」と求めたにも拘わらず、「NO」という回答を受け取った私は、だらしなくも精神的に恐慌を来たしてしまった。それでも4学期に入ってから暫くの間は、一生懸命堪えて大学に出た。しかし、死にもの狂いで勉強してQ君と同じクラスに入れたにも拘わらず、Q君と自由に口も利けないことは、あまりにも辛かった。私としては、只のクラスメートとしてなら話をしてもいいだろうと思い、駒場の図書館で出会った時に、こちらからQ君に話しかけたが、Q君は私を無視して通り過ぎようとした。耐え切れなくなって、「ねえQ君、普通に口を利くことも駄目なの？」と、私が声を大きくして問いかけると、Q君はさすがに立ち止まって振り返り、「そうした方が楽だと思うからだよ。」と、冷たく硬い表情で答えた。

それで私は完全に絶望して、自暴自棄になり、生まれて初めて、幾つもの自己破壊的な行動に走った。例えばウイスキーをボトル3分の2ガブ呑みして、まる一日目を覚まさなかったり、映画館に映画を観に行って、自分の手で自分の首を絞めたりした。映画は「ソビエト建国60周年記念映画祭」の中の『人間の運命』という作品で、私はその映画の主張に感銘を受けながらも、首を絞めたい衝動を抑えられなかった。自殺しようとしたのは、その時が生まれて初めてだった。勿論自分の手だけでは首を絞めきれなかったが、隣の席に座っていた若い女性が、明らかに私の意図に気付いて、気味悪がり、怯えていた。

図書館で、Q君に口を利くことを拒絶されてから間もなく、衝撃的な出来事が起こった。駒場の保健センターの精神科の先生から家に電話があって、「ちょっと話しに来てみないか。」と言われたのである。

この人とは、入学時の健康診断で、私が精神科の問診票の中の「自分が自分でないような感じがすることがある。」という項目に○を付けてしまった為に、保健センターに呼び出されて知り合った。そしてその問題についてはすぐに無罪放免になり、以後は「私も医学科に進学して精神科医になるのが希望」ということで、時々気が向いた時に自分の方から話に行っていた、あの医師だった。だから進振りで医学科への進学が決まった時にもすぐに報告に行って、その時には先方も非常に喜んでくれて、和やかに別れたのである。

ところがそれから間もなく、向こうから「ちょっと話しに来てみないか。」という電話が来たので、私は〝変だな〟と思った。それが、表面上は気軽な誘いかけという形を取りながら、声の調子に〝有無をも言わさぬ〟というところがあったので、私は益々不審に感じた。しかし、Q君との件で、丁度ガックリ来ていた時だったので、多少は気が紛れるかもしれない位に思って、私は再び保健センターに出向いた。

ところがそこで、私はこの医師から気絶する程ショックな話を聞かされた。曰く、「実はQ君が私の所に相談に来てね。Q君とのことは私に任せなさい。」と、いきなり命令口調で宣告されたのである。この時の衝撃は、とても言葉に尽くせない。この時覚えた激しい感情のほとんどは、〝怒り〟だった。Q君に対しても医師に対しても、〝何が「任せなさい。」だ！　お前ら、何様の積もりだ！〟という怒りを覚えた。

要するにQ君は、断わりの手紙を出したのにまた、私から図書館で〝しつこく〟話しかけられたという理由で「彼女を何とかして欲しい。」と、この医師の所に相談に行ったのである。しかし私はQ君に、図書館で「クラスメートとして普通に話をすることも駄目なのか？」と訊いただけで、その時Q君から「その方が楽だと思うから。」という返事を貰って、それ以上はQ君に対して働きかけもしなかった。つまりQ君が切羽詰まって他人に助けを求めなければならない程、Q君を追い詰めた憶えはない。しかしそれまで女性と付き合った経験など全くない、生粋のお坊ちゃんだったQ君にしてみれば、これ以上私からの働きかけがエスカレートしたらどうしようと、精神的負担が耐えられないところまで、重くなっていたのかもしれない。

それにしても何故、Q君は選りにもよって精神科の医者の所へ相談を持って行ったのか。確かに私は3学期までの間に、Q君にこの医師との関係を何度も話した。医者と患者として関わっている訳ではなく、将来精神科の医者を目指す立場から、親しく話をしに行っているのだと。だとしてもこの医師は飽くまでも精神科の医師であり、Q君が私との関係に悩んでこの医師に相談に行ったということは、どうしても私を気違い扱いしたとしか考えられなかった。女としても人としてもこれ以上の侮辱はないと感じた。

しかもその時この医師は、これからの行動はすべて私の指示に従って貰うという言い方、私が自分の意志と判断で自らの行動を決定する権利を奪う言い方をした。まだこの時には知らなかったが、これは後に、他の精神科の医師達が、私に入院を強制してきた時の言い方、そして入院中行動を制限する時の言い方と同じだった。知らなかったものの、〝何だ。いきなり患者扱いか。豹変したな。〟と直感した私は、この瞬間、魂が粉々に壊れる思いになった。

私は物心着く以前から母親に精神を支配されきっていたからこそ、「人間は〝自分はこう在りたい〟と願う存在に向かって、自らを投企する存在である。」というサルトルの考えを何よりも尊いものと感じ、〝人間には、自分の意志と判断で、自分の生き方や行動が決定できる「主体性」が何よりも大事〟という考えに、既に立ち至っていた。だからこそ、私は自分の主体性を侵害してくる人間が、誰より許せなかった。この医師は、母親以外で初めて、私の主体性を踏み躙《にじ》った人物だった。

Q君とこの医師から、人としての誇りを粉微塵にされた私は、とても生きていられない思いになった。しかし私はこの医師の、「私に任せなさい。」という指示に対して、咄嗟《とっさ》に「私はあなたの出方を許容できない」という意思表示をすることができなかった。それは〝慎重に出方を考えなければ〟などと考えられたからではなく、あまりの〝青天の霹靂〟に身も心も固まってしまったからだった。それでYESともNOとも答えないままその場を立ち去り、亡霊のようになって家に帰った。しかし胸の中は、Q君に対して〝どうしてくれよう〟という思いでいっぱいだった。

しかしこの日あったことは、母親を含め、誰にも話さなかった。次の日の朝、母の目を盗み、台所から1本、出刃包丁を持ち出した。そして家を出て、途中どこかで「僕はあなたの気持に応えることができない」という、例のQ君の〝三下り半〟の手紙を数十枚コピーして、駒場の医進クラスの教室に向かった。

私が教室に着いた時は、1時限目の授業の最中だった。それが終わるのを待って、先生が教室から出て行った後、私はガラガラッと教室の前方の戸を開けて入って行き、Q君を見つけて、その傍らに歩み寄った。そして「皆さん、よく聞いて下さい。」と、教室全員に聞こえる、大きな声で言った。それから用意していったQ君の手紙のコピーを、前から3、4列の学生に素早く配り、Q君を鋭く指さし「この人は私のことを精神科の医者に売ったのよ！」と叫んだ。ここまでは、事前に考えて行った台本通りの行動だった。

するとQ君は口惜しそうな表情になり、しかし私の半分くらいの震える声で、「ふざけるな！」と言い返した。それで私は〝こいつ、反論する気か！〟とカッとなり、「ふざけてるのはどっちよ！」と叫ぶと同時に、用意してきた出刃包丁をカバンの中から取り出し、振りかざすでも突き付けるでもなく、ただQ君の前の机の上に置いた。それだけでもQ君は蒼褪《あおざ》めて、それ以上何も声を発さなかった。他の学生達もみんな、固唾《かたず》を呑んで見守るだけだった。私はそれだけやり終えると、さっさと教室を後にした。これが、私が起こした暴力事件の一部始終である。

教室を出ると、私はげっそり消耗感を覚えた。ここまで他人に激しい怒りを覚えたのも、それをこんなに思い切った形で表現したのも、生まれて初めてだったからである。

それから何時間か、私はどこかで放心して過ごし、気持の昂《たかぶ》りが治まってくるにつれて、一体自分はこれからどうなってしまうのだろうという、激しい不安に圧し潰されそうになった。

それから私は保健センターに出向いた。当然のこと乍ら、Q君の方が先に保健センターに出向いて、件《くだん》の精神科医に事件の報告を済ませていた。医師は私を見るとすぐ、「先刻《さっき》、Q君が包丁を持って来てね。」と告げた。それで事件の詳細を報告する手間が省けたので、私は前の日に表明すべきだった憤りを、ここではっきり表明した。「Q君との問題は、私の心の深いところの問題です。それなのに何故、あなたから『そのことは私に任せなさい。』などと言われなければならないのですか？　私は心の中に土足で踏み込まれた思いがしました。」と。

それでも尚、医師は「この問題については判断を停止しなさい。」と命令口調で言った。更には私の性格について、「あなた、怒りっぽいんじゃないの？」とぞんざいに訊いてきた。もともとQ君の問題について、こんなことを言われて、されて怒らなかったら、人間一体いつ怒るんだという思いだった私は、それを今度は〝異常者〟に仕立てて、自分の言いなりにさせる積もりかと、医師に対する怒りが何十倍にも膨れ上がった。その後も医師との問答は、「事後処理の一切を私に任せろ。」「そんなことはできない。」の繰り返しで、果てしなく平行線を辿った。

それから2、3時間、虚しく時間が経過した後、両親がその場へ呼ばれてやって来た。当然乍ら、私は両親に会いたくなかった。特に父親には会いたくなかった。「何てことをしでかした！」と怒鳴られるのがオチだったからだ。それで両親がドアを開けて顔を覗かせた途端、私はプイと、そっぽを向いた。父は医師の眼を警戒してか、強引に部屋に入ってくることはしなかった。

それで両親と医師とは、私を置いて別室で長い時間話をして、夜もかなり遅くなってから、私は両親と共に家に帰ることになった。帰る時、医師が精神安定剤を処方したから持って行けと言ったが、患者扱いは御免だと言って、きっぱり拒否した。父は医師から制されていたのか、暴力的な態度には出ないでくれた。それでも終始、重苦しい沈黙が続いた。多分この時、弟も一緒だった。

私達は家の近くまで帰ってから、レストランに入り、遅い夕食をとった。私はその時、とてもおかしなことを口にしたのを憶えている。それは「今度のことがあって、私は本当に〝家に帰ろう〟と思った。」ということだった。外の冷たい風に当たったら、さっさと親の家に逃げ帰るとは、本当に虫のいいことを言ったものである。当然だが父は苦虫を噛み潰したような顔をしたし、母に至っては、はっきり嘲りを浮かべた。

私自身この時の自分の言葉が、未だにとても腑甲斐なくて耐えられない。それは、私が家の外で上手く人間関係が営めなかったのは、「あんたはお友達に嫌われる子」という母親から与えられた自分像を盲信し、感じ方、考え方をすべて母親の鋳型に嵌め、それをすべての行動の指針にしてきたからなのに、そしてそのことを既に3年近くも恨んできた筈なのに、外の生活で窮地に陥ると、正にすべての過ちの根源だった親の庇護下に、尻尾を巻いて逃げ帰ってしまったからである。

もしこの時、こいつらに頼るのをやめなければ何一つ解決しないと厳しく自覚できて、精神的に完全に親の家から出られていたら、それ以上精神の病が進むことなく、20《はたち》前後から自分の心に適う生き方を始められていたかもしれない。それができなかった為に、その後も20年近く、本当の自分を生きられるようにならなかった。だから口惜しくてならない。しかしそれができなかったのは、そう見極められるところまで、私の精神が成長していなかった為だから、結局この時にはどうにもならなかったと感じる。

それから間もなく父が、「お父さん達が呼ばれて行った時、お前がお父さんの顔を見て、プイッとそっぽを向いただろう？　あれを見て先生が、『このままではお宅のお嬢さんは大変なことになりますよ。』と言った。」と私に告げた。その時医師が、本当にそんな話をしたかどうかはわからない。これよりずっと後になってわかったことだが、父には相手にこう言って欲しいという強い願望があると、いつの間にか頭の中で〝あの人がこう言った〟と、願望を事実だったと認識して、その通りに話をする〝作話症〟があったからである。

しかし医師がそう話したとしてもしなかったとしても、父が「このままでは」という言葉でこの時表現したかったのは、〝今のように親に不従順では〟という意味だったと見て間違いないだろう。それこそが最も救いのない勘違いだったのだが、父も私が40を過ぎるまで、私が親の言う通りにさえすれば幸せになると、母と同じように盲信し続けた。

ここまでの経過で、精神的エネルギーをほとんど使い果たしてしまった私は、父の期待通り（？）、その後の事態収拾を、両親に丸投げしてしまった。その後両親は、大学当局の指示に従って、あっちにもこっちにも謝りに行かされたそうで、そんなことをさせたのは申し訳なかったと、今でも思っている。当時私は辛うじて未成年だったから、たとえ「私がすべて自分の責任で事態を収拾します。」と言ったとしても、やはり両親が出てこないことには世の中が許してくれなかっただろうが、それにしても自分は無責任すぎたと恥ずかしい。

それ以後も、この事件を収めるまでは、随分大変だった。それは私がこの医師の働きかけを完全に拒否し、指示に逆らい続けたからである。私はこの医師から、暫くの間、学校を休むようにと言われたが、平気で講義に出続けた。これは別に勉強がしたかったからではなく、完全に意地でだった。

一方のＱ君は、当然のように講義に出続けていた。確かに表立って人騒がせな行動を取ったのは私だけだったが、その原因はＱ君が私を侮辱する非常識な行動を取ったことにあった。それなのに、Ｑ君が堂々と講義に出続けているのに、私だけ休まされなければならないのはおかしいという考えからだった。

また、何の用事でだったかわからないが、その後、件の医師が私の家に何度か電話してきたことがあって、私が受話器を取って、声を聞いてこの医師だとわかると、何度掛けられてもすぐにガチャンと切ってしまった。

このことが医師を激怒させたようで、医師はＱ君から押収した出刃包丁を証拠物件として持参し、教養学部長に、私を然るべく処分するように、或いは私に治療を受けさせるべく自分の所に来させるようにと意見具申した。これを受けた教養学部長は、医進クラスの担任だったＩ先生という生物学の教授と、教養学部で体育の授業を担当し、学生の相談役も務めていたE先生に、調停役を任せた。

私は、E先生には体育の授業で長期間御世話になっていたが、駒場のクラスに担任が居たなどとは、この時になって初めて知った。担任と云っても実際は形式的なもので、私の事件のように特別な問題が起こらない限りは、存在を知らぬまま通り過ぎてしまうものだったらしい。

しかし私を呼び出して、「あの先生（件の医師）から包丁を見せられた時、嫌な気持ちになってね。」と言われたI先生は、本当に親身に温かく対応して下さった。「私の友人でひどく辛いことがあった時に、裸足で庭に飛び出して、刀を振り回した人間が居るが、だからと云って別に頭がおかしかった訳じゃない。人間、よっぽど辛いことがあれば、それ位のことをすることもあるだろう。」と言って、私に対して大学側からの処分は何もないように、その後二度と私が件の医師と会わずに済むように、丁寧に問題を処理して下さった。勿論「これはお坊ちゃんとお嬢さんの喧嘩だね。」と言って、私の未熟さを窘めることも忘れられなかったが。

件の医師相手の交渉には、随分苦労があったらしい。にも拘わらず、それまで一面識もなかった、突拍子もないことをしでかした一学生の為に、そこまで親身に骨を折って下さる先生が居て下さった御蔭で、私は事無きを得ることができた。東大に、学問に優れているだけでなく、こんなに懐が深く、人情の機微に通じた先生がいらしたということが、私には大変な驚きだった。I先生が担任で居て下さったこと、I先生に出会えたことは、本当に得難い幸運だったと、今でも深く感謝している。

以上、Q君に対する暴力事件の経過を、かなり詳しく書いてきたが、それはこの事件が、その後の医学科での生活の重苦しさを予感させる出来事だったからであることに加えて、この事件が、当時の私の精神の病み具合をとてもよく表していたと感じたからである。

病んでいた点の一つは、既に書いた通り、親の精神支配や心を傷つける言行を激しく恨みながら、その庇護下からきっぱり脱け出て、自分一人の力で社会生活を営んでいくには、魂の発達があまりに未熟すぎて、それができなかったということである。

次に現われていた病んだ点は、人間関係がオール・オア・ナシングだったということである。そもそもQ君との関係がもう駄目じゃないかと感じさせられたのは、Q君から何回か、うるさそうな態度を取られたというようなことからだったと思うが、それですぐに〝嫌われた〟と激しい不安に突き落とされてしまったのは、やはり極度に自分に自信がなかったからだった。そしてひと度、激しい不安に突き落とされると、私は一瞬たりともその不安から逃れられなくなって、その状態が続くことに忽《たちま》ち耐えられなくなった。それで、たとえ〝ＮＯ〟という答が返ってきて、絶望に墜き落とされたとしても、どっちつかずの不安・緊張を抱え続けるより遥かにましなのではないかという気になってしまい、結果、Ｑ君に「ＹＥＳかＮＯかはっきりしろ」と迫ることになってしまったのである。

私は30代の、精神症状が最も重かった頃に、「境界型人格障害」という病名を付けられたが、（その当時、'90年前後には、「境界性」ではなく「境界型」と呼ばれることが多かった。）その特徴の一つが、対人関係にしろ自己評価にしろ、極端から極端に走るということだった。その萌芽が既にあった。現実の人間関係のほとんどは〝全肯定〟でも〝全否定〟でもないのに、その曖昧模糊に耐えられなかったことが、私の病的な一面だった。

そしてもう一つのオール・オア・ナシングは、たとえ強い恋愛感情を懐いた相手からにしろ、たった一人の他人から拒否されただけで、すぐに自分は全く生きる価値のない人間、自分の人生には何の希望もないと、自分を全否定してしまった点だった。これも境界性人格障害の特徴で、原因は幼少時からの経緯で、自分の存在価値についての自信が根本的に欠如していたことにあった。

このようにして始まった医学部医学科での生活は、卒業する少し前までの約4年の間、慢性的にうつうつ、悶々とした状態が続いた。その原因はQ君の事件の後遺症ではなく、再び生きる目標を喪失してしまったことにあった。駒場の2学期の初めから進振りが終わるまでの間、とにかく進振りで医学科に進学することで、最初から理Ⅲに入った学生より頭脳が劣っていた訳ではないと証明することを、生きる目標にしようと決意したことで、束の間の心の安定が得られた。しかしその目標が達成されてしまうと、心の時計が駒場の1学期の頃に逆戻りして、再び〝私はもともと何がやりたい人間だったんだろう?〟という、自己同一性障害の問題が表面化した。この自己同一性障害も、境界性人格障害の大きな特徴の一つだったのである。

そして自分が何をやりたいのかは容易にわからなかったが、少なくとも医者にだけは絶対になりたくないというのが、この頃の私の正直な気持ちだった。それは、両親の強い期待に呪縛されて、僅か8歳で〝自分のような境遇に生まれて医者にならなかったら人でなし〟と、自分で自分に思い込ませてしまった自分に偽善と嫌悪を感じて耐えられなかったからである。それなのに、そのままそこに居たら医者になるしかない、医学部医学科に身を置き続けることは、私にとって果てしなく苦痛だった。自己同一性が拡散した私にとっては、他の学部学科は将来自分がどんな職業に就くか規制しないでくれるのに、医学部医学科だけは、自分を医者という唯一の社会的位置づけに縛り着ける、〝職能教育〟の場のように感じられて、窮屈で息苦しくて仕方がなかった。世の中の多くの人達からは「贅沢すぎる」と言われてしまうに違いないが、正にそのことがうつうつ、悶々の根本原因だった。

そんな訳で、'78年4月に無事、駒場から本郷キャンパスの専門課程に進学した後、解剖学、生理学、生化学など、専ら基礎医学を教えられる1年、2年の間は、講義も実習もせいぜい2、3割しか出席しなかった。当時の東大は、講義は端から出席を取らなかったし、実習も代返で間に合ったからだ。学生を厳格に管理しないことが、寧ろ東大の誇りというようなところがあった。

しかしその時期も、完全に無為に過ごした訳ではなかった。講義に出ない時間、家でゴロゴロしていることも多かったが、大学の勉強以外の活動は、かなり活発にやっていた。

例えば駒場の4学期、例のQ君への暴力事件を起こした直後に、医進クラスの女子のクラスメートに誘われて、地域医療研究会というサークルに入った。最初は、そんな事件を起こした自分でも受け容れてくれる仲間が居ることが嬉しかったのと、気が紛れていいというのが理由で参加したが、その内、自発的な興味や意欲が出てきて、一生懸命活動するようになった。

このサークルは民青同盟系（日本共産党関連）のサークルで、東大出身の民医連（全日本民主医療機関連合）の医師が講師を務めていた勉強会は、私には観念的でわかり辛く、最後まで、その政治思想に与《くみ》することはできなかった。

しかし身体を動かす活動の方は、意義ややり甲斐を強く感じることができた。それは例えば、都内の民医連の病院がやっていた、在宅寝たきり老人の訪問看護の見学や手伝い、或いは都内の特別養護老人ホームのボランティアの仕事などだった。特に後者の特別養護老人ホームには、毎週土曜日に、約1年間通い続けて、掃除やおむつ畳みの他、食事介助やお年寄の話し相手などをした。その間に何人か、馴染みのお年寄ができて、私達が来るのを待っていて下さるようになった。

そのことでやり甲斐も増したけれども、悩みも生じた。それは例えば、入所者が何百人も居る施設の中で、私達が特定の数人のお年寄と仲良くなったら、他のお年寄達は私達が行く前より、却って寂しい思いをするようになってしまったのではないかということ。或いは、私達を楽しみに待っていて下さるお年寄は、毎回、ホームから出るおやつを食べずに取っておいて、私達にお土産に持たせてくれるようになったが、そのお土産をバッグに入れたままで、帰りに仲間同士で喫茶店に寄ってチョコレートパフェを食べることに、罪悪感を感じたこと。勿論ボランティアの仕事そのものにもやり甲斐を感じていたものの、一部は、そのボランティアの仕事を開拓した同級の男子学生と一緒に居られる時間が楽しくて、毎週老人ホームに行っていたのがうしろめたかったことなど。

そんな訳だったから、その男子学生の気持に脈がないとわかると、私は老人ホームに一緒に行くのが辛くなって、ボランティアをやめてしまった。それが大体、医学科1年の終わり頃だった。我ながら本当にいい加減な人間だった。お年寄の気持を弄ぶようなことをしてしまって、本当に申し訳なかったと思っている。

その男子学生との関係の決着の着け方も、Q君との場合に似て、病的だった。それは、一生懸命好かれるように努力して嫌われたら、決定的に自分に自信を失くして立ち直れなくなるから、わざと嫌われるようなことをやって、終わりにしてしまおうというやり方だった。そうすれば、もし好かれるように努力していたら好かれたかもしれないという、希望が残せたからである。当時私が好きだった、中島みゆきの失恋の歌に似た、捻ねくれ方だったたと思う。こうした行動パターンも、境界性人格障害に特徴的なものであることを、後から知った。

そして、その男子学生との関係を諦めるのと前後して、私はあるアイドル歌手のファンになった。そして、その人のコンサートに弟と一緒に行ったり、その人が出演するＴＶ番組をＴＶ局に観に行ったりといったことも、熱心にやるようになった。一度ＴＶ局の番組収録が深夜までかかって、ＴＶ局が手配してくれたタクシーで午前2時頃帰って、両親から大目玉を喰らったこともあった。しかし、医学科2年になって間もなくの'79年5月頃、私達家族は6年間住んだ市川市内のマンションを引き払い、千葉市内の家を建て替えて戻った為、ＴＶ局通いは短期間でできなくなった。

その転居の理由は、母に言わせると、それまでの6年間は私の為に東京の近くに住んだから、これからは弟の為に千葉に戻るというものだった。如何にも、よく出来た人間を演じたい母らしいと、私は反発を感じながら聞いた。当時の私はそう思っても、口にすることはできなかった。尚、弟はその2年前の'77年4月に、市川市立行徳小学校の特殊学級から、千葉大学教育学部附属養護学校の中学部に進学した。この中学部は、私が通った千葉大学教育学部附属中学校と同じ、千葉大の西千葉キャンパス内にあって、附属中のすぐ隣にあった。母が、弟の為に千葉に戻ると言ったのは、それが理由だった。

ここでついでに、この頃両親に関することで、辛かったと忘れられないことを、幾つか挙げてみたい。まず一つ目は、'77年の1月か2月頃、弟が附属養護の中学部に入れるように、母に附属中時代の先生に頼みに行かされたことである。養護学校であっても千葉大附属は千葉大附属で、入学試験があったからだ。当時は私が在学中3年間数学を教わり、私にとっても目を掛けて下さった先生が附属中の教頭になっていたから、その先生に頼みに行った。

二つ目は、私が医学科に進学した後、慢性的な不機嫌状態に陥ると、母が私に繰り返し、「男が思い通りにならないのを親の所為にして。」と、唾棄するように言うようになったことである。当時は確かに、母にも不機嫌をよくぶつけていたような気がする。しかし母が言ったことはまったくの言い掛かりで、私が不機嫌だった原因は飽くまでも、自分が本当は何をやりたいのかがわからなかったこと、そして、自分が本当はどんな人間なのか、わからない状態が続いていたことだった。20を過ぎてもまだ、自分が何か感じたり考えたりする度に、これは自分本来のものの感じ方だろうか、母からそう感じるよう強く要求されて、自分で自分に嵌めた鋳型だろうかと、一々真剣に悩んでいた。

しかし、幼い頃、祖母の〝雌性《メス》〟に深く傷つけられて、女の〝雌性〟に激しい嫌悪を持つようになった母は、私の態度や行動が自分の眼鏡に適わなくなると、その原因が、自分が最も嫌いな〝雌性〟にあるかのように、強引に結び着けたのである。これも私にとっては非常に酷い仕打ちで、益々私に性を忌まわしく穢らわしいものに感じさせ、私を益々、女として自然に振舞いにくくさせた。しかしこの頃にはまだ、それが言い掛かりで酷いと、却々はっきり抗議できなかった。

三つ目は、千葉に戻ってから間もなく、その直前まで市川で、私が家庭教師として教えていた高1の女の子を、家に呼んだ時のことだった。大学に入ってから、本を読むなどして少しずつ料理を憶えた私は、すっかり料理が好きになっていたから、その時も鶏肉のトマトクリーム煮や、ジャガイモを茹でて潰して作ったポタージュスープなど、自分で考案した相当手の込んだ料理を、2、3品作った。すると作っている時に母から、「そんなもの、誰にでも作れるわよ！」と、強い憎しみを込めて、吐き捨てるように言われた。

私は、自分の客を自分で作った料理で迎えたかっただけだが、母は料理が嫌いで、料理を作ることを「飯炊きババア」と軽蔑し、私が中学に入って以降、普段の食事だけでなく、私の客も含めて家に来るお客さんにも、全くと言っていい程料理を作らなくなったから、そのことを私から〝怠けている〟と当てこすられていると、僻んで取ったのだろう。本当に辛く口惜しかったが、まだ母の力が圧倒的に強く、何も反論できなかった。

また母は、たまたま直前に風邪を引いて、その日寝込んだのだが、私はその女の子が来るのを断わらなかった。すると母は、私とその女の子が食事をしている所へ、寝巻にガウンを羽織り、ボサボサの髪としんどそうな表情で、それこそ「こんな時にお客に来られて迷惑です。」と当てつけるように出て来て、台所でコップ1杯水を飲み、また寝室に戻って行った。これも本当に嫌だった。この例のように、私は客観的に見て別に悪いことをしていなくても、母の眼から見て気に入らなければ、当然のように攻撃されるのが常だった。それでも母の気に入らない行動をやめないことだけが、その頃私に取り得る最大限の抵抗だった。

次に父についてだが、まず一つ目は、'78年の夏頃、どの不動産会社に千葉の家の建て替えを頼むかを決める為に、日曜日に次々に、いろいろな会社の担当者を市川のマンションに呼んだ時、父が如何にも自分は客だ、会社の役員だと（その頃にはもう、父は名古屋から戻って、本社の取締役になっていた。）、私から見てふん反り返った態度や物言いをしていたことである。他人に上から物を言うのも言われるのも、どうも私は先天的に嫌いだったようだ。

二つ目は、「小石川家引っ越しの段取り」とかいうのを事前に書いて、父が会社の部下の人達数人に、引越しの手伝いをさせたことである。この種の公私混同が、当時の日本の会社では珍しくなかったのかもしれないが、私には、こういう中年男性達の馴れ合いが、とてもいやらしく感じられた。

三つ目は、〝スチューデント・アパシー〟に関することである。先述のように、医学科時代の私は、サークル活動や芸能人のファン活動など、自分が意義や興味を感じたことにはかなり熱心に打ち込んだが、本業の大学の勉強にだけは、全くやる気が出ず、さぼり呆けていた。つまりどんなことにも全くやる気が湧かず、動けない、本物の「うつ病」の状態とは、この頃はまだ違っていた。（20代後半から、境界性人格障害に合併した「うつ病」が、非常に重篤化した。）

この'70年代の終わり頃には、私に似た状態像の学生が、大学キャンパス内に多数見られるようになっていたらしく、当時、名古屋大学医学部の精神科教授だった笠原嘉氏が、彼らに「スチューデント・アパシー」という呼び名を与えて、『退却症候群』というタイトルの著書を、新書で出版していた。これを読み、自分が抱えている問題によく似ていると、それだけでも一種の感動を覚えた私は、父にもそれを読んでみて欲しいと勧めた。それは、自分の抱えている苦悩を、父に理解して欲しかったからである。

当時の私の苦悩の中心は、母親に与えられた鋳型を外したら、自分が何をやりたいのかわからないということだったから、その元凶ではない父の方に、理解して欲しかったのだ。しかし父は、「お父さんはこんな人間には理解する値打を感じないな。立ち直って一生懸命生きている人間には、値打を感じるが。」と一蹴した。父はその後も少なくとも20年に亘り、自分に容易に理解できないものは理解する値打のないもので、その価値判断は社会全体に通用するものだという、高慢で冷酷な構えをとり続けた。

四つ目は、何が契機だったかは忘れてしまったが、千葉に戻って間もなくの頃、中学3年の時の担任の先生と、私と父の3人で、千葉駅近くの店でお酒を飲む機会があった時のことだ。私は心底、自分の生きるべき道に悩んでいたから、自分が本当にやりたいことをやって生きるべきだと思うが、その本当にやりたいことがわからないと、母親に徹底して精神を支配された問題も含めて、担任の先生に打ち明けた。

その時先生がどう答えてくれたかは憶えていない。しかし先生と別れて父と二人になった時に、父が「中学の先生くらいにあんまり難しい話をしてもわからないぞ。」と、あからさまに侮り、冷笑する言い方をしたのである。この時の激しい怒りは、今でも当時のままの強さで思い出せる。その先生は、やや破天荒なところはあったが、真っ直ぐな人情家で、中学時代、弁当を持って行かなかった件でみんなの前で曝しものにされたのは辛かったが、他の場では随分精神的に助けられたこともあった。だから父には「じゃあ自分はどうなのよ？」と言いたかった。「あんたはわかるのか？　端からわかろうとさえしないじゃないか！」と。

――つまりこの頃が、父の高慢さと冷酷さを、私が初めて本格的に思い知らされた時期だった。

それでは話をもう一度、大学生活のことに戻したい。

医学科2年になり、千葉に転居した後も、私はサークル活動を一生懸命続けた。但し、地域医療研究会（地医研）からは退いて、今度は障害児医療研究会（障医研）の活動に打ち込んだ。

地域医療研究会が、私達の学年の学生が創設したサークルだったのに対して、障害児医療研究会は、それ以前からあったサークルで、地医研の人達とは別のクラスメートに誘われて、上の学年の人達との会合や飲み会に、参加したことから始まった。

しかしじきに私が主導権を握って、サークル全体を運営するようになった。上の学年の人達は病院実習が始まって忙しくなり、サークルが対象とする問題の性質上、私には活動の場を開拓するつてが豊富にあったからである。

例えば弟が通っていた千葉大附属養護学校を訪ねて、校長先生のお話を伺ったり、中学部のクラスに1週間通って、授業を見せて貰いながら生徒達と関わったり、運動会を見学に行ったりした。

また弟の学校とは別の、県立の施設付きの養護学校に行って、まず見学、そして夏の合宿の手伝いや運動会の手伝いをしたりもした。

また市川市福祉作業所の見学兼手伝いに1週間通ったり、やはり市川市内にある国立精神衛生研究所で、当時ダウン症児を中心に、知的障害児の療育の問題を担当されていた、精神科医の飯田誠先生に話を伺いに行ったりもした。

また'78年に制作された、日本で初めて知的障害児が出演した映画である『春男の翔んだ空』（山田典吾監督）や、千葉大養護で弟より1学年下のダウン症の子供達2人の幼児期を取材したＮＨＫの番組、『小さな天使たち』を、フィルムを借りて来て、医学部の図書館で上映したりもした。

当時は「手をつなぐ親の会」という名称だった、知的障害児・者の親の会の月刊誌を、医学科の同じ学年の人達に勧めて、十数人に約1年間購読して貰ったこともあった。

また以前両親も所属していた「こばと会」という、ダウン症児の親の会の総会に出て、当時の知的障害児の教育の在り方について、疑問を述べさせて貰ったこともあった。

とにかく幅広く、エネルギッシュに活動したと言っていい。その強い動機付けを与えてくれたのは、弟が本当に可愛かったこと、それ故、知的障害児・者の療育、福祉に強い関心があったことだった。

これらの活動を通じて、私はとても沢山の社会的問題の存在を知らされた。例えば県立の施設付きの養護学校は、市街地から遠く離れた、畜産農家の傍らにあった為、天井から沢山、蝿取り紙がぶら下がっているという不衛生な環境だった。これには合宿の手伝いで寝泊まりした時、かなりのカルチャーショックを受けた。

またその施設にあずけられていた小学生の女の子の中に、雑布バケツの水を飲んでしまう子が居た。先生の話に拠れば、その子の両親は共に知的障害者で、両親の障害の程度は軽いのだけれども、その子が幼い頃、躾という躾ができなかった為に、そんな風になってしまったとのことだった。

また、やはりその施設にあずけられていた、小学校５年生になるというダウン症の男の子で、ダウン症児らしい陽気さや人なつこさが全くなく、他人と全く目が合わず、無表情という子も居た。先生の話に拠ると、この子の場合は、親がその子を恥じて、その1年位前までダンボール箱に入れて、押し入れに閉じ込めていたということだった。餓死しなかっただけ幸いだったかもしれないが、その子の身体は、通常に育てられたダウン症児を基準にして、５歳位の大きさしかなかった。障害というものに対する人々の意識にも社会の対応にも、まだまだ変えていくべきことが沢山あると、改めて思い知らされた。

また市川市の福祉作業所に行った時には、10人位の通所者の人達と一緒に、数種類の単純作業をやったのだが、その中の一つに、菓子箱を折って組み立てる仕事があった。それで、当時から日本の包装は誇大だという批判があったのだが、その誇大包装がなくなれば作業所の仕事が一つ減ることになるから、何がいいか悪いかの判断は、そんなに簡単じゃないと思い知らされた。

また、そこの通所者同士にも仲のいいカップルが居て、彼らも将来結婚するなんてことがあるのかな、と考えると、先の施設付きの養護学校で、雑布バケツの水を飲んでいた女の子のことが頭に浮かんできて、気が重くなった。

このように、私は障医研の活動に、心底、意義とやり甲斐を感じて取り組んだ。これも、自分が本当にやりたいことを見つける為の行動の一つだった。でも結局、障害児・者関係の仕事が、自分が一生を賭けてやりたい仕事という考えには至らなかった。従って障医研の活動も、この時期自分が虚しさから逃れる為だけに終わってしまった。

尚、この障医研にまつわることでも、母のことで嫌な思い出がある。それは障医研の5、6人のメンバーが、外での活動が終わった後、私の家に来た時のことである。その時、弟も傍らに居たのだが、母は私の仲間の前で、「私は娘が、弟のことや障害児の問題だけにのめり込むのは辛いんです。」と、涙ながらに言ったのである。この時母が流した涙について、後で「感動した」という内容のハガキをくれた仲間も居たけれども、私は嫌だった。〝たとえきょうだいに障害があっても、娘にはそれにとらわれることなく、自由な人生を歩ませたい、心が寛く、より愛の深い母親〟を臆面もなく演じて見せる、母の自己陶酔が死ぬ程嫌だった。この時期の私は、そこでも黙って聞いていただけだったが。

実際、母は他人が居ない家族だけの場面では、もっと障害児・者関係の活動に積極的に取り組むことを、私に勧めてきた。例えば弟が千葉大附属養護の高等部に居た時期（'80〜'83年）に、附属養護に「父の樹会」という組織が結成されたのだが、それにまつわってのことだった。「父の樹会」は、生徒のお父さん達が集まって、子供達が成人した後も生涯安心して生活していける為の対策を考える為に創られた。そしてその時、母は私に「あんたが発起人になって、『きょうだいの会』を創りなさい。」と強く勧めた。「そうすれば社会的に目立つから」というニュアンスを、強く込めてだった。

それが嫌だったからと云うよりは、当時の私は卒業試験、国家試験、卒後研修という忙しい時期に当たっていたから、母の提案には乗らなかった。しかしこのことから少なくとも、母の「娘が障害児の問題だけにのめり込むのは辛いんです。」は嘘だったことがよくわかる。このように、母にはいつもその場その場の状況に応じて、如何に自分を高潔で賢明で立派な人間に見せるかを一番の目的に、自分の振舞い方を決める癖があったから、母の言行は矛盾だらけで、私には極めて節操を欠いて見えた。

そしてこの時期、いやこの時期だけではなく30過ぎまで、私の心に在り続けた、本当にやりたい仕事の候補の一つは、〝演劇〟だった。既に書いたように、私が初めて演劇に憧れたのは中学生の頃で、契機は精神医学への関心からだった。勿論役者もやりたかったが、見る人の心が変わると世界がどのように変貌して見えるのか、自分で脚本を書いて、演出をして、精神病の人間に見える世界を、舞台という空間の上に描き出してみたいと思った。従って、進振りに通るという一つの目標を達成したこの時期は、次の目標を追求する、いい時期の筈だった。

しかし私はその目標を、実際に追求することはしなかった。自分が創りたいと思い描いた世界とは著しく違ったが、この時期『ジーザス・クライスト・スーパースター』など、劇団四季のミュージカルをよく観に行って、歌も踊りも演技も素晴らしいと感じた。そして「四季」の研究生の試験に応募する為の願書を取り寄せるところまではやった。でも結局、俳優部門の試験に応募しなかっただけでなく、演出家や脚本家の部門の試験にも応募しなかった。

それは中学時代に母から、「どうせ水商売のアルバイトをやって、通行人で終わるのがオチよ！」と、自信を挫かれた影響もあったが、もしその言葉を憶えていなかったとしても、私自身、演劇の世界で成功できるなどという自信は、まるでなかった。たとえ自信がなくても、やりたいという意志や欲求が本当に強かったら、自分で脚本の一つも書いた筈だが、大学に入って以降、詩や短編小説こそある程度書いたものの、ストーリーから自分で考えた、オリジナルの脚本を書いたことは、これまでに一度もない。（小学生時代は除く。）

従って、演劇をやりたいという欲求はそれ程強いものではなく、その理由の一つは、自分に特別な才能などないことを、この時期から意識下では十分に気付いていたことだった。だからこそ私は、演劇の道に実際に踏み出すことをしなかったし、また嫌だ嫌だと言いながら、医学科をやめることもしなかった。幼い頃両親から洗脳されて選ばされた道であり、私自身が本当に望んだ道ではないからと、強く嫌悪したものの、その道をきっぱり捨て去って、一生自分の力でやっていけるという自信は、さらに持てなかった。また自分一人生きていくことができればいいというだけでなく、弟も間違いなく養えなければ困るということにも拘《こだわ》った。それは親の圧力からでも優等生ぶってでもなく、自分の正直な気持ちからだった。

しかし不運なことに、医者になるという道は、小学校2、3年の頃の両親の強い期待に呪縛されて選んだということは紛れもない事実だった為に、その道を大人しく歩き続けることには、その後も長い間、激しい抵抗を感じ続けたのである。その為に、演劇という道については実現不可能ということをとっくにわかりながらも、本来自分がやりたかったものはそれだという妄念に、その後も長い間しがみ続けてしまったのだった。

そういうどっちつかずの気持ちに自分でも苛々しながら、医学科に居続けた私は、先述の通り2年まで、講義も実習もせいぜい2、3割の出席率だったが、それでも殆ど困難なく進級できた。2年までの基礎医学の科目の試験は可成の数あったが、その中で、私が1回目の試験で落としたのは、解剖学3講座の内の1講座と生化学だけだった。その2つも2回目の試験で通った。人によっては3回、4回と追試を受けたと聞いたから、さぼり呆けていた割にはうまくやったと云える。

恐らく他の学部学科でも同様だったと思うが、医学科では学科試験の暫く前になると、どこか講義のある教室で「レザルペ」というものが配られた。これは過去数年間の試験問題＋解答集で、解答は同じ学年の有志の学生が書いていたと思う。そしてレザルペがいつ、どこそこの教室で配られるという情報は、普段さぼり呆けている学生の所にも、級友の誰かから電話で伝えられた。そういう点では、医学科の学生集団は親切だった。

レザルペを入手すると、それから試験まで2週間位の間だけは、私は過去に出題された所を中心に、その学科の教科書を隈なく読んで、書かれていることを自分が憶え易いように体系づけて、憶え込んだ。いつもこのやり方で、試験は大体1回で通った。同じ学科の試験を2回も3回も受けるのは、時間とエネルギーのロスだと感じたから、極力1回で通るよう努めた。それで医学科に居る間中、ハードル競走をやっているような感じだったが、もともと試験に通る要領が良かったのは幸いした。

このように、年限通りに進級する努力だけはやめなかったのは、やっぱり将来の生活の保証と、東大医学部卒業という経歴が欲しかった為で、私の小心さと、体面など最小限の世俗的欲求を捨てられなかったことを、よく表している。社会から完全に落伍しないよう身を護ってくれるのは、結局それらなのかもしれない。

そして医学科3年（'80年）になって、内科や小児科などの臨床の学科の講義が始まっても、私の出席率の低さは殆ど変わらなかった。3年次の学期構成は変わっていて、6月に入ると約3カ月間の夏休みが始まった。1年の4分の1に当たるので、これをフリー・クォーターと云った。3カ月間、ただ遊んでいることもできたが、大学側の狙いはそうではなかった。毎年この期間に、全国沢山の病院や研究施設から、実習や見学の誘いがあった。学生は、自分の行きたい病院や施設に、自由に応募することができた。

それで私も二つの病院に、実習の応募をした。自衛隊中央病院（東京都世田谷区）の精神科と、国立国府台《こうのだい》病院（千葉県市川市）の児童精神科で、いずれも1週間だった。2つ共、精神科を選んだのは、当時の私が他の臨床科よりも、精神科に圧倒的に強い関心を持っていたからだった。そしてどちらの病院でも患者さんに直接会って、関わることができたのは、外来ではなく病棟の方だった。

私は、精神科に関しては、自分でそれなりに知識を仕入れていたけれども、まだ大学では診断に関しても治療に関しても、正式の講義はほとんど受けていなかった。従って、知識も技術もほとんど素人に近い状態だったから、病棟でカルテを読ませて貰いながら、患者さんとどんどん話をしたり、一緒にレクリエーションをしたりという、実習というよりは、見学に近い内容だった。

幸いどちらの病院でも、患者さん達と密に積極的に関わらせていただくことができた。また特に、自衛隊中央病院では、当時50代位だった部長の先生が、患者さんの病状などに関しての質問に、とても親切に答えて下さった。この病院を実習先に選んだのは、父が昔自衛隊に居た関係で、私自身は乳児期に、そして母は私が小学生の頃に、ここに入院したことがあったということで、懐しさを感じた為だったが、'80年の夏当時、ここの精神科に入院していたのは、圧倒的に精神分裂病（現在では統合失調症と称する）の患者さんが多かった。

それでそれらの患者さんの中で比較的症状の軽かった25歳の男性の患者さんと、私は実習中、一緒に外出して博物館に行ったり、また実習が終わって暫くしてから、その患者さんを自分の家に招いたりもした。精神科部長はそうした私の依頼、提案も、柔軟に受け容れて下さった。そして家への招待も、無事成功したのだが、私が、両親がちゃんと受け容れてくれるかどうか、直前までピリピリ心配したことが徒《あだ》になって、患者さんが来る直前か帰った直後に、父から「こういうことは今回限りだ。おまえがあまりそのことばかり言うからだ。」と言われてしまった。私が何かを強く望んでいるとわかると、逆にそのことは絶対に叶えてやるまいとする、こういうのが父一流の意地の悪さだった。

そして国府台病院に行ったのは、弟が幼児期に、ここの小児科のダウン症外来に通っていたことと、丁度この頃は〝登校拒否（不登校）〟が社会問題化し始めた頃で、ここの児童精神科が多数の登校拒否の子供達に対応していると聞いたこととが動機付けだった。

実際、行ってみると、小学生から高校生の年齢に当たる登校拒否の子供達が、多数入院していた。登校拒否の子供達と出会ったのは、この時が初めてだったが、直《じか》に接してみると、マスコミの報道だけではわからない実際の姿が、いろいろわかった。

例えば、入院している登校拒否の子供達の間にも次第に序列ができて、医師や看護婦（当時は看護師ではなく看護婦が正規の職名だった。）など周囲の大人達から、回復が早く、より〝普通の子〟に近づいたと高く評価された子供が、そうでない子供を蔑《さげす》んだり、蔭《かげ》で虐めたりという実態があった。

また彼らがおだんごを作るレクリエーションに参加した時、私が「丸いのばっかりじゃ詰まらないから、三角や四角や星型も作ってみようよ。」と提案すると、やはり登校拒否で入院していた17歳の少年から、「みんな自信を失っているんだから、そういう、益々自信を失わせるようなことを言うのはやめて欲しい。」と窘められたこともあった。

当時は、患者本人が他人に対して、自分の病気に配慮した対応をして欲しいと要求するのは、やや居直りのように感じられて仕方がなかったが、ずっと後になって、私自身、職場でまわりから何でも他の人達と同じことができて当たり前と要求されて、「一見普通に見えても自分はうつ病で、何でも他の人達と同じようにはできない。」と説明せざるを得ない状況に何度も追い詰められた為、今では〝居直り〟という見方は変わっている。17歳で、他人の大人にそれだけのことを説明、要求できた彼は、病気の中で逞《たくま》しく成長してきていたのかもしれない。

このように、フリー・クォーターの実習も、私は障医研のサークル活動と同様、とても意欲的に取り組んだ。しかしこれもサークル活動と同じように、私に〝よーし、精神科医になってやる〟と思い定めさせてくれるまでの力は持たなかった。それで二つの病院での実習が終わると、私はまたすぐ無気力（アパシー）状態に戻ってしまった。それで父から「お前が活きいきしていて、お父さんやお母さんが安心できたのは、お前が病院に実習に行っている間だけだったな。」と、皮肉っぽく言われた。私は不快に感じながらも、そうだな、と思いながら聞いた。それで、何が本当にやりたいことかはわからないながらも、自分は生身の人間に一対一で働きかける仕事に、確かな手応えを感じる人間らしいということは、遅くともこの時期にはわかり始めていた気がする。

そしてフリー・クォーターが終わり、'80年の秋になると、「ポリクリ」と呼ばれる、病院の各科の外来実習が始まった。そして'81年の1月からは、「ベッド・サイド・ティーチング（ＢＳＴ）」と呼ばれる、各科の病棟での実習が始まって、これが医学科４年にかけて、大体'81年いっぱい続いた。これらの時期の時間割は、大体午前中が病院実習、午後が臨床各科の講義だった。ＢＳＴが始まると、学生各自がそこで受け持った「症例」について、午後の臨床講義の中で報告させられるようになり、然る後に教官が、その分野の一般的知識を伝達するというパターンが多くなった。

この時期になると、私は、相変わらず午後の講義はさぼることが多かったが、実習は８割方、出席していたように思う。それは、本音ではとにかく卒業だけはしよう、そして国家試験に通って、一応医師免許だけは取っておこうと考えていたからだった。

大学病院での実習でも、フリー・クォーターの時と同じように、一人一人生身の患者さんを相手にして、強い手応えを感じた。ポリクリの頃から、今でも記憶に残っている患者さんが数人いらっしゃるが、特に忘れられない患者さんは２人、ＢＳＴで出会った患者さんで、２人共、当時は赤ちゃんだった。

１人は'81年１月の末、脳外科のＢＳＴで出会った、髄膜脊髄瘤という、先天的な脊椎の奇形の女の赤ちゃんで、当時生後6カ月の終わりだった。そしてもう1人は、'81年の5月に小児科のBSTで受け持った男の赤ちゃんで、病気は完全大血管転位という、極めて重症の先天性の心臓奇形を持ち、当時生後1カ月になるかならないかだった。

髄膜脊髄瘤の女の赤ちゃんの方は、私の受持ではなかったが、私が受け持った患者さんと同じ日に手術をして、手術の前日に、ちゃんと医師免許を持った病院の本物の受持の医師が、「明日の手術で背中にできた瘤《こぶ》（その瘤の中に、脊椎の割れ目から飛び出した脊髄神経が包み込まれている）を取り除くが、取り除いても下肢の麻痺などの障害が残る。その障害については、後からリハビリで軽減していくしかない。」という深刻な説明（ムンテラ）を、お母さんにナースステーションでしている場面に、私はたまたま居合わせてしまった。お母さんはその時、亡霊のように生気のない表情をされていたので、私はとても心配になった。それで翌朝、思い切って「どうか気を落とさないで。」と話しかけた。そしてそれが契機で、その後その女の子が10歳になるまで、大体年に2回ずつお会いして、成長を見守らせていただいた。

そして完全大血管転位の男の赤ちゃんについては、私が小児科の臨床講義の中で症例報告も行ない、小児科の実習が終わってからもほぼ毎週、御見舞に通い続けた。この完全大血管転位という病気は、今でこそ生まれてすぐに根治手術、つまり血液の流れる順序を正常化して、完全に治す手術を行なうが、30年前の'81年当時はまだ、体重が6kgまで増えないと、根治手術ができなかった。そしてこの赤ちゃんは状態が非常に厳しく、生後6カ月になっても体重が6kgまで増えなかった。それで、その生後6カ月だった'81年の11月に、当座の生命の危機を回避し、体重の増えを良くする為の姑息《こそく》的手術を、胸部外科に転科して行なった。

それで手術の数日後に胸部外科に御見舞に行った時には、赤ちゃんはICUに居て会えなかったが、お母さんは、随分顔色が良くなって元気になったと喜んでいらした。そして、それから更に数日後が、私の胸部外科のＢＳＴの開始日だったので、再びお会いできるのを楽しみにして行ったのだが、その時にはもう、お母さんはいらっしゃらなかった。私が最後に御見舞に行ってから間もなく、赤ちゃんは突然亡くなったと、病棟の先生が教えて下さった。それでその日はとても実習どころではなくなって、泣きながら家に帰ってしまった。

次の日、何とか気持ちを奮い立たせて出て行くと、その赤ちゃんと同じ病気で、根治手術を受けることができた別の子供のお母さんが、赤ちゃんのお母さんから預かっていた、赤い毛糸の手編みの靴下を、私に渡して下さった。それで私はもう一度涙がこみ上げたが、すぐに立ち直った。そしてこの時、小児科に行って心臓をやろうと決心した。それまではずっと、卒業後は精神科と考えていたのだが、この一つの出来事で、考えが一変してしまった。それは、敵《かたき》を打ってやりたいという、極めて個人的感情が動機付けになっていた。

このように、大学病院での実習からも、医者になって仕事をしようという強い動機付けを与えられていた私だったが、その時期になっても私はまだ、一方で医者になることに強く抵抗し続けていた。その理由はやはり、〝これは自分で選んだ道ではない〟ということで、依然私は両親に対して「大学をやめたい。医者以外ならどんな仕事に就いてもいいけれど、医者にだけは絶対になりたくない。」と言い続けていた。

これに対して父は、「やめたければいつやめてもいいぞ。それでお前が泣いて欲しいんだったら、泣いてやってもいいぞ。」と、これまた極めて嫌味で意地の悪い言い方をした。父は、私が小心で世俗的な欲を捨て切れないことから、〝どうせやめやしない〟と確信した上で言ったに違いない。それが手に取るようにわかった私は、父に強い憎しみを覚えたが、これと同じ頃に父が言った別の言葉にも、私は激しい怒りを覚えた。それは「医者になって、テレビドクターになってもいいじゃないか。」と言ったことだった。同じ頃に母もまた、容姿や運動神経など、俳優になる為の適性を十分持ち合わせなかった人で、知的な堅《かた》い仕事に就いて、その仕事を足掛かりにして俳優への道を開拓した人の例を挙げて、そういう生き方を勧めてきた。

私はもともと、どっちつかずの妥協的な考えが嫌いだったし、両親がそういうことを私に言ってくるのも、何とか私が医者になることをやめないように懐柔する為だと、これまた手に取るようにわかったから、益々両親に対して拒否反応を覚えた。しかし、やはりまだ両親との精神的な力関係が圧倒的に弱かった私は、態度と表情に不快を表すのがせいぜいで、怒りをはっきり言葉にすることができなかった。

またこれは、全く別の問題でだが、他にも、この頃両親が私に言ったことで、極めて不快だったり怒りを覚えたりしたことがあったので、それについて書いておきたい。

私が丁度医学科の学生の頃に、日本テレビの『24時間テレビ』という、チャリティー番組が始まった。それに対しても父は「何だ、こんなお祭り騒ぎなんかして！」と、冷笑し、吐き捨てるような言い方をした。私の中にも〝お祭り騒ぎ〟という思いがない訳ではなかったが、何もやらない父より、半分目立ちたがり、自己満足でも、ちょっとでもやる人の方がいいと思った私は、父に怒りを覚えた。

また同じ頃、フランスベッドという会社が、介護用の製品を開発して売り出し始めていた。それでそのことを、私が素直にいいなと思って口にすると、何と母は「その会社、あんたから気に入られただけでも、十分成功したわね。」と言ったのである。あまりの意地の悪さに、私は絶句してしまった。母はその言動で、「所詮企業は自分の利益の為に活動しているのに、それを他人の為、社会の為のように言うのは汚ない。」というのと、「そんなことも見抜けないあんたはバカだ。」という、二つの意地悪を言っていた。相手を打ち負かして否定するからこそ、意地悪なのであって、母はこの時本当に、勝ち誇ったような口吻《くちぶり》だった。私に対しては、「私はあんたにできない、大人の見方ができるのよ。」と、打ち負かした積もりだったに違いない。

これ以前もこれ以後も、母だけでなく父にも、これ式の意地の悪い言動が実に多かった。これはきっと二人共、生育過程で周囲から激しく痛めつけられて、いじけてしまった為に、他者を否定し、打ち負かすことで、己の優越を実感したいという欲求が、人一倍強かったからだろう。だが、その御蔭で子供の私が、またいじけることになってしまった。本当は他者を否定したり打ち負かしたりしなくても、自分には十分値打があり、それを確認する手段もあったのに、強迫的に他者を否定したり打ち負かしたりしないと気が済まない己の心の歪みに、両親が早く気付いてくれなかったことが、返す返すも残念である。

そして実はこの時、母は私を打ち負かしてはいなかった。企業が自分の利益を追求するのは当たり前で、でなければ社員は食べていくことができず、それは少しも悪いことではない。もし他者を犠牲にすることで企業が利益を上げようとするなら、それは確かに罪であるけれども、他人や社会を幸せにする事業内容で、適度の利益を上げるのであれば、それは最善のことであって、何も攻撃される必要はない。大学生だった私は、当時そのことが既にわかっていた。しかしやはり力関係の意識から、これらのケースについても、私は両親に、怒りや反論をはっきり言葉にすることができなかった。その所為で、私の中にはどんどん嫌なものが溜まり続け、益々苛立ち、憂うつになっていった。

だがこの経緯については、今では自分にもとても口惜しい思いがある。それは〝両親には太刀打ちできない〟というのは、ただの私の思い込みでしかなく、ただの思い込みでしかないと気付いた時点から、すぐに怒りも反論も口にできるようになったからである。それなのに、〝ただの思い込み〟とはっきり認識するまでに、それから15年もかかってしまい、その間《かん》、私は精神《こころ》の病を深刻に進ませて、多大な時間を無駄にしてしまったし、両親の方も、自分達の精神の歪みに気付けず、生き方を改められなかった分、多大な時間を無駄にしてしまったと思う。

何故もっと早く気付けなかったのかと口惜しくてならないが、思い込みを思い込みと気付けない程強化してしまっ原因は、やはり〝母は常に絶対に正しく善、抗《あらが》うことは免りならぬ〟という、幼い頃からの精神の呪縛にあった。そしてこの呪縛の出発点は、私が乳児の頃、マーゲンゾンデの使用で、私の命賭けの抵抗をあっけなく排したことにあったと思うが、その後も母は、日々揺るぎない自信に満ちた態度と物言いで、私にあらゆることを教え込み、呪縛を盤石に強化していった。恐ろしく素直だった幼い頃の私は、〝お母様は本当に神のように凄い人〟と大真面目に信じ込んでしまった。そして、この呪縛が、私が20を過ぎても健在だった為に、母の個々の言行の過ちが見抜けるようになっても、私は〝それでも母は全体としては神〟と、全く筋の通らないことを信じ続け、それで〝太刀打ちできない〟という思い込みを破ることができなかった。

一方、父について〝太刀打ちできない〟と思わせたものは、父の腕力と恫喝《どうかつ》の力であり、父については別に〝神〟だと思っていた訳ではなかった。そのように、父に対しての方が現実認識の歪みは少なかった。しかし「お前は切っても赤い血なんか出やしない。」など、小学生時代に父から受けたトラウマの方がより深刻だった為に、恨みや憎しみの感情については、父に対するそれらの方を、私はより強力に抑圧した。

もう一つ、この時期に母が言ったことで、とても嫌だったことを書いておく。当時、家の近くのスーパーのレジに、１円玉募金の募金箱が置いてあった。母と一緒に買い物に行き、それを見つけた私は、母に「少し入れてあげたら？」と言った。すると母は実に不快そうに顔を歪めて、「うちには洋ちゃん（弟）が居るんだから、あげるんじゃなくて貰いたい位だわ。」と憎々しげに言った。声には私に対する嘲りが、強く込められていた。〝うちは別にお金に困ってなんかいないのに、どうして他所《よそ》から貰いたいなんて思うのかしら〟と思ったが、この時も、口に出しては何も反論しなかった。そして今ではもう一つ、弟の存在を、他所から当然お金が貰えていい理由だなどと言ったのは、弟に対してとても失礼だったじゃないかと、腹が立っている。

こうした両親への反発も強い原因になって、この頃の私は、大学をやめたい、医者以外に自分の本当にやりたいことを見つけたいと強く願いながら、それができず、結局親の思い通りに大学を出て、医者になることしかできない自分を、猛烈に腑甲斐なく感じて、心の底ではいつも悶々としていた。今では、大学を出ることも、医者になることも、結局は自分の意志と判断で選びとったのだとわかる。しかし当時は〝洗脳された〟〝鋳型を嵌められた〟という思いからの反発が強くて、それが自分自身の意志であると、真っ直ぐ認識することができなかった。

この時期に大学であったことで、あと二つ、強く印象に残っていることがある。内一つは、精神科の講義で聞いた内容であり、もう一つは産婦人科の実習に関することである。

精神科の講義の内容というのは、「母親から強い精神支配を受けた子供は、うつ状態になる。」というものだった。何の疾患についての講義だったか、また何故うつ状態になるのかの説明があったかどうかも、憶えていない。だが聞いた瞬間、〝私の場合はそれだ〟と、雷に打たれたような思いになったのを憶えている。

当時の私は、自分で自分の精神状態が良くないことを、強く自覚していた。だから、そのように精神状態が悪くなる、社会的に公認される原因が自分にもあると知らされて、謎が一つ解明されたような安堵を感じたのである。

何故母親から強い精神支配を受けるとうつになるのかについては、まだ推測の域を出ないが、先にも述べた〝海馬《かいば》の萎縮〟が鍵ではないかと考えている。「海馬」というのは、大脳辺縁系に属する、脳の小さな一部だが、戦争や災害などで強い心的外傷体験を受けたり、幼い頃に親から強い虐待を受けたり、或いは長期に亘って繰り返し虐待を受け続けたりすると、この海馬の神経細胞が大量に死滅、脱落して、海馬が萎縮するという知見が、既に出版物やTV番組で、繰り返し紹介されている。

一方、うつ病の患者の中でも、私と同じように10代という若い年齢で発病した患者には、やはり海馬の萎縮が特に高率に見られるという知見が、医学紙に紹介されている。

それでそこから私が推測するのは、私のように、物心着く以前から長期に亘って母親の絶対的な精神支配を受け、自分の意志に従って行動できず、それどころか、自分の意思がどこにあるのかさえわからなくなってしまった人間には、その精神支配が長期に亘る繰り返しの虐待の意味を持ち、それによって海馬の萎縮が起こり、うつ病を発病するのではないかということである。

それに加え、最初の方にも書いた通り、難産で周産期に脳が低酸素症に陥ると、児の海馬が脆弱化するという知見も、医学紙に紹介されている。私の場合この条件も満たしているから、出生時に脆弱化した海馬が、長期に亘る精神支配で萎縮して、うつ病が発病したということは、十分あり得たと考えている。

しかし最近になって、私がこの〝海馬萎縮原因説〟を母に紹介すると、母がその中の〝難産・低酸素症〟の部分のみに、それだそれだと大喜びで飛び着いて、私の精神の病は〝不可抗力〟によって生じたものであり、親として人間的な責任はないという態度をとるようになった。これには強い怒りを覚えている。

だから自分のうつ病の原因について、「母親との関係が長い間ストレスになって」と説明すると、それを聞いた多くの人達から「それよりも、お勉強が大変だったのがストレスだったんでしょう。」と勝手に決めつけてこられたことも、私には非常に耐え難かった。確かに自分が弱い人間だったことは認めるが、そんなことに負けた訳ではない。私は勉強は好きだった。

次に産婦人科の実習についてだが、私は、産婦人科のBSTで義務づけられていた、〝産泊〟を拒否して、出席しなかったのである。〝産泊〟というのは、ひと晩病院に泊まり込んで、お産を見学するという内容の実習だった。私がこれを拒否したのは、再三述べてきた、性に対する強い嫌悪感が原因だった。それで指定された日に黙って休み、そのままにしていると、産婦人科の教授から呼び出しがきて、直々《じきじき》に休んだ理由を説明させられた。

それで私は、休んだのは消極的な〝サボリ〟ではなく、積極的な〝拒否〟だった旨を説明した。「私は、性というのは人間にとって、唯一〝動物〟から脱しきれない、下等で、穢わしくて、惨めな部分だと考えている。そんなものが人間からなくなってくれればいいのにと考えている。だから絶対に見たくない。どうしてもお産を見学しなければ卒業させないというなら、卒業させていただかなくて構わない。」と。——教授は実に苦々しい顔をしたが、結局私に産泊を免除し、産婦人科の実習の単位をくれた。それ一つだけで卒業させないというのは、罰則として重すぎると考えて下さったのだと思うが、人間のありのままの姿を受け容れることができない人間が医者になるということには、随分無理があったと感じる。

尚、この件については、当時、精神科の教授にも相談した。相談と云っても、当時は性を受け容れられるようになりたいとは思っていなかったから、どうしたら受け容れられるようになるかという相談ではなく、こういう私はおかしいのだろうかという相談だった。そして、そうなるに至った、幼い頃からの母の影響については、十分説明できなかったように思う。それについて教授から、異常か異常でないかの明確な回答を聞いた憶えはない。ただ「自分の性欲が認められないと、将来その処理に困ることが出てくるかもしれない。」と言われた気がするが、全くぴんと来なかったし、今でも言われた意味がよくわからない。

そして医学科4年の夏休み以降は、再び〝自分は本当は何をやりたいのか〟という問題を棚上げして、卒業試験と国家試験の為の勉強に打ち込んだ。勉強はそれなりに大変だったが、駒場の2学期、3学期の頃と同じように、取り敢えずの目標が明確になった御蔭で、精神的には安定し、比較的楽に過ごせた。'82年の初めにあった臨床各科の卒業試験は、全部1回で合格した。そして'82年3月末に、私は東京大学医学部医学科を、無事卒業した。私が卒業証書を受け取るところの写真を誰かが撮ってくれていて、私の背後の席で、あのQ君がやや苦い表情を浮かべながらも、拍手してくれているのが映っていた。そう云えばQ君は、卒試の時、たまたま私の隣の席で、私が消しゴムを忘れて困っていると、快く貸してくれた。それで一つの大きな問題は解決して、卒業できた気がした。

第73回医師国家試験は、'82年の４月３日、４日に施行され、私はこれにも1回で合格することができた。

こうしてとにかく、社会人として出発する準備は出来上がった。

第8章

東大病院小児科での研修と都立府中病院時代

✺目標を得て、束の間平和だった頃

医師国家試験に合格した私は、'82年の5月末に、東大病院小児科に入局し、研修医としての生活をスタートさせた。

学生時代は時間的に余裕があったが、研修医の生活は非常に忙しいことがわかっていたので、毎日片道2時間ずつかけて千葉の家から通うのは無理ということで、私は研修に入る直前に、大学病院から歩いて10分程の、文京区内湯島2丁目の1DKの賃貸マンションに転居した。初めての一人暮らしを始めるに当たっては、可成《かなり》寂しさと不安を覚えた。それで私はこの時、弟と私の幼い頃の写真を、可成沢山千葉の家から持ち出し、それらは今も私の手元にある。

しかし実際に一人暮らしを始めてみると、割とすぐに慣れることができた。事前の情報通り、朝8時台に家を出て、夜は早くて9時、そしてしばしば午前0時を過ぎて家に帰る生活だったから、寂しさを感じている暇がなかったことが、逆に幸いした。それでも却々精神的に親から独立できなかった私は、ほぼ毎日の

ように母に電話していたように思う。そしてほぼ毎週、土曜日の仕事が終わると千葉まで帰り、月曜の朝は、千葉から病院に出勤した。しかし、それまでに較べればずっと、両親、特に母親と関わる時間が減った為に、彼らの言行によって不快になることが少なくなり、親子関係は在学中より穏やかになった印象がある。

そして肝心の研修生活についてだが、まったく新しい環境に飛び込み、しかもその環境が相当に偏ったものだった為に、度々困難を感じさせられた。しかし結論から言うと、この時期は医学科在学中に較べるとずっと、抑うつ感、焦燥感、苛立ちなどの症状が少なくなり、楽に過ごせた。これは仕事全体に手応えと充実感があって、自分が新たに立てた目標に向かっての努力も、順調に成果を上げた為だったと感じる。また新しい恋をしたことも、仕事や生活に張りを持たせてくれた。だからこの時期にも、まだ芝居をやりたいという欲求は、心の片隅に燻《くすぶ》り続けていたけれども、研修生活の充実感に心をほとんど奪われて、他のことを考えて迷わずに済んだ。そのことも楽だった一因だった。

先程、新しい環境が偏ったものだったと書いたが、これについて少し説明したい。当時小児科の医局は、東大病院の他科の医局とは、著しく運営のされ方も空気も違っていた。具体的には'60年代末に医学科の学生で、全共闘に所属し、東大闘争の担い手だった人達が、常勤医会議、医師連合といった組織を医局の中につくって、医局の運営についても人事についても、完全に実権を握っていたのである。

その中心人物は、当時の医局長で、卒業も入局の年度も私より8年上の人だったが、大学病院当局から与えられた位置付けは〝助手（現在の助教）〟だった。他科の医局に於いては、まず教授、そして助教授（現在の准教授）、講師といった、病院当局から高い位置付けを与えられた人達が、医局の運営にも人事にも実権を握っていたが、小児科ではこれらの人達の実権は、皆無に等しかった。週2回の教授回診こそ形ばかりあったものの、はっきり言って〝お飾り〟で、医局長とそれを支持する常勤医会議の医師達から見て、少しでも邪魔になるような行動を取ろうものなら、それこそ何十年も前の研修医時代の、本当にミスと云えるのかもわからないような些細なミスをほじくり返され、失脚させられるという有様だった。

医局長グループは、自分達が犯した医療ミスには極めて寛大で、平気で隠蔽《ぺい》して事を済ませていたから、内心では汚いなと感じていた。しかし自分自身、彼らから潰されたくないというエゴイズムから、そういう思いは口にしなかった。正しい譬えであるという自信は持てないが、共産主義本来の思想は、すべての人々の完全な平等を目指しているにも拘わらず、いざ共産主義の国家ができ上がると、それらは必ず独裁国家になったことと、よく似ていた気がする。

そして医局長グループは、もともと政治意識の非常に強い人達だったから、病院当局に逆らって、様々な政治運動を展開していた。しかし私には、個々の政治運動の意義が信じられず、それらの目標の達成によって幸せな社会が実現するとは、更に信じられなかったから、私は研修医の間中、それらの政治運動には全く参加しなかった。この点は可成、怖いもの知らずだったと思う。

例えば具体的にどういう運動があったかと云うと、丁度'82年に東大病院が導入した患者さんのＩＤカード、ＩＤ番号に反対して、廃止させようというのがあった。それで私達研修医も、ＩＤカードは使うな、検査伝票にＩＤ番号を記入するなと、常勤医会議（医局長グループ）から求められたが、私はそんなことに何の意味があるのかわからなかったので、しっかりＩＤ番号を記入した。ＩＤ番号を記入しないと、検査結果が返ってくるのが遅くなったから、その方が、患者さんに良い診療を行なう妨げになって、良くないと考えたのである。彼らにしてみたら、それが権力に屈することなのだと言いたかったかもしれない。しかし殊、この件に関しては、私には権力に逆らうことの意味がわからなかった。

また他に、当時小児科病棟に長期入院していた、身体にかなり重い障害のある小学生の男の子を、家がある地元の普通小学校に受け容れさせようという運動も行なっていた。これについては、意義がないとは思わなかったものの、相手の学校のまわりを取り囲んで抗議行動をするという彼らのやり方には、どうにも賛成できなかった。

学校側は、今で云うバリアフリーの設備などの、受け容れ態勢が十分でないことを理由に、受け容れに消極的だったようだ。そういう状況にあって、強引に圧力を掛けるというやり方をして、相手の気持ちを好意的に変えることができるとは、とても考えられなかった。だからたとえそれで学校に受け容れさせることができたとしても、その学校が問題の男の子にとって、温かくて幸せな環境になってくれるとはとても思えなかった。弟が障害児だった為に、私にはそのことがよくわかった。それが、私がこの運動に協力しなかった理由だった。

これは飽くまで私個人の感じ方であるが、彼らは、言葉ではいろいろヒューマニスティックなことを言っていたものの、直《じか》に関わってみると、本当に他人の痛みや悲しみがわかるのだろうかと感じさせられる、硬い、冷たい感触の人達が多かった。本当に身内の気持ちにならないから、ああいうやり方ができるんじゃないかと、一度彼らの一人にはっきり意見を言ったこともあった。それで、そのことにも関係してとても不思議だったのは、当の男の子のお母さんが、非常に熱心に、彼らに我が子を学校に受け容れさせる運動をしてくれるよう頼み込んでいたことである。そのことから障害児の家族にも、いろいろな気持や考えの人が居て、一概に推し測ることはできないと感じさせられた。

それで次に書きたいのは、東大病院の小児科が他科と違っていたのは医局の運営だけでなく、病棟の運営の仕方も著しく違っていたということである。

病棟運営のやり方を決めていたのも、実質的には医局長と、その配下の先生方だった。その先生方は、〝病棟は、患者や付き添いのお母さん達にとって、治療の場である以前に生活の場〟という立場を取っていた。それで、患児以上にお母さん達の自由意志を最大限許容した病棟での生活の仕方を擁護するというやり方を、彼らはとっていた。これは、当時の小児科病棟が完全看護の体制をとって居らず、患児には全員、毎日24時間母親が付き添うことが原則であり、しかも患児の多くが重症で、何カ月、何年という長期の入院を余儀なくされていたことの影響も、大いにあった。実際、患児の入院が家庭の崩壊につながるケースも珍しくなかったと聞いているから、私にも、お母さん達は大変だなと思えるところは、大いにあった。

しかしそうした事情により、病棟の隅にあった空部屋に、消灯後、一部のお母さん達が集まって、深夜まで度々飲み会を行ない、それを看護婦さんが注意すると、余計な管理などするなと、先生方が看護婦さんの方を押さえ着けるということまで、現実に起きていた。お母さん達の中で気の強い人は、「夜中まで飲んでたって、朝は子供が目を覚ます前からしゃんと起きて、子供の世話はしっかりしてるから、何も看護婦さんからゴチャゴチャ言われる必要はないわ。」と豪語していた。これは私が直にこの耳で聞いたことである。

そんな風だったから、当然、医局長グループの医師集団（常勤医師の大半）と、多数派の看護婦集団とは、感情的に敵対していた。そしてそこからの当然の流れで、私達研修医も入局直後から、看護婦さん達から敵視されて、診療上の協力を十分に得ることができなかった。しかし私は、医局長グループの医師集団と、彼らと懇意にしていたお母さん達の方が、明らかに非常識だと感じていたから、看護婦さん達を恨む気にはなれなかった。

更に、医局長グループの先生方によって権利意識を強化されたお母さん達は、私達研修医も攻撃の対象にしてきた。当時病棟では、医局長グループの先生方と、病棟のお母さん達が集まって、毎週定期的に「病棟生活を良くする会」という会議が持たれていた。この会議に、研修医も全員参加が義務づけられていて、看護婦さん達もできるだけ参加することが求められていたが、当然のこと乍ら、看護婦さんは、医局長グループの医師達と懇意になった極く一部の人以外、この会には参加しなかった。

そしてここで、看護婦さんだけでなく、研修医も大いに槍玉に上げられた。例えば「研修医の先生方の採血は、２回までにして下さい。２回失敗したら、３回目はオーベンの先生（常勤医会議に属する指導医）に代わって下さい。」とか「(研修医の）誰々先生の白衣の着方がだらしない。」「誰々先生の髪の括り方がだらしないから改めて欲しい。」と云った要求や意見が、お母さん達の口から堂々と語られた。

私の場合、会の場で槍玉に上げられた記憶こそないものの、夏休みの時期にペアを組んだ研修医の患児を代診した時に、とても機嫌が良く、活気もあるので、聴診を省いた処、「先生、どうして聴診器を当てて下さらないんですか？」と、お母さんから直接苦情を言われたことがあった。また、自分が受け持っていた患者さんの心電図を取る時に、機械の操作が上手くいかなくて、つい苛立ちを表に表してしまった処が、そのことをお母さんが私とペアを組んだ研修医に訴えて、後からその研修医に「気を付けた方がいい。」という言い方で知らされるということもあった。

つまり、お母さん達の要求や抗議が妥当性を持っている場合も勿論あったのだが、中にはB型肝炎の子供のお母さんから、「研修医の誰々先生は、うちの子供の採血をする時にビニールの手袋をはめるけれども、そういうことをされると、何だかうちの子供が汚ないものみたいでとても嫌だから、手袋をはめるのはやめて欲しい。」という要求が出されて、医局長グループの先生方がその要求を呑んで、当該の研修医が「お母さんが感情を害するから、採血の時に手袋ははめないように。」と指示されるに至るという、医療機関として到底信じられないことまで起きた。

このように、医局長グループの先生方による、患児やお母さん達の権利擁護は、明らかに行き過ぎていた。やりたいことが何もかも許されること、言いたいことが何でもかんでも言えることが、人間の幸せではけしてないと、私は感じる。己の言行を常識で許される範囲に抑えようという、健全なセルフコントロールが働く環境に置かれる方が、実は人間は幸せなのだと、私は信じている。医局長グループの先生方と、権利意識の強いお母さん達の間には、一種の馴れ合いが感じられて、私には嫌だった。それで私は「病棟生活を良くする会」に参加することも、途中からやめてしまった。

東大の小児科が政治色の強い特殊な場所だという情報は、医学科4年の時、研修先を選ぶ段階で、漠然と入ってきていた。しかしそれでも、私がそれまで志望していた精神科よりは、まだしも常識的で、正常に近い環境のように感じられた。当時、精神科は病棟と外来とが完全に分かれ、別々の医師集団によって運営され、敵対関係にあった。病棟を運営する医師集団は、小児科と同じように曾て全共闘に所属していた人達で、彼らは病棟を封鎖して、教授の立入りを拒んでいた。従って、精神科には当時、教授回診がなかった。のみならず、彼らは学生が実習で病棟に立ち入るのも拒んでいた。その理由として当時、私が聞いたのは、「学生が、入院患者の妄想の対象となっては困るから。」という訳のわからないものだったが、そんな訳で精神科は実質的に病棟実習（ＢＳＴ）がなかった。

それで、そんな精神科に較べたら、小児科はＢＳＴも教授回診もあったから、まだしもまともに違いないと考えた。また精神科に較べて小児科は身体科である分、患者さんが良くなったかどうかを客観的に判断し易く、独善に陥る危険が少なくていいだろうとも考えた。それより何より、ＢＳＴで受け持った完全大血管転位の男の子が亡くなって、その敵を打ってやりたいという気持に圧倒的に後押しされて、小児科への入局を決めたのだった。

しかし、どこがどのように変わった場所かという具体的なことは、入ってみて初めてわかった。そして自分が甘かったことを、痛烈に思い知らされた。身を置いてみたら頭がおかしくなりそうな環境だったと言っても、過言ではなかった。

しかし、そういう客観的に見て相当厳しい環境に身を置いていた割には、研修医時代の私は殆ど打ちのめされることなく、全体として力強く前向きに生活することができた。その理由は前にも述べた通り、新たに明確な目標が定まったからである。

私は、小児の心臓疾患専門の医者になろうと考えて、小児科に入った。当時の小児科での研修は原則10カ月で、私の場合、内、最初の４カ月は南病棟で、そして次の４カ月は北病棟で、それぞれオーベンの医師の指導の下、患者を受け持ち、残りの２カ月は独立して、原則自分一人の責任で患者を受け持つということになっていた。幸い、私が最初に配属された南病棟は、心臓疾患専門病棟だった。だから最初から心臓疾患の子供の診療に、直接関わることができた。

しかし、感情任せで〝絶対に心臓を〟と思ったものの、学生の頃から「心臓（循環器）」は、小児科の中で、私にとって、けして取っ付き易い分野ではなかった。聴診にも心電図にも難しさを感じた。だが中でも一番難しいと感じたのは、心エコーだった。エコーというのは超音波検査のことで、'82年当時、心エコーではBモードエコー（断層心エコー）というのが臨床現場に導入された直後だった。このBモードエコーでは、心臓のある一断面の動きを画像で見ることができた。とは云え、受け持った子供の心エコー検査を、心臓班（小児科の中で心臓を専門とする医師達のグループ）の常勤の先生がやるのを見せて貰っても、私には画面に映っているものが、ただのモヤモヤした雲のようにしか見えなくて、どこが左心房でどこが左心室でどこが僧帽弁なのか、どの〝雲〟が心臓の中のどの場所を表しているのか、説明されても全然理解できなかった。

私の目標追求は、早くもここで行き詰まった。しかし私は、そんなに簡単に諦める気にはなれなかった。そこで私は心エコーのマスターを、新たにより具体的な目標として設定し直した。敢えて一番難しそうなものを目標に設定したのは、中学の時の数学と同じだった。これが制覇できれば、大きな自信が得られそうな気がしたからだった。それともう一つ、当時心臓班の中で一番心エコー検査を熱心にやっていて、診断に秀でていた先生に、私は憧れていたからだった。その先生は私より5年程先輩の男性で、それより1年前、完全大血管転位の男の子の受持医だった人だった。

私が計画を実行に移したのは、夏休みだった。夏休みと云っても、学生の頃のように長いものではなく、

8月にペアを組んだ研修医と、1週間ずつ交代でとった。予め、自分がわかり易いと感じた心エコーの本を買っておいた私は、1週間の休みの間に、1冊全部読破した。そして代表的な断面の描出の仕方と、正常な心臓の場合、それぞれの断面に、心臓のどの部分がどういう配置で映るかを、まず憶え込んだ。次に、心房中隔欠損症（ＡＳＤ）、心室中隔欠損症（ＶＳＤ）など、個々の代表的な心疾患について、どの断面にどのように構造上の異常が描き出されるかを憶え込んだ。自分が憶え込み易いように、各項目毎に1冊のノートにまとめ、実際に検査を施行する時、すぐに参照して、知識を強化できるようにした。

そして夏休みが終わると、私は早速、習得した知識を実際に応用する力を着けることに取りかかった。まず自分の心臓を練習台にして、本に書かれていた代表的な断面を、確実に描出する練習をした。仕事の合い間に、エコー室が空いている時を狙って、一人でこっそり練習した。本に載っていた通りの断面が出てきて、ちょっと前まではただのもやもやした雲にしか見えなかったものが、ここが左心室、ここが右心室、ここが心房中隔、ここが心室中隔と鮮明に同定できた時の感激と云ったらなかった。

次は、これも仕事の合い間に、心臓班の先生達が患児の心エコー検査をするところに入って行って、「これが心室中隔ですね。」「これがその欠損孔ですね。」などと質問して、確かめることを通じて、自分がそこまで勉強してわかるようになったことを、彼らにアピールした。

そして次はとうとう、彼らに「私にやらせてみて下さい。」と頼んで、途中からプローブ（探触子。先端から超音波のビームが出る、プラスチックの棒のようなもの。）を握らせて貰い、それを初めて自分で患児の胸に当てて、一部、検査を代行させて貰った。勿論、最初は手取り足取りの指導付きだったが、それでも初めて心房中隔の欠損孔（ＡＳＤ）を同定できた時の感激は、これも生涯忘れることができない。

それ以後は、心臓班の先生方がエコーの検査をする度に、私も必ずエコー室に入って、ほぼ毎回、彼らの監督下に、検査の一部を代行させて貰うようになった。そして次第に、私の代行する割合が増えていった。これについては、勿論知識や技術の向上が一番嬉しいことだったが、憧れの心臓班の先生と一緒に居る機会が増えたことも、同じ位嬉しかった。

事態がここまで進むまでは非常に速く、せいぜい夏休みが終わってから2週間位だった気がする。この頃には、「私は心臓班に入ります。」と公言するようになっていた。いや、もう半分、入れて貰った気持になっていた。心臓班は仕事がハードであり、心臓カテーテル検査では放射線の被曝が避けられないということで、それまで、女性で心臓班に入った人は居なかったということだった。そのことも、私を誇らしくさせた。当時小児科で講師だった心臓班のトップの先生も、私の努力を認めて、快く受け容れて下さった。そしてそれから1、2カ月後には、私が一人で心エコーの検査を任せて貰えるまでになった。

医学科の学生の間中、学業は全くやる気が起こらず、奮わなかった私が、こうして、ほんの小さなことではあったけれども、久し振りに所属集団の中で、知的能力の面で頭角を表すことができた。そのことが私に生きることをとても楽しくさせてくれた。これが、先述のように異様な環境に置かれながらも、研修医時代、私が活きいき生活できた一番の理由だった。もともと人間関係にとても過敏だった私が、まわりの眼が殆ど気にならずに過ごせた。

そもそも当時の東大の小児科は、医局長グループが、ゼネラリスト（一般医）を育てることをモットーにしていたから、研修医になって間もなくの時期から専門性の高いことに手を出すことに対しては、まわりの医師達からの批判があった筈なのだが、それも驚く程気にならなかった。物心着く以前に、〝自分は生きていてもいい人間〟であるという、自分の存在についての最も基本的な自信を獲得し損なった為に、その後いつの時代も、自分の存在感や存在価値を強く感じ取ることに非常に貪欲だった私は、もともと周囲の空気が全体として専門追求に否定的だったからこそ、逆に専門追求に積極的に走ったと云えた。

そしてその目論見《もくろみ》に成功した私は、周囲から批判の眼よりも、〝凄い〟という眼の方をずっと強く感じて、益々活きいきさせられた。尤もそれが可能だったのは、そんな私を寄って集《たか》って引きずり下ろそうとする程、周囲が意地悪くなかったからだった。一見、冷たく理論武装した感じの先生が多かった割には、驚く程寛容だった。そのことに、今ではとても感謝している。これには心臓班のトップの先生が、私のことをよく勉強して優秀だと、周囲に盛んに褒めて下さった御蔭もあったかもしれない。途中から、患児のお母さん達が私を見る眼まで変わったことが、はっきり感じ取れた。

とは云え、研修医時代、心エコーにのめり込み過ぎたことで、上の先生から窘《たしな》められた事例を、３つ程憶えている。

一つは９月の末に南病棟から北病棟に移ったばかりの頃に、心エコーの検査に感《かま》けて、受持の子供の診療に抜けが出てしまい、北病棟で新しくオーベンになった先生から叱られたこと。二つ目は'83年の初め、独立してから、急に入った心エコーの検査をやらせて貰いたくて、外の病院の外来のアルバイトを急遽、他の研修医に代わって貰ったことで、「他の仕事もきちんと責任を持ってやるように。」と、心臓班の上の先生から叱られたこと。そして三つ目はやはり独立後、４歳の女の子が何故か検査の間中、泣き通しだったのだが、看護婦さんが一生懸命宥《なだ》めすかしてくれていたので、その役目はそちらに任せて、自分は所見を取ることに専念していたら、検査が終わった後で、その女の子の受持の常勤医の先生から、「先生は、子供が泣いていても意に介さず、冷たいから、もう先生にはエコーの検査はやって貰わない。」と言われたことだった。

これらについては、確かに私に落度があった。しかし、それまでの私だったら、自分に根本から自信が欠如していた為に、他人から何か一つの行為について叱責されようものなら、自分という人間が全部否定されたように感じて、徹底して落ち込んだのだが、これらの叱責に対しては、自分でも意外な位、落ち込まなかった。

そして私も、今述べたような多少の誤ちは犯したものの、全体としては受持患者の診療にも、熱心に取り組んだ。例えば北病棟に移ってすぐ、白血病の10歳の男の子を亡くなる前の1週間受け持った時には、毎晩病室に張り付いて、すすり泣くお母さんの隣に座って、徹夜でその子の様子を診続けた。

まあその位だったら、当時の小児科の研修医としては当たり前だったと思うが、他に北病棟で4カ月間受け持った、16歳の植物人間状態の女の子については、週1回、私がお母さんの代わりに病室に泊まり込んで、その晩はお母さんを家に帰してあげるようにした。それは、その子の下に当時高校受験を控えたお嬢さんがいらしたことと、お母さんの心身の疲れも限界に近づいているように見えたことが、直接の理由だった。

その16歳の女の子は、弟より1つ年下のダウン症で、もともとは弟と同じように陽気な子だったらしい。部屋に飾られた元気だった頃の写真は、無邪気にニコニコ笑っていた。ところが、私が受け持つ半年前くらいに心臓の奇形を治す手術をして、術後に甲状腺クリーゼという合併症を起こし、それが原因で植物状態になってしまった。それで同じダウン症でも、元気に生きている弟を持っていたことで、余計その子が痛ましく感じられたことも、何か私にしてあげられることがあったらしてあげたいと、強く思わされた理由だった。

しかし泊まりの晩は、結構大変だった。流動食を作って、太いマーゲンゾンデから流し込み、終わったら水に溶いた薬を注入して、器具を洗う。夜間は１、２時間置きの体位交換と痰の吸引、朝までに２、３回のおむつ交換と云った仕事を、お母さんと同じように病室の床に蒲団を敷いて寝て、行なった。

先述のように看護婦さんとの関係が冷え込んだ病棟だったので、私が代わりに泊まったことで彼女達の仕事が増えて、私が代わりに泊まることに対して抵抗が出ては困ると思い、そうならないようにと私も頑張った。すると途中から看護婦さん達が、私をとても温かく応援してくれるようになって、随分気持が救われた。

そんな風に、医局の運動には全く協力しなかったものの、私は私なりに、患児やお母さんの為に捨て身で頑張れるところは頑張ったから、それで医局長は私を虐めないでくれたのかもしれない。また私が他の研修医と違って、反対ならば反対とはっきり意思表示をしたことも潔いと感じてくれてか、医局長は寧ろ私に非常に温かくしてくれた。

このように、一見とても順調に過ごせたかに見えた研修医時代だったが、この時代の私にも、精神的に病的な部分、或いは将来の病の発展につながっていく部分が、全くなかった訳ではない。

例えば前者の例としては、私が心臓カテーテル検査に入る時に、鉛の防護服を着たがらなかったことがあった。それは防護服が重かったからではなく、「女性は特に、将来子供を産む時問題が起きないように、放射能の防護に万全を期すこと。」と、〝産む性〟を強調されることに強い拒否反応を覚えた為である。防護服を着ないと、上の先生から強く叱責されたので、最後まで着ないということは、さすがに殆どなかったが。

そして後者の例としては、病棟の仕事が非常に忙しくて、とても疲れているのに神経が昂《たかぶ》って、仮眠をとりたくてもとれなかった時に、心臓班の上の先生2人に相談してジアゼパムを10㎎静注して貰い、病棟で仮眠をとったことがあった。ジアゼパムはベンゾジアゼピン系抗不安薬（所謂《いわゆる》〝精神安定剤〟）の代表的な薬剤であるが、当時は心エコーをやる為に乳幼児を眠らせるのに、他の薬剤をあれこれ使っても却々寝てくれない時には、10㎎位静注するのは、さほど珍しくなかった。だから打ってくれる上の先生の方も、打たれる私の方も、殆ど抵抗を感じなかった。多分上の先生の方では、それ1回きりの積もりだったと思う。しかしジアゼパムを打たれた私は、その時すーっと速やかに気持よく入眠できた上、それから1、2時間でスッキリ目が覚めて、疲れがすっかり取れた御蔭で、その後は極めて爽快に仕事ができた。

それでそのことが、皮肉にも後で災いをもたらすことになってしまった。確かに研修医の間はそれ一度きりだったが、それから約2年後、また心身に非常に重いストレスがかかって眠れなくなった時に、その体験が、私がベンゾジアゼピン依存症に陥る契機になってしまったのである。

しかし、そういうことはあったものの、とにかく私は'83年3月に、東大病院小児科での10カ月間の研修を無事終了し、翌4月に東京都立府中病院小児科に就職した。府中病院は、東大小児科からの転出先としては、最も恵まれた転出先だった。そしてその人事も、あろうことか医局長の一存で決められたものだった。

府中病院小児科には、事情があって、結局'84年4月までの1年1カ月間しか在籍しなかったが、ここでも、仕事の面では大変順調だった。また仕事場での生活は、東大病院よりずっと楽だった。それはまず、ここは東大小児科の、所謂〝ジッツ病院〟で、私以外に9人居た医師の内5人が、東大小児科の医局の先輩の先生で、しかも東大の医局の先生方より全体に取っ付き易く、親切で、何か少しでも判断に迷うことがあった時には、私より10年以上先輩の、２人の医長に尋ねれば、何でも教えて貰えたからである。従って、社会に出たとは云うものの、研修医の時と同じように、半分学生の延長のような、ぬるま湯状態が続いた。

しかもここには、東大のような政治思想の支配がなかった。一番上の先生は、東大にいらした頃は政治的活動をされていたと聞いたことがあるが、府中では一切、そういう面を見せていらっしゃらなかった。また病棟は完全看護の体制で、患児のお母さんとの関係も、至って常識的だった。また東大の医局以外の出身の先生も、どの方も温厚で円満な方達で、経験年数の長い先生方は、やはり親切にいろいろと教えて下さった。また看護婦さん達との関係も極めて良く、友好的であり、かつ仕事上の立場関係はきちんと守られていた。つまり人間関係上のストレスは、ほとんどないに等しかった。

更には仕事の量という面でも楽だった。医者が研修医１人まで合わせて、計10人居たところへ持って来て、入院患児は多くて30人位だったから、１人平均３人位受け持てばよかったし、また外来も、週２回、半日ずつ出たけれども、そちらもゆっくり落ち着いて診られる患者数だった。また患児の疾患の内容についても、大学のように、白血病や小児癌の末期と云った、死に瀕した重症の患児は殆ど居なかった。そうした患児は、診断が着けば、すぐに大学に送られたからである。その意味でも、精神的負担が軽かった。私が居た期間に亡くなって退院した子供は、１人しか憶えて居らず、それは18トリソミー（第18染色体が３本ある先天障害。エドワーズ症候群とも云う。）の女の赤ちゃんだった。

大学の頃にはなかった新しい仕事は〝当直〟で、これは心身共にかなり負担が大きかった。府中は当時、三多摩地区のセンター病院で、夜間救急の患児の数が非常に多かったことと、この時ばかりは対応に迷っても、相談できる上の先生が居なかったこととが、その主たる理由だった。

当直の頻度は週1回弱で、土日に当てられることもあった。また新入りの宿命として、'84年の元旦の当直を当てられた。急患の数が多い夜は、一人患児の処置を終えて、当直室に戻って横になった途端、救急室から次の患児が来たことを報らせる電話が来る、ということが、ひと晩中繰り返された。そんな夜は勿論、一睡もできなかったし、それ程忙しくなくても、もともと寝着きが悪かった私は、当直の晩は殆ど眠れなかった。

患児の疾患で一番多かったのは喘息発作だったが、他に熱性痙攣や、下痢嘔吐・脱水も多かった。小児では非常に腹膜炎を起こし易い、急性虫垂炎（盲腸）が飛び込んできたこともあった。多くの場合、緊急の採血（血液検査）や点滴が必要で、それらの技術は研修医時代にかなり上達していたものの、時には調子が悪くて、繰り返し失敗することもあった。そんな時には、病棟での採血や点滴と違って、大抵終始親御さんの眼が張り付いていたから、緊張が極に高まり、追い詰められた。況してや重症の喘息発作の患児で、早く点滴が入らないと生命が危険になりかねないと云った場合には、益々もって追い詰められた。

しかし幸運にも、そうした場合でも最後には何とかなったし、自分で対応を判断しきれないケースに出遭うこともなくて済んだ。もし万一そういうケースに出遭っていたら、申し訳なかったが上の先生の御自宅に電話して、相談させていただいていたと思う。いざという時、それができるという安心感も、府中病院での勤務を楽にさせてくれた。そして当直明けが通常の勤務だったことはきつかったものの、まだ私も25から26と若かったし、当直明けも含めて、通常の日は大抵、夕方6時頃には病院を離れられたから、極端に疲れが溜まることもなく、やはり府中病院での勤務は、全体としては非常に楽だったと云える。

'83年という年は丁度、大学で2年間の研修を終えないと、常勤医として採用しないという制度の始まりの年に当たった為、実際には週5回仕事に出ても、週４日の非常勤扱いになった。それで月々の手取りは20万足らずと厳しかったけれども、マンションの家賃も安かったから、それで結構、何とかなった。不思議に、お金が足りなくて苦になったという記憶はない。

そのマンションについてだが、私は府中に転勤するのに先立って、文京区内のマンションを引き払い、ＪＲ国立《くにたち》駅から２、３分の所にある、１Ｋの賃貸マンションに引越した。国立駅から府中病院までは、バスと徒歩合わせて10～15分程だったから、ＮＨＫの朝の連続テレビ小説『おしん』を見終わってから家を出て、出勤時間の９時に優に間に合った。家賃については詳しく憶えていないが、５～６万というところではなかったかと思う。

次に、この頃の両親との関係について、憶えていることを書いておきたい。この時期も、残念乍ら嫌な思い出ばかりである。

マンションの下見には、父と一緒に行った。その時、国立駅前を一緒に歩いて、カジュアルなレストランが何軒かあるのを見て、父が「おい、食事はこういう所でしろ。自分で作ったりしないで。」と言ったのである。私は猛烈に不快だった。何故そんなことを指図されなければならないのかと。

実は東大での研修の終わり頃から、私は食事を自分で作ることが多くなっていた。もともと料理が好きだったし、時間的にも精神的にも余裕が出てきたからである。それで引越しが間近に迫った頃、心臓班の先生２人を、文京区内の私のマンションに招いて、私がデミグラスソースから自分で作った、ビーフシチューを御馳走した。内一人は私が憧れていた、心臓班の中で心エコーが一番得意だった先生で、もう一人は'82年の6月から9月にかけて、南病棟で私のオーベンになってくれた先生だった。南病棟時代のオーベンは、自身料理が好きな人で、「このデミグラスソース、よく出来てるね。」と褒めてくれた。そしてその翌日に、父が引越しの為の荷物の片付けを手伝いに、私のマンションに来た。それで私が残っていたシチューを温めて父に食べさせようとした処、「そんなことはいいからこれをやれ。」と命令されるという出来事が、国立での発言に先立ってあったのである。

私はこの時も、非常にムッとしながら黙って父に従ったが、父はこの時に、私が自分で食事を作っていることを知ったものと思われる。そして国立での発言は、その知識を踏まえて言ったのだろう。父が私にそういうことを言ったのは、私が自分で食事を作るということが、何らかの理由で父の好みに合わなかったからに違いない。それが、自炊など女性医師のライフスタイルに似合わず、スマートでないと思ったからなのか、そんな暇があるなら出世の為の仕事や勉強をしろと思ったからなのか、未だにわからない。もの凄い剣幕で怒鳴られるのが怖かったから、「嫌だ。」とも言えず、「どうして?」とも訊き返せなかったからである。

しかし私は、父の発言が心底、徹頭徹尾嫌だった。私が自分で食事を作ったからと云って、父には勿論、他の誰に迷惑を掛ける訳でもなかった。従って、父が25にもなる私にそんなことを命じていい、正当な理由は何もなかったからだ。更には、生来非常に強かった自我がずっと有無をも言わさず抑え込まれてきたことに、17歳の時に気付いた私は、それ以降、己の自我を抑えつけにかかってくる人間と言行が、何より我慢ならなかったからである。

しかし〝似た者夫婦〟の言葉通り、私が20になった頃から、10年ぶり位に私の生活に口出しするような父は、（私が10歳から20歳までの10年間は、父は会社の仕事一辺倒で、わが家は精神的母子家庭状態にあった。）母とまったく同じように、私のやることが自分の気に入らなければ、ただそれだけで「それはやめろ。こうしろ。」と、さもそれが当然と信じて疑っていない様子で、命令を下してきた。それが完全に、私の自由意志で選択できる領域のことであって、誰に迷惑を掛ける訳でもなく、社会常識に照らしても全く悪いことでなくてもだった。ところが私が父の恫喝を恐れて、本気で拒否、抗議できなかった為に、「親は子供が幾つになっても、ただ親であるというだけで、子供に対して専制君主で居ていい積もりなのか？」と言いたくなるような働きかけが、私が40過ぎてからまで続いた。

遅くとも私が20になって以降の父は、私に対してだけでなく、誰に対しても、どんな領域のことに関してでも、自分が言いたいだけ一方的に命令していいと、信じて疑っていない様子だった。だから恐らく会社の部下の人達もそうだったと思うが、私もはっきり言い返せなかった長い年月、父への怨念が積もりに積もっていった。

一体何がそこまで、父の自信を強固にさせたのか。――これは私の推測だが、父ももともとその生い立ちから、劣等感の強い人間だった。それが、努力と押しの強さと運で、仕事の場で出世の階段をトントン拍子に駆け上がったことで、反動で不適切な自信を身に着けてしまったのではないかと思う。しかしその自信は、ちょっとした批判ですぐに揺らいでしまう、底の浅いものだった。従って、出世で父は単に傲慢になったと言った方が、正しかったように思う。自己愛性人格障害と呼んでいい、性格の偏りだったと感じる。

そしてもう一つ、父のこの時の言葉から感じることは、父は食事に関してはそういう感覚だった為に、母が家で料理らしい料理を殆ど作らなくても、私のように寒々とした不満を覚えずに済んだのかもしれないということだ。

　この時期、母との関係について憶えていることも、やはり食事に関することで、これまた非常に不快なことだった。

　それは府中病院に勤め始めて、暫く経ってからのことだった。私は、勤務が全体に東大病院より楽だったこともあって、先の父の指図は完全に無視して、食事はほぼ完全に自炊していた。仕事の帰りに、国立駅前の食料品店で、生の肉、魚、野菜を買って来て、夕方調理して、その日の夜と朝（朝は残り）食べるというパターンが多かった。ある日、銀鱈の切身を買って来て、煮て食べた。ところがそのことを母に電話で話したところが、いきなり「下痢しなかった？」と訊かれた。何故そんなことを訊くのか全くわからず、私が「なんで？」と訊き返すと、母は「だって、銀鱈なんておかしなものを食べたって言うから。」と、笑いの混じった声の調子で言った。私はこれには〝何がおかしい？　どうしてバカにする？〟と心底怒りを覚えた。それでこれには「どうして銀鱈がおかしなものなの？　お店で売ってるちゃんとした食べ物でしょ？　別にお母様の好みに合わないからと云って、その食べ物が悪い食べ物という訳じゃないでしょ。」と、きっぱり非難した。すると母は、この時は黙って言い返さなかった。私の言うことの方が筋が通っていたから、言い返せなかったのだろう。

　さすがに25にもなると、私も個々の細かいものの見方や考え方については、母の言いなりにならなくなった。大学時代から一歩進んで、反論もするようになった。父と違い、恫喝を恐れずに済んだから、反論できたのである。しかしそれ以後も、今日に至るまで〝自分の嫌いなもの＝価値の劣ったもの〟と、堂々と決めつける表現をする点は、全く変わらない。うなぎにしろ松前漬けにしろ、母が嫌いな物を話題にすると、「わーっ、気持悪い。」「私はあの手のものは」と、嘆かわしそうに蔑む言い方をする。幼い頃から母に精神を抑圧されてきた恨みの強い私は、自分の好きなものを母に貶されると、自分自身がまた価値を否定された思いになって、いつも口惜しくて頭に血が上った。

また母は、今の話でもわかっていただけるように、食べ物の好き嫌いが非常に多い。魚は特に食べられないものばかりで、青魚は駄目、川魚は駄目、血合いが付いているものは駄目、焼いたのは良くても煮たのは駄目という具合で、食べられるのは鮪の刺身と焼き鮭くらいのものである。ツナ缶にしろ、まぐろはいいが、かつおは生臭くて駄目だと言う。それなのに自分のことは棚に上げて、私が30になっても40になっても、「あんたは偏食だから栄養が偏る。癌になり易い。」と、ひとつもためらうことなくケチを付けてきたから、これにはそれこそ、絞め殺してやりたい位、許せなさを覚えた。

確かに私も小学校低学年までは、野菜は嫌いなものが多く、刺身は全然食べられなかったが、高学年になると、それらも食べられるようになった。また最後まで食べられなかった漬け物も、30頃から急速に食べられるようになり、30代後半には、凡そ食べ物と名の付くもので、食べられないものは何もなくなってしまった。だから幼い頃からさんざん私を貶しまくり、意志も考えも感じ方も欲求も、魂のすべてを抑えつけてきた母が、それだけではまだ足りずに、とうに私を批判する資格などなくなった、私が40を過ぎてからまで、さも当然のように上から説教を垂れてきたことに、心底憎悪を憶えた。つまり、極く最近まで似たことが繰り返されてきた為に、記憶する限りに於いてそれらの最初の出来事である、25の時の「銀鱈事件」が、未だに忘れられないのだと思う。

学童期に何回か、父に徹底的に自尊心を打ち砕かれた体験と、物心着く以前から思春期まで長期に亘って、自尊心の最も大事な基礎である主体性を、母から持続的に容赦なく抑圧されてきた体験とが、未だにトラウマになっている私は、ちょっとでも自尊心を傷つけられたり、ちょっとでも主体性を抑えつけにかかってくる言動に対しては、今でも自分でも病的と思う位、過敏である。その種の些細な言動を引き金に、子供時代の耐え難い体験がフラッシュバックして、怒りに呑まれ、我を失ってしまう。

25の頃の私は、けして母がいつも正しい訳ではないとわかり、はっきり批判や抗議を口にするようになりながらも、まだまだ全体としては、母への依存や母の支配から脱け出せずに居た。その証拠に、まだ毎日のように千葉の家に電話していたし、土日はほとんど千葉に帰り続けていた。当時はそういう自分を、はっきり腑甲斐ないと思うことができなかった。だから後で腑甲斐なかったと思うようになってから、益々「銀鱈事件」が口惜しく感じられるようになって、未だに忘れられないような気がする。

それではここでもう一度、医者としての仕事の話に戻りたい。

私は、10カ月の研修を終了したばかりで府中病院に送り出されたが、それでも一応、東大小児科心臓班のメンバーとして送り出された。従って、府中病院の小児科に来た心臓疾患の患児は、主として私が診ることになり、特に心エコーについては、大部分私が任せて貰えることになった。勿論、心臓疾患以外の子供も沢山受け持ったが、御蔭で府中病院は、私にとって心エコー診断の経験を豊富に積める、貴重な場になった。

但し残念なことに、ここでは先天性心疾患（生まれ着きの心臓奇形）の患児を診断する機会は、殆どなかった。府中で診た心臓疾患の大多数は、川崎病（ＭＣＬＳ：５日以上の高熱、リンパ節腫大、全身の発赤疹、手指の皮膚の落屑などを主徴とし、高い確率で冠状動脈瘤が形成される、乳幼児の疾患）による冠状動脈瘤だったが、'83年は偶然にも川崎病の流行年に当たっていた為、川崎病の患児についてはほとんど毎日のように、心エコーで診ることができた。

しかも府中では他にも、心エコー診断の研鑽を積む為の、貴重な好条件が存在した。その一つは、府中の心エコーの機械が東大小児科のそれよりも機種が新しく、東大の機械にはなかった、〝パルスドップラー〟という性能が備わっていたこと、もう一つは、府中では医局が他科の先生方と一緒で、医局でたまたま私の隣の机だったのが、東京女子医大の心臓血圧研究所から派遣されてきていた、当時40歳位の男性の循環器内科の先生で、この先生が気さくな方で、すぐに親しくなり、件《くだん》のパルスドップラーの使い方や診方を親切に教えて貰うことができたことだった。

そしてもう一つ、東大小児科心臓班からジッツの府中病院に送り出された貴重な特典は、週1回、火曜日に研究日を貰って、府中病院での仕事を免除され、東大へ行って心臓班の仕事に参加させて貰えたことだった。毎週火曜日は心臓カテーテルの検査の日だったので、当然それに加わったし、また夕方には患児の送り先である東大の胸部外科との合同カンファランスがあって、それにも毎回参加した。

こうしてどんどん心臓班の正式メンバーとしての実感が増していった御蔭で、府中病院での最初の3カ月間は、仕事の面での充実感に満ちていた。更にプラスαとして、火曜日、東大での仕事が終わった後は、研修の終わりの頃、文京区内のマンションに招いた2人の先輩の先生達と、一緒に飲み食いして帰るという楽しみも増えた。従ってこの時期は、世の中の常識から見て、私の人生の中で最も、健康で潤いのある生活を送れていた時期だったと感じる。

しかし残念なことに、そんな幸せな生活は、長くは続かなかった。皮肉なことに、それが破綻する契機になったのは、例の心エコーが得意だった憧れの先生との関係が、急に大きく発展したことだった。'83年7月前半に、札幌で小児循環器学会があって、それに東大小児科心臓班の主だったメンバーが参加して、私もその中に加えて貰った。ところがその宿泊先のホテルで、私は問題の先生と肉体関係を持ってしまったのである。これは、私の方から強く誘ったと言っていい。学会で出かけながらこういう浮ついた気持だったことが、本当に恥ずかしい。

それにしても、大学を卒業するまで、人間の性欲や性行為に対して、あれほど激しい嫌悪感、拒絶感を持っていた私が、何故1年余りでそこまで大きく変わってしまったのか、自分でも非常に不思議である。原因として一つ思い着くのは、人間誰もに共通した、自然な心と身体の変化で、丁度変わるべき時期に来ていたのではないかということである。

だが、幼い頃母親に、精神に鋳型を嵌められた反動から、自分だけは完全なる主体性を保って生きたいと、強く念じていた私にとっては、これほど口惜しいことはなかった筈である。私は、自分の心も身体も、自分で意識できる自分自身の意志のみに従わせたいと考えていた。自然から押し着けられた生き物の本能などというものが、私個人の独立した意志（それは人間だけが持つ高い精神に属するものと考えていた。）を打ち負かして、私の精神や行動を支配するなどということは、ずっと我慢ならないと考えてきた。母の影響で、子供の頃から性は穢らわしいものと強く感じてきたから尚更だった。

つまりそうした考えや感じ方が、私に強くブレーキをかけて、私が自分自身の性を受け容れることや、女として行動することをずっと妨げてきたのだが、さすがに25歳になって、私の中で、自然の本能の力がその強いブレーキに、とうとう打ち勝ってしまったということだった気がする。

それでその直後にどう感じたかと云うと、何だかほっとして嬉しく感じたから、これも意外だった。ひょっとするとそれより大分前から——遅くとも大学の最終学年で〝産泊〟を拒否した頃から、私は心の奥底で、自分で自分を縛り着ける力から解放されて、〝普通になりたい〟と強く望んでいたのかもしれない。だからそれが実現したことにほっとして、敗北感を殆ど感じなかったような気がする。

だが、他にもまだ不思議なことがある。それは、何故その先生だったのかということだ。私に自分で自分を縛り着けるもの凄い力を打ち破らせたのだから、私のその先生に対する好意が非常に強いものだったことは間違いないのだが、何故その先生にそれ程強い好意を持ったのか、大学の初めの頃のQ君の場合と同じように、今では不可解なのである。

確かにその先生は、私が最初とても難しいと感じた心エコー診断について、高い知識と技術を持っていた。自分にできないことができる——それは確かに強く惹かれる要因になった。しかし私自身がある程度、知識や技術を身に着けてみると、彼の知識や技術は日本全体の中では、格別高いものとは感じられなかった。また彼は、野心や向上心の希薄な人で、自身一番力を入れていたエコーについてさえ、既に確立された知識と技術で可能な診断が、ひと通りこなせればいいと考えている風で、自分で新しい知識や技術を発見、開拓しようという意欲は、殆ど感じられなかった。一方の私は、本に書かれている知識や技術をひと通り習得し終えると、すぐに自分で新しい知識や技術を開拓したいという野心が芽生えたから、仕事の面ではその先生が物足りなく感じられるようになった。

また仕事以外の面でも、その先生には強い個性や独自の考えと云ったものは感じられなかった。彼は、私の研修医時代の医局長の忠実な部下だった。確か私が府中病院に出た年に、前の医局長に代わり、彼が新しい医局長に就任したのだが、実質は前医局長の完全な傀儡《かいらい》だった。だからその意味でも、私にはその先生が、本音では物足りなかったのである。

なのに何故、その先生に執着し続けたのか？――一つにはQ君と同じように、外見が幼かったことに惹かれたのかもしれない。またQ君と違い、優しそうだったのも、良かった気がする。しかしその優しさは、強さの裏付けのない柔和さであり、底の浅いものだった。もう一つには私自身が、非常に自我の強い人間だった為に、あまり自我の強くない人に惹かれたのかもしれない。両方我が強いと、しょっちゅうぶつかり合って、疲れてしまう。当時の私はその先生に、安らぎを求めたような気もする。実際彼は「あなたは間違いなく〝人物〟だよ。」という言い方で、やや憂うつそうに私の自我の強さを評した。

そうした経緯からも容易に想像できるように、私とその先生の関係は、長続きしなかった。書き忘れていたが、その先生は奥さんも子供も居る人だった。つまり私との関係は、世に云う〝不倫〟になる訳で、それは最初からわかっていた筈だが、「お前は真面目すぎる。」と前医局長からけしかけられたこともあってだろう、そういう関係に踏み込んだ。そして踏み込んですぐに、奥さんや周囲に気付かれているのではないかと、怖じ気《け》づき始めた。そして私を避けたがるようになった。そのように彼は、中途半端に真面目で善良な人だった。

一方私の方は、向こうが避けたがっている気配を感じ取ると、またぞろ条件反射的に強い不安と焦りを覚えた。自分の存在についての根源的な自信のなさが全く解決されていなかった為に、以前と同じように、好きになった相手から嫌われたら、自分が生きている意味が全部なくなってしまう気がして、怖くて堪らなくなった。

それに加えて、私は彼が初めて男女の関係を持った相手だったということで、その関係が失われたら、折角獲得した一人前の女の資格まで失って、どん底に墜き落とされそうな気がした。そんな資格を獲得できたと思ったことの方が妄想だったと今ではわかるが、私にとっては、長い間の自分の中の激しい抵抗に打ち勝って持った関係だっただけに、そんな妄想を持ってしまった気がする。つまりこの先生の場合、長い間の激しい抵抗に打ち勝って男女関係を持った最初の相手だったということが正に一番の理由で、私はこの先生に執着し続けてしまった気がするのである。

しかしどんな理由からにせよ、逃げ腰になった相手に執着して、いい結果になることは絶対にない。焦って追い詰めれば追い詰める程、益々向こうは私を嫌うようになった。'77年頃から私が心酔した、中島みゆきの歌の世界のようだった。そして札幌の夜から約４カ月後に、とうとうその先生との関係は終わりになった。向こうに振り切って帰られた夜は、もう帰る電車がなくなっていて、都心の連込み宿のような所に一人で泊まり、夜が明けてから国立まで帰った。その後もっともっとひどいことが起こったけれども、その時には、それが人生で最も惨めな体験だった。本当に生きた心地がしなかった。

だが不思議なことに、私の場合、いざ本当にどん底まで墜き落とされてしまうと、開き直りが出ることが多いようで、〝出刃包丁事件〟の後、俄然意地になって大学に出続けたように、国立に朝帰りした日も、必死に自分に鞭打って仕事に出たし、その後も仕事に出続けた。その位は一人前の社会人なら当たり前のことで、私もそういう面では、一応水準を満たす程度の成長を遂げていたと言っていいだろう。

しかし当初の自身の予想に反して、恋が駄目になっても〝もう生きてたって仕方がない〟というように、自暴自棄にならなかったことは、我ながら意外だった。確かに胸の底に大きな鉛の玉が詰まったような気分がかなりの間続いたが、それでも、その1年後くらいからしつこく悩まされるようになった、動けない、仕事に行けないという症状は、まだこの頃には存在しなかった。逆に仕事に出た方が、気が紛れて救われた。このことが、世間一般からはしばしば混同されるが、辛いことがあって気落ちしている状態と、うつ状態とが、まったく別のものであることを、よく証明していたと感じる。

そのように、人並みに成長したところもあった私だったが、この失恋の後ではどうしようもなく幼稚な行動もとった。それはせめてもの腹いせに、問題の先生の自宅に、彼が居ない時に電話して、奥さんに私達の関係を暴露したことだった。

この軽卒な行動に対しては、すぐに強烈なしっぺ返しが来た。どうやら私の話を聞いて口惜しがり、激怒した奥さんが、心臓班のトップの先生に直訴したらしい。その結果、私は心臓班から〝破門〟された。「〇〇先生（問題の先生）と奥さんの結婚式の仲人は、私がしたんだよ。わたしの御蔭で、心臓班はみんな振り回されて大迷惑だよ。今後、私の目の黒い内は、わたしには一切、東大の関連病院では心臓の仕事をさせないから、その積もりで居るように。」とトップの先生の言葉は非常に手厳しいものだった。

少し注釈すると、「わたし」というのは、今この文章を書いている、この私のことである。小学校に入学する前後までの子供の多くは、他人から「君は幾つ？」と、自分のことを二人称で呼ぶ話し方をされてもピンと来ない。「わたしは幾つ？」と、自分のことを一人称で呼ぶ話しかけをされて、やっと意味がわかることが多い。これは、小児科の臨床実習で最初に教えられた、小児科医の常識だった。つまりトップの先生はこの知識を捩《もじ》って、〝あなたの精神レベルは5、6歳並みだ〟と、私のことを揶揄《やゆ》していたのである。だからこれ程の辛辣の極みはなかった。

それで当然乍ら、それから暫くの間は、私は問題の先生だけではなく、トップの先生のことも恨んだ。相手の先生の方はお咎めなしで、その後も東大小児科心臓班に居続けたからである。何故私だけが破門されなければならないのかと。……しかし今では、このトップの先生は、私が心臓班に入った当初、私に大変期待して下さっていただけに、その分、どんな問題であれ期待を裏切られた怒りは非常に激しいものだったのだろうと理解している。

そんな訳で、私はそれ以後は、火曜日、東大病院に行くことはなくなった。それでそれから暫くの間は、火曜日も府中病院に仕事に行っていたような気がする。家に一人で居ても間が持てず、落ち込むのが怖かったからである。だから、もしそれで私が、心臓を専門にする気持をなくしていれば、そのまま府中病院に居続けることができたかもしれない。しかし恋愛が破綻した時点では、私は心臓の仕事をやめる積もりは全くなかった。つまり、私が心臓の仕事をやっていたのは、その先生と一緒に居たい為だけではなかった。当然だが、そこまで不純な動機でやっていた訳ではなかった。従って、心臓の仕事を続ける為には、改めて身の振り方を考えなければならなくなった。そこで有力な転職先の候補として出てきたのが、東京女子医科大学附属日本心臓血圧研究所（心研）だった。

先に結論を言うと、私はこの施設に移ったことが直接の契機で、転落の階段を一気に転がり落ちることになった。つまり失恋は転落の遠い契機になったものの、失恋で自暴自棄になって転落した訳ではない。この点は誤解のないように明記しておきたかった。

それで何故、心研が転職先の最有力の候補になったかと云うと、まず一つ目は、当時そこが大阪の国立循環器病センターと並んで、日本で一、二を争う、循環器疾患の臨床と研究の専門施設だったからである。東大小児科心臓班の先生方も、ここに対しては穏やかならぬライバル意識を懐いていた。

そしてもう一つは、府中病院には心研と縁のある先生が何人もいらしたことで、ここに紹介して貰うつてが得られたことだった。前に書いた通り、医局で私の隣の机に座り、パルスドップラー心エコーの診方を教えてくれた内科の先生が、心研から1、2年交代位で派遣されてきた人だったし、また小児科に一緒に勤務していた先生の中にも、以前心研に勤めていた人が居た。当時30代後半で、とても親切で奇麗な女の先生だったが、この先生が当時の心研の所長をよく知っていて、心研はとても勉強になる、やり甲斐のある場所だと教えてくれた。それで俄然私は、次の年度からは心研に行って、そこで小児循環器の専門医としてのキャリアを積み重ねようと、決意するに至ったのである。

心研に入る為の試験は、'84年の年明け早々にあったと記憶する。小児科の医長2人と、医局で机を並べていた心研出身の内科の先生の計3人が、私が心研を受験するに当たっての推薦文を書いてくれた。府中の小児科の先生達には、私が研究日に東大に行かなくなった理由も、何故心研を志望するのかも、改めて何も説明しなかったが、噂話の盛んな狭い世界のことで、大方の事情は知っていたようだった。そして筆記試験の出来は全く芳しくなかったが、どうにか試験に合格できた。

それで遅く共'84年に入ってからの私は、失恋の痛手など少しも引きずっていなかった。その証拠に、例の先生と決裂する直前に、府中で受け持っていた難しい経過の患児も、早々に心研に紹介した。

その患児は生後半年にならない男の赤ちゃんで、川崎病の急性期に私が病棟で受け持ったのだが、入院中に左冠状動脈（心臓の壁をつくる筋肉に、酸素や栄養を送る血管）の起始部に大きな動脈瘤ができて、間もなく心筋梗塞を起こした。その子が心筋梗塞を発病する前後に、私は心エコーで、左冠状動脈起始部の動脈瘤の中に血栓が形成されている画像をとらえた。またその子の冠状動脈瘤は極めて重症で、左右の冠状動脈とも、起始部だけでなく７、８ｃｍ遠位部まで、ボコボコと数珠状に拡張していて、その様子もエコーの画像で捉えることができた。私は撮った写真を東大の小児科に持って行って、よくこんな写真が撮れたねと先輩の先生達から褒められたが、それから間もなく東大の心臓班を破門になってしまったので、結局この子については女子医大の心研に、心臓カテーテル検査を行なって貰うべく紹介した。

私は心研に合格するとすぐ、正式に就職するよりずっと前に、心研のカンファランスに出向いて、その赤ちゃんの症例報告をした。このように当時の私は少しも打ちひしがれてなど居らず、その後も小児循環器の専門医として、知識・技術を向上させていこうという意欲に満ち溢れていた。

ところがこの時期、もう一つ不幸な出来事が起きて、これは私の転落の原因に、確かになった。それは父に進行胃癌が見つかったことだった。

'83年の終わり頃、全くダイエットもしていないのに、体重が数カ月で５kgも減ったと心配した父は、'84年の年明け早々、府中病院に来て原因を調べる為の検査をした。昔から知り合いの縁故を頼むのが好きだった父は、私が勤めている病院に来たいと言った。

それでまず私は、医局で隣の席だった循環器内科の先生に頼んだが、一般的な血液・尿検査にも胸のレントゲンにも（父は1日100本前後のヘビー・スモーカーだった。）これという異常がなかったので、循環器の先生は、それじゃあ次は胃でも調べてみようかと、上部消化管透視をオーダーしてくれた。そうしたら、そこで進行胃癌が見つかったのである。慌てて、改めて胃カメラが上手な消化器内科の先生にお願いした処が、間違いなく進行胃癌であることがわかった。それで次は、転移の有無を調べる為に、腹部エコーと肝シンチを行なったが、幸い腹部の他の臓器への転移は見つからなかった。

それで、胃全摘で根治できる可能性が高いという意見を消化器内科の先生から戴き、それを受けて、最初に頼んだ循環器内科の先生がすぐに、心研と同じ女子医大の中にある、消化器病センターに紹介して下さった。入院して手術をしたのは2月の上旬で、父が最初に府中病院に来てから1カ月足らずだったから、確かに縁故頼みは早かった。しかも、当時消化器病センターで一番手術が上手と評判だった先生に、執刀していただくことができた。

そんな訳で'84年1月、2月という時期は、自分の仕事には意欲を持って取り組みながらも、父親の問題では生きた心地がしない時期だった。この辺が、私と両親の親子関係の、実に複雑なところだった。これまでさんざん書いてきた通り、私は父に対して強い嫌悪や憎悪を感じるエピソードが、幼い頃から数え切れない位あった。それでも、心配だから私の病院で検査を受けたいと言われると、二つ返事で引き受けた。これは別に怒鳴られるのが怖かったからではなく、本当に心配だったからである。

府中病院での一連の検査が済むまでに、父は少なく共4回病院に来たが、父はその都度必ず、私のマンションの部屋に泊まった。私の側の嫌悪や憎悪に全く気付いていなかったのか、父は「お前の所に泊めて貰うからな。」と、それが当然のように言った。父の側では、親子なんだから、自分が必要で望めば、私の所に当然泊めて貰えるという認識のようだった。それに対して私は、それがもの凄く嬉しいという訳ではなかったが、父に言われればそんなものかなと、さして抵抗なく受け容れて、食事も自分が作ったものを出していた。特に癌の疑いがはっきり出てきてからは、自分から進んで受け容れた。そして夜中、同じ部屋で鼾《いびき》をかいて寝ている父の顔を見詰めながら、その身体の中で癌がどんどん増殖している様子と、それがもうじき父の命を奪うかもしれないことを想像して、涙が溢れてきて止まらなくなった。

また、父がはっきり胃癌と診断されると、私は間もなく週1回、他の病院にアルバイトに出るようになった。東大小児科の医局から紹介された（心臓班から破門されても、医局からまでは破門されていなかった。）、小児科の外来の仕事だったが、この先父のことでどれだけお金が入り用になるのかもしれないと、考えてのことだった。

当時私は26で、父が54、母が49だった。世の中の平均的な親子関係がどんなものだったか知らないが、私はどちらかと云えば親思いの方だったのではないかと想像する。この頃の自分の行動一つを思い出しても、両親に対して憎いなら憎い、愛しているなら愛していると、自分の気持が一つに決まれば、その先の人生がどんなに楽だったことかと、口惜しくてならない。しかも割り切れなかったが故にその後も苦しみ続け、当時の父の年になる現在も、未だに割り切れていない有様である。

2月上旬の父の手術の時にも、私は消化器病センターの先生にお願いして、手術室に入り、手術に立ち合った。父の手術は、胃を全摘すると共に、所属リンパ節を広く郭清《かくせい》し（取り除き）、大網《だいもう》、小網《しょうもう》と呼ばれる腹膜の一部も取り除く、拡大根治手術だった。手術中、助手の先生が、今はどの行程か、そこでの所見はどうかを、一つ一つはっきり説明してくれた。父の癌は、胃壁の内側（粘膜側）から外側（漿《しょう》膜側）まで貫通していて、その上、胃の上に覆い被さっている大網（腹膜）にまで一部直接浸潤（転移）しているという、非常に厳しい状態だった。胃癌の進行度はⅠ期からⅣ期までに分けられ、少しでも腹膜に転移があれば、最重度のⅣ期に分類される。それを自分の目で直接見た私は、一瞬両脚の力が脱けそうになったが、踏ん張って立ち続けた。とても1年は持たないと確信した。

手術室から出た後、私はその事実を、母にも正直に伝えた。私一人の胸に抱えているのは辛かったし、母はそういう面では気丈な人だと信じていたからである。一方、書き忘れていたが、父にはこの時点では胃癌であることを知らせていなかった。母が「お父様は、自分は豪放磊落《らいらく》だなんて言ってるけど、本当は凄く気の小さい人だから。本当のことなんか知ったら、ヘナヘナーって萎《しお》れ切っちゃうわ。」と言い、私もその読みが正しいと思ったからである。

父の手術前後の両親の様子については、接触が多かった分、記憶していることが多い。しかし私にとってはやはり、辛い記憶が多い。

例えば母の場合、「休みの日も会社の人と付き合いばかりで、全然家族を顧みない。」と不満の塊りで、父の生き方には一切寄り添おうとしなかった母が、父が入院した途端、父の好きな『パーゴルフ』という雑誌を買って来て、「はい！」と満面笑みで手渡したこと。

また買って来た惣菜ばかりそのまま食卓に並べるのが常だった母が、俄かに病院の売店で『胃や十二指腸を手術した人の食事』という料理の本を買い込んで来たこと。

また私と二人で居る時、「最近『肉を食べたくない。』と言っていたのに、どうして癌だと気付かなかったのかしら。」と、やたらと自分を責める調子の言い方をしたり、「悲しみが止まらない。」「相談できる人が居ない。」と感情たっぷりに嘆いて聞かせたこと。

またそれまで常に、父のことを「思い遣りのカケラもない人」と貶してきた母が、術後初めてＩＣＵで面会になった時、父が何か軽口を叩くと、「お父様ってサービス精神旺盛な人ね。」と、感極まったように言ったこと。

また一般病棟に出て間もなく、私や伯母の見ている前で、父の身体を甲斐甲斐しく清拭し、「それでは最後は大事な所ね。」と、臆面もなく言ったこと。

母にキャッシュカードを貸すと、すぐ後で「いつ何に要るかわからないから、取り敢えず50万借りといたわ。」とこともなげに言われ、「それは私が働いて貯めたお金だ。」と言うと、「家族の間で誰のお金もないじゃないの。」と言い返されたこと。まるで私がケチだ、利己的だと言わんばかりの言い方だったが、母は著しい浪費家だったので、心配せざるを得なかった。

要するに母については、優しさがあまりにも取って付けたようだったのと、あまりにも周囲に対して自分を愛情溢れる人間のように飾りたがるのが嫌だった。

次に父の場合。まず父は、入院して着換えると、「いよいよ病人らしい出立ちになったな。」と古臭く大仰な言い方をした。また自分が胃の手術をすることについては「親父が胃を切る。」と、わざと教養のない田舎者のような言い方をした。これについては一部は不安を掻《か》き消す為、また一部はいつも階層の高い人間を気取りたがっている母への反発からと理解できたが、それでも私は父のこういう、さらっとしたものの言い方ができないところが好きになれなかった。

また父は、入院したらゆっくり本を読みたいと言っていたのに、母が買って来た歴史小説をいつまでも開かないので、私がどうしてかと訊くと、「そんなに簡単に読めるか！」と、威張って誤摩化してきた。私は父のこういう虚勢も嫌いで、「手術のことやこれからどうなるかが不安で、却々本を開く気になれない。」と正直に弱さを見せてくれた方が、私は父を尊敬できたと思う。

また術後、ICUから一般病室に戻った直後、父は傷が痛むのが怖くて思い切り咳ができず、却々胸の奥にある痰を喀出《かくしゅつ》できなかった。それで父は、「傍に居るのがお母さんだと甘えてしまって、思い切って咳ができないから、看護婦さんを呼んで来てくれ。」と言った。そしてそう言いながら、父がエヘンエヘンと弱々しく、ほんの形ばかりの咳払いをするのを見て、私はつい正直に「お父様、情けないわね。」と思った通り言ってしまった。すると父は忽ち凄い形相になって私を睨み付け、「お前は帰れ！　もう来るな！」と激しく怒鳴りつけた。これには私も口惜しくて我慢できなくなり、「ええ帰るわよ！　二度と来るもんですか！」と捨て台詞《ぜりふ》を吐いて、部屋を飛び出した。

長年、私には上からものを言うのを当然にしてきた父が、口惜しかった気持はわかったが、そんな怒鳴られ方をしたら、益々父が小さく見えてしまった。それに「情けない」という程度の自尊心を傷つけられる言動なら、それまで父から数え切れない程とられてきていたから、私もさすがに26になって、そういう言動を親が取るのは許されるが、子が取るのは許されないなどという主張は、とても認める気になれなくなっていた。それに結局言わなかったものの、この時ばかりは「誰の御蔭でこの病院に入れたと思ってるのよ！」という言葉が、喉元《のど》まで出かかった。

またもう一つ、父を情けないと思わされる出来事があった。やはり一般病室に戻って間もなくの頃で、父は私に「寝る前に痛み止めの注射を打って貰って、気持よく寝られるのが楽しみだ。」と言った。その注射はペンタゾシンという準麻薬系の薬で、東大小児科で研修していた頃、白血病末期の５歳の女の子がこの薬の依存に陥って、１日に何度も「ねえ、ふわっとするお薬打って。」と受持医にせがんでいるのを耳にしていた私は、父の言葉を聞いてぞっとしてしまった。それですぐに「父にペンタゾシンを打つのはやめて下さい。」と、看護婦さんを通じて受持の先生にお願いした。

そして「二度と来るものか」と言って帰った私だったが、実際はその後も何度も父の見舞いに行った。５時に府中病院の仕事が終わってから、新宿河田町の女子医大まで結構頑張って行ったのだが、それにもあまりいい思い出は残っていない。

父の見舞いの時、私はＪＲ新宿駅で『チキン弁当』という駅弁を買って行った。鶏の唐揚げにケチャップ御飯が付いていて、当時私が好きなものだった。１年持たないだろう父と一緒に夕食をとるのも、貴重な機会だと思って行った。しかし父は私が行っても、「おう。」と言うだけで、「よく来てくれたね。」とも言わなければ、嬉しそうな笑顔も見せなかった。そして一緒に食事をしながら、どうということもない話をして帰ったのだが、何と家に帰った後で、母から電話で「『真実は俺が好きな物を買って来て、俺の前で一人で食べて見せる。』って、お父様が言っていたわよ。」と言われてしまったのである。これには、何か他に言うことはないのか、またかという気持になった。

父が「俺が好きな物」と言ったのは、勿論チキン弁当のことだったが、それなら他にどうすればよかったのか。当時の父は今の私と同じように、好き嫌いはほとんどなかったから、私が何を持って行ったとしても、「俺が好きな物を一人で食べる。」と言われる結果になっただろう。確かに父は胃癌の手術の直後で、病院から出されるものしか食べられず、しかもそれはけして美味しそうではなかったから、気の毒だったと思う。しかしそれなら、私は自分は何も食べずに、父が不味い病院食を食べるのを傍でじっと見ていれば、優しい娘と思われたのか。随分細かいことが一々引っかかるものだなと、思われるかもしれない。確かに母が電話でその話をした時、笑い混じりの調子だったから、もともとの父の話も、冗談っぽい調子のものだったのだろう。それでも私は嫌だった。

それは、一生懸命やった好意の部分は少しも喜ばれず（実際には多少喜んでいたのかもしれないが、それを表現されることはなかった。）、気に入らなかったことに対してケチだけを付けられたからである。誰だってそういう反応をされて、嬉しい人間は居ないと思う。特に私の場合、それまでの26年間、父からも母からもこれと同じパターンの反応を、圧倒的に多く繰り返されてきて、僻みで凝り固まっていたから、母から「俺の前で一人で食べて見せる。」という父の言葉を伝え聞いた時、〝ああまたか〟と頭に血が上っただけでなく、また「お前は人間性が卑しい。」と嘲られたとさえ感じてしまったのである。

そもそも私が父と一緒に弁当を食べられたのは、父が個室に入っていたからだった。女子医大は差額ベッド料が高く、単にトイレが付いた個室というだけで、1日2万円も取られた。これはけして金持ちではなかった我が家には、大きな負担だった。だが、私が母に50万預金を下ろされたと話した時には、「それは良くない。」と言った父も、病室に関しては、当時会社で常務になっていたことを意識してだろう、会社の人が見舞に来た時に体面を保ちたいというのが主たる理由で、個室に入ることを強く希望した。その気持はわからなくもなかったし、多分1年以内に亡くなってしまう親なのだから、できるだけ希望通りにと考えたものの、自分の親が体面に強く拘《こだわ》る人間だということは、私自身の価値観が理由で、私にはあまり嬉しくなかった。

そして入院中、実際に会社の人達が、随分見舞に来て下さった。その中には社長さんなど、上役の方もいらしたようだが、たまたま私が病室に居た時に、労働組合の幹部の人達が2、3人見えたことがあった。役員である自分の所に、そういう立場の人達が来てくれたのは、自分が人として信頼されているからだと、父は甚《いた》く喜んだ。私は本当のところはわからないから、へえ、そうなのかなと思った。

とにかく父は、会社の人達が来ると、満面笑みで喜びを表し、言葉でも強く感謝の気持を表した。私達家族に対してとはえらい違いだった。家族に対しては気を遣わないというところは誰にでもあるかもしれないが、父の場合極端すぎた。何だか家族に対しては、有難うと言ったり、嬉しい笑顔を見せたりするのは許されないとでも思っている風だった。だからこの時ばかりは、「お父様は会社の人達ばかりが大事」と母が僻《ひが》むのが、少しわかる気がした。

話がちょっと、この時点より後のことになるが、その後だんだんと、父は他人に対しては限りなく優しく、家族に対しては限りなく厳しい人であることがわかってきた。他人はみんな善い人で、家族だけは極悪人と決めて掛かっているんじゃないかと思う位、家族に対しては酷かった。父は、虐めてストレス解消する為に家族をもうけたのではないかと感じることさえ、しばしばあった。

その例を話すと、父はこれ以後次第に病弱になっていき、特に70を越えた頃からは、様々な病気で頻々《ひんぴん》と入院を繰り返すようになったのだが、そんな折、私は何度も、自分の医者としての眼から見て、このまま受持の先生に任せておいたら、父の命が危なくなると感じさせられることがあった。そんな折、勇気を奮って受持の先生に意見すると、折角一生懸命やってくれているのに失礼だと、私の方が咎められた。私の方が医者として経験年数が長いし、家族の命が懸かっている時なのだから、話を聞いて貰っても罰は当たらないと言っても、お前は家族なんだから言いたいことは我慢しろと、憎しみを込め、怒鳴られた。これには本当に立つ瀬がなかった。そのすぐ後で、やっぱり言って貰ってよかったと父に言われたが（と云っても、母を介して間接的にである。）、その時にも有難うとか、怒鳴って申し訳なかったという言葉は一切なかった。そしてまた次に同じようなことがあった時には、また同じように怒鳴られることの繰り返しだった。

そしてもう一度、手術の頃の話に戻る。父は'84年1月、府中病院に検査に来た時、私の上司の小児科の医長に会って、話をした。親として挨拶をというニュアンスだったようだが、何を話したのかは知らない。だが、その直後に医長が、「お父さんは医者の世界のことをどの位知っているのか、わからないけれども」と、不快そうな表情で私に言ったことが、強く記憶に残っている。

父はそれ以後、「娘にはこういう人生を送らせたい。」という調子の話を、他人にすることが多くなった。だからこの時も、丁度女子医大の心研に行くことが決まったばかりの頃だったから、「娘には医者として、こういうコースを歩ませたい。」という趣旨の話を、医長に対してしたのではないかと思う。ところがそれが、長年医者の世界で生きてきた医長にとっては、まるっきり見当外れの話だったに違いない。

これもその後徐々にわかっていったことだが、父にはまるっきり自分が門外漢の領域のことについても、正しい知識に基づかない勝手な想像をして、さもそれが動かぬ事実であるかのように、自信たっぷりに他人に話して聞かせる癖があった。例えばこの直後に、どこで聞いてきたのか「女子医大には○○会病院という関連病院があるから、心研に行ったらそこ辺りにアルバイトに出されるんじゃないかな。」と父に言われて、いざ心研に行ってみたら全く違うことがわかり、あれ、と思った辺りから、父のこの悪い癖に気付かされ始めた。後日私が内科医に転向してから、私の外来に患者として来るようになっても、父は自分の勝手な当て推量で自分で診断を着け、あの検査をしろこの薬を出せと私に命令してくる有様で、この「その自信の根拠は何？」と訊きたくなる自信過剰ぶりには、未だに閉口させられている。

父が退院して間もなく、私は性懲《しょうこ》りもなく両親に旅行をプレゼントした。勿論父がもう長くはないと考えてのことで、それまで両親は海外に行ったことがなかったから、最初は海外に行くことを勧めた。それに対して最初の内こそ父は、「南十字星を眺めに行くのもいいなあ。」などと、勿体をつけた言い方をしていたが、じきに「静養に行くんだからね。ハードスケジュールは駄目だからね。」と、私に説教するような言い方をするようになった。「折角だけど、まだ体力的に自信がないんだよ。」と言われるなら理解できたが、他人のお金で行かせて貰うのに、何だその偉そうな言い方はと、私は猛烈に腹が立った。しかし〝もう長くはない人なんだから〟と自分に言い聞かせることで、必死に我慢した。

結局、両親は２泊か３泊くらいで伊豆に行った。それでも宿はいい宿を選んだから、結構お金はかかった。何でも修善寺の、川端康成が『伊豆の踊り子』を執筆した宿に泊まったと聞いた。しかし帰宅してから母は、

「私がちょっと中座している間に、宿の人が『御案内しましょう。』って来て、お父様はさっさと一人で見に行っちゃったから、結局私は『伊豆の踊り子』を執筆した部屋は見られなかったのよ。」と嘆き、この件について「お父様って人はそういう人なんだから」と嘆く話は、その後も母から何度も聞かされた。

父は、手術後暫くの間は禁煙していたが、数カ月経つと、また母の居ない所で煙草を吸い始め、あっという間に元のヘビースモーカーに戻ってしまった。それを知ると母は、「洋（私の弟）が居るのに、また煙草に手を出すなんて、愛情のカケラも感じられない。」と、父を激しく詰《なじ》った。確かにこの頃から、肺癌だけでなく、胃癌をはじめとする他の臓器の癌も、多くのものが喫煙により発病率が上がることがわかってきていたから、母の怒りはわかった。その上当時の父は、「優等生にはなりたくないな。」とわざとらしく笑って言って、自分は一度癌になった位で怖じ気づくような人間じゃないぞとばかり（'84年の秋頃には、父も自分が癌だったと知っていた。これについては私に責任があったが。）、自分を大きな人間に見せようとした。私は父の、そういうもって回ったカッコつけが鳥肌が立つ位嫌だったから、余計母に共感した。

結局、父は73歳の時にCOPD（慢性閉塞性肺疾患）という診断が着いて、この病気の為に見る見る体力を弱らせたし、80歳で肺癌が見つかって手術したから、そんなくだらないカッコつけと引き代えに、わざわざ余計な苦しみを背負い込んだ父は、非常に愚かしかったと言っていいだろう。

しかしこの件に関しても、私は母に全面的に共感した訳ではなかった。確かに言葉の表面だけを聞けば、母の言った通りだったが、母の場合、冷静に客観的に見てそれが正しいから、その人の為になるから勧めるというよりも、それが自分の気に入るから勧めるという、自分のまわりの人間を自分の思い通りに操縦したがる傾向の方が圧倒的に強くて、私もさんざんその被害に遭ってきたからである。

特に煙草に関しては、「あのバアサン」と呼び通した姑が吸っていたということで、何よりその個人的感情から、世界一煙草を憎んでいたと言っていい。それで深い付き合いのない他人が相手でも、煙草を吸う人の傍に行った途端、母がこれ見よがしに顔を顰《ひそ》め、顔の前で煙を払う動作をして見せるのが、私は凄く嫌だった。私は母の嫌な面、だらしのない面を沢山知っていたから、確かに煙草は悪いものだけれど、煙草を吸うというだけで、その人が全部悪いという訳ではないだろう、煙草を吸わない人の中にも悪い人間はいっぱい居るだろうと、母にはずっと言いたい思いを抱えてきた。要するに父の煙草の問題に関しては、父も母もどっちもどっちだと感じていた。

このように、26歳当時の（一部はそれ以後のものも含む。）、私の両親に対する思いを集中的に書いてきたが、あまりにも嫌なことしか思い出さないのが、自分でとても寂しいし、異常だな、と感じる。私はもともと他人の欠点ばかりが目に付いてしまう、嫌な人間だったのかもしれない。

しかしもう一つ、それまでに信頼関係を築きそこなった親子の場合、日頃平穏な関係を保っているようでも、新たにちょこっと親から嫌なことを言われただけで、その度に関係は何倍、何十倍とどんどん悪化していくという、普遍的な現象が存在するのではないかという気がしている。

そして私の場合、両親との間に信頼関係を築けなかった原因は、まず一つは乳幼児期に、自尊心の一番基礎になる、〝自分は生きていてもいい人間〞だという、自身の存在についての最も基本的な自信を、母親から獲得させて貰えなかったことであり、次は学童期以降、父親から自尊心を完膚なきまで引き裂かれる言動を、繰り返しとられたことだったと感じる。他にも幾つかのことを書いてきたけれども、今は省略したい。

とにかくその上に、前述のような関係の悪化が繰り返されて、26歳の頃には、私と両親との精神的、感情的な関係は、既にすっかり救いのない状態になっていたと言っていい。

しかしそれでもまだ私は、やや言い方が辛辣になるが、自分の両親は所詮これだけの詰まらない人達と見切りをつけて、切り捨ててしまうことができなかった。基本的な自信も自尊心も、両親から与えられ損った為に、遅れてでも何とかそれを与えて貰いたくて、一方で詰まらない人達と思いつつ、両親への執着が断ち切れないというジレンマが続いてしまったのだと考えている。

それから間もなく、女子医大に行った直後に、私は本格的に精神の病を発病するのだが、発病の契機は職場の環境にあったものの、それはさして重要ではなく、私の病気の根本原因は、間違いなく病み切った親子関係にあった。それで、発病直前の両親との感情的関係について、かなり克明に書かせていただいた。

そして父の胃癌が私の転落の原因になった理由は、もう一つあった。それは、父がもうすぐ死ぬかもしれないことを思っての辛さや、不眠を軽減させる為に、アルバイトに出た先の病院で、精神安定剤（抗不安薬）や抗うつ薬、睡眠薬を、自分で処方して飲むようになったことだった。'84年というこの時期、医者が勤め先の病院で、自分で自分に薬を処方するということは、極く当たり前に行なわれていたし、抗不安薬、睡眠薬の大部分を占めているベンゾジアゼピン（BZ）系薬剤が持つ、依存性や、精神を荒廃させる弊害については、全くと言っていい位知られていなかった。少なく共私は、医学関係の印刷物でそうした情報を目にしたことがなく、全く知らなかった。だから全く罪悪感も不安もなく、そうした薬を処方して飲むようになり、飲み続けてしまった。そしてこれが私の転落の、直接の最も大きな原因になった。

第９章

女子医大・心研の時代

✺初めて精神科の患者になり、閉鎖病棟で拘束される

それではいよいよ、私が初めて本格的に精神の病を発病した、女子医大の心研の時代の話に移る。

要するに、ここでの生活は身体的にも精神的にも非常に苛酷で、私はそれに耐えられなかった。それが直接の契機になって、私は〝うつ病〟を発病した。

私の心研での生活は、'84年5月に始まった。ここに私は「医療錬士」という身分で入った。これは概《おおむ》ね研修医と同じだったと言っていい。

心研は、循環器外科、循環器内科、循環器小児科の、３つの科に分かれていた。私が入ったのは勿論、循環器小児科だった。医療錬士を志望する条件は、循環器外科と循環器内科は、その春医学部卒業予定の学生から可能だったが、循環器小児科だけは、卒業後最低2年間、一般小児科の臨床経験があることが条件になっていた。だから私の場合、その条件をぎりぎり満たして入ったということだった。

まず厳しさは、給与面に現われていた。基本給が月4万5千円で、1回病院に泊まる度に当直料として3千円が加算されるきまりになっていた。これに週1回、まる1日ずつアルバイトに出ることが許されていて、これが1回どの位貰えていたか忘れてしまったが、仮に6万だったとして月24万で、それまで合わせれば、月の手取りが20万足らずだった府中病院の時代に較べて、経済的には恵まれていた筈だった。従って、基本給4万5千円というところが、あまりにも人間扱いされていない感じがしたものの、お金を使っている時間がなかったこともあり、この時代、経済的に困窮したという記憶はない。逆に裕福になったと感じた憶えもないが。

次に苛酷だったのは、勤務時間だった。心研の仕事は、毎朝7時20分頃始まった。それは、当時の所長が毎朝7時半頃、出勤してきたからだった。だから新人は全員、それ以前に出勤していなければならないという、古い精神主義的な不文律が、当時、心研の組織全体を支配していた。私は心研に入っても、国立《くにたち》のマンションから引越さなかったから、通勤には片道1時間かかり、毎朝6時過ぎに家を出なければならず、起きるのは5時ということだった。

そして帰りはと云うと、たとえ家に帰れる日でも、心研を午後10時より前に出られることはまずなく、帰宅は大体午前0時頃になった。つまり家での睡眠時間は、せいぜい4時間だった。

更に週の内半分は病院泊まりで、家に帰れなかった。受持の患児が手術した夜は、新人は事実上、病院に泊まることが義務づけられていて、それに患児の容態が悪くなって泊まる場合を合わせると、週に少なく共3日は泊まりになった。「泊まる」と云うと聞こえがいいが、実際にはICUで〝寝ずの番〟で、一睡もできなかった。その患児に関わる小児科の医者と外科の医者が、計7、8人、患児のまわりを取り囲んで、人間モニターよろしく眠気に耐えながら、一夜を明かした。時間毎に交代するというやり方はとらず、全員揃ってひと晩起きているという、実に非能率的な慣習だった。

更に、心研の勤務は「月月火水木金金」で、日曜も祭日も必ず一度は出て来て、受持患児を全員診察し、カルテを書くことが義務づけられていた。

また週1回のアルバイトの日にも、アルバイト先に行く前と行った後に心研に出勤して、受持患児全員の診察とカルテ書きが義務づけられていた。受持患児の数は7、8人と、さほど多くはなかったが、それでもアルバイトの日の前後のノルマは、しんどく感じられた。アルバイトの日に受持患児が手術に当たっていたり、急に容態が悪くなったりすれば、アルバイト先から戻った後、そのまま心研に泊まらなければならなかったし、もしその日、新しく患児が入院してきていれば、その児の経過や病状を、1から把握しなければならなかった。

このように、心研の仕事は、正に〝タコ部屋労働〟だった。幾ら小児の心臓疾患の診察をしっかり身に着けたいという志があっても、ここまで眠らず、休まずで仕事場に縛り着けられると、すべてが〝○○しなければならない〟という感覚になってしまった。身体がくたびれきると同時に頭も働かなくなってしまい、日々の診療体験から貴重な知識を学び取る余裕もなくなった。

私にとっては、長すぎる拘束時間だけでも精神的に拷問で、入ってから2カ月も経つと、ただただ病院の壁が見えない場所に行きたいということだけが切実な願いになってしまった。当時の心研の所長はアメリカ仕込みなので、心研のシステムはアメリカ的だと聞いて入ったが、アメリカではここまで人間の心身の力の限界に全く配慮しない、非合理的なやり方で医師の研修を行なうのか、アメリカに留学した経験のない私にはわからなかった。私には寧ろ、古い封建的な日本の軍隊や運動部の〝しごき〟に近いように感じられてならなかった。

三つ目に心研で苛酷だったのは、人間関係の悪さからくる精神的ストレスだった。心研には全体に癖の強い、取っ付きにくい人が多かった。先述のように心研は、日本の循環器医療の最先端の機関として、押しも押されぬ権威を誇っていたから、医療錬士は全国の大学の医局から、将来は循環器の分野で優秀なエキスパートになることを期待された人達が集まってきていた。だからその分、彼らは全般に野心とライバル意識が強く、プライドが高かった。もともと周囲と友好的にやったり、下を優しく指導したりする性質の人達ではなかった。それに加えて、先述の〝タコ部屋労働〟が誰にとっても相当な負担で、みんな不機嫌になるのが自然の成り行きだった。それでも当時の循環器小児科の錬士の人達の多くは、大体3年の〝徒弟奉公〟を無事務めて自分の大学に帰れば、それだけで相当に医局の中での地位が上がることが保証されていたようで、それを心の支えに、毎日不満や愚痴をこぼしながらも、我慢して頑張っていた。

更に、そういう全体的な悪条件に加えて、私には個別的な悪条件もあった。それは、最初に一緒にチームを組んだ、すぐ上の先生と、性格的に極めて合わなかったことだった。

そもそも循環器小児科では、3人1組でチームを作って、患児を受け持つシステムになっていた。その構成は、1番上が心研で経験が3年目以上の医師、真ん中が心研2年目の医師、そして一番下が1年目の新米と決まっていた。ところが私の場合、同じチームのすぐ上の2年目の先生が、地方の国立大学出身で、私より2、3歳上の男性だったのだが、この人がとにかく、こすっからくてせせこましい、小姑のような人だった。自身はやはり、心研で3年辛抱して自分の出身大学に帰り、そこで出世することだけをひたすら楽しみにして心研に居たから、何かにつけ小手先の器用さで、自分はこんなにテキパキ仕事をこなしますよとアピールする、スタンドプレーが目立つ人だった。だからそれに気付いた先輩の先生の一部からは、逆に反感を買っていたが、そんなことにめげてはいなかった。

　そして、下に付いた私に対しては、最初から「新入りが来たら、雑用を全部任せて楽になれると思って、楽しみにしてたんだよ。」と露骨に言って、私のやること為すこと一つ一つに、一々細かく文句を付けてきた。今「雑用」と書いたけれども、新入りは正に〝雑用係〟で、毎日のルーチンワークの中で大きなウェイトを占めたのは、採血や検査伝票貼り、定時・臨時の処方書きなどの雑用だった。そして、これは後から説明する積もりだが、心研の仕事はそれまでの東大、府中に較べて、種類も量も爆発的に増えて、目が回りそうだった。だから一つのやり落としもしないというだけでも、非常に緊張を強いられた。

　そんな中、件《くだん》のすぐ上の先生から、〝スピード〟を強く求められた。例えば検査結果が返って来たら、〝逸《いち》早く〟カルテに貼ることを求められた。所定の棚に検査結果が返って来ているのに上の先生が先に気付くと、彼が先に貼ってしまい、私が貼ろうと思って棚を見た時、「もう貼っといたよ。」と言われた。これは、「その仕事はあなたの仕事」と彼にはっきり言い渡されていた私には、「愚図」と言われた気がして、非常に応えた。また彼からは他にも、「先生は東大出で恵まれているけれど、僕は地方大学だから。」だの「先生は学生さんみたいだね。」だの、かと思うと「先生は医者になって3年目？……丁度自分に自信が着いてくる頃だね。」だのと、何かにつけ嫌味なことを言われた。一緒に患児を診察した時、患児の診断や病状について質問してきて、私が正しく答えられないと、「そんなこともわからないの。」と言わんばかりの言い方をされた。

また、私は心研に移ってからも、府中の終わりの頃アルバイトに行き始めた病院に、引き続き週1回行っていたのだが、これについても〝小姑〟の彼から、心研から紹介されるアルバイト先にかわるようにと、強く求められた。その理由は「緊急の時に連絡が着きにくいから」ということだったが、バイト先の電話はちゃんと知らせてあったから、そんな筈はなかった。またその要求は、心研の他の先生からされることは全くなく、彼一人が強く言ってきた。私は、両親に似た不必要な規制に反発を感じて、彼の指示には従わなかった。

また、帰りが遅くなるから、心研から歩いて通える範囲の所に引越すようにとも、繰り返し要求された。私だってできればそうしたかったが、まとまったお金も要ることで、そう簡単にはいかなかった。また次第に神経が追い詰められてくると、大変でも国立まで帰るのが心の救いになって、益々引越したくなくなり、これも彼の指示には従わなかった。

また、受持患児の手術の終わった夜、7、8人の医者が患児をぐるっと取り囲んで、ICUで寝ずの番をするという、極めて非能率的な習慣についても、これも当時の心研の不文律の一つで、大体どの1年目の医者にも同じように義務づけられていたと思うのだが、私のすぐ上の先生は、更にその上彼個人の意志で、私にこの「寝ずの番」をやることを、強く要求してきた。その理由は「自分が寝ている間に患児に急変が起きて、それに対応する場に自分だけ居合わせなかったら、貴重な経験の機会を逃して、周囲に遅れをとるから」というもので、もっともな感じもしたけれども、如何にも彼らしくこせこせしていた。そして、週の内半分が徹夜、残りの半分が4時間睡眠では、とても長くは持たないと思いながらも、彼に逆らうことができなかった。それは貴重な経験の機会を失っては困る、自分の評価が下がっては困ると、本気で心配したからである。

では当の彼はどうしていたかと云うと、適当に２、３時間ＩＣＵを中座して、当直室に寝に行っていた。それが〝２年目の特権〟だったのかどうかはわからないが、自分の経験からの勘で、これから２、３時間はまず何も起こらないだろうと踏んだ上で、そうしていたものと思われる。

そして、この先生との関係がどうにもならないことが決定的に表面化したのは、入ってから暫くして、循環器小児科の先生方が新人歓迎コンパを開いてくれた時のことだった。

忙しい心研のこと、心研から程近い店で開かれたコンパは、短い時間でお開きになり、その後、新人も先輩も参加者はほぼ全員、多少のアルコールは入っていたものの、心研に向かってぞろぞろと歩き始めた。そして赤信号で立ち止まった時、私は、どうしようもなくバカなことをしでかしてしまった。その先生との関係がうまくいかないことをずっと苦にしていた私は、勿論その先生のことは嫌いだったが、何とかもう少しうまくいかせられないかと思い、戯れに、その先生の右腕に自分の左腕を絡ませたのである。仕事場から離れた場所でのそういう冗談が、関係改善の契機になってくれないかと期待してだった。ところがその先生は、「うるさい！」と怒鳴って、私の腕をさも汚ないもののように、力任せに振り払ったのである。

世の中には本当に合わない人というのが居るもので、私もそうだったけれども、この先生の方も、私のことが何から何まで生理的に嫌だったのだろう。それにしても、その場面を他の多くの循環器小児科の医師達が見ていたから、私は完全に立場を失くしてしまった。そしてその後もかなりの間、その先生の下で働き続けなければならなかったから、これ以上ない程の地獄だった。

このように、人間関係のストレスで十分すぎる位追い詰められていた上に、心研の仕事は多忙を極めていたから、私の神経は入って3カ月余りですっかり参ってしまった。

前に、採血、検査伝票貼り、定時・臨時の処方書きのことを書いたけれども、他に受持患児の回診、カルテ書き、点滴の内容や速度の指示、酸素の吸入量の指示、次に行なう検査の指示、その日に撮ったレントゲンや心電図を読む仕事などがあり、それらは東大や府中でもやっていたが、受持患児の人数が2、3人から7、8人に増えただけでも、かなり応えた。そして心研では、前の日の尿量から、その日に口から飲んでいい水分量を細かく指示するやり方が、それまでになく独特だった。

また受持患児の手術や心臓カテーテル検査も連日のようにあって、それらにはすべて入らなければならなかった。また心カテの後、その結果をカンファランスに出せるよう報告書にまとめる仕事も、新人のデューティーだったし、カンファでは心カテの結果だけでなく、患児の年齢、身長、体重、聴診、レントゲン、心電図、心エコー、血液ガス分析の所見、一般血液検査の結果など、患児に関する沢山の情報を、すべて決まった順番で整然と報告しなければならなかったから、要領の悪い私はこれを落度なくこなす為に、準備に非常に時間がかかってしまった。日曜日に出勤して、患児の回診を終えた後にしか、それをやる時間がとれないことが多かったから、日曜日も朝から夜まで、心研に居ることが多かったのである。

皮肉なことに、唯一やらなくてよかったのは、一番やりたかった心エコーだった。それは勿論、新人には手を出すことが許されていなかったということである。とは云え、心カテの報告書やカンファの準備などの仕事は、ある程度のゆとりを持って取り組めば、随分勉強になったと思う。しかし寝不足でくたびれ切った頭では、ただこなすべき苦役でしかなくなってしまい、勿体なかった。

そんな訳で'84年の7月の末か8月の初め頃、つまり心研に入って丁度3カ月後位に、私の心身に明らかな変調が現われ始めた。

まず変調が現われたのは身体だった。水分を摂っても摂っても尿が出なくなり、身体にぼってり水が溜まって、重くて仕方がなくなった。試しにラシックスという利尿剤を1錠40mg飲んだら、その後1時間の間に十数回トイレに行き、体重が一気に4kg減った。これには、カロリーはけして多く摂っていないから、太った筈はないと確信していた私も、びっくりさせられた。

それで腎臓でも悪くなったかなと思い、丁度その直後に数日間、夏休みをとらせて貰えたので、それを利用して、同じ女子医大の中の腎臓内科を受診した。そしてそこで「クレアチニン・クリアランス試験」という腎機能検査を受けた処が、正常は91～130ml／分のクレアチニン・クリアランスの値が60台と、「腎機能中等度低下」に当たる数値が出てしまった。

しかし結局、当時40代位の腎臓内科の女性の先生が私に着けてくれた診断は、「特発性浮腫症」だった。これは、腎臓のみならず、心臓や肝臓など、むくみの原因になり得る重要臓器には何の障害もなく、精神的に過敏で抑うつ傾向のある、中年以降の女性に起こり易い、原因不明の浮腫（むくみ）を指す。この診断は正しかったようで、私は50代になった今も、この病気の症状に悩まされている。つまり家に居てリラックスしていれば大丈夫なのだが、外に出て仕事をしたり、慣れない人と会ったりして、精神的に緊張を強いられると、覿《てき》面に、飲んでも飲んでも尿が出ない状態になり、この病気のもう一つの診断基準である「朝と夜の体重差が1・4kg以上」を忽ち満たすようになってしまう。これは本当に全身が重だるくなって辛い。

恐らく精神の病と同じように、先天的、後天的な悪条件から得てしまった病なのだろうと思うが、我ながら何て気が小さいんだろうと、口惜しくて仕方がない。心研に居た当時は、腎臓の先生から、適宜利尿剤を飲んで対応して構わないと言われたこともあって、そうしたが、最初は1錠で画期的な効果を上げた利尿剤が、じきに2錠飲んでも3錠飲んでも効かなくなってしまった。それで現在は、全く利尿剤は飲んでいない。休みの日にリラックスすれば、自然に尿が出るようになり、体重が元に戻るので、それで我慢することにしている。


次に現われた身体の変調は、慢性的なひどい睡眠不足から、仕事中、立ったまま眠ってしまうようになったことだった。一番困ったのは、心カテの最中に、度々眠り込むのを抑えられなくなったことだった。心カテ室に入っても、カテーテルの挿入や操作を任されることはなく、ほとんどただの見学に近かったのだが、それでも心カテの最中に立ったまま数秒でも眠れば、患児の上やカテーテル操作をしている術者に向かって倒れ込んで、手元を狂わせたり術野《や》を不潔にしたりする危険があった。それは下手をすると患児の命にも関わるので、絶対に避けなければならなかった。

それで私が最初にとった対策は、自分の手で自分の身体のあちこちを強くつねって、痛みで目を醒まさせるというやり方だったが、つねってもつねっても、本当に眠い時には寝入ってしまい、これでは全然不十分だった。

それで次に私が思い着いたのが、上手く睡眠や仮眠をとって、居眠りの根本原因である睡眠不足を解消するやり方だった。そこで一番に思い浮かんだのが、自分でジアゼパムを静注することだった。そしてこれこそが、私が転落の階段を転げ落ちる、直接の契機になった。

このやり方を思い着いたのは、前に書いた通り、それより2年前の東大小児科の研修医時代、多忙で精神の緊張が続いて、眠りたくても神経が昂《たかぶ》って眠れなくなってしまった時に、心臓班の先輩の先生2人にジアゼパム10㎎（1筒）を静注して貰い、瞬時に入眠できて、その後1、2時間熟睡し、寝て起きた後はとても頭がすっきりして、その後は非常に調子よく仕事を運べて、とても助かったという経験があったからだった。心研での状況のように余程追い詰められることがなければ、二度とそんなことをしようとは考えなかったと思うが、現実に極限にまで追い詰められた私は、〝そうだ、あれだ〟と考えてしまった。当時アルバイト先の病院で、ジアゼパムの経口薬を処方して持っていたと思うのだが、経口薬では効くまでに時間がかかってしまうので、現実に睡眠不足を解消する為には、寝たい時にすぐ眠れる注射薬でなければ役に立たないと考えてしまった。

丁度そんな折、私は患児に使った残りのジアゼパムが1㎎位入った注射器を仕事場で目にして、あとは捨てるしかないものだからいいだろうと、勝手に貰って来て、医局で自分の左腕の血管に、初めて注射した。心研の他の医師達が沢山見ている場所でだったが、小児循環器の医療現場ではジアゼパムが汎用されていたし、また先述の通り、ジアゼパムをはじめとするベンゾジアゼピン（ＢＺ）系薬剤について、依存症や人格荒廃などの深刻な弊害が、まだ医者の間でもほとんど知られていない時代だったから、罪の意識も人目を憚《はばか》ろうという気持も、全くと言っていい程起こらなかった。

そのジアゼパムの効果がどうだったかと云うと、さすがに1㎎と少量だったので、すぐに眠れるという訳にはいかなかったけれども、頭の中で逆立っていた沢山の神経が、秋風に吹かれて一気にサーッと寝かされたように、気分が落ち着いて穏やかになった。本当に楽になったから、またしても〝これだ〟と思ってしまった。

それで私は間もなく、心研からジアゼパムの注射液と小さい注射器を数本ずつ、自宅に持ち帰るようになった。そして深夜になっても運よく家に帰れた日には、すぐに寝着いて、寝ていい時間を残らず睡眠に充てられるように、ジアゼパム1筒（10㎎）を静注して横になった。また日中心研に居た間にも、たまたま少し仕事の空き時間ができて、休憩室で仮眠がとりたくなった時に、一度だけ、ジアゼパムを1筒静注した記憶がある。全く悪いと思わない訳ではなかったが、安全に仕事をする為、仕事を続かせる為に、これは必要悪なんだと自分に言い聞かせていた。

しかし、そうやって身体の変調を改善する為の対策を精一杯とったにも拘わらず、事態は益々悪い方向に進んでいった。次には精神的な著しい不調が現われた。

朝目が覚めて、起き上がって、さあ仕事に行かなければと仕度しようとしても、洗面や着換えと云った何でもない筈の行動が、どうしてもできなくなってしまったのである。これは、うつ病の代表的な症状の一つである、「精神運動制止」と呼ばれる症状だった。

これが私の最初の、本格的な精神の病の発病で、この時点での病像は、純然たるうつ病（中でもその中核群の〝内因性うつ病〟）と言ってよかったと感じる。勿論その基礎には、17歳の時に発病していた「境界性人格障害」が、明らかに大きな原因として存在していたのだが。

別に身体に麻痺がある訳でもないのに、何故そんな簡単な行動ができないのか、自分自身がうつ病になった経験がない人には、幾ら言葉で説明されても、極めてわかり辛いと思う。しかしそれでも敢えて、私なりに言葉で説明させていただくと、この「精神運動制止」の症状が強い時には、例えば着換えなければと思って服に片袖通しただけでもう、頭の中でわーっと砂嵐が巻き起こったように、猛烈に苦しくなってしまい、両腕で頭を抱えて蹲《うずくま》らないと耐えられず、どうしてもそれ以上動作を続けることができなくなる。そしてやっと落ち着いて、次に残りの片袖を通せるようになるまでには、10分も20分も休まなければならない。そんな訳で、起きてから2時間かかっても着換え一つ終えられず、私はどうしても仕事に行くことができなくなってしまった。

「頭の中でわーっと砂嵐が巻き起こったように苦しい」という所は、「頭全体が灼け着くように苦しい」、或いは「頭の中で歯車がぎしぎし軋《きし》むように苦しい」と言い換えることもできる。いずれにしても、この「精神運動制止」の症状の体験を通じて、私は、人間は着換えや洗面など、頭なんか全然使わずにできると思っている行動をしている時でも、実は無意識の内に、脳のあちこちの必要な部分が小刻みに働いてくれているからこそ、そうした行動ができていたのだと、身体の感覚で実感することができた。

精神全体のエネルギーレベルが著しく低下した「うつ病」の状態になると、脳が、大してエネルギーの要らない小刻みな働きまで止めてしまう為に、普段なら何でもない行動ができなくなる、「精神運動制止」の症状が現われるのだろうというのが、私の実感だった。今でもこの感じ方は変わらない。一般の人にわかり易くする為に、この症状について「やる気が出ない」という言い方をすることも、しばしばあると思うが、うつ病の人の「精神運動制止」は、健康な人の「やる気が出ない」とは、まったくレベルの違う、異質なものである。だから簡単に「やる気が出ない」の延長線上で考えて叱咤激励などすると、患者を自殺に追い詰める危険が高い。

さて話をもう一度、心研の頃のことに戻す。私に精神運動制止の症状が現われるようになったのは、心研に入ってから約4カ月後の、'84年8月末頃だったと思う。そうなると、先程も書いたように、実際に仕事に行けないことが出てきて、一度か二度無断欠勤をしてしまった。

それが無断欠勤になったのは、どうしても心研に欠勤を届ける電話が掛けられなかったからだった。そして電話が掛けられなかった原因は、病気の症状そのものと、私の罪悪感とにあった。

まず一つ目については、「精神運動制止」に於いては普通なら何でもない行動ができなくなると書いたが、それが〝電話を掛ける〟という行動についても同じだったからだった。とにかく受話器を取るだけでもしんどい。掛けて、相手が出たとして、話すべき言葉が口からちゃんと出てきてくれるか、自信が持てなくて怖い。何しろ欠勤の電話どころか、症状が強い時には出前を頼む電話さえ掛けられなかったのだから。

そして二つ目の罪悪感についてだが、それは具体的には〝動けないのは意志が弱いから。仕事に行かないのは怠け、甘えだ。〟という思いだった。だから電話を掛けて「具合が悪いので休ませて欲しい。」と言うことが、自分で嘘のように感じられて出来なかった。この罪悪感も、結局の処〝自分は駄目な人間。できないのは自分が悪い。〟という方向に考えが否応なく流れる、うつ病の〝感情障害〟の症状そのものだったと感じる。

そしてもう一つ、この時期に私が罪悪感にとらわれた原因は、自分で自分を客観視できなくなっていたことにあったと感じる。私は大学の頃、自分がうつ状態にあると感じていたし、また'84年の1月頃、アルバイトの病院に通い始めてからは、同様の認識から自分で「ドグマテール」という抗うつ薬を処方して飲むようになっていた。しかし何故か、いざ、うつ病の症状が本当に深刻になったら、逆に自分がうつ病であると正しく認識できなくなってしまった。あまりに病状が進み過ぎて、精神全体の働きが低下して、自分の病状も含め、物事を客観的に認識する力が失われていたのかもしれない。

いずれにしろその結果、自分が動けないのは意志薄弱だからと感じて、病気の所為とは思わなかったから、例えば十分な期間仕事から離れて徹底して休息をとるというような、うつ病の患者に対して不可欠な対応が、自分自身に必要であると考えることができなかった。それで益々、欠勤届けの電話が掛けにくくなってしまった。

次に、一、二度無断欠勤をしてしまった私が、その後どうなったかについてだが、当然乍らそのことを通じて、私に精神的な問題が起こっていることが、心研に知られてしまった。その結果、心研の医局長の先生から「ここの精神科にいい先生が居るから、受診してみないか。」と勧められた。

この医局長は、当時循環器小児科の筆頭助手で、30代後半位だったと思うが、実は心研に入る前から、私にとっては心研の中で、最も憧れの先生だった。何故なら私が一番情熱を感じていた心エコー診断の分野で、知識面でも技術面でも当時の日本では、間違いなくこの先生が第一人者だったからである。しかし、いざ心研に入って直接お会いしてみると、いつもコチーンと冷たくて、取りつく島のない感じの人で、少なからずがっかりさせられていた。ところがその先生が私の不調を知って、それまでになく思い遣り深い調子で声を掛けてきてくれたので、私はとても嬉しくなった。そしてこの先生が冷たくなっていたのも、この先生自身、心研の苛酷な勤務環境に追い詰められてのことだったらしいと、後から窺《うかが》い知らされた。

が、その先生にジアゼパムの注射のことがバレてしまったのは、非常に調子が悪かった。医局の他の先生から、情報が届いたそうだった。従って、単に温かく声を掛けられて嬉しかったからだけでなく、不都合なことを知られてしまったという理由もあって、私は医局長の精神科受診の勧めを断ることができなかった。

そして最初の受診の時には、医局長に連れられて精神科の外来まで行った。医局長は、そこで彼の言う「いい先生」に私を引き会わせると、後はプライバシーの問題があると思ってか、すぐに心研に引き上げて行った。

紹介された「いい先生」は、当時50位、つまり私の母と同年代の、女子医大出身の女性医師だった。女子医大の精神科の中では、主任教授ではなかったが、教授の地位に居た。かなり美人で垢抜けしてきびきびした感じで、第一印象は良かった。そして私を安心させる為か、「ここの主任教授はあなたと同じ、東大出身の方ですよ。」と言った。この先生に最初にどんな話をしたか、詳しい正確な記憶はないが、当時心研の勤務が如何に苛酷で辛かったかと、幼い頃からの母親の精神の専制支配が如何に辛かったかを訴えたことだけは、はっきり憶えている。だから自分の精神に歪みが生じたのだと。

しかしそれから間もなく、私の二つ目の訴えについては、殆ど理解されていないことがわかった。それは二度目か三度目の受診の時に母が一緒に付いて来たのだが、この先生は母と暫く話をすると、私に「あなたはお母様が横暴だとおっしゃるけれど、とても話のわかるお母様じゃありませんか。世の中にはもっとわからない親がいっぱい居ますよ。」と言ったからである。これには本当にがっかりしたというより、口惜しくて怒り狂いそうになった。しかし今考えると、母は相手に応じて、自分を理想的な人間に見せる演技が極めて得意だったから（「演技性人格障害」と診断して間違いない。「ヒステリー」とも称される。）、きっと苦労らしい苦労を知らずに育ったのだろうこの先生が、コロリと騙されても仕方なかったかもしれないと感じる。

それでも私は、この先生の所に通院するのをやめなかった。それは、実質的にそれが心研に勤め続ける為の条件だったということも勿論あったが、それ以外に、この先生が新たに処方してくれた薬が、一時的にせよ著効《ちょこう》してくれたという理由もあった。その薬はアナフラニールという、現在でもよく使われている三環系抗うつ薬で、通常の使用量が一日50～100㎎の処、当時の私の場合、僅か一日20㎎で効果をあらわしてくれた。しかも、効果が出るまでに最長２週間は待つ覚悟が要るという常識の薬が、２、３日飲んだだけで、辛くて辛くてできなかった洗面や着換えが嘘のようにスイスイできるようになったから、私は本当に嬉しく、当初はこの先生にとても感謝した。

とは云え、そうやって全体として関係が良好にいっていた頃に於いても、私はこの先生に、全面的に従順に従っていた訳ではなかった。というのは、確かにアナフラニールは女子医大でこの先生に処方していただいたが、他の向精神薬については、私はそれまで通り、自分でアルバイト先の病院で処方を続けたからだった。

それらは抗うつ薬のドグマチールと、日中飲んでいたBZ系の精神安定剤（多分ジアゼパムだったと思う。）、それに睡眠薬として用いていたフェノバールだった。フェノバールも小児の熱性痙攣《けいれん》の治療に汎用されていた薬だったから、飲むのにはほとんど罪悪感を感じなかった。これらの薬について女子医大の先生の助言を受け容れたのは、１日90㎎飲んでいたフェノバールの量を60㎎に下げたこと位だった。勿論ジアゼパムの静注をやめるよう指示されて、これにも当初は従った。

常識から考えて、この先生は、私が自分で自分の薬を勝手に処方することをやめさせたかったに違いない。しかし、当時の私はプライドが非常に強まっていて、〝自分のことは自分で決める。他人の指図は受けない。〟という意志をはっきり強く表明していた。だから、その私に強圧的な指示を与えたりしたら、治療関係が根本から壊れてしまうと感じて、この先生はそれを避けたのだと思う。

当時の私の〝強気〟は、ただひたすら母親から精神、特に主体性を抑圧されきった状態から、早く完全に脱却したい欲求によるものだったと思う。しかし同じ欲求を持っていても、20代初めの頃までの私はまだ、他人から嫌われると自分が生きていてはいけないもののように感じられそうで怖くて、他人に対しては全体に〝過剰適応〟の傾向が強かったから、そこから見ると約5年の間に、自分という存在についての自信の獲得も、〝魂の独立・自尊〟確立に向けての精神の変革も、大きく進んでいたことが窺える。この時期には正にそのことが転落に拍車をかけ、一生癒《い》えない心の傷を負わされることになるのだが、それでも長い人生の流れの中で、精神の変革が進んでいたことには、それなりの意義があったと感じている。

結局、アナフラニールの効果は一時的で、転落に向かう大きな流れを止めることはできなかった。精神科に通うようになった私は、心研から1週間休みを貰ったが、1週間でうつ病が根本から治る筈もなく、心研の職場環境は何も変わらないということで、休みが終わる頃にはまた、精神がハリネズミのように緊張して、憂うつで堪らなくなった。アナフラニールを飲み続けていたにも拘わらず、精神運動制止の症状が、あっけなくぶり返した。そして再び夜眠る為に、ジアゼパムの静注を使うようになってしまった。

そんなにすぐ、ジアゼパムの静注に舞い戻ってしまった理由について、言い訳じみて聞こえるかもしれないが、少し説明を加えたい。

まず一つは、確かに私は精神科の先生からジアゼパムの静注を禁じられたものの、その理由については、同剤が劇薬指定であるからとか、血中半減期が3、4日あって、身体に溜まり易いからと言われたのみで、その説明では、これは絶対にやめなければならないという危機感を感じることができなかったからである。ジアゼパムに麻薬と同じ依存性があるとか、人格を荒廃させる弊害があるというような、本気で震撼させられる話は、その先生の口から全く聞くことができなかった。

もう一つは、当時の私が心研を休むに休めない、辞めるに辞められない、精神的に非常に追い詰められた状況に居たことだった。それには、自分で決めて来た場所なのだから、そう簡単におめおめ辞められないという意地も勿論あったが、他にも事情があった。それは、心研から休みを貰って暫くぶりに千葉の家に帰った時に、つい心研での生活が本当に辛いと、泣きながら弱音を吐いてしまった処が、「うるさい！　泣き言を言うんじゃない！」と、父親から怒鳴られたことだった。

猛烈な仕事人間だった父には、自分の子供が「仕事が辛い」などと弱音を吐くのは、とても許せなかったのだろう。そしてまた、父はもともと『巨人の星』の星一徹のように、子供の辛さを一生懸命わかろうとする優しさが親の愛ではなく、苦しめ懲らしめる酷さこそが親の愛であると、信じて疑っていない人だった。それを忘れて本音を言ってしまった私が愚かだったのだが、この父の反応に、私は本当に逃げ場を失ってしまった。それでなくてもともと、同じ女子医大の中の消化器病センターに父が大変世話になったから、心研には〝御礼奉公〟しなければならないという頭が強くあった為に、尚更だった。

それで何が何でも心研で頑張り続けなければならないと思い詰めた為に、何とか自分を持たせなければと、さして危機感も感じていなかったジアゼパムの静注に、再びすぐ頼ってしまったのである。これには、その後も長きに亘って使われ続けた「精神安定剤」という、ソフトで耳当たりのいい名称も、大いに災いしたと感じる。

私は女子医大の精神科には週1回のペースで受診していたと記憶するが、休みが終わって最初に受診した時、私はその先生に対して、症状がすっかりぶり返したことだけでなく、再び眠るためにジアゼパムを静注するようになったことも、包み隠さず話してしまった。今では馬鹿正直すぎたと後悔しているが、当時は自分で薬を処方するのを止められなかったこともあって、何を話しても、その先生が私の自尊心を打ち砕く行動に出ることはないだろうと、勝手に信じ込んでしまっていた。

しかし、私の話を聞いたその先生は、忽ち態度を豹変させた。見る見る険しい表情になって、もう一度心研の仕事を休んで千葉の家に帰るか、そうでなければそこ、精神科の病棟に入院するようにと、ほとんど命令口調で言ってきたのである。これは私にとって、正に青天の霹靂で、聞いた瞬間、頭から血の気が退き、心臓が止まりそうになった。それでも私は必死で気持を立て直して、「それはどちらもできません。今まで通り一人で暮らし続けますし、心研の仕事も続けます。」と、はっきり〝NO〟の意志表示をした。如何に心研の仕事が辛くても、それを外から強制的に止められるとなれば、「私には働く資格も権利もある。あなたにとやかく言われる憶えはない。」としがみ着くのが、私の性格では自然の成り行きだった。

しかし向こうも私にNOと言われたからと云って、医者としての立場も考えもあってだろう、そう簡単には引き下がらなかった。「御両親に来ていただいて、相談しましょう。」と言って、一時席を立った。多分その時、千葉の家に電話して、事情を話し、母を呼び出したのだろう。そして父には母から連絡が取られたのだと思う。だがその先生の言葉は、私を益々〝冗談じゃない〟という気持にさせただけだった。この期に及んで自分の運命が両親の考え一つに委《ゆだ》ねられる位だったら、死んだ方がましだったからだ。

そしてその前提には、精神科という場所には、自分の意志で外来に通うというところまでは許容できても、入院させられる位なら死んだ方がましという思いがあった。学生時代、自衛隊中央病院の精神科や、国立国府台病院の精神科で実習した私がそういう思いを懐いたということは、結局そこに入院していた人達に対して〝私はこの人達とは違う〟と思っていたということになり、人として許されないことだったかもしれない。しかしそれが私の本音だった。

そしてその先生の対応を見て、いよいよこれ以上こんな所に居られるものかという思いになった私は、その先生が中座している間に診察室を出て、さっさと心研に仕事をしに帰ってしまった。その9月某日、精神科の入っている陰気な建物を出ると、外はよく晴れていて、まだ真夏と変わらない日射しと暑さだった。それを見た時、私は一瞬目が眩《くら》み、自分が立っている地面が脱け落ちて、現実がすべて崩れ去っていく感じがした。

しかし、精神科から道路一本隔てた心研に戻ると、その場所が先程までとは全く違ったものに感じられた。先刻までそこで働くのが辛くて堪らなかったことが嘘のように、そこで働けるのが最高に幸せなことに感じられた。〝私は精神科に入院させられなければならないような人間じゃない！　ここでちゃんと働ける、まともな人間なんだ！〟という思いが強く湧いて、久々に活きいき仕事をした。

しかしそう感じるのが遅すぎた。結局その日が、私が心研で働けた最後の日になった。私が心研に逃げ帰ってから2、3時間経った頃だったと思うが、誰か病棟の職員が、「先生、お客様が見えていますよ。」と私に知らせてきた。嫌な予感がしながら行ってみると、そこには例の精神科の医師が居た。私は忽ち怒りがこみ上げて、「何をしに来られたんですか？　入院についてははっきりお断わりした筈です。私には仕事がありますので、どうぞお帰り下さい。」と、きっぱり言った。しかし向こうも「今は仕事は無理です。とにかく向こうに帰って話し合いましょう。」と言い張って譲らなかった。確かに私は休みが終わって心研に戻った日、またここでの生活が始まるのかと思うと辛くて堪らなくなり、朝のミーティングの最中に、涙が溢れて止まらなくなってしまうということがあった。その先生はその2、3時間の間に、そうした事実を心研の医局長から聞き込んでいたらしい。

とにかく彼女はそれだけ言うと、私の左腕に自分の右腕を絡ませて、力ずくで私を引きずり始めた。全く予想できなかった事態に、私はすっかり面喰らってしまい、自分がどうするべきか、冷静に判断する力を失ってしまった。私は彼女に心研から引きずり出されかけた時、「助けてー！」と大声を上げた気がする。しかし誰も助けには来てくれず、私は絶望に墜き落とされた。

それから彼女は私を精神科まで〝連行〟するのに、外の道は使わず、地下道を使った。私が叫んだり暴れたりするのを、他の人達に見られるのを憚《はばか》ったからだろう。そんな地下道の存在を、私はその時初めて知った。女子医大の中でも限られた人達しか知らなかったと思う。だがその時には、私は叫びも暴れもしなかった。この時自分がとった行動については、自分でも未だに不可解である。私はほとんど抵抗らしい抵抗をすることなく、無言のまま精神科に連れ戻された。私自身、醜態を曝《さら》したくないと考えたからかもしれない。

だがこの時、彼女は一人で来ていたから、私がその場に座り込んでしまえば、私を精神科まで引きずっていくことは無理だった筈だ。だから何故そうしなかったかと、後から非常に悔んだ。まだこちらが断固として拒否すれば、まさか強制的に入院させたりはしないだろうと、どこかで信じていた気がする。その自分自身の認識の甘さから、心に一生癒えない深い傷を負うことになってしまった。

それにしても私を精神科に連れ戻す時のその先生は、異常な位、仕事に対する使命感と情熱に満ち溢れていた。その様子を見て、私は初めて、精神科の医者というのは怖い仕事だな、自分の気持一つで患者の生殺《せいさつ》与奪《よだつ》を決められる権利が与えられると、まるで神様にでもなった気持になるんだなと、彼らに対して心底憎しみを懐いた。

そして私がもう一度、精神科の外来に戻った時、診察室には母が呼ばれて来ていた。そしてその医師は、私が聞いている前で、まだジアゼパムの注射が続いているから、私を千葉の家に連れて帰るか、病棟に入院させるようにと、強く要求した。私はそれを聞いて、入院は勿論、千葉の家に帰ることも断固拒否した。それは針の蓆《むしろ》に決まっていたからという以前に、〝親の監督なしには危なくて、一般社会に置けない人間〟などというレッテルを貼られることに、私の自尊心がとても耐えられなかったからだった。

しかし母は、その医師の要求を即座に撥ねつけてはくれなかった。「主人が来るまで返事は待って下さい。」と言うのみだった。それで私の焦燥は、一気に何十倍にも高まった。何とかかんとか言っても、私が本当に危機に陥った時に、母だけは身体を張って、最後まで私を護ってくれるに違いないと信じていたからだった。それで私は「どうしてさっさと断ってくれないのよ！」と母に詰め寄ったが、それでも母は「お父様が来るまで待って頂戴。」の一点張りだった。

この時母は、本当に自分一人ではどうしたらいいのか、判断できなかったのかもしれない。しかし今振り返ってみて、この時の母の対応にはもう一つ理由が考えられる。即ち、〝肝心なことは一家の主人である夫に判断を委《ゆだ》ねる、賢く良識ある主婦〟と、相手や世間に自分を立派に見せる為だった。それ以後の母は、いつ如何なる時にも、その時々の相手に対して自分を最大限立派に見せることを最優先に行動する人と、私には見えるようになったからである。

とにかくその時、母に裏切られたという思いで極限まで追い詰められた私は、〝逃げよう〟と突然立ち上がり、診察室を飛び出した。すると例の医師は「ちょっと、誰か、男の先生！」と大声で叫んだ。するとまるで待ち構えていたかのように、あちこちの診察室から若い男性の医師達が飛び出してきて、4、5人掛かりで廊下で私を取り押さえた。他人に力で拘束されるなどという体験は、この時が初めてだったから、私は完全にパニックに陥った。そして自分の意志で行動する自由を奪われるなどという、あってはならない事態を絶対に許してなるものかという一心で、私はその医師達に向かって手当たり次第に物を投げつけたり、椅子を振り回して撃退しようとしたり、可能な限りの抵抗をした。

それだけでも十分惨めだったのに、私を押さえ着けにかかってきた男性医師の一人が、「そうやって暴れるのを〝躁状態〟って云うんだよ。それにホリゾン中毒じゃないか。今は嫌がってたって、帰る時になったら、みんな『有難うございました。』って、感謝して帰って行くんだよ。」と、これ以上ない程の暴言を浴びせかけてきたから、私は完全に度を失った。私はありったけの憎悪を込めて彼を睨み返し、思い着く限りの罵詈雑言を、彼に浴びせ返した。彼は私と同年代だったが、本当に軽薄な俗物で、こういう人間を精神科医にするのは、正に〝キチガイに刃物〟と感じさせる輩《やから》だった。彼の話の中に出てきた「ホリゾン」というのは、ジアゼパムの商品名の一つだったから、その言葉一つだけを聞いても、問題の女性医師が私を連れ戻す前に、すっかり根回しを済ませていたことがよくわかった。何と素晴らしい職業的使命感だったことか。精神科という所は本当に怖い所であると、この時のこと一つ思い出すだけでも、今でも感じる。

そしてもう一つ、彼の話に出てきた「躁状態」という言葉についてだが、確かに〝うつ〟の反対の〝躁〟の状態では、ちょっとしたことで怒りが爆発し易くなるそうである。しかし私がこの時激しく怒りを爆発させたのは、〝躁〟が原因ではなく、自尊心や、自分の行動を自分で決める主体性を侵害されることに対して、著しく過敏な性格や価値観が原因だった。従って、客観的に見てこの時の私には、確かに何らかの医療的対応が必要だったとは感じるが、彼らの対応によって私が良くなることは全くなかった。性格的に最も合わない対応をされた為である。

私が良くならなかったことについては後で書くとして、まず彼らが私にどのような対応をしたか、続きを書いておきたい。

多勢に無勢で必死の抵抗も虚しく、私は間もなく彼らにストレッチャーの上に押さえ着けられた。そうなると後はさあ早く早くと、女性医師の指示でエレベーターに押し込まれ、病棟へ、その中の保護室へと、恐ろしいスピードで運び込まれた。「保護室」などと云うと聞こえがいいが、要するに患者を縛り着ける寝台と、洗面台と、剥《む》き出しの便器だけしかない、殺伐たる独房だった。鉄製の扉は重く分厚く、外からだけ鍵が掛かった。私は声を限りに叫び続けながら、この部屋に運び入れられた。

その直前に母は、「真実ちゃん、他にも心を病んだ人達が沢山いらっしゃるんだから、静かにしなさい。」と、私に説教した。本当に救いのない嫌な奴だなと思った。丁度その頃、やっと父がその場にやって来た。会社は病院から程近い都心にあったのに、随分時間がかかったものである。そして父がやって来ても、私は監禁を解かれることはなかった。父が入院に同意したからである。斯くして私はそれから足かけ9日間、精神科の強制入院の一つである〝同意入院〟をさせられた。「同意」というのは勿論、本人の同意ではなく、〝保護者〟の同意である。


こうして保護室に閉じ込められた私は、両親からも裏切られ、見捨てられたという思いから、絶望のどん底に墜き落とされ、完全に自暴自棄になった。自分はもうこれでおしまいだ、ここまで惨めな屈辱の記憶を抱えたら、この先とても生きてはいけないと感じた私は、どうせ先がないなら、ここまで暴虐非道に私の自尊心を粉微塵にした彼らに、命賭けで抵抗、抗議してやろうと決意した。

当初私はそこに閉じ込められただけで、部屋の中は自由に動き回ることができた。それで私は鉄の分厚い扉を拳で力の限り叩き続け、またその扉の表面を、爪を立てて思い切り引っ掻いた。それと同時に、わあーっ、ウウォーッという言葉にならない叫び声を、声を限りに上げ続けた。この時のことについて、後日父が「あの叫び声は一体何だったんだろうなあ。」と、如何にもわざとらしく感慨深げに言ったことがあった。父はこれ以後、他人の死ぬような苦しみを全く解そうとせず、一人泰然自若を気取ることがしばしばで、そういう父には心底憎しみを覚えた。

そうやって2時間か3時間、扉を叩き続け、声を張り上げ続けた後で、例の女性医師と、外来で私を拘束した若い医師達が4、5人で、どやどやと保護室に入ってきた。そして外来で「そういうのを〝躁状態〟って言うんだよ」と言った軽薄なのがまた、「だからあんたみたいなのは困るんだよ。」と、性懲りもなく挑発してきた。威張れる立場に立ったら、威張れるだけ威張らないと損、という認識らしかった。

勿論怒りは極限に達したが、この時も多勢に無勢で、彼らは忽ち保護室の幅の狭い寝台の上に私を押さえ着け、私を眠らせ、黙らせる為に注射を打った。注射を打ったのは、例の女性医師だったが、私が手足を思い切りバタつかせた為に、針は血管に入らなかった。それで仕方なく、向こうは筋注（筋肉注射）に切り換えたが、1本や2本では効かず、私は抵抗し続けた。そして何本目だったかは憶えていないが、最後に左足の甲に針を刺された後、私は意識を失った。多分最初はありふれた精神安定剤や鎮静剤を打ったものの、私が容易に眠らなかった為に、最後に麻酔薬を打ったのだと思う。

薬が却々効かなかったのは、私の身体に薬に対する耐性が形成されていたからではなく、私に〝死んでも彼らの思い通りになって堪るものか〟という、鋼《はがね》のような意志があったからだろうと考えている。それにしても私の抵抗の強さは彼らを驚かせたようで、後で彼らは父に「普通の薬では効かない。」と言ったそうである。そのことを、また後で父がさも驚いたように私に言ってきたから、どれ程の口惜しさだったか少しもわからないのかと、またしても激しく憎悪がこみ上げた。

次に目を覚ました時には、私は全身をがんじがらめに寝台に縛り着けられていた。両脇、両手首、両股、両足首を紐や帯で柵に縛り着けるだけでは足りず、胴体も、合成樹脂製の硬い材質で、コルセットのような形をした抑制帯で、微動だにできぬよう固定されていた。余程手に負えない〝大物〟患者と見做《な》されたに違いないが、同じ人間に対してここまでの拷問を平気で加えてくるのは、絶対に許せない犯罪だと感じた。

しかし彼らの非道はそれだけでは終わらなかった。私は白衣を剥ぎ取られていたのである。私は仕事の最中に連行されたから、保護室に運び込まれた時には、まだ白衣を着ていた。なりたくて医者になった訳ではない私だったが、それでも白衣は私の自尊心の拠り所だった。私をベッドに縛り着けるのに、特に白衣が邪魔になった筈がなかった。それでもわざわざ白衣を剥ぎ取ったところに、私は〝お前なんかもう、医者じゃないんだぞ〟という、彼らの底知れぬ悪意を感じた。その上私は何やら訳のわからないパジャマに着換えさせられ、こともあろうに紙オムツを当てられていた。ここまで面白がって私の自尊心をズタズタにするのかと思うと、私は正直な話、彼らに対して殺したい程の憎しみを感じた。だからまたすぐに、声を限りに叫び始めた。

それから暫く経って、まだ夕方の時間帯だったと思うが、最初に女性医師が「東大出身の男性医師」だと私に話した精神科の主任教授が、ぞろぞろお供を引き連れて回診に来た。勿論女性医師も一緒だった。私が「何故ここまでひどい扱いをするのか？　何故勝手に白衣を脱がせたりするのか？」と抗議すると、「今は必要ないでしょう。それにあなたの御先輩の○○先生も、今のあなたにはこういう対応が必要だとおっしゃっていますよ。」と、彼女は説明した。私は彼女から、何でも東大出の先生の指示だと言いさえすれば黙らせることができると見縊《みくび》られたことにも、激しい怒りを覚えた。

それで私はその主任教授とやらに直接、「白衣を剥ぎ取られて、縛られて、こんな姿にされて。」と、もう一度同じ抗議を繰り返した。いや、単なる抗議というより、多少は同じ大学の出身者という信頼から、苦しみへの理解を求める言い方をしたように思う。しかし彼は「まあ、具合の悪い時には仕方がないね。」と敬語を使わず余裕綽々の笑みを浮かべながら言った。彼が私のことなど、自分とは完全に異質の、価値の劣った生き物としか見ていないことがすぐにわかって、私は自分の甘さ、卑屈さを激しく後悔した。それで彼らが立ち去った後も、また声を限りに叫び続けた。無駄とわかっても、益々向こうに暴虐な対応の口実を与えるだけとわかっても、私は可能な限り抗議の意志表示を続けないと気が済まなかった。

そんな訳で夕食もとらないまま消灯時間が過ぎて、看護婦が巡回に来た。私は彼女に、手首を強く縛られ過ぎているから、うっ血して痛いと訴えた。これは本当のことだった。運良く、彼女は当たり前の人の情を持ち合わせている人で、私の両手をよく見て、「確かにうっ血していますね。」と言って、私の両手の紐を少しずつ緩めてくれた。これが本当にラッキーだった。

私は彼女が出て行った後、チャンスとばかり、右手の親指と人差し指を最大限駆使して、もの凄い苦労の末、右手首の抑制をほどくことに成功した。そうして右腕一本が自由になった私は、続いて左手首と左脇下の抑制を解除し、今度は自由になった左腕で右脇の下の抑制を解除、そして胴体、両脚という順番で、とうとう自力で完全に抑制を解除したのである。全部で2、3時間はかかったと思うが、深夜には保護室の中を自由に歩き回れるようになった。

これは我ながら本当に驚異的だった。私はその後の人生で3回か4回抑制を受けたが、この女子医大での抑制が一番頑丈だったにも拘わらず、私が自力で抑制を解除したのは、この時1回だけだったからである。これは恐らく、拘束され身体の自由を奪われるという、極めて深刻な形での自己の尊厳の危機を生まれて初めて体験したことで、何が何でもその危機から脱したいという私の中の激しい欲求が、私に奇跡的な力を与えてくれたのだと思う。

保護室の中だけとは云え、やっとの思いで自由を手に入れた私は、さすがにもう一度縛り直されるのは嫌だったから、翌朝までは大人しくしていた。少しは眠りもしたような気がする。それ以後も看護婦の巡回があったかもしれないが、幸い朝まで縛り直されることはなかった。

しかし翌朝起床すると、私は再び激しく抗議行動を再開した。まず夜中に抑制を解除するとすぐ、忌まわしい紙オムツだけはさっさと脱ぎ捨てたが、朝になるとパジャマも脱ぎ捨てた。彼らから押し着けられたものは、すべて穢らわしくて耐えられなかった。それからナースコールを押して、看護婦が来ると、自分で抑制を解除したことを初めて正式に知らせ、パジャマについて「こんな穢らわしいものが着られるか！」と毒づいた。それに対して彼女が「それはお母様が持って来られたものですよ。」と言ったので、一瞬〝ん〟と気持が躓《つまず》いたが、すぐに〝大した違いはない〟と抵抗の姿勢を回復させた。

それでその後看護婦が持って来た朝食も、〝こんなくさい飯が喰えるか〟と、食器ごと便器の中に全部投げ込んだ。人権が奪われるのは同じだが、責任能力が認められるだけ、刑務所の方がましじゃないかと本気で考えた。それから洗面台に栓をして水を全開で出し、床を水浸しにした。とにかくどうにもこうにも口惜しさが抑えられなかった。〝お前達が気違い扱いしないと気が済まないなら、ひとつ徹底して気違いらしく振舞ってやろうじゃないか！〟と自棄の気持が爆発して、思い着く限りの暴行を企てた。

尚、こうした激しいパターンの行動を、私はその後も精神科に強制入院させられる度に繰り返してきた。いや、38歳の時にＢＺ（ベンゾジアゼピン）依存状態から脱却して、当時に較べたら精神疾患についてはほとんど治ったに近い現在でも未だに、他人から不当に自尊心を傷つけられたり、自分で自分の行動を決める自由を侵害されたりすると、暴力行為こそ起こさないものの、私は冷静で居られなくなることが極めて多い。そのことからも、私の病の本質は〝自尊心〟と〝主体性〟の病であり、幼い頃からの両親との関係で負った心的外傷《トラウマ》が一番大きな原因であったことが見て取れる。

そしてこれだけ暴力的行為の限りを尽くしたにも拘わらず、女子医大の精神科では、私は再び縛られることはなかった。ここへ来て、私に対しては対応の仕方を変えた方がいいと、女性医師が考えたからかもしれないが、本当のところはわからない。

朝８時頃になると、私は看護婦から「今から普通のお部屋に移りますよ。」と告げられて、やはり母が持って来たという普段着に着換え、病棟の共用部分にある洗面所で歯を磨いたり顔を洗ったりしてから、看護婦に導かれて、保護室とは病棟の中で端と端に位置する個室に引越した。洗面や引越しの時、私は病棟の他の患者さん達から「あの人が、昨日長い間大声を上げていた人だよ。」と一斉注目を浴びている気がして、とても恥ずかしかった。実際私は、自分が抑制の解除を企てていることをカモフラージュする為に、少なく共抑制を解除し終わるまでは、大声を上げ続けたからである。

こうして私に対する極端に虐待的な対応は止んだものの、その後も私が置かれた状況に本質的な変化はなく、退院までの計９日間、精神的に著しく苦痛に満ちた状態が続いた。

何が変わらなかったかを端的に言うなら、私が社会的に人間として存在し得なかったことが、ということになる。私が精神科の強制入院を通じてはっきり教えられたことは、人間は、自分自身の意志と判断で自分の行動を決定する能力と権利を認められることなしには、生物学的には〝ヒト〟であっても、社会的に本当の意味で、人間として存在し得ないということだった。

当時、女子医大の精神科の病棟は、すべて完全な閉鎖病棟で、受持医の許可なしには、病棟という限られた空間から一歩外に出ることさえできなかった。これはとても人として存在できている状態ではないと、私は感じた。そしてそのことだけで、そこで過ごす時間は、私にとって絶え間ない拷問だった。

他にも、細々《こまごま》とくだらない行動の制約を沢山付けられた。例えば、ラジカセは一応使うことを許されたが、夕方の決まった時間になると病院側に回収され、倉庫に保管することを義務づけられた。そして翌朝、また決まった時間に病院側が出してくれるまで、使用できなかった。患者毎に待遇に差をつけるのは難しく、他の患者に迷惑が掛からないようにする為には仕方のない管理だったのかもしれないが、そんなに信用できないかと、私はまた、非常に心が傷ついた。

また他に、「家族に本を持って来て貰って、読みたい。」と言って、受持医に「まだそれは早すぎると思います。」と言われるといったこともあった。これは一般病室に移った直後のことだったが、誰よりも〝自分のことは自分で決めたい〟性格の私にとっては、最高に〝余計なお世話〟だった。

但し、この問題については拗《こじ》れることなく済んだ。因みに、一般病室に移ってからの私の直接の受持医は、現在女子医大の精神科の教授になっている、坂元薫氏だった。この人は東京医科歯科大学の出身で、大体私と同い年、当時は研修医に毛が生えた位の立場だったが、当時の女子医大の精神科の中では、極めて良識的で、患者の心を大切にしてくれる、いい人だった。私に関係あるのかどうかはわからないが、今の彼は必要最小限以外BZ系薬剤を用いない立場を取っている。また彼が、医者向けの新聞や雑誌で「これまでうつ病と診断されてきた人の中に、可成の割合で〝双極性障害Ⅱ型〟の人が混じっていて、その人達は適切でない治療を受け、却々治らずに苦しんでいる。」という主張を、繰り返ししているのを目にする。（私も自分のうつ症状が非常に難治性の為、ひょっとしたら自分も〝双極性障害Ⅱ型〟なのかな、と思った時期もあった。）

その坂元氏は、当時私への対応について「もしかしたら自分より優秀かもしれない先生に対して、こんな手荒な真似をしていいのだろうか。」と震えるような調子で言っていたと、まだ入院している間に母から聞かされた。その坂元氏に対して、「本を読む読まないなどということは、当然私が自分で決めていいことで、あの時あなたが口を挟んできたのは、越権で許せなかった。」と私が抗議したのは退院後、手紙でだったが、入院中から、それ以上本を読むことを彼に止められることはなく、本は無事、母に持って来て貰えた。

しかし現実には、入院中は十分な精神の落ち着きを得ることができず、幾ら活字を目で追っても、書かれている内容が却々頭に入ってこなかった。これは、後に閉鎖病棟に入院させられた時にも、まったく同じだった。このことから、人間として存在し得ていない状況では、普段であれば楽しい筈の人間らしい行動に、全く手が付かなくなってしまうのだということがよくわかった。『夜と霧』のフランクルのように、人間が極端に出来た人の場合には、別なのかもしれないが。それでも坂元氏が、本を読みたいという私の願いを、重ねて抑えつけないでくれたことには感謝している。御蔭でそれ以上惨めにならずに済んだからである。

しかし、今述べたような理由から、入院中は時間が沢山あり余っていたにも拘わらず、それを全く有効に活かすことができなかった。本が読めない代わりに、私はティッシュペーパーで鶴を折るという、おかしなことをやって時間を過ごしたことを憶えている。それこそ折り紙くらい、頼めば何も制限されることなく、幾らでも持って来て貰えた筈だったが、何故か私は、その最も折りにくい材質の紙で、失敗しても失敗しても鶴を折り続けた。そしてその内何羽かは、辛うじて鶴の形になったものの、完成したヘナヘナの鶴を見て、

〝この鶴は飛べない。私と同じだ。〟と思って、涙が止まらなくなった。

そして次に非常に惨めに感じさせられたのは、服薬に関してだった。これもその後、どこの閉鎖病棟でも同じだったが、ここでは看護婦が毎回1回分ずつ薬を持って来て、彼女が見ている目の前で薬を飲まされ、ちゃんと飲んだかどうか確認された。要するに、この件でもこちらを信用されていないことが侮辱に感じられた。

しかしこれについては、私も彼らの裏を掻いて、上手に服薬を拒否したから、彼らが患者を信用しないことはもっともだったかもしれない。それ以前に、彼らが自分達に患者を従わせる権利があると思い込んでいたことが、全然もっともではなかったと感じるが。要するに、それまでに彼らが私に加えてきた仕打ちで、私は彼らに対して激しい敵意しか感じていなかったから、彼らが押し着けてくる〝医療〟など、内容如何に拘わらず、誰が受けて堪るかという思いで凝り固まっていた。

それで私は看護婦から薬を渡されると、上を向いて舌先を上顎に着ける形で舌をまくり上げて、舌の下に全部薬を放り込み、舌を下げてそこに全部薬をしっかり封じ込めてから、看護婦から水を受け取り、舌の上で水だけ飲んだ。そして舌をしっかり下げたまま口を大きく開いて、〝薬は残っていませんよ〟と看護婦に見せた。そして看護婦が立ち去るとすぐ、部屋に付いていた洗面台の水で口を濯《ゆす》いで、全部薬を吐き捨てた。このやり方が成功したのには、私の身長が164㎝と、女性としては高い方だったことが幸いした。

しかし、薬に関してはもう一つ問題があった。それは、何故彼らがその薬を私に飲ませようとしたかについての、不信の念だった。

実は坂元医師や女性医師には、私が薬を飲んでいないことがすぐにバレていた。彼らが期待した薬の効果が、一向に現われなかったからである。入院して以降も、例の女性医師は坂元医師の相談役のような形で付いて、毎日私の病室にやって来た。そして私の顔を見て、やや怪訝な表情をして、「あなた随分しっかりしていらっしゃいますね。」と言った。向こうの真意がわからなかった私は、あんな大変な目に遭った後なのに、意外に平気そうな顔をしている位の意味だろうと勝手に解釈し、外交辞令の笑顔を作って、元気に「はい。」と答えた。

それから2日後位に、女性医師はもう一度「あなた、随分しっかりしていますね。」と言った後で、とうとう堪り兼ねたように「あなた、お薬飲んでいませんね?」と訊いてきた。私はあっさり「はい。」と白状した。その時彼女は、私に出されている薬の内の1つが「バルビタール」という名前の睡眠薬であることを告げた。バルビタールは、私が入院前に自分で処方していたフェノバールと同じ系統の薬だったから、彼女はそう言えば、私が喜んで薬を飲むようになると思ったのだろう。

しかし私はその後も、薬を吐き捨て続けた。それから間もなく、私に朝、昼、夕処方されているバルビタールは相当多い量であり、きちんと服用すれば一日中昏々《こんこん》と眠り続ける筈であることや、私に〝持続睡眠療法〟という名前の治療を施す為に、そんな多い量のバルビタールを処方しているのだという説明も、女性医師は私に対してしてきた。しかし私はその後も薬を飲まずに、一日中ぴんしゃんし続けていた。この頃の私はもう、その閉鎖病棟という空間から一刻も早く解放されることだけを目指していたから、わざわざ「あんた達からあてがわれる治療など、一切受ける気はない。」などとは言わず、表向きは丁重に振舞っていたが。

そしてこの問題を解決してくれたのも、坂元医師だった。彼は私の所に来て、「出しても飲まないなら無駄ですから、出すのをやめましょう。」と言ってくれた。そしてバルビタール以外の薬も、全部中止してくれた。更に、私のベッドに敷かれていた失禁対応用のビニール製のマットも、必要ないということで取り払ってくれた。私は結局、ここには足掛け9日間程しか入院しなかったから、これはせいぜい入院して4、5日目のことだったが、すべて解決とはいかないまでも、随分すっきりして助かった。

この時には余裕がなくて、あまり感じることができなかったが、今になって坂元医師にはとても感謝している。この時唯一、私が何故、彼らが施す治療を頑として受けないかを理解してくれていたのは彼であり、彼はその時の彼の立場で可能な限り、私の心を大切に扱ってくれたと、思い返すことができるからである。それで、当たり前のことではあるが、私を「そういうのを〝躁状態〟っていうんだよ！」と嘲った軽薄な医師ではなく、人格的に優れた坂元医師が、女子医大精神科の教授になってくれたことを、本当に良かったと喜んでいる。'84年には医者としてほとんど対等な立場だったのが、今や向こうは教授、こちらは未だに非常勤職と、地位に雲泥の差が着いてしまったことは、正直な話口惜しいが。

この薬の件で、もう一つ、私が女性医師を非常に許せなくなった理由についてお話ししたい。それは退院の前日頃、彼女が私の部屋に来た時に、私が「あんな、押さえ着けられ、注射で眠らされて、全身ががんじがらめに縛り着けられた、心がズタズタの記憶を抱えてでは、この先とても生きていく気持になれない。」と、久し振りに本音を話したのに対して、彼女が「あなたが持続睡眠療法を受け容れてくれていたら、そういう嫌な記憶はすべて消えていたでしょうに。」と、残念そうに話したことだった。それで〝何という思い上がり〞と、彼女を益々許せなくなったのである。

この「持続睡眠療法」に関しては、退院して間もなく彼女に宛てて書いた手紙の中で、「どれ程忌まわしい記憶であっても、私の記憶は私のものであり、記憶している権利がある。あなた方の都合で勝手に消したり残したりしていいなどと思うのは、とんでもない思い上がりだ。」と、強く抗議した。そしてその頃には、その記憶が私にとって辛いからだけではなく、彼らにとって不都合だったから、忘れさせたかったのではないかと疑うようになった。

尚、「持続睡眠療法」については、それよりずっと後になって、精神科の成書で調べてみた処、「抗うつ薬が登場する以前には、電撃ショック療法と並んで、うつ病の標準的治療法として用いられた。用いる睡眠薬はいろいろだが、昼間には覚醒させて食事や排泄が行なえる程度の睡眠深度とし、１日18時間程度の睡眠をとらせる。そしてそれを10日から14日間続ける。うつ病に対しては著効があったものの、持続的な看護が必要であること、睡眠薬の量の調整が難しいこと、身体的な合併症が少なくないことなどが理由で、現在は特殊な場合にしか用いられない。」という記載が見つかった。「心的外傷体験を消す効果がある。」という記載はなかった。記載するとすれば「逆行性健忘が起こり得る。」となるのだろうが、本当か嘘かはわからない。そのことは後にも先にもその女性医師から聞いただけである。'84年と云えば、精神科の医療現場で三環系抗うつ薬が用いられるようになってから、既に長い年月が経っていたから、何故わざわざそんな古い治療法を採用したのか、嫌でも疑問が残った。

そしてもう一つ、私にその女性医師を許せなくさせたのは、彼女の二枚舌だった。私が保護室で抑制を解除した直後には、彼女は「よくあんな厳重な抑制が外せましたね。」と、心底驚きを見せて言っていた。ところがその数日後に、私が「あのような拷問、人権侵害は許せない。」と抗議すると、彼女は一転して「あれ位の抑制は大したことありませんよ。私だって自分で外せましたよ。」と、180度違うことを言ってきたのである。記憶力についてだけでも、他人に言われたことをそんなに簡単に忘れると思われたとは、随分見縊《くび》ってくれたものだと、本当に呆れた。

が、とにかくそのように、私が向こうの勧めてくる治療を悉《ことごと》く拒否した為、また私も損得を考えて、病棟内で大人しく常識的に振舞うようになった為、更にはあまりの精神的ショックから、もともとあったうつ病の症状も一時的にどこかへ吹き飛んでしまった為、私がそれ以上そこに留まる意味はなくなり、私は足掛け9日の入院で、その閉鎖病棟から退院することになった。向こうもそれ以上、私から「人権侵害」と抗議され、世の中の眼からもそう見られかねない事実を積み重ねたくなかったのではないかという気がする。

しかしそれらの理由があったにせよ、私の抑制をひと晩で解き、私を9日間で退院させたという点では、まだまだ女子医大の精神科は、精神科の中では良心的な部類だった。それは、それから5年後の'89年9月に、都内多摩地区のH病院という私立の精神病院に入院させられてみて、初めてわかったことだった。またこの時が初めての閉鎖病棟の入院だった為に、僅か9日間でも死ぬ程長く感じられた。

ここでもう一度、退院前日の女性医師との話のことに戻りたい。この時彼女は、右手で左の腕に注射をするジェスチャーをしながら「今回はこれがありましたから、入院して貰うしか仕方ありませんでした。」と言った。

しかし私はそうだったとは思っていない。自分が不始末をしでかしておきながら、他人にこうして欲しかったなどと注文を付けるのは虫がいいと思われるかもしれないし、入院させられる前後の、極く短い時間の流れだけを見れば、向こうが言っている通りに見えるかもしれない。だが私に言わせて貰えるなら、最初に外来に受診した時点で、「ジアゼパムには麻薬と本質的に変わらない依存性があり、かつ人間を駄目にしてしまう深刻な害がある。だから今、やめなければならない。」と、やめなければならない理由を、はっきり納得のいくように説明して欲しかった。そして「もし再度注射するようなことがあれば、その時には入院して貰いますよ。」と、予め警告して欲しかった。つまり、私が自分の意志と判断で薬をやめるような働きかけをして欲しかった。それこそが、この時点で私にとって必要で、プラスになる医療だったと考える。然るにそうした説明や警告が一切なしに、いきなり暴力的に拘束されてしまった為に、人間不信を含め、心に深い傷だけが残ることになった。

そしてこの時、女性医師は「ジアゼパムの静注（静脈注射）を続けていると聞かされてしまったから、何らかの措置を取らざるを得なかった。」という言い方もした。だから彼女にとっては、それがすべてだったとまでは言わないまでも、私を精神的に本当に健康な状態に回復させることよりも、自分は自分の立場でやるべきことはやりましたという形を付ける事の方が優先だったに違いない。これにも当然、がっかりさせられた。

またこの時女性医師は、「これでもう大丈夫ですよ。」と言ってみたり、「この入院を経て、今度は小石川さんがどんなものを書かれるか楽しみですね。」だの「これからは病院の中ではなく、喫茶店ででもお会いして、お話ししましょう。」だのと、私を持ち上げたり機嫌をとったりするようなことを言ってきて、これにも私は非常に腹が立った。

まず一つ目の発言については、26歳のこの時点で、既に深刻に拗《こじ》れきっていた私の精神の問題が、僅か9日で解決したと本気で考えたのだとしたら、あまりに不見識だったと云える。だから多分、自分の仕事の成果を、自他に強調したかったのだと思う。

また二つ目の発言については、かかり始めて間もなくの、まだこの医師との関係が良好だった頃に、私が大学の頃から書き溜めていた詩や短編小説を、この医師に見せていたことを受けているのだが、彼女が私に負わせた心の傷がどれ程深いものか、全く認識できていないという意味で許せなかった。

三つ目の発言については、〝私はあなたを自分と対等な人間と見ている〟と伝えたくて言ったのだと思うが、私の方では〝何を今更、わざとらしい！　騙されるもんか！〟としか思えなかった。だからこれを言われた時、私は無言のまま、女性医師に対して露骨に冷笑を浮かべて見せた。それで向こうもそれから暫く後に電話で話をした時に、「あの時に、あなたの本当の気持はわかりました。」と言っていた。

この入院中、母に新たに怒りを覚えたことも幾つかあった。

その一つは、入院中母が女性医師にした、話の内容だった。この入院の直前の'84年9月3日が、母の50歳の誕生日だったのだが、私はその日、母から「あれが欲しい。」と頼まれていたものを忘れてしまって、セーラー襟のセーターを買って贈った。その件について「折角でしたけど、デザインがあんまり若すぎて、着られないんです。あら、私が頼んだもの、忘れちゃったのかしら、と思いました。」と、母は女性医師に、母一流の思い切り上品ぶって気取った物言いで、満面に恭《うやうや》しい笑みを浮かべて話した。

また母はそれに、「先日家に帰って来た時、彼女が（私のこと）寝言で『はい、わかりました。はい。はい。』と、とても緊張した調子で言っているのを聞いて、ああ大変なんだな、と思いました。きっと上の先生に叱られている夢を見ていたんでしょうね。」という話を付け加えた。これらの話は明らかに、母が女性医師に対して、自分は娘の辛さを理解していると、アピールする為のものだった。そして女性医師も、母のこうした調子の話を受けて、「お母様は話のわかる方」と私に対して言ってきた。

しかしその母は、私が入院するまでの間、優しい労いの言葉など、一度も掛けてくれたことはなかった。それどころか、結婚して出産した医学部時代のクラスメートからの暑中見舞に「大変でしょうね。」と書かれていると、母は「きっとバリバリ仕事ができるのが羨ましいのよ。」と言って、私が仕事で業績や地位を上げることへの期待を、強く伝えてきた。そして退院して、心研を辞めて何カ月か経った頃にも、母は「お父様が胃癌の手術でお世話になった女子医大で、どうして最後まで頑張らなかったのよ！」と私を責めた。これを聞いた時、私は本当に母を鬼だと思った。私が心研での生活でボロボロになったのは、ただただ私が弱いのが悪いと思っているようだった。

そしてもう一つ、入院中母に腹が立ったことは、母が私に処世術を教唆《きょうさ》してきたことだった。具体的には保護室から出た翌日に、「心研の上の先生に、お詫びの電話を掛けなさい。掛けるなら声が嗄れている、今の内がいいわ。」と言われた。私が、殆ど出ないというのに近い位かすれ声になっていたのは、その前の晩深夜まで、叫び声を上げ続けていた為だった。それさえ利用しろというのが、実に酷くて母らしかった。その頃はまだ、私は勿論両親も、私がその後も心研に勤め続けることを諦めていなかったから、母が私に電話を掛けることを勧めたのは、少しでも自分の立場を良くするようにという意図だったことは間違いない。

その母の勧めを受けて、私は結局、その日の内に、精神科病棟のナースステーション前の公衆電話から、心研の、当時循環器小児科の講師だった先生に電話した。この先生とは一度一緒に学会に行って、割と密に話した記憶はあるが、何故その時、電話の相手にその先生を選んだかは、憶えていない。そして私はその時、「この度は大変御迷惑をお掛けして、申し訳ありませんでした。」と常識的なお詫びの言葉を述べた後で、「それにしても精神科に強制入院させられるなどという対応は心外だ。」と不満も洩らした。尤も、心研がこの決定に加わっていたとは、今でもあまり思っていないが。すると向こうは「だけど大分、薬も使ってたみたいだから、仕方ないじゃない。」と答えてきた。私もその時にはそれ以上反論できず、向こうが「早く元気になって、心研に戻って来るように。」と常識的なことを言って、その電話は終わりになったような気がする。

この電話の件については、当時はあまり抵抗を感じなかったのだが、時間が経つにつれて、だんだん怒りを覚えるようになった。私が小中学生の頃の母は、「世の中に〝これはこういうもの〟と定まっている、既成の価値観や考え方、偉い人の言うことは、何でも一つ一つ〝本当にそうなのか？〟〝何故そうだと云えるのか？〟と疑ってかかるように。」と、繰り返し私に教え諭した。それで私は今に至るまで、そのことをかなり忠実に守っている。ところが肝心の母の方が、既成の価値観、特に世俗的なそれに縛られ切っていて、他人から教えられた通りにしかものが考えられない人であることが、私が30前後になった頃から、だんだんと見えてきたのである。

例えば、大学の先輩の先生が選挙に出るという報せが郵便で来た時には（小児科の医局には、途中まで医者をやっていて、政治家を志した人が何人か居た。）、母は「そういう時にはすかさず、事務所開きのお祝いと応援の電報を打っておくものよ。」としたり顔で指南してきたし、最近でも私が沢山の患者さんを診ている内に気が付いた現象をふと口にすると、母は「もっと内科学会に喰い込まなくちゃ。」と、さもじれったそうに意見してきた。要するに、母は自分が地位、名誉、権威に対する欲が非常に強い人だったから、私の心がどこにあるかなどお構いなしに、可能な限りそれらを手に入れろと、私を嗾《けしか》けてきた訳だが、それらのことを言われた時には、私ももう30代、40代になっていたから、母の言うことを完全に無視した。しかし、そのように「そんなにやりたきゃ自分でやれば？」と言いたくなることが、それ以後あまりにも度重なったものだから、「心研に電話を掛けておきなさい。」の件が、次第に腹立たしく思い出されるようになったのである。

また最近では、TVの健康食品やサプリメントのCMを見て、どんどん買い込むし、また料理についても、例えば「肉と魚を一つの料理の中に一緒に使ってはならない」などといった、昔、誰か偉い料理家から聞き憶えた原則を、本当にそうなのか、自分では試してみることなく、私に上から指南してくるから、こんなにものを考えない人に、長い長い年月支配されてきたのかと思うと、本当に口惜しくてならない。

私は女子医大の精神科を退院して間もなく、心研を退職した。表向きは自ら希望してということになっているが、事実上、辞めさせられたに等しかった。

それは、私が入院した後、父が心研の所長の所に不始末のお詫びに行ったことから始まった。詳しくは聞いていないが、父はそこで所長から、こっぴどく冷たい態度を取られたらしい。それでその直後、多分退院する頃だったと思うが、私は父から「もう心研には行かない方がいいぞ。」と言われた。その言葉はとても真に迫っていたから、それ以上打ちのめされるのが怖かった私は、父の言葉に従い、二度と心研に足を踏み入れなかった。今思うと本当にだらしのないことだったが、医局の机に置いてきた荷物も、父に回収して貰った。

これは当然の成り行きだった。当時の心研の所長は、非常に冷たい権威主義の人で、私達が心研に入った時の訓話も、「組織にとって有用でない人間は、速やかに代謝（外に出される）されるべし。」という内容だったからだ。苛酷な労働条件で神経を参らせる人間など、お呼びでなくて当然だった。

この先生の冷たさは、知的障害を持った心疾患の子供達に対する対応にも、如実に現われていた。弟と同じダウン症の子供達は、先天性心疾患を持って生まれてくることが多い。だからその子供達を助けたいということも、私が小児科で心臓専門を志す、大きな動機付けになっていた。ところが当時の心研では、ダウン症をはじめとする知的障害の子供達は、治療面で露骨な差別を受けていた。それは、知的障害を持たない先天性心疾患の子供に対しては、強心剤や利尿剤で全力で内科的に心不全を管理して、できる限り早く根治手術に持っていっていたのに対し、知的障害のある子供に対しては、全く内科的管理を行なわずに放置して、10歳前後まで手遅れにならずに持ってしまったら、仕方がないから手術してやるという姿勢をとっていたことだった。そしてこれは所長の方針だった。つまり所長は、知的障害のある子供はそれだけで人としての値打が劣り、生きる値打が大幅に減じると、勝手に断じていたのである。

私は、人間一人一人の重さは基本的に同じであり、ある一人の人間が、他の人間の生きる値打を決める権利も資格も持たないと考えている。従ってこの所長は、極めて傲慢だと感じた。そうしたことは、心研に入って間もなくの頃にわかり、私は強い幻滅を感じたが、循環器診療の知識、技術の面で、まだここで沢山学ぶべきことがあると思ったから、黙って我慢していたのである。だから私自身がそこには要らない人間と断じられた時、口惜しさは感じたけれども、未練は全く感じなかった。私はまず第一に、患者であれ職員であれどんな人に対しても温かい心がなければ、医療者としては不適格だと考えている。

私は、父に心研を退職する手続きをとって貰った直後に、精神科の女性医師に電話してそのことを告げた。すると彼女は「どうしてそんなことに……」と声を詰まらせた。彼女が私をもう一度元気な状態に戻して、心研に復帰させたいと考えていたのは、本当だったようである。結局この人もあまり苦労せずに育って、母校や他人を信じ過ぎたのだと思う。

この女子医大での強制入院は、私の精神の病全体の経過の中で、どういう位置づけと意味を持ったか――私はこの強制入院をさせられる以前に、明らかに典型的なうつ病の症状を呈していた。従って、私の精神の病の根本の原因は、飽くまでも出生時の低酸素症による海馬の脆弱化と、その後、幼少時から両親に、主体性を絶え間なく強力に抑圧されたり、繰り返しこっぴどく自尊心を傷つけられたりした重いストレスで、海馬の細胞が死滅（恐らく）したことにあったと考える。

しかしこの強制入院も、非常に強い心的外傷体験になったことは間違いない。従って、海馬の萎縮を更に進め、うつ病を固定化、長期化させる役目を持っただろうと考えている。また彼らの、主体性を踏み躙る暴虐さに激しく反発した私は、ジアゼパムをはじめとするＢＺ系の薬剤を、意地でもやめてやるものかという愚かな考えに走ってしまった。そしてそのことが、私の病を決定的に重症化させ、それから約11年半後まで、私を地獄の底でのたうち回らせる、最も大きな原因になってしまった。

心研の苛酷な労働条件はみんな同じだったにも拘わらず、医療錬士の中で私だけが潰れてしまったのは、多分、私が生まれ着き弱かったことが、一番の原因だったと思う。しかしその私も、同じ1日3、4時間の睡眠であっても、高校、大学時代の試験の為の勉強には耐えられた。それが心研の生活には耐えられなかったのは、年を取ったからではなく、人間関係のストレスに弱かったからだと感じる。

特別嫌なことがなくても、私は他人の中に長い時間拘束されるのが苦手だった。どうしても精神的に緊張して疲れてしまった。これも半分は、生まれ着きの性格が原因だったかもしれないが、あとの半分は、幼少時からの両親、特に母親との関係から、〝自分はこの世に生きていてもいい人間〟であるという、最も基本的な自信が獲得できなかったことが、対人関係の緊張を著しく強めて、集団に適応させにくくさせたと考えている。

ここで、精神科の強制入院の制度について、少し私の意見を述べておきたい。

前に述べた通り、この時の私の9日間の入院は、強制入院の中でも、〝保護者〟と見做される両親の同意に基づく、〝同意入院〟と呼ばれるものだった。まずこれについて、私は患者本人が成人に達している場合、親に〝保護者〟の権限を認めるのは、やめるべきだと考えている。社会一般では成人に達したら、結婚も当人同士の合意だけで成立するのに、ひと度精神科の患者と位置づけられたら、本人は拒否しても親の意志一つで入院させられるというのでは、人間は精神科の患者に位置づけられた途端、既に事実上一人前の人格と人権を認められなくなっているということではないか。歯に衣着せずに言うなら、この制度があれば、親は精神科の医者を上手く丸め込めば、自分達にとって不都合な子供を精神病棟に閉じ込めて、厄介払いすることができてしまう。現実にそういう事例に、私はその後出会った。

そして他の種類の強制入院、例えば別の系統の医療機関に属する2人の精神科の医者が入院の必要性を認めれば、患者を入院させられる〝医療保護入院〟にしても、患者本人の意志は無視して、医者という他人の意志だけで、患者を病棟という限られた空間に閉じ込めて、自分で自分の行動を決定する基本的人権を奪うという点では、全く変わらない。この制度を利用すれば、権力者にとって不都合な人間を、精神病棟に閉じ込めることも、簡単にできてしまう。

そしてそんな極端な可能性を持ち出さなくても、私は精神科の強制入院は全廃した方がいいと考えている。まずその理由の一つは、そんなことをしても治療効果は上がらないと感じるからだ。精神科の患者は多かれ少なかれ、心に傷を負っている。なのにその上、自分が社会的に本当の意味で人間として存在し得ないようにされることで、心に深刻な深い傷を負わされたのでは、治るものも治らなくなってしまう。私のように、主体性と自尊心へのこだわりが格別強く、それが病気の原因と深く関わっている患者の場合は特にそうだったと思うが、そうでない患者の場合でも、多かれ少なかれ同じではないかと想像する。

そしてもう一つの理由は、精神科だけが特別というのはおかしい、ということである。他の診療科に於いては、入院は勿論、患者本人が望まない内容の医療を、医者が強制することはできない。たとえそのまま放置すれば死を免れない癌の患者の場合であっても、医者が縛り着けて手術その他の治療を受けさせることはできない。治療拒否が実質的に自殺行為であっても、本人の意志が認められる。中には他人の眼から見て納得のいかない選択もあるが、一番大事な、患者の人としての尊厳を護る為には、患者が自分の生き方は自分で決める権利をどこまでも認めるやり方が、一番望ましいと私は考える。

社会制度というものは、どう決めたとしても100点満点にはならないが、どうしても原則をひと通りに定めるというのであれば、〝どんな内容の医療を受けるかは患者本人が決める〟〝医者は患者本人が望まない内容の医療を強制してはならない〟と原則を定めるのが、最大多数の最大幸福につながるだろうと感じる。そして私は、そのことは精神科に於いても何ら変わりはないと考えている。

精神科の強制入院の要件として、「自傷他害の恐れがある時」ということが日常的に言われ、この言葉は非常に説得力をもって響くけれども、果たしてその考えは、そんなに正しいだろうか。治療すれば助かる見込みが高い、癌患者の治療拒否を認めるのであれば、如何に自殺の危険が高い精神科の患者の場合でも、私は患者の入院拒否を認めた方がいいと考える。それは先述の通り、自分のことは自分で決められる、人間の基本的人権を最優先する見地からである。

また「他害の恐れ」についても、これはまわりが幾らでもデッチ上げることが可能であり、デッチ上げが鵜呑みにされて患者が強制入院させられるなら、それは間違いなく不当な人権侵害である。また本当に「他害の恐れ」がある場合でも、まわりが患者を不当に罵ったり嘲ったりして、患者を精神的に追い詰めていることが本質的な原因の場合もあり、その場合にはまわりに改めさせることが、本当に必要な対策である。だから「他害の恐れ」という大義名分によっても、強制入院を認めるべきではないと考える。

更には、精神科にのみ強制入院の制度がある為に、精神科の医者にはしばしば自分の胸三寸で、患者を縛り着けることも含め、患者を〝煮て喰うなり焼いて喰うなり〟に近い位、いいように扱える機会が与えられ、余程己に厳しい、気高い人格の人でない限り、自分が神様であるかのような勘違いをする危険が高いことも、強制入院全廃を主張する理由である。

同じく精神科にのみ強制入院の制度がある為に、一度でも精神科に患者として関わると、世間一般の多くの人達から、自分達とは全く違う、人としての価値が劣った存在という偏見の眼で見られ易くなるように見えることも、強制入院を全廃した方がいいと考える理由である。

〝強制入院全廃〟は、聊《いささ》か極論に近く、現状では却々、実現は難しいかもしれない。しかし、殊《こと》、私に関しては、精神科の強制入院によって、あまりにも自尊心を打ち砕かれ、心に深い傷を負った。こんな傷を抱えて生きる位なら死んだ方がまし、と思える位の傷だった。人は心の生き物であるから、人が人の心に傷を負わせる罪は、もっとずっと重く受け止められた方がいい。だから強制入院は、そして閉鎖病棟や抑制も、可能な限り全廃に近づけていって欲しいと、強く願うものである。

第10章

東大大学院時代

✺その場凌ぎの選択から再び挫折

やや先回りしてその後の経過を要約すると、'84年9月に心研を退職した私は、翌'85年4月に、東大医学部の基礎医学系の大学院に入った。しかしそこも2年後の'87年の4月に中退して、再び臨床医に戻った。そして次に強いうつ、不安、焦燥などのはっきりした精神症状が再発したのは'88年1月のことで、大学院入学からそれまでの2年9カ月程の間は、一見したところ、病気は消退していたように見えた。

しかしその間にも、ちょこちょこと社会生活上の問題はあり、水面下で精神の病は着実に悪化していたと感じる。そしてその原因は、両親との関係の一層の悪化と、BZ系の薬剤の連用にあったと見て間違いない。

まず、心研を退職した直後の私は、非常に荒んで苦しい精神状態にあった。その原因の一つは、勿論、生まれて初めての強制入院と、心研を追われたことによる、深い心の傷にあった。そしてもう一つは、入院中、とにかく一刻も早く、この監禁状態から解放されたい一心で張り詰めていたのが、退院して緊張が緩んだことで、もともとあって、少しも治っていなかったうつ症状が、再び一気に表に現われたことだった。

心研を退職後、私はすぐに国立駅前のマンションを引き払って、それから約半年間、千葉の家に戻った。マンション内の荷物をトランクルームに預ける作業は、両親にやって貰ったが、退院後、まだ部屋に荷物がある間に、最後に一度、このマンションを訪れた記憶がある。その時、鏡台の引き出しから、ジアゼパムのアンプルや、注射器が消えていた。母親が処分したに違いない。そうしたい気持はよくわかったし、そうされても文句の言える立場ではなかったが、勝手に持ち物を触られたのは、やはり不愉快だった。

千葉に戻っていた間の私は、生きているのが辛くて辛くて堪らなかった。そしてこの時期、一過性に軽い妄想のような症状が現われたことが記憶にある。

それはアルバイトの行き帰りのことだった。私は千葉に戻った後も、アルバイトだけは続けていた。'84年の1月から行き始めて、心研に居る間もずっと行っていた、埼玉県内の個人病院の小児科の外来だった。意欲は湧かなかったが、週1回だけだったから、どうにか行けた。しかしその行き帰り、私は他人の眼が気になって仕方がなかった。他人から力ずくで閉じ込められ、縛られるなど、一度まともな人間ではない扱いを受けた自分は、解放された後も顔や身体に何か汚ないものが着いていて、何も知らない見ず知らずの人の眼にも〝おかしな人〟に見え、〝あの人は精神病院に居た人〟と見抜かれてしまう気がしてならなかった。そんな筈はないと常識で幾ら否定しても、そう感じられてならなかったから、これは広義の〝妄想〟だったと感じる。

それと同時に、一度人間ではないもののように扱われた自分は、一生まともな人間には戻れないような気がして仕方がなかった。それが惨めで耐えられなくて、死にたいと考えるようになった。希死念慮《きしねんりょ》が湧いたのは、大学2年の秋にQ君との問題があった時以来、二度目のことだった。

そういう精神状態で居た為、この頃、女子医大の医師達に対する恨みの念は、急激に際限なく増大していった。それで、うつで全体に意欲の乏しい状態にありながら、その激しい恨みを解消する為の行動だけは、どうしても起こさずに居られなくなった。具体的には女子医大精神科の医師達を、電話や手紙で激しく攻撃した。坂元薫医師や、「そういうのを〝躁状態〟って云うんだよ。」と暴言を吐いた医師にも抗議の手紙を出したが、やはり最大の標的は、初期の段階から関わった、教授の女性医師だった。

それで坂元医師や暴言医師からは、手紙の返事が来なくても、仕方がないと諦めることができたが、女性医師からだけは、どうしても謝罪文を取らないと気が済まなかった。自分が保護室のベッドに力ずくで縛り着けられるなど、人間でないもののように扱われたのは、飽くまでも女子医大精神科による不当な人権侵害行為であったと認めさせるべく、繰り返し繰り返し要求した。向こうがそう認めさえすれば、自分はいつの日もちゃんとした人間であったことが証明され、自分の尊厳を回復することができると考えたからである。この点は、韓国の元従軍慰安婦にされた女性達が、名誉回復の為に日本国政府に対して謝罪を求めた気持とよく似ていたと感じる。だから彼女達が民間からの見舞金など要らないと撥ねつけた気持もよくわかった。

そういう訳で私は、自分で納得のいく謝罪文の文案を考えて、女性医師に手紙で送り、その通りに書き写して、署名、捺印して送り返すよう要求した。その文案は、ざっと次のようなものだった。

「あなたの人としての名誉や自尊心を著しく傷つける、不当な行為をしたことをお詫びします。」

女性医師は、謝罪文を書くことについてはどうにか承諾したので、私はそれが郵送されてくるのをハラハラしながら待った。そしてとうとうそれは来た。しかし彼女が書き送ってきたのは、全く骨抜きの文章だった。即ち「あなたの高い自意識を傷つけたことをお詫びします。」と、ただそれだけだった。これでは私の「自意識」が高すぎたことが問題だったようにも受け取れ、向こうは罪や過ちを認めて居らず、殆ど意味がなかった。

怒り心頭に達した私は、すぐに女子医大に電話して「どうしてこちらが言った通り、『自尊心を傷つけた』『不当な行為』と書かないんですか！」と、女性医師を詰問した。すると向こうは「それは書けませんよ。」と、居直るように言った。要するに、私が言った通りに書いて、私がそれを然るべき所に持って行けば、最悪の場合、法的責任を追及されることにもなり兼ねず、自分の社会的立場が危うくなるから、それを避ける為だったに違いない。どういう文章にすればギリギリそういう危険が防げるか、恐らく東大出の主任教授にでも相談したのだろう。下手なことを書けば、自分だけの問題では済まなくなるからだ。

今思えば、「お詫び」を書くだけでも書いたということは、多少なりとも自分に非があったことを認めた訳であり、それだけでも、この女性医師は世の中の平均のレベルよりは誠意のある方の人だったのかもしれない。しかしこの時は、文章を骨抜きにされたことで、何十倍も怒りを焚きつけられてしまった。だから「どうなるか憶えてなさい！」と激しい捨てゼリフを吐いて、電話を切った。

私が実際に激しい報復に出たのは、'85年に大学院に入学してからだった。女性医師が送ってきた詫び状を、私はその後長い間、千葉の家の机の引き出しに〝証拠品〟として保存していたが、'93年の初めに最終的に千葉の家を離れた後、それがどうなったのかはわからない。

私の要求に対する女性医師の反応を見て、「やっぱり彼らが私にしたことは、かなりヤバい線のことだったみたいね。」と、私はこの時期、一度母に洩らしたことがあった。それに対して母は、「もうそんなこと、どうだっていいじゃないの！」と、ヒステリックに答えた。きっと母自身うしろめたさがあったからだろう。不始末をしでかした後で、家の中で弱い立場にあった私は、黙って我慢したものの、内心〝「どうだってい い」とは何だ！　私が受けた心の苦しみがどれ程のものだったか少しも解《わ》かっていない！〟と、激しい憤りを憶えた。母の行動も一部、私がその傷を負う原因になっていたからである。

それで私は、「どうして最初にきっぱり入院を断わってくれなかったの！」と、母にも抗議した。すると母は、とてもおかしなことを言ってきた。「何言ってるのよ。私は最初から精神科なんて大嫌いだったのよ。最初に精神科と関わりを持ったのは、あんたじゃないの！」と。

母のこの発言がおかしかったのは、「最初に精神科と関わりを持った」という言葉で母が指していたのが、心研の医局長に勧められて女子医大の精神科を受診したことではなく、大学入学直後に健診の問診票の回答が契機で、駒場の保健センターの精神科医と関わったことだったからである。駒場の医師と女子医大の医師とは、同じ精神科の医者ではあっても、互いに何のつながりも持っていなかった。従って、駒場で〝出刃包丁事件〟の医師と関わりを持ったことと、女子医大で強制入院させられたこととの間には、何の因果関係もなかった。それなのに、母が恰《あたか》もそこに因果関係があるかのような言い方をしたのは、全く筋の通らないこじつけで、そんな事実無根のことを理由に、母が「悪いのは私じゃなくてあんた」と主張したのは、完全なる詐術だった。

そんなことはちょっと考えればすぐにわかった筈なのに、この時の私は、全く母に反論することができなかった。それはただ単に、その時立場が弱かった為ではなく、母の言っていることに筋が通っていないということからして、この時点ではっきり認識できなかったからだった。〝えっ、何かおかしいな〟とまでは思ったものの、母のもの凄い剣幕に気圧《けお》されてしまった。これも結局〝母には敵わない〟という幼少時からの呪縛、〝催眠術〟のようなものが、強く効力を保っていた為だと感じる。

それで、どんなに筋が通らないことを言っても、自分が怒りの感情を思いきり爆発させさえすれば、私の非難や抗議など、すべて簡単に撃退できてしまうことを体得した母は、それ以後も繰り返しそのやり方で、私を撃退し続けた。そして自分でも本当に驚くのだが、私はそれ以後も延々と、そのやり方で母から撃退され続けて、「もうその手には乗らない。あなたの言っていることには全然筋が通っていない。」と、やっと毅然として言えるようになったのは、早くても40近くなってからだった。その間《かん》、私の病はどんどん拗れていき、私は多大な時間を無駄にしてしまった。私は日頃は、物事を論理的に考える傾向が非常に強い人間だったにも拘わらずである。これを思うにつけても、幼い頃の心の呪縛というのは、本当に怖いと感じる。何とかもっと早く、その呪縛から自分で自分を解き放つことができなかったかと、口惜しくてならない。

もう一つ、女子医大関連のことで、両親にとても腹が立ったことを書き忘れていたので、ここで書いておきたい。それは心研の所長に謝罪に行って、こっぴどく冷たい態度を取られ、私に「もう心研には行かない方がいいぞ。」と言った父が、「所長が『お嬢さんを町医者にはしたくありませんね。』と言ってくれた。」と、嬉しそうに話したことである。母もその話を聞いて、喜んだ言い方をした。私には、所長と両親の町医者をバカにする価値観が嫌だったし、そんなことで所長を有難がる両親の卑屈さが、もっと嫌だった。

更に父はその所長のことを、「位、人臣を極める人」とまで言った。私自身、できるものなら社会的地位を求めたい気持ちは十分あったが、人間にはそれよりももっと大事なものがあると正直に考えていたから、父の言動は非常に不快だった。しかしこれについては、立場の弱さから反論できなかった。そしてそういう精神的状況から、また新たな過ちを犯す結果になってしまった。

その過ちというのは、次の進路選択に関することだった。昔から短気だった父は、私が心研を辞めて千葉の家に戻るとすぐ、早く次の身の振り方を決めるよう、催促し始めた。父は私が小学生の頃、父に何かを訊かれて返事に迷い、黙っていると、「おい、早く返事をしろ！」と、もの凄くおっかない声で怒鳴りつけてきた。それで私が恐る恐る、「今考えているところだから」と小さい声で言うと、「だったら今考えているというだけでも、さっさと返事をしろ！」と、また怒鳴りつけるという風だった。だからもうすぐ27という年になっても、父に早く次の進路を決めるよう求められた私は、気が気ではなくなってしまった。早く決めてしまわないことには、正直な話、生きた心地がしなかった。

それでその状況から一刻も早く脱したかった私は、十分な検討をせずに、見切り発車的に次の進路を決めてしまったのである。具体的には東大の基礎医学系の大学院だったのだが、結局興味や意欲が続かなくて、そこも2年で挫折してしまった為に、私自身、再び精神的にダメージを蒙《こうむ》ったけれども、先方に対しても非常に失礼なことをしてしまい、大変な迷惑を掛けることになってしまった。今でも本当に申し訳ないことをしてしまったと後悔している。

基礎医学の大学院を志望するに当たって、私自身の自発的な意志も、あるにはあった。心研での生活が挫折した後も、私は何らかの形で、心臓病の子供を救う為の仕事がしたいと考えていた。そして心研での体験が、次に追求したいテーマを思い着かせてくれた。

心研では毎日、次から次に、最重度の部類に属する心臓奇形の子供の手術が行なわれていた。その中には、私が医学部最終学年の小児科で受け持って、その半年後に亡くなった子供と同じ、完全大血管転位症の子供も居た。しかし、それらの子供達の助かる確率は、当時はまだまだ低かった。それは、根治手術が成功して、心臓の構造や血液の流れる順序が完全に正常化しても、何故かその後、心不全（心臓のポンプとしての働きの低下）が急激に進んで、どんなに強力な強心剤を使っても回復させることができず、死に至る子供が多かったからである。しかしその一方で、心不全が一過性で改善して、命を取り止める子供も居た。

それで私は、どういう場合に心不全が不可逆的に進行し、どういう場合に一過性で済むのか、その運命を分けるものは一体何なのか、心筋の細胞レベル、分子レベルに於いて知りたいと思った。それがわかれば、現在の治療法では助けられない子供達を助ける、新しい治療法が見つかるかもしれないと考えたからである。

'84年に医学の分野で懐いた夢としては、かなり壮大な夢だったと思う。

その夢を追求する為に、これからは基礎研究を目指したいというヴィジョンを話すと、勿論父は一も二もなく賛成した。父は、アカデミズムと権威を高く評価する価値観を持ち、私には学問的権威の世界で高い地位を獲得して欲しいと願っていたからだ。そして私自身、その夢が叶えられれば、心研での敗北の雪辱が十分果たせて余りあると感じて、この思い着きに強く惹かれた。

それで、千葉に戻ってからあまり日時が経たない内に、東大の医学部の心当たりの人の下《もと》に相談に出かけた。その人は吉岡先生という、当時、解剖学第1教室の助教授だった人だった。私はこの先生と、学生時代に何かの契機から親しく話をするようになった。勿論、私がやりたいテーマが解剖学の分野には属さないことはわかっていたが、基礎医学の教官で、相談できる人と云えばこの人しか居なかったから、この人の所に行ったのである。

吉岡先生は、とても親切に私の相談に乗ってくれた、私の話を聞いて、「それだったら遠藤先生がいいだろう」と、すぐに紹介の労を取って下さった。遠藤先生というのは、当時東大医学部医学科薬理学第2教室の教授だった、遠藤實《まこと》先生のことだった。遠藤先生は、筋肉の細胞レベルでの収縮のメカニズムを、専ら研究テーマにされていた。それで吉岡先生がその場で電話して私の話をすると、遠藤先生はすぐに会うことをOKして下さったので、私はそこから数十メートルの所にあった、遠藤教授の研究室を訪ねた。

私が改めて直接、「こういうことを解明したい。」という夢をお話しすると、先生は「それなら是非、私の所に大学院生として来るように。」と、とても親切に言って下さった。それに加えて、「直ちに患者さんを助けることにつながるような、大きな研究をするのは無理で、実際に大学院で解明できるのは、もっと基礎の基礎の、小さなことに過ぎないと思うが。」という忠告も、きちんとして下さったが。

しかし、私は教授の最後の忠告を、進路選択の判断材料として重く採用することをしなかった。父に話せる、具体的で実現性の高い進路の候補ができたことにただもうほっとさせられて、自分がその仕事を長期的に継続できるかについての慎重な検討を怠って、その場凌ぎの選択をしてしまった。

それで大学院に入ってからすぐに、困難な状況を迎えることになったのだが、困難な状況は、大学院に入る以前から他にもあった。

その一つは、次の年度'85年の大学院の入試がもう目前に迫っていて、試験勉強がとても間に合わない状況だったことである。入試科目は英語とドイツ語と、志望先の専門である薬理学だったが、私はもともと語学は苦手だったし、学生時代に習った薬理学など、すっかり忘れ果ててしまっていた。それなのに試験は11月と、僅か1カ月先だったから、無茶もいいところだった。そして只でさえ無茶だったのに、私は一向に勉強に意欲が湧かず、さっぱり根気が続かなかった。

それで全体としてはまだまだ荒んで苦しい精神状態にあった私は、いよいよ生きていることが辛くて耐えられなくなって、入試まであと1週間という時期になって、生まれて初めての睡眠薬自殺を図ってしまった。以前から飲んでいたフェノバールを、一度に30数錠（1錠30㎎）、原末換算で1g以上飲んだ。私はフェノバールの正確な致死量を知らず、1gでは致死量に達しなかったから、まる一日かそこらで目が醒めてしまった。最初にうっすら意識が戻った時、両親が私の枕元に来て、母が「ほら、ここに薬を吐いたあとがある。」と、半分もの珍しそうな響きで話しているのを聞いて、嫌だなと思ったのを憶えている。

そして完全に意識が戻って起き上がると、今度は父親から〝問答無用〟で思い切り殴りつけられた。「何が辛いのか？」と訊かれることは一切なかった。この時だけでなく、それ以前もそれ以後も、父が私の辛い気持をわかろうとして聞いてくれたことは、一度もなかったが。この時は、いきなり殴られたことがあまりにも口惜しくて、父のその年の初めの手術は胃癌であり、それも常識的には手遅れの状態であったことをぶちまけてしまった。フェアでなかったとは思うが、自殺を図る程辛い時に、一体何がそんなに辛いのかと、親に少しも関心を持って貰えなかったことが、本当に口惜しく、そして悲しかったのである。

その後母が、「手遅れじゃなかったのよ。ちゃんと全部取れたのよ。」と一生懸命言い繕《つくろ》っていたのが、実に滑稽で忌ま忌ましかった。母は『イソップ物語』の蝙蝠《こうもり》のように、その時々の自分の都合次第で、父の味方に付いたり私の味方に付いたりする人だったからである。

尚、自殺目的で飲んだフェノバールは、やはり埼玉県内のアルバイト先の病院で、自分で処方したものだった。この時期には普段から、毎晩眠る為に5錠（150㎎）ずつ位飲んでいたから、薬に対する耐性ができていた為に、余計死ににくかったのかもしれない。そこからはBZ系の抗不安薬も貰い続けていた。心研を辞めた時に、これらの薬をきっぱりやめなかったことが、返す返すも後悔される。何だかんだ言っても、心研に居た時代、ジアゼパムを静注で用いたのは10回足らずだったし、精神科に9日間入院していた間、内服でもBZは全く飲まなかったが、禁断症状と呼べるようなものは何も出なかった。従ってこの時にやめていれば、全く苦しまずにやめられたし、その後慢性中毒や人格の劣化が進むこともなくて済んだのである。深刻な弊害を知らなかったとは云え、反発や意地で薬をやめなかったのは、本当に愚かだった。

そして睡眠薬から醒めた後も、恐らくは後遺症で、私は以前より更にどろんと無気力で、死ぬ程憂うつな状態が続いた。だから殆ど試験勉強などできなかったが、それでも一応予定通り、試験は受けに行った。勿論、実にひどい出来だった。それでも私は試験に合格した。多分、基礎医学の大学院の志望者は非常に少なかったので、温情で採ってくれたのだろう。それでも遠藤教授は、合格祝いの電話を自宅まで下さって、「出来が悪かったと云っても、不合格だった人も居る訳ですから。」と慰めて下さった。

この頃のことであと一つ、母親との関係でとても嫌だったことを憶えている。当時『不良少女と呼ばれて』というTVドラマが毎日夕方再放送されていて、私はこれを楽しみに見ていた。このドラマでは主人公の少女が、「あんたなんか産まなければよかった。」という母親のひと言に心がプツンと切れてしまい、急激に非行に走り、行き着くところまで行き着くという設定になっていた。私は彼女の生き方が賢いとは思わなかったが、彼女の傷の痛みはよくわかった。

ところがこのドラマを脇から見ていた母が、「親のたったそれだけのひと言で人生を狂わせてしまうなんて、あの子はやっぱり生まれ着き悪い素質を持っていたのね。」と言ったのである。私はこの母の言葉が本当に許せなかった。

私は既にこの頃までに、幼い頃からの母との関係で辛かったことを、自分が精神的に不調に陥った原因として、母に直接抗議していた。例えば小学校3、4年生の頃に、「あんたまでそんな風なら、洋ちゃん連れて死んじゃうから！」と言われたことで、すっかり怖くなり、心の中まですっかり母親の気に入るようにならなければと、自分で自分に強制している内に、自分の本当の意志は一体どこにあるのかわからなくなってしまったことを、とても酷かったと抗議した。しかし母は、「一体私がそれを何回言ったたって言うのよ！」と怒鳴って、頑として自分の非を認めようとしなかった。だからその延長線上の発言として、私は母がドラマの主人公を非難する言葉が、とても許せなかったのである。

幼い子供にとっては親は絶対の存在であり、その親から「あんたって情けない子ね。」と否定的な言葉を投げられれば、子供は、自分は生きていてはいけないのではないかと悩む位動じてしまう。況してや自分の存在が不満であるという理由で、親が親自身やきょうだいの子供の死を仄《ほの》めかしたりしたら、子供は完全に魂の自由を奪われてしまう。そんなことは1回言われれば沢山、1回で十分、子供の一生を支配する力を持つ。しかし母は、親の言葉が子供にとって如何に重いかということを頑として認めず、逆にそれに抗議する私の方を、人でなしでしつこいと非難した。そしてその状況は、極く最近まで続いた。

しかも、「親の言葉にそんなに動じる子供が居るなんて、信じられない。私には3歳の頃からちゃんとした自分の見方と批判力があって、おばあちゃんからどんなに悪く言われたって、〝ふん、何言ってるんだ〟って思うだけで、全然応えなかったから。」というのが、母が私を非難する根拠だったから、私には益々許せなかった。つまり母は、自分が子供の頃に祖母から受けた個々の言行について、私に辛かったとこぼしながらも、それを締め括る時には必ず、「だけどおばあちゃんは大変な思いをして私達を育ててくれたんだから、私はおばあちゃんを恨んでいない。恨むなんてとんでもないことだ。それに私は自分の考えがしっかりしていたから、おばあちゃんから何を言われても平ちゃらだった。」と締め括り続けたのである。

勿論そんなのは大嘘だった。母は、自分が祖母から十分愛されない悲しみと、祖母への恨みを意識下に強力に封じ込め、愛されないが故に自分の値打が信じられない激しい劣等感を代償する為に、自分の人間性や能力を自他に対して極端に高く見せる嘘をつき、その嘘に自分の意識を支配させた。母はとても見栄坊で、類稀なる人格者の如く自惚れていた。その一方母は、意識下に封じ込めた積もりだった祖母に対するマイナスの感情を封じ込めきれなくなって、子供の私をその捌《は》け口にしたし、自分が祖母の言葉に深く傷ついたことを正直に認めなかった為に、私と関わる段になって、自分は子供を傷つけるようなことは言うまいと、自分にブレーキを掛けることもしなかった。つまり母は、非常に自分で自分を飾りたがる〝いい子ぶりっ子〟と、自分の本当の気持を自分で直視できない〝内省心の欠如〟が原因で、私に虐待を連鎖させたのである。

30代になってからは、私は「恨むんなら真っ直ぐに、お母様にひどいことをしたおばあちゃんを恨んでちょうだい。私は何もしてないでしょ。私を虐めるのはやめて！」と、母に繰り返し訴えるようになったが、この私の訴えも、母は極く最近まで受け容れようとしなかった。そして父が私に虐待を連鎖させた機序も、母とそっくり同じだった。だから私は、両親のように自分を実際以上に飾りたがる人、内省心の欠如した人が大嫌いである。自分は絶対にそういう人間になるまいと、できる限り努めている。

そして私は今でも、完全には健康を回復できていないから、母が『不良少女と呼ばれて』の主人公を非難した言葉が、未だに許せない。それは、「子供が親の言葉に深く傷つくなんて嘘。そんなのは、子供が自分の弱さで人生に躓いたのを、親に責任転嫁する為の言い訳。」と、母が私を牽制する為の言葉だったからである。

それでは次に、大学院時代の話に移りたい。私が入ったのは、東大医学部の中の、第2基礎医学という部門に属する、4年間の大学院博士課程だった。その中で、薬理学第2講座という所に所属した。'85年4月1日のことだった。

入学に際し、私は再び千葉の家を出て、薬理学第2教室がある医学部1号館まで歩いて10分程の所にあった、アパートの1室を借りた。ところがその湯島4丁目のアパートの件で、父から早速クレームが付いた。大通りから路地を大分奥に入った所にあったことと、木造モルタルの質素な造りだったことが、クレームの直接の理由だったが、父が本当に一番気に入らなかったのは、私が一人で地元の不動産と交渉して決めたことだったと感じる。

6畳、3畳、台所に、バスとトイレが別々に付いて、狭くない割に家賃が5万ちょっとと安かったのが気に入って借りたのだが、父から「借りる場所を間違えたんじゃないのか。」と言われた。私が住むんだから、私が気に入ればいいじゃないか、とうるさく感じたが、父は現在に至るまで、家族のことはすべて自分が主導権を握り、すべて自分の思い通りにならないと気が済まない〝仕切り屋〟〝専制君主〟で、その点でも母と性格が酷似していた。そしてこのアパートの件では、母から「お父様に『今度の所は俺が行って泊まれるか？』と訊かれたから、『行かない方がいいわよ。』と答えたわ。そうしたらお父様も『わかった。』って言ったわ。」と嫌味を言われるというおまけまで付いた。要するに母は、「あんたは親に冷たい。」とあてこすりたかったのである。

そして肝心の大学院での生活だが、これがとにかく何から何までうまくいかなかった。

遠藤實先生の研究室での生活のメインは、何と云っても実験だったが、これが私はとにかく苦手で、やる気が湧かず、根気が続かなかった。遠藤研に入ると、まず誰もが与えられるテーマが〝シングルファイバー〟で、私もこれをやらされたのだが、とうとうそれが最後までできなかった。「シングルファイバー」というのは、筋線維を1本だけ、端から端まで完全に無傷の状態で、単離した標本のことである。まずトノサマガエルだったか、比較的小さめのカエルの脚から特定の筋肉を1本切離する。

この1本の筋肉が、何百本、何千本という単位の、筋線維の束なのである。それで、その筋肉をシャーレの中のリンゲル液に漬けて、両端の腱をピンで止めて、真っ直ぐピンと張り、数十倍の倍率の顕微鏡で見ながら、ピンセットと安全剃刀の刃を数ミリに割った破片を使って、まわりからどんどん筋線維を切り離していき、最後に1本だけ、端から端まで無傷の筋線維を残す。そうやって残した1本が「シングルファイバー」で、それが1つの筋肉の細胞なのである。つまり、筋肉の細胞単位でのふるまいを知る為には、シングルファイバーの製作が不可欠であり、まずこれをクリアーしないことには、どんな実験も始められなかった。ところが私はこれを、クリアーできなかったのである。

何故できなかったのかと考えてみて、薬の影響で精神が粗雑になっていたといったこともあったかもしれないが、やはり最も本質的な原因は、基礎研究に適性がなかったことだったと感じる。私は、小学校から高校まで理科は得意で、本を読んで理論を理解することは好きだったが、実験は一貫して嫌いで苦手だった。〝心不全が不可逆的に進行するメカニズムを、細胞・分子レベルで知りたい〟というはっきりした目標があれば耐えられるのではないか、と期待したけれども、そんなに甘くはなかった。一日中黙々と、顕微鏡を通して1本の筋肉とだけ向かい合っている生活に、私はじきに嫌気が差してしまった。

それで遠藤教授は、別の実験を私に勧めて下さった。それはトノサマガエルよりずっと大きな食用ガエルから心臓をまるごと摘出して、吊り下げて、リンゲル液を循環させながら数日待つことで、心不全のモデルを作ることだった。これもまず、モデルが確実に作れるようにならないことには、本番の実験が考えられなかったのだが、ここでも私は本番に到達することができなかった。私の操作が乱暴で、心臓に見えない傷を付けてしまっていたのか、私が摘出して吊るした心臓は、どれも24時間持たずに拍動を止めてしまった。

実験以外の研究室でのテーマだった論文読みも、全然成果が挙がらなかった。確か週1回のペースで研究室の勉強会があって、メンバーが交代で自分が興味を持った英語の論文を読んで、内容を他の人達に紹介したのだけれども、他の人達が紹介した論文の内容も却々理解できなかったし、自分の当番が来て論文を読む時にも、全く捗《はかど》らなかった。これはもともと語学が苦手だったことと、'77年に進学振り分けで医学科に進学することが決まって以降、7年余り、高度に難解な論理的思考をする訓練から遠ざかって、頭がすっかり鈍《なま》ってしまったことが原因だったと感じる。たとえ頭を鈍らせていなかったとしても、私には学者になれる程の学問的能力や適性がなかったことだけは間違いない。

そのように、大学院での本業の実験（研究）や勉強で全く成果を挙げられなかった私は、気を紛らし、失くした自信を補償する為に、脇目ばかり振るようになった。純粋な気晴らしとしては、よく一人旅に出かけて、オートマチックカメラでではあったが、写真を撮りまくった。当時行った場所の中では、諏訪や大平山、赤城山などが印象に残っている。また大学時代にやっていた詩作の趣味も復活させて、書店で見つけた『詩芸術』という雑誌に投稿するようになった。現代詩は全体に難解である中で、この雑誌に載っている詩は、比較的わかり易い感じがしたからである。

大学院に入って間もなく初投稿した作品は、大学の前半の頃に書いた「どっちにしても」というタイトルの詩だったが、これが'85年7月号にいきなり掲載された。それでそれから2年余り、ほぼ毎月投稿して、掲載率は3分の2位だったように思う。毎月発売日に書店に行って、自分の作品が載っているか探すのが楽しみになった。また初掲載直後に、都内で行なわれる合評会に来てみないかという誘いも郵便で来たので、それにもひょこひょこ出かけて行った。小さい部屋に10人位集まって、安い茶菓子を食べながら、互いの作品を忌憚なく評し合う会だったが、参加者は老若男女、常識を弁《わきま》えながらもそれぞれ個性があって面白かった。互いに私生活に立ち入ることもなかったので、1年間位は毎月のように参加した。

また副業の臨床のアルバイトにも、かなり熱心に打ち込んだ。アルバイト先は、大学で1年先輩だった人で、研究室は違ったのだが、やはり基礎の大学院に進んだ人が2人程、向こうから親切にやって来て、世話してくれた。科は小児科はなく、一般内科しかないということだったから、私はこの大学院時代に、研修なしのぶっつけ本番で、一般内科の診療を始めることになった。確か火曜日の夜の夜間診療と当直の他に、水曜と土曜の午前中、外来診察に出ていたと記憶する。そして'84年の1月から行っていた、埼玉の病院の小児科の外来は、大学院の途中で辞めたような気がする。

つまり臨床の対象を小児科から内科に変えたのは、全く偶発的な契機からだったのだが、いざ始めてみると、内科の仕事の方が断然面白くなってしまった。というのは、小児科の場合、大学以外の一般病院の外来で診られるのは、ほとんどが風邪と下痢・嘔吐などの急性の感染症に尽きるのに対して、内科の場合は一般病院でも、風邪以外に高血圧、糖尿病、心臓、肝臓、腎臓、膵臓、肺など幅広い病気が診られて、寧ろ風邪以外が圧倒的に多くて、勉強次第で腕を振るえる機会が小児科よりずっと多かったからである。私は患者さんに出会う度にどう対応すべきか本で調べて、診断や治療の力をどんどん高めていった。

また当時（'85年）から一般内科の外来には、ノイローゼやうつ病などの精神科領域の患者さんが、かなりの数混じって訪れていたから、その方達の対応には一層力を入れた。それは、学生時代から精神科に強い関心があったことと、自分自身が患者として精神科の診療を受けてみて、自分の所に来た患者さんをあんな所には紹介したくない、出来る限り自分で診ようと考えたこととの、両方の理由からだった。

それで、まだ27歳と若く、常識の枠に縛られたくなかった私は、診察室以外でもそれらの患者さんに対応した。若い頃から非常に神経質だったという当時60代の女性と、夫のアル中と娘の非行に悩まされていた、当時40代の女性の患者さんが、特に印象に残っているが、これらの患者さんに対しては、診察室だけでは十分話が聴き切れないと思ったので、こちらから御自宅に電話して話を伺うことも、しばしばあった。また60代の患者さんについては、休みの日に御自宅に遊びに行ったり、一緒に映画を観に行ったりということまでした。でもその患者さんとは、先方が却々生活パターンを改善して下さらないことに業を煮やして、数カ月で喧嘩別れしてしまったから、却って酷いことをしてしまった、本当に未熟だったと、とても後悔している。40代の女性の方は、かなり状況を好転させて、お別れすることができたが。

そのように、アルバイトの医者の仕事には意欲が湧いたから、本業である大学院での実験や勉強に、一向に身が入らなかったのは、うつ症状が原因ではなかった。学部学生の時と同じ、スチューデント・アパシーの状態ではあったと思うものの、この時期、うつ症状は消退していた。

しかし、幾らアルバイトの仕事が充実しても、私の心は一向に満たされなかった。表面的には活きいき振舞っていたけれども、心の奥底には、自分は本来やるべきことから逃げているという後ろめたさばかりが募り、どんどん荒んでいくばかりだった。

そしてそれが原因で、大学院時代は、まわりの人達との人間関係が極めて悪かった。まわりというのは主に、同じ研究室に属する助手や他の大学院生の人達だったが、その内、短期間他の大学から来ていた研究生の人達や、教授の秘書や、実験の手伝いに来ていたアルバイトの女性といった人達との関係まで、次第に悪くなっていった。これは今考えると、ひとえに私がいけなかった。自分がそこでの仕事が捗らない苛立ちから、まわりの人達を八つ当たり的に攻撃してしまったからである。

大学院に入って間もなく、私は毎日長時間黙々と、ただ物だけを相手にやる実験の仕事が、つくづく自分に向かないことを痛感させられた。そんなことは最初に説明されていたにも拘わらず、いざ始めてみるとすぐに、不可逆的心不全のメカニズムの解明などという大それた目標に、一体いつになったら少しでも近づけるのか全く見えない生活に、忽ち耐えられなくなってしまった。

そこを何とか耐えて仕事に取り組むことこそ、その時私がやるべきことだったのに、実際の私は、自分が真面目に仕事に取り組まないだけでは足りず、あろうことか、真面目に取り組んでいる他の人達に因縁をつけてしまった。そんな、それがわかったからといって、一体誰のどんな役に立つのかわからないような研究をして、何の意味があるのか。そんな生活に毎日毎日、何年、何十年と耐えられるのは、人間らしい情緒や感情が希薄だからだと。そんな仕事よりも、時々刻々生身の患者さんを助けられる臨床医の仕事の方が、遥かに素晴らしいと。

つまり、親からも他人からも、自分が精神の自由を認められないことがあれ程嫌で、激しく抵抗した私が、他人の精神の自由を認めなくなってしまっていた。そんな自分を深刻におかしいと感じなかったとは、呆れる位未熟だったと驚く。一部は薬による精神の劣化の影響もあったかもしれない。私は、埼玉の病院を辞めて他の病院に移った後も、BZ系の精神安定剤などの向精神薬を、自分で処方し続けていた。

世の中には様々な仕事があって、それぞれに意義がある。また特に他人に迷惑を掛けない限りは、様々な性格の人が居ていい。確かに臨床医の仕事には意義があるけれども、巡り巡って、何億という人達を幸せにする、新しい知識や技術を産み出すことにつながる基礎研究にも、大きな意義がある。日々診療に追われる臨床医だけでは、新しい薬や治療法は生まれない。他に感情を煩わされることなく、粘り強く基礎研究に携わってくれる人達が居てくれなければ、進歩は望めない。それなのに、他の人達の仕事や人間性を否定するような言動を取ってしまったことは、本当に許されないことをしてしまったと恥ずかしい。

自分が臨床医がいいと思うなら、さっさと大学院をやめて、臨床専業になればよかっただけのことである。

それを、愚図愚図踏ん切りが着けられず、2年も居続けてしまった為に、教授をはじめ、他の人達に多大な迷惑を掛け散らかしてしまった。教授と話をする時にも、肝心の実験や研究のことではなく、趣味の詩作や患者さんの診療についてなど、〝脇目〟の領域のことを話題にすることが多くて、本当に申し訳ないことをしてしまった。それでも教授はとても寛容に辛抱強く、自ら私と一緒に実験して下さったり、学会発表をされる際に私の名前を共同研究者として連ねて下さったり、信じられない位親切に私を指導して下さったが、私はとうとう成果を挙げることができなかった。

そして入学から2年後の'87年4月になって、このまま大学院に居続けても2年後に博士号を取得して卒業するのはとても無理と、教授に引導を渡されて、私は中退する決意をした。これは自分の不心得が招いた当然の結果だったが、決まった当初は随分気落ちした。心研の退職に続く繰り返しの挫折で、心の奥底での自信喪失は、確実に進行したし、またこの時にはまだはっきり自覚していなかったが、人生の可能性も確実に狭められた。それで事態を重く見た父が、私が頼みもしないのに、何とか娘をこのまま大学院に置いてくれないかと、教授の所に談判に行ってくれたりしたが、もうどうにもならなかった。

そして、いざ研究室から立ち去る段になると、これまた私が頼みもしないのに、教室のお手伝いの女性達が私の机の中の荷物をさっさと紙袋にまとめてくれるというおまけまで付いた。その時は怒りで気が狂いそうになったが、とことん嫌われたものだと、今では本当に恥ずかしい。

大学院時代、私の心の荒みが現われた行動は、他にもあった。それは、前に少し書いたけれども、女子医大の精神科の女性医師に対する復讐行為だった。とても恥ずかしいことだが正直に書くと、私はまず、実験に使った後のカエルの死骸をビニールかポリの袋に入れて、封筒に入れ、それを郵便で女性医師の自宅に送り付けた。その上、封筒の口の内側には、剃刀の破片をびっしり貼り付けた。あわよくば封を切る時、向こうが指に怪我することを狙ってだった。それ程私の、人としての誇りを傷つけられた怨念は凄まじかった。

その他に、向こうの家の電話をひと晩中コールし続けるということも、繰り返しやった。今思えば、そういう時には向こうも電話線の接続を外していただろうが。朝起きて、コールが止んでいるのを確認して、私が再び電話すると、私より少し年下だという女性医師の娘が出て、「ヒマねえ。」と実に嫌味ったらしく言ったことがあった、私は忽ち逆上して、「ヒマとは何だ！　そういうことは全身縛られて、紙オムツを当てられてみてから言え！」と怒鳴り返し、電話を切った。私はこれらの行為について、今でも逆恨みだったとは思っていない。しかし、聊《いささ》か執念深かったかもしれないとは、反省している。

病気が軽快した今の私は、勿論こんな執念深いことはしない。だからここまで常軌を逸したことをしてしまったのは、それだけ心の病みが進んでいた為だと感じる。もしも大学院での仕事が順調に捗っていたら、恨みが忘れられていたかもしれない。しかし逆に、過去の不幸や他人への恨みが却々忘れられないことで、現在や将来に意識を真っ直ぐ向かわせることができず、益々自分で自分の可能性を殺《そ》いでしまい、自信喪失と心の病みを深める悪循環に陥った愚かしい面も、確かに自分の中に存在したと感じる。しかしそれは冷静になった今になって、ようやく見えてきたことである。だからせめてこれからは、嫌な出来事や他人への恨みを、できるだけ早く忘れるようにしたいと考えている。

しかしそう言った傍から何だが、両親への恨みは、未だに却々忘れられない。大学院の間にも、両親との間の嫌な思い出は増えて、心の関係は益々悪くなっていった。

嫌な思い出の一つは、海外旅行に関してである。私は大学院時代、日本育英会から奨学金を貰いながら臨床のアルバイトもやっていたから、経済的にはかなりゆとりがあった。結局29歳で大学院を中退した後、50近くまでかかって奨学金を返済する羽目になったのだが、当時は結構豊かな暮らしができた。

それで'85年の秋には香港に、'86年の夏にはハワイに、それぞれ全員の旅費を私が出す形で、家族4人で旅行した。それらの旅行は、ある芸能人のファンクラブのツアーだった。前にも述べたが、私は、医学科1年だった'79年初め頃に、当時はアイドル的だったある歌手のファンクラブに入り、大学院学生の頃も会員を続けていた。それでファンクラブから海外ツアーをやるという報せが来た時に、これは絶対に家族4人で行きたいと思ってしまった。その辺が、その頃の私の不可解なところだった。

実は'85年の香港が、私にとって初めての海外旅行だったのだが、そういう大きな楽しいことをやろうという時には、私は自分一人でやるのは気が咎めたし、両親や弟も一緒に楽しませてやりたかった。それは私の正直な気持だった。私は両親の支配や酷い言行を憎みながら、両親への思慕が捨て切れなかった。十分に愛されない、評価されないことを恨みながら、正にその飢餓感故に、愛されたい、評価されたいという執着が捨て切れなくて、益々尽くそうとした部分はあったが、両親を喜ばせたい気持は、そういう損得勘定だけではなかった。

だがそういう私の思いは、あまり報われることがなかった。香港は、母と弟にとっても初めての海外旅行だった。父は私が2、3歳の頃に、一度自衛隊の仕事でハワイに行ったことがあったけれども、観光で海外に行くのは初めてだった。それでこの旅行に一緒に行こうと提案した時、父には「海外になんか行く必要ない。」と、いきなり冷や水を浴びせかけられた。もともと観光旅行は、必要があって行くものではない。楽しむ為に行くものである。きっと父は、自分が家族を海外に連れて行くより先に私が連れて行くと言い出したことが、気に入らなかったのだろう。後になって気が付いたけれども、実に僻《ひが》んだ人だった。

結局、母の強い希望で香港には行くことになった。しかしその後も、細々《こまごま》と嫌なことが沢山あった。

私は家族と一緒に家を出る為に、旅行の前の日、千葉の家に帰った。そしてみんなで準備をしている時に、私が何気なく「どう？　進んでる？」と声を掛けると、いきなり母が「まだ全然荷物できてないわよ！」と、心底忌ま忌ましそうに怒鳴り返してきた。私は本当にびっくりした。別に私が邪魔をして準備が進まない訳ではなかったのに、何故怒られなければならないのか、さっぱりわからなかった。子供の頃からの延長線上のことではあったが。

またその母が父に「あなた、ネクタイを1本用意しておいた方がいいわよ。ループタイでもいいんじゃない？」と言うと、それに対して父が「香港くらいでそんなものか。」と答えるという場面もあった。要するに「大して高級な場所に行く訳でもないのに。」と、父は言いたかったのである。そして母が、そのループタイを捜しているところへ、私が「お母様、あれ、どこにあるかしら？」と何か捜し物を尋ねると、父が今度は「おい、真実の方を捜してやれ。ループタイなんかいいから。」と、実に嫌味な調子で言った。

また母は母で、やはり準備の最中で、旅行会社から来た注意書きに目を通して、「食事中にげっぷをしない。」という項を、殊更父に聞かせるように大きな声で読んだ。胃癌の手術から1年半程だった父は、まだ食事中にげっぷが出るのを抑えられないことが多かったのである。当てこすられた父は、当然きっと目を吊り上げた。これは父が気の毒だと感じた。母は自分が礼儀作法を完璧に弁《わきま》えた上流の人間であるとひけらかすことと、他人のどうしようもない弱みを突《つっ》つくことが大好きな人だった。

そして現地に行ってからも、辛いことはいろいろあった。まず着いてすぐの昼食の会場に件《くだん》の歌手氏がやって来て、参加客全員に挨拶をした後、約10人ずつ座っている各テーブルを回り、一緒に記念写真を撮るというイベントがあったのだが、写真を撮ると聞くと、父はさっと席を立って、会場の隅に逃げてしまったのである。これには本当に狼狽させられ、胸が潰れそうになった。母もこれは良くないと思ったようで、「何やってるの。洋ちゃん、お父さん呼んでらっしゃい。」と、弟を呼びにやらせた。それで父は不承不承席に戻って来たけれども、尚も「勘弁してくれよ。」と言い続けた。そして撮影の後、歌手氏が何か話しかけたさそうに父の顔を一生懸命覗き込んだが、父は完全に無視した。

またその歌手氏は、当時香港でかなり人気があったので、ツアー中2晩続けて、大きな体育館でコンサートが開かれた。それで、私と弟は当然、2晩続けてコンサートを観たが、父は当然（？）これも拒否した。母は観たかったようだが、父が観ないというので、それに付き合った。父は、他のツアー客の中の年輩の人相手に「私はどうも、あのコンサートというのが駄目でしてねえ。」とヘラヘラ笑いながら気取った調子で言った。「私はそういう種類の人間ではありません。」と言いたいのが、よくわかった。そして日中のスケジュールが終わると、ホテルに送って貰う為に母と二人だけで大きなバスに乗り、コンサートに向かう他のお客さん達を睥睨《へいげい》するように、満悦の笑みで立ち去って行った。私は、我が親ながら本当に嫌な奴だと思った。常務取締役（当時の父の会社での役職）だか何だか知らないけれど、それがそんなに偉いのかと、腹が立って仕方がなかった。

他に、オプショナルツアーで中山県の観光に4人で参加した時に、私が、所謂観光スポットではなく、犬の死骸がまるごとぶら下がっている市場やら、向こうの一般の人達の日常の生活の場を次々にカメラに納めていると、「そんな写真ばかり撮ってどうするのよ。」と、母に口を入れてこられたことも不愉快だった。母は絵ハガキになるような場所しか写真に撮る値打がないという感覚の人だったようだが、私は逆に、本当にその場所に行かなければ撮れない、その土地の一般の人達の生活の場を撮る方が、ずっと面白かった。別にフィルム代を向こうに出して貰っている訳でもないのに、向こうの狭い価値観で、こちらの行動を細かく規制してこられるのが、息苦しくて堪らなかった。

何しろ香港は、私にとって初めての海外だったから、これも4人で一緒に行ったタイガーバームガーデンや、エキゾチックなマカオの街など、異文化に触れられた楽しい体験もいろいろあったのだが、今でも辛かった記憶の方が、圧倒的に沢山浮かんでくるのが悲しい。

そんな風に、香港旅行はとても惨めな結果に終わったが、翌'86年にファンクラブから、今度はハワイツアーの報せが来ると、私はまた性懲りもなく、4人で一緒に行こうと両親を誘ってしまった。動機や理由は香港の時と同じだったが、結局この時も惨めさを上塗りすることにしかならなかった。

ハワイの時には、父も最初から計画に反対しなかったが、この時は、嫌なことはまず母から起こった。ハワイへ行く少し前に千葉の家に帰った時、母が父も居る所で「同窓会で、『今度ハワイに行くのよ。』って話したら、友達から『ハワイはいいわよ。』って言われたわ。」と実に得意満面、嬉しそうに話した。とそこまでは良かったのだが、そこで私が何の気なしに、「あら、(他の人達は)行ったことあるの。」と訊いたら、忽ち母の顔付が険しく変わり、「あのね、行ったことがない人の方が少ないのよ。」と、こちらの認識不足を窘めるような調子で言ってこられたのである。母は昔から〝幸せ自慢〟の高校の同窓会（出身が名門校である のが大の自慢である。）が大好きで、ほとんど皆勤出席していたが、その母に言わせると、「私の友達はみんな、ハワイくらい当たり前の人達なのよ。」ということのようだった。何だか「もっと早く連れて行かなくて、甲斐性なしの子供で済みませんでした。」と謝らなければならないような雰囲気で、これは本当に悲しかった。

そして次の嫌な話も、母の言動に関することである。これもハワイに行く少し前に、千葉に帰った時、母がこんな話をした。「銀行で、お札がザーッ、ザーッとどんどん出てくるじゃない。それを見て『わー、凄い。』って、女性の行員さんが目を見張ってね。だから『家族4人でハワイに行くのよ。〇〇（問題の歌手の名前）のツアーで。』って言ったら、『えっ、〇〇のツアーなんですか。わー、私も行きたいわ。』って、凄く羨ましそうだったわ。」と。

これは私が、旅行費用の払い込みの手続きを母に代行して貰ったことから起きた話だったが、母はとても嬉しそうに、上擦《うわず》った調子で話した。母は、親子の間だったから真っ正直に話したのだろう。母をこんなに喜ばせるというのは、私には滅多になかったことだったから、親孝行できて良かったのかもしれない。でも私には、選《よ》りにも選ってそんなことが喜ばれたということが、情なくて仕方がなかった。母は私の銀行口座から旅行代金を引き出して、それが4人分だったから、現金自動支払機から1回では引き出せなかったということである。

またお金のことだけではなく、母が日頃その歌手氏のことを必ずしも良く言っていた訳ではないのに、銀行員という見ず知らずの他人を羨ましがらせる為にその人の名前を利用したことも、私にはとても嫌だった。

実際大学の頃、母と二人でこの人のリサイタルを観に行って、その後で母から「ステージの上で、あの人が小さく小さく見えたわ。ああいう職業の人は、大きく大きく見えなければいけないのに。」と貶されたことがあった。母は日頃から、自分には演劇をやった経験があるから、芸能人に対しては見る目があると、私に吹聴していた。だからそれをまだ素直に信じていた大学の頃は、その人が仕事の面で低く評価されたというニュアンスで、心が翳《かげ》った。実は、母にそう見えた本当の理由は全然別のところにあったことを、ずっと後になって気付かされて、とても恐ろしい思いになったのだが、それについてはまた後に譲りたい。今はとにかく、そうやってその人を貶しておきながら、他人を羨ましがらせたい時だけ、母がその人の名前を都合よく利用したのが許せなかったというところだけに、話を留めたい。

現地ハワイに着いてからは、またぞろ父の意地悪に苦しめられた。宿泊先のホテルに着くと、私と顔見知りの他の参加客の数人の女性達が父に挨拶してくれたのだが、父はそれに対して、露骨に嫌々ながらとわかるわざとらしい作り笑いを浮かべて、形ばかりの会釈を返した。「私は本来、こんな所に居るべき人間ではない。」というメッセージが、父の全身から発散されていて、私は挨拶してくれた女性達に恥ずかしくて申し訳なくて堪らなかった。

またその歌手氏とは関係なく、オプショナルツアーでマウイ島に行った時にも、父は一体何が気に入らないのか終始苦虫を噛み潰したような表情をして、みんなでパイナップル列車に乗る時、一人だけ乗らず、バスで次の目的地へ行って待つなどということをした。

歌手氏と直接関係のない時でさえそんな風だったから、歌手氏のイベントの時の意地悪は、とてもその比ではなかった。船上で夕食とコンサートの催しがあった時に、下船の際、歌手氏が参加客一人一人と握手をして見送ったのだが、その時父は、わざわざ握手を避けて下船した。何だか見下しの感情を相手に見せつけることに無上の喜びを感じているという体《てい》で、心が凍り着いた。幾らこちらがお金を払って参加している客であっても、そこまで侮辱することは、人として許されない気がした。少なくともその時点では、その歌手氏は私達に対して何も悪いことをしていなかったからである。

また別の夜に、その歌手氏が参加客が宿泊している部屋を一つ一つ回って、一緒に写真を撮るという催しがあったのだが、その時にも父はわざと、私達がその催しに間に合わないように作意した。その夜のイベントの内容は秘密になっていたのだが、とにかくイベントがあるので夜何時までにはホテルの部屋に戻っていて下さいという、事前の通達はちゃんとあった。それなのに父は外のレストランで夕食を済ませた後、ワイキキの街の中をぐるぐる、わざとゆっくり私達を連れ回して、時間までに部屋に帰り着かないようにさせた。それで部屋に戻ると、「お部屋にお伺いしましたが、いらっしゃらなくて残念でした。」という内容のメモがドアに貼り付けられていた。その時の私の落胆は、とても言葉に尽くせなかった。しかし父は冷たく口の端を歪め、肩を竦《すく》めただけだった。

その後私は知り合いの他のファンの人達の助けを借りて、歌手氏が今、どの階を回っているかを突き止めて、母と弟を連れてその階まで行き、母に、弟がとてもがっかりしているからとマネージャー氏に頼み込ませて、やっと3人で一緒に廊下で写真を撮って貰うことができた。しかし父はこの件について、最後まで謝ることはなかった。

そんな風に、ハワイでは本当に香港に輪をかけてさんざんな思いをさせられたから、千葉の家に帰った後で、父に「有難う。楽しかったよ。」と本当に口先だけの御礼を言われたものの、ボロボロの気持が救われることは全くなかった。私がまだこの頃も、芸能界に対して強い憧れを懐いていたから（本業の大学院の勉強がうまくいかない分、憧れが強く復活していた。）、父は余計芸能人を嫌ったのかもしれないし、また私がその歌手氏に対して好意を持っていたから、父は心穏やかではなかったのかもしれない。しかしそれらが私に対しても歌手氏に対しても、そこまでの意地悪や侮辱を加えていい理由になるとは、とても思えなかった。

そして母についてもおまけが付く。母は、この時のハワイ行きにはとても乗り気で、向こうでも楽しんでくれていた。何より旅行代金の払い込みの時に、女子行員から羨ましがられたことを、あんなに喜んでいた。それなのに、私が30代になって以降、私と感情的に対立するようになると、母は臆面もなく「あんたが○○（問題の歌手氏の名前）にのぼせた御蔭で、家族全員が振り回された。」と言うようになったのである。しかも自信たっぷりに攻撃してきた。何という節操のなさだったか。私は本当に口惜しくて気が狂いそうになった。

要するに香港とハワイ、私が大学院に居た間の、２回の一家揃っての海外旅行で、私が父について耐えられなかったことは、いじけと僻みが裏返った、極端な尊大さと底意地の悪さであり、母について耐えられなかったことは、あまりに強すぎる虚栄心と節操のなさだった。母も、私を平気で傷つけた点では、父と変わりなかった。

このように両親について嫌な記憶ばかりが残っているのは、未だに断続的に両親に心を傷つけられる出来事が繰り返されていることと、私のうつ状態が完治していないこととが原因と思われるが、次の大学院時代の母についての記憶も、とても嫌な記憶である。これにも母のいじけて歪んだ心性が、よく現われている。

'81年1月、大学5年目の終わり頃の脳外科の病棟実習で、当時生後7カ月になる直前だった、髄膜脊髄瘤の女の赤ちゃんと、そのお母さんと知り合いになったことは、以前に書いた。私はその女の子Aちゃんやお母さんと、まだ大学院時代も付き合い続けていた。私はAちゃんが東大病院を退院した後も、東北に住むお母さんと時々電話で話をして、Aちゃんのその後のことについて、及ばず乍ら相談に乗っていた。

　そして地元の施設（通所）での下肢に着ける装具づくりとリハビリが思うように捗らず、Aちゃんが却々歩けるようにならないと聞かされていたので、私は卒業前の'82年初め頃、当時東大病院のリハビリテーションセンターの所長だった上田敏《さとし》先生に、Aちゃんを診ていただけないかと相談した。上田先生が快諾して下さったので、'82年4月、私の国家試験が終わるのに合わせてAちゃんとお母さんに出て来て貰い、上田先生に初めて診察していただいた。この時は、私はまだ千葉の家に居たので、Aちゃんとお母さんには千葉の家に泊まって貰い、母も快く世話してくれたし、父も気持よく2人に接してくれた。

　そしてこの時の受診でつくった短下肢装具が脚によく合って、Aちゃんは歩けるようになった。それ以来、Aちゃんとお母さんは半年に1回ずつ上京して、装具をつくり直すようになった。幼い子供は身体の成長が速い為、その位のペースでの装具のつくり直しが、どうしても必要だった。それで、その後半年に1回、東大病院を受診する際には、心研に居て大変だった時期を除き、Aちゃんとお母さんにはいつも、私が一人暮らししていたマンションやアパートの部屋に泊まって貰っていた。食事も大体私が作ったものを御馳走し、Aちゃんにはグラタンが好評だった。

　ざっとそんな風に、Aちゃんやお母さんとの付き合いは続いていたのだが、'87年の初め頃、小学校入学を目前に控えたAちゃんは、東大（リハビリテーションセンター）からの紹介で、板橋区内にある心身障害児療育センター内の病院に入院して、特に変形が強く進んでいた、左の足首の関節の変形を矯正する為の手術を受けることになった。その為、手術後のリハビリの期間も合わせて約1カ月近く、Aちゃんは親元から離れて一人で入院しなければならなくなった。Aちゃんはもともと、とても外交的で明るく元気な子だったものの、何しろまだ6歳で、1カ月も親と離れるというのは初めてだったから、お母さんも私も随分心配したのである。だからお母さんも週1回は、東北から面会に出て来たし、東京に居て、半分お母さん代わりを自認していた私は、それを補うように週2回ずつ位面会に行って、Aちゃんが寂しくないように、できるだけ長い時間一緒に居るようにした。

そうやってAちゃんが入院している間に、一度だけ母と一緒に見舞いに行ったことがあった。問題の嫌な記憶というのは、その時のことである。この時は確かに私の方から、Aちゃんの見舞いに行かないかと母を誘ったと思うが、そうしつこく誘った記憶はない。母は私が誘うと、二つ返事で乗ってきたように思う。そしてこの時は弟も一緒に来た。弟は、Aちゃんが1歳9カ月の時に千葉の家に来て泊まった時、可愛くて堪らない様子であれこれ世話を焼いていた。

ところがいざ見舞いに行ってみて、母はAちゃんの様子が気に入らず、Aちゃんにも私にも、とても冷ややかな態度を取ったのである。

Aちゃんの部屋には6人位の女の子が入院していたが、そもそも母はAちゃん以外の子供に、積極的に声を掛けた。Aちゃんは赤ちゃんの頃から顔立ちの可愛らしい子だったが、母が声を掛けた女の子は、顔立ちには恵まれていない子供だった。自分よりも他の子供に先に声を掛けられたことが寂しかったのだろう、A

ちゃんは母に対してちょっと拗《す》ねた態度を取った。そして絵本を見ながら弟に、「ねえ、これわかる？」と話しかけたりした。すると母は忽ち顔を曇らせて、「この子、ちょっとおかしいわね。」と、とても険しい、非難的な調子で言った。私は反射的に激しく狼狽してしまい、どう取りなしていいか、咄嗟に思い着かなかった。

それで母は部屋を出るまで、硬ばった表情と冷ややかな態度を全く崩さなかった。但し、母が積極的に声を掛けた女の子が、母が帰る時、「おばちゃん、また来てね。」と実に大人受けする言い方をしたのに対しては、母は「この子、本当に可愛い子ね。」と、わざとらしく感極まった言い方をするのを忘れなかった。実にしんねり、ねちっこい言い方だった。そして部屋を出た後で、「あんな、洋を試すようなことを言うなんて、嫌な子。」と、改めて非難した。

それで、とてもやりきれなくなった私は「あんなにAちゃんに冷たい態度を取らなくてもいいじゃない。」と、母に抗議した。すると母は、「あんたが見舞に行けと言うから行ったのに、行き方が悪いと文句を言われるんじゃ立つ瀬がないわ。」と言い返してきて、私は益々救いがなくなった。

確かにAちゃんが弟に対してとった行動は、いいものではなかったと思う。しかしそれは、弟が幼い頃、近所の子供達が取った、「この子おしなの？　バカなの？」という言動と同じように、ものの道理がわかっていないことが原因だったと感じる。この私だって小学校4年にもなって、知的障害のある同級生のお母さんに「バカをバカと言って何が悪い。」などと、とんでもないことを言ってしまったことがあった。私はその時、その子のお母さんから「そういうことを言うものではない。」と叱られて、本当に悪かったと後悔し、以後二度とそういうことは言わないようになった。だからこの時母がやるべきだったのも、「嫌な子」と感情的になって、Aちゃんに冷ややかな態度をとることではなく、「そういうことを言ってはいけない。」と、冷静によくわかるように、Aちゃんを教え諭すことだったと感じる。私も心の余裕を失ってしまい、この時母に代わってそれができなかったことが、とても心残りである。

それから「おばちゃん、また来てね。」の女の子について、母が殊更「本当に可愛い子」と私に言って聞かせたのも、母一流の心の歪みがよく現われていて、私はとても嫌だった。つまり母が〝可愛い〟と感じる子供は、大人が頭の中で観念的につくり上げた〝子供像〟に、ぴったり当て嵌まる子供でしかなかった。はっきり言ってしまえば、大人に阿《おもね》る気味の悪い子供である。そして母がそんな子供しか可愛いと感じられなくなってしまったのも、母が幼い頃に自分で自分の心を著しく歪めてしまったことが原因だったに違いないと、私は見ている。

これまでにも何度も書いたけれども、母は、自分が幼少時から思春期に至るまで、自分の愛情欲求を満たしてくれず、自尊心を傷つける言動を度々とり、また自分が周囲の大人達から迫害される原因をつくった祖母のことを、正直に憎む、恨むということをせず、〝私はおばあちゃんから何を言われても平ちゃら〟〝産んで育ててくれた親を恨むなんていうとんでもないことを、私は絶対にしない〟と、極端に自分を飾る嘘を自他に対してついてきたから、自分以外の人間を見る時にも、わざとらしく綺麗に取り繕った人間しか受け容れられなくなってしまったのだろうと、私は見ている。

当然、実の子の私に対しても、母はそういう〝可愛い子供〟を求めてきて、気に入るようにならなければ弟を連れて死ぬと脅かされたこともあり、私も、外のみならず内面から、自分を母が気に入るように歪めるべく、死にもの狂いで努力した。そしてとうとう精神の病みが顕在化するに至ってしまったが、それでも、というよりそれで益々気に入らなくなって、その後私に対して〝現実のおまえは気に入らない。私の気に入る別の人間になれ。〟という圧力を、母は一層強めていった。きっと母のように嘘で塗り固めた人間にとっては、私にしろ他人の子供にしろ、素の人間、つくらない人間は、自分の嘘を強く意識させて、不快、或いは脅威でさえあったのだろう。

母は私が子供の頃からよく、「私は子供なんて大嫌い。人間の性は善なんて嘘。子供は残酷なエゴイストよ。」と私に言った。また「休みの日の電車はジャリジャリして（子供が沢山乗っていて、うるさくて）嫌い。」というようなことも、感情をたっぷり込めて言った。それらも、母が自分で自分を極度に歪めたことを反映した発言だったと思うが、私にとっては、まだ自分が子供であった時期に「子供なんて大嫌い。」と言われたのは、非常に残酷だった。そして母の大嘘の根本の動機は、〝私はこんなにも気高い人格者〟と自他に演じて見せることによって、まわりから挫かれた自尊心を回復したかったからに違いない。しかし申し訳ないけれども、素のエゴイストの子供よりも、偽善的な母の方が優しい愛に満ち溢れていたなどということは、間違ってもなかった。

それからAちゃんとお母さんについて、私の精神の病みに強く関係したことで、もう一つ書いておきたい問題がある。それはこの2人に私の母が、強く嫉妬したことである。私はAちゃん母子が東大病院受診の為に上京すると、その機会に都内のちょっとした観光スポットに、よく遊びに連れて行った。特に時間が自由になり易かった大学院時代はそうしたが、せいぜい東京タワーやNHK放送センターといった程度の場所だった。それなのに母は、「どうして○○さん（Aちゃん母子の姓）にばかり、そんなに良くしてあげるの？

私には、まるで要らないものみたいに何もしてくれないのに。○○さんがあんたの困った時に、一体何をしてくれるっていうのよ?」と私を責めてきたのである。

母の主張が全く不当であることは、これまでの記述からだけでも、十分わかっていただけると思う。私は大学院時代、母を香港やハワイなどの海外だけでなく、国内のバス旅行にも度々連れて行っていた。それを、他人をタカが東京タワー程度の所に連れて行っただけでガタガタ言う母は、本当に度外れて嫉妬深く我儘な人だった。

とにかく母は、自分一人だけが私にとって、他の誰とも較べものにならない程大切な存在であって、私から下にも置かない位大切に扱われないと、どうにも我慢ならなかったのである。私はほぼそれに近い扱いを母に対してしていたと思うのだが、それでも私が母以外の人間に対して何かちょっとでもしてあげると、母は猛烈に不満で、しかもそれをあからさまに言葉で訴えてきた。自分が如何に幼児のようなみっともない駄々を捏《こ》ねているか、当時の母には全く自覚できないようだった。当時まだ30前だった私は、そういう母を非常に重圧で耐え難く感じながらも、あなたの言っていることは間違っていると徹底的に説明して、向こうの無茶な要求を撥ねつけることができずにいた。それでそんなところでも、フラストレーションがうっ積していっていた。

そして少し前に書いた、香港とハワイのツアーに家族で参加した歌手氏のことを、母が「あの人がステージの上で小さく小さく見えた。」と言った件についてだが、あれも母の信じ難く強烈な嫉妬を表していたと見ている。つまり私の気持の一部がその歌手氏に向けられて、自分が私の心を独占できないことが、母には我慢ならなかったのだ。だから恐らく母は、その歌手氏に消えて欲しかったのだろう。歌手氏が「小さく小さく見えた」のは、母がその人の存在を〝抹殺〟したかった気持の現われで、母自身、自分のその恐ろしい感情を自覚できていなかったから、言葉での表現はそういうものになったに違いない。

それで私はこの一つのことからも、内省心の薄弱な人は、本当に恐ろしくて醜いと強く感じる。母のこの時の私に対する感情は、絶対に〝愛〟ではない。愛とは相手の幸せを願う感情である。もし私を本当に愛していたなら、その歌手氏を抹殺したいと思った筈がない。母は、自分の心の恐ろしい正体が自覚できなかったからこそ、そんなことを考えるべきではないと、自分を制することもしなかった。だから内省心に欠ける人は恐ろしいと感じる。

尚、私がこの時の母の心の正体に気付いたのは、ずっと後になってからのことだった。その後、私はまた別の芸能人のファンになり、その人が出たTV番組を母が見た後で、母がまた私に「あの人が画面の中で小さく小さく見えた。」と同じことを言ったことで、その瞬間、母は要するに、私の心を奪う人には消えてなくなって欲しいのだということに気が付いて、心が凍り着いてしまった。それは'97年頃のことで、母の最初の発言からもう20年近く経ってからのことだったから、少なくとも20代の頃にはまだ、母が私の憧れの対象を心の中で抹殺したがっているというところまでは、はっきり気が付いていなかった。それでも母の独占欲の重圧には、じわじわと心が疲弊させられていっていた。

何故母がそこまで、私にとって他の誰とも較べものにならない位重要な存在でないと気が済まなかったかと云えば、母がそのことに、自分の生きる意味や存在意義を完璧に依存していたからだと考えている。

母はもともと自分が何事かを為すことによって、自分の生きる意味を産み出す性質《たち》の人ではなかった。結婚前は、演劇のサークル活動や幼稚園教諭の仕事で、生きる意味が産み出せていたかもしれないが、結婚して専業主婦になってから、その機会を失った。たとえ主婦になっても、家の中の仕事や社会活動の機会を見つけて能動的に動くことで、自分の生きる意味を産み出すことは幾らでもできたと思うが、母はもともとものぐさで、そういう生き方は苦手な人だった。

そんな労力の要ることより、遥かに手っ取り早く自分の存在価値を実感できるやり方は、身近な他の誰かにとって重要な存在になり、相手を支配すること、徹底的に自分の思い通りに動かすことだった。そして最もターゲットにし易かったのが、実の娘の私だったということだろう。母でなくても、私がこれまで患者として診てきた年輩の女性達の中にも、実の娘はお人形さん感覚という人がいっぱい居た。これは大いなる誤解であり、娘にとっては大迷惑だが、確かにうまくやれば自分の力を如実に実感できるに違いない。

私の母の場合、父のことも極力自分の思い通りに支配したがっていたし、父が自分（や家族）よりも会社の人間関係を優先すると、これまた強く嫉妬して、父が会社の人を家に連れて来ることを、断固拒んだりしていたが、父は時折癇癪《かんしゃく》を起こしながらも、全体としては上手く会社の仕事に逃げていた。それにしても支配される側は堪ったものではないから、自分の存在価値を自分に拠って立たない人は、非常に傍《はた》迷惑だと感じる。

第11章

臨床医への復帰と精神疾患の再発

では次に、大学院をやめてからのことに話を移したい。

'87年4月に大学院を中退した私は、またすぐ、次の進路探しに取りかかった。それは大体、自発的意志からだった。何もやらずに居るのは、精神的に居たたまれなかったからである。父などの他人から何も言われなくても、無為に過ごすのは許されないという感覚が、私は子供時代からの躾でしっかり身に着いていた。それでとりあえず、4月から6月まで、『日本医事新報』で見つけた巡回事業所健診のアルバイトで生活費を確保しながら、次に身を置く場所を探した。

この時の進路選択の過程に於いては、父から相当細かく注文や意見を挟まれた。

まず最初に、東大病院に戻って内科で研修し直すようにという、極めて具体的な要求を出された。そうすれば、これまでの2回の失敗がすべて帳消しになるからという理由付きだった。更には、研修を終えたら、行く行くは名もあり権威もある大学医局の関連病院で、せめて部長くらいの地位に就くか、若しくは私大の助教授か講師くらいにはなって欲しいという注文まで出されたのである。しかも「そこまでは頼む。」という言い方でだった。

私は、何故父に頼まれて自分の人生を生きなければならないのか、さっぱりわからなかったから、父のこの言葉を極めて不快に感じた。しかしそれを母に訴えると、母からは「親だったらそれ位の夢は見ても、罰は当たらないんじゃない？」と、自信たっぷり、押さえ込むような調子で言われてしまった。今考えると何故罰が当たらないのか、これも全く意味不明の言葉だったが、私は咄嗟に返すべき言葉が見つからず、黙り込んでしまった。つまりそれだけまだ、子供は親の期待に応えなければならないのだという、理屈抜きの強迫観念に、強く支配されていたのだと思う。

しかし、私もまだこの頃は、社会的な地位や名誉といった、世俗的価値を求める欲を、自分自身かなり残していたから、一応父に言われた通り、もう一度東大病院に戻って内科で研修し直せないか、その年卒業したばかりの研修執行委員会のメンバーに打診してみた。研修開始は6月だったから、まだ時期的には間に合ったのだが、その委員からは難色を示された。私はその時、卒業から5年を経過していた。そして小児科でひと通りの研修が済んでいた。だから卒業してすぐの人達と同じ立場での研修は、制度上受け容れにくいというのが、彼の説明だった。

私はその回答を聞いて、すぐあっさりと内科での研修は諦めてしまった。学生実習での経験からも、内科に研修に入った同級生の話からも、内科の医局は実に封建的で息の詰まる場所で、もともと気の進む場所ではなかったから、さほど残念だとも思わなかった。

しかし、その意志決定を父に伝えた時の、父の反応には、とても心を重くさせられた。私は、「これからは純粋に患者の診療だけをやる、臨床の医者としてやっていきたい。」と、父に意志表示をした。すると父は、ギロリと目を剥いて私の顔を覗き込み、上口唇が鼻に着くように、わざと大袈裟に口を開け閉めして、「技術屋だな。」とひと言吐き捨てるように言った。その声と表情には〝アカデミックでない〟という軽蔑がいっぱいこもっていて、私の自尊心を傷つける意図は明白だった。私はまたしても大いに打ちのめされた。

しかし打ちのめされたままじっとしていられる性分でもなく、私はまたすぐ就職先を探しに取りかかった。今度は一般病院の常勤での就職先を探した。大学院時代のアルバイトで2年間、内科での実績も積んだので、科は小児科でも内科でもOKということにした。

しかしこれも却々うまくいかなかった。まず『医事新報』を見て、全国自治体病院協議会という所に連絡を取り、千葉県内の病院を紹介して貰った。最初に千葉県と考えてしまったのは、まだそれだけ強く、両親に心を縛られていたことの現われだった。彼らの期待に応えられなくて済まない、今度こそ応えなければと、大真面目に考えていた。だが、最初に紹介された東庄《とうのしょう》町の病院は、ほとんど患者さんが来ていない所で、食事を御馳走になったり、お土産を戴いたりしてしまって申し訳なかったが、結局断わってしまった。

また次の、自治体病院ではないけれども、電話で窓口になってくれた人が経営者をよく知っているからということで紹介してくれた君津市内の個人病院は、院長の奥さんがえらく穿鑿《せんさく》好きな人で、「お付き合いされている方はいらっしゃらないんですか？　まあ信じられませんね。」などと猜疑心たっぷりに言ってこられたので、これも耐えられなくて断わった。それに際して協議会の窓口の男性（当時50代位と思われた人）から「就職しようという積もりで先方に行かないと、いつまで経っても決まりませんよ。」と苦言を呈されたので、仕方なく院長の奥さんから言われたことを話すと、「あの人がそんなことを言うなんて、信じられませんね。」と返されてしまった。それで、相手によって見せる顔が極端に違う人が世の中に居るのだな、と驚いた記憶があるが、結局、協議会を通じての就職はうまくいかなかった。どこも初めての土地ということで、行った先々でオートマチックカメラで沢山風景写真が撮れたのは楽しかったが。

そしてこの段階で、父が再び口を入れてくるようになった。就職活動の経過は、逐一電話で千葉の家に報告していたのだが、東庄や君津がうまくいかなかったことを話すと、「佐原（東庄の近くの地名）だの君津だの辺鄙《へんぴ》な所はやめて、もっと東京の近くを探せ。」と言ってきた。またしても、自分には当然指図する権利があると、信じて疑っていない言い方だった。非常に不快で重圧だったが、当時の私はまだまだとても、父が怖くて抗議できなかった。

その父の意見も入れる形で、次に私がコンタクトを取ったのは、船橋市に隣接する白井町（現在は白井市）の個人病院だった。やはり『医事新報』の求人を見てだった。もともと横浜市内にある本院での募集だったのだが、船橋の分院で働くことも可能とあったので、連絡してみたのである。

するとすぐに今度は、父が母の車で（私の家では母しか車の運転ができない。）当の病院を見に行ったと聞かされて、びっくりした。病院の規模がどうにか眼鏡に適ったのだろう、母は「『我が娘を置くには、せめてこの位でないと。』って、お父様が言っていたわよ。」と、如何にもそれこそが親の愛情と誇示する言い方を電話でしたので、私は内心うんざりした。それも確かに愛情の一つの形ではあったのかもしれないが、そこが働き甲斐のある病院かどうか、容れ物を見てわかる筈もなく、とてもピント外れに感じた。しかしこれにも私は反論できなかった。

だが結局、その船橋の分院にすぐに就職することはなかった。横浜の本院の方に面接に行って、そこで院長から本院の小児科への就職を勧められたからである。院長は当時40前後の、東京医大出身の男性医師で、副院長も、勤務している医師達の多くも、東京医大の出身者で固められていた。何故船橋ではなく横浜に勤めて欲しいのか、はっきりとは聞かなかったが、こちらもどうしても船橋でなければ嫌という程の理由はなかったので、横浜への就職をＯＫした。

勤め始めたのは'87年7月だったが、いろいろうまくいかないことが多くて、ここでの勤務は同年10月までの正味4カ月足らずで終わりになってしまった。うまくいかなかった原因は、私自身の性格と環境の、両方にあったと思うが、要するに他の先生方とうまくいかないことが最大の苦痛で、限界が来てしまった。

最も辛かったのは、私より前から勤めていた、小児科の常勤の先生との関係だった。その先生は、当時40代の、台湾出身の女性の先生だったが（日本語は、話すのも書くのも、日本人と変わらず流暢だった。）、この人が私から見ると冷たくてしんねりした性格の人だった。外来を曜日交代で担当したのだが、私のやり方が気に入らないと、何故こうしなかったのか、こうするべきじゃなかったかと、遠慮会釈なくカルテに書き込まれた。指摘の内容は必ずしも妥当ではなかったし、妥当ではあっても、そんなに大声で言い立てる程のことではないだろうということが多かった。それでも向こうの方が年上で先輩という遠慮があって、こちらからは言いたいことがあっても殆ど言わずに我慢したから、どんどんフラストレーションが溜まっていった。そもそもここの小児科はそれ程患者が多くなかったのに、何故既に常勤医が居た所に、院長が追加で私を雇い入れたのか、不思議だった。

それでも私も、できるだけ耐えて勤め続けようと努力した。しかしただ耐えるだけでは辛かったので、院長に耐え易くなる方法を考案、嘆願して、認めて貰った。それは具体的には、内科の仕事をさせて貰うことだった。小児科の外来の担当は持ったままで、空いた時間に内科の入院患者の診療をさせて貰ったのである。

そもそも小児科には入院患者がほとんど居なかったから、外来を担当する時間以外は実質的に仕事がなかった。それでアルバイトとは云え内科でも2年間経験を積んでいた私は、そちらでも力を発揮したかったし、また更に力を伸ばしたかったし、小児科の人間関係の辛さから目を逸らしたくもあったから、内科でも一部、仕事をさせて欲しいと希望を出したのである。当時の私は今以上に、給料は同じでも仕事にやり甲斐がある方が良かった。院長は物事にこだわらない性質の人だったから、すぐにOKしてくれた。

内科は大学病院での正規の研修をしていないということで、研修医という扱いになったけれども、この病院の内科病棟での仕事はとても充実していたし、その後私が医師をやっていく上で、貴重な糧となってくれた。それは、本来この病院から内科の戦力として本気で期待されていた訳ではなかったので、自分が受け持ちたい少数の患者だけを受け持つことが許されたし、また研修医とは云っても指導医が付くことはなかったので、自分で本で調べたり、知り合いの専門の先生に尋ねたりしながら、思う存分、納得のいく内容の診療ができたからである。

ここで診た患者さんでは、急性心筋梗塞の患者さんを3人（80代、70代、50代、いずれも男性）、かなり重症の急性脳梗塞の患者さんを1人（80代男性）、原因がよくわからなかった多臓器不全の患者さんを1人（80代男性）、アルコール依存症の患者さんを1人（30代男性）、憶えている。診た患者全体に対する憶えている患者のパーセンテージが最も高いのは、間違いなくこの病院である。

だがそれだけに、今よりもっと完全主義で、原則に忠実で、経済面度外視で患者を生かす為に全力投球せずに居られなかった私は、否応なく内科の中でも周囲の先生方から浮いてしまった。高額医療の保険請求を通す為の症状詳記書きに追われたり、保険が通らない分の差額を自己負担するよう求められた家族から、苦情を言われることにもなった。

そして重症の人を進んで受け持っただけに、どうしても毎晩帰宅が遅くなり、しかも心を病院に置いて帰るということができにくく、帰宅後の深夜や早朝にもほぼ毎日、患者さんの容態を問い合わせる電話を病棟に掛けた。また休みの日もしばしば様子を見に出て行った。そうせずには居られなかったからそうしたのだけれども、文京区の私のアパートから横浜の病院までは片道1時間半程かかったから、それだけでも次第に心身の疲れが溜まっていった。

そしてそこにもう一つ、自分で自分の首を絞める事例が重なってしまった。それは当時50代だった、男性の心臓病患者の事例だった。その人は副院長が受け持っていたのだが、私が心エコー検査をする機会があって、僧帽弁と大動脈弁、両方の弁膜症であることがわかった。カルテを見ると、それまでにも度々、心不全を悪化させて入退院を繰り返していることがわかった。そして偶然にも、当時私が読んだ最新の医学雑誌に、僧帽弁と大動脈弁、両方に異常があり、既に心不全を発症している患者は、強心剤や利尿剤で内科的に治療していたのでは予後が悪い（長く生きられない）が、一回の手術で両方の弁の修復を行なえば、予後の大幅な改善が期待できるという記事が載っていたのである。それで私は矢も盾も堪らなくなってしまった。

ほんの今知り合ったばかりの、人となりもわからない人であっても、自分の目の前で生きて話をしている人が、このまま手を拱《こまね》いていては長く生きられない、然るべき手術をすれば大幅に寿命が延びると知ったら、何としても手術を受けられるようにしてあげたくなってしまったのである。あろうことかその記事は、心研（女子医大）の外科の先生が書いたものだった。それで、3年前にボロボロになって辞めた場所ではあったものの、患者さんが一人助かるのであれば、連絡を取って紹介してもいいと思った。それでもともと副院長とは性格的に合わず、話し辛かった私は、その話を院長の所に持って行った。院長は、その方向で話を進めていいと、私にゴーサインを出してくれた。

それで気を強くした私は、その患者さんに手術を勧める話をしに行った。するとその人は、最初は私の話に心が動きかけたようだったが、私が二度三度と話をしに行く内に恐怖心が募ったのか、「何だかあんたの話を聞いていると、何が何でも私の胸をこじ開けないと気が済まないみたいだな。」と、私はその人から怒鳴りつけられてしまった。これは私にとって、これ以上ない程のショックだった。向こうの耳にそんな風に聞こえる話し方をしてしまったのだとすれば、それは私の落度だったと思うが、私としては純粋にその人を助けたかっただけだったからである。（その人の物言いは、父に酷似していた。）

このように、もともと副院長に対して気が咎める仕事運びをしていた上に、当の患者さんからまで恨まれることになってしまった私は、とうとう横浜の病院に居たたまれなくなった。これと同じ頃、例の小児科のもう一人の常勤の先生から、私について「あの先生は内科の仕事もして、一体どういう扱いになっているのか？」というクレームも、院長の所に来たということで、益々居辛くなったから、その段階で私は横浜の病院を辞め、同じ院長が経営する船橋の分院に移ることになった。移ったのは'87年11月からだったと記憶する。

この同じ'87年の夏の時期には、他にも負担のかかる出来事が重なった。

この頃、私は他の場所でも週1回、仕事をしていた。そこは文京区内の菊坂診療所という所で、大学院在学中の'81年3月に、大学の先輩の紹介で、週2回のアルバイトで入ったのだが、私にとって雰囲気的にとても馴染める職場だったので、大学院を中退し、横浜の病院に就職した後も、週1回勤め続けていたのである。

ここは正式の名称を、医療生活協同組合養生会、セツルメント菊坂診療所と云い、民医連（全日本民主医療機関連合。日本共産党系）に所属する診療所だった。当時、ここの理事長で所長だった大月篤《あつ》夫先生は、東大の医学部を昭和29年に卒業された、私より28年先輩の先生で、確か当時は全日本民医連の副会長をされていた。私は学生時代同様、特定の政治思想や集団に与《くみ》する意志は全くなかったが、大学院時代、別にアルバイトならいいだろうと思って入った。そしていざ勤めてみて、働き甲斐のある職場だったので、益々こだわりなく勤め続ける気になった。

ここが働き甲斐があった最大の理由は、私の仕事のやり方が支持されたことだった。私は、患者さん一人一人の話を丁寧に聴き、丁寧に診察し、診察や検査の結果、薬や治療の内容も、できる限り丁寧に説明した。誰からそうしろと命じられた訳でもなく、自分で納得のいくやり方をすると、自然とそういうやり方になった。これがまず、患者さんに支持された。どこで医者の仕事をやっても、患者さんからは大体、このやり方が支持される。

問題は経営者や、職場のまわりの人達である。そういうやり方をすれば、一人一人の患者さんに時間がかかるから、効率が悪い。数がこなせず、利益に繋《つな》がらない。また診察時間が延びる為に、まわりの人達まで昼休みが短くなったり、帰りが遅くなったりする。だからそういう仕事のやり方は、多くの医療機関に於いて、経営者や周囲の人達からは支持されにくいのが実情なのである。ところがここ、菊坂診療所では、そのやり方が経営者（所長の大月先生）からも周囲の人達からも、非常に温かく支持された。それが理由で私はこの職場に惚れ込み、是非長く勤め続けたいと考えるようになった。

しかし、両親はこれに猛反対した。理由はただひたすら、ここが共産党系だからということだった。実は私としては、'87年4月に大学院をやめた時点で、ここに常勤で就職したいという気持もあった。ところが逆に父の方では、アルバイトでここに1年余り勤めていた経歴を消すということも1つの目的で、私に東大病院に戻って内科で研修し直すよう、要求してきたのである。結局、東大での研修の話は駄目になったものの、診療所の方も、親からそこまで忌み嫌われている職場だったということで、この時点で常勤で就職することは、事実上不可能だった。代わりに父が私の勤め先の条件としてこだわったのは、容れ物の大きさだの、「医局にお前の机はあるか？」だのといったことだった。

どうも菊坂診療所について、前置きの説明が長くなってしまったが、ここには、実質的に翌'88年1月の終わり頃から'95年の1月まで9年間、常勤で勤めることになったので、そもそもの馴れ初めを前もって説明させていただいた。

この菊坂診療所に於いて、別に'87年夏の時期に精神的に苦悩させられる問題があった訳ではなかったが、ただ一つ、ハードな仕事を抱えることになった。それは、この外来でそれまでに何度か診たことがあった、当時80代の悪性リンパ腫の女性の患者さんが末期状態を迎えたのだが、入院を拒否した為、最後の1、2週間、往診で診たことだった。

私は'86年に入った当初から、往診も積極的にやっていた。やってみてやり甲斐があったからで、悪性リンパ腫の患者さんの所へも、短期間に数回往診した記憶がある。この仕事は、全体としてはさほど辛い仕事ではなかった。この患者さんは入院を拒否しただけでなく、最後は在宅での輸血や点滴も拒否されたから、あまりやってあげられることがなかったが、それまでずっと、お嫁さんとは仲が良くなかったというその人が、病気になってからは一番世話になったというお嫁さんに、最後は「どうも有難う。」とちゃんと言って亡くなったそうだから、それだけでもやった甲斐があったと感じた。

ただ横浜の病院に勤めながらの往診だったことと、その仕事の途中で私自身が溶連菌感染症を発病してしまったこととで、身体面で厳しいことになった。患者さんに已むを得ない事情が生じた時、一度は40度近い熱を解熱剤で下げて往診したりもしたが、とうとう動けなくなり、業半ばで芝病院という関連病院に、私の方が入院する羽目になってしまった。患者さんが亡くなったと聞かされたのは、その入院中のことだった。しかし私としてはやるだけのことはやったと思えたので、その件では悔いは残らなかった。

しかしその直後に、仕事とは全く関係のないことで、精神的に非常に辛いことが持ち上がった。

実はその8月末の時期に、また家族4人で海外に出かけたのである。その前のハワイから丁度1年後で、行く先はグァム、また例の歌手氏のツアーだった。芝病院に入院した時には、もう旅行の日が迫っていたので、私はそこに4、5日居て、熱が下がるとすぐ、見切り発車的に退院して、その足で成田に向かった。しかし、そうやって万難を排して出かけたにも拘わらず、この旅行も楽しい結果には終わらなかった。母と2人で太平洋戦争に関する記念館を訪ねたり、家族4人でとてもきれいな色の海で遊んだことなどは、貴重な楽しい思い出になった。しかしツアー中、カラオケ大会という催しがあって、それに弟がどうしても出たいというので、私と母が加わり3人で出たのだが、その時の歌手氏の反応が、非常に辛いものだったのである。

私達はその人の一番のヒット曲を歌って踊った。弟は、ダウン症に共通する特徴で、歌も踊りも大変好きだったが、御世辞にも上手いとは云えなかった。歌は全く音程がとれなかったし、踊りも左右が反転してしまうことが多くて、客観的にはさぞかしみっともなかっただろう。しかも弟には自分が下手だという自覚がなくて、自信たっぷり全力投球でやったから、益々見るに堪えなかったに違いない。

更に、司会者から歌い終わった後の感想を訊かれた弟は、片腕を大きく振り上げて「絶対優勝するぞー！」などと、どうしようもなくトンチンカンなことを言った。これは弟をいじけさせるのが嫌で、私も両親も弟を貶すことをほとんどしなかったことが最大の原因だったと思う。弟が18歳で就職して以降（当時弟は22歳）、父や職場の人達は時々、弟が知的に劣っていることをからかっていたが、それでも弟は、深刻な劣等感を懐くには至っていなかった。

それで問題の歌手氏は、弟が歌っている間、終始見てはならないものを見せられたように、顔を背けて隣の席の審査員の女性と話をしていたそうである。私は歌っている間、とても緊張してしまって、歌手氏の様子を観察する余裕など全くなかったから、これは母の話なのだが、恐らくこれは本当だったと思う。私達が歌い終わった後で、司会者から感想を訊かれた時にも、歌手氏は〝顰蹙《ひんしゅく》〟の余韻が残る、実に冷たい表情をして、真ん中で歌って踊った弟にはひと言も声をかけてくれず、私が衣装として用意したエプロンにマジックで書いた文字についてのみ、「それ、面白いね。」と評してくれただけだったからである。当然乍ら優勝はおろか、何の賞にも入らなかった。それは仕方がなかったが、弟に対するあまりにも冷たい対応が、私には耐えられなかった。

私は、凍り着いた心を抱えて日本に帰った。そしてその歌手氏のファンをやめることを決意した。'78年の秋頃その人のファンになってから9年近く、大体月2回ずつ自宅宛に手紙を書き続けていて、かなり大きな心の支えにしてきたから、喪失感は大きかった。しかしどうしても許せない気持だった。それは弟の方が私より先に、'73年頃からその人のファンで、'87年当時までにその人には50数枚のシングルレコードを出していたが、弟はそれらの曲名を発売順に間違いなく全部言える程のファンだったからだ。日本に帰ってから1、2日後に、こういう理由でファンをやめるということを最後の手紙に書いて、終わりにした。とても寂しかったけれども、多少解放感もあった。これからは、結婚できる可能性のある人に恋愛感情が持てるかもしれないと、微かな期待もした。

そう書いて思い出したが、その人について母は私に、「所詮〝絵に描いた餅〟じゃないの。」と、何度か嘲る調子で言ったことがあった。確かにその通りだった。しかし今では、その人が〝絵に描いた餅〟だったからこそ、自分が安心して好意を持てたことがわかるし、その原因をつくったのが、他ならぬ母だったこともよくわかる。

以前に書いた通り、母は私が中学生の頃から、男性に関心を持つことはいやらしい、穢らわしいことだと、事ある毎に強い感情を込めて、私に言い聞かせてきた。それでも25歳の時に、例外的に初めて、男性と関係を持ったが、それが失敗に終わってからは、またすっかり〝絵に描いた餅〟の方が安心で良くなってしまったのである。しかし母は未だに、私が男性と自然に関わることを極めて難しくさせた原因が自分にあったということに、きちんと気が付いていないと思う。これも非常に罪つくりな〝虐待の連鎖〟として、いつかきちんと伝えたい。だから自分がいい子ぶる為に、親への恨みを意識下に抑圧することは、絶対に〝悪〟なのだと。

そしてその歌手氏が、弟に極端に冷たい態度をとった原因について、私は暫く経ってから、それは〝坊主憎けりゃ袈裟まで憎し〟ではなかったかと気付いた。先述の通り、父はそれまでの間に、その歌手氏の自尊心をこれでもかこれでもかと傷つける態度や振舞を繰り返していた。まるでそういうことをすれば自分が偉くなるとでも、勘違いしているかのように。そのことに気付いた私は、その歌手氏がかなり気の毒になった。それはその後益々、私自身が両親から自尊心を傷つけられる言行を頻々ととられて、それがどれ程辛いことであるかを思い知ったからである。しかし、気が付いた時にはもう後戻りできなかったし、また弟は何一つその人に対して悪いことはしていなかったから、〝坊主憎けりゃ袈裟まで憎し〟という思い方は、やはり間違っていると感じて、その意味でも、私はその歌手氏を完全に許すことはできなかった。

'87年夏のその事件ではもう一つ、それまでは父の高慢な態度に批判的だった母が一転して、「あの人はああいう、人間性の劣った人だったんだから、お父様の人を見る眼も、取った行動も正しかったのよ。」と、臆面もなく支持するようになったことも、私にとっては非常に耐え難いことだった。

そのようにグァム島の事件では非常に強いショックを受けたが、私は必死に持ち堪えて、それまで通り仕事を続けた。私ももうすぐ30になるという時期だったから、それ位は当たり前だったと感じる。そしてそれから約2カ月後に、横浜の病院から船橋の分院に移ったというのが、時間的な流れだった。

しかし船橋に移ってからも、相変わらず仕事はうまくいかなかった。そこでも私は、小児科兼内科の医者として勤務した。そこには他に小児科の常勤医は居なかったから、私は毎日小児科の外来に出たけれども、患者数は非常に少なく暇だった。だからそれに加えて内科の病室をひと部屋8人受け持ったし、また必要に応じて心エコーの検査も引き受けた。

私が受け持った内科のひと部屋は、ほぼ全員80歳以上の女性ばかり8人で、皆さん一応会話はできたが、脳梗塞や骨・関節疾患など様々な原因から、内7人は半寝たきり状態で、多かれ少なかれ認知症があったし、身体機能には問題がなかった残る1人も、認知症による健忘がひどかった。だからどれだけ頑張って治療したところで、改善の見込みも残された人生の可能性も、極めて限られた人達ばかりだった。

それでも改善できるところは少しでも改善しようと頑張った。栄養状態の低下した人が多かったので、貧血や低蛋白症を少しでも改善しようと、毎日のおかずに卵を1個追加してくれないかと頼んだりもしたし、少しでも沢山食べて貰いたくて、時間のある時には自分で昼食の食事介助をしたりもした。しかし、ごはんとおかずを混ぜ合わせて食べさせるやり方が嫌だと、患者さん本人から訴えられてしまったり、栄養低下が進むのを見るに見かねて、今では身体の自由を奪うだけで無駄だったと思える中心静脈栄養を導入してしまったり、失敗が多かった。

そこに、8人中1人の、認知症があるだけでこれという身体疾患がない患者さんを、これ以上入院させておけないので、次に引き受けてくれる先を探さなければならないという問題が持ち上がって、当時50代だった患者さんの息子さんを相談の為に呼んだ処が、それを契機にその息子さんから、私が個人的に付き纏《まと》われるという面倒まで起こってしまった。

また詳細は憶えていないが、恐らく心エコー検査をする機会のあった患者さんについて、またしても、受持の先生の方針に任せておいたら、助かる命も助からなくなってしまうと感じさせられる事例に出会ってしまった。横浜での事例から立て続けで、私はどうするべきか、真剣に悩んだ。それで父と話をする機会があった時にそのことを話したら、「その患者が死んでも構わないから、受持の先生に余計な意見などするな。」と言われてしまった。これには本当に死にたくなる位のショックを受けた。それが我が親の言うことだろうかと。それまでさんざん、父にはひどいことを言われ、されてきたけれど、まだ自分の親だからと、人として信じていた。それが、死ななくても済む患者を殺しても構わないと言われるとは。

今思えば、子供が世の中で無事やっていけるように保身を勧めることも、親の愛情の一つの形だったのかもしれない。しかし「死んでも構わないから」と言われるのがもし自分だったら、それでも父は平気だったのかと考えると、私は今でも父のエゴイズムが許せない。父は、私が何を一番大事に考えて生きている人間か、理解しようとしてくれなかった。いや、内心では理解していたけれども、敢えてその価値観と無器用さを嘲笑い、意地悪く否定してきた。これが大体'87年の11月、丁度私の30歳の誕生日の頃のことだったと記憶する。こうして私の精神の破壊、特に両親によるそれは、確実に進んでいっていた。

しかしそれでも'87年の大晦日から'88年の元旦にかけて、私は父と一緒に新潟に一泊旅行に出かけた。大手旅行会社のバスツアーで、私は最初一人で行く積もりだったのだが、後から父が、「一人で行かせるのは可哀想だから、自分が一緒に行く。」と言い出した。私としては付いて来られて不快そうな顔をされる方が余程辛かったのだが、その辺が父の独り善がりなところだった。

案の定、辛いことが幾つもあった。途中、少し自由時間があった時に、私はガイドブックを見て、確か小林一茶の句碑を訪ねたのだが、捜し当ててみると、小さくて真新しい、有難味のないものだった。それで只でさえがっかりしていたところへ、父が追い撃ちをかけるように、「たったこれだけのものを見る為に、大変な思いをしたな。」と言ってくれたのである。実に皮肉たっぷりの言い方だった。

そして更に瓢湖《ひょうこ》で、有名な白鳥の群れを見た後で、近くの土産物屋でお土産に御菓子を買っていると、「何をそんなに沢山買っているんだ?」と、またしても皮肉っぽく言われた。無駄な土産など買うなと言わんばかりの言い方だった。私が、自分の勤め先だけでなく、弟の勤め先(弟は養護学校の高等部を卒業後、千葉の家の近くのゴルフの練習場に勤め、ボール洗いなどの作業をしていた。)へのお土産も一緒に買ったと説明すると、父はそれで納得して黙ったが、私の方はムシャクシャが暫く収まらなかった。私が自分のお金で買うのに、どうして土産一つ自由に買わせて貰えないのか、非常にうっとうしく、そんなことでまで自尊心を傷つけられた。

'88年に入って間もなく、私は船橋の病院の仕事に決定的に躓《つまず》き、仕事に行くことができなくなってしまった。直接の契機は、他の先生との対立および患者家族との対立だったように記憶する。

当時、上肢か下肢の局所に細菌感染した小学生の女の子が入院していて、私より少し年上の外科の先生と一緒に診ていたのだが、外科の先生がオーダーした抗菌薬の点滴で、自他覚症状も検査データもかなり良くなっていた。しかし完全に良くなりきらずに悪化に転じる徴候が見られた為、私はもう一つ、別の種類の抗菌薬の筋注を治療に加えた方がいいと考えて、患児のお父さんに勧めた。ところがお父さんは、筋注で重篤な副作用が起きると考えたのか、それを拒否した。更にそれだけでは済まず、他の病院に転院したいから、紹介状を書いて欲しいとまで言い出された。それで私はパニックに陥ってしまった。

自分が勧めたことは医学的に間違っていないという自信があったから、私は紹介状を書くことを拒否した。結局その女の子は、紹介状を持たずに転院していったが、私は後で院長から「そういう時には、ほんの簡単で構わないから、紹介状くらい書くように。」と求められた。そして外科の先生からも「折角良くなってきていたのに」と言われて、非常に気まずくなった。

これを契機に私は、'84年の夏以来3年半ぶりに、重篤なうつ病の症状がぶり返して、仕事に行けなくなってしまった。主な症状は3年半前と同じく、どんなに行動しようと思っても身体が動かない〝精神運動制止〟の症状と、どんなに考えようとしても考えが前に進まず、考えがまとまらない〝思考制止〟の症状だった。それらの症状の為に、何日も無断欠勤を続けてしまった。病院に欠勤の電話を掛けることさえ、辛くて大義でどうしてもできなかった。

今考えると、人間関係のトラブルで感情が激しく動揺しないよう、自分を抑え込んだり、辛さを乗り越えて社会的に通用する行動をとったりする〝自制心〟が減弱していたことも、またうつ症状が極度に重篤化したことも、また症状に打ち克って社会に迷惑を掛けないように身を処する〝克己心〟が減弱していたことも、すべてBZ系薬剤の長期連用による弊害、人格劣化の現われだったと理解できる。私は父が胃癌とわかった'84年1月以来、自分が勤務するいずれかの病院でBZ系薬剤を貰い続け（自己処方）、連用はまる4年に及んでいた。

そして'88年1月16日に、両親の勧めもあって、私は3年4カ月ぶりに精神科を受診した。あんなに嫌だった精神科に再び行ったのは、このままでは人生が完全に行き詰まると、自分で観念したからだった。受診したのは慶応病院だったが、どうしてそこを選んだかは記憶にない。

そして病院を受診したことで精神的に多少の落ち着きが得られたと見え、初診の2日後から、私は日記を書き始めている。そして私は当時の自分の症状を、そこに克明に記録している。それによると、精神運動制止や思考制止の症状の他に、内因性うつ病では必発の、肩・首・背中のひどい凝りや、「自分がしっかりしない」「頭がはっきりしない」という、〝抑うつ性昏迷〟の症状にも悩んでいる。そしてまた「何の理由もないのに突然猛烈な不安感に襲われ、心臓が破裂しそうに苦しい。」「何の理由もないのに涙が溢れて止まらなくなる。」という記述が頻繁に見られて、非常に情緒不安定で、不安・焦燥が強かったことが窺える。

こうした不安・焦燥の症状は、今でも全くないではないが、'96年4月にBZ系薬剤を中止して以降、頻度も重さもずっと軽くなり、ほとんど自制の範囲内におさまるようになった。従ってこれらの症状も、うつ病のタイプがこれらの症状が強い〝激越型〟だったから出ていたというよりは、BZ系薬剤の慢性中毒症状として出ていたものと見ている。

因みに、どうしようもなく気分が重苦しい、辛くて却々動けないという、うつ病の典型的な症状には、現在でもほぼ毎日、特に毎朝起床前後の2時間程の間、相当強く悩まされているが、'96年にBZを中止して以降、私本来の克己心が大幅に回復した為に、これも自制の範囲内になり、それが為に仕事に行けないということは、殆どなくなった。しかしその直前の'95年までは、症状の悪化と人格の劣化による社会適応力の低下が、際限なく進むことになってしまった。

ここでもう一度、'88年1月の時点に話を戻す。1月の16日に再び精神科を受診して、私は幾分精神の落ち着きを取り戻したものの、それで直ちに仕事に行けるようにはならず、結局1月下旬に、私は船橋の病院を退職することになった。それは1月25日のことで、その日、船橋の病院の事務長から家に電話が掛かってきて、「先生、仕事はどうなさいますか？」と訊かれた。それに対して私は、やっとの思いで「やっぱり無理だと思います。」と答えた。すると向こうはまるでその答を待っていたみたいに「そうですね。お辞めになりますね。」と返してきて、たったそれだけであっけなく終わりになってしまった。

一方、精神科での治療の方も、そう簡単には軌道に乗らなかった。1月16日に最初にかかった先生は、40前後の男の先生だったと記憶するが、あまりにも明るくて軽い感じで、私の懊悩がちゃんと伝わらない感じがした。少量の抗うつ薬と抗不安薬（BZ）さえ内服すれば、直ちに症状は軽快すると信じて疑っていない話しぶりで、私は失望した。その先生が処方した抗うつ薬も抗不安薬も、私が自分で処方していたものとは種類は違ったが、量は自分で処方していたものの方が多かったから、即、そんなもので効く筈がないと確信してしまった。

その初回の診察の終わりに、その先生が「さあ、次に来られる時にはどうなっているかな？」と、これまたえらく軽い調子で言ってくれたのに対して、父がすかさず「何、ケローッとした顔してますよ。」と実に軽薄に返した。「ケローッと」という部分を殊更強調する言い方に、私の苦しみを端からわかろうともせず、勝手に軽く決めつける父の蔑意を感じて、私は激しい憤りを覚えた。この時も父に怒鳴られるのが怖くて、何も抗議できなかったが。

そして案の定、その先生が処方した薬は、全く効かなかった。それで詳しい記録は残っていないのだが、症状の苦しさに耐えられなかった私は、1週間経たない内に再受診したが、まだもう少し飲み続けてみないと効果のあるなしはわからないと言って、帰されたようである。三環系抗うつ薬が奏功するには最長で2週間かかるというのが教科書的な常識であるから、一応この対応には筋が通っていた。

しかし耐えられないものは耐えられず、初診から1週間後の1月23日に、私は3度目の受診をして、どなたか他の先生にとお願いした。その時私に対応してくれたのは、私と同じく、当時30前後の若い男性の先生だったが、この先生は私の話をとても真剣に一生懸命聴いてくれた。この先生が、現在九州大学の精神科の教授になっていらっしゃる、神庭重信先生である。そして神庭先生は、当時私が抱えていた精神面の問題を、かなり適確に見抜いて下さった。

私が、船橋の病院で患者さん達や他の先生方との関係がうまくいかないという、具体的な悩みをまず話すと、神庭先生は「あなたは他人との距離が適切にとれないのではないか？　それでいつも人間関係が、大きな悩みの原因になるのではないか？　あなたの病気は単純な内因的うつ病とは考えにくい。主に性格の問題だと思われる。」と返してきた。

そして私が「自分はとことん患者の面倒を見ないと気が済まない性格」だと話すと、これに対しても神庭氏は、「しかしその反面、一度その患者が嫌になるととことん嫌になり、いい面が全然見えなくなって、完全に診るのが嫌になるのではないか？」と、批判的な指摘をしてきた。私はきついと感じながらも、よく的を射ていたので感心させられた。私は今でも、患者の中に私を苦しめた両親と同じ性格を見てとると、耐えられなくなる。それでも年単位で我慢するようにはなったが。

次に神庭先生が、「何故、（慶応病院でかかった）最初の先生とうまくいかなかったのか？」ということを話題にしたのを契機に、幼い頃からの親子関係の悩みが、再び芋ヅル式に掘り起こされてきた。即ち私は神庭先生の質問に、「私は他人に嫌われるのが怖くて、つい快活に話してしまう癖があるから、前の先生からは、実際よりも軽い状態に見られてしまったのではないか。私は自分の存在価値に全く自信が持てない。だから他人に嫌われるのを極度に恐れて、強迫的に他人を喜ばせようとしてしまう。そして私がそこまで、自分の存在価値に自信を持てなくなった一番の原因は、幼少時から青年期まで絶え間なく、自分のやることなすこと全てに、母親から悉く激しい不満を示されたことにあった。」と答えた。

そして最初に受けた、「あなたはいつも対人関係が大きなフラストレーションになり、それに対して耐性がない。」という指摘に対しても、帰宅後日記に「全くその通り。私は他人から批判されることにまるっきり耐えられない。それは、実際には相手が、私の特定の一つの行為に対してのみ、それはあまりよくないと批判しているに過ぎないと頭ではわかっても、もっと深い心身未分離の感受性のレベルで『おまえは駄目』『おまえなんか嫌い』と、自分を全否定されたように感じてしまい、パニックに陥ってしまうからだ。それは批判された途端、幼い頃から数え切れない位、母親から『おまえは駄目』と嘆かれ、貶されて、悲しみ、うろたえた感覚がフラッシュバックするからだ。」と書いている。

更に次の1月24日の日記には、それに関して「親は、子供の取った個々の行動が間違っていた時には『それはよくない。』と窘めるのが、当然の躾である。しかし私が母からされたのは、そういう普通の躾ではなかった。母は、私が自分らしく自然にものを感じたり、自然な感情や欲求に従って行動したりすると、それだけで眉根に皺を寄せる、眼を吊り上げる、如何にも嘆かわしそうな表情を見せるなど、〝生理的嫌悪〟を表現することによって、阻止しにかかってきた。これは私の存在に対する全否定だった。」と、追加の説明を書いている。

そして私は、これより1年8カ月後の'89年9月に入院したH病院（精神科専門病院）の医師から、初めて正式に「境界型人格障害」（現在では「境界性人格障害」が一般的）という診断名を告げられ、非常に心外に感じたが、今思い返すと、神庭先生が、私を境界型人格障害と捉えた最初の精神科医だったふしがある。それはまず、彼が私の問題を「性格の問題」と指摘した点や、「一度その患者が嫌になると、とことん嫌になって、いいところが全然見えなくなる」と指摘した点から窺える。DSMⅣ（アメリカ精神医学界の「精神障害の診断と手引き」に示されている診断基準）による、境界型人格障害の診断基準8項目の内の1つが、「1、過剰な理想化と過小評価との両極端を揺れ動く、不安定で激しい対人関係の様式」というものなのだが、これに、神庭氏の指摘がよく当てはまっていたと感じるからである。

そしてもう一つ、神庭先生が、私を境界型人格障害と考えていたと推測する理由は、1月23日の診察の時に、私に対して「自分というものがはっきりしない感じ、或いは自我とその外側との境界がぼやけてしまっているような感じはないか？」と質問したことだった。これは、極く素直に聞けば統合失調症（精神分裂病）の特徴であり、私はそうした感覚は覚えていなかったから、即座に「ＮＯ」と答えた。これについては、今では廃《すた》れてしまったが、過去には境界型人格障害を〝神経症の仮面をかぶった分裂病〟と捉える見方もあったそうなので、神庭先生はその立場をとっていたのではないかと想像する。

そして「自我と外側の境界のぼやけ」という言葉を、神庭氏が分裂病の特徴という意味で使っていたなら、それは私には当て嵌まっていなかったが、私は彼の診療が終わった直後に、解釈のしようによっては、彼の言った症状は自分に当て嵌まっているかもしれないと感じた。それは即ち、私が17歳の頃から延々悩んでいた、幼少時から母親に精神を徹底的に支配されたことが原因で、自分がもともと何をどう感じ、どう考え、何がしたい人間だったのかさっぱりわからなくなってしまったということ、どこまでが自分の考えや意志で、どこからが母親の考えや意志なのかわからないということを、神庭氏の言葉が指していたのなら、ということだった。かなり無理な解釈だったとは思うが。

尚、私が悩んだ〝自己同一性障害（自分で自分がどういう人間なのかわからない）〟の症状と思われるものも、DSMⅠⅣの境界型人格障害の診断基準の中に含まれている。即ち、「6、著明で持続的な同一性障害——自己像、性的同一性、長期的目標または職業選択、価値観などの」というものである。実際、1月23日の診察を契機に、'85年から'87年まであまり意識に上らなくなっていた、〝自分が人生で本当にやりたいことがわからない〟という悩みを、私は再び繰り返し、日記に書き記すようになった。そして'88年から'95年にかけての8年間、私は重度のうつ病の症状とともに、確かに境界型人格障害の典型的な症状をとり続けた。従ってこの頃には私の精神面での問題はほぼすべて出揃っていて、神庭先生はそれらを本質的、全体的にかなり正しく捉えてくれていたと感じる。

それで、神庭先生がその後も私を診続けてくれていたらよかったかもしれないと、今では少し思うのだが、残念乍らそのようにはならなかった。〝単純な内因性うつ病ではない〟という大体の当たりをつけると、神庭先生は「あなたのケースに合っていると思う、精神療法が専門の先生にお回しするので、よく話を聴いて貰うように。」と言って、3日後の1月26日に、他の先生の予約を取って下さった。神庭先生は当時、精神科薬物療法を専門に、研究活動していらしたようである。が、とにかく1月26日に次の予約を取って貰った御蔭で、前日の25日に船橋の病院を馘になっても、先に希望を繋ぐことができた。

そして神庭先生が紹介してくれたのは、M先生という、当時30代後半位の男性の先生だった。結局この先生との関係は、私が'88年の4月24日に睡眠薬自殺を図ったことで、僅か3カ月で失敗に終わったのだが、最初の感触は悪くなかった。初診の1月26日、私は行きの電車の中では心臓が早鳴りして苦しかったけれども、結果的には行ってよかったと、日記に書いている。

その日、私はM先生から「親子関係で辛かったことで、何か具体的に憶えていることは?」と訊かれて、「小学校1年の頃、私は『少女フレンド』や『マーガレット』と云った、女の子向けの漫画雑誌が読みたかったのだけれど、母に『そんな物を買うならお小遣いはあげない。』と言われたこと。」と答えた。これも過剰な精神的強制の事例には違いなかったが、何故同じ小1の時の〝鉄棒事件〟や〝夏休みの工作事件〟、或は小2の時の〝答案書き直し事件〟などの話をしなかったのか、自分でも不思議である。1月23日以降、それらの事件についても思い出して、日記に頻繁に書くようになっていたのだが。漫画本の話の方が簡単で、初対面の人にはわかり易いと思ったのかもしれない。M先生は、私のこの話を聞くと、忽ち憤然とした顔付になり、「そういうことが何回あった?」と強い怒りを込めて訊いてきた。それにより一気に〝この人には私の辛い気持がわかって貰える〟と、信じて頼りたい気持が生じた憶えがある。

そしてその日、これからは週1回、50分ずつの精神療法を行なうという約束をすると、私の心はそれだけで、一気に明るく、軽くなった。生活パターンも、家にじっと引き籠《こも》っていたのが、週1回の頻度で1泊2日の一人旅に出たり、芝居や映画もどんどん観に出かけたりという風に、がらりと変わった。これは多分、自分の心を洗いざらい吐き出させる相手ができたことで、それによって長い間わからなかった本当の自分が見つかり、心の病も治ってくれるという期待が持てた為だと思う。一人旅も芝居も映画も、流行り言葉で云う〝自分探し〟の一環だった気がする。

しかし神庭先生から指摘された通り、他人と適度の距離をとるのが極めて下手だった当時の私は、M先生に話を聞いて貰えるとなったら週1回の面談だけではとても物足りなくなり、すぐにそれに加えて週1、2回手紙を書き、日記のコピーまで付けて送るようになった。これは〝陽性転移現象〟（患者が治療者に対して個人的好意を持つこと）が原因で、私が精神科医に陽性転移を起こした最初の体験だった。そしてそれらを最初に送ったのは初診から2日後の1月28日、旅先の上田からだった。当時の日記は、それこそ心に浮かぶことを洗いざらい文字にしていたから、これをそのまま他人に読ませたのは、暴露趣味に近かったと思う。これについては私が30代の頃まで父が私によく言った、「他人に腸《はらわた》まで見せるものではない。」という言葉が、よく当たっていたと感じる。

その所為もあったのか、最初の期待に反して、この先生の治療はあまり効果を上げなかった。そもそもの先生が、私の言ったことに対してはっきり感情的な反応を示してくれたのは、初回の漫画本の話の時だけで、それ以後は私が何を話しても、よく思われているのか悪く思われているのか、さっぱり摑みどころがなかった。そういうのがオーソドックスな精神療法家のやり方だったのかもしれないが、それ故、私はこの人から自分が受け容れられているという感じが持てなくて、しばしば不安に陥った。何より物足りなかったのは、肝心の親子関係の話をした時に、「そうですか。それは辛かったですね。」と、手放しで相槌を打たれた記憶がないことである。結果的に見て、そこに十分な共感を示してくれる人が現われるまで、私の心の病が本質的に改善することはなかったから、その点が本当に残念だった。

またM先生の治療を物足りなく感じた理由の一つには、診療の形態もあったかもしれない。彼の精神療法は慶応病院でではなく、彼のアルバイト先の北山医院（表参道）で行なわれた。そして保険診療ではなく、1回50分、1万5千円の自由診療で行なわれた。因みに北山医院というのは、京都府立医大に在学中にフォークルセイダーズのメンバーとして活動した北山修氏が、卒業後精神科医になって、開業したクリニックだった。あれもこれもと才能に恵まれた人で、羨ましい限りだと感じた。そしてM氏が私にその診療形態を勧めたのは、一つには時間をかけて話を聴くことが必要という理由もあったかもしれないが、もう一つの理由は、私が医師で、1回1万5千円を負担する経済力があったからだろう。私は船橋の病院を辞めるとすぐに、菊坂診療所でのアルバイトのコマ数を増やして貰えたので、経済的には不安はなかった。

しかし、1回50分という診療時間は、確かに保険診療の精神科の診察時間に較べればずっと長かったが、私は、十分話を聴いて貰えたと満足できたことは一度もなかった。それは長さの問題だけではなく、私の話が向こうが聞きたい内容ではなくなると、「ちょっと待って。」と止められて、向こうが聞きたい内容に方向修正されることが、度々あったからだと思う。また50分という制限時間が来ると、どんなに話が途中でも、そこで厳格に止められて、それではと1万5千円の支払いを求められるというのも、甚だ寒々と感じられた。こういう、あまりにも情に流されないやり方は、日本人の中でも取り分け私には辛く感じられた。

'88年1月に、私の精神症状と社会的挫折が再発したことを契機に、両親との関係の悪化も再び大きく加速した。

1月初めに仕事に行けなくなってから、M先生の診察を初めて受けた1月26日まで、私は大体、千葉の家に帰って生活していた。その間、母は如何にも憔悴しきった、身も世もなく不幸という表情を浮かべていることが多かった。私はそれを、とても当てつけがましいと感じた。母はそうすれば、私が幼い頃の精神支配に対する不満を訴えてこないように封じ込めると期待していたに違いないが、これでは子供時代、私の振舞や考えが気に入らないと、きっと表情を歪めてすべて自分好みに変えさせてきたやり方と全く変わらない、私の魂に対する殺人だと感じた。

そして私が「私の挫折が契機で、再び過去のいろいろな問題がほじくり返されるのが嫌なのか？」と訊くと、母は「私はそんなに往生際が悪くない。嫌だと思うより、これから良くなろうと考えることの方が大事だ。でなかったら、こんな子（弟のこと）を抱えて、今まで生きて来られた訳がない。」と、またしても自分を立派に見せる答をしてきて、益々うんざりした。

1月26日にM先生を初めて受診した後、私は久し振りに文京区内のアパートに一人で帰った。すると暫くして母から電話が掛かってきて、「寂しくなってしまった。やっぱり無理にでも一緒に帰って来ればよかった。」と言われてしまった。それで私が「そういうことを言われると、何だか私がお母様に悪いことをしているみたいで辛い。」と正直に答えると、母は何と「あんたが寂しいんじゃないかと思って、でも寂しくても寂しいと言えないいんじゃないかと思って、私の方が寂しいと言ったのに。そう言えば、あんたが楽な気持で家に帰って来られるだろうという思い遣りから言ったのに、そんなこともわからないなんて。」と、私を非難してきたのである。本当に何をか言わんやだった。

それで私はその時、母は私が何か問題を抱えていて、その解決に自分の力が必要とされていると思うことで、自分の存在を支えているに違いない、だからもし私の具合が良くなったら、今度は母の方がおかしくなるのではないかと感じた。それで暫く忘れていた肩凝りが、急にひどくなった。

しかし私は、自分の気持に正直に従って行動するのがいいと考えて、千葉の家には戻らなかった。そして家を離れた途端、それまでの重苦しい気分が嘘のように吹き飛んでしまい、翌1月27日には軽々と仕度を整えて、さっさと上田へ一人旅に出かけた。

ところが5日後の1月31日になると、今度は父からまで、電話で「たまには気分転換に、家へも帰って来たらどうか。」と言われてしまった。これに対しても、「今帰ったら、ずしんと動きたくなくなりそうだから嫌だ。」と言って断ったが、「たまには」も何もないものである。父も、母からそう吹き込まれていた所為か、私のことを、親の監督や指導なしには社会生活が全くできない、未熟で無能な欠陥人間と勝手に決めつけたがっていて、全く子離れできていなかった。

しかし、この頃は私もまだ、こうした両親の働きかけをうっとうしく、また自尊心を傷つけられて不快に感じる反面、そう思うことを済まないと思う気持が強くあった。1月27日の日記には、「家を離れてこんなにケロッとしてしまったのでは、まるで家が悪いと言っているみたいで済まない。」などと書いている。また1月30日の日記には、「両親のことを〃イヤだ〃と思う時、両親から離れることができるようになったのは進歩だろうか。」と書いており、たったそれだけのことが、当時の私にとっては、とても勇気の要る自己変革だったのである。

父が胃癌で手術をした4年前と変わりなく、この頃も私の中では強い自立の要求と依存の要求、親への積年の恨み・憎しみと、理屈を超えた思慕・愛着という、両極端の気持がせめぎ合っていた。それと同時に、これから先どう生きていくかについても、生き方や行動をすべて自分の意志と判断で決めたい思いと、親の期待を裏切って、がっかりさせたくない思いとの、両極端の間を激しく揺れ動いていた。そして多分その所為で、この頃私は度々、通常の〃不安〃を通り越して、胸が苦しくて片時もじっとしていられない〃不穏〃状態に陥るようになった。1月26日以降、一人旅、映画、芝居と強迫的に動き回るようになった理由の一つには、それもあった。そして旅先や映画の途中でもふと、急に不安で胸が苦しくなることがしばしばあって、そういう時には決まって、過去に両親との間にあった嫌なことを思い出していた。

このように、私が精神的に親から自立することを困難にさせた原因は、私の生まれ着きの性格にあったと感じている。つまり私は生まれ着き、自分の生き方や行動は（感じ方や考え方も勿論）、すべて自分の意志と判断で決めたいという、主体性への非常に強い意志を持っていたが、それと同時に共感性も非常に強かった。情に脆《もろ》い性格で、他人を、特に自分にとって大事な存在だった両親を悲しませることが非常に辛かったからである。

そしてこの性格が、私を病ませる原因にもなった。もともと自分自身の意志が強かったのに、親に嘆かれるのが辛かったばかりに、それを強力に抑圧してしまった為である。はっきり意図的だったかどうかはわからないが、母は私の情の脆さにつけ込んだところがあった。即ち「親を嘆かせるのは恩知らず、人でなし。」と言って責めれば、どれだけでも私を思い通りにできると踏んで、際限なく要求をエスカレートさせた。それで「もう人でなし呼ばわれには屈しない。」と両親に宣言するまで、私の病気が本質的に改善することはなかったのだが、それができるまでに、それから8年かかってしまったのである。

この'88年1月から2月という時期、母親との関係の悪さは、それまでと大同小異だったが、父親との関係は、一層深刻に悪化した。私が2度目に社会生活に躓《つまず》いたこの時期、父は私のことを、勝手な思い込みによる先入観で〝碌でなし〟と決めつけるようになった。

1月16日、慶応病院を初診した日、父が最初の先生に対してとった、私の人格を卑しめる発言は、「何、

(次に来る時には)ケローッとしてますよ。」というのだけではなかった。この先生が、今後は外来で治療を進めるという方針を示したのに対して、父はまず、「その程度のことでいいんでしょうか?」と言ったのである。そして父は更に、私の方を見て顎でしゃくるようにして、「これは只のうつ病なんていうんじゃなくて、精神病質なんじゃないですか。本で読んでみると、ほとんど全部当て嵌まっていると思いますがね。」と、自信たっぷりに意見した。当然だが、これにはどうしようもなく打ちのめされた。

この「精神病質」という言葉は、当時『家庭の医学』の類の本に載っていたもので、確かこれと同じ時期に母も、私が千葉の家に戻っていた時に、分厚い『家庭の医学』を拡げて持って来て、「ねえ、真実ちゃん、あなたの病気は〝精神病質〟なんじゃないの? ここに書いてあるの、読んで御覧なさい。よく当て嵌まっていると思うわよ。精神病質なら精神病質で、本当のことを踏まえなければ、正しい対策は立てられないんじゃない?」と、心底真剣な表情で言ってくれたことがあって、この愛に溢れた言葉にも本当に泣かされた。

件《くだん》の『家庭の医学』に「精神病質」という用語がどのように解説されていたか、全く記憶にない。手持ちの『現代臨床精神医学』(金原出版)には「人格の異常性のために自分自身が悩み、或は社会が悩むもの」という、シュナイダーという学者の定義が書かれている。それは大体、「人格障害」と同義語なので、私自身ずっと後になって、'88年から'95年にかけての自分は、境界型人格障害の病像をとっていたと認めるようになったから、「精神病質」という言葉も受け容れざるを得なかったかもしれないと、今では感じる。

しかし当時の私は、その「精神病質」という言葉を、自分という人間を表現するものとして、両親から押し着けられたことがとても耐えられなかった。その言葉には誰が聞いても、その人の人間性を完全に否定し去る響きがあると感じる。少なくとも私は、「箸にも棒にも引っかからないキチガイ」と言われた気がした。

父に幼い頃言われた「人間の屑」「切っても赤い血が出ない」「腐った根性」という言葉に、匹敵する言葉だと感じた。実際に両親がそういう思いを込めて、私にその言葉を捧げてくれたのは、まず間違いない。自分が船橋の病院でうまくいかなくなったのは、自分に世間的な知恵が足りなかった為ではあっても、自分の人間性が悪かった為ではないと考えていた私は、両親のこの〝レッテル貼り〟に心底傷ついた。

そしてこの頃から、私の病状が悪化する→社会生活に障害が出る→両親から憎しみ、嘲りのこもった視線や言葉を投げられる→心が荒んで一層病状が悪化する、という悪循環が本格化したように記憶する。その上、その酷さに加えて、母の場合には「それでも私はあなたを見捨てない。」と自分を美化するのを忘れなかったから、益々耐えられなかった。また私自身、自分が精神的に病的な状態であることは認めていたものの、その原因について、両親が自分達には一切責任がなく、ただひたすら私一人の劣悪な生まれ着きの所為であると、自信たっぷり、信じて疑っていない物言いを繰り返したのも、実に口惜しくて耐えられなかった。

当時、父が私のことを〝碌でなし〟と決めつけていた証拠は、他にもある。例えば1月中、私が仕事に行けなくなって千葉の家に戻っていた時には、父は朝早くから起きて活動している人を見つけては、「ああ、立派だねえ。」と、私に当てつけがましく、感情たっぷり込めて言った。そして「世の中に迷惑を掛けないことが一番大切だ。」と、繰り返し説教した。つまり父は、うつ症状が強くて仕事に行けない私のことを、何が病気なものか、こいつは〝甘え〟〝怠け〟〝我儘〟で仕事に行かないだけだと、ためらうことなく私の人間性の問題に帰して解釈していた。また1月末に文京区のアパートに戻って以降、「夜眠れないのが辛い。」と電話で話した時には、父は「昼間寝てるんじゃないのか。」と間髪を入れずに言ってきた。死ぬ程口惜しかったけれども、当時は父の怒号が怖くて、はっきり言葉で抗議することができなかった。

そして30代も末になってから、「私はいつの時代も、努力すればできることをやらない人間ではなかったし、努力できる時に努力しない人間だったこともない。現に高校時代の私は、毎日3、4時間しか寝ないで勉強して、しかも学校に早く行って、1時間目が始まる前に2、3㎞走っていたじゃないか。その私が仕事に行けなくなった時に、甘えや怠けや我儘で仕事に行かないという考えが、どうして真っ先に頭に浮かんだのか。一体、子供の私のどこを見ていたのかと、情けなくて仕方がなかった。」と訴えた時にも、きっと私の指摘が的を射ていて口惜しかったからだろう、感情任せにもの凄い勢いで怒鳴りつけられた。

私の、「病気の症状が強くてどうしても動けなかったのを、人間性の所為に帰されたのは本当に辛かった。動けないのは余程具合が悪いんだろう、辛いだろうな、と思って欲しかった。」という訴えに対して、父が多少なりとも理解の反応を示すようになったのは、私が40代も終わりになってからで、その時になっても尚、父は「あの時にはそう（人間性の所為）としか考えられなかった。」と言い張った。

それで私は未だに、父からはとうとう愛されることはできなかったと感じている。それは、他人を愛するということは、まず相手を正しく理解することから始まると私は考えるが、父は結果的に私を正しく理解しなかっただけでなく、理解しようという意志からして持ってくれなかったからである。大学時代に笠原嘉氏の「スチューデント・アパシー」を読んでくれないかと頼んで、「こんな人間には興味がない。理解する値打を感じない。」と言われたのがその1例だったが、これに類する発言は、それ以後も繰り返しされた。

そして私が〝こいつは碌な奴じゃない〟と、父に先入観と勝手な思い込みで決めつけられた一番の原因は、私が父の〝うしろめたさ〟を刺激する性格を、世の中で一番強く持った人間だった為だろうと、現在では考えている。

ひと口に言えば、父は〃立身出世主義者〃だった。何が本当に人間にとって大切なことか、自分自身で深く考えることなく、世間的な価値観に則《のっとっ》て、社会的に高い地位に就きさえすれば、つまり「位、人臣を極め」れば、自分の人生には価値があると、信じて疑っていないような人だった。それは父が、自分の生い立ちから来る劣等感を克服する為だったに違いない。

それに反して私は、自分が人生で本当に何をやりたいのか、自分の正直な気持に何よりもこだわった。

そして医者の仕事をするに当たっても、自分の立場を有利に保つことより、一度失われたら戻らない患者さんの命を精一杯大切にすることを優先した。

そういう私を、父は愚かだと言ったし、また、私が30になったこの頃から、父は盛んに私に対して「真実《しんじつ》なんか何の意味もない。」と、嘲りを込めて言うようになった。それらのことから、私は父のうしろめたさを強く刺激したが故に、父に激しく憎まれたのだろうと、後からだんだんわかってきた。私としては、自分が自分の心に正直に生きたかっただけで、父の生き方を非難したい気持など全くなかったのだが、父の方が私を見ていて心穏やかで居られなくなったのだろう。尤もあまり繰り返し攻撃されたことで、私の方にも後から、反撃したい気持が出てきたが。

そして今思うと、大学院をやめた'87年の春頃、父が私に「せめて私大の講師か助教授くらいにはなってくれないか。」と言ったのも、父が、一部は自分が苦しくならないようにという意図から、私を自分の価値観に合わせさせようとしたのだとわかる。その時には、ただ息苦しいとのみ感じたが、それから30代も後半になっていくにつれてだんだんと、父だけでなく母からも〃ありのままのお前では気に入らない。私の気に入る別の人間になれ。〃という要求を強く感じるようになって、益々父からも母からも愛されていないと痛感するようになった。そしてこの認識も私を一層荒ませ、私の病状を悪化させた。

そして'88年1月、2月というこの時期に、もう一つ父との関係に於いて非常に辛かったことは、それまでの母との関係が如何に辛かったかを訴えても、「それじゃあ、お母さんが可哀想だなあ。」と一方的に母の肩を持たれたこと、そしてそれが私の精神を病ませた主な原因であると訴えても、すべて自分に都合のいい責任転嫁であると、これまたためらうことなく決めつけられたことだった。

勿論それまでも、その時点でも、父との関係も十分辛かったのだが、その頃にはまだ専ら、母との関係が辛かったことばかりが、病気の原因として念頭に浮かんだ。それでとにかくその辛さを誰かに聞いて欲しくて、一番身近に居た父を、聞き手に選んでしまったのである。

幼い頃から何をやっても母に貶され通しで、自分が生きていてもいい人間であるという、最も基本的な自信が確立できなかった為に、自分の特定の一つの行為について他人から「よくない」と批判されても、自分の全存在を「駄目」と否定されたように感じて、すぐにパニックに陥ってしまうことが、対人関係の障碍になると同時に、社会生活が行き詰まる原因になっていると、当時の私が認識していたことは、既に書いた。

しかし、当時私はもう一つ、全く同じことが原因で、自分が、何とかして自分の存在価値を確認して、自信を回復したいという、あまりにも強い動機づけから、他人に一生懸命奉仕して、喜ばせようという行動に強迫的に走り、その結果、相手から思った程喜ばれないと、極度に落胆したり、相手に対して激しい怒りや憎しみが湧いたりしてしまい、そのことも、自分の対人関係や社会生活の障碍になっていることに気付いた。

それらの原因分析を、父に対して説明したのだが、それに対して父は「どうしてそれとこれとが関係があるのか、全然わからんなあ。そうやって他人の所為にしてばかりいる間は、絶対に進歩も解決もないぞ。」と撥ねつけるばかりだった。そのおまけに父は、「昔、試験中トイレに行きたくなっても、そのことを自分で先生に言えなくて、漏らしてしまった大学生が、『お母さんが悪いんだ！』と言ったという話を聞いたことがあるなあ。お前はお母さんのことを言わなくなったら一人前だ。」と、皮肉たっぷりに付け加えた。

私は今でもこの原因分析は、勝手な責任転嫁ではなく、客観的に正しかったと考えている。勿論、原因や、その結果自分がどう歪んでいるかを正しく認識するだけでなく、原因である呪縛から自分を解き放ち、自分の意志で自分の歪みを是正しないことには、問題は解決しなかった。

しかしその前にまず、本当に母の所為であることは母の所為であると、誰かにどうしても認めて欲しかった。甘えて聞こえるかもしれないが、まずそれが確保されなければ、一歩も前に進めない感じがした。

実際、母の所為であることは母の所為、父の所為であることは父の所為と、一人の他人（精神科の主治医）がはっきり認めてくれたことで、私は前に進めるようになった。不完全乍らも自分で自分の歪みを是正して、社会生活に適応できるようになった。

しかしその変化が始まるまでに、'95年まで待たなければならず、'88年のこの時点では、父に理解を求めて拒否されたことで、私は益々心のやり場を失い、そのことでも病の根は益々深まった。

思えば幾ら身近に居て、親だったからとは云え、最も不適格な相手を選んでしまったものである。父はもともと他人の心を、特に辛さを理解しようなどという意志を持った人ではなかったし、特に私に対しては、意地でも理解などしてやるものかという姿勢に近かったからだ。それでもまだこの頃の私は、親だというだけで、父を理屈抜きで信じたい気持を諦めきれていなかった。

第12章

最初の本格的な自殺企図

✺〝燃え尽き〟と罪業妄想の高まり

'88年2月、M医師の精神療法も一向にうまくいかないなら、先述の通り、両親との心の関係も益々悪化するばかりだったが、2月も末になって、極めて偶発的な契機から、私は一時的に活き活きした社会生活を取り戻した。

その契機とは、ある末期癌の患者さんとの出会いだった。その患者さんはYさんとおっしゃる、当時73歳の女性で、胆のう癌が全身に転移していた。2月23日の私の外来に次女の方と一緒に見えた時には、全身の浮腫（むくみ）と倦怠感がひどくなっていて、外来まで来るのが非常に大変な状態になっていた。それで所長（菊坂診療所）の大月先生や、Iさんという婦長とも話し合って、Yさんのその後の診療を、往診に切り換えたのである。

これは「在宅ターミナルケア」と呼ばれる診療で、最後まで御家族を支えながら往診で患者さんを治療し、家で患者さんを看取るというやり方だった。患者さんは末期癌であり、入院して治療したところで、近い将来死を迎える運命は絶対に変えられない。だったらせめて長年住み慣れた御自宅で、御家族に囲まれた中で最期を迎えさせてあげることが、患者さんを少しでも幸せにできる残された道に違いないというのが、私の考えだった。それで大月先生の了解を取り、御家族にそのやり方をお勧めすると、御家族も一も二もなくそれを希望された。

こうして私にとって、これまでの医者人生で最も苛酷だった在宅ターミナルケアの仕事が始まった。前年'87年の夏に悪性リンパ腫の患者さんを往診したのもこの仕事に入ったから、在宅ターミナルケア自体は初めてではなかった。しかし前年の仕事は期間が2週間弱で、往診も毎日ではなかったのに対し、Yさんの時には期間が2カ月に及び、往診は日曜・祭日なしの連日だったから、ハードさは全く較べものにならなかった。死に臨む患者さんとの出会いで、私が一時的に生き甲斐を得たと云っても、そんなに虫のいい話ではなかった。

往診は、Yさんが外来に見えた翌日の、2月24日から始めた。最初の1回位は日曜日、往診を休ませて貰ったが、それ以後は、Yさんの状態がすぐに厳しさを増した為、日曜・祭日休みなしになった。1日の往診回数も、じきに3回、4回に及ぶようになり、1回の往診で4時間、5時間滞在することも珍しくなくなった。また緊急時の対応の為に私の自宅の電話を御家族にお教えして、急に熱が出た、呼吸が不規則になった、痛がっている等の連絡があった時には、夜中にもしばしば往診した。そんな訳で、4月22日にYさんが亡くなるまでの2カ月間、私の生活も苛酷を極めたのである。

当時、在宅ターミナルケアは社会的な流れになり始めていて、それに関する本も少しずつ出ていた。しかし私がYさんに対して試みたやり方は、主流派のやり方とは著しく異なっていた。

即ち主流派のやり方は、苦痛を取り除く処置のみ行なって、積極的な延命治療は行なわないというものだったのに対して、私は在宅で可能な限りの延命治療を行なった。

通常の抗癌剤こそ、極く短期間しか用いなかったものの、御家族が強く希望された丸山ワクチンについては、亡くなる直前まで注射し続けた。また点滴についても、最初の内こそ1日2時間というように、限られた時間だけ行なっていたが、始めて1週間位の内には、24時間持続点滴に切り換えた。それにより、カテコラミンという強力な強心剤を持続的に投与することで心臓の働きを保ち、また栄養についても、ブドウ糖、電解質、各種ビタミンと云った、一般的なものだけに留まらず、アミノ酸製剤や、アルブミン（栄養蛋白剤）や脂肪乳剤まで加えて、末梢からの点滴で可能な限りの栄養補給を行なった。アルブミンは1日25g（当時は使用制限がなかったので）、カロリーも1日1100cal程度、亡くなるまでの期間、毎日補給した。私自身に技術がなかったので行なわなかったけれども、もしそれがあれば、中心静脈栄養についても辞さなかっただろう。

また酸素吸入についても、往診開始から10日間位の内には、持続的に行なうようになった。まだ在宅酸素療法専用の機械などない時期だったから、御家族に酸素ボンベを扱う業者と直接契約していただき、毎日のようにボンベを届けて貰わなければならず、大変だった。

私がここまでYさんの延命に躍起になったのは、何よりもYさん御自身がそれを強く望まれたからであり、また世話をする御家族も、その希望を叶えることを強く望まれたからだった。

Yさんは生来カラッと明るい、とても気丈な方だった。Yさんが末期の癌とわかったのは、前の年の夏だったが、その後もその年の11月までは独り暮らしを続け、家の近くの弁当屋で働き続けていた。しかしさすがに身体がきつくなって、弁当屋の仕事を辞め、それと同時に、5人居たお子さんの中で一番下の次女の方が、患者さんと同居して世話をされるようになった。私がYさんに出会ったのは、それから3カ月後のことだったが、その時Yさんは私に、「桜が咲く頃には、もう一度元気になりたい。」と言われた。それで私はその希望を出来る限り叶えてあげたいと思い、当面、それを私自身の人生の目標にすることにしたのである。

文字通り「もう一度元気に」というのは、絶対に不可能だった。Yさん自身も、御自分の意志で丸山ワクチンを打っていらしたのだから、不可能だということはわかっていらしたに違いない。それでもまわりに対して「癌」という言葉は口にせず、敢えて「元気になりたい」と言われたのは、まわりの気持を楽にさせる為の思い遣りだったに違いないと、私は今でも考えている。だから私は、せめて桜が咲くまでYさんを生かしてあげたい、楽で楽しい時間を少しでも長く持たせてあげたいと考えて、自分に出来る限りの、全力投球の治療を行なった。

だが結局、その次善の目標さえ、実現できたとは云えなかった。Yさんが亡くなったのは4月22日だったから、確かに桜が咲くまで生かして差し上げることはできた。2月23日に、最初にYさんにお会いした時、私は、幾ら頑張っても2週間が精一杯だろうと感じたから、私の治療には延命効果だけはそれなりにあったと感じる。

しかし「少しでも長く、楽で楽しい時間を」という目標は、殆ど叶えられなかった。

往診を始めて1週間もしない内に、Yさんは全身のそこかしこに強い苦痛を訴えられるようになったので、鎮静剤を使わざるを得なくなった。経口のモルヒネ（ブロンプトン・カリテルと呼ばれたシロップ剤）はあまり効かず、準麻薬のペンタジンは、呼吸や脈拍や血圧の低下が起こったので使えず、使ったのは専らジアゼパム（私が心研を馘になる原因になった、BZ系薬剤）だったが、1回0・5筒（5㎎）と量を絞って使っても、Yさんは穏やかな表情になって下さった反面、眠り込んでしまわれた。

そしてそのことに、御家族の一部が強く抵抗された。私が往診を始めた時点でYさんの面倒を見ていらしたのは、次女のSさん（5人目）と次男のKさん（2人目）だったが、じきにそれに長女のUさん（4人目）と、次男のお嫁さんのOさんが加わった。鎮静剤を使うことに強く抵抗されたのは、次女のSさんと長女のUさんだった。折角家に居ても眠ってばかりでは、コミュニケーションが取れなくて寂しいという理由からだった。

その御気持ちは私にもよくわかった。私とて、残り少ない時間にYさんに眠っていただきたくはなかった。しかし苦痛を取り除く為に鎮静剤を使うと、結果的に眠ってしまうことが避けられなかったのである。運がいい時には、鎮静剤から醒めて暫くの間、強い苦痛がなく、御家族とお話ができることもあったが、それもほんの僅かな時間だけだった。ひどい時には鎮静剤が完全に醒めない内から、再び呻き苦しみ始められた。それで私としては、Yさんの苦痛に歪む表情を暫く見ていると、とても耐えられなくなり、再び鎮静剤を使わざるを得なくなってしまったということで、本当にどうしようもなかったのである。

往診を始める時点では、こんなにも痛みのコントロールに難儀するとは全く予想していなかったから、これは私にとっても非常に厳しい、精神的試練だった。往診中、一緒に過ごせる時間には、松屋のエレベーター・ガールでいらしたという昔のお話でも伺って、残りの時間を充実させていただこうなどと考えていた私の甘い幻想は、いっぺんに吹き飛んでしまった。

またこのように眠らせ続けを余儀なくされた御蔭で、口から食事を摂っていただくことも、益々困難になってしまった。もともと往診を始めた時点で、Yさんの食欲は低下し果てていて、Yさん御自身は、殆ど口から食事を摂りたがられなかったし、無理して摂っていただいても、量的にも内容的にも、栄養補給上の意味は殆どない状態だった。しかし長女のUさんと次女のSさんは、お母さんに口から食べさせることをとても強く望まれた。全然食べてくれないと心細いという、肉親の情からだったと思う。

しかし医者である私としては、UさんとSさんに対して、Yさんに口から食べさせることを止めざるを得なかった。何故なら、意識が清明でない患者さんに口からものを食べさせることは、誤嚥《ごえん》により患者さんを窒息させたり、肺炎を起こさせたりする危険が大きいからである。それでも今の私なら、御家族ではなく、死期の迫った患者さん御自身が口から食べることを希望されたなら、止めないと思うが。しかしYさんの時には強く止めたことで、そのことでもお嬢さんのUさんやSさんとの関係は悪くなった。

勿論、往診している間じゅうずっと、UさんやSさんとの関係が悪かった訳ではなかった。互いに温かく思い遣り合い、気持よく協力できている時の方がずっと多かった。しかし私のやり方に反対されることや、不満を訴えられることも少なからずあった。それには、当時私が30歳とまだ若く、一番末のSさんでも35歳と、私より大分年上だったことや、私の精神の病の原因になった、自信の欠如した性格が原因になったと感じる。

他に例えばどんなことに不満を訴えられたかと云うと、一番困ったのは在宅診療そのものに対してだった。

この期に及んで入院治療には意味がないということを理解されて、御家族も強く望まれたから往診を始めたのに、始めてから1週間かそこらでUさんとSさんから、「もし病院に入院していれば、危篤状態に陥った時、ナースコールを押せば、遅くても5分以内には先生が来てくれて、いろいろ処置して、5分でも10分でも延命して貰えるだろう。でも在宅だと、先生が診療所にも家にもいらっしゃらなかったら連絡が着かないし（まだ携帯のない時代だった。）、たとえ連絡が着いても、来て貰えるまでに20分、30分かかってしまう。その時間がもの凄く長く感じられると思うし、5分でも10分でも延命して貰える時間が、凄く貴重に感じられる。」と言われてしまったのである。だったらやっぱり入院を希望されるのかと訊くと、そうではないとおっしゃるから、これには本当に参ってしまった。

それでYさんを往診している期間中は、極力外出しないようにしたし、また診療所の往診カバンを一つ借りて、注射器も針も薬品も、必要な道具は一式詰めて家に持ち帰り、電話があったらすぐにそれを持って、駆けつけられるようにした。

しかしまた酸素吸入についても、ナーザル・カニューレ（鼻の孔に入れる管）は痛そう、マスクは重苦しそうと言われてしまった。

肺炎と褥瘡《じょくそう》の予防のために、2、3時間毎の体位交換をお願いしても、Yさんが痛そうに顔を顰《しか》めるから可哀想と、最初は抵抗された。

また栄養補給する手段として点滴を選んだことについても、Yさんがもう亡くなられる直前になってから、「食べられなくなったら、どうして次は経管栄養にしてくれなかったのか。」と抗議された。

また日中容態が悪かった日に、夜、呼ばれる事態を予想して、予めYさん宅に泊まり込んだこともあったのだが、私も連日の往診で疲れていた為、「何かあったら起こして下さい。」と言って休ませて貰い、結局起こされることなく朝まで寝てしまったところが、朝になってUさんから、「泊まり込むっておっしゃるから、夜中に何回か診に来て下さるのかと思ったら、一度も来て下さらなかったから、〝あれ〟と思いました。」と言われてしまった。

本当に人間というのは難しいものである。このようにUさんやSさんとしばしば揉めた原因について先程、私の自信の欠如した性格が災いしたと書いたが、それは、私が自分で自分を生きる価値のある人間とどうしても実感したかった為に、彼女達からできるだけ沢山喜ばれようと、何もかも御無理ご尤もで、際限なく奉仕し過ぎたことが、却って悪かったのではないかということである。人間は、これ以上は他人に言ってはならないという節度を守って生活している方が、言いたい放題言えるよりも、寧ろ楽である。だから私の弱気の所為で、UさんやSさんも却って苦しめてしまったのではないかと、今では後悔している。

しかしYさんの往診の仕事も辛かったことばかりではなく、やってよかったと思える体験も幾つかあった。まずその一つは、その年の桜を見せてあげられたことだった。3月の末に東京で自然に咲く桜を見せてあげるのはとても無理だと冷静に判断した私は、一か八か、家の近くの花屋さんにもっと早く桜の花が手に入らないかと相談してみた。すると何と、3月半ばには福島県の温室で咲かせたソメイヨシノが入荷できるという話だった。私は一も二もなく頼んだ。そして実際にソメイヨシノの枝が手に入ったのは、3月15日のことだった。私はすぐにそれを持って、Yさん宅に往診に出かけた。そして「Yさん、今年も桜が咲きましたよ。」と言ってお見せすると、Yさんは目に涙を溜めて喜んで下さった。元気というには程遠い状態だったが、3月半ばのその頃にはまだ、意識が清明でコミュニケーションが取れる時間も、しばしばあったことから、不完全乍らも約束が果たせたことが、私にとっても心の救いになった。

そしてもう一つとても嬉しかったことは、仕事で長期に海外出張していらして、却々会えずに居た最後のお子さんに、会わせて差し上げられたことだった。5人のお子さんの内、次男、長女、次女はYさんの介護に毎日携わり、長男（第1子）の方も、私が往診を始めて暫く経ってから、時々介護に加わって下さるようになったのだが、三男（第3子）の方だけは、仕事で長期に海外出張されているということで、却々Yさんに会わせてあげることができずに居た。次男のKさんの話に拠れば、帰国は4月6日の予定とのことで、とても自信はなかったものの、何とかそれまで持たせてあげたいと、必死で頑張った。そして幸いにもそれが叶ったのである。

実際に三男Mさんが日本に戻って、Yさん宅に来られたのは、それより1日早い4月5日だったのだが、その日奇跡が起こった。三月下旬以降は完全に眠りっ放しだったYさんの意識が、まるでその日に合わせたように、一時的に戻ってくれたのである。

その日の朝、Mさんが「母さん、いい天気だよ！」と声を掛けると、Yさんはパッと目を開け、びっくりしたMさんが更に「大丈夫？」と声を掛けると、Yさんはそれにもうんうんと頷かれたとのことだった。4月5日の日中に往診して、初めてMさんにお会いした時、Mさんは「帰って来た甲斐がありました。」と、とても弾んだ声で私に報告して下さった。私もこの時には、本当にこの仕事をやってよかったと感じた。そしてこの日と次の6日の2日間は、Yさんは久々に苦痛の訴えが少なく、血圧などのバイタルサイン（血圧、脈拍、呼吸数、体温など）も良好に保たれて、言葉こそ発されなかったが、目を開いて、首を縦に振ったり横に振ったりという形で、御家族や私との間で意思の疎通が取れた。

しかし翌4月7日からは再び、苦痛の訴えが強まり、意識レベルが低下し、バイタルサインも悪化した。

7日の深夜、私はYさん宅から「とても痛がっている。」という電話を貰い、往診した。私の家からYさん宅までは、歩いて10分から15分位だったが、緊急であり深夜でもあったから、家の近くの表通りまで、次男のKさんに車で迎えに来て貰って行った。そしてそれから2時間くらいかかって、ようやく痛みを治め、帰ろうとした処が、Kさんから「先生、帰れませんよ。大雪です。」と言われた。日付は4月8日に変わっていた。結局、明るくなるまで待って、家まで歩いて帰った。だから'88年4月8日に、東京で満開の桜の枝にこんもり雪が積もったことは、一生忘れられない思い出になった。

そのように、強いやり甲斐を感じるエピソードもあったものの、Yさんの往診の仕事は、全体としてはやはり、非常に心身の消耗の激しいものだった。三月の末頃からは夜中の往診も珍しくなくなって、状態の改善にてこずった時には、翌朝までYさん宅に居て、そこで朝ごはんをいただいてから、直接診療所に仕事（外来）に向かったことも、何回かあった。その夜中の往診というのは大抵、夜、往診を9時台に終えて、帰った直後のことだったから、本当にハードで気違いじみた生活を余儀なくされた。

そしてお子さんのUさんやSさんからしばしば不満を訴えられたこと以外にも、精神的試練が幾つも重なった。

その一つは相変わらず、いや益々、両親との関係が悪くなったことだった。

例えば夜、往診から帰る途中、丁度帰り道に当たっていたこともあり、東大の薬理学教室の遠藤教授の所に1年ぶり位に立ち寄って、「今、末期癌の患者さんの往診の仕事をしているのだが、その仕事に、大学院で教わったことも役に立っている。」と話をしたことがあって、そのことを父に電話で話したところが、何と父から「基礎より臨床の仕事の方が意義があると、ひけらかしに行ったんだろう。」と言われたのである。気絶しそうに衝撃を受けた私が、あんまりひどいと抗議すると、父は更に「口惜しがらせればやる気が出るかと思った。」と私に言った。何という捻ねくれ方と絶句させられたが、父のこの種の〝捻ねくれ〟には、これ以前にもこれ以後も、数限りなく心を裂かれた。最近ようやく、傷つけられたら話をするのを避けるということができるようになったが、この頃はまだ、認められたい思いが絶ち切れなくて、どうしてもそれができなかった。

母についても関係が悪い点は全く変わらなかった。このYさんの往診をしている間に、'88年4月から菊坂診療所の常勤にならないかという話が持ち上がり、私はこれをOKした。また菊坂診療所は先述の通り、民医連の診療所だったから、常勤になると同時に民医連に入ることも承諾した。母はそれについて「そんな最低の所！　しかも民医連（要するに〝共産党〟ということ）にまで入るなんて！」と、私を罵り、非難した。

私は幾ら非難されても、自分のこの選択を撤回しなかった。私としては、別に共産主義や共産党を支持するように考えが変わった訳ではなく、医療機関としての菊坂診療所が好きで、そこに常勤で勤めるからには、便宜上民医連に入ることもやむを得ないという認識にすぎなかった。そしてこの考えについては、所長の大月先生にも、診療所の他の職員の人達にもはっきり表明して、きちんと了解を取っていた。従って、自分は何も悪いことはしていないと感じたので、決めたことを撤回しなかった。

しかし、自分の行動が親にここまで嫌がられるということは、非常に心の負担になった。そういう寄る辺ない心境にあった為に、益々何とかして自分の生きる値打を確かめたい思いに執着して、Ｙさんの往診の仕事がどんなにきつくても、ここまでという限界を設けることができなくなってしまった。

そしてまた、その極度に孤独で寄る辺ない状況が、私の心を急速に診療所の人間関係に傾斜させた。特に婦長のＩさんに寄りかかる度合いが大きくなった。これはＹさんの往診の仕事を、彼女が一番沢山、自ら進んで協力してくれたからだった。特に夜遅くの往診に、一緒に付き合ってくれることが多かったし、却々うまくいかないＹさんのお嬢さん達との関係についても、一緒に悩んでくれた。だから〝境界性人格障害〟の特徴で、他人との距離を適度にとることが非常に苦手だった私は、往診の仕事で〝この人は信頼できる〟と感じたのを契機に、一気にＩ婦長に寄りかかるようになってしまった。


それでこの仕事の途中で私が潰れた時にも、彼女に全面的に迷惑を掛けた。

４月に入ってからのことだったと思うが、私は心身の極度の疲れから、うつの中でも〝精神運動制止〟の症状が非常に強まって、仕事に行かなければならないのに、朝起きてもどうしても洗面も着換えもできない状態に、一度陥った。この時には、精神科のＭ先生に電話で連絡をとったのだが、まともに取り合って貰えなかった。電話が掛けられる位だから大したことはないと受け止められたようで、努力して仕事に行くようにと指示された。しかし幾らそう言われても、どうしてもそれができないことと、精神科の医者にさえ辛さを本当にわかって貰えないことに絶望した私は、自棄《やけ》になって現実から逃避する為にフェノバール（バルビタール系睡眠薬）を飲んだ。死ぬ積もりはなかったから致死量ではなかったが、常用量よりはずっと多い量だった。

それで私は全く憶えていなかったが、後から心配になったM医師が、向こうから私に電話をしてくれたそうで、その時私は電話に出たものの、全く呂律《ろれつ》が回らない状態だったということで、M医師は診療所のI婦長に「様子を見に行って欲しい。」と連絡をとったそうである。千葉の家にではなく診療所のIさんに連絡をとったのは、距離的に近かったからではなく、私が毎週の精神療法で、如何に両親は冷酷で無理解で、その反対にIさんは如何に温かくて信頼できる人であるかを、繰り返しM医師に話していたからだった。それで電話を受けたIさんは、私のアパートに飛んで来てくれた。それが何時頃だったか憶えていないが、私はどうにか意識が戻り、フラフラ状態で玄関の鍵を開けて対応した。

Iさんは自分で食材を買って来て、うどんを作って食べさせてくれた。そのうどんには小松菜が入っていた。「小松菜なんて、今の若い人はあんまり食べないんだろうね。」とその時Iさんが言って、その通り、それまで私は小松菜を食べたことがなかったから、とても印象に残っている。それ以後私は、小松菜を料理の材料によく使うようになった。それはそれだけIさんが、心配して見に来てくれたことが嬉しかったからである。Iさんが帰った後、「Iさん、来てくれる。」と、何処かに震える字でメモした記憶があるのだが、残念なことにそのメモは今、手元にない。そして私がM医師のことを、「少しもこちらの辛さをわかってくれなくて、ひどい。」と非難すると、Iさんは「そんなことないよ。普通の先生だよ」と言って、M医師を庇った。

尚、私がYさんの往診の仕事をしている間に薬を乱用したのはこの時だけではなく、過労で早く眠りたい、人間関係の精神的ストレスから逃れたいという理由から、度々ジアゼパムの静注やフェノバールの筋注を使っていた。これも長期的に見て、私の病状の悪化を大きく進めたと感じる。

そしてIさんとの関係については、私が限度というものがわからずにその後もIさんに負担を掛け過ぎてしまった為に、Yさんの往診の仕事も終わりの頃になると、そこにも綻《ほころ》びが見え始めた。

Iさんは私より13歳年上で、当時は43歳だった。お母さんという程、年は離れていなかったが、私の所に来る時にすぐ食べられるものを買って来るのではなく、作ったものを食べさせてくれたことでもわかるように、私の母にはない〝お母さん〟を感じさせてくれる人だった。それで私はIさんに、〝母親代わり〟を求めてしまった。

ただそこまでなら良かったが、行き過ぎて、彼女の実のお子さん達に嫉妬する言動を取るようになってしまったことが良くなかった。私も本当に疲れておかしくなっていたのだと思うが、「○○くんなんか死んじゃえばいい。」などと言ってしまい、「先生、そんなこと言うもんじゃないよ。」と、Iさんから窘められたこともあった。

Iさんには当時、高3から小1まで4人のお子さんが居て、○○くんというのは一番下の、小1の男の子だった。Iさんはもともと非常に働き者で、朝早くから夜遅くまで仕事をするのが常だったが、Yさんの往診の仕事を手伝って貰うようになって、益々Iさんは帰りが遅くなってしまった。Iさんは埼玉県内から通っていたから、往診の終わりが9時になれば、帰宅は10時を過ぎてしまった。朝は多分、7時には家を出なければならなかったと思うから、それが連日になれば、負担は本当に大変なものだったと思う。特に幼い○○くんには、とても寂しい思いをさせてしまったに違いない。それだけでも十分過ぎる位迷惑を掛けていた上に、しょうもない駄々まで捏ねてしまったのだから、Iさんが私に耐えられなくなったのは当然だった。

それで往診を始めた頃には「この仕事は在宅末期医療の試金石になる。」と言って、強力に私をバックアップしてくれたIさんも、仕事が終わりに近づくと、「こんな、24時間持続点滴するようなのが、在宅医療（のあるべき姿）なのかね。」とか「先生は自分に酔ってるんじゃないの?」というように、私を批判するようになった。今では私も、そう言われても仕方がない部分もあったかもしれないと感じるが、いい気になっただけではとてもできるような仕事ではなかったので、Iさんの批判は最後の砦を失ったように堪《こた》えた。しかしその頃はもう、Yさんもあと何日と先が見えている状況だったから、Iさんもそれまで通り私の仕事を手伝い続けてくれたし、私もそれまで通り頑張り続けた。

そしてとうとう最後の日が来た。それは4月22日（金）の夕刻だった。私はその頃には菊坂で、金曜の夜間診療（18～20時）の当番になっていた。それで22日の夜間診療が始まって間もなくの頃に、Yさん宅からYさんが危ないという連絡があった。どう危ないのか、詳しくはわからなかったが、取り敢えずIさんに代わりに行って貰った。そしてそのIさんから、至急私に来て欲しいという追っての連絡があったのだが、折悪しく外来がその時混んでいたし、もう亡くなる運命に変わりはないのだからという判断があったからだろう、その時の外来の看護婦は「もう一人診てから」と、私が出かけるのを引き延ばした。

そして宮川さんという、当時50過ぎだった男性の事務長に車で送って貰って、私がYさん宅に着いた時には、Yさんは完全に息絶えていた。Iさんが心臓マッサージをして、Iさんから指導されて御家族がアンビューバッグで人工呼吸をしながら、私が着くのを待っていてくれた。私は死亡確認する以外、もうやることがなかった。私が「ご臨終です。」と宣告すると、SさんとUさんはわっと泣きじゃくり、次男のKさんは「母さん、家の玄関から送り出してやるからな。」と言われた。危篤状態になったら1分1秒でも早く来て、5分でも10分でも延命をという、お嬢さん達の当初の要望に応えることはできなかったが、その期《ご》に及んでそのことで不満を訴えられることはなかった。

事務長の宮川さんは、もう亡くなられてしまったのなら、私は診療所に戻って外来の続きをやったらという意見だったが、Iさんがそんなことはとんでもないと突っ撥ねてくれた御蔭で、私はその後も死後処置が終わるまで、Iさんと一緒にその場に残り、御家族と悲しみを共にすることができた。宮川さんに連絡を取って貰い、外来の続きは所長の大月先生にやっていただいた。

死後処置を終わって、一緒に診療所に戻る途中でも、「『先生、まだかしら、まだかしら。』って、皆さん待ち侘びていらしたんですよ。××ちゃん（外来の看護婦）には、危篤の一報が入ったら、その時点で外来は閉めるようにと言ってあったのに、どうしてその通りにしてくれなかったのかしら。」と、Iさんは本当に口惜しそうに言ってくれた。Yさんの仕事に私の次に大きく関わったのは彼女だったから、それだけ思い入れが強かったのだろう。最後の頃、批判を受けていただけに、そう言って貰えたことがとても嬉しかった。何のかのと言っても全体としては、Iさんは私の一生懸命さを認めてくれていたのだと思う。それに引き換え両親は、私のこのYさんの仕事についても、終始「愚かしい」と嘲るばかりだった。

次の4月23日（土）は、午前中外来で、その後夕方、私はYさんの御通夜に出かけた。場所は往診で通い慣れた御自宅だった。社交的な次男のKさんは、「母は賑やかなのが好きでしたから、どうぞ皆さん、賑やかにやって下さい。」と言われたが、亡くなる前の半年間、実家に戻って付きっ切りでYさんの面倒を見ていた末子のSさんは、すっかり呆然としてしまっていた。そしてKさんの明るさには救われたものの、「親父の命日が5月だったから、何とかそれまで持って欲しかった。」と言われた時には参ってしまった。私の疲れも限界に来ていたからである。

しかしそのひと言で、精一杯の延命を図った私のやり方は、大筋に於いて御家族の希望に適っていたことがわかって、ほっとさせられた。Iさんならずとも、私だって三男のMさんに対面させてあげられて以降は、意識がなく、ただ呻き苦しむばかりのYさんを見ていて、24時間持続点滴が無条件でいいなどとは信じられなかったからである。しかしそこで点滴を抜いてひからびさせるなどということもとてもできなくて、点滴を続けていたからだった。

翌'89年の4月、Yさん宅には一周忌にも呼んでいただき、その後、一番言い争うことの多かった次女のSさんから、御礼の手紙も戴いた。従って、最終的には御家族全員とわかり合えたと感じたので、Yさんの往診の仕事は成功だったと、今でも感じている。

しかしこの仕事が、その後の菊坂に於ける在宅末期医療の発展に結び着かなかったことが残念だった。それには、その後私の健康状態が急激に悪化したことも、大きな原因になった。


話をもう一度、'88年4月の時点に戻す。Yさんの通夜の翌日の4月24日（日）の夜、私は生まれて初めて、本格的な自殺を図った。

その日の日中は、菊坂診療所の経営母体である医療生活協同組合養生会《ようせい》の、総大会というのがあった。数百人集まった組合員の前で、予定通り、私は新しい常勤医として紹介されて、所信表明を行なった。残念乍ら、そこで自分がどんな話をしたかは、全く憶えていない。

会が散会した後、私はIさんや、レントゲン技師の大橋さん（当時40代の男性で、この人もよくYさんの仕事を手伝ってくれた。）らと数人で、会場近くの喫茶店に入った。そこでIさんから、私の外来診療が遅いと指摘された。私は患者さんの人気が高く、当時は1枠（半日）で30人以上診ていたが、Iさんは「大月先生はもっと沢山診ているから、もっと増えてもいいのに。」と言った。また私は、その人数を診るのに大抵午前の枠を2時頃までかかって診ていたので、それについてもIさんは「患者さん達がまだかしらまだかしらと、待ちくたびれている。」と批判してきた。

私にはこれが非常に応えた。患者さん一人当たりの時間を短縮して、診る人数を増やすことは、無駄を省くだけでは無理で、親切・丁寧を犠牲にしなければならなかったからである。両親からは能力にも人間性にも完全に否定的評価を下されて、関係が冷え切っていた。従って当時、Iさんは私にとって、一番大きな心の拠り所だった。だからその人から自分の生きる姿勢の象徴と言うべき、仕事のやり方を認めて貰えないということは、〝死刑宣告〟のように感じられた。

それで夕方、アパートの部屋に帰ってからも、そのことばかり考え続けた。もともとYさんを往診していた間から、私にはうつの症状の中で〝罪業妄想〟という症状が、しばしば強く現われるようになっていた。即ち「私はゴミ、いや毒。私は生きていても何の役にも立たないばかりか、他人や社会に迷惑を掛けるだけ。私が消えてなくなることが、一番みんなの為になる。」というようなことを大真面目に口走っては、その度、Iさんから「先生そんなことないよ。先生がゴミだったら、私なんかゴミにもなれないじゃない。」と否《いな》されていた。

そんな背景があった中、昼間Iさんから言われたことで、〝もう死ぬしかない〟というところに心が追い詰められてしまった。これは私の精神が未熟で病んでいた為で、Iさんの所為ではない。

そしてとうとう夜10時過ぎになって、昼間の総大会でお土産に貰った〝ワンカップ大関〟で、私は原末換算にして6～7gのフェノバールを飲み干した。'84年の秋に〝死んでも構わない〟と思って飲んだ量の数倍で、十分致死量に達していた筈である。そして飲み終わった直後に、私はIさんの自宅に電話して「もう私は生きていけないと思って、今、十分死ねるだけの睡眠薬を飲んだ。」と話した。それに対してIさんは「何言ってるんですか、先生。」と、とても呆れて嘆くような声で言ったが、私はそれ以上何も言わずに電話を切った。そして間もなく深い眠りに落ちた。

第13章

二度目の閉鎖病棟入院まで

✴BZ依存進行による衝動性の悪化

今思うと、私が夜の10時台にIさんの家に電話したのは、ひょっとしてその時間ならぎりぎり、Iさんがその夜の内に私の部屋に飛んで来てくれるかもしれないという、甘えた期待を持ったからだった気がする。次に私の直接の記憶として残っているのは、菊坂の関連病院である港区の芝病院に運ばれて、はっきり意識を取り戻した、恐らく4月27日（水）以降のことなので、それまでのことについては、両親やIさんから伝え聞いた話でしかわからない。

結局、Iさんが私の部屋に来てくれたのは、翌4月25日（月）の朝早くだった。管理人さんに部屋の鍵を開けて貰って、揺すれども叩けども何も反応しない私を見つけた時には、本当に呆然としたそうである。24日の夜は寒かった為、私の傍にはスチーム式の電気ストーブがついたまま倒れていたということで、本当に危なかった。

Iさんが何からどうしていいか慌てているところへ、偶然千葉の母から電話が掛かってきた。Iさんが出ると、母は「何故あなたがそこに居るのか？」と詰問したそうである。私は、睡眠薬を飲んで自殺を図ったことを、千葉の家には知らせていなかった。それでIさんから「お薬を飲まれたようなんです。」と聞くと、母には様々な種類の怒りがこみ上げたようである。

そしてIさんから私の呼吸も脈もしっかりしていると聞いたからだろう、母はIさんに「私が今からそちらに行きますから、あなたは御仕事に行かれて下さい。」と、非常に厳しい調子で言ったそうである。それでIさんは母の指示に従った。その際、カップ酒の容器を片付けていってくれなかったらしく、意識が戻った後で、母からは「あんなものが部屋にあって恥ずかしかった。」と、そして父からは「いつもワンカップ大関を飲んでいたのか。」と、殊更そこを突《つつ》いて軽蔑する言い方をされた。

そしてその後、母は言葉通り私の所に飛んで来て、〝アテント〟（大人用の紙おむつ）を買って来て当てるなど、世話をしてくれたそうである。他にどんなことをしてくれたかは聞いていないが、母が来た時、失禁状態で恥ずかしかったということだけは、意識が戻ってから間もなく聞かされた。

そして25日（月）の午後になると、再びIさんがやって来て、私が尿閉状態（膀胱に尿が溜まっているのに、膀胱の出口の括約筋が締まって、尿が出ない状態）に陥っていた為、すぐに導尿（膀胱まで管を入れて、尿を排出させる処置）してくれたそうである。この時のIさんの様子について、後で母は「とてもきびきびした働き者」と評した。

そしてその日の夜になると、今度は所長の大月先生が往診に来て、点滴をして下さったそうである。その時には父も私の部屋に来ていて、大月先生やIさんと直接話をしたらしい。この時の話について、これもまた私の意識が戻ってから間もなく、父から話を聞かされた。

それに拠れば、「まず最初に大月先生は、『今、診療所で会議を開いて、こういうことが起きた原因を究明しているところです。』と言った。そして『Iさんは非常に自分を責めています。』とも言った。大月先生もIさんも、初めはお父さんやお母さんに対して非常に緊張して身構えていたけれども、お父さんやお母さんが向こうを責めないで、穏やかに話を聞くのを見て、お父さんやお母さんのことを、非常に良識的で話のわかる親だと見たようだな。特にお父さんが『セツルメントという発想が素晴らしいですな。』と褒めると（菊坂の正式名称は「セツルメント菊坂診療所」で、「セツルメント」とはもともと、貧しい人々の居住地区に定住して、住民との人間的接触を図りながら、医療・教育・保育・授産などの活動を行なって、地域の福祉を図る社会事業のことを言う。）、大月先生は非常に嬉しそうにしたな。」ということだった。それに母も「資本主義の人から支持されたから、嬉しかったみたいよ。」と、上流婦人ぶった口調で言い添えた。

これが本当に、私の意識が戻って間もなく聞かされた話だったから、私は心底白々とした思いになった。父も母も、子供の私が本気で自殺を図っても、自分達が親として他人や世の中からどう見られるかにしか、関心がない様子だったからである。'84年秋の時に続いてこの時にも、「どうして死のうなどと思ったのか？何がそんなに辛かったのか？」とは、父からも母からもひと言も訊かれなかったから、益々絶望が極まった。

もう一度、私が眠っていた間のことに話を戻すと、大月先生が往診して下さった翌日の4月26日（火）に、大月先生の手配で、私は関連の芝病院に入院させられた。その日には、呼びかけに対する多少の応答は現われていたそうだが、万一危険なことがあっては困るからという理由からだったそうである。

芝病院に運ばれる際には、事務長の宮川さんが私をおぶってアパートの階段を下りて、診療所の車に乗せて運んでくれたという。私の部屋は3階で、エレベーターがなかったからである。当時宮川さんは50過ぎで、比較的腕力はありそうだったが、体重60kg前後の私をおぶって下りるのは、骨だったに違いない。その宮川さんの脇にIさんが、「先生、しっかりして下さい。」と言いながら、付き添ってくれていたそうだ。この時の診療所の人達の様子を伝える母の話は、純粋に温かいものだった。

そして私の意識が清明になり、記憶が再開したのは、翌、4月27日（水）だったようだ。意識が戻った直後はフェノバールによる平衡障害が激しくて、ベッドの上に起き上がってもすぐに倒れてしまい、一度ベッドから落ちた記憶がある。そして平衡障害がとれた後も、筋肉の傷害が長く残って、歩くのにふらついた。全身の筋肉、特に大腿の筋肉がひどく痛んで、力が入らなかった為に、歩行が覚束《おぼつか》ない状態が続いた。

この時私を受け持ってくれたのは、渡辺先生という、菊坂にも週1回位アルバイトに来ていた、私よりちょっと上位の男の先生だったが、渡辺先生は初め、私が歩行時にふらつくのは平衡障害が残っているからだと思っていたそうである。「そうではなく、両腿《もも》の筋肉がひどく痛むからだ。」と私が説明すると、そこで初めて、フェノバールには筋肉を壊死《えし》させる副作用があることを調べてきてくれた。それで成程と合点が行った。フェノバールを常用量、口から飲んでいた時にはそんな症状は出なかったが、Yさんの往診中に何回か、フェノバールを筋注で使ったことがあって、それ程強くはなかったものの、両腿の前面に突っ張るような痛みを覚えて、階段の上がり下りが辛かったことがあったからである。

しかし意識が戻った後、専ら辛かったのは、身体面ではなく精神面だった。

何より辛かったのは、両親との険悪なやりとりが、再び急に密になったことだった。毎日、両親のどちらかが面会には来てくれたが、その時の会話はほとんど、既に書いたことの他も、胸に棘《とげ》刺されることばかりだった。

例えばまず父からは、「現金もテレホンカードも渡さない。Iさんの家に電話したら困るからな。」と言われた。またゴールデンウィークに入って状態が落ち着くと、著しく退屈だったこともあり、「早く退院して帰りたい。」と言った処が、父は「外に着て出られるような服は、退院が決まるまで持って来てやらないからな。出られるもんならその格好で外に出てみろ。」と返してきた。正に意地悪の極致だった。

更に受持の渡辺先生は、温厚だったがあっさりした方で、その渡辺先生の回診のやり方を見て、父が私に「お前もあんな風にやればいいじゃないか。毎日患者の所に行っても『どうですか、変わりありませんか?』と訊いて、1分か2分で切り上げて。そうすれば楽じゃないか。」と言ったこともあった。私にとって仕事は単に〝金稼ぎ〟ではなく、自分という人間が生きる一環であり、一人一人の患者さんに対して必要で役に立つことはできる限り残らずやる、という仕事の姿勢は、譲れない信念だったから、医者の仕事など何も知らない父から軽々しくそういうことを言われたのは、魂を穢された気がして猛烈に腹が立った。人騒がせなことをしたという弱みから反論できなかったので、余計口惜しさがいつまでも胸に残った。

母の方も同様だった。丁度母が面会に来ていた時に、起き上がって頭を下げた姿勢をとったところが、胃の奥からとても嫌な臭いがこみ上げてきた。それで思わず「ああ、嫌な臭い。」と言ったところが、すかさず母に「その臭い、よく憶えておきなさいよ。」と、正に懲らしめるという調子で返された。

また当時、私には、「ドナ吉」と名付けてどこへ行くにも肌身離さず持ち歩いていた、童顔で小型のドナルドダックのぬいぐるみが居た。ドナ吉は20年余り経った今でも私の傍に居るが、当時はYさん宅に往診に行くにも、バッグに入れて連れて行っていた。ドナ吉が傍に居ると心が安らぐし、傍に居ないと不安で堪らなくなった。30にもなった大の大人がぬいぐるみを持ち歩くなど、周囲から奇異に思われるのはわかっていたが、私は自分でその行為を止めることができなかったし、敢えて止めようとも思わなかった。

ドナ吉は私の辛い思いを全部聞いて、いつも全面的に私を慰め、励ましてくれる存在だった。身近に無性にそういう人が居て欲しかったが、それが叶わなかった為に、私はドナ吉に身代わりを求め、ドナ吉は本当に長年、私を励まし続けてくれた。それ以前に母から聞いた話に拠れば、2、3歳の頃の私は、ボロボロの毛布を「モフちゃん、モフちゃん」と言って、肌身離さず持ち歩いていたそうだから、ドナ吉はその延長線上の存在だったのかもしれない。ドナ吉の柔らかくて温かい肌ざわりは、毛布によく似ていた。そんな自分の想像を、Iさんに話したこともあった。

と、すっかり前置きが長くなってしまったが、そのドナ吉を、私が芝病院に入院する時、母は一緒に連れて来てくれなかった。それで意識がはっきり戻ると、私はドナ吉が傍に居てくれないことが寂しくて堪らなくなった。それでドナ吉を連れて来て欲しいと母に懇願したが、母はそれに対して非常に嫌な顔をした。

母の話では、私が薬を飲んで眠りに落ちた時、ドナ吉は私のすぐ傍に居た為に、私の吐物ですっかり汚れてしまっていたということだった。だから洗濯しなければ持って来られないという話だった。それでも私はどうしても、ドナ吉に傍に居て欲しかったから、母に平身低頭して頼み、何とかそれから3、4日の内には持って来て貰えたが、「千葉からここまで、毎日片道2時間以上かかって来るだけでも大変なのに。」と、それはそれは文句を言われて、身の縮む思いがした。

母には〝余計な、人騒がせなことをしてくれて〟という思いの他に、私がぬいぐるみなどに執着することが、私の精神的退行を表している気がして、嫌だという思いもあったのだろう。その思いもわからないではなかったが、私が自殺に追い詰められたのも、ドナ吉に救いを求めずに居られなかったのも、両親との関係が冷え切っていたことが、最も根源的で大きな原因だった。それが薄々わかっていたから、母は益々ドナ吉を忌避したかったのかもしれない。

が、母はそのようにいつの日も、自分の眼鏡に適うように私を動かしたい気持が先行して、私が望んでいることを進んで叶えてやろうと考える性質の人ではなかった。それで私は益々、心が寒く、辛くなった。

母はIさんについても、嫌味の長《たけ》を言った。意識は戻ったものの、まだ記憶には残らない4月27日（水）頃に、Iさんが見舞に来てくれた時に、私は母に「ねえお母様、Iさんにお友達になって貰って。Iさんはとってもいい人よ。」と言ったそうである。それが母には甚《いた》く気に入らなかったようで、後日、まだ入院中に「どうして私がIさんと友達にならなきゃいけないのよ。あの人は、あんたが前に薬を飲んだ時のことについて『私が行った時には涎《よだれ》を垂らして、呂律《ろれつ》が回らない状態で』なんて言い方をするがさつな人よ。私とは全然違うじゃないの。そりゃあよく動く、働き者だけれど。あんたは美人だって言うけど、一体どこが？」と、それこそボロボロの言い方をした。

母は私を、幼い頃から貶せるだけ貶しながら、自分が私にとって、他の誰とも較べ物にならない、かけがえのない存在でなければ気が済まなかった。それを自分の存在の強い支えにしていたからである。それ故、自分よりも私の強い思慕や信頼を勝ち得たIさんに対して激しい嫉妬が湧いて、我慢ならなかったに違いない。曾てAちゃんやそのお母さんに、激しく嫉妬したのと同じように。

　そして母はもう一つ、何を根拠に持ったかわからない〝私は上流の奥様〟というアイデンティティ（自己認識）を、自分の存在価値の強い拠り処にしていたから、看護婦と一緒にされるなどというのは、母のプライドが許さなかったのである。母はそれ以前から、「看護婦は、努力家だけれども貧乏な家の娘がなる仕事。夜勤がある所為か水商売女みたいに煙草を吸う人が多いし、医者のおもちゃにされる人が多い。」と、強い職業的偏見を持っていた。

　高卒後、短大を出て幼稚園教諭となった母と、同じ高卒後、看護学校を出て看護婦になったIさんとの間に、一体どれほどの差があったのか。そもそも本当に、母の方がIさんよりも格が上だったのか。百歩譲って、母が本当に〝上流夫人〟だったとしても、社会の中でどういう高さに位置づけられるかよりも、社会の中で何を為したかによって、人の値打は決まるのではないか。また弟が知的障害を持って生まれたのは、全く本人の罪や責任ではないのと同じように、Iさんがもし本当に貧しい家に生まれたのだとしても、それは全くIさんの責任ではないのに、そのことでIさんを蔑むのは、とても理不尽で筋が通らないのではないか。母だってカップ酒がどうの、失禁がどうのと、他人の恥ずかしいところを殊更に突《つつ》く言い方をしたのだから、Iさんががさつだなどとはとても言えないじゃないか——等々、母の言動には数々、許し難さを覚えた。

　しかしもともとの力関係の劣勢と、人騒がせなことをしたという弱味から、抗議らしい抗議は何もできなかった。反対に母から、「Iさんから『先生に何度も海外旅行に連れて行って貰っているそうじゃありませんか。』と言われたけど、『あら、でもあの子、普段は家に全くお金を入れていないんですよ。』と言ったら、『それは……』と言って黙ったわよ。」と、更に鬼の首を取ったようにイチャモンを付けられた。私としては、

「いつもお父様の年収が一，〇〇〇万以上あることを自慢にしているのに、その上何故、私が家にお金を入れる必要があるのか。」ということと、「あなたにお金を渡したら、大変な思いをして稼いだお金が、一体何に使ったかわからないようにして、忽ち無駄に消えちゃうじゃない。」と言いたかったけれども、それも全く言えずに終わった。

そのように入院の後半は、精神的に苦しい状態が続いたが、とにかく連休明けの5月7日頃には、芝病院を退院になった。退院した私は、自分のアパートにではなく、千葉の家に戻らされた。芝病院から千葉の家まで、タクシーで帰ったと記憶する。

千葉の家に戻った後も、非常に苦しい状態が続いた。その一番の原因は、フェノバールの後遺症で心身の状態が良くなかったことだった。退院した頃にもまだ、両腿の突っ張るような痛みと歩き辛さ、全身倦怠と微熱、寝汗、どうしようもない気の滅入りなどの症状が残っていた。両親は近くにドライブに連れて行ってくれたりしたが、私の気分は全く晴れなかった。うつうつと楽しめずに居ると、それをまた母から「余計な薬など飲んだからだ。」と責められた。

菊坂のIさんは、入院中も2、3回見舞に来てくれたが、退院後も週1回位、千葉の家に電話をくれた。そのIさんに対して母は、「(筋肉の) 壊死《えし》って嫌ですね。今でも微熱が続いて、毎晩びっしょり寝汗をかくんですよ。」と、それがまるでIさんの所為であるかのような、深刻ぶった言い方をした。例によってそれに、上流夫人ぶった気取った口調も混じえてだった。私はそれを非常に嫌だなと思ったが、私自身その頃になると、Iさんに対する思慕の気持よりも、どうして私の診療が遅いなどと言って、私を追い詰めたのか、何故薬を飲んだその夜の内に飛んで来てくれなかったのかという、恨みがましい気持の方が優るようになっていた。だからIさんが電話をくれても素直に喜ばず、不機嫌な調子で応対するようになってしまっていた。

そしてその恨みの気持を口にした処が、今度は父からまた「あんなにIさんが好きだ、Iさんはいい人だと言っていたのに、急にそういうことを言うようになって。」と、人でなしのように罵られた。唾棄《だき》すべき存在と言わんばかりの、思い切り憎しみを込めた言い方だった。じゃああなたは他人を褒めたり、他人に優しい物言いをしたことがあるのかと、私は心底父に抗議したかった。

芝病院を退院して間もなく、文京区内（湯島）のアパートは引き払うことになった。半ば両親から強制された形だったが、とても逆らえなかった。引き払うに先立って、両親と3人で部屋を片付けに行ったが、その時ポストに慶応病院の精神科のM先生からの手紙が届いていた。菊坂のIさんから自殺を図って入院したと聞いたが、その後どうしているか、一度連絡して欲しい、というような内容だった。それを見て父は、「1回1万5千円も取っておいて、一体何をやっていたんだ！」と吐き捨てるように言った。その発言を聞いて、私は至極もっともだと思った反面、あなたにそれを言う資格はないだろうと、心の中で思った。母は母で「小石川真実殿」という宛名書きを見て、非常識だと非難したが、それに対しても半分、白々とした感じを覚えた。結局M先生に対しては、何も返事をしなかった。何の助けにもなって貰えなかったという思いが、私自身の中に強かったからである。

そして母は、ここにはもう住みたくても住み続けられないのだと言った。その第一の理由は、今回の騒動を大家さんに見られてしまったことだと、母は言った。「合わない薬を飲んだ為に重篤な状態に陥った。」と説明して、自殺だったということは一応隠したが、それに対して大家さんから「御仕事がとても忙しそうで、お部屋のお掃除をする暇もない御様子でしたものね。」と言われた、というのが母の話だった。そういう風に見られているのだから、もうとても居られないのだと。

部屋に入ると、畳の上に物が雑然と積み上げられたり散乱したりしていて、私が生活していた時とは打って変わった散らかりようだった。もともと非常に整然と片付いていたとは言えなかったが、私が暮らしていた時には、これよりは遥かに秩序があった。この時の散らかり具合は、正直な話、千葉の家のそれに匹敵していた。母は遅くとも私が20代の頃から、家の片付けも掃除も全くしなくなっていたからである。つまり私が入院後、母が何回かここに来て、あちこちいじり回して散らかったということだった。これはプライバシーの侵害という意味でも、非常に不快だった。

しかし不快はそれだけに留まらなかった。そうやってあちこちいじり回した所為だろう、その日部屋は非常に埃っぽくなっていて、私は片付けをしながらくしゃみを連発した。そんなことは暮らしている間にはなかったことだった。それなのに母は「この部屋、ダニが居るんじゃないの?」と、これまた意地の悪い調子で言った。要するに、母は自分のだらしなさや無遠慮さは棚に上げて、あんたはだらしがないと、言いたい放題ケチを付けてきたのである。

しかし私も如何せん意欲が湧かず、身体がだるい状態が続いた為、最終的にその部屋を引き払う作業は、結局父に代行して貰った。そのように負い目があった為、両親の言行を辛いと感じても、それを訴えることは殆どできなかった。女子医大を辞めた時と同じように、荷物はまたトランクルームに預けた。

'88年5月から1年余り、私はまた千葉の家で生活した。具合が悪いから親元に戻って生活という大義名分ではあったが、相変わらず両親との間の感情的関係が悪く、抗うつ薬の他にBZ系の薬剤も飲み続けていた為に、私の精神状態はその間、良くなったり悪くなったりの変動を繰り返しながら、全体としては徐々に悪くなっていった。

まず私が千葉の家に落ち着いて間もなく、父が私に仕事に早く復帰するよう急き立て始めた。父はその頃、以前勤めていた会社（東芝系列のソフトウェア会社）の関連会社の社長になっていて、同じような会社の社長ばかりが集まって、視察を兼ね、2週間程ヨーロッパを観光旅行するというスケジュールが迫っていた。それでその旅行から帰って来るまでの間に、いつから仕事に復帰するか決めておけと、父に命じられた。

自殺未遂があっても、私は菊坂を辞めなかった。私だけでなく菊坂の方でも、私の勤続を当然のように望んでくれた。更には父まで、私にとっては両親よりも、診療所の人達との人間関係の方がずっと保護的に働いているようだと、認めてくれたからである。そのことは本当に良かった。

しかしその頃の私は客観的に見て、早々に仕事に復帰するのは全く無理な状態だった。ひと口に言って、うつ症状の非常に重い状態が続いていたのである。意欲という以前に気力が全く湧かず、千葉の家を出て、文京区内の診療所に自分が行き着いている姿を、全く想像することができなかった。仕度をして家を出ることを考えただけで気が遠くなりそうだった。これもフェノバールの大量服用の後遺症が主たる原因だったと思う。

しかし「動くのが非常に辛い。」と父に訴えても、「だったらグリーン車に乗って、座っていけばいいじゃないか。」と言われてしまった。父は胃癌の手術の後も、相変わらずモーレツ仕事人間だったから、幾らそういうレベルの問題ではないのだと説明しても、全く理解されなかった。それで父がヨーロッパから帰って来るまでの2週間位の間に仕事再開の日程を決めておけという要求は、私にとってもの凄く重圧で、とても生きた心地がしなかった。

その重圧から逃れたい一心で、結局私はまた見切り発車してしまった。'84年の秋に大学院進学を決めた時と同じように。行き始めて暫くはよかったのだが、すぐに息切れしてダウンした。猛烈に憂うつだったり、着換えや洗面も困難になったりして、また休むしかなくなった。言いたいことが思うように言葉になって出て来ない、というところまで症状が進んだこともしばしばあって、そういう時には仕事を断わる電話を父が代わりに掛けてくれた。しょうことなしにでも代行してくれたことには、感謝しなければならない。

しかし父の断わりの電話を傍で聞いているのが、また辛かった。大体話の相手はIさんだったが、Iさんはとてもいい人だったけれども、うつなどというものには全く縁のない人だったから、父に対して「気が滅入るんでしたら、出て来て仕事をされた方が気が紛れるんじゃありませんか？」と、一般の人が悩みがあって落ち込んでいる状態の延長線上の解釈で、意見を言ってきた。うつも程度が軽い時には、彼女が言ったことが当て嵌まる場合もあるが、その時の私の状態は非常に重くて、彼女の言うことは全く当て嵌まらなかった。

それで何とかして断わらなければならなかったものの、どうしてIさんの考えがその時の私に当て嵌まらなかったか、例えば患者さんと会話するにも返すべき言葉を速やかに思い着かない等、自分の体験から説明できなかった父は、ただただ「本当に御迷惑をお掛けして済みません、済みません。」と、それだけをわざとらしい位感情を込めて繰り返した。今思えばそう言うより他なかったのかもしれないが、その時には「お前は本当に他人様に迷惑ばかり掛ける人間」と、私の人間性を非難されている気がして（それは半分以上当たっていただろう）、本当に辛かった。

そんな訳で'88年の5月末か6月頃復帰してから1年弱、私は仕事に行ったり休んだりを繰り返した。どの位の周期でだったかは忘れてしまったが、平均すると、1、2カ月行っては1、2週間休んでという位のペースではなかったかと思う。

'88年4月にM医師から離れて以降、私は極く短期間、浜松医大の教授の大原健士郎先生にかかった。当時優秀なうつ病の治療者としてマスコミで名前が売れていたからだが、これがとんでもない大失敗だった。いざかかってみると、こちらに話をする隙を全く与えず、自分ばかり一方的にまくし立てるタイプの人だったからである。症状が却々軽快せず苦しかったので、予約の日より早く受診すると、「どうして余計な時に来たか！」と怒鳴られたし、また診療所のIさんとうまくいかなくて死にたくなった時に、正直にその気持を口にすると、「うつ病くらいで死にたいなんて、甘えてる！」と、精神科の医者とは思えない言葉を吐かれてしまった。それで浜松まで新幹線で行く間は、いつも終始座席に横たわっている位、状態は厳しかったのだが、すぐに受診するのをやめてしまった。

そんな経緯だったから、私は大原先生と縁を切ったことを少しも惜しいとは感じなかったが、この件に関連しても、また父から著しく心を傷つけられることを言われた。それは「小児科も駄目。心臓も駄目。大学院も駄目。精神科も駄目。お前は何をやっても駄目だな。」ということだった。「精神科も駄目」と言われたのは、大原先生との関係が最初うまくいっていた頃に、先生から「いずれ私の所に来て、精神科をやらないか。」と誘われたことがあったからだが、このことを思い出しても、やっぱり父には何と云っても社会的地位のある人が有難く、私の自尊心を挫くことが余程快感だったようだと感じられてならない。

そしてその後は精神科の医者にはかからず、菊坂で抗うつ薬、抗不安薬、睡眠薬を自分で処方して貰って来て、飲んでいるだけの状態になったから、いつ仕事に戻るかは、その都度自分で決めるしかなくなった。そして少し動けるようになって、自分で部屋の掃除などをするようになると、すぐに母が「そんなことで自分の良心を誤魔化さないで、早く仕事に行きなさい。」と要求してきたので、大体それに従うしかなかった。そのように病状を根本から改善する対策は何も取っていなかったから、良くなる道理がなかったのである。

しかし、外来でも往診でも、どうにか仕事に出られている時には、概ね患者さんから喜ばれる内容の仕事ができたから、菊坂での人間関係は悪くならず、向こうから仕事を辞めてほしいと言われるようなことは、幸いなくて済んだ。Iさんとレントゲン技師の大橋さんと3人で、武田鉄矢氏のコンサートに行ったこともあったし、秋の職員旅行の行く先には、清里高原という私の案が採用された。結局、直前に具合が悪くなって（やはりうつの悪化）、当の私は行けなくなってしまったのだが。自分に自信がなく、対人関係の緊張の強い性格は、この頃も全く変わらなかった為、具合が悪くなったら他の人達と一緒の部屋で寝ることが、極端に負担で耐えられなくなってしまったことが、不参加の一番の理由だった。しかし、出かける直前まで一緒に行かないかと声を掛けてくれて、私にはこれ程自分を温かく受け容れて貰えた職場は、後にも先にも他になかった。Iさんからお土産に貰った帽子の形のブローチは、それから10年位、ずっとドナ吉の胸に着けていた。

その一方で、両親との関係は益々悪くなっていった。一番の原因は、私が仕事をコンスタントに続けられなかったことだったが、それとは直接関係のない件でも、辛い記憶が沢山ある。'88年の9月3日、母の54歳の誕生日は、夕方千葉市内の店で家族で誕生祝いをする約束になっていた。私は約束の時間にちゃんと店に行った。しかしその日は確か診療所の仕事の後、都内で東大小児科の医局の1年先輩（男性だったが、只の友人だった。）と会って、一緒に昼食をとった。その昼食が少し遅い時間で、かなり量的に沢山食べた為に、折角母の誕生祝いの席に来たものの、全くお腹が空いて居らず、そこでは殆ど食べられなかったのである。そうしたら母が「私と一緒では食べられないのか。」と、僻んで駄々を捏ねる言い方をした。何故入らないかの理由は、きちんと説明したにも拘わらずだった。

母がこういう幼児のようなことを言うのは、それまでにも珍しくなかったが、この時はちょっとひどかった。「私は子供の頃、友達や先生から虐められたけれども、大人になってからは、私が真実に対して加害者になった。」ということまで言った。それは、そのことを本当に申し訳なく思っているという言い方ではなく、傷つけられたと私を責めるあんたは酷いと、逆に私を責め返す言い方だった。これも母の得意な話術だった。

私は勿論、その誕生祝いの場で、母に恨み言を言ったりはしなかったが、17歳で精神面での問題が顕在化して以後は、「物心着いてから今に至るまで、あなたの言行には数えきれない位苦しめられてきたし、私が精神的に病んだのは、あなたとの関係が間違っていたからだ。」と、事ある毎に母に抗議していた。'88年5月に千葉に戻ってからも、そういう話をすることは多かったと思う。それで当時母としては、私の主張が正しいと半分は認めていても、すべて素直に認める気持にはどうしてもなれないという心境だったに違いない。そして私の病状が悪化の一途をたどった37歳まで、母は寧ろ誰が認めて堪るかという方向に傾いていった。私の病状が好転した38歳以降は、だんだんと認める方向に向かったものの、未だに〝だけど私には私の言い分がある〟という思いとの間を揺れ動く部分が残っている。

話は変わるが翌'89年の3月、私は『黎明《れい》』というタイトルの詩集を自費出版した。それも、父から心を傷つけられる契機を提供することになってしまった。詩集自体は過去に雑誌『詩芸術』に掲載された詩を中心に、大学時代に書いた短編小説も加え、計20の作品を載せ、それに写真も、私が旅先などで自分で撮ったものばかりを40枚程配し、材料の紙も自分で選んで、すべて私の希望通りに作らせて貰った本だった。'88年の秋頃、確か雑誌の広告で見つけた勁草出版サービスセンターという所に相談して、そこの三好正隆さんという編集者の人に、全面的に相談に乗って貰った。この詩集の制作に当たって、母は三好さんとの交渉の場に一緒に来てくれるなど、協力的だった。そんなことに協力を頼んだ私は、相変わらず未熟で、態度が徹底していなかったが。

しかし父のこの詩集に対する反応は、非常に辛いものだった。出来上がってきた本に、本当にざっと目を通しただけで、父は「暗いな。『黎明』じゃなくて『黄昏《たそがれ》』みたいだな。」と、短く酷評して片付けた。その上「お前の文章より、小林先生の文章（後述）の方が、ずっと洗練されているな。」という嫌味まで付いた。

確かに私の詩は、自分が本当はどう生きたいのかわからない懊悩が、書く動機付けになり、そのことや、私が医者として出会った厳しい患者さんをテーマにしたものが多かったから、内容も雰囲気も暗いものが多かったと思う。しかし、それに病気の苦しみも重なって、出口の見えないトンネルの中に居たからこそ、何とか先に薄明かりが見えて欲しいと強く祈念して、『黎明』というタイトルを付けたのだった。それに対して父のような言い方をするのは、残酷の極みだった。

しかも父の言い方は、「真実《しんじつ》なんか、何の意味もない。」の延長線上の、冷笑に満ちたものだった。父は昔から私よりもずっと〝新しがり〟で、流行の言い回しをすぐに取り入れる人だった。'89年当時は丁度バブル期で、人間を〝ネアカ〟か〝ネクラ〟かの2通りに分けて片付けるものの見方が、大流行りしていた。そんな中で「お父さんは生れ着きネアカだ。」と自慢げに言っていた父にとっては、本当の自分と真剣に向かい合い、懊悩する行為も、人間も、軽蔑を通り越して憎しみの対象だったに違いない。

そして「小林先生の文章」というのは、私が東大病院の小児科で研修医をしていた頃、そこの教授だった小林登先生にお願いして書いていただいた、巻頭の推薦文のことだったが、正直な話、社交辞令的で、深い内容のものではなかったと、私には感じられた。即ちこの詩集を通じても、私は父にまた、〝存在の全否定〟をされたと感じた。

『黎明』は、全部で300冊作ったが、その内100冊程は、1冊1０００円で診療所の患者さん達に買っていただいた。

しかしその診療所とも、間もなく一時、別れが来ることになった。

その契機となった出来事について、話をしたい。

『黎明』が出た直後の'89年の4月に、私はまた、在宅ターミナルケアの患者さんを、一人抱えることになった。Aさんという、糖尿病と軽い認知症があって、それまで私がずっと外来で診ていた90歳のおばあさんが、細菌性の肺炎を発病したのである。4月下旬の、ゴールデンウィークを直前に控えた時期のことだった。

それで私はまたゴールデンウィーク中、毎日自分で往診して治療することにした。そういう場合、入院して治療するのが一般的だったと思うが、入院しても連休中は病院も手薄で、余程重症にならない限り医者は診察に来ないのが常だし、もともと90歳と超高齢で、認知症のある患者さんに対しては、病院の医者はあまり熱心にならないことがよくわかっていたからである。

それで御家族にそう説明した上で、往診による治療を勧めると、御家族もそれを希望されたので、それに踏み切った。そういう対応に出たということは多分、その時期、私自身の病状は比較的良かったのだろう。

しかし、このAさんの往診については、1年前のYさんの往診の時よりも厳しい条件が、二つ程あった。その一つは、私が千葉の家に住んでいて、毎日千葉から通わなければならなかったこと、そしてもう一つは、この時にはIさんら、他の職員の協力が一切得られず、すべてを私一人でやらなければならなかったことだった。

だがそんなことは最初から覚悟の上で、私としては一向に構わなかったのだが、そのことが因《もと》で、思わぬ経緯でIさんと対立が生じることになってしまった。それはIさんが私の居ない場で、Aさんの御家族に対して「連休中は労働者の権利として、職員には休む権利があります。ですから私も他の看護婦も、先生の御仕事を手伝うことはできません。Aさんの往診は、先生お一人にやっていただくことになります。それでもAさんを入院させないんですか?」と働きかけたことによって起こった。Iさんにそう言われてショックを受けた御家族が、私に訴えてこられたことで、事実がわかった。

Iさんの話の中に「労働者の権利」という言葉が出てきたのには、菊坂が民医連の診療所だったことが多分に影響していたと感じる。他の看護婦さん達の中には非常に厳しい生活条件の中で働いていた人も居たから、Ｉさんとしてはその人達を護らなければならなかったし、自分自身も無理が溜まって潰れないようにしなければならなかった。また前の年のＹさんの時のことがあったから、Ｉさんは私のことも心配した上で、そういう話をしたに違いない。

しかし私は非常に腹が立った。'86年3月にパートで菊坂に勤め始めて以来、初めて〝民医連〟に抵抗を感じた。それで私はＩさんに対して「Ａさんを往診で診るということは、私が、それがＡさんの為に一番いいやり方だと考えて、御家族に勧めたことだし、連休中の往診は初めから自分一人でやるのは覚悟の上だったから、御家族に余計な話はしないで欲しい。お母さんがもうすぐ亡くなるかもしれないというだけで、御家族は十分大変な気持ちで居るんだから、それ以上余計な心の負担を掛けないで欲しい。『労働者の権利』なんて話は、もう少し暇な時にして欲しい。」と抗議した。そしてその時はそれで話を終わりにして、予定通り、連休中の往診を行なった。

この往診は、他にもいろいろ厳しい面があった。その一つは、丁度往診の最中に、父方の祖母が胃癌で亡くなり、その少し前から両親が久留米に行ってしまったので、弟と2人、千葉に残った私は、Ａさんの往診に弟を連れて行かなければならなくなったことだった。尤もそれはそんなに大変なことではなく、寧ろ楽しい面が多かった。Ａさんの御家族は皆さん、温かくていい方達で、しかも御身内にも障害者がいらっしゃるということで、弟を一緒に連れて行っても、喜んで迎えて下さった。そして弟も、私が点滴を入れる時、Ａさんの腕を持って押さえてくれるなど、結構私の仕事を手伝ってくれた。これは私も助かったけれども、弟にとっても、私が外でどんな仕事をしているかを自然に見られる、いい機会になったと思う。

Ａさんは甘い物が好きと伺ったので、季節柄、柏餅をお土産に持って行った。Ａさんは往診を始めて間もなくから、トロトロと眠り続けるようになったから、柏餅も残念乍ら普通に食べるのは無理で、皮を割って中の餡《あん》を出し、その餡を少量口の中に入れて、舌で味わっていただくのが精一杯だった。それでも美味しそうに微笑んで下さった。私の方もYさんの時のように、誤嚥の危険があるから口からは一切ものを与えないなどと、頑《かたく》なに考える気持は失くしていた。この期に及んでそんなことを言うのは虚しいと、感じるようになっていたからである。そのことも幸いしてか、往診の場の雰囲気は、大体終始和やかだった。

そして次に厳しかったのは、Aさんのその後の経過だった。Aさんの場合、病気は癌ではなく細菌性肺炎だったから、往診を始める時点でこの仕事がターミナルケアと決まっていた訳ではなかった。しかし何分超高齢と糖尿病で抵抗力が非常に弱っていらしたから、半分は亡くなられるという結末も覚悟して、仕事を始めた。

しかし、その予想を遥かに上回って、Aさんは厳しい経過を辿った。治療の面では、私はYさんの時と同じように全力投球で行なった。抗菌薬をめいっぱい使うだけでなく、免疫グロブリンも使ったし、心不全が重症化してからは、カテコラミン（最も強力な強心剤）も点滴した。勿論マスクによる酸素投与も行なった。しかしそれらの努力も虚しく、Aさんの状態は急激に悪化して、連休の終わりには、どんなに解熱剤を使っても、熱が40℃から下がらなくなり、どんなに利尿剤を使っても尿が1滴も出ない、腎不全、そして恐らくは多臓器不全の状態に陥った。

そして最後の5月5日の晩は、もうこれが最後になると思い、Yさんの時と同じように、お宅に泊まり込んだ。幸いこの頃にはもう、両親が久留米から戻っていたので弟の心配はせずに済んだ。そして時々は休ませていただいたが、ひと晩ずっとAさんの傍に付き添った。その頃にはお子さん達が皆さん、Aさん宅に集まっていた。

お子さんは全部で5人で、娘さんが2人、息子さんが3人というところまではYさんとそっくり同じだったが、上2人が娘さんで、下3人が息子さんという点は、Yさんと全く反対だった。そしてYさんが亡くなる半年前まで独り暮らしだったのに対して、Aさんは、上2人の娘さん達が独身で仕事を持ちながら、ずっと同居してAさんの世話をされていたという点も、Yさんとは大きく違っていた。が、いずれにしろお子さん達5人が、皆さん揃って優しく温かい方達で、その御蔭で、無駄とわかりつつ、導尿やら摘便やらあれこれの医療処置に慌ただしく明け暮れた最後の晩も、不思議な位和やかに時が過ぎた。

そして明けて連休最後の日の5月6日（日）、午前10時過ぎにAさんは心停止した。一応短時間、私が心臓マッサージと、マウス・トゥー・マウスの人工呼吸を行なったが、その時、どっしりした体型の御長男が、「先生、もういいです。もう十分やっていただきましたから。母さん、大往生だね。」とおっしゃったので、それで終わりにした。

それから私は千葉の家とIさん宅の両方に電話して、事の次第を報せ、死後処置のやり方を教わった。勿論御家族が早々に葬儀屋さんを手配されたが、葬儀屋さんが来る前に、私が自分の手で死後処置を全部済ませた。薄く御化粧もして差し上げた。患者さんに対してこうした対応をしたのは、後にも先にもこれ一度きりである。そして知的障害があるというAさんのお孫さんにお目に掛かった記憶がうっすらとあるけれども、Aさんの葬儀に出たかどうかは、記憶がはっきりしない。

そのようにAさんの往診は、期間的にも全部で10日程度と短かったし、御家族との関係でもストレスを感じることは全くなかったから、この仕事そのもので私がバーンアウトしたということはなかった。しかしAさんの仕事を終えた直後に、私の精神のコンディションは再び大きく悪化した。その原因の一つは、往診中はペンディングしていたIさんとの対立が再び表面化したことであり、もう一つは、またぞろ両親との間で不愉快なことが持ち上がったことだった。

両親とのことについて先に書くと、要するに、Aさんの仕事についても貶されたということだった。その時期に重なって、父方の祖母が亡くなったということを先に書いたけれども、母が父方の祖母と極めて折り合いが悪く、私はこの人とは馴染みが薄かった為、最初から葬儀に出ることを要求されることはなく、それが両親の不興を買った訳ではない。

問題は、その前後の時期に、父が胆石で手術をしたことだった。しかし命に関わる病気ではないということで、私は父の問題には関わらず、Aさんの仕事を続けた。それで父が「他所《よそ》のバアサンの面倒でも見ていればいいいじゃないか。」と、吐き捨てるように言ったというのである。それを私は父に直接言われた訳ではなく、「お父様がそう言っていたわよ。」と、母から聞かされた。母は父に共感している口吻《くちぶり》で、私にそれを伝えた。それで私は二重三重に打ちのめされたのである。

更に'89年4月、5月という時期には、家族に関係したことで、嫌なことが幾つも重なった。

まず一つは、4月に父方の祖母に先駆けて、母方の祖母が亡くなり、その葬儀に関してのことだった。母方の祖母とは幼い頃から馴染みが深かった為、私も弟も葬儀に行った。しかし実際に葬儀に参列したのは、私だけだった。葬儀は自宅、つまり母の実家の1階の部屋で行なわれたのだが、弟は、葬儀の前に棺に納められた祖母に対面しただけで、葬儀の最中は、２階の従弟の部屋にずっと閉じ込められていた。「田舎だから、近所の人達に見られると恥ずかしい。」という、伯母（母の姉）の考えに従ってだった。

母も勿論これには腹を立てていたが、私は母以上に許せない思いになった。一体何が恥ずかしいと言うのか。弟が障害を持って生まれたのは、一切本人の罪や責任ではない。本人がどれ程努力したところで、障害のない人間になることはできない。それなのに弟を障害故に恥ずかしいと責めるのは、責める人間の方が余程人として恥ずかしいのではないか。――これは母から教え込まれたというより、半分以上私自身で子供の頃から構築した考えだった。

当時弟は24歳になっていたが、相変わらず無邪気で、陽気で、人懐こく、素直で、ちゃんと落ち着き、努力で身に着けられることはきちんと身に着けて、養護学校の高等部を卒業後、千葉の家の近くのゴルフの練習場に、週６日、作業員として勤務して、精一杯生きていた。だから余計に伯母を許せない気持が強くなったし、また後日、Ａさんの往診に弟を連れて行った時、Ａさんの御家族が弟を温かく喜んで迎えてくれたことが嬉しくてならなかったのである。

そしてもう一つ嫌だったのは、父方の祖母の臨終にまつわる、母の自慢話だった。

父方の祖母は胃癌が全身に転移して、亡くなる間際の苦しみは凄絶だったようだ。ところがその祖母が息を引き取る時、父をはじめ４人の実の子供達は全員、病院に集まっていたにも拘わらず、みんな別室で寝ていて、母が一人で看取ったという。それを母は、「最低の嫁とボロ糞に言われ、いびられ抜いた私が、結局最後は一人で看取った。私はそういう時には、やらずに済ませられない人間だから。」という形で、自分の優れた人間性を伝える話として、喧《けん》伝したのである。

私はそれ以後、数え切れない位の回数聞かされてきたし、母のまわりでこの話を聞かされた人は、他にも沢山居ると思う。きっとそれは真実なのだろうが、私はこの〝美談〟がうんざりして嫌いである。母だって、祖母の生前は「あのバアサン」と、事ある毎に口汚く祖母のことを罵っていた。祖母が人間性に問題がある人だったというのは多分本当のことだったと思うが、それでもずっとそう言い暮らしてきて、最後を一人で看取ったというだけで、それを自分が〝人格者〟だと宣伝する材料にしないで欲しいと強く思った。

詳しい状況がわからないので何とも言えないが、いよいよ危ないとわかったなら、実の子供達を起こしに行った方が良かったのではないかという疑問も残るし、「あんたはあのバアサンそっくりで、足首が太い。足首が太い人間は、運動神経が鈍い。」と、まるで汚ない血が流れているみたいに、私も子供の頃から罵り話のとばっちりをさんざん受けてきたから、母の人格者ぶる話は余計に耐えられなかったのである。

次にこの時期、母との関係で嫌だったのは、母方の祖母が亡くなる直前の、'89年3月末、私が母と弟と3人で、アメリカ西海岸に旅行した時のことである。(母方の祖母は前触れなく、クモ膜下出血で急死した。)

その行程でUCLA(カリフォルニア大学ロサンゼルス校)に立ち寄った時、母が突然、「ここにはHさんが居るのよね。」と、他のツアー客の人達にも聞こえるように、大きな声で言った。私は、何でわざわざそんな話をするのだろうと嫌な気持になって、「うん。」と素っ気なく短く返事をしただけで、それ以上何も言わなかった。

Hさんというのは私の東大医学部時代の女性の同級生で、当時確かにUCLAに留学していた。しかし私はHさんと、学生時代から全く親しくなかった。Hさんは学生時代は、講義には欠かさず出て、毎回最前列で聴く優等生で、卒業後は東大の内科の医局に研修に入り、それから2年後に、同じ東大医学部の先輩と結婚するという風に、典型的なエリートコースを歩いた人で、既成の価値観を疑わずに遵守する、私とはおよそ肌の合わない人だったからである。ＵＣＬＡに来ていたのも、夫の留学に付いてだった。

それだけならまだしも、Ｈさんについてはその少し前に、他に少し面白くないことがあった。Ｈさんが留学前、まだ東大病院に居た頃に、夫が日本航空の重役という母の友人が東大病院の外来にかかったら、たまたまＨさんに当たったということがあった。その話を友人から聞いた母が、そこがまた母らしいところだったが、その友人の為に「母の友人の方なので、よろしくお願いします。」と、Ｈさん宛にひと言手紙を書いて欲しいと、私に頼んできた。そんなことには何の意味もないから嫌だなと思ったが、断わって母と揉めるのも面倒だったので、渋々書いたところが、次にその母の友人氏がＨさんの外来を受診して、私の手紙をＨさんに渡した時、Ｈさんは開けてみることなく、脇に押しやったそうである。

それはただ単に、忙しかったからかもしれない。ところが御丁寧にも母の友人氏は、私の手紙をＨさんがこのように扱ったと母に報告して、母がそれをまた、私に報せてくれた。母も友人氏も、要するに言いたかったのは、Ｈさんが私を侮っているということだったと思う。

彼女がＵＣＬＡに行ったのは、そのことがあってから1年位しか経っていない頃だった。それなのに「ここ（ＵＣＬＡ）にはあなたのお友達のＨさんが居る。」などと、他人に自慢気に吹聴するのは、あまりにも誇りも節操もなく、とても無神経に感じた。

しかも母の友人氏はＨさんにかかった直後に、「Ｈさんて素敵な方ね。」と言ったそうで、そこからまた母は、「私達の年代から見て素敵に見えるのは（あんたじゃなくて）Ｈさんなのよ。」と、思いきりステータスを誇示する気取った調子で、私に言った。つまり母にとっては自分の見栄や、自分が私より優位に立つことの方が、私の気持を傷つけないことよりずっと大事だった訳で、そのことが非常にやりきれなかった。

このように、この時期にも両親との関係で心を傷つけられることは沢山重なっていたから、その上Aさんの往診の問題で婦長のIさんと考えが対立したことは、私にとって非常に応えた。私がIさんの言行の、どこがどう我慢ならなかったかは、先に説明した通りである。とりあえずその問題は棚上げして、往診の仕事は済ませたが、済んだ途端にまた、IさんがAさんの御家族に言ったことが、猛然と耐えられなくなってしまった。

それでAさんが亡くなると間もなく、私は菊坂を退職することに決めた。そのこと一つだけで耐えられなくなってしまったのは、今思うとやっぱり、〝境界性人格障害〟の未熟さ（オール・オア・ナシング）だった気がする。

次にどこに勤めると決めることもなく、後先考えずに菊坂を辞めてしまった私は、益々心が荒んだ。その心の荒みを伝える出来事を、一つ書いておきたい。

Aさんの初七日の頃に、私は、Aさんが好きだった御菓子を持って、お宅に御線香を上げに行った。度々心を傷つけられても、まだ母を頼る気持を捨てられなかった私は、母と一緒に行った。Aさんが亡くなられた時、「肺炎だから、きっと治ると思っていたのに。」と無念そうに言われた2番目の娘さんが迎えて下さって、「外に出て、車椅子にお年寄りを乗せて歩いている人を見ると、母のことを思い出して辛い。」と話されて、別に私を責めておっしゃっていた訳ではなかったと思うが、やはり辛かった。その時はもう、菊坂を辞めた後だったと思う。

Aさん宅を辞した後、私にはもう一つ用事があった。それはAさんの往診に使う為に東大の小児科から貸して貰った検査の為の道具を、買って返すことだった。Aさんの往診はゴールデンウィーク中だったので、検査を検査会社に頼むことができなかった。それでも出来る限り、治療の効果を客観的に判断する為の検査データが欲しかったので、〝CRP〟を簡易測定する為の試薬と、細いガラス管を、小児科の医局から借りていた。因みに〝CRP〟というのは、細菌感染による炎症の強さを表す数値で、Aさんの場合には、亡くなるまでうなぎのぼりだった。

それで、そのガラス管を販売している会社が、偶然にもAさん宅から近い場所にあったので、そこに立ち寄って、新しいものが買えないかと相談した。しかし「個人には売れない。医療機関が相手でなければ、売ることができない。」というのが、先方の答だった。それならそれで仕方がないと思って外に出た処が、その時母が「どこか他に当たれる所はないの？　借りたものはきちんと返さなければいけないでしょ？」と言ったのである。

もともと精神的に余裕のなかった私は、頭にカーッと血が上って、「もともとあんなガラス管の10本やそこら、大学の医局にとっては痛くも痒くもないのよ。向こうは貸したことさえ忘れてるわよ。それをどうしてそううるさいの！」と、母を怒鳴りつけて、道に座り込んでしまった。実際、母のそういう、大事な本筋のところが全然なってない癖に、どうでもいい枝葉末節のところでやたらと優等生ぶりたがる性格に、それまでさんざん苦しめられてきたから、猛然と耐えられなくなったのである。

ところが運悪く、そこに通りかかった親切な見ず知らずの中年男性が、私に何か窘めるように声を掛けた。

猛烈に腹が立って、やりきれなかった私は、その男性に対しても「うるさい！」と怒鳴りつけてしまった。するとその男性が「何を！」と気色ばんだ。母が慌てて「申し訳ありません。大丈夫です。何でもありません。」と必死に謝って、その場を収めたものの、危うく大騒ぎになるところだった。当時の私の精神状態は、基本的にそんな風だった。

しかしそんな時にもやらなければならないことはあって、私もできるだけやるように努めた。

例えばそれは、『黎明』の推薦文を書いて下さった、東大小児科の元教授の、小林登先生の所に、御礼の挨拶に伺うことだった。

当時小林先生は、国立小児病院（現在は国立成育医療研究センター）の院長をしていらしたので、そちらに伺った。そして御礼を申し上げた後で、菊坂診療所を辞めたという近況をお話しした処が、「私の戦友が院長をしている病院で、丁度小児科の医者を欲しがっているから、行ってみる気はないか？」と思いがけない話を勧められた。

小林先生は昭和2年のお生まれだが、先の戦争に出征された経験があるとのことで、この「戦友の病院」の話は、東大小児科の医局の人事とは何の関係もない、先生個人のつてからのお話だった。菊坂も東大小児科とは無関係な医療機関だったから、そういう場所に逸《そ》れた私のような人間にこそ、この話は勧め易かったのかもしれない。

その時私は失業中だった訳だから、普通ならこの話は願ってもない話の筈だった。が、現実はそう簡単ではなかった。

簡単でなくさせたのには、私の側、就職先側、両方の要因があった。私の側の要因というのは、うつ症状が著しく悪化した状態が続いていたことだったが、先方の病院側の要因というのは、経営に携わる人達の間の人間関係が、複雑で険悪だったことである。

私は病院の経営などという方面には全く暗いので、詳しいことはわからなかったが、小林先生の戦友で、神奈川県中部にあるこの病院の院長だったB先生は、当時、経営状態が逼迫していた病院を何とかして立て直すべく、病院の看板になるように（？）、誰か大学で要職にある人を紹介して欲しいと、小林先生に頼んだらしい。

それで小林先生は、東大小児科医局の後輩で、地方大学の助教授をしていたD先生という、もう60近い年の人をB先生に紹介した。B先生はD先生を、最初副院長として迎える積もりだったのだが、B先生がそう話すと、D先生は「大学で助教授まで務めた私が行こうというのに、副院長とは何だ！　失礼じゃないか。院長にしないのなら絶対に行かない。」と、ゴネたのだそうだ。それで弱り果てたB先生は、仕方なく院長職をD先生に譲り、自身は名誉院長に退くという決断をした。しかしD先生はそれでも足りずに、経営刷新の為にそれまでの事務長を馘にして、自分の気に入った人間を新しい事務長に据えることまで要求した。

それでもD先生が、経営手腕も医師としての能力も申し分のない人だったら問題なかったと思うのだが、残念乍らそうではなかった。大学病院でしか働いたことのないD先生は、多分経営のことなど、まるきり門外漢だったと思うし、また医師としての能力という面でも、個人の中規模の一般病院の小児科医として働くには、とても適任とは云えなかった。

D先生は小児科の中でも神経小児科が専門で、しかもずっと大学にしか勤めてこなかったから、自分が専門にする小児のてんかんや、珍しい神経疾患の子供ばかりを診てきて、そうした狭い専門領域については、高い知識や技術をお持ちだったのかもしれないが、一般病院の小児科の患者の大部分を占める、風邪や下痢・嘔吐、肺炎、喘息といったありふれた一連の病気について、何をどうしたらいいのか、手も足も出ない状態だったのである。それでも憶える気さえあれば、その位の知識は、短期間で身に着けられたと思うが、D先生は柔軟な適応力のある人ではなかった。それでD先生を雇い入れると決めた後で、D先生の重大な難点に気付いたB先生は、誰かもう一人、普通の実践能力のある小児科の医者を世話してくれないかと、再度小林先生に頼んだらしい。それで私にお鉢が回ってきたということのようだった。

その小林先生は、「D先生には困ったものだ。」と盛んに嘆いて聞かせた。それならD先生についてもっとよく調べてから、B先生に紹介されればよかったじゃないかと、今では思う。私は自分にうつ病の症状があることをはっきり告白し、強く難色を示したのだが、それでも小林先生から「何とか行って貰えないか。」と、繰り返し拝み倒された。「そういう人は、環境が良ければいいんでしょう?」と(?!)。

だが、私にこの話を決定的に断われなくさせたのは、またしても父の強い要求だった。父は、東大小児科元教授の小林先生が勧めて下さる話なんだから、他に選択肢はないじゃないかと、私に強く迫った。父は〝大学教授〟という地位にある人に対して、自分と比較対照されるシチュエーションの時には、劣等感から「学者先生」などと揶揄する癖に、相手が自分に親しく話しかけてきたり、自分の立場を上げることに寄与したりというシチュエーションになると、途端に下にも置かないように有難がるという、実に節操のない人で、それは今でも変わらない。

しかしその頃の私は、とにかく精神のコンディションが最悪で、誰が勧めたどんな仕事であろうと、長期的に医者の仕事に耐えられる状態ではなかった。それが自分でよくわかったから、「今はどうしても自信がない。」と言って、父に断わろうとした。しかし父は、「何が自信がないんだ。お前に十分務まる仕事だと思うが。」と言って、聞き入れようとしなかった。恐らくまた〝怠け、甘え、我儘〟の次元の問題として捉えたに違いない。更に悪かったことには、その頃の私は著しく説明能力が低下していた。

どうしようもない気の滅入りや精神運動制止など、仕事に行くことを非常に困難にさせるうつの症状については既に何度か述べたが、その頃の私は〝思考制止〟の症状も強かった。この症状が強まると、診察室で患者さんを前にして、どういう順番で診察を運ぶか、次に患者さんに何を訊くか、どういう検査をオーダーするか、どういう薬を処方するか、診断や治療についてどう説明するかなど、普段なら意識して考えなくても瞬時に思い着くことが、どれもこれも30秒、1分と考えても容易に出てきてくれなくなる。頭の中で歯車がきいきい軋《きし》み続ける感じで、診察が著しく滞り、じっとり脂汗をかき、げっそりくたびれ果てる。そして最悪の時には恐慌状態を来たして、わーっと泣き叫び、その場から逃げ出したくなってしまう。だからとてもまともな診療ができる「自信」がなかったのである。

しかしその頃の私は、自分の困難な状況を、そのようにわかり易く説明することができなかった。その原因には、今より病気の経験が浅かったということもあったと思うが、正に「思考制止」の症状故に、適切な説明の言葉を思い着けなくなったということもあった気がする。尤も父は思い込みによる決めつけの激しい人だったから、どれ程適確に説明したところで撥ねつけられた可能性が高かったと思うが。

斯《か》くして私はとうとう、小林先生の戦友、B先生の病院に赴任した。千葉の家から神奈川県中部にあるその病院までは片道3時間かかったから、病院の近くに部屋を借りて引越した。'89年7月のことだった。暫く一緒に暮らした弟と離れるのも寂しく、不安で重い心を抱えながら行ったが、行ってみると、病院が半分家賃を持ってくれた2DKのマンションの部屋が、新しくて綺麗でというどうでもいいようなことで、少し心が浮き立ったりした。新生活に夢が湧いて、新しい家具を買い揃えたりもした。

しかしうまくいったのは、最初の僅かな間だけだった。たった2カ月後の'89年9月に、私はこの病院を辞めることになってしまった。それは病院側が悪かった訳では一切なく、すべて私の側に原因があった。

いざ行ってみると、病院の環境、特に人的環境は非常に良かった。一緒に働く内科や外科の先生方も、看護婦さん達も、みんな明るく、温かく、親切にしてくれた。私の為に歓迎のボーリング大会を催してくれたことも、懐しい思い出として残っている。勤務は原則、夕方5時までで、時折、7時まで残り番をして、内科も含めて時間外の急患を診ることもあったが、全体としてはけして、仕事がきついということはなかった。雇われ院長のD先生は細かいことに神経質で、ネチネチうるさい人だったが、接触する機会がそれ程多かった訳ではなく、今の私なら、十分やり過ごせる範囲だったと思う。

それなのに仕事が順調に続かなかったのは、私の精神状態が著しく不安定だった為である。調子のいい時もあって、そういう時にはいい内容の診療ができたのだが、それが安定して続かなかった。これという原因もないのに気分や意欲が小刻みに激しく変動して、しょっちゅう朝、猛烈に気分が塞いで、動けなくなって、どうしても仕事に行けなくなった。

今ではその原因の大部分が、BZ（ベンゾジアゼピン）系薬剤の長期連用による、慢性中毒と依存状態にあったと考えている。この頃には、父の胃癌がわかった'84年1月にBZ系の抗不安薬や睡眠薬を服用し始めてから5年数カ月が経ち、だんだんと薬の効きが悪くなって（耐性）、量が増えていっていた。その所為で、不安や抑うつの症状が、薬を飲み始める以前の何十倍も何百倍もひどくなり、更にそれに打ち克つ為の克己心の減弱や、社会との約束は必ず守らなければならないという規範意識の減弱など、人格レベルの低下も重なって起こって、社会生活からのドロップアウトが本格化していたことが、振り返ってみてよくわかる。

BZ系薬剤の慢性中毒でそういう状態に陥るということは、精神医学の成書にも記載がある。しかし当時は、自分がそういう状態に陥っているという自覚や、薬が原因で社会生活がにっちもさっちもいかなくなっているという認識が全く持てなかったので、薬をやめようなどという考えは、全く浮かばなかった。

それでどうしても仕事に行けなくなった朝、その中でもましな時には、勿論「具合が悪いので休ませて欲しい。」という欠勤の連絡を病院にとったが、最悪の時には電話を掛けるのも、出た相手と話をするのも、どうしようもなく大儀で疎ましく、それだけの義務からも逃避したい一心で、逆に一層私は薬に逃げた。何でもいいから眠り込んでしまいたくて、薬をがぶ呑みした。死のうとまでは思っていなかったから、致死量までは飲まなかったが、常用量は大幅に超える量（オーバー・ドース）だった。1年余り前に始まったこうした行為に、しばしば衝動的に走るようになったのも、薬物依存または境界性人格障害の症状だったと感じる。

そんなある時、病院から私の部屋まで事務長が来て、大量に薬を飲んだ私を発見した。私は直ちに病院に運ばれて、同僚の外科の先生に胃洗浄を施された。そしてその日はひと晩、入院させられた。

病院側から連絡を受けて飛んで来たらしい父は、例によって「何が辛くてこんなことをしたのか？」と私に訊くことは一切なく、「今度のことで、あまりお前は悪く見られていないな。D先生との関係で神経が参ってこういうことになったと、病院側は見ているようだな。」と、そんなことばかりを名誉院長のB先生と会見した結果として話した。更にその上『娘は東大分院の心療内科にかからせています。』と言ったら、B先生が『そうですか。東大分院の心療内科ですか。それはまたいい所にかかられましたなあ。』と言っていたぞ。」と、正に御満悦の表情と口吻《こうふん》で言った。'88年4月に自殺を図って、目が覚めた時に父がした話とまったく同じパターンで、飛んで来て貰ったのは申し訳なかったが、よくよく私の苦しみには何の興味もないらしいと、白々とした絶望を感じた。

確かにその少し前から、私は東大分院の心療内科の教授のS先生にかかるようになっていた。うつ症状がひどくて仕事に出られないことが多くなった為に、父か母に精神科じゃなければいいだろうと言われて、引きずられて行ったのである。しかしS先生は、慶応のM先生の何十倍も、人の痛みが伝わらない人だった。どうしてこの人が心療内科など専門にしたのかと不可解な位、こちらが血を吐くように苦しみを訴えても、いつも能面のような表情と、冷静なもの言いを崩さない人だった。

一番絶望したのは、S先生が私の診断について、「あなたはうつ病ではないと思いますよ。」と、これまたアルカイック・スマイルで落ち着き払って宣告してくれたことである。確かに今思えば、私は薬物依存や人格障害、更には最近出て来た概念である〝愛着障害〟も入り混じって、典型的な内因性うつ病ではなかったかもしれない。しかしその頃私が苦しめられていた症状は、すべて精神科の教科書の「内因性うつ病」のセクションに書かれているものばかりで、それらが全部出揃う位、よく当て嵌まっていた。だから私としては、自分をうつ病であると認めて、それに見合った対応をして欲しくて堪らなかった。それなのにS先生から

「うつ病ではない」と薄笑みを浮かべて言われた時には、嘲笑され、心を弄《もてあそ》ばれている感じがした。

S先生が私を「うつ病ではない」と診断した大きな理由の一つは、恐らく初診時の問診票に、自分の現在の苦しい症状と、その原因になったと考える、幼い頃からの母親との関係の苦しみを、書ける限り克明に文章にして書いたからだと思う。つまり、親との関係への強いこだわりから境界型人格障害を強く疑い、これだけ文章を書く意欲があるんだったら、うつ病（うつ状態）ではないだろうと思われたのだと思うが、私は子供の頃から言語表現へのこだわりが強く、相当ひどく精神活動のレベルが落ち込んでも、言葉で表現する力だけは可成保たれた。その為に、どの精神科（或いは心療内科）の先生にも繰り返し病状を過小評価される憂き目に遭った。

それにしても「うつ病ではない」と余裕綽々で宣告されるなら、ただそれだけではなく、そう考える理由は何なのか、では正しい診断は何だと考えるのか、その理由は何なのか、それでこの先どう治療していくのが適切だと考えるのかなどを、きちんと説明して欲しかった。患者の私は曲がりなりにも医者だったのだから。しかしそうした説明は一切なかったから、私は益々S先生には何の期待も持てぬまま、半ば両親を満足させる為に通院を続けていたようなものだった。だからそんな実情が何もわからずに、東大分院の心療内科にかからせたのは炯眼《けいがん》だとB先生に褒められたなどと、臆面もなく喜んで言う父には、心の中で激しい怒りを覚えた。結局この時も、S先生が東大教授の地位にあるというだけで、盲目的に有難がっていたに過ぎないと感じた。

その時の入院はひと晩で退院できて、私は間もなく仕事に復帰した。私は、危険を避ける為に薬の処方を

1週間分ずつに制限された以外（私は当時も、S先生から処方される薬だけでは足りず、BZ系を中心とするかなりの量の向精神薬を、自分で処方していた。）、病院からは何のお咎めも受けなかった。しかしその後も私の不安定な勤務状態は、一向に改善しなかった。

それで、その入院騒ぎより前だったか後だったか、正確なことは忘れてしまったが、度々うつ症状が悪化して仕事に行けなくなる私を、何とか仕事に行かせようと、父が謂わば実力行使に出たことがあった。つまり、夜私の所に泊まりに来て、朝、私の仕度を手伝って、家を出させるという働きかけだった。

仕事以外は何も知らないに等しかった父は、私に朝食を用意しようと、レンジでチンするだけの料理を買って来てくれたりしたが、当時私の所には電子レンジはなく、オーブントースターしかなかったので、折角の好意が無駄になってしまった。つまり父には、オーブントースターと電子レンジの区別も着かなかったということである。

この父の働きかけは、私にとってただひたすら辛いだけだった。たとえ仕事に行けなくなる原因を、〝怠け、甘え、我儘〟の決めつけで片付けたままでも、何とか私の仕事が続くようにと考えてくれたのは、父の好意だったに違いない。しかし、うつ状態が極限まで悪化した時の仕事の困難さ、というより不可能さは、他人が援助して解決できる程度のものではなかったからだ。

この時の私は、とにかく父の監視下から逃れたい一心で、死にもの狂いで着換えて、化粧して家を出た。しかし家を出てすぐに座り込んでしまった。たとえ病院に行っても、普通なら考えなくてもさっさと運ぶ診察の手順が、30秒、1分考えても浮かばない、ありふれた薬の処方も出てこない、では危なくてとても診療に出る自信などなかった。意欲以前に気力がまるっきりなく、病院まで辿り着く自分の姿が想像できなかったし、誰かに会って言葉を交わさなければならないと想像しただけで、死にたくなる位重荷に感じられた。

それで私は、家を出て最初に見つけた公衆電話から千葉の家に電話を掛け、母に「すぐに電話して、お父様にすぐ帰ってくれるように言って。幾ら行けと言われても、今はとても仕事に行ける状態ではないから。家に帰って休みたくても、お父様が居たんじゃ帰れないから。」と言った。母は私の頼みを引き受けてくれた。それで私は10分か15分か公園のベンチで休むかして、父が帰った頃を見計らって自分の部屋に帰った。まだ父が居るのではないかと緊張しながらドアを開けたが、父はもう居なかった。そしてもう一度母に電話すると、母に「お父様、凄く寂しそうだったわよ。」と言われた。当然私は強く罪悪感に駆られたが、この時は本当に、他にどうすることもできなかった。そして私は、帰りに自販機で買って来たビールを飲んで寝た。どうしようもなくやりきれない、絶望的な気分だった。

B先生の病院に居たこの時期には、私は他にも頻々と奇行を重ねた。例えば父と電話で話をして、例によって非常に口惜しくなることを言われて、ガチャンと電話を切るだけでは治まらず、ハサミで電話線を切断したこともあった。

また心配して訪ねて来た母と、病院の昼休みに外で一緒に食事をしたものの、その時にまた非常に癇に障ることを言われて、途中で立ち寄った銀行で母を押さえ着け、首を絞めようとしたこともあった。勿論本気で殺す気はなかったが、自暴自棄になり、まわりの客達に向かって「警察に通報しろ！」などと叫んだから、一瞬その場が緊迫した。この時も、母が「大丈夫です。何でもありませんから。」と追って言ったことで、事無きを得たが。

このように、些細なことで激しい怒りがこみ上げ（易怒性、感情の激変）、それを抑えることができずに爆発させる（自制心の減弱）というのも、境界型人格障害の一つの特徴として本に書かれているが、少なくとも私の場合、それはほとんどＢＺ系薬剤の長期連用による弊害から起こっていたと見て、間違いない。両親に自尊心を挫かれるなどの不快な言行をとられることは、現在に至るまで珍しくなく続いているが、'96年４月にＢＺ系薬剤をやめて以降は、そんな時、両親を怒鳴りつけてガチャンと電話を切る位のことはしても、この頃のように常軌を逸した行動をとることは、全くなくなったからである。これを考えるにつけても、現在でもＢＺ系薬剤が医療現場で汎用されていることは、本当に恐ろしいと感じる。

そしてとうとう、二度目に閉鎖病棟に閉じ込められる日が来た。それはＢ先生の病院に勤め始めてから約２カ月後の、'89年の９月の初め頃だったと記憶する。

その日も朝、各種のうつ症状が強まって、どうしても仕事に出られなくなった。その辛さを忘れる為に、また大量に薬を飲んだ。この時に飲んだのは、ハルシオン（ＢＺ系睡眠薬の中でも最も依存症が強いとされる薬）だったらしい。

これで自分もいよいよ社会的に終わりだという絶望感が募った為だろう、私は薬を飲んだ後、千葉の家に電話したらしい。それで数時間後、両親が私の部屋にやって来た。その時は既に朦朧状態にあった為、母が私の顔を覗き込んで、「真実ちゃん、病院に行きましょう。」ととても深刻そうな顔付で言ったことだけしか憶えていない。だが後になってこの時の母の表情と声の調子を思い出した時には、如何にも子供のことが心配で居ても立ってもいられない、愛に溢れる母親という演技がわざとらしかったという印象しか残っていなかった。それは一つには、前の入院騒ぎの後、数日間千葉の家に戻った時、「今は自分で文章を書く気力がないから、私が話す通りに、今の私の気持を書き留めて貰えないか。」という私のたっての頼みについては、母が「何よ、口述筆記なんて。」と吐き捨てるように言って、拒否したという経緯があったからだった。

そして父は私の所に来る前に、東大分院のS先生に「もうどうにも手に負えない。」と電話で相談したようだ。それに対してS先生は「それならC市のH病院に入院するのがいい。」と言い、行けばすぐに入院させて貰えるように、紹介の電話を掛けてくれたそうである。後からこれを聞いて、それまでの間、少しも私の話をわかろうとして聞いてくれないでおいて、何と御親切なことと感じた。

そんな訳でそれから間もなく、私はタクシーでC市のH病院に運ばれた。その車の中で、私は母にもたれかかって甘えて嬉しそうにしていたと、後で母に聞かされたが、そんな事実は全く記憶していない。もしそれが事実だとすれば、しらふでは母に拒絶されるのが怖くてできなかったことを、薬の力を借りてやったということだったと感じる。

第14章

懲罰の入院生活

✺精神を病むことは犯罪か――第1回H病院入院

次に私の記憶に残っているのは、H病院に着いてからのことである。そこに至ってやっと、自分は再び精神病院に入院させられるらしいという、ただならぬ事態をはっきり悟った私は、入院など絶対に嫌だと全力で暴れて抵抗した。しかしこの時も、強制入院の手続きをとられた為、抵抗は虚しかった。丁度5年前の女子医大の時には、親（保護者）の同意を正当性の根拠とする〝同意入院〟だったが、この時は、東大分院のS先生と、ここH病院で私を初めて診察したT先生の、2人の所属の違う医師が同時に入院の必要性を認めたことを正当性の根拠とする、〝医療保護入院〟という別の種類の強制入院だった。

しかし強制入院であることに全く変わりはなく、手続きが済むと、私はまた大勢の病院職員にストレッチャーの上に押さえ着けられて、保護室（鍵のかかる独房）に運び込まれ、そこのベッドにがんじがらめに縛り着けられた。ストレッチャーで私がもう手の届かぬ所に行ってから、母が「真実ちゃーん！」と泣き叫んだことまで含めて、すべてが5年前の悪夢の再現だった。父については、そんな時に苛酷な対応を決断することだけが親の愛情であると、信じて疑っていなかったようだし、母については、そんな時に泣き叫びさえすれば、自分は慈愛に満ちた母親なのだと、勘違いしていた気がする。母の叫び声を聞きながら、私はまた白々とした思いになった。

今、5年前の悪夢の再現と書いたが、言うことを聞かなければ縛る、閉じ込めるという風に、患者を囚人のように処遇する姿勢は、H病院の方が女子医大より遥かにひどかった。保護室での抑制が、女子医大ではまる一日に満たなかったのに対して、H病院ではまる1週間に及んだ。

こうした著しい人権の制限は、囚人の場合は〝懲罰〟であろうが、私のような精神科の患者の場合は、別に犯罪を犯した訳ではないから、ただの〝拷問〟だったと感じる。精神科の患者はただでさえ、それまで著しく心を傷つけられてきて病んでいる場合が非常に多いのに、何故わざわざそれにまた追い撃ちをかけるように、心的外傷を負わせるような処遇をするのか。それでは治るものも治らなくなるのではないかと、私はまったく理解に苦しんだ。

そして女子医大の時と違い、私は抑制を解こうとは試みなかった。それはただ、それだけの気力が起こらなかったというだけが理由だったが、それで正解だったと感じる。ここではそんなことをすれば、(向こうにとって) 不当な抵抗に対する懲罰という理由づけで、益々拘束を強められたに違いないからだ。

しかしここでも、私は一貫して従順だった訳ではない。最初は食事も薬も、完全に縛られたままの状態で、看護婦が口に運んだ。しかし私は口を硬く閉じて開かなかったり、たとえそれらのものを口に入れさせても、すぐにペッと吐き出した。するとその時の50代の痩せた看護婦は、「そうかいそうかい、それなら勝手にしな。」と、如何にも慣れきった口調で言った。

そして次にその看護婦は、私に対して、煙草を1本吸わせるから食事をとれ、薬を飲めという交換条件を提示してきた。（当時私は煙草を吸っていた。）今思うと本当に情けないが、やぶれかぶれでいい加減自尊心が擦り減っていた私は、この交換条件を呑んだ。そして向こうの言う通りに何度か食事や薬をとると、今度は食事の間だけ抑制を解除するようになった。しかし食事が終わるとしっかり縛り直してくれ、実に御苦労様なことだった。つまりこちらの態度の変化を慎重に観察しながら、こちらに服従の姿勢が確認できたら、少しずつ段階的に拘束を緩めていくという、正に〝アメ・ムチ〟式、動物の調教のような患者操縦のノウハウだった。これにも著しく自尊心を打ち砕かれた。

従ってその〝アメ・ムチ〟式にも、私は却々完全に従順にはなれなかった。それで食事で抑制を解かれたある時、私は洗面台の水を全開にして床に溢れさせ、全裸になって水遊びした。そして慌てて看護婦と当直の医者が飛んで来ると、私は「お前達がそんなに私を気違い扱いしたいんなら、本物の気違いになってやろうじゃないか！」と挑戦的に言い放ち、両脚を拡げて見せた。その時の若い男性の当直医は咄嗟《とっさ》に目を背け、思えば気の毒なことをしてしまったが、それがその時の私の、自分を人間扱いしない病院側に対する、稚拙乍らも精一杯の抗議だった。あまりの惨めな境遇に神経が変になって、更に自分で自分をこっぴどく虐めたくて堪らなくなったと記憶している。

しかし本心では、早くもう一度、自分をまともに人間扱いしてくれる環境に戻りたい一心だった私は、一度非常手段に出たことがあった。食事に付いてきた熱いお茶を、貰ってすぐ自分の左脚の上に全部ぶちまけたのである。期待通り、左脚は広範に熱傷《やけど》を負った。苦痛はけして軽くなかったが、私はその苦痛と引き換えに、例えば外科など、他の診療科の病院に転院させて貰えることを期待したのである。病院も他科であれば、患者を基本的に医者や看護婦と対等の、人格と人権を持った人間として扱ってくれたからである。

しかしそんな私の切ない願いは無惨に打ち砕かれた。私の熱傷を診たアルバイトの、多分内科の医者は「この程度なら、この病院で十分対応できますよ。」と、落ち着き払って言った。私は「読みが甘いね。」と嘲笑われた気がした。勿論面積はずっと小さくなったが、その時の熱傷の痕のひきつれは、20年余り経った今も、左大腿部にちゃんと残っている。

これに関係してもう一つ忘れられないのは、後日私の熱傷を見た父が「それはお前の勲章だもんなあ。」と言ってくれたことである。父得意のギョロリと目を剥いて、上口唇が鼻に着くように大袈裟に口を開け閉めする、最高に嫌味で嘲りに満ちた言い方だった。人の心を一体何だと思っているのか。――私は骨の髄まで父を憎悪した。その時の〝地獄に落ちろ〟という思いを、多分一生忘れないだろう。

しかしそこまで犠牲を払っても、解放されることに失敗した私は、さすがに牙を抜かれたように、その後は目立った抵抗をするのをやめた。すると向こうはまず私を縛るのをやめ、保護室に閉じ込めるだけの扱いにし、次には5分か10分ずつ、私を保護室から病棟の一般の空間に出して、そこの喫煙所で煙草を吸わせてくれるようになった。実に寛大なご褒美だった。

そこはC４病棟という、女子の閉鎖病棟だった。私自身は全く憶えていないのだが、他の患者さん達の話に拠ると、「あなた達、こんな所に平気で居られるなんて、気が知れない。」と、捨てゼリフを吐いていたそうだ。それでも、保護室の外に出されても、それ以上格別の問題行動を起こさずに何回か過ごすと、私はようやく一般病室に移された。入院から既に1週間が経過していた。

そしてその1週間の間、医者は私が何か問題を起こした時に、当直やらアルバイトやらが診に来ただけで、入院時に対応したTという受持の医者は、一度も姿を見せなかった。恐らくそれまでの間は、拘束を徐々に緩めながら、向こうの指示に従う姿勢を身に着けさせることが唯一の治療で、そうなるまでは医者とまともに話をする資格など認めない、というのが向こうの論法ではなかったかと思う。

しかしこのやり方では、入院している間、向こうが管理し易い患者をつくるだけで、病気を本当に良くする効果は全くないと感じた。患者は飽くまでも魂を持った人間なのだから、その魂を精一杯大切にする対応をして欲しかった。例えばたとえ保護室のベッドに縛り着けながらであっても、入院してすぐの段階から受持医が傍に来て、「私はとことんあなたの話を聴く意志を持っている。だから何がどうしたからここまであなたの心が拗《こじ》れたのか、よく話を聴かせて欲しい。」と語りかけるという風に。

そうすれば多分、私はすぐに抵抗をやめたと思う。特に私のように、幼い頃から長い年月、両親から数え切れない位、自尊心を傷つけられる働きかけを繰り返されて、病を拗らせてきた患者の場合、それ以上自尊心をズタズタにされる処遇をされて、病気が良くなる道理がなかったが、他の患者さんについても多かれ少なかれ同じことが言えたと感じる。

なのにどうしてT医師は、もっと〝普通に〟できなかったのか。患者を自分と同じ人間――自分と同じ重さの人格を持った存在として対応できなかったのか。彼が私に対して取ったような対応は、彼が私のことを自分より数段劣った別の種類の生き物と見做《な》していなければ、とても取れたとは思えない。

それで私は保護室から出た後の面接の場で、T医師に対して「あなたは患者なんて、生かすも殺すも自分の胸三寸でどうにでもできると思っているんですね。」と、はっきり抗議したことがあった。本当はそれに続けて「あなた神様の積もりですか？　何故医者の中でも、精神科の医者だけ神様なんですか？」と言いたかったのだが、さすがにそこまでは言えなかった。しかし「生かすも殺すも胸三寸」という言葉だけでも、T医師の胸には可成突き刺さったらしく、彼は私が再び入院した2年後の'91年になっても、私に会うと繰り返しその言葉を口にしていた。

何故そんな対応が罷《まか》り通ったのか――最近の〝新型うつ病〟の登場によって、世間一般の人達の精神科の患者に対する偏見は、一見軽くなったように見えるが、私は本質的にはあまり変わっていないと感じている。特に精神科に入院したことがあるなどと聞いたら、その人を〝怖い〟〝気味が悪い〟と避《よ》けたり、バカにして構わないという感覚は、まだ一般の人達の中に根強く残っていると感じる。況《いわ》んや昔はということで、精神科の入院患者だった人間が、入院中如何に酷い仕打ちを受けたと訴えたところで、一般の人達は〝そうされるべき人間だったからそうされたのだろう〟位に考えて、殆どまともに受け取らなかった。また患者の方も、入院していたことを知られて偏見を持たれるのが怖くて、殆ど声を上げなかった。従ってそういう状況の上に胡座《あぐら》をかいて、精神科の医者は〝胸三寸〟でやれたのだと感じる。

そんな訳で、女子医大の時に続いて、ここH病院でも〝人は精神科の患者という烙印を捺された途端、人間ではなくなってしまう〟と思い知らされた。そう感じさせられたのは、やはり保護室のベッドに縛り着けられていた間だけではなかった。保護室から解放された後も、檻の容積が多少広がったというだけで、C4という閉鎖病棟の外に出るだけでさえ、受持医の許可なしには叶わなかったからである。

前にも書いた通り、人は自分の意志と判断で自らの行動を決める、権利と能力を認められて、初めて社会的に本当の意味で人間として存在し得る。だから私は再び、人としての存在を奪われた。再びガチャ、ガチャという鍵の音を聞く度、気が狂いそうになった。医者、看護婦から掃除のおばさんに至るまで、入院患者以外の人達が病棟に出入りする度に立てる、鍵の音である。私には、精神科の閉鎖病棟には鍵を持つ人と持たない人、二つの階層しか存在しないと感じられた。病棟の外に通じるドアをガチャ、ガチャと開け閉めする鍵の音を聞く度に、「お前は人間じゃないんだぞ。」と、社会的に死刑宣告されているように聞こえた。

また他にも、同じ部屋に入院していたおばあさんが何か自分の持ち物を見失った時に、私が盗んだと疑いをかけてきたり、そのことを病棟の若い看護婦に訴えると、「それじゃ小石川さん、プライド傷ついちゃうね。」という馴れ馴れしい言い方をされたり、風邪で診て貰ったアルバイトの若い女性医師に「私も医者なんですよ。」と話して、黙殺されたりなど、惨めな体験は枚挙に暇《いとま》がなかった。そういう状況にあって、私は時々刻々居たたまれなさに苛《さいな》まれ、入院している間中ずっと、1分が1時間にも2時間にも感じられた。そして本を読んだり文章を書いたりなど、精神の集中を要求される作業は、殆ど手に付かない状態が続いた。そして入院中、ルーチンで受けさせられたバリウムの検査で、胃潰瘍が発見された。

しかし閉鎖病棟に居た患者さん達が全員、私のように辛そうにしていた訳ではなかった。私にその環境が取り分け応えたのは、私の場合、主体性の抑圧の他に自尊心の傷が病の最も大きな原因だった為に、他の患者さんよりずっと、自尊心を脅《おびや》かされることに過敏だったからだと思う。そのことから自尊心というものは、繰り返し傷つけられることによって耐性や免疫が生じるものではなく、逆に益々傷つき易くなると、強く実感する。

そして肝心の治療についてであるが、結果的に見て、全く形だけに終わった。保護室を出て間もなくから、受持医との面接（精神療法）が始まって、1回に1時間弱の時間は取ってくれたが、回数は週1回だけだった。私の1回目のH病院の入院は正味4週間だったから、面接は退院時を合わせて4回程だった。そんなにおざなりな感じは受けなかったけれども、如何せんその回数では、何故そこに至ったのかをわかって貰うだけにも、全然足りなかった。

面接の回数が少なかった一番の理由は、人件費の問題から医者1人で受け持つ患者の数が多くて、患者1人当たり週1回面接するのが精一杯だったからだろうと、当時から最近まで、長い間考えていた。しかし、'12年の1月から私自身が精神科の病院に医師として勤務するようになって、別の理由があったことがわかった。それは医師が患者と面接した際に取れる「簡易精神療法」の保険請求が、通常は月4回、最大でも月5回までしか通らないことである。

もしかするとこれは、あまり頻々と患者と面接することは却って良くないという常識が、精神医療の世界に存在したのかもしれない。しかし一般論としてはそうだったのだとしても、私としては、折角治療してくれるというのなら、毎日でも会って、胸の中にある気持の悪いものを、洗いざらい全部吐き出させて欲しかった。別に、患者と月5回以上面接してはならないという規則は存在せず、何が望ましいかはケース・バイ・ケースだろう。

実際私の場合、'94年の12月に出会った最後の精神科の主治医が、幼い頃から現在に至るまでの両親との間にあった辛いことを気の済むまで聴いてくれるようになってから、それまで悪くなる一方だった病状が、初めて改善に転じた。その先生も大変忙しい方で、正規の面接（外来診察）は2週間に1回だけだったが、辛い時には病院に電話すれば、いつでも言いたいだけ泣き言を言わせてくれた。医者としてはとんでもない常識破りだったと思うが、その御蔭で社会復帰に至った私は、どれだけ感謝してもし足りない位、その先生に感謝している。

話をH病院でのことに戻すと、1回目の入院の時にはT医師（当時40歳位の男性）の他に、もう一人、T医師より少し若いと思われる女性医師が、2人で私の面接を担当した。この入院時に面接の場で自分がした話の内容を、具体的に細かくは憶えていない。しかし、過去、現在に両親との間にあった辛いことに終始したのは間違いない。

そして精神科の医師との話でも、この時期にはまだ、特に子供の頃の話については、ほとんど母親との問題ばかりを話していたように記憶する。つまり母親から精神に鋳型を嵌められて、感じ方、考え方のみならず意志や欲求まで、何が自分のものかわからなくなってしまった、母親の分厚い鋳型の中で生まれたままの瑞々《みずみず》しい自分は死に絶えてしまった、その徹底した精神支配の苦痛ばかりを訴えて、父から「人間の屑」「切っても赤い血が出ない」などと、人間性を否定する言葉を投げられた悲しみについては、この時期殆ど口にしていなかったという記録が存在するのである。

その理由については、一つには、父とも母とも関係が著しく悪かったという点では同じでも、母との間の方が心の距離がずっと近かった（親密だった、気を許していた）からであり、もう一つには、父から受けた心の傷の方がより深刻で深くて、思い出すのがあまりにも辛かった為に、この時期にはまだ、意識下にしっかり抑圧していたからだろうと想像している。

そう云えばこの入院中、手紙も母には1通書いたが、父には書かなかった。尤も母への手紙というのも、鬼の絵を描いて、その横に「鬼ババアの絵」とタイトルを書いただけの、稚拙なものだったが。まだ保護室に居て、精神的に全く落ち着いていない時に書いたもので、後日母が面会に来た時に「親のことを鬼だなんて、ババアだなんて！」とこっぴどく詰《なじ》られた。だがまだ何かしらコミュニケートしようという意志が持てただけ、父より母に対して、親しみが残っていたのである。

そして私の親との関係についての辛い話を、２人の医師は、冷静に一定の距離を保ちつつも、一応真剣に聴いてくれた。しかし辛さを洗いざらい吐き出すには、如何せん時間が足りなかったし、またその両親との関係をそれから先どうやっていったらいいかについて、彼らは助言らしい助言を全く与えてくれなかった。与えようにも、彼らにもこれならという考えがなかったのかもしれないが、今ではそのことが非常に不満である。

入院中、彼らから両親との関わり方について唯一指示されたことは、数時間の外出中に（退院が近づくと、私は食事をとりがてら、両親と数時間外出することを許可された。）、「家族（関係）の話はしないこと。」ということだけだった。「何故ですか？」とわざわざ尋ねもしなかったが、恐らくそのことを話題にすると、場の空気が険悪になって、益々事態が拗れると、彼らが考えた為だろう。

結局、その一度目の入院からは、私はまる４週間で帰された。どうして比較的短期で退院になったかも、彼らには訊かなかったけれども、それ以上のストレスには私が耐えられないだろうと、考えてくれたからかもしれない。そして入院を短期間で終結させる為には、外出時に事態が拗れるのは望ましくないと、考えてくれたのかもしれない。

しかし、これも後から振り返ってみてわかったことだが、私の場合、過去から親子の間にあったどういうことが問題で、親子の関係がそこまで拗れたか、私が精神を病むに至ったかを、思い切って掘り起こして両親に伝えることとなしには、問題解決の端緒は全く見出せなかった。私が直接両親に訴えたのでは必ず泥試合いになったから、結局は最後の主治医の先生を通して、私の抗議を両親に伝えるようにしたし、そのようにしても実際に関係が改善したのは、せいぜい私が希望した1割か2割程度だったけれども、それでも徹底して問題を掘り起こして両親に伝えることなしには、親子関係の本質的な改善は、全く叶わなかったのである。然るにT医師らが提示した方針は、〝臭いものに蓋をする〟というものだったから、その理由からも、H病院での治療は病状の改善に全くつながらなかった。

そんな訳で、入院から4週間後、病状にも親子関係にも本質的な改善は何もないまま、私は退院の日を迎えた。退院の直前に、私と父、T医師ともう一人の女性医師の4人で話し合いが持たれたが、その話し合いの中身も全く絶望的なものだった。まずT医師が父に「退院後、お父さんは小石川さんにどういう生活をさせたいですか？」と訊くと、父は「規律正しい生活をさせたいと思います。」と、自信たっぷりに答えた。するとT医師は俄かに顔を曇らせて、「それは無理のない範囲にして下さい。」と応じた。それでも父が自信たっぷりの調子を崩すことなく「気の持ちようだと思いますがねえ。」と返すと、T医師は本格的に怒りを顕わにして「気の持ちようですべて解決するなら、精神科の医者なんか要りませんよ。」と、きっぱりした調子で父を制した。この時だけは少し、私はT医師のことを頼もしく感じた。

しかし父はそれに対しても、いつも旗色が悪くなった時にしていたように、「それが〝うつ〟というものなんでしょうなあ。私はまだ理解が足りないんでしょうなあ。」と、へらへら笑いを混じえながら答えた。

その時もう一人の女性医師が、父が「うつ」と言ったのを聞き違えて、「えっ、〝嘘〟？」と、T医師以上に強く怒って訊き返すと、父は益々へらへら笑いを強めて「いや、うつです、うつ。」と繰り返した。そこから見て、父はこの時点で私が悩まされていたのがうつの症状であることを、誰かから聞いてはいたようだが、それが患者本人にとって、死んでも逃れたい程の深刻な苦しみであることは、全く認識していなかったことがわかる。

それで、この時の話し合いについてとても残念だったことは、T医師ももう一人の女性医師も、父の私の病状についての認識が誤っていることははっきり指摘しながら、では認識をどう改めるべきかについては、全く説明してくれなかったことである。

例えば、うつ状態の強い人間が、普通の人間なら難なくこなせる、やるべきことができないのは、甘え、怠け、我儘といった人間性の問題ではなく、従ってうつの治療は懲らしめて不心得者の性根を入れ替えさせるといったものでは全くないということ、そしてまたうつの強い人間がやるべきことができないのは、脳の一部の機能が障害されていて、謂わばガソリンが1滴も入っていない車のような状態にあるからで、その人間に無理矢理行動するよう迫るのは、ガス欠の車を後ろから蹴飛ばして「走れ」と命ずる位無茶なことで、そんなことをしても当人を〝死んでお詫びしたい〟というところに追い詰めることにしかならないということなどを、第三者の専門家の口から、しっかりわかるように説明して欲しかった。

たとえ私がこの頃そう説明できたとしても、私本人の説明では、父は間違いなく〝体のいい言い訳〟としか受け取らなかった。そしてそうした説明を全くして貰えなかった為に、私はその後も延々と、父から〝この横着者が〟というニュアンスで責め続けられることになった。

そしてこれまで繰り返し「境界型人格障害」（'89年当時は「境界性」でなく、「境界型人格障害」が一般的だった。）という病名を書いてきたが、この病名を私に初めて正式に付けたのは、実はT医師だった。私は精神科には強い関心を持っていたが、そんな病気が存在するということを、それまで全く知らなかった。そしてT医師はこの病名についても、ただ付けて、告げただけで、私に対しても両親に対しても、原因も症状も、中身の説明を全くしなかった。

実は原因については当時から、幼少時、母親との間に十分な信頼関係が築けなかったことが主たる原因のことが多いとわかっていたのだが、その説明がなかった為に、両親とも「人格障害」という言葉の印象から、〝生まれ着き人間性に欠陥のある、劣悪・邪悪な人間〟という受け止め方をして、生育歴に問題があるなどという認識は、露ほども持ってくれなかった。そのことも、その後も長期に亘って両親との関係が耐え難いものになる、大きな原因になった。

だが退院が決まった時、誰か他の患者さんから「家族はちゃんと理解してくれてる?」と訊かれた私は、「家族の方から『退院させて欲しい。』と言ってるんだから、理解してくれてると思うよ。」と能天気に答えた。両親の個々の言行には激しく憤っても、彼らの救い難い無理解について、まだまだ深いところで厳しい認識ができていなかった。

こうして'89年の10月、私はH病院を退院した。

女子医大の精神科に入院したのを機に、心研を退職することを余儀なくされたのと同じように、H病院への入院を機に、私はB先生の病院を退職することを余儀なくされた。私が入院している間に、両親が手回しよく退職の手続きをとってしまっていた。母が退職の挨拶に行った時、同僚だった外科の男の先生が、とても残念そうに泣いてくれたという話を聞かされた。私が薬をガブ呑みした時、胃洗浄してくれた先生だった。

その時にはこの病院を辞めなければならなくなったことをそれ程残念に思わなかったが、非常に慌んだ状態になっていた私をとても温かく受け容れてくれた職場だったから、今では自分で退職の挨拶に行かなかったことを、非常に悔んでいる。

第15章 自傷・そして自殺企図の習慣化

退院後も私の病状は、坂道を転げ落ちるように悪化の一途を辿った。

まず退院の直後から訳もなく猛烈に気分が塞いで、毎日24時間絶え間なく、生きているのが辛くて辛くて堪らなかった。

私はH病院のT医師から東大分院のS先生に差し戻された為、退院から暫くして、再びS先生の外来を受診した。しかしそこで幾ら私が、生きているのが辛くて堪らないと訴えても、彼はまた能面のようなアルカイック・スマイルで、「そうですか？　私にはあなたが、入院前よりずっと良くなっているように見えますよ。入院前のあなたは、自分で自分の統制が取れていなかった。だから私は外側から枠を嵌めればきっと良くなるだろうと考えて、H病院に紹介しました。そして今のあなたは、ちゃんと統制が取れているように見えますよ。」と、自信たっぷりに言ってのけてくれた。これを聞いて私は〝どこまで他人の苦しみのわからない人なんだ。私の問題は外側から枠を嵌めるなんてことで解決するような問題じゃない。バカにするな！〟と、S氏に対して心底怒りと憎しみを覚えた。

そしてこの日、私はもう一つS氏に抗議した。それは「先生はウチの父に、私のことを『なあに、病気じゃありませんよ。』と言われたそうですね。だから父は、私がどんなに仕事に行くのは無理だと言っても、自分が手伝って仕事に行かせればいいんだと思って、そうしたと言いましたけど。」ということだった。

これは実際に、H病院に入院中か退院後に、父から聞いたことだった。それに対してS氏は「いいえ、私はそんなことは言ってませんよ。」と答えた。これは嘘ではなかったかもしれない。S氏は私に対して「あなたはうつ病ではないと思いますよ。」と言ったから、父に対してもそれと同じことを言ったまでで、私が病的状態ではないとまでは言わなかった可能性が高いと感じる。しかし父はもともと、自分が相手にこう言って欲しいと思っている内容を、相手が本当にそう言ったと都合よく思い込む、錯覚癖（？）の強い人だった。だからこの時も、「病気ではなく意志で克服すべき問題」と、自分が聞きたいように向こうの話を聞いたに違いない。だとすれば、それは確かに父の落度だった。だが、S氏も医者であるなら、家族を患者に対して適切に対応してくれる方向に導く、ちゃんとした説明をして欲しかった。

この件に関して、もう一つとても嫌なことがあった。それはこの日一緒に付いて来た母が、私がS氏に抗議した時に、脇からすぐ「今はそう（＝病気じゃないと）思ってないんだから、いいじゃないの。」と口を挟んできたことだった。これは事実ではなかったし、たとえ事実だったとしても「もういいだろう。」などと居直るのは、絶対に許せなかった。その思い込みが因《もと》で、こちらは4週間もの間、人間じゃないもののように扱われて、その事実も心の傷も、決して消えなかったからだ。

母がこの時父を弁護したのは、自分達親が私を病ませた存在として、私からだけでなく世の中からも責められていると感じていて、しかもそのように責められるのは不当だという考えが支配的だったから、同じ責められる立場の親同士、父と共闘を組もうと考えたからに違いない。しかし母は、父が自分を疎外し、私と利害が共通すると感じた時には、私と共闘を組もうとする〝蝙蝠《こうもり》〟のような人で、その無節操が私には非常に嫌だった。

その日家に帰り、父に「今日訊いたら、S先生は私のことを『病気じゃない』なんて言った憶えはないと、言っていたわよ。」と話すと、父は案の定「ほう、そうか。」と驚いた声を出し、「それじゃあ内因性（うつ病）じゃないという意味だったのかもしれないな。」と、軽々と言ってのけてくれた。私に長く消えない心の傷を残したことなど、やはり何とも思っていない様子だった。

しかし退院後、社会的に恵まれていたこともあった。その一つは退院して間もなく、再び菊坂診療所に勤められるようになったことだった。これには菊坂の所長だった大月先生と、私にB先生の病院を紹介して下さった東大小児科元教授の小林先生とが、同じ東大医学部昭和29年の卒業で、その頃偶然にも同窓会が催されて、その席で小林先生が大月先生に「小石川さんのことを、またよろしくお願いします。」と頼んで下さったことが助けになった。私がB先生の病院で早々と挫折したのは、全く小林先生の所為ではなかったが、小林先生の方では責任を感じて下さっていたらしい。しかし、千葉からその菊坂まで通勤する途中、擦れ違う人達みんなから〝あの人は精神病院に入っていた人よ〟と見抜かれているという妄想に、また何カ月も苦しめられた。

それからもう一つ、これも一応社会的に恵まれていたと言っていいだろうと思うのは、退院の翌年の'90年の4月から、ほんの数カ月の間ではあったが、もう一度東大病院の小児科に、〝シニア〟という身分で在籍させて貰ったことである。その頃も東大小児科は、私が研修医の頃に医局長だったP先生が、まだ医局の運営を牛耳っていたので、'90年の初め頃に、自分の身の振り方について相談に行ったところが、P先生からそうしないかと勧められたのである。

〝シニア〟というのは〝後期研修医〟のような身分で、卒後研修を終えて一旦外に出た医局の出身者を、論文を書かせ、博士号を取らせる為に、そういう身分で東大病院に戻って来させる制度を、その少し前にP先生が新たに創設していた。私が研修医だった'82年頃には、研究にも博士号にも全く否定的だったP先生が、何故考えを変えたのか、私は全く訊かなかった。当時の私は人格レベルの低下でいい加減になっていたし、挫折続きで少しでも社会的に見映えのいい立場が欲しかったから、一も二もなくP先生の勧めに乗った。P先生の方では、私が挫折したのはそもそも女子医大に行ったことが契機であり、その女子医大に行く契機をつくったのは、私が好意を懐いていた心臓班の先輩の先生に対して、自分が私と不倫をするよう唳《けしか》けたことだったという風に、責任を感じていたから、私にその話を勧めてくれたのだろうと想像している。

しかしそれらの幸運も、結局私は活かすことができなかった。多分、菊坂への仕事の復帰と、東大小児科への〝シニア〟での在籍は、同時に平行していたと思うのだが（'90年から'95年にかけては私の精神の病状が最悪で、その間のことについては、細かい正確な記憶が欠け落ちている所が多い。）、そのどちらも長くは続かず、特に東大のシニアについては、実際に行けたのは1、2カ月だったと記憶する。

そしてその専らの原因は、私の精神の病状の著しい悪化にあった。精神運動制止、気の滅入り、不安、焦燥などすべての症状が著しく悪化して、同時に克己心、自制心、規範意識など、人を人たらしめる高い精神の機能が軒並み弱体化してしまった為に、自分を統率して社会的に望ましい行動をとらせることが、益々できなくなった。'84年以降、徐々に進んできた状態の悪化に、'88年以後、特にH病院を退院して以後、急激に加速度がついたことが思い出せる。更にその原因はと云えば、殆どすべてBZを連用し続けたことにあったと見て、間違いない。先程述べたような事情から、H病院から退院して間もなく、S氏に対する信頼を完全に失った為、私は東大分院にもすぐに行かなくなった。従ってすべての向精神薬は、再び菊坂で、自分で処方するようになったものと思われる。そしてその頃何をどれだけ処方していたか、正確な記憶も記録もないが、BZ系薬剤については耐性が生じて効きがどんどん悪くなり、量も種類もどんどん増えていっていたことだけは間違いない。

'90年の多分6月か7月頃、東大の小児科に行けなくなった後の私は、時折行ける状態の時に菊坂に行く以外、ほとんどずっと家に居るようになった。その家での生活は、本当に悲惨を極めるようになった。この時期には幾つかの精神症状の内、特に不安・焦燥の症状が、急激に極度に強まった。それで毎日朝目が覚めてすぐから日が暮れるまでほとんど絶え間なく、何の理由もないのに猛烈な不安感に取り憑かれて、心臓が口から飛び出しそうに胸が苦しくて耐えられない状態が続くようになった。じっとしているのが一番辛かったから、私は多少なりとも胸の苦しさが楽になるように、座った姿勢で体を前後左右に揺すり続けたり、意味もなく部屋の中を歩き回ったりするようになった。

その私に母は、「具合が悪かったら寝てればいいじゃない。」と、事も無げに言ってくれた。この頃には、私がBZ系薬剤を常用し始めてから、6年余りが経過していた。その後、内科の医者として診療し続ける中で、私以外にも、BZを常用し始めて7、8年経ってから、不安で胸が苦しくてじっとしていられない状態が続くようになって、動物園の熊よろしく、部屋の中をウロウロ無意味に歩き回っていないと居られなくなったという患者さんに、かなりの数出会った。そして私については、'96年4月にBZを中止すると同時に、こういう症状は完全に消失した。

またこの頃には、そうした状態と交互に、脳味噌が頭の中でシューッと縮んで、コチンコチンの小さい石ころになってしまったように感じられる状態も、しばしば出現した。とても異様に聞こえると思うが、私が自分の身体で感じた感覚をそのまま表現すると、ちょうどそんな感じだった。これは精神運動制止が非常に強い状態だったが、幸いこの状態の時には、不安・焦燥はほとんど消退してくれた。従って、どちらの状態に於いても生産的な行動が何もできないという点は同じだったが、〝脳味噌石ころ状態〟の方がじっと寝ていられる分、私にとっては遥かに耐え易かった。

そしてこの時期、私の生活を決定的に悲惨にしたのは、私が、先程述べた激しい不安と胸苦しさを耐え易くする為に、自傷行為を始めたことだった。最初は腕の皮膚を、チクリチクリと針で刺すことから始まった。これはTVドラマのいじめのシーンがヒントになったのだが、試しにやってみた処が、針で刺して痛みを感じている間だけ、激しい胸の苦しさが忘れられて、とても楽だった。

そして次は剃刀で、腕の皮膚を切るようになった。針で刺す痛みが一瞬なのに較べて、これだと剃刀が皮膚をなぞる数秒から十数秒の間痛みが続いて、その分長く胸の苦しさを忘れることができた。傷は間もなく両親に見つかったが、この段階で両親に強く止められることはなかった。それで食事に呼ばれる時以外、ほとんど2階の自分の部屋に居た私は、部屋に居る間中、胸が苦しくなっては腕を切り付けることを繰り返すようになった。

そんなある時、私は母に「私がこうやって腕を剃刀で切って、傷を付けるのは、心の中の傷を表に表す為だ。」と説明したことがあった。直感的にそう悟ったので、それをそのまま言葉にしたのである。ところが母は間髪を入れず、ムキになって「そんなことはない！」と否定した。母にしてみたら、その心の傷を付けたのは自分だと、私から責められているという意識があったのだろうが（それは確かに当たっていた。）、それにしても、本人が自分自身で説明していることを、そこまで自信たっぷり、断定的に否定するのは、あまりに傲慢で許せなかった。「あなたに何がわかるの！　どうして私よりわかるの！」と言い返したかどうかは、はっきり憶えていないが。


そんな目も当てられない精神状態の中、私の生活は更に迷走した。見合い相手を紹介してくれる会社に会員登録して、今で云う〝婚活〟を始めたのである。

急にそんなことを考えるようになった動機は、要するに逃げだった。心身のコンディションは悪くなる一方で、医者の仕事を続けていったところで大した業績が上げられるとは思えなくなり、また思春期から憧れ続けていた演劇の仕事についても、所詮叶わぬ夢と、最終的に断念するに至った私は、それならせめて世間的に少しは格好のつく生き方をしたいと、それまで考えたことがなかったことを考えるようになった。この投げ遣りさも、人格レベルの低下の一環だったと見て、間違いない。

結婚でも考えてみようか、と最初に言い出したのが母だったか、自分だったか、忘れてしまったが、まず初めは母の勧めで、コンピューターによるマッチングで月に何人か、見合いの相手を紹介してくれるという会社に入会した。

すると見合い相手の候補の情報が、毎月郵便で送られてくるようになった。候補者1人ずつについて、名前（例えば「まさお」というようにファーストネームのみ）、年齢、身長、体重、職業、年収、趣味、嗜好品、生き方のモットー、相手に求める条件などの諸々の情報が、1枚の紙にまとめられていた。そしてそれぞれの紙の天辺に、例えば「まさおです」という風に、候補者のファーストネームが大きな字で自己紹介調で書かれていた。それでこの会社からの郵便が届くと、母は「真実ちゃん、『○○でーす』が来てるわよ。」と笑って、冷やかすような調子で言いながら持って来た。私には、母のそのふざけた態度がとても癇に障った。

だが結局、この会社から紹介されてきた候補者にはとうとう一人も会わないまま、そこは2、3カ月で退会してしまった。それは母の態度が原因ではなく、この会社の担当者と大喧嘩した為だった。その声の頃から して40代位かと思われた女性の担当者とも、とうとう一度も会わずに終わったのだが、喧嘩の原因は考え方の違いだった。

当時、私が結婚するに当たって、相手に求めていた最大の条件は、両親が亡くなった後、弟を手元に引き取って、弟が亡くなるまで一緒に暮らしていいということだった。だから、その最も譲れない意志については、相手に最初に会う前にはっきり伝えたい、というのが私の考えだった。ところがある時、その担当の女性が家に電話してきて、私に「その条件を最初に出してしまうと、『会ってみたい。』と言ってくれる相手を見つけるのが難しいから、取り敢えずそのことは伏せておいて、弟さんの話は気心が知れてきてから出した方がいいのではないか。」と、所謂〝大人の知恵〟を提案してきたのである。

私はそれを聞いて猛烈に腹が立ち、「そんな姑息なやり方をしなければ結婚できないなら、一生結婚なんかしなくていい！」と、電話で彼女を怒鳴りつけた。そしてそれだけでは気が済まず、「こうしてくれる！」と電話の前で胸の皮膚を剃刀で切り裂いた。そんな手を使わなければ結婚などできないと言われた自分が、憎くて堪らなかったからだが、そんな異常な行為に簡単に及んだのは、既に私の自傷行為が始まっていたからだった。そういう私の一連の反応を見た母は、「真実ちゃん、やめなさい！」と私を怒鳴りつけた。その言い方は、見合い会社の女性に抗議する私の方を非難する言い方だったから、私は母にも激しい怒りを覚えた。

そんなことがあっても私はまだ懲りず、また母の勧めに従って、別の結婚相談所に登録した。まだ逃げを打ちたい気持が捨て切れなかったのだと思う。今度は前の所とは全く違い、自分の息子を結婚させるのに苦労したという老夫婦が、この人にはこの人がいいだろうと自分の眼で見て、見合いの相手を紹介してくれるという所だった。確か入会金が25万円で、めでたく話が纏《まと》まった時には成婚料として40万支払うという取り決めになっていたと思うが、25万円は自分で支払った。

そしてここでは初っ端から、見合いの世話を取り仕切っている老夫婦の御主人の方に、「あなたは（電話の）声が大きいですね。女性の方は、こちらが聞き取れないような声で話をされる方が多いのに。もっと小さい声でお話しされた方がいいですよ。」と注意された。向こうは男性からのウケが良くなるようにという親切心から言ってくれたのだろうが、私は余計な御世話だと感じた。私の声が他の女性達より大きかったとすれば、それは子供の頃から両親に「大きな声で、はっきり話をするように。」と言われて育ち、また医者の仕事に入ってからも難聴の高齢の患者さんに対応する機会が多かった為だろう。それは全く間違っていないと感じたから、特に小声で話す必要のない時まで、そうしようとは思わなかった。またそんなおしとやかそうな〝演技〟で相手を摑まえようなどという気には、更にならなかった。

が、最も肝心な弟の問題について言われた訳ではなかったから、その後も我慢して暫く〝婚活〟を続けた。しかしやっぱりうまくはいかなかった。何人か紹介された中の、4人の男性に会い、内2人の人とは複数回デートしたが、いずれも短期間で終わりになった。

内1人は、民間企業に勤める研究者だったが、2回目か3回目のデートの時に、私が、両親が亡くなった後は、自分が弟を引き取って、最後まで面倒見たいと話すと、その人は「でもそのことは、必ずしも心配する必要ないかもしれないじゃないですか。」と言ってくれた。私はそれを聞いた瞬間、胸が凍り着き、頭から血の気が退いた。強いて「どういう意味ですか？」とは訊き返さなかったが、両親よりも弟の方が先に亡くなるかもしれないという意味だろうと、解釈したからである。確かにダウン症については、短命であるという常識が、世の中に流布していた。

その日、デートの場は最後まで取り乱すことなく終わりにしたが、帰宅後はわんわん泣いた。そして翌日くらいにその人の自宅に直接電話して、「この話はなかったことにして欲しい。弟が早く死ぬことを期待するようなことを言われたのが、とても耐えられなかったから。」と告げた。

そしてもう1人はアパレル会社の営業の人だったが、この人とは3カ月位付き合ったので、結構都内のいろいろな場所をデートしたし、イニシャル入りのセーターを編んであげたりもした。比較的長く続いたのは、ピンと来るものもなかったかわりに、格別嫌なこともなかったからである。弟についても、話をするだけの間は、快く受け容れてくれるようなことを言っていた。

それである時、弟を一緒にデートに連れて行ったところが、それが最後のデートになった。彼はデートの間中、終始、私と弟から数メートル離れた場所に居て、とうとう最後まで一度も、弟に話しかけてはくれなかった。彼とは、二分脊椎のAちゃん（'81年初めの脳外科の学生実習で知り合った女の子。当時小4になっていた。）が夏休みに東大病院を受診する時にも一緒に会いに行ったが、その時にはAちゃんに親しみ易く話しかけて、楽しそうに笑い合っていた。だから障害の中でも知的障害に対して、異和感が強かったのだろう。それで私はこの時も、デートの場は円満に別れて帰って、それから間もなく断わりの電話を掛けた。彼は「彼（=弟）にどう接していいかわからなかった。」と言ったが、「それにしても冷た過ぎた。」と返して、終わりにした。

そして〝婚活〟自体も、その人を最後に終わりにした。土台、無理な話だったのである。どうしようもなく大儀で、服に片袖通しただけでそれ以上動けなくなったり、心臓が口から飛び出しそうに不安で、自分を制御できなかったりで、仕度して仕事に行くことさえ滅多にできずに家に居続ける人間、その家で、不安による胸の苦しさを少しでも耐え易くする為に、自分で自分を剃刀で切り付けているような人間が、幾らじっと家に居てよくても、結婚生活などできる筈がなかった。

その上私はもともと自分に全く自信がなく、対人関係の緊張が極度に強かったから、見合いで初めて出会った人と同じ屋根の下で暮らすなどということは、精神的消耗が激し過ぎて、長く耐えられる訳がなかった。また学童期から一貫して母に〝性は穢らわしいもの〟という観念を強固に植え付けられた影響で、性に対する嫌悪感も非常に激しかったから、〝どうしてもこの人でなければ〟と惚れ込んだ相手でなければ、そうした関係にも長く耐えられる筈がなかった。

そんなことは、ちょっと落ち着いて考えればすぐにわかることだった。それなのに、結婚に逃げれば少しは格好がつくだろう、それならば東大小児科のシニアという、身分的に箔が付いている今がチャンスだなどと、虫のいいことを考えてしまった。うまくいかなかったのは自業自得であり、本当に我ながらどうかしていたと感じる。この時期に私と関わった相談所の人達や男性達の方が、逆に被害者だったかもしれない。

この〝婚活〟に関連しても、両親との間で様々、嫌なことがあった。

まず母についてだが、母は最初の見合いの時、見合いの場所の近くまで付いて来た。

2番目の結婚相談所の御主人は、いろいろ古臭いことを言う人だったが、それでも御見合いそのものについては、ホテルの喫茶室のような所で当人同士、2人だけで会うという、新しいやり方をとっていた。だから母も、飽くまで付いて来たのは近くまでだった。しかし母は家を出る前に、父にわざわざ「今日は私も近くまで付いて行きます。真実の人生で初めてのことですから。」と断わった。常識的にはこれを聞いて、感謝するべきだったのかもしれない。しかし私は嫌な気持になった。母は半分は本当に私を心配し、私の幸せを願ってくれていたのだろう。しかしもう半分の目的は、〝私はこんなにちゃんと、真実のことを愛しています。〟と、自他に知らしめることにあったと感じたからだ。

この日の私は十分一人で出かけられる状態で、心細いから付いて来て欲しいと母に頼んだりは、勿論しなかった。しかし当時の私は、重い精神的不調が慢性的に続いていて、その原因は自分と私の関係に問題があったからだと、私からだけでなく父からも世間からも責められていると、母は強く意識していた。だからそんなことを言わせてなるものかと非難を撥ね除ける目的でそういう行動に出たように、私には感じられてならなかったのである。

それからもう一つ、母について嫌だったことを書きたい。それは見合い写真についてのことである。2番目の結婚相談所では、見合い写真についても普通のスナップ写真でいいという風に、新しいやり方をとっていた。それで私は自分の部屋で、弟に頼んでオートマチックカメラで写真を撮って貰った。ところがそこへ母がやって来て、「真実ちゃん、硬い、硬い、表情が硬いわよ。」と、どうしようもないアドバイスをしてくれたのである。

これもまた自分に自信がない所為で、私は中学の頃から、写真を撮られるとなるとガチガチに緊張して顔が硬ばってしまい、自分で目を背けたくなる位、不吉に歪んだ表情になるのが常だった。誰よりも私本人が、自然で優しい表情で写真に映りたかったけれども、どうにもならなかった。「表情が硬いわよ。」と言う時、母はとびきりの優しい笑顔を作り、もの言いをしたが、言われれば言われる程益々表情が硬ばるしかなかった私は、母のそうした言動も独り善がりの愛情誇示に思えて、恨めしくて仕方なかった。


次に父について嫌だったことを書くと、見合い相手との交際の過程で、私の話を聞いてどう処すべきか、細かく口を挟んで来たことだった。

まず、弟が早く死ぬことを期待するような発言をした、民間企業の研究者の人との時のことだったが、彼は非常にせせこましい感覚の人だった。それで向こうが結婚後、仕事はどうする積もりかと私に訊いてきたので、私は、折角なった医者の仕事だから無理のない程度には続けたいが、非常勤で月20万位しか稼がない積もりだと答えた。すると向こうは「それはよかった。子供が出来た時、母親の収入の方が父親より多かったら示しが着かないから。」と甚く喜んだ。勿論それだけでも非常に嫌だったのだが、家に帰ってその話をすると、今度は父が「20万じゃ足りんぞ。」と言ってきたのである。これは、私が稼ぐお金が月20万では満足な生活ができないだろうという意味だったが、指摘の妥当性はともかく、実にうっとうしかった。

そして次に、アパレル会社の社員の人との時には、デートの途中で立ち寄った店で、フランスのリモージュ風の陶器の置き物の中国製の模造品が、見た目の割にとても安かったので買って帰ると、また父が「向こうはお前がどんな物を幾らで買うか、冷静に慎重によーく観察してるからな。」と注意を与えてきた。これは、浪費癖の女だと思われないように気を付けろという意味だったに違いないが、私は窒息しそうな圧迫感に苛立った。

前にも書いたが、父は私が大学に入った頃から、母と同じように、私に一つ一つ、自分の眼鏡に適う行動をさせるべく、事細かに干渉、支配しにかかってくるようになった。母がものの見方や価値観など、私の精神のより深いところを主として支配しにかかってきたのに対し、父の干渉は、ほとんど皮相で具体的なところに終始したという違いはあったが。

父としては私に精神面での問題が顕在化するようになって、それは私が高校の頃まで、自分が会社の仕事に感《かま》けて、家庭の問題を母に全部丸投げしていたのが良くなかったと、反省したのかもしれない。だとすればそこまでは正しかった。しかしその後とった対応が、完全に間違っていた。

間違った原因は、父がそれまで家の中で起こっていたことを全く見ていなかったことと、自分の勝手な思い込みを過信する父の性格にあった。精神的母子家庭の中で、母は私のものの感じ方、考え方、価値判断から意志、欲求に至るまで、一から十まで微に入り細に亘って、私の精神を自分の鋳型に嵌めにかかってきた。

そうやって主体性と自尊心を奪われることによって、私の中で徐々に精神の病が進み、ついに顕在化したというのに、顕在化したら今度は父までが、微に入り細に亘って私を支配しにかかってきた。そうすることが親の愛であり、それが足りなかったから私が病んだと、父は勘違いしたのだろう。その結果、私の病の進行は益々加速した。

そして結婚相談所を退会した後も、両親との間では嫌なことが続いた。それは父が自分で見合い話を持ってきたことが契機で、両親のあまりの変節ぶりを見せつけられたことだった。

父は、当時自分が付き合いのあった、独身の小さな会社の社長を何人か候補に挙げて、私に見合いするよう勧めてきた。そしてその際「どうだ、社長夫人になれるぞ。」だの「早く孫の顔を見せなきゃ。」だのと、どうしようもないことを言ってくれた。私が基本的に、そういう世俗的な感覚や価値観が非常に嫌いだったことを、父が十分認識していなかったのか、わかっていてわざとそういうことを言ったのかは定かでないが(私は後者の可能性が高かったと感じている。)、いずれにしても非常に辛かった。殊に父は、私が小学校に入ったばかりの頃から「これからの時代は男も女もない。女でも一生続けられる仕事を持て。」と教え込んできた人だったから、その人から「孫の顔」云々などと言われるようになるのは、正に幻滅の極みだった。

そして同じ時に母も「(長男が障害者で家が継げないという)あなたの立場だったら、結婚するなら本当は婿養子でなければいけないんだけれど、そういうことには拘《こだわ》らなくていいんだからね。」と言ってくれた。恩着せがましさもさること乍ら、これまた変節ぶりが耐えられなかった。母は私が中学生の頃には、「結婚というのは何々家と何々家の間でするものじゃなく、何々さんと何々さん、個人と個人の間でするものよ。」と、民主的で新しい考えを教え込んでくれた人だったからだ。昔母に言われたことを私が忘れていると期待されたのだったら、記憶力という一点のみでも、随分見縊られたものである。

このように、子供の頃にはいつも絶対に正しく、あらゆる面でとても太刀打ちできない程優れていた母（物心着く以前から、いつもそう吹き込まれていた。）、だからその人から嫌われたら、即ち自分には生きる値打がないことを意味するとまで思い詰めさせられた、謂わば神格化された母親像は、17歳で私の病が顕在化して以降、徐々に加速度が付きながら壊れていった。しかし38になるまでは、その崩壊はまだまだ個別的、部分的に留まって、私は偽りの母親像を根底から打ち壊すことができなかった。

そしてこの時も、これ程気が変になりそうなことを言われても、碌に仕事に行けずに家に置いて貰っているという遠慮から、父にも母にも「あなた達、私が子供の頃には何て言った？」と抗議することができなかった。それで不信と不満が益々うっ積した。父の勧める見合い話に一切乗らなかったことが、せめてもの抗議だった。

そして〝婚活〟をやめた丁度その頃、私は東大の小児科にも完全に行けなくなった。それは'90年の秋頃だったと思うが、やはりそれと同じ頃、私の自傷行為も益々エスカレートした。具体的には皮膚から静脈に、静脈から橈骨《どうこつ》動脈（医者が脈を診る、手首の動脈）に、切る対象が移行した。

その第一の理由は、そうした方が胸の苦しさを忘れるのにより効果的だったからだ。静脈を切れば血がたらたらと流れている間、動脈を切れば脈に合わせて血がビュンビュン吹き出している間、それを見ていれば新たに切らなくても胸の苦しさが忘れられた。

しかし静脈を切る痛みは皮膚を切るのとさほど変わらなかったが、動脈を切る痛みは並大抵ではなかった。医学の教科書には「焼け火箸を当てられるような」と表現されていたが、通常の神経の人にはとても耐えられず、動脈壁を完全に切断するところまでは出来ないに違いない。少なくとも今の私には出来ない。ところがそれが当時出来たということは、他にも理由があった。それは、自分自身に対する激しい憎しみだったと感じている。私はもともと高度成長期にモーレツサラリーマンの父を見て育った、後天的影響のみならず、恐らく先天的にも、進歩と成長、生産的、建設的な生き方を強く志向する性格の人間だった。ところが精神症状の著しい悪化の為にそういう生き方ができなくなり、思い通りにならない自分が腑甲斐なくて憎くて堪らなくなった。だから痛みが強ければ強い程、自分で自分を罰せているという満足感が得られ、多少なりとも罪悪感が軽減できた。そのことが自傷行為がエスカレートした、もう一つの大きな理由だったと考えている。

今述べた二つの理由から、自傷行為にもBZ系薬剤と同じように依存性があったと見られ、一度始めたら、すぐにやめられなくなってしまった。そしてそれはすぐに、自殺企図へと発展した。

もともとうつ状態で、強い罪業妄想や希死念慮があったところに、主としてBZの長期連用が原因の症状の著しい悪化で、自分で満足できるように生きられなくなり、希死念慮は急激に強まった。そこへ動脈が切れるようになって、ひょっとしたらこれで死ねるかもしれないという〝希望〟が出て来たら、おかしな言い方だが〝渡りに舟〟とばかり、益々やめられなくなったのである。

それで一度動脈を切ると、折角のチャンスなので、できるだけ長く沢山出血するように、努力（？）を重ねるようになった。実は橈骨動脈を切っても、それだけでは数分から10分で出血が止まってしまう。だから私は血が止まりかけると、創口《きずぐち》を再び剃刀の刃で抉《えぐ》ったり、握り拳で思い切りバンバン叩いたりして、できる限り長く出血を続かせるようにした。それで出血量はかなりのものになったが、却々それで死ねるところまでは至らなかった。そして部屋中を血の海にすることはさすがに憚《はばか》られたので、出した血はスーパーのレジ袋に溜めて、口を縛り、押入れに隠すようにしたが、じきに弟が「姉さんの部屋はお魚のにおいがする。」と言うようになってしまった。

正に狂気の沙汰という状態になり、'84年の秋から始まった自殺企図は、死ぬ意志が本当に明確だった場合だけを数えても、'94年の終わりまでで合計30回に上った。

それ故「すべての薬物依存の行き着く先は、自傷行為そして自殺企図」というのは既に言い古された話だが、それは多分真実だろうと感じるし、その理由も自分自身の体験から推測できる。それは話が重複するけれども、薬物の長期連用↓不安、胸苦等の心身の症状の著しい悪化↓満足のいく生活ができなくなり、自分への憎悪が激しく膨らむ↓苦しい症状や罪悪感を軽くする為、死んですべてから解放される為、自傷、自殺企図に走る、というメカニズムからだろうと考えている。

そしてもう一つ、境界性人格障害の大きな特徴の一つも自傷行為、自殺企図であるということから、私は境界性人格障害の原因のかなりの部分は薬物依存、特にBZ依存にあるのではないかと考えている。つまり〝医原病〟であると。少なくとも私の場合は、そう言ってよかったと感じる。尤もその私の場合も、BZから離脱する以前に、両親から離れて2年程経って、自分で自分をあまり激しく憎まずに済むようになった時点で、境界性人格障害のいろいろある症状の中の、自殺企図だけは止んだのだが。しかしジェットコースターのような気分の激変と云った、その他の境界性人格障害の症状は、BZをやめるまで止まなかった。

だからもともとはうつ病や神経症で、不安症状を訴えて精神科等にかかった患者が、ＢＺ系の抗不安薬や睡眠薬を投与されて、楽になった、助かったと喜ぶ内に、耐性が生じてどんどん量が増えていって、境界性人格障害の病像になっていくケースも、相当数存在しているのではないかと推測している。特にＢＺ系薬剤は、医師が処方する薬であるから、正常な規範意識を持った人達でも、ほとんど抵抗なく飲み始められるだろう。従って、麻薬や覚醒剤などの違法薬物よりずっと数多く、境界性人格障害の発症の原因になっているだろうと推測している。

そしてこの時期、両親の働きかけや彼らとの関係の悪さが、私の自殺企図を益々促進した。その働きかけとは、具体的には私が著しく辛いと言うことを免除して貰えず、逆に強要されたことだった。特に辛かったのは、音と光の刺激だった。

多分うつ状態がどん底まで悪化して、精神面での生命エネルギーがかつかつに涸渇していたからだろう、当時の私にとっては音や光の刺激が、うっとうしいというのを通り越して、正に自分を圧し潰しにかかってくる脅威のエネルギーに感じられた。日中目が覚めている時も、カーテンを開けて外の日射しが入ってくると、本当にその光に圧し潰されそうで苦しかったし、音についても、極く普通の生活音でも、耳に入って来ると心がとても苛立って辛かった。だから胸の苦しさに耐えられなくなって身体を切りつけている時以外は、一日中自室でカーテンを閉め切って、目をつぶり、頭を抱えて、音も光も完全に遮った状態でじっと蹲《うずくま》っているのが、一番耐え易かったのである。

これは心身が健康な状態から大きく偏位すると、ものの感じ方も健康な人とは大きく隔たってくることを意味していたと感じる。瀕死の重病人の場合、身体の上にタオルケットを1枚掛けられただけでも重くて重くて耐えられないという話を聞いたことがあるが、それと同様のことが当時の私には起こっていた気がする。

しかしそのことを、両親には全く理解して貰えなかった。二人ともそんなことは理解する値打がないと決めつけてかかり、理解しようという意志を持たなかった。だから母は、私が部屋でカーテンを閉め切っていると、飛んで来て無理矢理、カーテンを全部開け放って行った。曰く「昼間からカーテンを閉め切っていたら、近所の人から変に思われるから。」と。そして父に至っては、「一日中自分の部屋に閉じ籠っていたら健康に良くないから、TVの音がうるさいなんて言わないで、階下《した》に降りて来て、家族と一緒に居ろ。」と強制してきた。

ところがこれが私にとっては地獄の苦しみだった。何しろTVというのは音と光の集中砲火であるから、その前に居させられると、私は頭の中に棒を突っ込まれて、脳味噌をぐちゃぐちゃに掻き混ぜられるように感じて、気が狂いそうになった。だからその苦痛から逃れるだけの為でも、私はただただ死にたいと思うようになった。もし父にTVを強制されなかったら、大袈裟ではなく、私の自殺企図の回数は半分に減ったのではないかと思う位である。「脳味噌をぐちゃぐちゃに掻き混ぜられるようで辛い。」という訴えは、一応したけれども、まともに取り合われなかった。

この頃の私の家での生活全体は、〝病気でもない癖に怠けて働かない横着者〟という、父の憎悪と蔑意に満ちた非難の眼が時々刻々突き刺さってきて、まるで火焙《ひあぶ》りに遭っているように感じられた。だから父に「火焙りに遭っているようだ。」と訴えたこともあったが、「気違いじみてるな。」と吐き捨てるように言われただけだった。TVを見せられる苦痛を訴えた時にも、反応は同じだった。

この「気違いじみてる」の類の、私の人間そのものを否定する表現を、父は日常的にまるで面白がるように私に投げつけてきて、それが益々私の希死念慮を強めた。それで私は、ベランダに出て手首の動脈を切り付けたりもするようになった。気が付いた父に部屋に引きずり戻される時には、「うわぁーっ」と声を限りに泣き叫んだ。しかし大量の出血で茫乎《ぼうこ》としていると、父はギロリと目を剝いて私の顔を覗き込み、また「完全に狂ってしまっとるな。」とわざわざ言った。そして「ポカリスエットが欲しかったら、自分で行って買って来い。」と付け加えた。これでもかこれでもかと地獄は際限なく続いた。

母については、「近所から変に思われる。」という理由でカーテンを開け放たれたという話を書いたが、この頃母が近所を意識してした話は、これに留まらなかった。「『あそこの娘は東大まで行って医者になったけれども、どうも最近になってずっこけたらしい。』と、近所の人達が面白がって噂している。そして近所の人達だけじゃなくお父様まで、あんたをスポイルしたのは私だと、私のことを責めている。」と、母は繰り返し私に訴えてきた。

私はこれを聞いてまず、〝それは本当のことじゃないか。私に対しては勿論、誰に対しても文句を言える筋合いじゃないだろう。〟と無性に腹が立った。尤も今では、父にも母を責める資格は全くなかったと、加えて強く感じるが。母にとっては自分の体面が何より大事というのは、別にこの時始まったことではなかったが、〝あんたの御蔭でこの迷惑〟〝私の体面を失墜させる人間は、実の子でも憎い〟という意味のことを、ここまではっきり言葉にされて、そのことでも改めて深く傷ついた。勿論母がさんざん吹聴してきた親の愛など、益々信じられなくなった。

また「ずっこけた」という言葉も、母が言った通りに書き記したのだが、母はユーモアの積もりだったのかもしれないが、私にはこの上なく無神経で悪趣味で残忍に響いた。こと志に反した悲しい挫折を、そんな他人を笑いものにする言葉で実の母親に表現された私は、もう口惜しくて口惜しくてとても怒りが治まらなかった。これらのことも当然、希死念慮に大きく拍車をかけた。

これらの体験からもう一つ、ここで書いておきたいことがある。

一日中カーテンを閉め切って、じっと蹲っているのが楽という、当時の私の音と光に対する激しい拒否反応は、健康な人の眼から見たら、確かに気違いじみていたに違いない。だが今になって振り返ってみて、気違いじみたことはすべて排除しなければならないとは、私にはとても思えないのである。その状態が永久に続いた訳ではないからだ。だから気違いじみた状態に居る方が耐え易い間だけは、それを容認した方がいい場合もあると感じる。少なくとも当時の私の場合は、容認して貰った方が、早く回復できただろう。それは苦痛が少なくて耐え易かったからというだけでなく、自分の辛さをわかろうとしてくれる親の愛が信じられたという理由からもだった。

然るに当時の母は、誰か偉い人が言った、「精神を健康にする為には、まず外から見て健康的に見える生活をすること」という考えを信奉して、私に押し着けてきた。「子供の為に良かれと思って」が母の常套句だったが、結局それは益々私を追い詰め、自殺の回数を増やすことにしかつながらなかった。多分今の説は、もっと病状の軽い場合にしか当て嵌まらなかっただろう。〝あんなに辛いと言ってるんだから、本当に辛いんだろうな〟とは、一度も思って貰えなかったことがとても残念だった。

第16章

第2回H病院入院

✺地に落ちた両親への信頼

二度目のH病院入院という事態は、そんな中で起こった。

'91年3月、私はまた手首の動脈を切って、大量出血してフラフラになり、まず家の近くの一般病院に、救急車で運ばれた。病院の救急室に着いて、救急隊員が「娘さんには何かもともと、精神的な病気があるのですか？」と訊くと、付いて来た父は「きょうかいがたじんかくしょうがい」と、まるでお題目でも唱えるように答えた。父はその言葉の調子で〝私は医者に聞いて、そんな難しい専門用語も承知している。娘の問題については親としてきちんと把握している。〟ということと、〝しかし私自身はそんな訳のわからない病気にも精神科にも全く縁のない、申し分なく立派な人間だ。〟ということの二つを、伝えようとしていたと感じる。

新しい言葉を聞きかじると、すぐに知ったかぶりして使いたがる父は、その頃家ではよく「登校拒否、家庭内暴力」と、これまたお題目のように唱えていた。〝お前の問題はどうせそんなところだ。わかってるさ。〃と言いた気《げ》に。実に尊大で冷たかった。

その頃の私は非常に荒んでいた為、入院中極めて反抗的だった。例えば「安静にしていろ。」と言われると、わざと床に下りてウサギ跳びしたりした。そこは一般病院だったから、そういう常識的でない反応をする患者は極力敬遠したかったらしく、後から聞いた話では「早く退院して欲しい。」と、父は病院側から強く迫られていたそうである。

実際その病院は、3日で退院になった。「さあ退院だ。帰るぞ。」と父に言われて、私は何も疑うことなく、喜び勇んで帰り支度をした。普通に食べたり飲んだりしていれば、自然に体力は回復したから、別に入院の必要はなく、帰れて当然だと思った。病院の玄関を出る時、父に「受付に××さんの奥さんが居るから、急いで通れ。」と言われたが、それもさして疑問には感じなかった。××さんというのは千葉の家の2軒隣の家で、当時奥さんがこの病院で事務職をしていた。噂になるのが嫌で、そう言うのだろう位に受け止めた。

ところが玄関を出ると状況が一変した。そこには一台のタクシーが待っていた。家までは1㎞余りあったから、それも別に変ではなかった。おかしかったのは、タクシーの運転手が車の外に出て、非常に挑戦的な顔付で私を待ち構えていたことだった。おや、と私が訝しそうな顔をすると、父がやっと口を開き「退院じゃなくて転院だ。これからH病院に行く。」と宣告した。憎しみがいっぱい籠った、断固たる口調と態度だった。

それを見て、驚愕、怒り、憎しみ、絶望――私の中に様々な思いが一気に渦巻いて、恐慌を来たした。要するに実の親に騙し撃ちされて、精神病院に拉致されるということであり、そんなことをされるようでは自分はもう終わりだという破滅感に支配された。その自暴自棄の感情に任せて、私はタクシーの運転手に殴りかかるなど力ずくで抵抗したが、当時はまだ父も61でかなり力が強く、大人の男2人にあっけなく車の中に押し込まれてしまった。

一体このタクシーの運転手はどんな人物だったのか――それから約10年後、'00年代に入ってからの『朝日新聞』の記事に、家族の依頼で患者を精神病院に移送するのを請け負う宅配業者が現われていることが書かれていたが、父が頼んだタクシーの運転手は、その先駆けのような存在だったのだろう。親が時代に先駆けてやってくれたのが選《よ》りにも選ってそんなことだったとは、今でも惨めで仕方がない。

そのタクシーの運転手は、事前に父から私のことを頭のおかしい人間のように聞かされて居り、自分はこの人間に対して全面的に力で捻じ伏せ、言うことを聞かせる権限を与えられているのだという立場の認識に支えられていたからだろう、私に対して実にぞんざいで失礼な言葉を、思いの長浴《たけ》びせかけてきた。何でこんな奴からと口惜しくて耐えられなかった私は、車に乗せられてからもこの運転手の運転を、必死に妨害しようと試みた。しかしそれをまた、横に乗った父が力ずくで押さえ着けた。そして自分の抵抗が何の効も奏さないことを悟った私は、途中からは黙ってじっとしていたように思う。

その私に父は「今回のこの措置はお母さんには知らせないで、お父さんが一人で決めた。」と、自信たっぷり誇らし気に告げた。そしてまた、「お前さえ冷静に振舞えば、前回のように押さえ着けられたり縛られたりすることはないから。」と、親切に言い含めてくれた。

そして2、3時間後にH病院に着くと、1年半前、1回目の入院の時に私を受け持ったT医師が、びっくりした表情で父と私に応対した。何と父は病院側に事前に全く知らせることなく、この転院劇を敢行したのだった。

そのT医師に父は、'89年秋に退院して以後、私が自傷行為や自殺未遂を頻回繰り返すようになったことと、その件について自分があちこちの機関に相談した結果、だったらもう一度H病院に入院させて貰うのがいいだろうという回答を得たので、自分の一存でそうしようと決め、連れて来たということを説明した。

その説明は実に流暢で、自分は非常に見識の深い人間であり熱心な親であると、父が自分ですっかり悦に入っているのが見え見えだったから、私は心底虫酸《むしず》が走り、激しい憎悪を覚えた。父は「自分の一存で」というひと言で、〝お母さんに話すと情に流されて、本当に必要なことが実行できないから〟という、自身の賢明な裁量ぶりを伝えたかったに違いないが、私から見れば〝本当に必要なこと〟は全然そんなことではなかったから、その独善にも腸《はらわた》が煮えくり返った。

この騙し撃ち、拉致によってH病院に再び放り込まれた恨みを、私は一生忘れることができない。確かに父にしてみれば、毎日のように動脈を切り、大量出血を繰り返す私をそのまま家に置き続けることは、心配で耐えられなかったかもしれない。しかしその頃になっても父は、「一体何が辛くて自殺を図るのか？」と訊くことは、やはり一度もなかった。ただこいつは頭がおかしいと、頭から決めてかかっているだけだった。

一方私の方では、この頃になってもまだ、父に「子供の頃からお母様が好きだと言うものを心底好きにならないと、お母様が嫌いだと言うものは心底嫌いだと思えないと、自分は駄目な人間、悪い人間と罪悪感を感じてしまう位、お母様から徹底的に精神を支配されて、私は自分が本当は何をどう感じているのか、すっかりわからなくなってしまった。それに何をやっても『どうしてこんなこともできないの！　こんなことしかできないの！　ああ情けない、じれったい、忌ま忌ましい！』と貶され通しだったから、自分には他の人達が普通にできることが何一つまともにできないんだと思い込んで、すっかり自信を失い、萎縮してしまった。それらのことが、今私が他人に迷惑が掛からないようにちゃんと生きたくても、自分で自分を思うようにできない、根本の原因になっている。」と、諦めきれずに訴え続けていた。

母には既に15年（当時私は33歳）、そのことを訴え続けて、それでも尚「私は支配なんかしていない。そんなのはあんたの作り話。」と自信たっぷりにうそぶかれて、耐えられない口惜しさを味わい続けていた。『あんたまでそんな風なら、洋ちゃん連れて死んじゃうから。』って脅したじゃない。」と訴えても、「一体私がそれを何回言ったって言うのよ！」と居直り続けていた。だからせめて他の誰かに、それが自分の病気の真実《しんじつ》であることを認めて貰えないと、自分は絶対にそこから立ち直ることができないと、私は身体の感覚で感じていた。だから父に訴え続けた。

父を相手に選んだのは、何と言っても身近に居る親だったからであり、子供の頃に父が「切っても赤い血が出ない。」などと、より深刻に私を言葉で虐待したことについては、当時はまだ意識下に封じ込められていたからだった。しかし父は私が話を始めると、すぐに憎々し気に顔を顰《しか》めて、相変わらず「お前はお母さんの話をしなくなったら一人前だ。」のひと言で撥ねつけ続けた。「そんなことが今のお前（の悪い状態）に何の関係がある！」と、体のいい責任転嫁でしかないと決めつけ続けた。そして仕事に行けないことが自分でも辛くて堪らない私のことを、〝怠け、甘え、我儘〟の劣悪な人間性ゆえと決めつけて、〝この碌でなしが〟と憎悪の眼で突き刺し続けることをやめなかった。父がH病院に私を置いて帰る時の「今度は1カ月や2カ月で帰れると思うなよ！」という捨てゼリフにも、その認識が如実に現われていた。

父は私の問題を、〝刑罰〟を科し、懲らしめて、性根を入れ替えさせることが唯一の解決法という類《たぐい》の問題であると、これも相変わらず決めてかかり続けていた。自分達の関わり方に問題があったなどとは、露ほども疑っていなかった。だから父には、各種の相談機関に足を運ぶなど、他のあらゆる選択肢はあっても、私の訴えに耳を傾け、何とかしてわかりたいと心に入れながら聴く、私の悪い状態について、劣悪な人間性が原因と決めつけて責めるのをやめるという、私が切望していた、本当に必要な選択肢だけは存在しなかったのである。

そのようにして始まったH病院の2回目の入院は、結局'91年5月まで約2カ月間に及んだが、1回目と同じように、何ら成果のないものに終わった。その最大の原因は、T医師のやり方が1回目と全く変わらなかったことにあった。（1回目にT医師と一緒に受け持った女性医師は、米国留学中で不在だった。）入院して暫くすると、〝今回は任意入院〟と知らしめるかのように、私はC6病棟という、半開放病棟に移された。ところが、これが私にとっては却って辛い結果になった。〝半開放〟の恩恵に、私は殆ど与《あず》かれなかったからである。

私がC6の他の患者さん達と同じように許されたのは、平日の一定時間の散歩だけだった。他の患者さん達には次々に下りる外出や外泊の許可が、私だけは願《ねがい》を出せども出せども、悉《ことごと》く却下された。今思うと、T医師が単独での外出許可を出さなかったのは、外出させたらそれきり病院に戻って来ないことを危惧したからだろう。私は精神病院という環境を死ぬ程嫌っていたから、彼の読みは可成当たっていたと思う。それにしても外出許可を繰り返し蹴られることは、心を弄《もてあそ》ばれている気がして、どうにも耐えられなくなった。

それで私はある時、T医師と直接話がしたくて、彼がC6のナースステーションに来ていた時、外から彼の名前を呼んだ。しかし彼はカルテを書いたり看護婦と話をしたりして、二度三度呼んでも完全に私を無視した。それでもともと非常に焦燥感が募っていた私は、すぐに癇癪を起こしてしまった。結果、病室から自分のマグカップを持って来て、ナースステーションのガラス窓に投げつけて割り、その破片を一つ拾って、自分の左手首を切り付けた。そんなことをしても自殺などできないのは百も承知だったが、向こうが一番嫌う行動をとって、挑発したい気持に駆られたのである。そんなことをすれば自分で自分の首を絞めるだけだと、わかっていてもだった。

案の定、私はT医師の命令一下、病棟の職員達に押さえ着けられ、また保護室に閉じ込められた。そして後から保護室に入って来たT医師は、しかつめらしい顔をしてひと言、「行動制限をします。」と言い放った。斯くして私はまた、保護室のベッドに縛り着けられた。面倒臭かったので特に罵るような言葉は吐かなかったが、言えるものなら「あなたにはこれしか芸がないんですか。」と言いたかった。

彼は二度目の入院中もこういう対応に終始して、それまでの両親との関係についての私の話をよく聴いて、「それは本当に辛かったですね。」と心から共感を示すことで私の心を解きほぐし、回復への契機を与えてくれることもなければ、両親に対して考え方や言行の誤りを具体的に指摘して、改善するよう指示してくれることもなかった。だからこの2カ月間も、完全に時間の空費で当然だったのである。

尚、この時の抑制については、私がその後は無駄な抵抗をしなかったので、3日で保護室を出された。そしてその後は私の方から願い出て、C4病棟（閉鎖）に戻して貰った。

両親との関係は、この入院で益々悪くなった。それは最初の父の騙し撃ちだけでなく、入院中に彼らがとった、様々な言行が原因になった。特に母の言行に、不快なことが多かった。

まず入院させられた直後に母に電話した時、母はかなり驚いた様子ではあったが、「どうして私に無断で！」と憤る様子はあまりなく、とにかく大人しく指示に従って病院に居るようにと言っただけだった。小4の時、父に顔面を床に叩き付けられた時もそうだったが、母はいざという時、父から私を護ってくれる人ではなかった。だからその時始まったことではなかったが、失望を新たにした。

そして入院後、初めて両親が揃って面会に来た時、私はただただ病院から出して貰いたい一心で、同席していたケースワーカーの眼も憚らず、「お願いだからここから出して。」と両親に土下座した。ところが母はその私を見て、「ああ駄目だわ。」と、如何にも嘆かわしそうに、泣き崩れんばかりの様子で言ったのである。あまりにも演技的で、私は〝えっ？〟と思った。私の〝土下座〟のどこがどうして〝駄目〟と言われたのか、さっぱりわからなかったからだ。多分母にも全然わかっていなかっただろう。

母は、そうやって人前で大袈裟に感情を表現しさえすれば、自分が誰よりも問題を適確に把握し、事態を深く憂えているように他人が見てくれると、その点だけを抜け目なく計算していたと感じる。そういうはったりの強いところは、父とよく似ていた。それでとにかく母が私を早期に退院させる意志を持たないことを確認した私は、〝わかった風なことだけ言って、人の心を弄んで！〟と、思い切り恨めしく感じた。

次に嫌だったのは、C6の保護室を出た直後の、電話でのやりとりだった。私は、保護室から出されるとすぐに、千葉の家に電話した。そして自己破壊的な行動をとって、数日間保護室に閉じ込められていた経緯を話し、両親に謝った。今では何故、この時両親に済まないなどと思ってしまったのかと、自分の気弱さ、卑屈さに腹が立つのだが、それが当時の、私と両親の位置関係の現実だった。

ところが私が電話した時、両親は、私が保護室に閉じ込められていた事実を、既に知っていた。それまで毎日私から掛かってきていた電話が掛かってこなくなった為、どうしたのかと心配して病院に問い合わせて、わかったということだった。

しかしそのことを説明する母の話の調子に、私は心底うんざりさせられた。即ち「『一体どうなっているんでしょうか？』って訊いたら、電話に出たケースワーカーが『はい、只今お調べします。』『はい、只今。』ってね。」と、ケースワーカーが如何に緊張して畏まった調子で、一つ一つ自分に事実経過を報告してきたかを、実に嬉しそうに私に話して聞かせたのだった。

要するに、自分達親が立派な社会的地位と見識ある人間だから（と彼らは自認していた）、ケースワーカーが一々畏まった態度をとったのだと言いたかった訳で、そういう点でも、母は父とそっくりだった。二人共、生い立ちから来る激しい劣等感を、社会的地位で鎧い固めて代償していたから、こんな虚栄心の塊《かたま》りになってしまったに違いなかったけれども、この状況に在ってそんなことが嬉しいかと、私はまた白々とした幻滅を味わった。

四つ目に嫌だったのは、母が、一緒に入院していた他の患者さんのことを悪く言ったことだった。

当時はそういう自覚はなかったけれども、二度目の入院の時には多少環境に慣れて余裕ができたからだろう、同じ時期に入院していた患者さん達のことを、一度目の時よりもかなりよく憶えている。

その内の一人が、Rさんという、私と同い年の当時33歳の女性だった。彼女とは、C６からC４病棟に戻った直後に同じ部屋になり、お互いが抱えた事情について、いろいろ話をした。彼女は母親の意に沿わない男性と同棲し、その男性と別れさせる為に、母親がH病院に強制入院させたという、とんでもない事情の持ち主だった。彼女は話をしていて、極めて穏やかで常識的な人だったから、彼女の話に嘘はなかったと思う。だからそんな精神病院の利用の仕方を可能にしているのも、強制入院の制度の悪と、強い憤りを感じたが、それはさておき私も自分自身について、幼い頃からの母親との関係が非常に辛く、それが因《もと》で精神を病むことになったと、彼女に事情を説明した。そして彼女に対して直感的に強い信頼を感じて、とても思い切ったことを頼んだ。それは、私に対する在り方を改めて欲しいという希望を、母に電話で伝えて貰えないかということだった。そんなとんでもないことを頼んだにも拘わらず、彼女は一も二もなく引き受けてくれた。だから彼女は非常に素直な心の持ち主だったと感じる。

彼女はすぐ、病棟内の公衆電話から千葉の家に電話して、「娘さんがこんな風におっしゃっています。」と、私が頼んだ通りの内容を忠実に、母に伝えてくれた。勿論私はすぐ傍で聞いていたが、母がそれにどう応えているかは、その場ではわからなかった。そして電話の間中ずっと、母の言うことに「はい、はい。」とのみ、従順に緊張して答えていたRさんは、電話を切ると「お母さんはただ、『傷を治して帰って来て欲しい。』とおっしゃっていたわ。」と私に報告してくれた。それ以外、母が私の要求を聞くと答えたかどうかは、一切確認することができなかった。母はそれには返事をしなかったに違いない。

私はがっかりしたが、精一杯やってくれたRさんを、とても責める気にはなれなかった。極め付き体面屋の母は、完璧に綺麗な外交辞令で鎧い固めて、一切心に立ち入らせることなく、彼女を撃退したに違いなかった。その手の話術には最高に長けていた母に、彼女が太刀打ちできなかったのは当然だった。

しかし選《よ》りにも選って、「傷を治して帰って来て欲しい。」とは、どこまで歯が浮くような綺麗事を言ったら気が済むのかと、心底苛立ち、腹が立った。母が「傷」と言ったのは、「心の傷」という意味だっただろう。自傷と自殺企図による身体の傷が、精神病院に居るだけで治る道理がなかったからだ。

しかも、入院する直前の時期まで、父だけでなく母からも、「私は支配なんかしていない。」をはじめ、次々新たに心を傷つけることを言われ続けていた私は、心の傷云々と言うなら、まず母自身がそういう言動をやめてからにして欲しかった。それは一切しないでおいて「傷を治して」などと言ってのけたところにも、母の、私の不幸さえすべて、自他に対して己を美化する機会として利用しないと気が済まなかった性格がよく現われていたと感じる。

更にはH病院が心の傷を治せるような病院かどうか、一度目の入院で十分わかっていた筈にも拘わらず、そういうことを平然と言った思慮のなさにも腹が立った。

しかしもっと決定的に腹が立ち、絶望したのは、その後私が直接電話して、母の話を聞いた時だった。その時母は、「先刻《さっき》Rさんという人から電話があったけど、何あの人？　凄く感じ悪かったわ。」と憎々し気に言い放った。どうせそう言うだろうと思った、というのが私の正直な感想だった。要するに、「親子の間のことに口を挟んでくるなんて、どういう積もり？」というのが、母の不満の主旨だった。

母は昔から、家庭の中や親子の間は〝聖域〟であって、他人が立ち入ることは罷《まか》りならんという考えの持ち主だった。しかしその考えには何の根拠もなく、完全に間違っていた。母がそう主張する根拠は、〝親が子供に言ったりしたりすることはすべて、ひたすら子供の幸せのみを願う、純粋な愛に基づくもので、世の中に親の愛ほど尊いものはない。子供がたとえそれをどんなに苦痛に感じたとしても、それは愛のムチである。〟という、ものの見方だったが、その見方からして冷静によく考えてみると、何の根拠もなかった。

残念乍ら日本の社会では、その〝親の愛〟を〝錦の御旗〟にする迷信を、母以外にも多くの人達が信奉してきたことが、長い間虐待の大温床になってきた。そして母当人は、私が幼い頃から、世の中に蔓《はびこ》るその迷信を最大限利用して、ひたすら自分の勝手な欲に基づく要求を私に際限なく呑ませ、私の魂や自尊心をズタズタにする言動を、遠慮会釈なくとり続けてきた。それも立派な虐待だったと思う。

そして遅くともその頃には、そういう真相に完全に気付いていた私は、「もう騙されない。」という自分の意志を母に伝える目的で、Rさんに電話して貰った。しかしこの時の電話で「〝親子の間は聖域〟なんて考えは、絶対に間違い。」と、私は母にはっきり言えなかったような気がする。「私がRさんに、お母様に電話してくれるように頼んだのよ。」というのが、多分精一杯だった。その理由はひとえに母と私との力関係にあり、「あら、そうだったの。」とひと言不満気に答えた母は、〝私は何一つ悪くない〟という、揺るぎない自信に満ち溢れていた。従って、その後も母と私の関係は、少しも変わらず救いのない状況が、延々と続いた。

それでも電話の後、Rさんが傷ついた様子を見せないでくれたのは、多分体面屋の母が慇懃《いんぎん》無礼を貫いて、彼女をあからさまに罵ったりはしないでくれたからだろう。それだけがせめてもの救いだった。

五つ目に嫌だったのも、母が他の患者さんのことを悪く言ったことだった。

その患者さんはWさんという、当時20代半ばの女性で、病気は神経症食思不振症（拒食症）だった。彼女とは同室にはならなかったが、同じC4病棟内に居て顔を合わせる内に、何となく話をするようになった。そして彼女が拒食に陥ったのも、お母さんのひと言が契機だったと聞かされた。それは「小太りの人は嫌い。」というひと言だったという。

「小太りの人」というのはお父さんのことだったそうなのだが、彼女にはそれがわからなかったという。彼女のお父さんは一流企業のサラリーマンだったが、アルコール依存症で、お母さんはお父さんのことを非常に嫌っていた。そのお父さんがやや太めの体型だった為に、件《くだん》のひと言が出てきたそうなのだが、彼女は「小太り」という言葉を「背が小さくて太っている」という意味に、誤って解釈した。そしてその当時、自分がそういう体型だった為に、お母さんが彼女のことを嫌いと言ったと誤解して、絶望の底に墜き落とされてしまった。それでお母さんから好かれたい一心で、痩せる為に食事を摂らなくなり、拒食症に陥った。後になって「小太り」とは彼女のことではなく、お母さんに彼女のことを嫌いと言う意図はなかったとわかっても、一度陥った拒食症は容易に改善せず、約10年が経過したということだった。

私には、Wさんがお母さんの言葉に非常にショックを受けた気持がよくわかった。それで彼女の話を電話か面会の時に母にしたところが、母は俄然不機嫌になって、「たったそれだけのことをいつまで引きずっているのよ！」と、激しい憎しみを込めて言った。これが私にはとても許せなかった。

母は自分のプライドを護る為に、私の病気を自分が原因と認めないだけでは気が済まず、私以外にも世の中に沢山あった、親が原因で子供が精神を病むという話を、感情的に非常に忌み嫌っていた。そしてそういうケースについては、ひとえに子供の側がひ弱なのが悪いと、断じて憚らなかった。Wさんのことを罵ったのも、そうした姿勢の一環だった。

拒食症を含む摂食障害については、当時母は「あんなのは医療に値しない。」という暴言まで吐いたことがあった。母はその数年前から、ストレスによる顎関節症という診断で、とてもまめに大学病院の口腔外科に通い続けていたが（母はそこの看護婦さん達が、自分のことを「上品ないい所の奥さん」と言ってくれると、嬉しそうに何度も私に話した。）、そこに自分で指を咽喉《のど》に突っ込んで繰り返し嘔吐して、歯を腐蝕させた摂食障害の女性が来た時、自分の主治医が「そんなの、後でいい。」と言ったと、とても賞賛を込めて話したのである。またその後、'92年に私が千葉大の精神科に入院して、そこで幼い子供を抱えながら拒食症が治らずに苦しんでいる女性に出会った時には、母は「小さい子供が居るのに、拒食症なんかやってる場合じゃないでしょ。」という言い方をした。

要するにその人達を、弱虫、不心得、本人の意志でどうにでもなる問題と、決めつける言い方だった。自分の意志でどうにもならないからこそ病気なのだということ、誰よりも患者本人が、過去の心の傷など早く忘れ去りたくても、それが原因でひと度生じてしまった脳の機能的・器質的障害は容易に回復せず、病気の辛い症状が続けば否応なく、その発端となった過去の辛い体験も繰り返し想起されるということを、母はけして理解しようとしなかった。

母自身の顎関節症にしても、精神的ストレスが原因の不調（そのストレスが具体的に何であるとは、当時はっきり言っていなかった。）という点では、私や摂食障害の人達と同じだったと思うが、「私は（あなた達と違って）日常生活はきちんと支障を来さずにやっていて、誰にも迷惑なんか掛けていないわ。」と大威張りしていた。しかし現実の母は家事はさぼり放題だったから、殊、自分には極め付き評価の甘い母が勝手にそう思っているだけというのが、私の感じ方だった。

そして、心に傷を受けてから長い時間が経っても脳の障害が却々回復しないというところまでは、素人の母に却々理解できなくても仕方なかったと思うが、母は、「子供にとって親は、他の誰とも較べものにならない重い存在だから、子供は親のひと言ひと言に心が激しく揺れ動くのが当然で、親から嫌いだの、あんたは駄目だのと言われたら、それこそ自分は生きていてはいけないもののように感じて、深く傷つき、それが繰り返されれば病んで当然なのだ。」と幾ら私が説明しても、そこからして「そんなバカなことがあるもんですか。」と、依然、頑として撥ねつけ続けていた。それが私には非常に口惜しく、じりじりさせられた。

母がそう主張する根拠は、何度も言うように「私はおばあちゃんから何を言われても、全然平ちゃらだったから。3歳頃からもう、しっかり自分の眼でものを見ていたから。」というものだったが、これが大嘘だった。そもそもそんな気味の悪い子供が、世の中に居る筈がない。母は本当は祖母の言行にズタズタに傷つき、自信を失い、祖母を激しく恨んでいた。

しかし傷ついたことも、自信を失ったことも、恨んでいることも、意識下に強く抑圧して認めないようにした。そして傷ついたことを認めないことで、〝子供は親から何を言われても傷ついたりしない〟という誤った考えをつくり上げ、それに加えて恨みを抑圧したことで、その捌け口を私に求めるようになり、私の心を抉《えぐ》る言葉を際限なく投げ続けた。そして喪失した自信を取り戻す為に、己の絶大な力を実感するべく、私を自分の傀儡にするところまで徹底的に精神支配しないでは居られなかったのである。

しかし母には自分がそういうことをしているということが、全く自覚できていなかった。だから親の言葉に素直に傷ついて心を病む子供を、〝弱虫〟と軽蔑して憚らなかったのだ。更には、親の言葉に傷つき、親を恨んでいることを認めないことで、子供を傷つけ病ませる自分の方が、病んだ子供より立派だなどと、平気で主張できたのである。だからWさんについて母が言った言葉を契機に、私は、自分の正直な感情を抑圧して認めない母が、益々憎くなった。

もう一つWさんに関係したことで、母にとても嫌な気持にさせられたことがあった。それは二度目のH病院から退院した直後に、Wさんのお母さんが母に電話してきた時のことだった。

何故そんなことが起きたかと言うと、私の入院中、Wさんが低栄養の進行で失神して倒れた時、彼女が意識を失う直前に「お母さん、お母さん……」とうわ言を言うのを聞いて、まさかのことがあってはいけないと思い、私が彼女から聞いていた自宅の番号に連絡を取って、お母さんを呼んであげたことがあったからだった。それでお母さんは、彼女から私の家の番号を聞いたに違いない。

その後私の方が彼女より先に退院して、彼女のお母さんが家に電話してきたのは、彼女がまだH病院に入院している間のことだった。お母さんの話では、彼女は何か問題行動を起こして、保護室に閉じ込められ、抑制されたということだった。お母さんはそれが辛かったから、同じ精神を病む子供を持つ母親同士、私の母と話をしたいと思われたに違いない。しかし母はその話を聞いて、「あれは本当に傷つきますわね。」と、実にわざとらしく感情をたっぷり込めて、いつもの思い切り上流婦人ぶった、気取ったもの言いで言った。私は傍でそれを聞きながら、〝自分がやられたこともない癖に、本当の辛さがわかるものか！　もし本当にわかるんだったら、そういうことを実に簡単にやる病院とわかっていて、何故子供を放り込むんだ！　お前にそんなことをしゃあしゃあと言う資格なんかない！〟と、怒り心頭に達した。

また母はWさんのお母さんに、「頭を病んでいる人と心を病んでいる人とは、別に扱って欲しいですわね。」と、これまた最高に利口ぶって、取り澄ました調子で言った。私はこれにも心底虫酸《むしず》が走った。「頭を病んでいる人」というのは、恐らく統合失調症の患者さんのことを指して言ったのだと思うが、それこそ母の自分勝手な差別意識だった。Wさんのお母さんからの電話は、それ一度きりだった。多分、あまりにも自分を飾り立てる母に幻滅したからだろう。

そして母が統合失調症の患者さんを見下すのが許せなかったのは、日頃母が「身体障害者の親達は、洋達（知的障害者）を見て、〝うちの子はあんなのとは違う〟という態度を取る。」と憤慨するのを繰り返し聞かされていたからで、その高い道徳性を感じさせる言葉と、あまりにも整合性がなかったからである。母が誇示する道徳性など、所詮は自分の立場に引き寄せただけの浅薄なものと、改めて思い知らされた。

そして統合失調症（当時は精神分裂病と呼ばれていた）について言うなら、父は「精神分裂病というのはキチガイのことだろう？」などと、平気で言う人だった。自分が知的障害者の息子を持っていながら、知的障害者のことを平気で「バカ」と表現する人だから、別に不思議はないのだが、統合失調症にしろ、知的障害にしろ、そういう悪い条件に生まれ着いたのは、全くその人達の罪ではないのだから、その条件ゆえにその人達の存在そのものを否定する表現を平気でする父が、私にはとても許せなかった。私も含めた他人を、日常的に故意に傷つける父の方が、その人達よりずっと人間性が劣悪だったが、とうとうそれを本気で認めず傲慢さを貫く父に、私は未だに悩まされ続けている。

そして殊、H病院の二度目の入院に関して言えば、最初の〝騙し撃ち〟以外は、母から心を傷つけられることの方が多かったが、父についても退院が近づいて、親が付き添っての外出や外泊が許可されるようになった時に、私が次の外出や外泊の話をすると、「もう外出・外泊の話はするな。お前はその話ばかりしているじゃないか。」と、意地の悪い笑いを浮かべて言うといったことが、以前と同じように繰り返された。

そんな訳で、今回も私の病状は一切改善することなく、両親との関係は益々悪くなった状態で、'91年5月、私は二度目のH病院から退院した。

第17章

奈落の底へ

✺落伍寸前まで至った社会生活

先述の経過からもわかっていただけるように、二度目のH病院からの退院後も、私の病状は悪くなる一方だった。殆ど仕事に行けない状態が続き、自殺企図の頻度も増した。そのように悪化した大きな原因の一つは、入院中もBZ系の薬剤が処方され続けて、退院後、その量が益々増えていったことにあった。

H病院へは、退院後短期間は外来に通っていたが、間もなくやめてしまった。それは、慶応のM医師の時と同じように、私にT医師に対する陽性転移現象（恋愛感情の芽生え）が起きてしまい、向こうにいつ嫌われるかという不安で、苦しくて耐えられなくなってしまったからである。入院中、動物を調教するような対応しかしてくれなかったT医師に対して、そのような感情が湧いたのは実に不可解だが、それだけ当時の私が寄る辺ない心境に居たことを表していたと感じる。

このT医師への感情についても、母は「何がT先生よ！」と、吐き捨てるように罵った。そしてH病院に行かなくなった為、薬については、たまにどうにか菊坂に仕事に行けた時に、またすべての向精神薬を自分で処方して調達するようになった。

そんな中、両親の私に対する対応も、益々迷走の度合いを増した。父も母も、私を憎悪の眼で突き刺したり、罵り言葉を浴びせたりするのを一向にやめなかったから、私の自殺企図は益々エスカレートして、タバコを食べたり、洗剤を飲んだり、外に出て公園で手首を切ったりなどの常軌を逸した行為が、どうしても止められなくなった。ところがその一方で、両親なりに私が少しでも良くなるようにというアプローチを、いろいろ企ててくるようになったのである。

まず一つ目は、母に形成外科に連れて行かれたことだった。文字通り〝傷を治す〟為だった。相談された若い形成外科の医者は、「試しに一つやってみましょう。」と言って、私の左腕の自傷の傷の一つを再度メスで切り、それを1㎜間隔で細かく縫い合わせた。保険は効かず、傷一つ当たり治療費は2万円とのことだった。

私は初めから、そんなことは少しもして欲しくなかったし、そんなことをしても全く無駄だと感じた。もともとケロイド体質の私が、新たにメスを入れたりして、傷が目立たなくなる筈などなかったからである。しかし、立場が弱かったり面倒だったりという理由から、私は反論せず母に従った。だがあまりにも身体がだるかった為、待合室では長椅子に寝そべって待った。案の定、傷は却って目立つようになったから、〝傷の治療〟はそれで終わりになった。私の腕の傷は無数にあったから、それ以上無駄遣いせずに済んで、本当に良かった。

正直な話そんなことより、再び自分を傷つけたい気持にならないように、これ以上私の心が傷つくことを言わないで欲しいというのが、私の一番の願いだったのだが（親に憎まれていることが、自分で自分が憎くなる、最大の原因だったからである。）、それだけは絶対に叶わなかった。だからこの〝傷の治療〟程、両親がしてくれたアプローチの中でも意味のないものはなかったと感じる。

そして次の両親のアプローチは、私を社会保険中京病院（名古屋市）精神科の、成田善弘医師のもとに連れて行ったことだった。確か'91年の夏の盛りの頃のことだったと思う。

私は当時、難しい本を読む精神的余裕は殆どなくて知らなかったのだが、当時『青年期境界例』（金剛出版）という、成田氏が書いた境界型人格障害に関する本がかなり評判になっていたそうで、それを聞きつけた母が、是非この人の所に行ってみようと言い出したのである。母は〝その道の権威〟が大好きな人だった。〝いい医者〟にさえかかれば、私の病気は立ちどころに治ると、信じて疑っていない様子だった。そして父も、母の提案に一も二もなく乗って、家族全員で一緒に行くことになった。

千葉から名古屋までは、深夜に母の車で、京葉道路と東名高速を飛ばして行った。私が高校から大学の頃にかけて、父が名古屋に単身赴任していた間は、よく夜中に東京―名古屋間を東名高速で行き来していたから、それから十数年を経て、多少懐かしい感じもした。だが、少し嫌味な言い方になって申し訳ないが、こういうイベント的なことをやるのが、母の得意な〝愛情〟表現のやり方だった。

そして朝早く名古屋に着いて、車を駐め、病院の開院時間まで待って、成田氏を受診したが、結果は惨憺たるものだった。成田氏は最初からけんもほろろだった。「東京に幾らでもいい医者が居るのに、どうして名古屋くんだりまで来る必要があるんだ。」と言って、以前慶応病院にかかっていたと聞くと、だったらもう一度そこにかかればいいだろうと、慶応病院への紹介状をそそくさと書いて、さっさと追い返すようにした。私は一切、話を聞いて貰えなかった。後で母が紹介状を開いてみた処、そこには「障害者の弟まで連れて、押し掛けて来た。」と書かれていたそうである。多分、診察室にまで家族4人で入ったからだろう。私は、患者本人の話をひと言も聞かないで拒絶した、あまりにも冷たい成田氏のやり方は、絶対に良くなかったと思う。しかし同じ医者をやっている立場から、彼が嫌だった気持が少しわかる気がした。「先生の御著書を拝見して、是非。」という母の持ち上げや、母の〝浮いた〟やり方全体に、拒否反応を感じたのだろう。家族が何人も一緒に付いて診察室に入って来られたら、私だって圧力を感じる。その後病院を出て昼食をとると、何の収穫もないまま、とても惨めな気持で、すぐに千葉に取って返した。

母は昼食後少しも休ませることなく父が千葉に向かわせたことに、その後繰り返し恨み言を言っていたが、私はこの時、父にもっと辛いことを言われた。それは「成田先生は『本人に本当に治ろうという意志があるのかなあ。』と言っていたなあ。」というひと言だった。

実に感慨深げな口調で、名古屋で昼食をとる時にまず1回、千葉に帰った後も何回か言われたが、これは断じて嘘である。成田氏は全体に冷たかったが、そんなことは言わなかった。母も「そんなことを言ったのは、聞いていない。」と証言した。ということはつまり、「本人に本当に治ろうという意志があるのか。」というのは、父が私に対して考えていたことであり、その自分の考えと同じことを、父は権威ある精神科医の成田氏に言って欲しかったから、父の頭の中で〝成田先生がそう言っ（てくれ）た〟という、錯覚（?）の事実認識が生じたに違いなかった。

だからこのことを通じて、私には父が如何に〝本人に治ろうという意志がないから治らない〟と、私のことを決めつけたがっているかがよくわかり、つまりはそれほど私の人間性を信じていないということが、改めて如実に伝わってきて、またもやどうしようもなく打ちのめされた。私がひたすら欲しかったのは「頑張り屋だったお前を信じている。」というひと言だったから、その反対のメッセージばかり伝えられて、快方からは益々遠ざかった。またこの時の父の言葉に「(お前の病気を) 家族みんなで寄って集《たか》って治そう。」というのもあったが、私が聞いて欲しいという話は一切聞かないでおいて、それは無理でしょうと、これも非常にピント外れに感じた。「寄って集って」という表現が、通常は相手を攻撃する場合に頻繁に使われる表現であることからも、強い反感を覚えた。

三つ目の両親のアプローチは、民間療法にひっかかったことだった。

今でも税所《さいしょ》弘氏の『わが子のうつ病を治す方法』(三五館) という本の広告が、時折新聞に載っているが、この人が運営する「早起き心身医学研究所」というのが既に'91年当時からあって、そこに母に連れて行かれたのである。引きずって行かれたというのに近く、やはり待合室では椅子に寝そべって待つ状態だった。

要するにここのやり方は、「毎朝決まった時間に早起きして、1回20分、同じ経路を往復する散歩を繰り返すだけで、うつ病は治る。」というものだった。それに何か辛いことがある時には、電話でいつでも相談に乗るというサービスが付いていた。面接室には母と二人で入ったが、税所氏は私からは「うつ症状で動けない。」という、極く大まかな話を聞いただけで、気軽な調子で治療契約した。最初に80万円を支払って、その後月々決まった金額を支払うという約束だった。そんなことで治る位なら苦労はないと思ったが、やはり反対できる立場になく気力もなかった。80万円は両親が支払った。沢山お金をかけることが、彼らの愛情

（？）表現らしいと感じた。

その後、きつかったが私もできるだけ毎日散歩する努力をした。弟に付き合って貰うこともよくあった。しかし私の自傷や自殺企図は、一向にやまなかった。そして自分で身体を切り付けてしまった後で研究所に電話すると、確かに税所氏本人か代理の人が必ず電話に出たが、こちらが納得できるまで話を聴くというのは嘘で、「それならいつものコースを散歩して来なさい。」と、お題目のように繰り返すだけだった。

それでさすがに父が、1カ月も経たない内に「一向に良くならないようだが。」と、税所氏に電話で説明を求めた。それで税所氏の方も「お宅のお嬢さんの場合は自傷行為もあるようなので、私の所で対応するのは無理のようです。」とあっさり認めて、契約解除に応じた。勿論、最初に払った80万円は戻ってこなかった。そうした経過を私に伝えた後で、父はひと言、「まあ、あの人は医者じゃないしね。」と言った。両親はどうだったのか訊いていないが、私は税所氏の経歴を、未だに全く知らない。〝また沢山お金を使わせた〟という負い目だけが増えた、虚しい結末だった。

尚、最近の『わが子のうつ病を治す方法』の新聞広告には、「親だからこそ、できる事がある。」「いくつになっても、わが子はわが子！」という文言が載っているが、これを読む度、私は身の毛がよだつ。殊、私の場合、治る為に一番必要だったのは、親から逃げ切ることだったからである。

それでは次に、先程、両親が私を傷つける言動をやめてくれなかったと書いたが、この'91年から'92年という時期に、具体的にどんなことを言われたか、思い出せることを書いておきたい。接触の頻度が多かった為だろう、やはり憶えているのは、母から言われたことが多い。

まず一つ目は、私が幼少時からの精神支配に抗議したのに対して、母がそれまでの「私は支配なんかしていない。」というのに加えて、「そんなのは、あんたが勝手に組み立てたストーリーよ。」と言うようになったことである。――どうしてわからないのか。どうして認めないのか。私にとって、これほど口惜しくて耐えられない言葉はなかった。それを何度も繰り返し言われた。母は、私が治らなければいいと思っていたのではないかと、感じる程である。その上、当時は皇太子の婚約が成立した時期で、それに因んでTVで、美智子皇后が結婚の仕度をする時には、何でも実母と密に相談して決めたなどと報じられると、母はすかさず「ああでなきゃ。賢い子供は親を上手に利用して生きるのよ。」と、偉そうに説教してきた。要は大人になってからも親の言いなりになれとあからさまに要求していた訳で、この大矛盾も実に耐えられなかった。

そして次は、「おばあちゃんのことをちゃんと恨んで！」という私の要求に対する、母の反応である。何故母が私に対して嗜虐《しぎゃく》的になるのかについては、大分前から気が付いていたが、この頃になると、私はそれを母にはっきり指摘して、自分の正直な感情や自分のしていることを正しく認識して欲しいと要求するようになった。

即ち「お母様にひどいことをしたのはおばあちゃんでしょ。だったらそのおばあちゃんをしっかり恨んでちょうだいよ。子供の頃の私が、いつお母様に悪いことをしたって言うの？　それなのにこれでもかこれでもかって私にひどいことを言うのは、お母様が『産んで、育ててくれた親のことを悪く思うなんて、人として許されないこと。』なんていい子ぶって、恨みを抑圧しているからでしょ。だけど幾ら抑圧しても結局抑圧しきれなくて、その恨みを私に向かって吐き出してきたんじゃない。何も悪いことしてないのに、そういうことされる子供の方は堪らないのよ。本当にひどいことをしたおばあちゃんをちゃんと恨んで。そうすればもう、私を虐めなくても済むでしょ。」と。

しかし母はそれに対しても、「この年になって、死んだ親を恨むなんてとんでもない。おばあちゃんは私達を育てる為に必死だったのよ。」と、ものわかりのいい綺麗事を繰り返すだけだった。

この問答も、大変な回数繰り返された。これも本当に口惜しくて耐えられなかった。自分が中途半端にい い子ぶる皺寄せに、その何十倍何百倍の罪を他で犯しているか、自分の心と冷静に対面して、そんな簡単な事実が認識できない人間が居るなどとは、とても信じられなかったからである。

しかし今では、そこは私の認識の方が甘かったと、理解できるようになった。

それは、傷つけられて病気になった私よりも、私を傷つけて病気にした母（父も同じ）の方が、子供の頃に受けた傷が原因で起きた恨みの抑圧や（抑圧しないと辛くて生きられなかったのだろう）、それによる心の歪みが格段にひどかった為だろう。だから私は17ぐらいから抑圧がとれ始めて、病気になるかわりに、自分で自分の心を母の傀儡《かいらい》にしてきた事実を正しく見られるようになったけれども、両親は老齢に達して尚、幾ら私から指摘されても抑圧がとれず、自分で自分を正しく見られるようにならないらしいという事実に、最近50を過ぎてから、やっと気付いたのである。

しかし気付いた今でもまだ口惜しいから、それに気付かなかった33、4当時は、口惜しくて口惜しくて益々精神を消耗して、追い詰められた。

また母はこの頃から、「あんたの私に対する憎しみは凄いわね。私は本気で他人を憎んだことなんかないわ。」という言葉も、繰り返し私に向かって投げるようになった。〝よく言うよ。私が幼い頃から、あなたが私の心を数え切れない位抉《えぐ》ってきた言葉の一つ一つがどれ程憎しみに満ち溢れていたか、それも自覚できずに私を卑しめ、自分の人間性だけ不当に美化するのか。〟と、これも実に我慢ならなかった。

そしてもう少し軽いところでは、私が『あなたの「老い」をだれがみる』（大熊一夫著、朝日新聞社）という本を読んでいた時に、本のタイトルを見た母が、「誰もみない。」と、実に僻んでいじけた表情と声で言ったということもあった。これは当然、「あんたは親の老後をみる気なんかない薄情者」という当てつけにしか受け取れず、子供の頃から全力で親の期待に応え、大人になってからも自分としてできる限り両親を喜ばせようと努力してきた私は、向こうの要求に応えられなくなった途端、そんな風に言われなければならないのかと、とてもやりきれない思いになった。同じ頃、父からは「これからは少し親孝行しろ。」と言われて、〝私は一度も親孝行したことがなかったか！〟と、同様の思いに駆られた。

またこの頃は「母原病」なる言葉が流行語になっていて、私が持ち出したのではなく、母の方からそれを話題に取り上げて、「何よみんな親が悪い、親が悪いって。こんなに大変な思いをしてきてバカバカしい。本当に親になんかなるもんじゃないわね。」「みんな親はいらーん、親はいらーんってね。」と不貞腐れた言い方をすることで、〝本当に悪いのは、恩知らずに親を責めるあんたじゃないの〟と、居直って攻撃してこられたこともあった。

また、これよりは少し前の時期だったかもしれないが、母が診療所に来て、私の患者さんに対する対応を見て、「どうしていつもあんたはあんなに愛想がいいのよ。気分が悪かったら、もっとブスッとしていればいいじゃない。」と言われたこともあった。

これにはいろいろ理由があったと思う。これ以上自信を失いたくなくて、他人に嫌われまいと過剰適応していたところもあっただろうし、また小学生の頃父に言われた、「自分が不愉快だからと云って、他人を不快にする権利はない。他人の前ではいつもニコニコしていろ。」という教えがすっかり滲み着いて、〝習い性となっていた部分もあっただろう。母は「だから疲れて長持ちしないんじゃないか。」と言いたかったのだろうが、だからと云って不機嫌な態度を取って、患者に嫌われれば長持ちしたとも思えず、私は何をやっても罵られるんだなと、これも非常にやりきれなかった。これじゃヤクザの因縁みたいだな、とも感じた。

この時期、極端にうつ状態がひどくて入浴も大儀でままならなかった時に、母が一緒に入って身体を洗ってくれたことがあったのだが、それにまつわっても辛いことがあった。確かにそれ自体は、親の愛情として感謝すべきだったと思う。しかし母はその時、私の肘や踵《かかと》をナイロンの垢すりや軽石でとても強くこすったので、私にはそれが痛かった。だから思わず「痛い。」と言ってしまった。すると母は忌ま忌ましそうに顔を歪めて、「女はこういう所をいつも綺麗にしておくのが身だしなみなのよ。」と言った。その後で、「あんたは愛情を感じとるアンテナが、ポキンと折れちゃってるのよ。」とも言った。

「アンテナが折れている」という言葉は、それ以後も何度も吐かれた。親はこんなに溢れんばかりの愛を注いでいるんだから、病気になるのは、それをちゃんと受け取れない子供の側が悪いのだという主張を、母は飽くまでも譲らなかったということで、これも私には非常に耐えられなかった。

また以前にも書いたが、この頃母から、私の「支配された」という主張に対して「あんたは何でも自分の思い通りにしてきたじゃないの。」と繰り返し反論されたこともあった。一体どこが、と言いたかったが、母に言わせると、「別に中学は（千葉大）附属中に行けなんて言ってないし、高校だって千葉高で良かったのに。」ということだった。それはないんじゃないかと強く思った。学大附高に通う為に転居して貰ったことが、唯一我儘を言わせて貰ったことになるかな、と感じるが、そのことだけで母に「支配していない」と言われるのでは、あまりにも納得がいかなかった。

しかし、連日のように私から抗議されて、母も辛かったのだろう。ある夜、やはり幼い頃からの精神支配について私が抗議した時に、母が突然ウィスキーのボトルを取り出し、それを半分位がぶ呑みしてから、「これで車をぶつけて死ぬ。」と、車のキーを持って玄関を飛び出そうとしたことがあった。それで私が腕ずくで引き止めると、母は玄関で倒れ込んだ。急性アルコール中毒だった。一応救急車を呼んで、市内の救急病院に運んで貰い、点滴を一本受けた。タクシーで帰路に着いたのは、もう深夜だったが、私が心配して優しくしたからだろう、車の中では母はすっかり上機嫌だった。そして帰宅後、先に帰宅していた父に、私が「急に具合が悪くなったので、救急車を呼んで病院に行っていた。」とうまく取り繕って報告すると、父はそれを素直に信じ、母はちゃっかり黙っていた。私は内心非常に呆れた。

「死んでやる。」と脅して、私の抗議を制そうとするとは、何て幼稚な人だろうと思ったが（母には間違いなく〝ヒステリー〟があった。）、〝抗議内容を認めて改める〟という選択肢が母になかったのは、本当に抑圧が強すぎて、自分で自分の感情やしていることが正しく認識できない為だけだったのだろうか。そうではなく、まだ自分の優位な立場に胡座《あぐら》をかき続けられると、タカを括っていた部分もあった気がする。

それから何カ月が経って、再び母と激しく言い争った時に、私は口惜しくなってこの時のことを、「あれはウィスキーをがぶ呑みして、車をぶつけて死ぬと飛び出しかけたのだ。」と、父に暴露した。ところが何と母は、「そんな事実はない。」と、実に堂々たる態度で否定したのである。私も卑怯だったかもしれないが、それでもあまりに平気で嘘をつく母には、唖然とさせられた。これが、母に虚言癖があることを、私が初めてはっきり知らされた出来事だった。

そしてこの時期、父から心を傷つけられた言動として思い出せるのは、食事に関することが多い。

母は私が中学の頃以来、この頃に至っても、料理らしい料理を殆どしなかった。だから中学の時、弁当を作って貰えなかったことが深いトラウマになっていた私は、他のことはできなくても、毎朝4時に起きて、弟が仕事に持って行く弁当を作るようになった。すべて生の材料から、おかずを4品も5品も手をかけて作り、弟は大喜びしてくれた。それと同時に、家で食べる食事を作ることも多くなった。しかし父からは「こんなに御馳走を食べていいのかな。」などとたまには褒められることもあったが、「こんな香辛料の混ぜ合わせみたいなものが喰えるか！」という酷い言葉を投げかけられたことの方が、ずっと強く記憶に残っている。

また何かの用事で母が何日か留守にした時に、余裕がなかったのでおかずだけ自分で作り、白飯を外で買って来ると、「御飯を外で買って来るなんて。」と、父は激しく私を罵った。母はいつも、少なくともおかずは全部、買って来たものをそのまま並べ、唯一家で用意するのは御飯だけだったから、それよりは遥かにましだった筈なのだが。当時症状が重い中、唯一頑張ってやれたことに対する評価がそれだったから、私は益々生きる気力を失った。

最近になってようやく気付いたことだが、父は明らかに私に対しては、他の人達に対してより格段に厳しい評価基準を設けてきた。証拠がないのに信じていただくのは無理かもしれないが、私の料理の腕、特に味付けの腕はかなり高い。一方それとは正反対に、父は自分の母親、つまり父方の祖母に対しては、全く筋が通らない位評価が甘かった。即ち「子供の頃、お袋が作ってくれた黄色いカレーは美味かったなあ。うどん粉を油で炒めないで、水で溶いて流し込んだだけだったけれど、あれはあれなりに美味かったなあ。今思い出してみると、ああいいお袋だったんだなあと感じるなあ。」という話を、父は当時から最近に至るまで、私にも母にもしつこくし続けている。

そんなカレーが私が作ったものより客観的に美味しい筈はなく、私は〝全く筋が通らない〟と、ずっと不思議に思い暮らしてきたが、これも極く最近になって、父の心理機制に於いては逆に非常に筋が通っているに違いないことに気付いた。つまり父にとって子供の頃、心を傷つけ歪ませた最大の加害者は当の母親だったが、恐らく負った心の傷があまりにも深刻だった為に、その後の人生を生き抜く為、祖母への恨みを完全に抑圧するには、辛かった事実をなかったことにするだけでは足りず、それと正反対の幸せな事実があったというところまで、父は自分の中で事実認識を捻じ曲げなければならなかったに違いない。

多分母より父の方が、受けた心の傷も、恨みの抑圧も、それによる人格の歪みも、更に重度だったのだろう。そう感じるのは、母も昔から全体としては、祖母への恨みを否認していたが、個々の事実については「おばあちゃんからされたあのことは辛かった。」と、心を傷つけられた出来事の存在を認めていたし、時には「自分という人間を直視したら、生きていけなくなりそうで怖い。」とも吐露することもあったからだ。(自分が本当の心から目を背けていることを、たまには認めた。)また母は最近になってようやく、私の心の自由を奪ったことや、心を傷つける言葉を多々吐いたことを可成認めるようになり、これ以上余計な干渉をしたり、心を傷つけることを言ったりしないようにと、相当努力してくれるようになったが、父にはそうした向きが一切ないからである。

父は最近になっても、祖母から心を傷つけられた事実の存在を一切認めていないし、また「自分の人生は概ね間違っていなかった。」だの「自分はネアカだ。」だのと言い続けているし（自分の本当の心から目を背けていることを、否認し続けている。）、私が心を傷つけられた事実を指摘すると「そういう話はするな！」と激しい怒号で蹴散らすのが常である。また相変わらず「お前なんか死んだっていいぞ。」（'11年、私が53歳の時）などと、私の存在を否定する言葉を、話をする度吐き続けているのが実情である。それだけ父の病根は深いと見て間違いない。

それで父が私に対して殊更酷かったのは、私のどこまでも自分の本当の心を直視する態度が、全人生に亘って、自分の本当の心から目を背けてきた父の罪悪感を、この世で最も激しく刺激してきたからだろうと想像している。私が父に自分の本当の心と向かい合うようはっきり促すようになったのは、極く最近のことで（53歳時）、少なくともこの33、4歳という時期まで、父を意図的に刺激したことは、全くなかったのであるが。それ故、父の「お袋のカレー」の話に対しては、父が私を今日まで執拗に虐め続けずに居れなかった、心の傷の深さを象徴するものとして、今の私は母以上に激しい嫌悪を感じている。

それでは話を先に進めたい。

私がH病院の次に継続的にかかった精神科は、千葉大附属病院だった。そこでは私より3歳位年上の、J先生という方に御世話になった。正規の治療関係にあったのは、'91年秋から'92年秋頃までの、約1年間だったように記憶するが、その後も私の方から手紙を出したり、電話で時々話をしたりという関係は、'97年の春頃まで続いた。

J医師と知り合ったのも、やはり自殺未遂が契機だった。私はまた橈骨動脈か外頚静脈を切り、大量出血して千葉大の救急部に運ばれた。自殺ということで、精神科の若い男性医師が対応してくれたが、彼は「もう自殺なんか図っちゃ駄目！」と、私を叱責しただけだった。叱責で自殺が止まるなら苦労はない。幾ら若いにしても、これで本当に精神科の医者なのかと、思わずに居られなかった。

そしてその日は、500 mlの点滴を1本から2本しただけで、家に帰された。出血が非常に大量だった為、点滴をした後も、寝た姿勢で血圧の上が50台しかなかった。そして数日後の血液検査では、Hb（ヘモグロビン）という血液の濃さの数値が6.0まで下がっていた。当時の私は平常時、Hbが15位あったから、その時の自殺企図では全身の血液の6割が失われた計算になる。出血に強い女性であっても、全身の血液の半分が失われれば、間違いなく死ぬと言われているのに、それでも死ねなかった。私は、よくよく頑丈な身体にできているんだなと、とても恨めしかった。

そして、その数日後の外来受診の時に出会ったのが、J医師だった。救急受診の時に、後日改めて精神科の外来を受診するようにと言われて帰された為、そういう流れになった。

J医師は当時36位で、とても真面目で良心的な人だった。外来では他の先生方より患者一人一人をずっと時間をかけて診察していたので、いつも外来での待ち時間は非常に長かった。4時間5時間は珍しくなかったから、私は例によって、待合室の長椅子に寝そべって待つことが多かった。彼の方でも心を鬼にして、1人当たり15分位には、診療時間を制限していたが、それでも通常は午後5時に終わるべき外来診療が、いつも優に7時頃までは長引いていた。

そのように良心的な先生ではあったけれども、残念乍らJ医師にかかっている間も、私の病状は一向に良くならず、頻々と自殺企図を繰り返した。その原因は、私が抱えていた親子関係の問題に対する彼の評価が甘かったことと、BZ系の薬剤が引き続き投与されたことにあったと感じる。

この二つの問題に対して、J医師が何の対策も講じなかった訳ではなかった。例えば親子関係の問題については、母にも定期的に、H先生という当時40代の男性の臨床心理士と面談させるようにしたし、また途中から2週間に1回位の頻度で、夜の時間帯に家族療法というのも行なうようになった。これは、弟も含め私達家族4人とJ医師、それにH氏（臨床心理士）が加わって、1回1時間程、家族に関係した話題を話し合うというものだった。

しかし、母の面談については、そこでどんな話をしているのか全く聞かされなかったが、幾らH氏と話をしても、母の私に対する姿勢は全く変わらなかった。H氏は私からは全く話を聞く機会がなかったし、母は自分を美化する都合のいい話しかしない人だったから、母が私にとってどんな親だったのか、H氏には実態が全く摑めなかったと思う。だから母に改めるべき問題を自覚させるような働きかけは、殆どできなかったに違いないと想像する。

私の話は自分が聴き、母の話は別の人間に聴かせるというやり方を、J医師は彼なりの確固たる考えに基づいてやっていたのかもしれないが、H氏に私の話を直接聞かせなかったのは、私は絶対に失敗だったと感じる。私は勿論J医師に対して、幼い頃から当時に至るまでの母との関係が如何に苦しみに満ちていたか（父との関係で味わった苦しみについては、当時もまだ意識下に強く封じ込めていて、精神科の医者と話をしても、却々口に上ってこなかった。）、診察の度、話せる限り話していたが、J医師もH病院のT医師と同じで「今更親がどうだったなどと言っても始まらない。」というのが基本的な考えの人だったから、J医師からH氏に私の話が多少は伝わっていただろうが、私の血を吐くような苦しみは、とてもH氏に伝わるべくもなかったからである。

またＪ医師が積極的に提案して始めた家族療法も、申し訳ないが、私にはＪ医師のお遊びにしか感じられなかった。Ｊ医師が司会役になり、話し合うテーマも毎回Ｊ医師が用意したが、そのテーマというのが、例えば父と母の馴れ初めだの、互いにどこが良くて結婚したかだのというような、それこそ今更そんな話をしてどうして私が良くなると思うのかと言いたくなる、甘ったるい、まどろっこしいものばかりだったからだ。同じ昔の話でも、両親の子供の頃の心の傷を掘り起こすのであれば理解できたが、それは一切なかった。

私はこの家族療法について、Ｊ医師に対してはっきりと、折角やるなら、私が自分の中で正にこれこそが自分が心を病む原因になったと感じる具体的なエピソードについて、第三者でありかつ精神科医である彼の居る場所で、両親と冷静に話し合いたいと、何度も要求したのだが、とうとう最後までそれは叶わなかった。従って、私の心の傷さえきちんと掘り起こそうとしないＪ医師には、両親の傷を掘り起こす発想も勇気も、なかったに違いない。

そしてその挙句に、母が「今度の家族療法での私の話を聞いたら、きっとあんたも私を許す気になるわよ。」と言い出して、実際に次の家族療法の場で、私が赤ん坊の頃、毎回ミルクを決められた量、1滴も違わずに飲まないとパニックに陥ってしまうような、自分はそんな未熟な母親だったという、聞き古しの、同情を買う意図が明白な話をされるに及んで、私は決定的にげんなりさせられた。家族療法の場も、母にとっては自分が悲劇のヒロインになる〝舞台〟だった。「小さな身体で大きな赤ん坊を産んで。」というセリフも、何度も聞かされた。それでその後の私に対する言行が、正当化される訳ではなかったのに。尚、母が抱えている病気は「演技性人格障害」若しくは「自己愛性人格障害」と診て間違いなかろうと考えている。父が抱えている病気の主体も、恐らく「自己愛性人格障害」である。

それで家族療法が何回位続いたか憶えていないが、母の件《くだん》の発言より大分前から、家族療法の日が来る度に、風邪も引いていないのに38度位熱を出すようになった私は、とうとう家族療法に行くのをやめてしまった。すると熱は出なくなった。その後は両親だけが家族療法に行くようになったが、それも間もなく立ち消えになった。Ｊ医師は一体どういう考えに基づいて、家族療法で〝核心〟の問題を取り上げなかったのか、とうとう答を聞くことができなかったが、斯くして彼が情熱的に取り組んでくれた家族療法も、あえなく流産してしまった。

結局これは、私の病気の原因として、親子関係が如何に重いものだったかを、Ｊ医師がきちんと認識できていなかったということに尽きると思う。殊、私の病気については、核心にメスを入れるのを避けていた間は、全く好転しなかった。決めつけは良くないが、Ｊ医師は所詮〝お幸せなお坊ちゃん〟のように、私には感じられてならなかった。


そしてもう一つ、ＢＺ系薬剤の問題に対してだが、今振り返ってみて、当時Ｊ医師は、この系統の薬剤の使用そのものが、私の病状を大幅に悪化させる原因になっているという認識は、残念乍ら持っていなかったように感じる。というのは彼が、睡眠薬と抗不安薬を合わせて、計４、５種類のＢＺ系の薬剤を、それぞれ常用量の上限量、あまり抵抗なく処方していたからである。そして、それらを減らしていくようにという働きかけは、私に対して一切しなかったからだ。

とは云え、彼がこれ以上この系統の薬を増やすべきでないという、医者としての常識的な認識を持っていたことは間違いない。何故なら、それでも尚、不安、焦燥が治まらなくて辛いと私が訴えると、彼はBZはそれ以上増やさず、変わりにフェノチアジン系という、抗精神薬に属する薬を追加処方することで、何とか症状を軽減させようと試みたからである。しかし、何故そうするのか、理由は一切説明してくれなかった。だから、私は精神分裂病（統合失調症）でもないのに、何故分裂病の患者に使う薬を飲まされるのかと、彼に何度も抗議した。しかし彼はその質問にも一度も明快には答えてくれなかった。

そしてフェノチアジンの処方も2種類、3種類に及んだが、不安、焦燥は一向に治まる気配を見せなかった。それでどうにも辛くて堪らなくなった私は、彼が処方したBZ系の抗不安薬を1シート（10錠）、まとめ飲みしたこともあった。それで薬が足りなくなったので、再処方を求めて受診すると、彼は「そんなことをしていいと思っているの？」と、私を叱責しはしたが、例えば「それが余計、症状を拗《こじ》らせる」というように、良くない理由を具体的に説明することは、全くなかった。また「耐性が生じている」「依存、乱用に陥っている」という指摘も、一切してくれなかった。恐らく彼自身、〝良くない〟という理由の認識が、「規則違反だから」というところから、あまり出ていなかったのではないかと想像する。

もし当時彼に、今述べたような認識が少しでもあったなら、それを私に対してはっきり言葉にして欲しかった。そうしてくれれば、私もすぐにはBZ系の薬を減らそう、やめようとまでは考えられなかったと思うが、これ以上それらの薬を増やしてはならないという問題意識を持って、自制する契機にはなったかもしれないと感じるからだ。しかしそうした指摘を全くされなかった為に、私のBZの乱用は、その後も益々エスカレートしていった。たとえばJ医師が処方を増やしてくれなくても、時々診療所に仕事に行った時に、自分で処方して、幾らでも調達できたからである。

そんな訳で、良心的なJ医師にかかっていた間にも、私の病状は悪くなる一方で、その間に一度、私は千葉大の精神科に入院した。バルセロナオリンピックが始まる少し前の、'92年の初夏頃だったと記憶する。

入院の契機は、やはり自殺未遂だったが、この時は血管を切っての大量出血ではなく、フェノバールの大量服用だった。原末換算で10ｇと、それまでで最も多い量で、従ってこの時こそ死ねた可能性が高かったのだが、口惜しいことに眠りに落ちて間もなく、母に発見されてしまった。何でも私が咳をしたのを聞きつけて、母が風邪薬を持って部屋に来たのだそうだ。後でその話を聞いた時、ただ〝何を余計な〟としか思えなかった。

が、とにかくすぐに救急車を呼んで、千葉大に運ばれた。何でもフェノバールの副作用で呼吸が止まりかけていたということで、私は気管内挿管され、人工呼吸器につながれた。その、保護室で抑制され、人工呼吸器につながれていた間に、一度意識が戻った記憶がある。勿論、私は抑制に抵抗した。そして次に記憶にあるのは、一般病棟の個室に移されてからのことだ。そこではもう抑制されていなかったが、私は自分が点滴されているのに気付いて、何だこんなもの！　どうして助けたりしたんだ、と忌ま忌ましい気持になり、直ちに引っこ抜いた。

しかしそうやって向こうのやり方に抵抗しても、千葉大はH病院とは違い、懲罰的に抑制にかかってくるようなことはなかった。そこもJ医師の極めて良心的なところだった。食事さえちゃんととれれば点滴は必要ないとのことだったので、取り敢えず死ぬのを諦めた私は、食事をしっかり全量摂取した。おもゆから順調に段階が上がって、2、3日の内に常食が摂取できるようになり、歩行時のふらつきも消失すると、私は他の患者さん達と協調して生活するようにという治療的見地から、個室から4人部屋に移された。

そして一般病室に移り、再び面会に来た両親と話をするようになると、私はまたすぐ、彼らの言うことに苛立ったり傷ついたりするようになった。

例えば、まだ歩行時のふらつきが残っていた時には、面会に来た母が、私が廊下を歩く姿を見て、「あら、風に吹かれたみたいにふーらふらしてるじゃない。まだ当分、家には帰れないわね。」と、面白そうに笑いながら言った。黙って我慢したものの、そんなことがそんなに面白いかと、私は猛烈に口惜しくてならなかった。

また、千葉大の精神科の病棟の共用のホールはちょっとした体育館くらいの広さがあって、そこで面会に来た両親と話をした時にも、とても口惜しい気持にさせられた。そのホールには日中、男女様々な年齢の患者さん達が、雑談したりレクリエーションしたりしながら集《つど》っていた。みんなそれぞれ心に深い傷を抱えて、楽しくなどなかったに違いないが、多くの人達はまわりを気遣って、穏やかに明るく振舞っていた。それがちょっと目には、仕事や学校などの社会的制約のない、自由な世界に見えたのだろう。父はホール全体を見渡して、「ああ、こんな世界もあるんだなあ。」と、大袈裟に感慨深げに言った。その言葉には、確かに憧れも込められていたが、明らかに、私も含めたそこの人達を睥睨《へいげい》する構えが感じ取れた。

そしてその父の言葉を聞いた母に至っては、「何よ、この人達、誰も働いてないじゃないの。」と、更に吐き捨てるような調子で言わずもがなのことを言ってくれた。〝好きでこんな所に居る人間、働かない人間が居るもんか！　そんなに私を働くのが嫌いな人間と決めつけたいのか！　あんた（母）は本当によく働くもんな！〟と、私は声を限りに叫びたい思いで、胸が張り裂けそうになった。

次に猛烈に口惜しかったのは、私が病棟から脱走を図った後で、父が言ったことだった。

千葉大の精神科は、一部の患者さんについては日中病棟外に出ることを許可されたが、基本的には閉鎖病棟だった。従って入院に拒否的だった私は、当然全く外出を許可されなかった。それで、入院して暫く経って、中庭にレクリエーションに出ることを許された時に、私は一度、脱走を図った。結局臨床心理士のH氏に見つかって、病院の玄関まで行ってタクシーに乗ろうとしたところを力ずくで連れ戻されたが、この時もH病院とは全く違って、単に病棟に連れ戻され、それまで通り4人部屋での入院を継続させられただけで、特段懲罰的な措置は何もなかった。

それについては私も内心驚いたのだが、その直後に面会に来た時、父が「あんなことをしたのに拘束されないのか。」と、露骨に呆れたような口調で言ったのである。それは明らかに、人道的な対応に感銘を受けたという響きではなく、手温《ぬる》いと不満を表明する言い方だった。相変わらず父にとっては、自殺など図って親に迷惑を掛ける人間は閉じ込められて当たり前、それに逆らうなら縛られて当たり前、基本的に精神科の患者になるような人間はどうしようもない不心得者だから、懲らしめて性根を入れ替えさせるのが治療である、というのが自信に満ちた動かぬ認識だった。その認識を父に少しでも改めさせることは、その後10年不可能だったから、ぎりぎり口惜しい思いがまだまだ続いた。

入院中、母は毎日欠かさず面会に来てくれた。しかしいつもああ疲れた、忙しいと、言葉でも表情でも不満を洩らし、洗濯物を届けるなどの用事を済ませると、長くは話さずに帰って行った。どうしてそんなにいつも嫌そうな顔ばかりするのかと私が訴えると、母は「J先生は毎日なんか来なくていいと言うのに、毎日来てるのよ。それで文句を言われるなんて（心外だわ）。」という言い方をした。

だが当時の私にはまだ、そうやって毎回母に仏頂面をされても、母が面会に来てくれる時間が、病棟生活の中で唯一心が救われる時間だった。それは千葉大が如何に処遇が緩やかだったと云っても、自分の意志と判断だけでは病棟という限られた空間から一歩外に出る行動さえ決める権利を認められない、要するに社会的に人間として存在することを奪われた境遇だったことに変わりなかったからである。だから回診に来た教授から「新聞でも読んで、社会に目を開くように。」などと幾ら勧められても、時々刻々不安と惨めさに苛《さいな》まれて、とてもおちおちそんなことに取り組む気持になれなかった私には、どんなに嫌な態度を取られても、嫌なことを言われても、母（父も）と会っている間だけ、僅かに人としての存在を取り戻せる気がしてしまったのだった。

しかしこのことを思い出しても、親への未練や執着を絶ち切らないことには回復への道はないということに、何故もっと早く気付けなかったのかと、返す返すも口惜しい。

千葉大への入院は、3週間位で終わったように記憶する。私は身体的な機能が回復するとすぐに、「これ以上ここに居ても意味がないから、早く退院させて欲しい。」とJ医師に強く要求した。しかしJ医師は「まあまあそんなに慌てないで。」的な否《いな》し方をしてきた。それで今度は私が「だったら私がもう二度と、自殺を図る気にならないような対策を立てて欲しい。」と訴えると、彼はそれには「この入院中にそんな大きな問題まで解決するのはとても無理。」と答えた。今思うと、彼の中に具体的な対策は何も見えていなかったのだと思う。だからH病院の時と同じで、本質的な改善は何もないまま、それなりの時間を病棟で過ごさせてお茶を濁すと、私は何故帰れるのかわからないまま家に帰された。

そしてその後も'92年の秋まで数カ月間、J医師の外来に通い続けたが、私の心は益々荒んでいった。

そんな中、一度外来で、私より後の順番の患者さんをJ医師が私より先に呼んだ気がして、大きなトラブルを起こしたことがあった。怒りが抑えられなくなった私は、その患者さんの診察中、部屋の外からJ医師を怒鳴りつけ、出て来たJ医師の顔に唾を吐きかけた。さすがにJ医師は冷静さを失って、「あなたの病気は抑うつ神経症じゃない。やっぱり境界型人格障害だ。」と口走った。それまでJ医師は、私が嫌っていた境界型人格障害という診断を否定して、私の病気は抑うつ神経症だと言っていたのである。私が些細なことで怒りを爆発させる様《さま》を見て、診断を変えたというのであれば、一応筋が通っていたが、侮辱された腹いせに私が嫌う診断に変えたのであれば（その感がかなりあった。）、そこはJ医師の人間的な未熟さだったと感じる。

それでも彼が寛容だった御蔭で、その後も暫く彼の外来に通い続けたが、やがてとうとう正規の治療関係は終わりになった。その直接の契機が何だったかは憶えていないが、本質的な原因は、またしても私の〝陽性転移〟だった。J医師にいつ嫌われるかという、不安・緊張を抱え続けるのに耐えられなくなって、彼の外来に行くのをやめてしまったのである。顔に唾を吐きかけておいて、嫌われるのが怖いもないものだったが、それが事実だった。

しかしJ医師は、本当にとてもおおらかで、根気のいい一面を持った人で、私が他の先生に移った後も、'97年の春頃まで、約4年半の間、彼は週1回15分ずつ、電話で私の話を聴き続けてくれたし、それでも足りなかった私は、その間同じ位の頻度で手紙も出し続けた。とにかく一人でも多く、辛い気持を聴いてくれる人が欲しかった私は、随分助けられた。しかしそこまでの厚意にも拘わらず、その間も'95年の初め頃まで、人格レベルの低下が急激に進んでいった時期の私は、J医師をあからさまに不倫に誘ってみたり、手紙に卑猥ないやがらせを書いたり、果ては探偵社に25万も払って、向こうの自宅を突き止めようとまでしてしまった。勿論J医師は、そのような関係は頑として拒否したが、それでも尚、電話で週1回私の話を聴くことはやめないでくれた。だから極め付きおおらかな人だったと感じる。

そして'97年の春に、「もう電話するのはこれでやめにしたい。」と言ったのも、私の方からだった。向こうが忙しくて、約束の時間に電話しても不在で、何度も掛け直さなければならないことが続いたのと、病状の改善に伴って、私の陽性転移もなくなったことが理由だったが、随分身勝手だったと恥ずかしい。尤も今思うと、私という一症例が自分の手を離れた後どうなっていくか、J医師の方にも精神科医として強い関心があって、私の話を聴き続けてくれたのかもしれない。が、たとえそうだったとしても大変有難かった。話をしている内に、自分がとるべき道が見つかることも多かった気がするからだ。

J医師の次に私がかかった精神科の医師は、町沢静夫医師だった。町沢氏は、曾てはマスコミに非常に名前を馳せた人だった。そして町沢氏も'92年頃には、境界型人格障害を非常に熱心に診療対象にしていた。

それでJ医師との関係が限界に来ていた頃、この人が境界型人格障害の第一人者であると、またしても両親が聞き込んできて、私に受診するよう強く勧めたのである。私も特別嫌ではなかったので同意すると、両親は早速、当時氏が勤めていた国立精神神経センター（千葉県市川市）に電話で連絡を取った。彼らなりに私の治療を熱心に考えていたのかもしれないが、ここでもいい医者にさえかかれば、私の病気はたちどころに良くなると、単純に考えている感じが否めなかった。町沢氏は当時、当該センターで、精神保健研究所成人部室長の職にあったが、氏は父の電話に直接出て、すぐに私に会う約束をしてくれた。正直な話、この時は両親だけでなく、私も大喜びした。

それで数日後、私は国立精神神経センターに氏を訪ねた。'92年の秋も深まった頃で、この時は私が一人で訪ねた。氏は私からざっと話を聞くと、氏が考案した、境界型人格障害を診断する為の問診票に回答するよう、私に指示した。それで極めて正直に回答したところが（私はもともと病的な位、嘘がつけない。）、立派すぎる位の境界型人格障害と診断された。それですぐその場で、私は町沢氏の診療を受けることに決まった。センターは診療機関ではなく、氏は当時、診療活動は千葉県船橋市内の佐々木病院という個人病院で、週2回非常勤で行なっていたので、早速そこを受診する約束をした。

それから'94年の年末近くまでの約2年間、私は町沢氏の診療を受けたが、その間も病状は全く改善せず、更に悪くなる一方だった。その原因は、行き着くところ、町沢氏もT医師やJ医師と同じように、「今更親がどうだったからなどと言っても仕方がないでしょう。」と私に言って、全く取り合わない人だったことと、一方T医師やJ医師とは違って、私が不安・焦燥が治まらないと強く訴えると、BZ系薬剤の種類も量も、それこそ湯水のように増やす人だったこととに尽きると感じる。

町沢氏は著名な割には偉ぶらない人だったし、診察時間もけして短くはなく、特に入院した時には、1回1時間位とってくれることが多かった。しかし、こちらの話をあまり心に深く入れて聴いてくれる様子はなく、全体に話の聞き方が軽い感じが否めなかった。頸静脈を切ってしまい、そのことを電話で相談した時に、「それはもう入院でキメようよ。」という言われ方をしたこともあった。

町沢氏にかかり始めてから間もなくの、'93年の正月明け、35歳の時に、私は'89年の秋から3年余りぶりに、千葉の家を離れた。それ以後20年近く、私は数えられる位の回数しか、千葉の家には行っていない。(「帰って」と書く気持にはなれない。)

その時私が千葉を離れたのは、診療所側が私にアパートの部屋を用意してくれたからだった。セツルメント菊坂診療所の経営母体である医療生活協同組合養生会は、他にもう一つ本郷診療所という診療所を経営していたが、前の年'92年に更に3つ目の診療所を開設して、それまで本郷診療所で所長をしていた先生が、新しい診療所の所長になって移った為、本郷診療所の所長の席が空いた。それでその時から、理事長の大月先生が、私を本郷診療所の所長にして下さったのである。

幾ら空きができたからとは云え、精神面での健康状態が極めて悪く、任された勤務枠をきちんと果たせないことが非常に多かった私が所長になるのは、最初から無理な話だった。それでも大月先生は、診療所の近くに住居を用意すれば、少しは勤務状態が安定すると期待して下さったのだろう、知り合いの人に頼んで本郷診療所から歩いて10分程の所（都営地下鉄千石駅近く）にアパートを借りて下さった。最初は、疲れた時には泊まれるようにという程度の話だったのだが、結局、落ち着いて生活できる2ＤＫの部屋を借りて貰うことができた。しかも家賃はすべて診療所持ちだった。

それで、引越しの手伝いに来て部屋を見た父は、例によってこっちの顔を覗き込み、わざと口を大きく開け閉めする嫌味な言い方で、「これは実質的な昇給だな。」と意地汚い言い方をした。父は全体に、お金に関しては汚い物言いをする人だった。

3年ぶりに親の家を離れ、広い部屋で一人暮らしできるようになった私は、最初は随分心が浮き立った。しかし結局、診療所側の破格の厚意に、私は全く応えることができなかった。

まず、相変わらず任された枠の仕事を、きちんと果たすことができなかった。確かこの頃は週4、5回、半日ずつの勤務で、曜日毎に外来か往診を担当していた。初めから健康状態の悪さを大きく考慮して貰って、所長としては非常に軽いノルマの設定だったにも拘わらず、私はその半分も果たすことができなかった。その原因はやはり、BZの長期連用により、不安、焦燥、抑うつ等の精神症状が非常に強い日がほとんどだったことと、克己心や道徳心、規範意識が大きく減弱していたことで、自分をしっかり統率して、仕度をして家を出ることができない日が多かったことだった。

更に他にもいろいろと問題行動が増えた。

例えば、どうしようもない不安と胸苦しさで家を出るのが困難だった時には、ハルシオン0・25mgを2錠とユーロジン2mgを2錠というように、BZ系の睡眠薬を限度量の倍くらい飲んで、やっと仕事に行ったこともしばしばあった。そんな時には、それでどうにかこうにか胸の苦しさが治まり、何とか診療をこなすことができて、診察の途中で眠気が差すようなことは全くなかった。如何に薬の耐性と依存が進んでいたかが、よくわかる。幸いそれが原因で診療上ミスを犯すことはなくて済んだが、許されない、常軌を逸した行為だったことに変わりはない。

また、気の滅入りや制止など抑うつ症状がひどくて仕度ができなかった時には、診療所に欠勤を届ける電話をした後で、腑甲斐なさを紛らす為に朝からビールを飲んだこともあった。そしてそんな折に、診療所の事務長にアパートまで迎えに来られて、診療所に引きずられて行って、〝酒気帯び〟で診療したこともあった。この時は、呼気のアルコール臭を患者さんに気付かれて、苦情を言われた。

また、やはりきちんと仕事ができない腑甲斐なさから死にたい気持が高まって、診療所の薬の棚から安定剤や睡眠薬に限らず、降圧薬も強心剤も、手当たり次第薬を大量に持ち帰って、家でまとめ飲みしたこともあった。しかしどの薬も優に致死量に達していたにも拘わらず、それでも死ねなかった。ただひっきりなしの下痢とふらつきにまる一日くらい悩まされただけで、命はびくともしなかった。これは立派な犯罪行為で、診療所に多大な迷惑を掛けてしまったが、その後も私は暫くの間、所長職を解任されなかった。それでも働ける時には、患者さんや御家族から喜ばれることが多かったからかもしれない。

また、やはり死ぬ積もりで、診療所から持って来た翼状針と大きな注射器で、静脈内に300 ml位空気を注入したこともあった。これも通常なら確実に死ぬのだが、これでも私は死ねなかった。

更には家の近くの車道に出て、寝転んだこともあった。目前まで迫って来た車に飛び込むまでの勇気はなかったから、結局、車を止めた運転手に怒鳴りつけられただけで終わったが。

また'93年の夏から'95年の春まで2年弱の間、私はテレクラで知り合った数人の男性と関係を持ったりもした。その内4人とは、数カ月間関係が継続した。私が男性と関係を持ったのは、'83年の秋に医局の先生との恋が破綻して以来10年ぶりのことだったが、そんなおよそ私本来の価値観にそぐわない、心を伴わない肉体関係に走ったのは、ただひたすら自己破壊的衝動からだった。特にこの行為に関しては、私を碌でなしと決めつける父親に復讐する為に、自分をメチャクチャにぶち壊してやりたいという動機付けが強かった。だからだろう、そんなことをして楽しいと感じたことは一度もなかった。

そしてとうとう'94年の6月の終わり頃（36歳時）、母か父と電話で喧嘩して癇癪を起こし、その勢いで窓から大量の食器を投げつけて割るという騒動を起こしてしまい、折角のアパートもたった1年半で出る羽目になってしまった。

これらのハチャメチャな行動はすべて、町沢氏にかかっている間に起こしたことだったから、そのことからも、その間に病状の悪化が加速したことが、客観的に見て取れる。

そして、この'93年、'94年という時期も、両親について思い出せるのは嫌なことばかりである。

例えば母に対して当てつけ的に、テレクラで知り合った男性と付き合っていることをぶちまけると、「その内、全裸死体で発見されるなんてことになって、ニュースになるわよ。」と言われたし、また薬の問題については昔の女優さんの話を引き合いに出して、「収監される。」という言い方をされた。これらは本当に私のことを心配しているというよりは、将来についてわざとできる限り忌まわしい予想をして言い立てて、私を苦しめて喜んでいる感じ（嗜虐性）が強かった。

また窓から食器を投げ落とした行為についても、私が「ちゃんと下に人が居ないのを確認して投げたから、別に犯罪には当たらない。」と言ったのに対して、母は「いいや、そんなものではない。あんたのやったことは立派に犯罪だ。」と、まるで鬼の首でも取ったように、偉そうに言い立てた。母は私を非難できるタネが見つかると、いつも実に嬉しそうに上からものを言った。

また'94年の正月には、大学時代の同級生が自殺を遂げるという不幸な出来事があったのだが、その事件に関しても、母から胸が煮えくり返るようなことを言われた。

自殺した彼女は私と違って、学生の頃から生粋の優等生で、卒業後も大学病院に残り、研究で素晴らしい業績を上げた人だった。しかも偉ぶらず、人柄も温かい人で、自殺する少し前に、弟にC型肝炎が見つかって、私が相談した時にも、多忙な中、面倒がらずに専門の先生を紹介してくれた。その彼女が、仕事でもっと業績を上げなければというプレッシャーと、夫の浮気に悩んでいたということは、後になって知った。そして彼女も非常に強く、母親から精神的に呪縛されていたことだけが、私との唯一の共通点だった。

その彼女は、自宅で何かの薬を点滴して、自殺を遂げたということだった。非常に具合が悪かった私の代わりに、彼女の葬儀に行ってくれた母から、私はその話を聞いたのだが、自分がその時既に30回近く自殺を図って、まだ死ねずに居ただけに、私は「○○さん、よく死ねたわね。羨ましいわ。」と、半分以上本音でぼそりと洩らした。母からどうにも耐えられない、とても忘れ得ないことを言われたのは、次の瞬間だった。「だって○○さんは、ちゃんと点滴を使ったから。」と、母はそう言ったのである。「あんたのやり方には計画性がないから、何回やっても死にそこなうのよ。」と嘲る調子の言い方だった。

断じて言うが、私が死ねなかったのは、私の悪運だか生命力だかが異常に強かった為で、私だって理屈から言えば十分死ねる筈のやり方をとっていた。それなのに、たとえ事が〝自殺〟であっても、繰り返ししくじれば成功した友人と比較されて、親に「ドジ」と罵られるタネになるのかと、私はまたしても心底打ちのめされた。母が「ちゃんと」という言葉をそんな恐ろしいシチュエーションで使ったのは、多分常に私を言い負かし、自分の方が上に立っていないと気が済まなかったからだがと思うが――つまり母は自分が何を言っているのかわかっていなかったのだと思うが、それでも母のこの言葉には、胸が煮えくり返ると同時に胸が凍った。

'94年の7月の前半に、私は診療所が借りてくれていたアパートから、自分で探した東大赤門近くのマンションに引越した。特に出て行って欲しいと貸主から要求された訳ではなかったが、自主的にそう処した。部屋は前より少し手狭になったが、仕方のないことだった。この本の原稿を書き始めた'03年頃には、まだそのマンションに住んでいた。

その引越しは、父に手伝って貰って行なったが、その時にも非常に嫌なことが二つ程あった。

その一つは、新しいマンションに着いて、引越屋さんに荷物を運び入れて貰っている時に、父が窓から彼らの様子を見下ろして、「おう、金を遣ったから一生懸命働いとるぞ。」という言い方をしたことだった。確かに父は規定の料金の他に、作業を始める前に彼らに心づけのようなものを1万円程渡していたが、彼らがきびきび働いていたのは、別にその所為とは限らなかった。そうやって他人の人間性を勝手に卑しいと決めつける、傲慢で意地の悪い父の見方が私は非常に嫌で、父の方がよっぽど品性が卑しいと感じた。

そして二つ目に嫌だったのは、引越屋さんが帰って一段落してからのことだった。私は病状が大幅に改善した現在でも、健康な人に較べると、心身共に非常に疲れ易い。従ってうつ症状が最も強かった'94年当時は、その比でなく猛烈に疲れ易かった。特に私は他人と一緒に居るととても緊張してしまう性質だったから、引越屋さんが帰った後は疲れが一気に吹き出して、げっそり、ぐったりしてしまった。それでベッドに横になって休んでいた処が、「おい、『医事新報』を持って来い。新しい仕事先を探せ。」と、父に命じられた。

父としては、元々きちんと勤められていなかった上に、アパートで騒動まで起こしてしまったから、もう診療所には勤められないと考えたようである。私にも一部その考えがあったから、求人広告の載った『医事新報』を買っていたのだが、如何せんその時は疲れ過ぎていて、父の命令に非常にムカッ腹が立った。それで起き上がって、隣の部屋に居た父の所に『医事新報』を持って行ったものの、父の前にそれを叩きつけるように置いたなり、すぐにベッドに帰って、また横になってしまった。

するとその直後、父が「何だ、こいつ！」と出刃包丁を持って、私に向かって来たのである。そして更に「お前なんか生きてたって仕方がないだろう。頼むから死んでくれ！」と叫んで、もの凄い形相で私に包丁を振りかざしてきた。それで私は思わず窓を開けて、「助けてー！」と声を限りに叫んだ。するとさすがに父も包丁を下に下ろして、事無きを得た。幸い私の叫び声に誰かが飛んで来るということもなく、引越したばかりの部屋からまたすぐに出て行かなければならないという事態は免れた。――要するにこのことからわかったのは、私について父の中では〝怠け者〟〝碌でなし〟〝腐った根性〟という認識ばかりが、益々膨れ上がっていたということだった。

包丁を置いた後の父は、一転して魂の脱け殻のようになった。そして「何故、『医事新報』を見ないんだ？」と改めて訊いてきたので、「凄く疲れたから。」と私が答えると、「だってお前はお父さんよりずっと太っていて、体力だってあるじゃないか。」と言い返してきた。確かに当時の私は、薬の副作用や自己統制の弱まりが原因でぶくぶく太り、体重が90kg台に達していた。しかしそのことと、体力や疲れ易さとは無関係であることを、父は死んでも理解しようとしなかった。

そしてその日は「気が休まらないから、どうしても帰って欲しい。」という私に対して、父は「どうしても千葉まで帰る気力が湧かない。何もしないで大人しくしているから、今晩はここに泊めて欲しい。」と言い張って、結局そうなった。そして何事も起こらずに一夜が明けたが、私はひと晩、恐怖と緊張が完全には解けなかった。

父はこの頃よく、境界型人格障害の特徴の中で「怒《いか》りのコントロールが悪い。」というのが私によく当てはまっていると言っていたが、それは私よりも父に、更によく当てはまっていた（る）と感じる。これは〝投射〟と呼ばれる防衛機制の一つ（他人の中に自分自身の弱点を見ること）で、父は未だにこの防衛機制が非常に強い。

そしてその後も父が訪ねて来た時、私が昼間からカーテンを閉めて横になっていると、例によって父はギロリと目を剥き、私の顔を覗き込んで、「ここはお前の城だもんな。」と、思い切り嫌味たらしく言ったりした。これは、うつによる音と光に対する強い拒否反応が依然として続く中、千葉に居る時には昼間からカーテンを閉めることができなかったけれども、一人暮らしの部屋ならそれが許されることを指して言ったものだった。

父のこの種の意地悪い言動や働きかけは、この時期も例外なく、他にも頻々と続いた。

その例に、佐々木病院に入院中のことがあった。'92年の秋から'94年の秋までの2年間、町沢氏にかかっていた間に、私は4回、佐々木病院に入院した。大きな自殺企図の後などが多かったが、佐々木病院の病棟は完全開放だったので、その4回は完全に自発的な、本当の意味での任意入院だった。そのことはとても良かったのだが、ここでの入院も、それまでの他院での入院と同じように、明確な治療目標も方針もなく、暫く（大体2週間位）居てお茶を濁すだけに近かったから、何も効果が上がらなかったということは、既に述べた通りである。

それで今、改めて書きたいのは、佐々木に入院中、父が面会に来た時のことである。私は、他人と同じ居室で過ごすのが元々非常に苦手であり、佐々木は一人部屋の差額ベッドが5千円と非常に安かったこともあって、4回共同じ個室に入院した。H病院や千葉大では、面会者は病室に入れなかったけれども、佐々木ではそれが許可されていたから、父は私の病室に来た。それは2回目以降の入院の時で、私はやはり日中から部屋のカーテンを閉めて横になっていた。その私に、見舞に来た父はまず、「退院しても、どうせまたすぐ入院するんだろうから、この部屋をリザーブしておけ。」という、最高に温かい言葉を投げてくれた。

丁度その時、夕食の用意が出来たから食堂に集まるようにというアナウンスが流れると、今度はそれを聞いた父が「どんな夕食だか、一つ見てやろう。」と言ってくれた。そして父は本当に食堂まで来て、私の傍に立ち、入院患者全員が食事をとる様子を、暫くの間薄笑いを浮かべ、睥睨する感じで見渡していた。私はとても惨めで、他の患者さん達に申し訳なくて、身の縮む思いがした。

次はまた母のことになるのだが、父がその面会から帰った後で、千葉に電話して、父が取った言動について母に不満を洩らすと、今度は母が「折角御見舞いに行ったのに、来てくれたことには感謝しないで、来方が悪いと文句を言われるんじゃ、やりきれないわね。」と、私を非難してきた。正直な気持、あんな心を抉るようなことばかり言う為に来るんだったら、来てくれない方がずっとましだと感じていたから、母の言葉を聞いて、私は救いがゼロになってしまった。母がこういうことを言ったのは、父が親として私から非難される時には、父と同じ親の立場で共闘を組む〝蝙蝠《こうもり》症候群〟の一環だったと見ている。

そして次も母に関することだが、一度、私が佐々木に入院している時に、母も時を同じくして、恥骨（股関節部）を骨折して、整形外科の病院に入院したことがあった。その時私は、外出が全面的に自由だった佐々木から、母の病院に見舞に出かけた。事前に佐々木から母の病院に電話して、テレホンカードが欲しいと聞いていたので、それを3千円分程買って持って行った。行った時、母はベッドに横になって患側の下肢を牽引していて、その日はどうということもない話をして帰って来たように思う。

がっかりさせられたのはそれからだった。母は私が持って行ったテレカで、千葉の家には毎日電話をしたが、私の居る佐々木病院には、一度も電話してくれることはなかった。外から佐々木に電話して、個々の入院患者と話をすることは、十分可能だったにも拘《かかわ》らずである。最高に体面屋の母のことだから、他所《よそ》の病院に電話しているのを誰かに聞かれて、いろいろ詮索されるのが嫌だったのではないか。それは100％定かではないが、やはりこれには、母の私に対する愛情の薄さを感じずには居られなかった。

尚、この入院から母が退院して帰る時のことについては、今度は「お父様は私が骨折しているのに駅まで10分も歩かせて、本当に痛かった。その後電車に乗って、他のお客さんが席を譲ってくれたら、『お前が変な顔をするからだ。』とお父様に責められた。この恨みは一生忘れられない。」と、後日母から繰り返し聞かされた。勿論これも〝自分の都合次第の蝙蝠《こうもり》症候群〟の一環だった。

またこの'93、'94年（35、36歳）の時期、他にも母から言われて、心の傷を増やされ深められた言葉を、幾つも思い出せる。

まず一つは、「（精神科の）先生が、あんたが親のことを悪《あ》しざまに言うのがとても聞き苦しいとおっしゃっていたわよ。」というものだった。これは町沢氏の時だけでなく、J医師にかかっていた時にも言われたことだったが、2人に確かめた処が完全な嘘だった。

これに似た内容でもう一つ、'95年頃まで繰り返し言われたことに、「他人に親の悪口を言うことは、上を向いて唾を吐くようなもので、自分の顔にしかかかってこないわよ。」というのがあった。要するに、どちらも私に自分に対する抗議や責任追及を止《や》めさせる為の言動であって、後者については、私も'95年頃までは、言われて怯《ひる》むところが多少残っていた。しかし'96年になると、「私はそうは思わないから、何とでも言って頂戴。人でなし呼ばわれにはもう負けないわ。」という、きっぱりした態度に転じた。するとそれ以降は、母は「上を向いて唾」の話を全くしなくなった。それで、どうしてもっと早く毅然とした態度が取れなかったのかと、非常に口惜しい思いにさせられた。

また他に、もう少し軽いところでは、私が「甘い物が食べたい。」と言うと、「甘い物は嫌！　退行だと感じるから。」と言われたこともあったし、一緒にデパートに服を買いに行って、着られるものが見つからないと、「その太った身体、不健康で見たくないわ。」と言われたこともあった。要するに、私の病気が自分にとって不快だと言いたかった訳で、何と勝手な言い草かと口惜しくてならなかったが、父同様母も、私が自分の不心得と劣悪な生まれ着きから一人で勝手に病気になったという主張を、'95年までは100％譲らなかった。

そしてそんな状況が続く中、'94年の秋に、私は自分の方から町沢氏との治療関係を切った。「先生には、私の話をきちんと心に入れて聴いていただけている感じがせず、これ以上続けても、良くなるという期待が持てないので。」というのが理由だった。

第18章

最後の主治医との出会い、そして回復へ

次に出会った精神科の先生が、私にとって最後の精神科の主治医となった。その人は、当時東大病院精神科の講師だった、天野直二先生だった（現在は信州大学医学部精神科の教授）。この先生に出会ったことで、私はようやく、長い長いトンネルから出る契機を摑むことができた。

天野先生と出会ったのは、'94年の12月、37歳の時だった。

その少し前に町沢先生から離れた後も、私は様々な症状に苦しんでいたが、特に'94年の12月には、頭の中で脳がじわじわと腐っていくような、不快な感じに悩まされた。脳内には痛みを感じる受容体がない為、このような症状があっても、脳の中に肉眼的に見える異変が起きていることはまずない。医者の端くれである私には、それは重々わかっていたのだが、父がどうしても頭部CTを撮って、問題がないかどうか確かめろと言うので、東大病院の脳外科に残っていた同級生に相談して、CTを撮って貰った。やはり結果は何でもなく、彼は私の話を聞いて、精神科の治療を続けるべきと判断して、同じ東大病院の精神科の外来に紹介し

てくれた。そこで出会ったのが天野先生で、この出会いという幸運がなければ、私は社会から完全に落伍して、未だに地獄の底をのた打ち回っていた可能性が高い。

天野先生にかかり始めて、最初にあった大きな出来事は、'95年の1月頃、先生が新しく選んで下さった「ノリトレン」という三環系抑うつ薬が著効して、とても気分が軽く明るくなり、格段に動き易くなったことだった。残念乍らその効果は、'95年の秋頃までは、まだ安定して続かなかったし、また激しい不安や焦燥の症状には依然として悩まされ続けたので、その間はまだ、仕事の約束が半分位しか守れない状態が続いた。

しかし2週間に1回外来を受診する度、天野先生は、私が症状が良くならないと訴えると、抗うつ薬にしろ抗精神病薬にしろ一つずつ取り換えて、何とか効く薬を見つけようと、根気よく工夫をし続けて下さった。たとえ直ちにすべての症状が良くならなくても、そのことに随分心を支えられた。御蔭で天野先生にかかり始めてからは、自傷行為や自殺企図がぱたりと止んだ。

しかし本当に回復の決め手になったのは、天野先生が私の話をちゃんと聴いて、思いをしっかり受け止めてくれたことだった。何だ、そんなの当たり前じゃないかと思われるだろうが、それをしてくれる精神科の先生に、私はここで初めて出会うことができたのである。

天野先生は非常に真面目で常識的で、しかも大変素直な方だった。それで私はかかり始めてすぐから、天野先生に対しても、それまでにかかった精神科の先生方に対してと同じように、子供の頃から現在に至るまでの、精神の専制支配をはじめとする、母子関係に於ける数えきれない程の辛い体験を、次々に打ち明けたのだが、天野先生の反応は、それまでの先生方とは全く違った。先生は私の話に真剣に耳を傾け、それは辛かったでしょうね、それはひどいですねと一つ一つ、心底そう思っている調子で相い槌を打ってくれ、また一緒に憤《いきどお》って下さったのである。

やっと私の辛い気持をわかってくれる人が現われた――そのことが私にとって、最高の励ましになった。話をちゃんと心に入れて聴いて貰えるということで、私は診察の度に、母との間の辛かった体験を、次々に洗いざらい吐き出した。

そうしてだんだん胸の中がすっきりしてくると、'95年6月頃になって、初めて、今度は子供の頃に父から受けた精神的虐待が意識に上るようになり、それを天野先生に対して口にするようになった。その代表的な話が「人間の屑」「切っても赤い血が出ない」「腐った根性」と、小学校4年の頃に言われた体験の話だった。恐らく天野先生から心の苦しみを理解される体験が積み重なったことで、自分にかけていた抑圧が解けて、より深刻な心の傷になっていた父からの虐待が、意識に上るようになったに違いない。

そして私からそこまで話を聞いた先生は、私の、うつ症状を主体とする精神の病は、主に生育歴が発病の原因になったと、はっきり認めてくれた。

先生は更に、両親を呼んで「御両親との関係に問題があったことが、お嬢さんが病んだ原因です。」とはっきり説明し、私の生まれ着きが悪いというこれまでの認識を改めるよう、厳しく忠告して下さった。これもそれまで10人近い精神科の先生にかかってきて、初めての、正に革命的な出来事だった。

この出来事についてははっきり記録があり、それは'95年6月14日（水）のことだったとわかる。「天野先生は怒らせるととても怖い先生だな。一つ一つ言葉を選んで、表面は穏やかに話をするけれども。」というのが、その直後に父が洩らした感想だった。

勿論、と言うべきか、先生が一度や二度働きかけてくれただけでは、両親の性格は勿論のこと、私に対する関わり方も、変わることは全くなかった。しかし結果はどうあれ、私の為にここまで動いてくれる人が現われたというだけで、私は大きく立ち直りの力を与えられた。

それでその後も4、5カ月は病状が安定せず、悪い時はまだ非常に悪かったが、'95年の暮れになってようやく、週1、2回の整形外科医院のアルバイトに、1回も休まず行けるようになった。(本郷診療所、菊坂診療所は、私の状態の悪さだけでなく、仕事上の意見の対立もあって、'95年の1月に辞めた。)そして一時99kgまで増えていた体重も、この時期から減り始めて、'96年の1月中には88kgまで減った。これは自分で自分をコントロールする力が回復してきたことの現われだった。

先程も言った通り、この'95年の暮れという時期になっても、両親の私に対する認識も態度も、全く良くなることはなかった。

母からは「あんたの人生は、本当に辛い辛い人生だったのね。」だの「あんたはガラス細工みたいに繊細で優しい子だったのよね。それをがさつな母親の私が、乱暴に扱って壊してしまったのよね。」だの(これら二つについては、母は本心では〝そんなバカなことがあって堪るか〟と思っているのがありありとわかる、最高に嫌味な物言いをした。)、「うつ病ってそんなにいい病気なの？　昔はいい人がなるって言われていたけど、最近では凄く嫌な人がなるって話じゃない。」だの「できない時には本当にできないんでしょうね。あんたの病気の人は、子供が40度熱を出して垢まみれになっていても、何もしてやれないそうだから。」だのと、相変わらずこれでもかこれでもかと胸をズタズタにすることばかり言われ続けた。

また「J先生、町沢先生、天野先生の三人の精神科の先生方が口を揃えて、あんたの病気はうつ病なんてなま易しいもんじゃない、他人の所為にするから治らないんだとおっしゃったわ。」とも言われたが、これも母に都合のいい、完璧な作り話だった。少なくとも天野先生からははっきりと、「私はそんなことはひと言も言っていない。」と確かめられたからだった。

そして挙句の果てに母は、私の小学校1年の時の逆上がりの話や夏休みの宿題の話、そして2年生の時のテストの答案の書き直しの話も（第2章「小学校低学年時代」を参照）、あるものは精神科の本に書かれていた話であり、あるものは自分の友達の身に起こったことを私に話して聞かせたものであって、それがあんたの身に起こったというのは、すべて捏造した話だ、とまで言うようになった。これを言われた時の、私の気が狂いそうになった苦しみは、容易に想像していただけるだろう。完全に焼きが回った母は、自分の名誉を護る為なら、子供の人間性を卑しめる嘘さえ平気でつくというところまで、自分を貶めたのである。ここまで醜悪な親の姿を見せられるのは、死ぬ程耐え難かった。

また父は父で、私が勤め先で診た重症の患者さんを救急車で東大病院に運んだら、偶然、元同級生が対応してくれて、その彼が、普通は解熱剤にはあまり使わない薬を解熱剤として使ったという話をしたところが、「それは大学病院の先生は、お前の知らない秘密の薬の使い方を知っているからだろう。」と、また頭から私の能力を低く決めつける話を繰り返したし、私が父の言ったことに対して、非常に心を傷つけられたと抗議すると、「お父さんは理解が足りないようだから、お父さんには話をしなくていい。」と、父は端からコミュニケーションを拒否しにかかってきた。「物事であれ人であれ、自分に簡単に理解できないものは、理解する値打のないもの。」と堂々と言って憚らない、相変わらず救いのない傲慢不遜さだった。

「お前は理解する値打のない人間」と親に言われるということは、自分は親に愛されていないと結論せざるを得ず、再三ではあったが、絶望を新たにさせられた。

こういう両親との関係で打ちのめされたエピソードは、この時期にも、まだまだ枚挙に暇《いとま》がなかった。しかし、そんな変わりなく絶望的状況の中でも、私の立ち直りは確実に進んでいった。'96年の年明けからは、都内の個人の病院の外来を、週3回でやるようになったのだが、これがほとんど休まずに行けて、患者さんの数も順調に増えた。そして体重も、計画的ダイエットの成果で3月末には73kgと、1月から更に15kg減った。私本来の強い向上心が復活して、自分を、自分が思い描く理想像に向かってコントロールしていくことが、無性に楽しくなった為である。

これには、天野先生が変わらず私を支え続けてくれたことの他に、'95年の暮れから、毎日手紙で自分の心を洗いざらい吐き出せる人ができたことにも、非常に助けられた。この人については、多分私の片想いだったと思うが、私にとって最後の恋になった。つまりそれだけ強く心を支えられたということである。

そんな中、'96年4月に、私を完全に地獄から這い出させ、立ち直りを揺るぎないものにしてくれた、大きな事件が起きた。それは'84年から12年間依存で苦しみ続けてきたBZ系薬剤を、完全に中止したことだった。

先述の通り、天野先生が病気の本当の原因に、初めてちゃんとメスを入れて下さった御蔭で、精神の安定と健康を急速に回復させてきていた私は、既に'96年3月までの段階で、それまで4、5種類飲んでいたBZ系薬剤を1つずつ中止して、残すはソラナックスという薬1種類のみという状態になっていた。そこで更に残るソラナックスまで中止して、BZから完全に解放されようという、強い意志を持つに至ったのである。

私にそう考えさせてくれた最大の要因は、先述の恋の力だった。

当時私は38歳で、子供を産むには限界の年齢に近づいていた。親との関係から心を病んだ私は、自分が生まれてきたことを恨まずに済むようになるまで、自分は子供を産んではならないと、誰から教えられた訳でもなく、自発的にずっとそう考えてきた。しかし'95年の暮れからの恋で、自分もできたらこれから子供を産んで育ててみたいという願いが急速に芽生え、強まった。今の自分なら、きっと自分のように不幸な子供を育てずに済むだろうという自信が育ってきたからだった。そして健康な子供を産む為には、薬を常用している状態から何としても脱却しなければならないと考えたことが、ソラナックスを中止した動機のすべてだった。

しかし、これが実際にやってみたら、まったく想像もしない、死ぬように苛酷な目に遭うことになった。他のBZについては殆ど苦労せずにやめられた私は、残るソラナックスについても同じだろうと考えて、4月1日から一気に中止した。それまで0・4mg錠を4錠、1日1回朝、まとめて飲んでいたのを、その日からいきなりゼロにしたのである。

それでそれから3日間くらいは何事もなく過ぎたのだが、4月4日からとんでもないことになった。心臓が口から飛び出さんばかりの激しい動悸が急に始まって、何の理由もないのに不安で胸が苦しくて堪らず、何もできなくなってしまった。その耐え難い状態は昼も夜も絶え間なく続き、4日、5日は一睡もできなかったことは勿論、苦しくてじっと横になっていることさえできなかった。それでとうとう耐えられなくなって、6日の午前中、ソラナックスを以前と同じように4錠まとめて飲むと、それまでの死ぬような苦しみが、瞬く間にスーッと消えたのである。

大方想像は着いていたものの、これでどうしようもなく苦しい症状が、薬の禁断症状だったことがはっきり証明されて、私は薬に敗けたという敗北感に容赦なく打ちのめされた。1月から始めた医院の仕事を、その症状の為に既に2日続けて休んでいて、もうこれ以上は休めないというのが、再び薬を飲んだ主な理由だったが、それも苦しさから逃れたい為の言い訳でしかなかった気がしてならなかった。そして薬に敗けた自分には、一生子供を持つ資格はないのだという絶望感にも、当然激しく打ちのめされた。

しかしこの落ち込みは、幸い数時間で乗り越えることができた。それは、この時の〝安心して子供の産める身体になりたい〃という願いが、一度の挫折くらいではとても捨てられない、非常に強いものだったからである。

それで、2日間全く食事をしていなかったことを思い出した私は、とりあえず食事をして気分が落ち着くとすぐに、今度は薬の量を少しずつ減らしていくやり方で、中止に再挑戦しようという決意を固めた。ソラナックスを一気に中止して、激烈な禁断症状を実体験したことにより、こんなものを飲んでいたのでは絶対にまともな子供など産める筈がないという認識が一層強固になって、その御蔭で、何としてもやめなければという思いが揺るぎなくなったからである。

そして一旦、そう心が決まると、私は速やかに、ソラナックス減量・中止に向けての具体的計画を立てた。それは次のようなものだった。

(1) 薬の量は1日1回4錠から始め、1回薬を飲んだら、その後24時間は絶対に次の薬を飲まず、出来る限り長く我慢すること。

(2) 次に4錠飲んだら、その次に薬を飲むまで、少なくとも前の薬から薬までの間隔より長く我慢し、しかもできる限り長く我慢すること。これを繰り返して、薬から薬までの間隔を、できる限り早く36時間まで延長すること。

（3）薬から薬までの時間が36時間に延びたら、4錠から3錠へと、薬の量を一段階減らす。そして次に薬を飲むまで、24時間は絶対に我慢すること。

（4）（2）と同じように、薬から薬までの間隔をできる限り長くする努力を繰り返し、できる限り早く36時間に達しさせ、達したらまた薬の量を、3錠から2錠に一段階減らす。

（5）（3）（4）と同じことを繰り返して、薬の量を2錠から1錠、1錠から0.5錠と減らしていって、最終的にゼロにする。

こうして文字に書いたものを読むと、あまり大変そうに見えないかもしれないが、実際にはこのやり方でも、死ぬような苦しみを味わった。薬の減量と服薬間隔の延長に伴って、繰り返し猛烈な禁断症状が現われたからである。その禁断症状には、理由のない激しい不安感と、それに伴う心臓が口から飛び出しそうな動悸と胸苦しさの他に、全身に氷水と熱湯を交互にかけられているような異様な感覚や、全身の血液が逆流しているように感じられる危機的な感覚、全身がガクンガクンと震える痙攣まであって、しかもそれらが頻々と襲ってきたから、苦しいだけでなく、とても恐ろしかった。

これらの禁断症状に襲われている間は、勿論一睡もできなかったし、苦しくてじっと横になっていることさえできなかった。それで、私は麻薬や覚醒剤などの違法薬物を使用した経験は勿論ないが、BZの禁断症状も、精神科の成書に書かれている麻薬の禁断症状（所謂〝自律神経の嵐〟）と全く変わらないということを、身を以て痛感させられた。だから辛ければ辛い程、苦しさに最後まで耐え抜いて、絶対に薬をやめてやるという決意が、益々強まったのである。

そしてもう一つ、この薬の漸減《ぜんげん》・中止を大変にさせたのは、私が、折角始めた週3日の仕事を休まずに続けながら、それをやり遂げようとしたことだった。仕事中激烈な禁断症状に襲われたのではとても仕事にならず、しかも非常に危険だったから、禁断症状には家に居られる時間に集中的に耐えるように、薬を飲む時間を調整しなければならなかった。

またもう一つ、私のやり方が大変だった理由は、私が薬を減量したスピードが、医療の世界の常識と比較して、格段に速かったことだった。通常、ＢＺを長期に亘って連用していた患者がそれを中止する場合、半年、1年かけて減らしていくのが常識であるが、私はそれに20日足らずで片を付けたからである。私がソラナックスの漸減を開始したのが4月6日、そして最後に0.5錠のソラナックスを飲んだのが4月23日、そしてそれから36時間経っても耐えられない程の禁断症状が襲ってくることがなく、〝終わった〟ことが確認できたのが4月25日だったから、その間僅か19日間だった。

やっと終わったんだ、勝ったんだ――この時の私の喜びは、とても言葉に尽くせない。'84年にＢＺを飲み始めてから12年、そして日常的にまともな社会生活が困難になった'88年からは8年が経過していたが、その間は、果たしたくても社会的責任が全く果たせず、自分という人間に全く価値を認めることができない、本当に長い長い地獄の苦しみだったからである。

私が薬をやめるに当たって、こういう短期決戦のやり方をとったのは、もともと性格的に気短な面があって、どんどん目に見えて減量が進まないと満足できなかったからであり、また一度やると決めたことはさっさと終わらせてしまいたかったからだった。

そしてまた、自分なりの一定のやり方を決めて事を運んだのは、断薬を確実にやり遂げる為に、一度本気で自分と約束したことは絶対に守らないと気が済まない、負けん気の強い性格を上手く利用しようと考えたからだった。

これが結果的に大成功だった。急激な減量で、死ぬ程苦しい禁断症状を味わったことで、二度とBZを飲まない決意が一層強固になったからである。

この、薬をやめるに当たっても、両親からは努力の足を引っ張ることしか言われなかったが、天野先生には多大な協力と励ましをいただいた。禁断症状が最も激烈な時、特に全身の痙攣が起きた時には何度も病院に電話して、苦しい苦しいと思い切り弱音を吐かせていただいた。それで断薬に成功した時には、天野先生は大変喜んで下さったが、それと同時に「家に居ながら薬をやめると聞かされた時には、内心どうなることかと、とても心配した。」とも打ち明けられた。

しかし、こうして大変な思いをしてBZをやめた御蔭で、私の社会復帰は何十倍も盤石なものになり、38歳からの残りの人生を、私は無駄にせずに済んだ。

その後もかなり強いうつ症状は長期的に残って、普通の人より非常に疲れ易い為、未だに週4日程度の非常勤でしか仕事ができず、これという社会的地位には就けていない。しかしBZをやめて以後は、多くても月1回位しか仕事を休まなくて済む状態が、今日までずっと続いてくれたので、その後も何度か転職はしたものの、どの職場も大体年単位で勤続できたし、辞めた場合でも、それ以前のように私の落度が理由でということは、一度もなくなった。そして非常勤であってもそれなりに患者さんの役に立てて、社会的役割が果たせているという満足感が持てている。

そして前にも書いた通り、それを可能にしてくれた、一番の理由は、ＢＺをやめたことで私の精神症状が非常に軽くなったことと、人格レベルが回復したことだった。

症状については、理由のない自制困難な程の不安は皆無になったし、気の滅入りや制止などのうつ症状は、かなり強いものが残ったものの、それでもどうしても仕事に行けない程重症になる頻度は、大幅に減った。

それに加えて、下がりきっていた克己心、自制心、忍耐力、向上心、道徳・規範意識などの人格レベルが本来の高さまで回復してくれた御蔭で、精神症状が相当強い状態の時でも、それに打ち克って、それこそ這ってでも仕事に行けるようになった。また些細なことで苛立って、その感情が抑えられずに、仕事場で周囲と揉め事を起こすようなことも、殆どなくなった。

その御蔭で今日まで、曲がりなりにも一人前の社会人として通用し続けている。だから結局、私の場合、私がまともな社会人として生きることを決定的に妨げていた境界性人格障害の病像の大部分は、ＢＺによってつくられていたと云える。

しかし私の病気の根本の原因は、勿論ＢＺではなかった。それは私がはっきり発病したのが17歳で、ＢＺを服用し始めるよりずっと以前のことであり、更にそれ以前から、細かい社会生活上の困難は、沢山現われていたからである。

従って私の病気の根本原因は、再三書いてきた通り、幼い頃からずっと続いてきた、両親との関係のまずさにあった。

即ち生育歴から自分がすっかりいじけきっていた母は、自分の存在価値を実感する為に、私のものの感じ方や考え方、価値観から欲求に至るまで、私の精神を完全に支配する専制君主になった。それにより私は主体性を根こそぎ奪い取られて、自分自身がもともと何をどう感じ、どう考え、本当は何をしたい人間なのか、まるっきりわからなくなってしまった。更に私が母の思い通りにならなければ、障害児の弟を連れて死ぬと脅された為に、母の気に入らない感情や欲求は、根絶やしにしなければならなくなった。つまり自分の本当の魂に従って生きることは、不可能になった。

その上何をやっても、「あんたはどうしてこんなこともできないの！　こんなことしかできないの！　ああ情けない、じれったい、忌ま忌ましい！」と母に貶しまくられ、更に「あんたは協調性のない、お友達から嫌われる子」というレッテルを貼られてしまった為に、私は子供の頃から集団生活に於ける自信が完全に欠如して、他の子供達が難なくできることに、どれもこれも怖くて手が出せなくなったし、またいつも他人に嫌われないかと、びくびく絶え間なく緊張し、過剰適応することで、げっそり疲れ果てるようになった。

また父からも、恐らくは父自身の抑圧した恨みを晴らす為に、小学校中学年頃から「人間の屑」「切っても赤い血が出ない」「腐った根性」などと、もっと徹底して人間性を否定する言葉を吐かれたし、更に実際に精神を病み始めてからは、やるべきことができないのは怠け、甘え、我儘の所為と決めつけられ、この横着者、碌でなしという憎悪と嘲罵《ちょうば》ばかりを目でも言葉でも投げられて、母から以上に徹底して自尊心を打ち砕かれた。また父も、私が精神を病み始めてからは、母同様、私の一挙手一投足に事細かに指図を加え、私の主体性を根こそぎ奪いにかかってきた。

このように両親に、物心着く以前から絶え間なく主体性を奪われ、自尊心を破壊されてきたことこそ、私が深刻に精神を病み、またそれを延々と治らなくさせられた、すべての原因だった。

BZをやめてから1年3カ月後程経った'97年の夏、私は天野先生の外来を受診するのをやめた。「精神療法で解決すべき問題は、ひと通り解決できたと感じるし、後は抗うつ薬をどこか、内科ででも処方して貰うだけで、何とかやっていけると思うから。」と、治療終結を希望する理由を私の方からご説明して、天野先生にも同意していただいた。

こうして私はめでたく、精神科の患者を卒業することができた。'84年の夏に女子医大の精神科に初めてかかって以後、まる13年の歳月が経過していた。本当に長い長い苦難の年月だったが、それから15年、私は二度と精神科の患者に戻らずに済んでいる。

実は天野先生の外来をやめる少し前の、'96年末頃、私は先生にお願いして、両親と絶縁する手続を取っていただいた。

「両親は、私が自分の病気の原因について、彼らに責任転嫁しているという主張をどこまでもやめないけれども、私は、彼らが本当に悪いから、悪いと認めて欲しいと要求しているだけだ。その要求を端から拒否された状態で、彼らとの関係を継続することは、私にとって甚だ苦痛なだけで、不毛である。従って自分の精神の健康を一段と回復させる為に、ひとまず彼らと絶縁するという手続が必要であると感じる。」と理由を説明して、天野先生にも「私もそれが妥当だと感じる。」と認めていただき、先生から両親に、私の意志を伝えていただいた。

これについては「親と絶縁とは何様の積もりだ！」と、両親から激しく抵抗されたし、当時39歳だった私は、まだ可成情にほだされるところがあって、例えば向こうから電話を掛けてこられても応じないと云った対応が、却々徹底して取れなかった。それでも、きちんと手続を取ったことと、暫くの間でも冷却期間を置いたことには、それなりの意義と効果があったと感じている。

そして治療を終結するに当たっては、天野先生には次のようにお願いした。

即ち「患者として来る子供が、一見どんなにおかしく見えて、それに付き添って来る親が、〝私達は精神科なんかには何の縁もない、誰からも文句の付けられようのない立派な人間〟と言わんばかりに偉そうにしていても、決して騙されないでいただきたい。実はこの親達が子供を病ませたのであって、病んだ子供よりも親の方が、もともと本質的にずっとおかしいのかもしれないと疑って見る眼を、常に忘れずに持ち続けていただきたい。」と。

これに対しても「よくわかりました。」と、心を込めて答えていただくことができた。

しかしその後の道のりも、決して平坦ではなかった。

それから約15年、両親との関係は良くなったり、悪くなったり、小刻みに変動を繰り返したが、根本から良くなることはとうとうなかった。

要するに両親共、極く最近に至るまで、私の自尊心を挫き、主体性を抑圧してくる働きかけを、決してやめようとしなかった。

例えば母はと云えば、母から高校の同窓会の通知が千葉の家の方に来ていると電話で聞かされたので、こちらに送って欲しいと私が言うと、「同窓会というのは、あんたみたいに落ちぶれた人間の行く所ではない。」と言ってくれた。母自身は高校の同窓会には皆勤出席してきた人だった。

また母は、いつも私に対して「C型肝炎については、今は虎ノ門病院の熊田先生が第一人者」「〇〇先生は肺癌の画像診断の権威」というように、その道の権威の先生の話をするのに余念がなかった。それに対して私が「私は広く浅くの一般医で、これという専門が持てなかった。」と答えると、「その他大勢の医者はそれでいいのよ。」と、実に温かい言い方をしてくれた。

また極く最近でも、外で他人が私のことを褒めてくれた話をすると、母は「他人があんたのことを褒めるのは全部御世辞よ。それを真に受けるなんて馬鹿じゃない。」と、強く言い切った。

それらの言動に対して、私が心を傷つけられたと言って抗議すると、母は相変わらず「親子の間は裸が当たり前よ。でないと持たないわ。」と豪語するのをやめなかった。

そして父の方は、例えばその後'99年に、私が当時勤めていた千葉県赤十字血液センターで調査したことをまとめた文章が、朝日新聞の『論壇』に取り上げられると、そのことを喜んでくれたところまではよかったのだが、「さあ、今度はパソコンを買う番だな。」「次に原稿を書く時には御茶ノ水の名曲喫茶で書け。」「もし手で書くなら上等の万年筆を1本買え。」「ボールペンなら極太がいい。」等々、一気に何もかも仕切りにかかってきてくれた。

またその血液センターでは、輸血用血液の不足を補う為に、一部、病院では「貧血」と診断される血液の濃さの献血者からまで採血できる採血基準が採用されていたので、そんな採血基準は医学的に不適切であるとセンターの所長に抗議する、と言う話をした処が、父から「向こうはお前とは身分が違う。そんな抗議は門前払いされて当然だ。」と、きっぱり嘲笑うように撥ねつけられた。

また父は、'01年、自身が71歳、私が43歳の時に、肝膿瘍からの敗血症性ショックで危篤状態に陥った。そしてその時を含め数回、私は父の主治医に対して、具体的に治療のやり方を強硬に申し入れする形で、父の命を救ってきた。

しかしそんな時にも父は、「お前は喧嘩を売る気か。一生懸命やってくれているんだから、余計なことは言うな。」と、他人の医者の心情ばかりを慮《おもんぱか》って、私のことは憎悪を込めて睨みつけ、怒鳴りつけた。

私が病室で父の胸に聴診器を当てることさえ、父は「(受持の先生に対して)とんでもないこと」と非難した。看護師の気配がすると、手で聴診器を払いのける動作をしたし、また主治医にこちらの要求が通って検査室に行く時にも、父はしっと手で追い払う動作をして「お前は来るな。」という意思表示をした。他人は下にも置かないように大切にする癖に、私だけはどれ程粗末に扱っても構わない存在らしかった。

後になって、私の考えが正しかったことがわかっても、母には「真実の言った通りだった。」と言ったそうだが、私に対しては「不当なことを言って申し訳なかった。」と謝ることは一切なかった。

そしてそれだけ働いても、父には昨年'11年まで、「楽しい話ができないなら電話してこなくていい。」だの、「お前のようにいつまで経っても親に迷惑を掛ける奴は、死んでくれて構わない。」だのと言われ続けた。

この種のエピソードは枚挙に暇《いとま》がなく、つまり私が54歳になった現在に至っても、両親は自分達に非があったとは、本気で認めていないと言っていい。

この15、6年の間、私はあまりにもひどいことを言われると、その後暫くは両親と電話で話をするのもやめたが、少しほとぼりが冷めると、また親だからという情にほだされてやりとりを始めた。しかしちょっと気を許すと、また以前と本質的に変わらない、胸を裂かれることを言われる繰り返しだった。

しかし、それでも私は、どうにか無事に生きてくることができた。それには、'95年の暮れに現れた、毎日手紙で自分の心を洗いざらい吐き出せる人の御蔭に負うところが大きかった。先程書いた、最後の恋の相手である。

この人には、'96年4月にＢＺをやめる時、禁断症状で苦しかった間もそうだったが、その後両親との間で辛いことが起こった時にも、その度に、何があってどう辛かったか、洗いざらい手紙に書いて、聞いて貰った。

そうすると不思議なことに、自分が置かれている現実は何一つ変わらなくても、激しく辛い感情が鎮まって、心の中がすっきり整理されて楽になり、次を生きる勇気とエネルギーを与えられた。心理学で云う〝カタルシス（浄化）〟の効果に違いないが、実は十中八九、それに助けられて生きてこられたようなものである。

この人には今でも、週に2、3回、手紙を書き続けている。メールではなく、手書きの手紙である。

そして天野先生とお別れして14年後の、'11年8月には、それまで少量ずつ飲み続けていた抗うつ薬まですべて中止して、向精神薬は一切飲まなくなった。

実はそれ以前の'11年4月から、約束した仕事は一度も休まないようになっていたが、'11年末に、とうとう両親と完全に縁を切って以後（但し、母の日、父の日や、誕生日のプレゼントだけは送り続けている。）、'12年6月までの半年間は、'84年の夏に発病して以来、心身の症状は最も軽快していると言っていい。

一度こうすると決めたら例外が設けられない強迫的な性格や、病的に手抜きができない完全主義の性格は、変えようと思っても却々変えられないし、また現在でも毎晩、1時間半に1回ずつ目が覚める〝各駅停車睡眠〟は治らない。

また早朝4時から6時にかけては毎日、不安で胸が絞めつけられ、全身が錐《きり》で刺されるような痛みを伴って、腐るようにだるく、どうしようもなく気分が重苦しくて、生きているのが辛くて堪らない思いに悩まされる。

つまり、うつ病の症状は、相当程度残存している。

それでもどうにか毎日、自分で自分を励まして、週4回の病院勤務には一度も休まず行けている。実は'11年末という時期には、仕事をそれまでよりずっと厳しい、非常勤でもフルタイムの病院勤務にかわったのだが、それでも無事務まっており、'84年以来、最も楽で順調に生活できていると言っていい。

私が両親と縁を切ったのは、もうこの人達には救いがないと、完全に見切りを着けたからである。私とて自分の実の母親を、どうしようもなく幼稚で我儘で、虚栄心が最優先の人と、また自分の実の父親を、どうしようもなく残忍、冷酷で、傲慢、不遜、独善的な人と、完全に断じたくはなかった。しかし情にほだされて付き合い続けても、いつまでも繰り返し痛めつけられる内に、もうこの人達を切り捨てるより他、本当の自分を悔いなく生きられる道はないと、判断せざるを得なくなってしまったのである。

生まれてから54年間、人間性にしろ能力にしろ、自分の値打を何とか親に認めて欲しいという執着を却々捨てられずにきたが、とうとうそれを諦めることに決めた。たとえ親から認められなくても、自分という人間にはちゃんと価値があるという自信が、BZをやめた38歳から16年間、社会の中で生きてくる内に、徐々に育ってきたからだ。

私がこの文章を書いてきた目的は、世の中のすべての親御さん達に、私がこれまで数え切れない位書いてきた「親という名の暴力」を、極力自分のお子さんに振るわないでいただきたいと訴える為だった。そういう方向に流れ易い親御さんは、ほとんどが私の両親と同じように、幼い頃御自身が深刻な心の傷を負われた方だと思うが、そういう両親に心を病まされ、50年余り苦しんだ私としては、どんなに辛くても御自身が負った傷を直視し、自覚して、傷を負わせた当の人間（多くの場合は自分の親）をきちんと恨み、何の罪もないお子さんに皺寄せすることは、絶対にしないでいただきたいと懇願したい。折角心身共に健康に生まれてきた我が子の一生を、親の自分が台無しにしたくないと望んで下さるなら。

「親は子供に対して、裸で何を言っても構わない。」などという法は絶対にない。親は子供にとって、世の中の他の誰とも較べ物にならない大事な存在で、それ故子供は親のひと言ひと言は勿論、親の眉の動き一つにも心が大きく揺れ動く。親に貶されれば他の誰に貶されるより深く傷つき、自信を失う。だから親は「裸でいい。」どころか、我が子に対しては、他の誰に対してより、徒らに心を傷つけぬよう細心の注意を払って、ものを言って欲しい。

曾て私がそのことを言うと、母は「それじゃあ口にガムテープ貼っとかなきゃね。」と、不貞腐れ、居直っていたけれども、本当に冗談ではなく、子供に何も落度がないなら、自分の虫の居処が悪いだけで子供を嘲る罵るは勿論、眉根に皺を寄せることさえ絶対しないで欲しい。もしうっかりしてしまったら、きちんと謝って欲しい。母は「言葉で謝るより、じっと心に罪の意識を持ち続ける方がずっと辛い。そうするのが私の美学。」だなどと屁理屈を捏《こ》ねていたが、とんでもない独り善がりである。言葉にしないことはけして伝わらず、子供の心は永久に救われないのだから。

尚、これまで書いてきた、数え切れない程の心を傷つける言動について、母は最近では「悪気はなかった。だから傷ついているとは気付かなかった。」と言っているが、私にはこれだけのことを、全く悪気がなくて言えたとはとても信じられないし、そのひと言の言い訳で許す気にも、とてもなれない。

私は、両親のような人達は嫌いである。勿論、実の親であるから可哀想という気持や思慕の情は残っているが。そのことは、良心の呵責を感じることなく断言したい。

最後に、私はとうとう子供を産むことはできなかったが、薬をやめた御蔭で、新しい自分を産むことができた。そしてそれから16年間生きて、医者の仕事をして、この文章が書くことができた。そのことを、最後の恋の相手に感謝したい。そして身長164cmに対して、今の私の体重は58kgであることを報告させていただく。これはBZをやめた'96年の暮れに、減量して到達した体重とほぼ同じである。

その15年余りの間に、若干リバウンドした時期もあったが、'12年現在、また58kgに戻っている。体重は私にとって、自己制御力のバロメーター、即ち精神の健康のバロメーターである。'96年以来、自分の食事はすべて生の食材から自分で作ることによって、それを維持している。

エピローグ

過去に、高文研から出版されていた高校生と高校教師対象の『ジュ・パンス』（２００６年2月終刊）という雑誌に2回、記事を書いたのが縁で、同社の金子さとみさんから「単行本を書いてみませんか？」と打診され、「それならこういう内容で書かせていただきたい。」と、レポート用紙18枚程の原案を提出したのが、２００1年11月16日（金）、44歳になる4日前のことだった。

それから間もなく原稿を書き始めたものの、これが当初の予想を遙かに超えて、大がかりな作業になった。途中まで書き進めた原稿を、2回、最初から書き直し、今回の本の元となった3回目の原稿を書き始めたのが、２００3年5月だった。

当初の約束は原稿用紙350枚程度ということで、私もその位で書き上げられる積もりで居た。ところがいざ書き始めると、頭の中に次から次に記憶や思いが浮かんできて、書いても書いても書きたいことが尽きず、話が却々先に進まなくなった。

随分妥協して端折った積もりだったが、結局、元になる原稿をようやく書き終えたのは２０１1年3月13日（日）で、枚数は400字詰め原稿用紙で７０００枚に及んだ。

その間、金子さんにはほぼ毎月、原稿を送り続けたが、一体いつになったら完結するのかと、何度も溜め息を突かれてしまった。それは当然のことだった。

そして私はその度に、「人が精神を病むということは、そんなに簡単に起きることではないから。」という説明を繰り返した。これは単なる言い訳ではなかったと、今でも感じている。

しかし如何せん、その間に10回も年が変わってしまったから、それでも尚、私の原稿の完成を待ち続けて下さったのは、並々ならぬ忍耐と寛容の精神だったと、本当に頭が下がる。

だが、ひと通り原稿が書き上がったと云っても、7000枚では幾ら何でも、そのまま本にすることはできない。さてどうしたものかと悩んだが、結局、原稿を1000枚程度に削って、要約し、縮める作業も、私が自分でやることにした。

オーバーに聞こえるかもしれないが、自分が丹精込めて書いた文章には、我が子のような愛着が湧く。どこもかしこも思い入れが強いので、それをバサバサ削り取る作業には、身を切られるような痛みを伴う。だからこそ絶対に、自分でやりたいと思ったのである。

そこでまた金子さんに我儘を聞いて貰い、それから更に1年3カ月後の2012年6月18日（月）に最終的な原稿が仕上がった。原稿用紙1020枚、最初の構想から10年7カ月が経過していた。

1000枚余りという枚数は、今の単行本1冊の相場に較べて非常に長いということであったが、それをそのまま本にして貰えることになり、私は大変嬉しくなった。

私がこの本を書くのに、これだけの時間と枚数を費さなければならなかった原因には、私が本というものを書くのが初めてだった為の不慣れさや力不足、それに私の病前性格の一つである病的な完全主義なども、勿論あったに違いない。

しかし最も大きな理由は、私が、自分はどうしてそこまで深刻に精神を病んだのかを、可能な限り、残らず、徹底的に解明して、読む人に伝えたいという、強い欲求と目標を持ったためだった。

それは原因の徹底した解明こそが、同じような不幸を予防するのに、最も役に立つと考えたからである。

私が両親について洗いざらい書いたのもその為であって、別に両親への恨みを晴らす為ではなかった。


近年、親子関係が原因で子供が精神を病む問題をテーマにした本が、既に多数出版されている。

頭や心を掻き乱されるのが嫌だったから、私はこの本の原稿を書く間、終わりに近くなるまで、敢えてそれらの本は読まなかった。

しかしさすがに終わりが近づいた２０１１年の秋ぐらいから、この本を世に出すことに果たして意味があるのか、客観的に見極めたいと考えるようになって、少し読んでみるようになった。

そして私が読んだ中では、『毒になる親』（スーザン・フォワード著・玉置　悟訳／講談社）、『不幸にする親』（ダン・ニューハース著・玉置　悟訳／講談社）、『境界性パーソナリティ障害』（岡田　尊司著／幻冬舎）などの書が、〝正にその通り！〟と膝を打ちたくなる位、私の体験と重なる内容を沢山含んでいた。

しかし、具体的事例の記述は、いずれもあっさりしていた。それで今回私が書いたような、同じテーマでも書き口が違う、精神を病んだ本人が、何があったからどう病んだのか、自分が病んでいった過程をつぶさに書いた本も、十分出す意味があると、改めて確信するに至った。

そしてもう一つ、是非言い足したいことがある。

私は前書きにも本文中にも、自分が親に傷つけられた親は、自分が負った心の傷や歪みを真っ直ぐ見詰め、正しく認識して、自分を傷つけた親をきちんと恨み、そうすることによって、罪のない我が子を不当に恨みの捌け口にして、「虐待の連鎖」によって、また我が子を病ませてしまうという愚を、絶対に犯さないで欲しいと、繰り返し書いてきた。

その主張は、今も変わらない。

だから、この本を読んで、自分も私と同じように、親に心を傷つけられて深刻に精神を病んだと思われた読者には、しっかり親を恨み、親に対して正当な抗議をしていただきたいと思う。

しかし、その努力が実るとは限らない。寧ろ不毛に終わる可能性の方が高い。そのことは『毒になる親』や『不幸にする親』にも繰り返し書かれているし、私自身の体験からもそうである。

「恨むんだったらちゃんとおばあちゃんを恨んでよ!」と幾ら口を酸っぱくして訴えても、恨みの抑圧を自覚できない親というのは、残念乍ら非常に沢山居るようである。

しかし病んだ子供は病んだまま、残りの人生まで全部無駄にしては、決してならない。

だから繰り返し抗議しても暖簾に腕押しだったら、非常に口惜しいけれども、あるところで諦めるという決断が必要である。自分の心でさえ、却々自分の思い通りにならないのだから、他人(自分以外の人間)の心が思い通りにならなくても、全く不思議はない。

親から繰り返し嘲罵されることで、自信を失い、精神を病んだ子供は、親に認められることなしには自信を回復することができず、病からの回復も望めないと思い込んで、親に認められることにいつまでも執着しがちである。私自身もそうだった。

しかしそれは飽くまで思い込みに過ぎず、思い込みに囚われている限りずっと、貴重な人生の時間を無駄にしてしまう。

落ち着いて、客観的な視点に立てば、人は誰でも、不幸にして自分の親から全く価値を認められなくても、立派に社会の中で価値を持ち得ることは明白である。

従って、抗議の努力が実らなかったら、病んだ子供は〝どんなに親が認めなくても、やるべきことさえちゃんとやれば、自分は立派に価値ある存在である〟と正しく認識し直して、「もういいや」とさばさば、その後の人生を歩んでいかなくてはならない。でなければあまりにも勿体ない。

というところまでで、この本の記述は終わりにしたい。

それに当たり、何と言っても10年余りの間、辛抱強く、おおらかに、私の原稿の完成を待ち続けて下さった、高文研の編集の金子さとみさんと、元代表の梅田正己さんに、心からの御礼を申し上げたい。

岡田尊司氏も、その著書『境界性パーソナリティ障害』の中で、書くことの効用について述べられているが、私も、この本を最後まで書き上げたことで、自分の身に起こったことが自分の中ですっきり整理が着いて、それが一段と病気が軽快することにつながったから、尚更である。

そして読者の皆さんの、穏やかで実り豊かな人生を、心から祈念して止まない。

２０１２年６月29日（金）

小石川　真実

小石川　真実（こいしかわ・まさみ）

一般内科勤務医。1957年生まれ。'82年東京大学医学部卒業。その後小児科医を3年間勤め、内科医に転向。17歳時に境界性人格障害とうつ病を発症し、30代半ばにピークを迎えた為、挫折と転職を繰り返したが、そんな中でも末期癌患者の在宅診療など、出会った患者、出会った仕事に常に全力投球してきた。現在もうつ症状が強く残る中、都内の病院に非常勤勤務している。自身の患者体験を活かし、一般内科外来の中で精神科領域の診療も手掛けている。仕事で極端に手抜きができないのは、うつ病の病前性格ゆえと自認している。

親という名の暴力

●二〇一二年一〇月二五日――――――第一刷発行
●二〇一二年一一月二六日――――――第二刷発行

著　者／小石川　真実

発行所／株式会社 高文研
東京都千代田区猿楽町二―一―八
三恵ビル（〒一〇一―〇〇六四）
電話０３＝３２９５＝３４１５
http://www.koubunken.co.jp

印刷・製本／シナノ印刷株式会社

ISBN978-4-87498-494-9　C0011

◇思春期の心と体を見つめる◇

思春期・こころの病
●その病理を読み解く
吉田脩二著　2，800円
自己臭妄想症、対人恐怖症などから家庭内暴力、不登校まで、思春期の心の病理を症例をもとにして総合解説した本。

若い人のための精神医学
●よりよく生きるための人生論
吉田脩二著　1，400円
思春期の精神医学の第一人者が、人の心のカラクリを解き明かしつつ、「自立」をめざす若い人たちに贈る新しい人生論！

いじめの心理構造を解く
吉田脩二著　1，200円
自我の発達過程と日本人特有の人間関係という二つの視座から、いじめの構造を解き明かし、根底から克服の道を示す。

人はなぜ心を病むか
●思春期外来の診察室から
吉田脩二著　1，400円
精神科医の著者が数々の事例をあげつつ、心を病むとは何か、人間らしく生きるとはどういうことか、熱い言葉で語る。

ひきこもりの若者と生きる
●自立をめざすビバハウス七年の歩み
安達俊子・安達尚男著　1，600円
ひきこもりの若者らと毎日の生活を共にしながら、彼らの再起と自立への道を探り続ける元高校教員夫妻の7年間の記録。

不登校 ●その心理と学校の病理
吉田脩二＋生徒の心を考える教師の会　3，200円
思春期精神科医が、教師達との症例検討会をもとに不登校の本質を解き明かし、不登校を生む学校の病理を明らかにする。

不登校のわが子と歩む親たちの記録
戸田輝夫著　1，700円
わが子の不登校に直面して驚き騒がぬ親はいない。絶望の中から新たな人生へ踏み出していった親たちの初めての記録！

あかね色の空を見たよ
●5年間の不登校から立ち上がって
常野博之著　1，300円
小5から中3まで不登校の不安と鬱屈を独特の詩と絵で表現、のち定時制高校に入り希望を取り戻すまでを綴った詩画集。

自分の弱さをいとおしむ
●臨床教育学へのいざない
庄井良信著　1，100円
子育てに悩む親、学校や学童保育の現場で苦しみ、立ち尽くす教師・指導員に贈る、「癒し」と「励まし」のメッセージ！

若者の心の病
森　崇著　1，500円
若者の心の病はどこから生まれるのか？全国でただ一つの「青春期内科」のベテラン医師が事例と共に回復への道を示す。

まさか！わが子が不登校
廣中タエ著　1，300円
わが子だけは大丈夫！そう信じていた母を襲ったまさかの事態、不登校。揺れ動く心を涙と笑いで綴った母と息子の詩画集。

保健室は今日も大にぎわい
●思春期・からだの訴え・心の訴え
神奈川高校養護教諭サークル著　1，500円
恋愛・性の相談・拒食…日々生徒たちの心とからだに向き合う保健室からの報告。

◉表示価格は本体価格です（このほかに別途、消費税が加算されます）。